子どもの本
日本の名作童話 6000

日外アソシエーツ

Guide to Books for Children

6000 Works of Japanese Literary Masterpieces

Compiled by
Nichigai Associates, Inc.

©2005 by Nichigai Associates, Inc.
Printed in Japan

本書はディジタルデータでご利用いただくことができます。詳細はお問い合わせください。

●編集担当● 高橋 朝子
装 丁：赤田 麻衣子

刊行にあたって

　新刊が次々と出ては絶版になっていく大人の本と比べて、子どもの本は挿絵や装丁など形は変わってもロングセラーとなって出版され続け、かつて親が読んだ作品を子どもが読むことは珍しくない。また、たとえ今日では内容がいささか古めかしくなったものでも、文化研究資料的な意味とノスタルジーをこめて、古典的名作といわれる作品が復刊されることもある。

　本書は、最近20年の間に作品が刊行されている主に明治・大正・昭和期に活動した作家204人を選定し、1951年から2004年までに刊行された児童文学書6,027冊を収録した図書目録である。現在も読まれている「名作」としての児童文学作品のガイドを企図し、いわゆる童話作家・童謡詩人の作品のほか、「大人向け」の小説や詩歌の作家の児童文学作品、また「大人向け」の作品でも子どもたちや若い人にも読んでもらいたいとして児童書の形で刊行されたものなど、近代の子どもの読み物としてよく読まれてきたものを収録した。

　本文は、現在手に入る本がすぐわかるように出版年月の新しいものから順に排列し、ロングセラーとしてくりかえし刊行され続けている作品の出版状況も概観できるものとなっている。なお最近の図書には選書の際の参考となるよう内容紹介を載せ、作家名がわからなくても作品名から引けるよう、巻末には書名索引を付した。

　本書が公共図書館・学校図書館の場などで、子どもの本の選定・紹介・購入に幅広く活用されることを願っている。

2004年12月

　　　　　　　　　　　　　　　　　　　　日外アソシエーツ

凡　例

1. **本書の内容**

    本書は、主に明治・大正・昭和期に活動した日本の作家の児童文学書を集めた図書目録である。

2. **収録の対象**

    最近20年の間に物語・童謡集などの児童文学作品が刊行された作家のうち、明治・大正・昭和期に活動した作家（一部それ以前も含む）204人を選定した。ロングセラーとしてくりかえし刊行され続けている作品の初版も含め、選定した作家の1951年から2004年までに刊行された児童文学書6,027冊を収録した。

3. **見出し**

    作家名を見出しとして、姓の読みの五十音順→名の読みの五十音順に排列した。見出しには生没年を付した。

4. **図書の排列**

    作家名のもとに出版年月の逆順に排列した。出版年月が同じ場合は書名の五十音順に排列した。

5. **図書の記述**

    書名／副書名／巻次／各巻書名／各巻副書名／各巻巻次／著者表示／資料種別表示／版表示／出版地＊／出版者／出版年月／ページ数または冊数／大きさ／叢書名／叢書番号／副叢書名／副叢書番号／定価（刊行時）／ISBN（①で表示）／注記／目次／内容

    ＊出版地が東京の場合は省略した。

6．書名索引

　各図書を書名の読みの五十音順に排列して作家名を補記し、本文での掲載ページを示した。同じ作家の同一書名の図書がある場合は一つにまとめた。

7．書誌事項等の出所

　本目録に掲載した各図書の書誌事項等は主に次の資料に拠っている。

　　データベース「BOOKPLUS」

　　JAPAN/MARC

目　次

【あ】

赤木 由子 …………………………… 1
芥川 龍之介 ………………………… 3
浅原 六朗 …………………………… 7
荒木 精之 …………………………… 7
有島 武郎 …………………………… 7
有本 芳水 …………………………… 9
安房 直子 …………………………… 9
安藤 美紀夫 ………………………… 13
飯沢 匡 ……………………………… 16
池田 宣政　⇒南洋一郎 を見よ
石井 桃子 …………………………… 19
石坂 洋次郎 ………………………… 20
石森 延男 …………………………… 21
磯部 忠雄 …………………………… 24
伊藤 左千夫 ………………………… 24
いぬい とみこ ……………………… 25
猪野 省三 …………………………… 29
井上 靖 ……………………………… 30
井伏 鱒二 …………………………… 32
巖谷 小波 …………………………… 33
上田 秋成 …………………………… 34
上野 瞭 ……………………………… 35
海野 十三 …………………………… 37
江戸川 乱歩 ………………………… 38
大井 冷光 …………………………… 49
大石 真 ……………………………… 49
大泉 黒石 …………………………… 57
おおえ ひで ………………………… 57
大川 悦生 …………………………… 58
太 安万侶 …………………………… 62
大村 主計 …………………………… 62
岡本 綺堂 …………………………… 62
小川 未明 …………………………… 62
興津 要 ……………………………… 72
小熊 秀雄 …………………………… 72
大仏 次郎 …………………………… 73

乙骨 淑子 …………………………… 74
小野 十三郎 ………………………… 75
小原 国芳 …………………………… 75

【か】

鹿島 鳴秋 …………………………… 76
桂 小南（2世） …………………… 76
加藤 まさを ………………………… 76
金子 みすゞ ………………………… 77
香山 彬子 …………………………… 78
香山 滋 ……………………………… 79
唐沢 道隆 …………………………… 80
川崎 大治 …………………………… 81
川路 柳虹 …………………………… 83
川端 康成 …………………………… 83
北畠 八穂 …………………………… 85
北原 白秋 …………………………… 87
北村 寿夫 …………………………… 88
木下 夕爾 …………………………… 89
葛原 滋 ……………………………… 89
楠山 正雄 …………………………… 89
国木田 独歩 ………………………… 89
久保 喬 ……………………………… 90
来栖 良夫 …………………………… 95
小出 正吾 …………………………… 96
上崎 美恵子 ………………………… 98
幸田 文 ……………………………… 101
幸田 露伴 …………………………… 101
児玉 花外 …………………………… 102
小林 純一 …………………………… 102
近藤 益雄 …………………………… 102
権藤 はな子 ………………………… 103

【さ】

西条 八十 ······ 103
斎藤 信夫 ······ 104
斎藤 隆介 ······ 105
佐左木 俊郎 ······ 107
佐藤 紅緑 ······ 107
サトウ・ハチロー ······ 107
佐藤 義美 ······ 110
佐野 美津男 ······ 112
塩沢 清 ······ 113
志賀 直哉 ······ 114
重清 良吉 ······ 115
十返舎 一九（1世） ······ 115
柴田 錬三郎 ······ 116
柴野 民三 ······ 118
島木 赤彦 ······ 121
島崎 藤村 ······ 121
島田 一男 ······ 122
島田 忠夫 ······ 123
下村 湖人 ······ 123
下村 千秋 ······ 126
庄野 英二 ······ 126
代田 昇 ······ 129
白鳥 省吾 ······ 129
白鳥 天葉 ⇒白鳥省吾 を見よ
杉浦 明平 ······ 130
スズキ ヘキ ······ 130
鈴木 三重吉 ······ 130
住井 すゑ ······ 133
清少納言 ······ 134
関 英雄 ······ 134
瀬田 貞二 ······ 136
相馬 御風 ······ 136

【た】

高垣 眸 ······ 136
高木 彬光 ······ 137
滝沢 馬琴 ······ 139
武井 武雄 ······ 141
竹内 てるよ ······ 142
武内 俊子 ······ 142
竹崎 有斐 ······ 142
竹田 出雲（2世） ······ 147
竹久 夢二 ······ 147
竹山 道雄 ······ 148
太宰 治 ······ 149
巽 聖歌 ······ 150
田中 貢太郎 ······ 151
田山 花袋 ······ 151
千葉 省三 ······ 151
茶木 滋 ······ 152
都築 益世 ······ 153
土家 由岐雄 ······ 153
筒井 敬介 ······ 156
壺井 栄 ······ 161
坪田 譲治 ······ 165
鶴見 正夫 ······ 172
寺田 寅彦 ······ 176
戸川 幸夫 ······ 176
富田 常雄 ······ 179
冨田 博之 ······ 180
豊島 与志雄 ······ 182
豊田 三郎 ······ 183

【な】

中島 千恵子 ······ 183
中村 地平 ······ 184
夏目 漱石 ······ 184
鍋島 俊成 ······ 189
奈街 三郎 ······ 189
並木 千柳 ······ 192
新美 南吉 ······ 192
西野 辰吉 ······ 199
二反長 半 ······ 200
野口 雨情 ······ 202
野長瀬 正夫 ······ 202
野村 胡堂 ······ 204

【は】

花岡 大学 ······ 205
浜田 糸衛 ······ 208
浜田 広介 ······ 208

早船 ちよ ･････････････････････ 218
比江島 重孝 ･･････････････････ 221
稗田 阿礼 ････････････････････ 221
東 君平 ･･････････････････････ 222
樋口 一葉 ････････････････････ 226
平塚 武二 ････････････････････ 226
平野 威馬雄 ･･････････････････ 229
蕗谷 虹児 ････････････････････ 229
ふくしま やす ････････････････ 229
福田 清人 ････････････････････ 229
福永 武彦 ････････････････････ 231
藤田 圭雄 ････････････････････ 231
北条 誠 ･･････････････････････ 232
星 新一 ･･････････････････････ 233
星野 水裏 ････････････････････ 236
堀 辰雄 ･･････････････････････ 236

【ま】

前川 かずお ･･････････････････ 237
前川 康男 ････････････････････ 237
松枝 茂夫 ････････････････････ 242
松田 瓊子 ････････････････････ 242
松田 解子 ････････････････････ 243
三木 露風 ････････････････････ 243
水谷 まさる ･･････････････････ 243
水藤 春夫 ････････････････････ 244
三越 左千夫 ･･････････････････ 244
南 洋一郎 ････････････････････ 245
宮沢 賢治 ････････････････････ 251
宮沢 章二 ････････････････････ 271
宮脇 紀雄 ････････････････････ 272
三好 松洛 ････････････････････ 275
椋 鳩十 ･･････････････････････ 275
武者小路 実篤 ････････････････ 292
紫式部 ･･････････････････････ 294
村野 四郎 ････････････････････ 294
村山 籌子 ････････････････････ 295
室生 犀星 ････････････････････ 295
茂田井 武 ････････････････････ 296
森 いたる ････････････････････ 296
森 鴎外 ･･････････････････････ 297
森 三郎 ･･････････････････････ 299
森 はな ･･････････････････････ 299

【や】

矢代 静一 ････････････････････ 300
安本 末子 ････････････････････ 300
柳田 国男 ････････････････････ 300
山川 惣治 ････････････････････ 301
山口 勇子 ････････････････････ 303
山下 清三 ････････････････････ 303
山中 峯太郎 ･･････････････････ 305
山福 康政 ････････････････････ 307
山村 暮鳥 ････････････････････ 307
山本 和夫 ････････････････････ 308
山元 護久 ････････････････････ 309
山本 有三 ････････････････････ 310
結城 よしを ･･････････････････ 311
横瀬 夜雨 ････････････････････ 312
横山 美智子 ･･････････････････ 312
与謝野 晶子 ･･････････････････ 312
吉川 英治 ････････････････････ 312
吉田 一穂 ････････････････････ 313
吉田 とし ････････････････････ 314
吉田 瑞穂 ････････････････････ 317
吉野 源三郎 ･･････････････････ 318
与田 準一 ････････････････････ 319

【わ】

若松 賤子 ････････････････････ 322
若山 牧水 ････････････････････ 322

書名索引 ･･････････････････ 323

赤木　由子
あかぎ・よしこ
《1927～1988》

『二つの国の物語―全1冊』　赤木由子著　理論社　1995.6　675p　21cm　5800円
①4-652-04224-8

『3年1組げんきクラス』　赤木由子作, 岡本美子絵　金の星社　1988.12　149p　22cm（みんなのライブラリー）　880円
①4-323-01683-2
内容　お友だちつくり大作戦! 新しいなかまがふえると、楽しいことも、いっぱいふえるよ。友美とかなえ、ガンバレ! なかよしふたり組。小学校3・4年生から。

『先生にもらったプレゼント』　赤木由子作, 末崎茂樹絵　ポプラ社　1988.10　95p　22cm（ポプラ社のなかよし童話）　750円　①4-591-02863-1
内容　ゆめこは、おとうさんの顔もおかあさんの顔もしらない。でも、とっても明るく、お話じょうずで人気者。夏休みも近づいて、クラス中がみんなワクワクしている。でも、ゆめこは、どこにもいくところがない。そんなゆめこに、たんにんの細谷先生は…。

『ぼくら三人にせ金づくり』　赤木由子作, 赤坂三好絵　小峰書店　1988.7　158p　18cm（てのり文庫）　430円
①4-338-07903-7

『つくしだれの子天使の子』　赤木由子作, 水沢研絵　新日本出版社　1988.6　126p　21cm（新日本にじの文学）　980円
①4-406-01642-2
内容　草木でいえば、まだ、ふたばのような子どものうちに、いろいろな事情で両親とはなれ、施設でくらす子どもたちがいます。それは、つめたいみぞれまじりのあらしにたたかれるように、つらいことでしょう。けれども、つくし寮のゆき太たちは、あたらしくはいってきた、やせっぽちの、いんきくさいちびこうを元気づけようと、あの手この手を使ってはげましていきます。小学校中学年以上向。

『はだかの天使』　赤木由子作, 鈴木たくま絵　新日本出版　1988.3　139p　21cm（新日本にじの文学）　980円
①4-406-01594-9〈新装版〉
内容　リョウくんは赤ちゃんの時高い熱をだしたのがもとで、ちえがおくれてしまいました。けれどもお姉さんや、先生や、たくさんの友だちにはげまされて、元気に生きています。そして、まわりの人は、天使のようなリョウくんに、じぶんたちがはげまされていることに、やがて気がつくのです。小学校中学年以上向。

『おにいちゃんのヒミツは一日300えん』　赤木由子作, 藤田ひおこ絵　ポプラ社　1988.1　95p　22cm（ポプラ社のなかよし童話）　750円　①4-591-02748-1
内容　マキの宝もの、それはおとうさんが誕生日のプレゼントにくれた、かわいいウサギの貯金箱。おかあさんのかわりに、大切にしていた貯金箱が、ある日とつぜん、消えてしまった。おにいちゃんは知らないのいってんばりだが、マキはおにいちゃんがあやしいとおもっている。そっとおにいちゃんのへやをのぞいてみると…。

『5年3組の番長たち』　赤木由子作, 山中冬児絵　ポプラ社　1987.8　190p　18cm（ポプラ社文庫）　420円
①4-591-02566-7

『6年3組おしゃべりクラス』　赤木由子作, 山中冬児絵　ポプラ社　1987.8　158p　22cm（学年別こどもおはなし劇場・6年生）　780円　①4-591-02560-8
内容　おしゃべりって、たのしいな。おしゃべりは空にうかぶたくさんの雲みたいだ。雲のあいだから、ときどきすばらしい知恵や友情が、さっとさしてくる。6年生向き。

『ぼくら三人原始ゴリラ』　赤木由子作, 赤坂三好絵　小峰書店　1987.6　127p　22cm（創作こどもの文学）　950円
①4-338-05234-1
内容　さとるのお父さんは家出、お母さんとお兄さんは入院中。ひとりぼっちのさとるは、まさきの家でくらしている。ある日、さとるはお父さんにあい、家を出た理由を聞いた。そして、じぶんのおじさんが身障者であることを知った。さて、三人組の活躍は?

赤木由子

『3年3組いやな子ふたり』　赤木由子作, 阿部肇絵　学習研究社　1987.5　72p 23cm（学研の新しい創作）　880円
①4-05-101965-9

『おっと部活はやめられない』　赤木由子作, 鈴木たくま絵　新日本出版社　1987.1　157p　22cm（新日本少年少女の文学）　1200円　④4-406-01352-0

『ドン・ノミ太のでぶでぶ王子』　赤木由子作, 間瀬なおかた絵　くもん出版　1986.3　150p　22cm（くもんのユーモア文学館）　980円　①4-87576-241-0
内容　4年生の女の子、みさきの家のうらにあるお城のようにりっぱな家には、おなじクラスの子がすんでいる。その子のあだ名は"でぶでぶ王子"。テレビゲームばかりにむちゅうの王子は、なまけもので いばりんぼ。おまけに、かっている犬はノミだらけ…。そんな王子が、みさきの一家をまきこんでひきおこす、たのしくて、ちょっぴり涙のものがたり。

『ぼくら三人天才だまし』　赤木由子作, 赤坂三好絵　小峰書店　1986.2　119p 22cm（創作こどもの文学）　950円
①4-338-05221-X
内容　さとるにそそのかされた、たもつは、いく子のこわいろの、クラスの女の子つかい、あしたのテストは中止になったと電話をかける。つぎの日、まさきが教室へいくと、テストがなくなりみんなはおおよろこび。さて、そのあとは!?

『おっと部活はやめられない』　赤木由子作, 鈴木たくま絵　新日本出版社　1986.1　157p　22cm（新日本少年少女の文学Ⅱ・4）　1200円　④4-406-01352-0

『生きるんだ！名犬パール』　赤木由子作, 牧野鈴子絵　ポプラ社　1985.12　127p 22cm（わたしの動物記）　780円
①4-591-02073-8

『2年2くみのがんばりゆかちゃん』　赤木由子作, 三好百合子絵　金の星社　1985.7　76p　22cm（新・創作えぶんこ）　880円

『花まるクラスは大さわぎ』　赤木由子作, 岡野和絵　草炎社　1984.12　85p 22cm（草炎社こども文庫）　980円

『おねえちゃんの子もり歌』　赤木由子さく, 遠藤てるよえ　学校図書　1984.7　121p　22cm（学図の新しい創作シリーズ）　960円

『花まるクラスは大さわぎ』　赤木由子作, 岡野和絵　草炎社　1984.4　85p 22cm（草炎社こども文庫8）　980円

『ぼくら三人にせ金づくり』　赤木由子作, 赤坂三好絵　小峰書店　1984.2　127p 22cm（創作こどもの文学）　950円
①4-338-05206-6

『とうちゃんだっこして』　赤木由子さく, 鈴木たくまえ　新日本出版社　1983.1　77p　22cm（新日本おはなし文庫）　780円

『赤毛のブン屋の仲間たち』　赤木由子著, 織茂恭子絵　新日本出版社　1982.5　198p　22cm（新日本創作少年少女文学）　1300円〈初刷:1972（昭和47）〉

『5年2組はどろんこクラス』　赤木由子作, 山中冬児絵　ポプラ社　1982.5　170p 22cm（こども文学館）　780円

『ふたりぼっちの朝』　赤木由子作, 織茂恭子絵　金の星社　1982.4　173p　22cm（みんなの文学）　880円
①4-323-00525-3

『北国の子どもたち』　赤木由子作, 池田仙三郎絵　講談社　1982.2　245p　22cm（児童文学創作シリーズ）　980円
④4-06-119047-4

『ぼくはどうせオオカミの子』　赤木由子文, 山口みねやす絵　小峰書店　1982.2　135p　22cm（こみね創作童話）　950円
①4-338-01928-X

『あの雲の下で』　桜井誠示, 赤木由子作　金の星社　1981.12　189p　22cm（現代・創作児童文学）　850円〈初刷:1975（昭和50）図版〉

『ぼくらゆきんこ』　赤木由子作, 岡野和絵　草炎社　1981.4　85p 22cm（草炎社こども文庫）　980円

『はだかの天使』　赤木由子作, 鈴木琢磨絵　新日本出版社　1981.3　122p 21cm（新日本こどもの文学）　980円〈初刷:1969（昭和44）図版〉

『二つの国の物語　第3部　青い眼と青い海と』　赤木由子作, 鈴木たくま絵　理論社　1981.3　325p　21cm（理論社の大長編シリーズ）　1200円

『草の根こぞう仙吉』　赤木由子作, 箕田源二郎画　改版　ほるぷ出版　1981.1　246p　21cm（ほるぷ創作文庫）　1200円

『大ちゃんの門出』　赤木由子著, 鈴木たくま絵　新日本出版社　1981.1　173p　22cm（新日本少年少女の文学）　980円

『二つの国の物語　第2部　嵐ふきすさぶ国』　赤木由子作, 鈴木たくま絵　理論社　1980.12　316p　21cm（理論社の大長編シリーズ）　1200円

『二つの国の物語　第1部　柳のわたとぶ国』　赤木由子作, 鈴木たくま絵　理論社　1980.12　342p　21cm（理論社の大長編シリーズ）　1200円

『ひまわり愛の花』　小林与志え, 赤木由子作　金の星社　1979.12　153p　22cm（創作子どもの本）　850円〈初刷:1974（昭和49）図版〉

『ひまわり愛の花』　赤木由子作, 小林与志画　金の星社　1979.10　145p　18cm（フォア文庫）　390円

『ヨッチとケム子とゴリラ先生』　赤木由子作, 長谷川知子絵　新日本出版社　1979.7　124p　21cm（新日本にじの文学）　780円

『鬼がクスクスわらってる』　赤木由子作, 頓田室子絵　小峰書店　1979.2　139p　22cm（こみね創作童話）　880円

『やくそくの赤いビー玉』　赤木由子作, かみやしんえ　金の星社　1978.12　185p　22cm（創作子どもの本）　750円

『5年3組の番長たち』　赤木由子作, 山中冬児絵　ポプラ社　1978.11　182p　22cm（こども文学館）　780円

『草の根こぞう仙吉』　赤木由子作, 箕田源二郎画　そしえて　1978.4　246p　21cm（そしえて子ども文庫）　1000円

『おねしょとひげとおかあさん』　赤木由子文, 遠藤てるよ絵　ポプラ社　1977.7　101p　22cm（どうわのまど）　800円

『花と海の星座』　赤木由子作, 津田光郎画　童心社　1977.2　261p　22cm（童心社創作シリーズ）　980円

『ハンノキのくり舟』　赤木由子著　新日本出版社　1976.10　174p　22cm（新日本少年少女の文学 5）　980円

『あの雲の下で』　赤木由子作, 桜井誠画　金の星社　1975　189p　22cm（現代・創作児童文学 4）

『美しいぼくらの手』　赤木由子作, 山中冬児絵　ポプラ社　1974　125p　22cm（ポプラ社の創作文庫 13）

『コロッケ少年団』　赤木由子作, はしもとまさかず絵　国土社　1974　173p　21cm（国土社の創作児童文学 19）

『ひまわり愛の花』　赤木由子作, 小林与志え　金の星社　1974　153p　22cm（創作子どもの本 1）

『夕やけなんかだいきらい』　赤木由子作, 藤沢友一画　童心社　1974　110p　22cm（現代童話館 3）

『赤毛のブン屋の仲間たち』　赤木由子著, 織茂恭子絵　新日本出版社　1972　198p　22cm（新日本創作少年少女文学 14）

『夏草と銃声』　赤木由子文, 桜井誠絵　偕成社　1972　258p　21cm（少年少女創作文学）

『はだかの天使』　赤木由子作, 鈴木琢磨絵　新日本出版社　1969　122p　21cm（新日本こどもの文学 7）　980円

『柳のわたとぶ国』　赤木由子著, 赤羽末吉絵　理論社　1966　262p　23cm（ジュニア・ライブラリー）

芥川　龍之介
あくたがわ・りゅうのすけ
《1892～1927》

『羅生門・杜子春』　芥川竜之介作　岩波書店　2000.6　197p　18cm（岩波少年文庫）　640円　①4-00-114509-X

『蜘蛛の糸・トロッコ─杜子春・魔術・三つの宝・鼻・他六編』　芥川竜之介著　旺文社　1997.4　231p　18cm（愛と青春の名作集）　930円

芥川龍之介

『羅生門・地獄変—芋粥・戯作三昧・薮の中・他二編』 芥川竜之介著 皿文社 1997.4 284p 18cm（愛と青春の名作集） 950円

『トロッコ・鼻』 芥川龍之介著 講談社 1995.5 205p 19cm（ポケット日本文学館 6） 1000円 ①4-06-261706-4

『蜘蛛の糸』 芥川龍之介作, 遠山繁年絵 偕成社 1994.10 35p 29×25cm（日本の童話名作選） 1600円 ①4-03-963670-8
内容 悪業の限りをつくし、地獄へ落とされた大泥棒の犍陀多。人を殺し、家に火をつけることをためらわなかった男が、一匹の蜘蛛の命を無駄に奪わず済ませたことがありました。犍陀多の中にも、一片の慈悲の心はあったのです。そのことを思い出されたお釈迦様は、血の池でもがく彼の頭上に救いの糸をお降ろしになりますが…。大人の絵本。小学中級以上のお子さまにも。

『羅生門』 芥川竜之介著 子ども書房 1994.7 158p 19cm（コドモブックス—純文学ノベルズ） 1500円 ①4-7952-3736-0〈発売:星雲社〉
目次 第1部 歴史小説—今昔物語や中国の伝記に素材を求めた歴史物小説、第2部 現代物小説—情景の美しさ、人間性の暖かさを描いた現代物小説。第3部 記録作品—漱石の告別式で受付を担当した芥川の記録作品。

『トロッコ』 芥川龍之介作, 宮本順子絵 偕成社 1993.3 39p 29×25cm（日本の童話名作選） 1800円 ①4-03-963610-4
内容 土を積み、風をはらみ、一気に山を下ってくるトロッコ。一せめては一度でも、土工といっしょに乗ってみたい。軽便鉄道敷設工事場で見たトロッコに、良平はあこがれます。けれども、夢がかなって思うぞんぶん乗せてもらえた日、良平は日暮れの山道に、ひとり取り残されてしまったのです。ノスタルジーあふれる童話の形式で少年の不安を描きながら、芥川龍之介が、そこに人生そのものを暗示しています。その作品世界を、伝統の友禅染めと蝋纈染めの技法を駆使して縮緬布に手描きで染めあげた染色画で、絵本化しました。小学中級以上。

『杜子春・蜘蛛の糸—芥川竜之介小説集』 芥川竜之介著 第三文明社 1988.12 262p 22cm（少年少女希望図書館） 980円 ①4-476-11206-4
目次 蜘蛛の糸、杜子春、犬と笛、魔術、アグニの神、仙人、三つの宝、白、蜜柑、トロッコ、羅生門、鼻、芋粥
内容 芥川がいつも冷たい皮肉屋であったわけではない。むしろ本当に願ったものは、人間の本来持っているやさしさである。そのような芥川のやさしさが出ている作品を主とし、さらに空想的世界のひろがりを見せてくれる伝奇的な作品等をえらぶことにした。小学上級以上。

『トロッコ・鼻』 芥川竜之介著 講談社 1985.12 269p 22cm（少年少女日本文学館 第6巻） 1400円 ①4-06-188256-2

『杜子春・トロッコ・魔術』 芥川竜之介著, つぼのひでお絵 講談社 1985.2 221p 18cm（講談社青い鳥文庫） 390円 ①4-06-147161-9

『蜘蛛の糸』 芥川竜之介著 改訂 創隆社 1984.9 216p 18cm（近代文学名作選） 430円

『地獄変・六の宮の姫君』 芥川竜之介著 偕成社 1982.10 312p 19cm（日本文学名作選 23） 680円 ①4-03-801230-1〈巻末:芥川竜之介の年譜 解説:三好行雄 ジュニア版 初刷:1965（昭和40）肖像:著者 図版（肖像を含む）〉
目次 地獄変〔ほか15編〕

『くもの糸・杜子春』 芥川竜之介著, 赤い鳥の会編, 石倉欣二絵 小峰書店 1982.9 71p 22cm（赤い鳥名作童話） 780円 ①4-338-04802-6

『鼻・杜子春』 芥川竜之介著 金の星社 1982.9 277p 20cm（日本の文学 5） 680円 ①4-323-00785-X〈巻末:竜之介の年譜 解説:松尾不二夫〔ほか〕ジュニア版 初刷:1973（昭和48）肖像:著者 図版（肖像）〉
目次 杜子春〔ほか12編〕

『薮の中・河童』　芥川竜之介著　偕成社　1982.9　302p　19cm（日本文学名作選37）　680円　①4-03-801370-7〈巻末:芥川竜之介の年譜　解説:吉田精一　ジュニア版　初刷:1970（昭和45）　肖像:著者　図版（肖像）〉
|目次| 偸盗〔ほか5編〕

『羅生門・地獄変』　芥川竜之介著　ポプラ社　1982.7　306p　20cm（アイドル・ブックス 9—ジュニア文学名作選）　500円〈巻末:年譜　解説:長野甞一　初刷:1971（昭和46）　肖像:著者　図版（肖像）〉
|目次| 羅生門〔ほか12編〕

『蜘蛛の糸・杜子春』　芥川竜之介著　ポプラ社　1982.3　294p　20cm（アイドル・ブックス 15—ジュニア文学名作選）　500円〈巻末:年譜　解説:荒正人　初刷:1971（昭和46）　肖像:著者　図版（肖像）〉
|目次| 蜘蛛の糸〔ほか10編〕

『くもの糸』　池田竜雄画,芥川竜之介著　あかね書房　1982.2　247p　22cm（日本児童文学名作選 14）　980円〈解説:高山毅　図版〉
|目次| くもの糸〔ほか8編〕

『羅生門・トロッコ』　芥川竜之介著　偕成社　1981.11　316p　19cm（日本文学名作選 6）　580円　①4-03-801060-0〈巻末:芥川竜之介の年譜　解説:高木卓　ジュニア版　初刷:1964（昭和39）　肖像:著者,長男比呂志　図版（肖像を含む）〉
|目次| 羅生門〔ほか16編〕

『くもの糸・トロッコ』　芥川竜之介作　旺文社　1980.11　190p　22cm（旺文社ジュニア図書館）　650円〈巻末:芥川竜之介年表　解説:滑川道夫　叢書の編集:神宮輝夫〔ほか〕　初刷:1975（昭和50）〉
|目次| くもの糸〔ほか11編〕

『鼻・杜子春』　芥川竜之介作,小林与志画　金の星社　1980.10　250p　18cm（フォア文庫）　430円

『現代日本文学全集　3　芥川竜之介名作集』　芥川竜之介著　改訂版　偕成社　1980.4　301p　23cm　2300円〈編集:滑川道夫〔ほか〕　初版:1963（昭和38）　巻末:年譜,現代日本文学年表,参考文献　解説:吉田精一〔ほか〕　肖像・筆跡:著者〔ほか〕　図版（肖像,筆跡を含む））
|目次| 羅生門〔ほか16編〕

『杜子春』　芥川竜之介原作,折戸伸弘脚色　水星社　1979.9　30p　25cm（日本名作童話シリーズ）　590円〈監修:木下恵介〉

『鼻・羅生門』　芥川竜之介著　ポプラ社　1979.9　211p　18cm（ポプラ社文庫）　390円

『蜘蛛の糸』　芥川竜之介原作,松山善三脚色　水星社　1979.3　30p　25cm（日本名作童話シリーズ）　590円〈監修:木下恵介〉

『蜘蛛の糸・トロッコ』　芥川竜之介著　ポプラ社　1979.2　213p　18cm（ポプラ社文庫）　390円

『鼻・羅生門』　芥川竜之介著　学習研究社　1978.10　264p　20cm（ジュニア版名作文学）　580円

『杜子春・くもの糸』　芥川竜之介著　偕成社　1978.4　232p　19cm（偕成社文庫）　390円

『蜘蛛の糸・杜子春』　芥川竜之介著　春陽堂書店　1976.10　265p　15cm（春陽堂少年少女文庫　世界の名作日本の名作 8）　300円

『枯野抄』　芥川龍之介作　集英社　1975　292p　20cm（日本の文学　ジュニア版 36）

『くもの糸・トロッコ』　芥川竜之介文,宮田武彦絵　旺文社　1975　190p　22cm（旺文社ジュニア図書館）

『くもの糸』　芥川龍之介作,内山登美子文,小林和子画　集英社　1973　162p　22cm（母と子の名作童話 32）

『鼻・杜子春』　芥川龍之介作,小林与志絵　金の星社　1973　277p　20cm（ジュニア版日本の文学 5）

『蜘蛛の糸』　芥川龍之介作,川田清実絵　集英社　1972　299p　20cm（日本の文学　ジュニア版 8）

『羅生門』　芥川龍之介作,秋野卓美絵　集英社　1972　305p　20cm（日本の文学　ジュニア版 5）

芥川龍之介

『藪の中・河童』　芥川龍之介著, 須田寿絵　偕成社　1970　302p　19cm（ジュニア版日本文学名作選 37）

『芥川竜之介名作集』　芥川竜之介著, 桜井誠絵　偕成社　1969　302p　23cm（少年少女現代日本文学全集 3）

『地獄変・くもの糸』　芥川竜之介文, 御正伸絵　偕成社　1969　312p　19cm（ホーム・スクール版 日本の名作文学 29）

『蜘蛛の糸』　芥川竜之介文, 川田清実絵　集英社　1968　301p　20cm（日本の文学 8）

『羅生門』　芥川竜之介文, 村上豊絵　集英社　1968　305p　20cm（日本の文学 5）

『羅生門』　芥川竜之介文, 太田大八絵　偕成社　1968　312p　19cm（日本の名作文学ホーム・スクール版 15）

『山椒大夫・杜子春』　森鴎外, 芥川竜之介作, 中沢堅夫編, 片岡京二絵　講談社　1967　286p　19cm（世界名作全集 31）

『或阿呆の一生』　芥川竜之介文, 田代三善絵　ポプラ社　1966　286p　20cm（アイドル・ブックス 52）

『羅生門・鼻』　芥川竜之介文, 太田大八絵　あかね書房　1966　227p　22cm（少年少女日本の文学 7）

『くもの糸』　芥川竜之介文, 池田竜雄絵　あかね書房　1965　254p　22cm（日本童話名作選集 9）

『蜘蛛の糸・杜子春』　芥川竜之介文, 須田寿絵　ポプラ社　1965　294p　20cm（アイドル・ブックス 17）

『地獄変・六の宮の姫君』　芥川竜之介文, 御正伸絵　偕成社　1965　308p　19cm（日本文学名作選ジュニア版 23）

『杜子春・くもの糸』　芥川竜之介文, 司修絵　偕成社　1965　178p　23cm（新日本児童文学選 7）

『羅生門・地獄変』　芥川竜之介文, 土村正寿絵　ポプラ社　1965　306p　20cm（アイドル・ブックス 8）

『芥川竜之介名作集　続』　芥川竜之介作, 西村保史郎絵　偕成社　1964　308p　23cm（少年少女現代日本文学全集 28）

『羅生門・トロッコ』　芥川竜之介文, 太田大八絵　偕成社　1964　312p　19cm（日本文学名作選ジュニア版 6）

『芥川竜之介名作集』　芥川竜之介文, 桜井誠絵　偕成社　1963　302p　23cm（少年少女現代日本文学全集 12）

『芥川竜之介・菊池寛・豊島与志雄集』　芥川竜之介, 菊池寛, 豊島与志雄文, 太田大八等絵　講談社　1962　398p　23cm（少年少女日本文学全集 5）

『くもの糸・てんぐ笑い―芥川竜之介・豊島与志雄童話集』　芥川竜之介, 豊島与志雄作, 富永秀夫絵　偕成社　1962　240p　23cm（日本児童文学全集 5）

『芥川竜之介名作集』　芥川竜之介著, 村松定孝訳, 太田大八絵　講談社　1961　294p　19cm（世界名作全集 179）

『くもの糸』　芥川竜之介原作, 村松定孝訳, 池田竜雄絵　三十書房　1961　254p　22cm（日本童話名作選集 9）

『三つの宝』　芥川竜之介文, 木内広絵　冨山房　1961　130p　22cm（冨山房ギフト・ブックス）

『芥川竜之介集　続』　芥川竜之介作, 須田寿絵　ポプラ社　1960　294p　22cm（新日本少年少女文学全集 39）

『芥川竜之介集』　芥川竜之介文　東西五月社　1959　204p　22cm（少年少女日本文学名作全集 3）

『芥川竜之介集』　芥川竜之介作, 吉崎正巳絵　ポプラ社　1958　302p　22cm（新日本少年少女文学全集 12）

『芥川竜之介集』　芥川竜之介文, 久松潜一等編　東西文明社　1956　235p　22cm（少年少女のための現代日本文学全集 11）

『芥川竜之介集』　芥川竜之介文, 飛田多喜雄編　新紀元社　1956　279p　18cm（中学生文学全集 12）

『芥川竜之介名作集 続』 芥川竜之介作, 中村真一郎編, 市川禎男絵 あかね書房 1956 254p 22cm（少年少女日本文学選集 24）

『芥川竜之介名作集』 芥川竜之介文, 吉田精一編, 高橋秀絵 あかね書房 1955 255p 22cm（少年少女日本文学選集 3）

『くもの糸』 芥川竜之介著, 太田大八絵 筑摩書房 1954 183p 22cm（小学生全集 44）

『日本児童文学全集 3 童話篇 3』 武者小路実篤, 志賀直哉, 芥川竜之介, 佐藤春夫作 河出書房 1953 338p 22cm
|目次| 武者小路実篤集 志賀直哉集 芥川竜之介集 佐藤春夫集

浅原　六朗
あさはら・ろくろう
《1895～1977》

『青ぞらのとり』 浅原六朗著 大空社 1997.3 10,206p 16cm（叢書日本の童謡） ①4-7568-0306-7〈フタバ書房昭和2年刊の複製〉

荒木　精之
あらき・せいし
《1907～1981》

『新・肥後の民話/風蕭々ー荒木精之著作集』 荒木精之著 熊本 熊本出版文化会館 1992.4 702p 20cm 4500円 ①4-915796-06-X〈発売:創流出版（東京）著者の肖像あり〉
|目次| 新肥後の民話 ハナタレ小僧様 ほか107編. 風蕭々 風蕭々.晩年.竹槍.博多日記.猫寺縁起.乱世の人々.八代城落城秘話.柏原太郎左衛門武勇譚.悲願開眼.皿山騒動.疾風.女天一坊事件.男子やも空しかるべき.熊本バンド.九歳の蘆花.風騒.鳩野宗巴の立場.孝女白菊.貧しきものの旗.放浪の人

有島　武郎
ありしま・たけお
《1878～1923》

『一房の葡萄』 有島武郎著 新座 埼玉福祉会 1998.9 148p 22cm（大活字本シリーズ） 3000円〈原本:岩波文庫 限定版〉
|目次| 一房の葡萄, 溺れかけた兄妹, 碁石を呑んだ八っちゃん, 僕の帽子のお話, 火事とポチ

『生れ出づる悩みー小さき者へ・カインの末裔・一房の葡萄』 有島武郎著 旺文社 1997.4 240p 18cm（愛と青春の名作集） 930円

『小僧の神様・一房の葡萄』 志賀直哉, 有島武郎著 講談社 1986.10 265p 22cm（少年少女日本文学館 第5巻） 1400円 ①4-06-188255-4
|目次| 小僧の神様（志賀直哉）, 網走まで（志賀直哉）, 母の死と新しい母（志賀直哉）, 正義派（志賀直哉）, 清兵衛と瓢箪（志賀直哉）, 城の崎にて（志賀直哉）, 雪の遠足（志賀直哉）, 焚火（志賀直哉）, 赤西蠣太（志賀直哉）, 小学生と狐（武者小路実篤）, ある彫刻家（武者小路実篤）, 一房の葡萄（有島武郎）, 小さき者へ（有島武郎）
|内容| 子どもの動作と心情を鮮やかに描いた表題作をはじめ, 白樺派の代表作家三人の作品13編を収録。

『生まれいずる悩み』 有島武郎著 創隆社 1984.10 233p 18cm（近代文学名作選） 430円〈新装版〉

『小さき者へ・生まれ出ずる悩み』 有島武郎著 偕成社 1982.10 308p 19cm（日本文学名作選 17） 680円 ①4-03-801170-4〈巻末:有島武郎の年譜 解説:吉田精一 ジュニア版 初刷:1965（昭和40） 肖像:著者 図版（肖像を含む）〉
|目次| 小さき者へ〔ほか7編〕

『一ふさのぶどう・なしの実』 有島武郎, 小山内薫著, 赤い鳥の会編, こさかしげる絵 小峰書店 1982.9 63p 22cm（赤い鳥名作童話） 780円 ①4-338-04804-2

有島武郎

『一ふさのぶどう』　太田大八画, 有島武郎著　あかね書房　1982.2　215p　22cm（日本児童文学名作選 13）　980円〈解説:古谷綱武 図版〉
[目次] 一ふさのぶどう〔ほか7編〕

『生まれ出づる悩み』　有島武郎著　金の星社　1981.10　302p　20cm（日本の文学 12）　680円　①4-323-00792-2〈巻末:武郎の年譜 解説:伊藤始,伊豆利彦 ジュニア版 初刷:1975（昭和50）肖像:著者 図版（肖像）〉
[目次] 一房の葡萄〔ほか7編〕

『一ふさのぶどう』　有島武郎著　ポプラ社　1981.9　188p　18cm（ポプラ社文庫）　390円

『生まれ出づる悩み』　有島武郎著　ポプラ社　1981.5　294p　20cm（アイドル・ブックス 38—ジュニア文学名作選）　500円〈巻末:年譜 解説:瀬沼茂樹 初刷:1966（昭和41）肖像:著者 図版（肖像）〉
[目次] 小さき者へ, 生まれ出づる悩み, カインの末裔, 宣言

『現代日本文学全集　13　有島武郎名作集』　有島武郎著　改訂版　偕成社　1980.4　308p　23cm　2300円〈編集:滑川道夫〔ほか〕初版:1964（昭和39）巻末:年譜,現代日本文学年表,参考文献 解説:瀬沼茂樹〔ほか〕肖像・筆跡:著者 図版（肖像,筆跡を含む）〉
[目次] 小さき者へ〔ほか14編〕

『一ふさのぶどう』　有島武郎著　偕成社　1977.3　163p　19cm（偕成社文庫）　390円

『一房の葡萄』　有島武郎著　春陽堂書店　1977.2　266p　16cm（春陽堂少年少女文庫—世界の名作・日本の名作）　320円

『生まれ出づる悩み』　有島武郎著　金の星社　1975　302p　20cm（ジュニア版 日本の文学 12）

『生れ出づる悩み』　有島武郎作, 中間嘉通絵　集英社　1972　277p　20cm（日本の文学 ジュニア版 30）

『有島武郎名作集』　有島武郎著, 宮木薫絵　偕成社　1970　308p　23cm（少年少女現代日本文学全集 13）

『生まれ出ずる悩み』　有島武郎文, 沢井一三郎絵　偕成社　1969　308p　19cm（ホーム・スクール版日本の名作文学 25）

『生れ出ずる悩み』　有島武郎著, 中間嘉通絵　集英社　1969　277p　20cm（日本の文学カラー版 30）

『生まれ出ずる悩み』　有島武郎文, 西村保史郎絵　ポプラ社　1966　294p　20cm（アイドル・ブックス 44）

『小さき者へ・生れ出ずる悩み』　有島武郎文, 沢井一三郎絵　偕成社　1965　306p　19cm（日本文学名作選ジュニア版 17）

『一ふさのぶどう』　有島武郎文, 太田大八絵　あかね書房　1965　223p　22cm（日本童話名作選集 6）

『有島武郎名作集』　有島武郎文, 宮木薫絵　偕成社　1964　308p　23cm（少年少女現代日本文学全集 9）

『志賀直哉・武者小路実篤・有島武郎集』　志賀直哉, 武者小路実篤, 有島武郎文, 太田大八等絵　講談社　1962　401p　23cm（少年少女日本文学全集 4）

『一ふさのぶどう・白鳥の国―有島武郎・秋田雨雀童話集』　有島武郎, 秋田雨雀作, 箕田源二郎絵　偕成社　1962　240p　23cm（日本児童文学全集 3）

『一ふさのぶどう』　有島武郎文, 太田大八絵　三十書房　1961　223p　22cm（日本童話名作選集 6）

『有島武郎集』　有島武郎作, 須田寿絵　ポプラ社　1959　315p　22cm（新日本少年少女文学全集 6）

『有島武郎集』　有島武郎文　東西五月社　1959　186p　22cm（少年少女日本文学名作全集 15）

『有島武郎集』　有島武郎文, 斎藤喜門編　新紀元社　1956　279p　18cm（中学生文学全集 8）

『有島武郎名作集』　有島武郎文, 瀬沼茂樹編, 渡辺三郎絵　あかね書房　1956　259p　22cm（少年少女日本文学選集 14）

『武者小路実篤・有島武郎集』 武者小路実篤,有島武郎文,久松潜一等編 東西文明社 1955 240p 22cm（少年少女のための現代日本文学全集 10）

『日本児童文学全集 1 童話篇 1』 巌谷小波,鈴木三重吉,有島武郎,島崎藤村作 河出書房 1953 322p 22cm
目次 巌谷小波集 鈴木三重吉集 有島武郎集 島崎藤村集

有本　芳水
ありもと・ほうすい
《1886〜1976》

『芳水詩集―少年少女詩集』 有本芳水著 大空社 1996.9 302p 15cm（叢書日本の童謡） ①4-7568-0305-9〈実業之日本社大正8年刊の複製〉

安房　直子
あわ・なおこ
《1943〜1993》

『おしゃべりなカーテン』 安房直子作,河本祥子絵 講談社 2004.6 108p 21cm（子どもの文学傑作選） 1300円 ①4-06-261173-2
内容 おばあさんが、カーテン屋さんをはじめました。へやのまん中にミシンをおいて、カタカタカタ。海の色のカーテン、歌声のきこえるカーテン、雪の日の小さなカーテン…。心もようをうつすカーテンの、希望あふれるファンタジー。

『世界の果ての国へ』 安房直子作,北見葉胡画 偕成社 2004.4 338p 21cm（安房直子コレクション 6） 2000円 ①4-03-540960-X
目次 鶴の家,日暮れの海の物語,長い灰色のスカート,木の葉の魚,奥さまの耳飾り,野の音,青い糸,火影の夢,野の果ての国,銀のくじゃく,エッセイ
内容 「鶴の家」「日暮れの海の物語」「火影の夢」「銀のくじゃく」ほか、あざやかな色彩のホラー10編。

『まよいこんだ異界の話』 安房直子作 偕成社 2004.4 321p 21cm（安房直子コレクション 4） 2000円 ①4-03-540940-5
目次 ハンカチの上の花畑,ライラック通りの帽子屋,丘の上の小さな家,三日月村の黒猫,エッセイ
内容 「ライラック通りの帽子屋」「三日月村の黒猫」ほか、幻の世界を描く長編と中編4編。

『見知らぬ町ふしぎな村』 安房直子作,北見葉胡画 偕成社 2004.4 338p 21cm（安房直子コレクション 2） 2000円 ①4-03-540920-0
目次 魔法をかけられた舌,空にうかんだエレベーター,ひぐれのお客,ふしぎな文房具屋,猫の結婚式,うさぎ屋のひみつ,青い花,遠い野ばらの村,秘密の発電所,オリオン写真館,海の館のひらめ,海の口笛,南の島の魔法の話,だれにも見えないベランダ
内容 「魔法をかけられた舌」「うさぎ屋のひみつ」「遠い野ばらの村」ほか、子どものための短編を中心に15編。

『めぐる季節の話』 安房直子作,北見葉胡画 偕成社 2004.4 273,71p 21cm（安房直子コレクション 7） 2000円 ①4-03-540970-7
目次 緑のスキップ,もぐらのほったふかい井戸,初雪のふる日,エプロンをかけためんどり,花豆の煮えるまで―小夜の物語,うさぎ座の夜,エッセイ
内容 「緑のスキップ」「初雪のふる日」「花豆の煮えるまで」ほか、闇から光への幻想11編と著作目録。

『ものいう動物たちのすみか』 安房直子作 偕成社 2004.4 320p 21cm（安房直子コレクション 3） 2000円 ①4-03-540930-8
目次 きつねの夕食会,ねこじゃらしの野原―とうふ屋さんの話（すずめのおくりもの,ねずみの福引,きつね山の赤い花,星のこおる夜,ひぐれのラッパ,ねこじゃらしの野原）,山の童話風のローラースケート（風のローラースケート,月夜のテーブルかけ,小さなつづら,ふろふき大根のゆうべ,谷間の宿,花びらづくし,よもぎが原の風,てんぐのくれためんこ）
内容 「ねこじゃらしの野原」「風のローラースケート」ほか、野山でおこった不思議な話15編。

安房直子

『恋人たちの冒険』　安房直子作　偕成社
2004.3　338p　21cm（安房直子コレクション 5）　2000円　Ⓘ4-03-540950-2
目次　天の鹿、熊の火、あるジャム屋の話、鳥にさらわれた娘、べにばらホテルのお客、エッセイ
内容　恋をめぐってのファンタジー5編。

『なくしてしまった魔法の時間』　安房直子作　偕成社　2004.3　337p　21cm（安房直子コレクション 1）　2000円
Ⓘ4-03-540910-3
目次　さんしょっ子、きつねの窓、空色のゆりいす、鳥、夕日の国、だれも知らない時間、雪窓、てまり、赤いばらの橋、小さいやさしい右手、北風のわすれたハンカチ、エッセイ
内容　安房直子初期の短編集から11編。

『ゆめみるトランクー北の町のかばん屋さんの話』　安房直子作、津尾美智子絵　講談社　2001.5　133p　21cm（子どもの文学傑作選）　1300円　Ⓘ4-06-261171-6
内容　水仙のようにかわいらしい先生の、大きなかばん。はりねずみのランドセル。春風の少女のポシェット…。こんな注文を受けてくれるかばん屋さんがあったら、すてきだと思いませんか？かばん屋の一郎さんには、ふうがわりなお客さんが、つぎつぎとおとずれます。

『花豆の煮えるまで―小夜の物語』　安房直子著、味戸ケイコ絵　新座　埼玉福祉会　1998.4　167p　27cm（大活字本シリーズ）　3500円〈原本：偕成社刊 限定版〉

『花豆の煮えるまで―小夜の物語』　安房直子作　〔点字資料〕　大阪　日本ライトハウス　1997.8　144p　27cm　1600円〈原本：東京　偕成社 1993　偕成社ワンダーランド 10〉

『きつねのゆうしょくかい』　安房直子作、菊池恭子絵　講談社　1996.7　76p　22cm（どうわがいっぱい 40）　980円
Ⓘ4-06-197840-3
内容　にんげんをよんで、ゆうしょくかいをしたい。―子ぎつねのねがいをかなえるため、とうさんぎつねは、おきゃくをさがしましたが…。1年生から。

『うぐいす』　安房直子文、南塚直子絵　小峰書店　1995.10　46p　25cm（絵童話・しぜんのいのち 7）　1280円
Ⓘ4-338-10507-0

『ねこじゃらしの野原―とうふ屋さんの話』
安房直子作、菊池恭子絵　講談社　1995.6　122p　22cm（子どもの文学傑作選）　1200円　Ⓘ4-06-261152-X
目次　すずめのおくりもの、ねずみの福引き、きつね山の赤い花、星のこおる夜、ひぐれのラッパ、ねこじゃらしの野原
内容　谷あいの町のとうふ屋さんには、さまざまなお客がやってきます。すずめ、ねずみ、きつね、木の精、そしてもっとふしぎなものまでも…。とうふ屋さん一家をめぐる、美しい六つのファンタジー。

『つきよに』　安房直子作、南塚直子絵　岩崎書店　1995.4　85p　22cm（日本の名作童話 20）　1500円　Ⓘ4-265-03770-4

『たんぽぽ色のリボン』　安房直子文、南塚直子絵　小峰書店　1993.12　44p　25cm（絵童話・しぜんのいのち 4）　1280円　Ⓘ4-338-10504-6
内容　「いつかまたくるわ。きっとくるわ。くるわ、くるわ…。」そのこえは、だんだん小さくなってきえてゆき、アスファルトの道には、小さな花のしんだけがのこりました。

『すずめのおくりもの』　安房直子作、菊池恭子絵　講談社　1993.9　76p　22cm（どうわがいっぱい 35）　980円
Ⓘ4-06-197835-7
内容　あさはやく、とうふやさんをおこすものがありました。みせのまえにはすずめがずらりとならんでいて、おねがいがあるというのです。小学1年生から。

『花豆の煮えるまで―小夜の物語』　安房直子作、味戸ケイコ絵　偕成社　1993.3　138p　22cm（偕成社ワンダーランド 10）　1200円　Ⓘ4-03-540100-5
目次　花豆の煮えるまで、風になって、湯の花、紅葉の頃、小夜と鬼の子、大きな朴の木
内容　山のふもとの旅館の娘小夜は山んばの娘。毎日のように深い山の中を歩き、山の精とあそぶ。

『うさぎの学校』　安房直子作, 新野めぐみ絵　サンリオ　1992.2　62p　22cm（サンリオ・1年生からの童話シリーズ）　1000円　④4-387-91209-X
内容　もうすぐ1年生。学校へいくのがまちどおしいまり子のまえに、ふしぎなうさぎさんがあらわれて…。

『ゆめみるトランクー北の町のかばん屋さんの話』　安房直子作, 津尾美智子絵　講談社　1991.9　133p　22cm（わくわくライブラリー）　1000円　④4-06-195652-3
内容　「かばんは、かばんらしいくらしがしたいよ。」かばん屋のショーウィンドーにかざられたトランクが、ある日大きな声をあげました。そして、ゆめみるようにいいました。「わたしは、いっぺん電車にのってみたいのです。飛行機にも船にものってみたいのです。中にいろんなものをいれて、旅にでたいのです。」そこでかばん屋の一郎さんは、トランクの中にたくさんのかばんをいれて、旅にでることにしました。小学校2、3年生から。

『月へ行くはしご』　安房直子作, 奈良坂智子絵　旺文社　1991　62p　24cm（旺文社創作童話）　1100円　④4-01-069143-3

『遠い野ばらの村ー童話集』　安房直子著　筑摩書房　1990.9　211p　15cm（ちくま文庫）　450円　④4-480-02479-4
目次　遠い野ばらの村.初雪のふる日.ひぐれのお客.海の館のひらめ.ふしぎなシャベル.猫の結婚式.秘密の発電所.野の果ての国.エプロンをかけためんどり

『わるくちのすきな女の子』　安房直子作, 林静一絵　ポプラ社　1989.12　118p　22cm（童話の海 2）　800円　④4-591-03372-4
内容　「ありがとう」って、いいことばですね。—そしてこれは、いじわるで、わるくちがすきで「ありがとう」といえなかった女の子のものがたり。小学中級向。

『トランプの中の家』　安房直子作, 赤い鳥の会編, 田中槇子絵　小峰書店　1988.7　118p　22cm（赤い鳥文庫）　880円　④4-338-07801-4

『うさぎ屋のひみつ』　安房直子作, 南塚直子画　岩崎書店　1988.2　127p　22cm（現代の創作児童文学）　980円　④4-265-92836-6
目次　うさぎ屋のひみつ, 春の窓, 星のおはじき, サフランの物語
内容　夕食配達サービスのうさぎ屋の料理はとてもおいしいのです。キャベツ畑のとなりにすむ若い奥さんは、そのおいしさのひみつをぬすもうと…。表題作ほか、「春の窓」「星のおはじき」「サフランの物語」を収める珠玉短編集。

『ハンカチの上の花畑』　安房直子作, 金井塚道栄絵　あかね書房　1988.1　190p　18cm（あかね文庫）　430円　④4-251-10022-0
内容　正直者の良夫さんが、酒倉のおばあさんからあずかった古いつぼ。その中には、菊の花から、おいしいお酒をつくってくれる、小人の家族が住んでいたのです。1まいのハンカチの上にくりひろげられる不思議な小人の世界を、あざやかに描きだすファンタジーの名作。

『おしゃべりなカーテン』　安房直子さく, 河本祥子え　講談社　1987.11　109p　22cm（わくわくライブラリー）　980円　④4-06-195602-7
目次　1 カーテン屋さんのカーテン, 2 海の色のカーテン, 3 月夜のカーテン, 4 秋のカーテン, 5 ねこの家のカーテン, 6 歌声のきこえるカーテン, 7 ピエロのカーテン, 8 お正月のカーテン, 9 雪の日の小さなカーテン, 10 春風のカーテン
内容　おばあさんが、カーテン屋さんをはじめました。へやのまん中にミシンをおいて、カタカタ、カタカタ、かろやかに、すてきなカーテンがぬいあがっていきます。海の色のカーテン、ちょうちょうのねむりをさまたげない黒いビロードのカーテン、ねこがあこがれていた、リボンもようのカーテン…。季節のうつりかわりとともに、いろいろな注文がまいこみます。心があらわれるような、10編の小さなファンタジー。

『べにばらホテルのお客』　安房直子著, 峯梨花絵　筑摩書房　1987.5　149p　21cm　1200円　④4-480-88077-1
内容　きつねも うさぎも いのししも、ミソサザイも アカゲラも…みんなそろって、べにばらホテルのおよめさんコンクールが始まります。安房直子の中篇童話。

安房直子

『鳥にさらわれた娘』　安房直子作,味戸ケイコ絵　ケイエス企画　1987.3　178p　18cm（モエノベルス・ジュニア）　500円　①4-03-640010-X〈発売:偕成社〉
目次　あるジャム屋の話,海の口笛,鳥にさらわれた娘
内容　"結婚"をモチーフにした、ファンタスティック・ロマン集。白鳥のように美しい少女に、1羽のシギが恋をした—（鳥にさらわれた娘）。脱サラの若者が森の中でジャム作りを始めた。そこへ1頭の牝鹿が—（あるジャム屋の話）。若者が持ってきた、薄い水色のドレスには、すてきな秘密があった—（海の口笛）。

『白いおうむの森―童話集』　安房直子著　筑摩書房　1986.8　214p　15cm（ちくま文庫）　380円　①4-480-02068-3
目次　雪窓.白いおうむの森.鶴の家.野ばらの帽子.てまり.長い灰色のスカート.野の音

『三日月村の黒猫』　安房直子作,司修絵　偕成社　1986.4　144p　22cm　980円　①4-03-528080-1
内容　「あなたをたすけにきましたよ。」倒産した洋服屋にひとりとりのこされたサチオにやさしく声をかけたのが、なんと、ひとつだけつまり、片目の黒猫だったのです。金色の目がきらりと光ってそれがなんと、ひとつだけつまり、片目の黒猫だったのです。

『空にうかんだエレベーター』　安房直子作,田中槙子絵　あかね書房　1986.2　62p　25cm（あかね創作どうわ）　880円　①4-251-03279-9

『銀のくじゃく―童話集』　安房直子著　筑摩書房　1985.12　237p　15cm（ちくま文庫）　380円　①4-480-02026-8

『風と木の歌』　安房直子著,司修絵　新座埼玉福祉会　1985.4　307p　27cm（大活字本シリーズ）　3900円〈底本:実業之日本社刊「風と木の歌」　解説:山室静〉
目次　きつねの窓,さんしょっ子,空色のゆりいす,もぐらのほったふかい井戸,鳥,あまつぶさんとやさしい女の子,夕日の国,だれも知らない時間

『グラタンおばあさんとまほうのアヒル』　安房直子作,いせひでこ絵　小峰書店　1985.1　119p　22cm（創作どうわのひろば）　880円　①4-338-01109-2

『だんまりうさぎと大きなかぼちゃ』　あわなおこさく,しらかわみつおえ　偕成社　1984.10　85p　22cm（新しい幼年創作童話）　580円　①4-03-419320-4

『ねこじゃらしの野原―とうふ屋さんの話』　安房直子著,大社玲子絵　講談社　1984.10　122p　22cm（児童文学創作シリーズ）　880円　①4-06-119082-2

『風のローラースケート―山の童話』　安房直子著,小沢良吉絵　筑摩書房　1984.5　183p　21cm　1200円

『風と木の歌』　安房直子著　実業之日本社　1984.3　213p　22cm（少年少女小説傑作選）　1200円

『冬吉と熊のものがたり』　安房直子作,上野紀子絵　ポプラ社　1984.1　140p　22cm（こども童話館）　780円

『コンタロウのひみつのでんわ』　安房直子作,田中槙子絵　秋書房　1983.11　91p　23cm　880円

『花のにおう町』　安房直子作,味戸ケイコ画　岩崎書店　1983.8　134p　22cm（現代の創作児童文学2）　980円
目次　小鳥とばら、黄色いスカーフ、花のにおう町、ふしぎな文房具屋、秋の音、ききょうの娘

『コンタロウのひみつのでんわ』　安房直子作,田中槙子絵　秋書房　1983.3　91p　23cm　880円

『青い花』　安房直子作,南塚直子絵　岩崎書店　1983.2　31p　25cm（岩崎創作絵本1）　980円

『きつねのゆうしょくかい』　安房直子作,赤星亮衛絵　講談社　1982.3　76p　22cm（講談社の幼年創作童話9）　640円　①4-06-119779-7〈初刷:1976(昭和51)〉

『日暮れの海のものがたり』　安房直子作,遠藤てるよ画　岩崎書店　1982.3　163p　18cm（フォア文庫）　390円

『ゆきひらのはなし』　安房直子さく,頓田室すえ　京都PHP研究所　1981.12　53p　23cm（こころの幼年童話）　940円

『遠い野ばらの村―童話集』　安房直子著,味戸ケイコ絵　筑摩書房　1981.9　205p　21cm　1400円

『ハンカチの上の花畑』　安房直子作, 岩淵慶造絵　あかね書房　1981.7　144p　22cm（日本の創作児童文学選）　880円〈初刷:1973（昭和48）図版〉

『しいちゃんと赤い毛糸』　安房直子作, 奈良坂智子絵　旺文社　1980.11　85p　22cm（旺文社創作童話）　880円

『きつねの窓』　安房直子著　ポプラ社　1980.9　195p　18cm（ポプラ社文庫）　390円

『だんまりうさぎ』　あわなおこさく, しらかわみつおえ　偕成社　1979.12　101p　22cm（新しい幼年創作童話）　680円

『まほうをかけられた舌』　安房直子作, 遠藤てるよ画　岩崎書店　1979.10　177p　18cm（フォア文庫）　390円

『天の鹿一童話』　安房直子作, 鈴木康司絵　筑摩書房　1979.9　135p　21cm　980円

『北風のわすれたハンカチ』　安房直子作, 牧村慶子絵　旺文社　1978.4　156p　22cm（旺文社ジュニア図書館）　650円〈解説:山室静, 赤坂包夫　叢書の編集:白木茂〔ほか〕　初刷:1971（昭和46）〉
[目次]北風のわすれたハンカチ, 小さいやさしい手, 赤いばらの橋

『すずをならすのはだれ』　安房直子作, 葉祥明絵　京都PHP研究所　1978.3　61p　23cm（PHPおはなしひろばシリーズ）　880円

『ライラック通りのぼうし屋』　安房直子作, 小松桂士朗絵　岩崎書店　1977.11　78p　22cm（あたらしい創作童話 2）　880円

『きつねの窓』　安房直子文, 織茂恭子絵　ポプラ社　1977.4　34p　25cm（おはなし名作絵本27）　750円

『ころころだにのちびねずみ』　あわなおこ著, すずきたくま絵　旺文社　1977.3　55p　23cm（旺文社こどもの本）　530円

『きつねのゆうしょくかい』　安房直子作, 赤星亮衛絵　講談社　1976.9　78p　22cm（幼年創作童話 9）　550円

『しろいあしあと』　安房直子作, 牧村慶子画　小学館　1976.1　43p　22cm（小学館の創作童話シリーズ 26）　380円

『まほうをかけられた舌』　安房直子作, 淵上昭広絵　岩崎書店　1975.3　93p　22×18cm（岩崎幼年文庫 1）　1100円〈解説:大石真　図版〉

『銀のくじゃく』　安房直子作, 赤星亮衛絵　筑摩書房　1975　221p　21cm（ちくま少年図書館）

『ライラック通りのぼうし屋』　安房直子作, 小松桂士朗絵　岩崎書店　1975　78p　22cm（あたらしい創作童話 2）

『白いおうむの森―童話集』　安房直子文, 赤星亮衛え　筑摩書房　1973　206p　21cm

『ハンカチの上の花畑』　安房直子作, 岩淵慶造絵　あかね書房　1973　144p　22cm（あかね新作児童文学選 3）

『風と木の歌』　安房直子文, 司修絵　実業之日本社　1972　211p　21cm（少年少女短編名作選）

『北風のわすれたハンカチ』　安房直子作, 牧村慶子絵　旺文社　1971　156p　22cm（旺文社ジュニア図書館）

『まほうをかけられた舌』　安房直子作, 淵上昭広絵　岩崎書店　1971　94p　22cm（岩崎幼年文庫 1）

安藤　美紀夫
あんどう・みきお
《1930～1990》

『エープリルフールは雨のちくもり』　安藤美紀夫, 山脇あさ子作, 長谷川知子絵　国土社　1991.12　95p　22cm（どうわのいずみ 18）　950円　①4-337-13818-8

『ものおきロケットうちゅうのたび』　安藤美紀夫作, 杉浦範茂画　童心社　1990.2　110p　18cm（フォア文庫）　500円　①4-494-02676-X
[内容]ものおきがロケットになって, パパとケイちゃんは, ふしぎなうちゅうのたびへ！絵がいっぱいのファンタジー童話。

安藤美紀夫

『ねしょんべんねこ』　安藤美紀夫作，しばざきみゆき絵　新日本出版社　1989.10　121p　21cm（新日本にじの文学 19）　1010円　ⓒ4-406-01776-3
[目次] ねしょんべんねこ，忍者ねこ，へさきねこ，金庫ねこ
[内容] ねこも，そうとうな年になると，魔法をつかいます。魔法をつかって，ちくわやハムをかせいできたりもします。さて，わたしたちの魔女ねこチャコは，いったい，どんな魔法をつかって，どんなことをやってくれるのでしょうか。チャコのはなしを，きいてやってください。小学校中学年以上向。

『プチコット村へいく』　安藤美紀夫作，鈴木義治絵　新日本出版社　1989.2　132p　20cm（新日本にじの文学）　980円　ⓒ4-406-01710-0〈新装版〉
[内容] みなさん。たいくつしたこびとは，どんなことをしてあそぶか，しっていますか。バルカ　ピルカ　バルカ　ピルカ　ピルカ　バルカ　ホウッ！　さあ，みなさん。こびとのプチコットがとなえる，このじゅもんで，いったい，村ではどんなことがおこるでしょうか。みなさんも，プチコットといっしょに，じゅもんをとなえてみませんか。小学校中学年以上向。

『いつか、おかあさんを追いこす日』　安藤美紀夫作，中村景児絵　小峰書店　1988.12　109p　22cm（赤い鳥文庫）　906円　ⓒ4-338-07805-7〈叢書の編者：赤い鳥の会〉
[内容] この物語の主人公の友子は，けがをしたために親にはぐれた赤ちゃんだぬきを，小さい時から，自分が赤ちゃんだぬきのおかあさんになったつもりで，いっしょうけんめいに育てます。小学校中学年より。

『いじめっ子やめた』　安藤美紀夫作，遠藤てるよ絵　新日本出版社　1988.8　154p　22cm（新日本少年少女の文学）　1200円　ⓒ4-406-01657-0
[内容] 佐紀へのいじめは，ますますはげしくなっていくかのようだった。心ならずもいじめの仲間に入っていた智子にも，いやがらせの手紙が…。不安のあまり学校を休んだ智子に，母の絹子は，つとめ先の興国自動車でおきている差別や暴力について語るのだった。母の勇気ある生き方を知った時，智子は―。小学校上級～中学生向

『おばあちゃんのボーイフレンド』　安藤美紀夫作，むかいながまさ絵　国土社　1986.11　78p　22cm（どうわのいずみ）　880円　ⓒ4-337-13803-X
[内容] ある日のこと，おばあちゃんと，おばあちゃんねこハナコの家へ，子ねこをだいた少年がやってきました。どうやら，おばあちゃんにもハナコにも，すてきなボーイフレンドができたらしいのです。ところが…

『いなずま走るとき』　安藤美紀夫作，遠藤てるよ絵　国土社　1985.12　155p　23cm（国土社の新創作童話）　980円　ⓒ4-337-13308-9

『とんでも電車大脱線』　安藤美紀夫作，伴つぐお絵　国土社　1985.7　124p　22cm（ふしぎの国の童話）　950円　ⓒ4-337-14102-2

『おばあちゃんの犬ジョータン』　安藤美紀夫作，水沢研画　岩崎書店　1985.1　134p　18cm（フォア文庫）　390円

『電車のすきな歯医者さん』　安藤美紀夫作，伴つぐお絵　国土社　1984.12　127p　22cm（ふしぎの国の童話）　950円　ⓒ4-337-14101-4

『草原のみなし子』　安藤美紀夫作，菅輝男絵　理論社　1984.1　227p　23cm（理論社名作の愛蔵版）　940円　ⓒ4-652-00165-7

『とうさん、ぼく戦争をみたんだ』　安藤美紀夫作，こさかしげる絵　新日本出版社　1983.8　154p　22cm（新日本少年少女の文学）　1200円

『ものおきロケットうちゅうのたび』　安藤美紀夫文，杉浦範茂絵　童心社　1983.6　95p　21cm（おはなしこんにちは）　1000円

『ルークル、とびなさい』　安藤美紀夫作，かみやしん画　京都サンリード　1982.10　78p　24cm（サンリードおはなし文庫）　1200円

『七人めのいとこ』　安藤美紀夫著，こさかしげる絵　偕成社　1982.9　212p　21cm（偕成社の創作文学）　950円　ⓒ4-03-720430-4

『風の十字路』　安藤美紀夫作, 小林与志絵　旺文社　1982.7　157p　22cm（旺文社創作児童文学）　980円

『青いつばさ』　箕田源二郎え, 安藤美紀夫著　理論社　1982.3　228p　23cm（ジュニア・ライブラリー——日本編）　1500円〈初刷:1967（昭和42）〉

『おばあちゃんの犬ジョータン』　安藤美紀夫作, 水沢研絵　岩崎書店　1982.2　122p　22cm（岩崎幼年文庫）　1100円

『アイヌラックル物語』　安藤美紀夫著, 水四澄子絵　三省堂　1981.12　142p　27cm（古典のおくりもの——アイヌ「ユーカラ」）　1800円

『赤い輪の姫の物語』　安藤美紀夫著, 水四澄子絵　三省堂　1981.12　122p　27cm（古典のおくりもの——アイヌ「ユーカラ」）　1800円

『ポイヤウンベ物語』　安藤美紀夫著, 水四澄子絵　三省堂　1981.12　138p　27cm（古典のおくりもの——アイヌ「ユーカラ」）　1800円

『おかあさんだいっきらい』　安藤美紀夫作, 長谷川知子画　童心社　1981.8　138p　18cm（フォア文庫）　390円

『火のいろの目のとなかい』　安藤美紀夫作, 司修絵　フレーベル館　1981.3　87p　28cm（フレーベル幼年どうわ文庫6）　950円〈初刷:1975（昭和50）〉

『白いりす』　安藤美紀夫作, 清水勝絵　講談社　1980.11　229p　18cm（講談社青い鳥文庫）　390円

『よわむしねこじゃないんだぞ』　安藤美紀夫文, つぼのひでお絵　文研出版　1980.11　46p　24cm（文研の創作えどうわ）　880円

『若い神たちの森』　安藤美紀夫作, 田代三善画　小学館　1979.5　142p　22cm（小学館の創作児童文学シリーズ）　780円

『タケルとサチの森』　城倉好子画, 安藤美紀夫文　童心社　1979.4　46p　23cm（童心社の幼年絵童話4）　600円〈初刷:1973（昭和48）〉

『おかあさんだいっきらい』　安藤美紀夫作, 長谷川知子画　童心社　1978.3　133p　22cm（現代童話館）　780円

『日のかみさまともんれま』　安藤美紀夫文, 遠藤てるij画　あかね書房　1977.6　63p　22cm（新作絵本日本の民話）　680円

『馬町のトキちゃん』　安藤美紀夫著　PHP研究所　1976.7　174p　22cm　880円

『火のいろの目のとなかい』　安藤美紀夫作, 司修絵　フレーベル館　1975　87p　23cm（フレーベル幼年どうわ文庫6）

『ヤッコの子つこ』　安藤美紀夫作, 長谷川知子絵　ポプラ社　1975　118p　22cm（ポプラ社の創作文庫21）

『プチコット村へいく』　安藤美紀夫作, 鈴木義治絵　新日本出版社　1974.10　102p　21cm（新日本こどもの文学）　1100円〈初刷:1969（昭和44）図版〉

『とらねこトララ』　安藤美紀夫作, 小野かおる絵　偕成社　1974　85p　22cm（創作幼年どうわ3）

『こおりの国のトウグル』　安藤美紀夫作, 赤星亮衛絵　偕成社　1973　134p　22cm（新選創作どうわ2）

『タケルとサチの森』　安藤美紀夫文, 城倉好子画　童心社　1973　46p　23cm（童心社の幼年絵童話4）　600円

『チョンドリーノ君の冒険』　安藤美紀夫文, 遠藤てるよ絵　集英社　1972　64p　28cm（オールカラー母と子の世界の名作21）

『でんでんむしの競馬』　安藤美紀夫文, 福田庄助絵　偕成社　1972　226p　21cm（少年少女創作文学）

『みどりいろの新聞』　安藤美紀夫作, 淵上昭広え　理論社　1971　123p　23cm（どうわの本棚）

『白いりす』　安藤美紀夫作, 山田三郎絵　講談社　1969　190p　21cm

『プチコット村へいく』　安藤美紀夫作, 鈴木義治絵　新日本出版社　1969　102p　21cm（新日本こどもの文学6）

『きかんしゃダダ』 安藤美紀夫文, 永井保絵 小峯書店 1968 81p 27cm（創作幼年童話 22）

『青いつばさ』 安藤美紀夫著, 箕田源二郎絵 理論社 1967 228p 23cm（ジュニア・ライブラリー）

『草原のみなし子』 安藤美紀夫文, 久米宏一絵 理論社 1966 184p 22cm（ジュニア・ロマンブック）

『ポイヤウンベ物語』 安藤美紀夫文, 水四澄子絵 福音館書店 1966 189p 22cm

『ジャングル・ジムがしずんだ—長編童話』 安藤美紀夫文, 山田三郎絵 講談社 1964 234p 22cm

『白いりす』 安藤美紀夫文, 山田三郎絵 講談社 1961 190p 22cm（長編少年少女小説）

飯沢 匡
いいざわ・ただす
《1909〜1994》

『ヤンボウニンボウトンボウ—泣くな！ヒマラヤの雪男 テレビ版』 飯沢匡原作, 大石好文文 理論社 1998.2 86p 22cm 1000円 ①4-652-00315-3

『ヤンボウニンボウトンボウ—トンボウをわしの家にくれ！テレビ版』 飯沢匡原作, 大石好文文 理論社 1998.1 86p 22cm 1000円 ①4-652-00314-5

『ヤンボウニンボウトンボウ—ホラふき少年は知っている テレビ版』 飯沢匡原作, 大石好文文 理論社 1997.12 85p 22cm 1000円 ①4-652-00313-7

『ヤンボウニンボウトンボウ—対決！200年目の大勝負 テレビ版』 飯沢匡原作, 大石好文文 理論社 1997.11 86p 22cm 1000円 ①4-652-00312-9

『ヤンボウニンボウトンボウ—カラスの城のよわむし王子 テレビ版』 飯沢匡原作, 大石好文文 理論社 1997.10 84p 22cm 1000円 ①4-652-00311-0

『ヤンボウニンボウトンボウ—ややっ！花よめがさらわれた テレビ版』 飯沢匡原作, 大石好文文 理論社 1997.3 84p 22cm 980円 ①4-652-00280-7

『ヤンボウニンボウトンボウ—大どろぼう？はさびしんぼう テレビ版』 飯沢匡原作, 大石好文文 理論社 1997.2 83p 22cm 980円 ①4-652-00279-3

『ヤンボウニンボウトンボウ—ゆうれい城はワナだらけ テレビ版』 飯沢匡原作, 大石好文文 理論社 1997.1 83p 22cm 980円 ①4-652-00278-5

『ヤンボウニンボウトンボウ—遊べあそべ！王子さまの大ぼうけん テレビ版』 飯沢匡原作, 大石好文文 理論社 1996.12 84p 22cm 980円 ①4-652-00277-7

内容 ヤンボウ、ニンボウ、トンボウ…ちょっとへんななまえだな？でも、これは、三びきの白ザルのぼうやたちのなまえです。とらえられていた中国のおしろからにげだして、とうさんかあさんのまっているとおいインドまで、たびをつづけているのです。たびのとちゅうには、こわいこと、あぶないこと、つらいことがいっぱい！しっかりもののヤンボウ、あばれんぼうのニンボウ、かわいいちびすけトンボウのきょうだいは、はたしてとうさんやかあさんにあえるでしょうか。

『ヤンボウニンボウトンボウ—ネコひめさまのねがいごと テレビ版』 飯沢匡原作, 大石好文文 理論社 1996.10 86p 22cm 980円 ①4-652-00276-9

『ヤンボウニンボウトンボウ—大ばくはつ！なまけザルの島 テレビ版』 飯沢匡原作, 大石好文文 理論社 1996.7 86p 22cm 980円 ①4-652-00274-2

内容 ヤンボウ、ニンボウ、トンボウ…ちょっとへんななまえだな？でも、これは、三びきの白ザルのぼうやたちのなまえです。とらえられていた中国のおしろからにげだして、かあさんのまっているとおいインドまで、たびをつづけているのです。たびのとちゅうには、こわいこと、あぶないこと、つらいことが、いっぱい！しっかりもののヤンボウ、あばれんぼうのニンボウ、かわいいちびすけトンボウのきょうだいは、はたしてかあさんにあえるでしょうか。

飯沢匡

『ヤンボウニンボウトンボウーびっくり！おまじないが月をけす テレビ版』 飯沢匡原作, 大石好文文 理論社 1996.7 86p 22cm 980円 ⓐ4-652-00275-0
[内容] ヤンボウ、ニンボウ、トンボウ…ちょっとへんななまえだな？でも、これは、三びきの白ザルのぼうやたちのなまえです。とらえられていた中国のおしろからにげだして、かあさんのまっているとおいインドまで、たびをつづけているのです。たびのとちゅうには、こわいこと、あぶないこと、つらいことがいっぱい！しっかりもののヤンボウ、あばれんぼうのニンボウ、かわいいちびすけトンボウのきょうだいは、はたしてかあさんにあえるでしょうか。

『ヤンボウニンボウトンボウーオオカミなんかこわくない テレビ版』 飯沢匡原作, 大石好文文 理論社 1996.1 78p 22cm 980円 ⓐ4-652-00272-6

『ヤンボウニンボウトンボウーきけん！きんにくドラはすぐおこる テレビ版』 飯沢匡原作, 大石好文文 理論社 1996.1 86p 22cm 980円 ⓐ4-652-00273-4

『ヤンボウニンボウトンボウーキツネ男に気をつけろ！テレビ版』 飯沢匡原作, 大石好文文 理論社 1996.1 86p 22cm 980円 ⓐ4-652-00271-8

『ヤンボウ・ニンボウ・トンボウ 10 さいごのぼうけん』 飯沢匡作, 土方重巳絵 理論社 1993.3 107p 22cm 1200円 ⓐ4-652-00270-X〈新装版〉
[内容] おとうさんとおかあさんをたずねて、中国の北のはしから、とおいインドまで、ぼうけんのたびにでた白ザルのぼうやたちの、このながいながいものがたりも、そろそろおわりにちかづいたようです。ながいたびのあいだには、いろいろなきけんや、ぼうけんにであいました。みんなは、ちえを出しあい、力をあわせて、やっとインドにたどりつくことができたのでした。もうすぐ、おとうさんやおかあさんたちにあえるのです。ところが、3びきのなかよしきょうだいとトマトさんのまえに、さいごのぼうけんがまちかまえています。はたしてヤンボウたちは、きけんをのりこえて、やさしいおかあさんにあうことができるでしょうか。

『ヤンボウ・ニンボウ・トンボウ 9 ジャングルの大けっとう』 飯沢匡作, 土方重巳絵 理論社 1993.3 116p 22cm 1200円 ⓐ4-652-00269-6〈新装版〉
[内容] ヤンボウたちとトマトさんは、ラクダさんのせなかにのせてもらって、やっと、さばくのおわるところにつきました。ところが目のまえには、まっ白に雪をかぶった、けわしい山がそびえています。この山をこえれば、その先はもうインドです。さあ、みんなぶじに、インドへゆきつくことができるでしょうか。

『ヤンボウ・ニンボウ・トンボウ 8 さばくの赤どろぼう』 飯沢匡作, 土方重巳絵 理論社 1993.2 102p 22cm 1200円 ⓐ4-652-00268-8〈新装版〉
[内容] せんそうのばくだんでかじになったにんげんの村から、むちゅうでにげだしたヤンボウたちは、とちゅうではぐれてしまいました。イタチにさらわれたアヒルの子をたすけだそうとしたヤンボウは、にんげんのしかけたわなにかかって、さあたいへん！でも、ちえのあるヤンボウは、イタチをやっつけてアヒルの子をたすけだすことができました。そしてニンボウもトマトさんもやってきて、ひさしぶりにみんなのかおがそろったのです。

『ヤンボウ・ニンボウ・トンボウ 7 もえるにんげんの村』 飯沢匡作, 土方重巳絵 理論社 1993.2 118p 22cm 1200円 ⓐ4-652-00267-X〈新装版〉
[内容] インドにわたろうと、ヤンボウたちがのりこんだかいぞくせんは、ねずみそうどうにまきこまれて大ばくはつ。やっとにげだしたみんなをのせて、イルカさんたちは、まるで、きせんのようにうみの上をはしります。やがて、はるかむこうに、りくが見えてきました。

『ヤンボウ・ニンボウ・トンボウ 6 かいぞくせん大ばくはつ』 飯沢匡作, 土方重巳絵 理論社 1993.1 118p 22cm 1200円 ⓐ4-652-00266-1〈新装版〉
[内容] ヤンボウ・ニンボウ・トンボウは、白ザルのぼうやたちの名まえです。ゆうきとちえできけんをのりこえ、げんきいっぱいたびをつづけます。大あらしにあってうみにながされ、ごくらく島にたどりついた3びきは、ひさしぶりにはらいっぱいくだものをたべて大まんぞく。やっとぐっすりねむることができました。ところがさあたいへん！島の火山がばくはつしたのです。イカダをくんで、あぶな

飯沢匡

いところをにげ出したみんなは、こんどはクジラのおじさんの口にのみこまれて、しおといっしょに空たかくふき上げられてしまいました。

『ヤンボウ・ニンボウ・トンボウ　5　ごくらく島はおおさわぎ』　飯沢匡作, 土方重巳絵　理論社　1993.1　102p　22cm　1200円　①4-652-00265-3〈新装版〉
[内容]青ザルの王さまをこらしめたヤンボウたちは、森の中で大あらしにあい、木のほらあなににげこみましたが、その大きな木も、あらしにたおされ、大水にまきこまれてしまいました。ほらあなにすんでいたフクロウのおじさん、わがままなカラスの女の子トマトさん、そして3びきをのせた大きな木は、ひろいうみへむかって、どんどんながされていきます…。

『ヤンボウ・ニンボウ・トンボウ　4　ろうやからにげだせ』　飯沢匡作, 土方重巳絵　理論社　1992.12　110p　22cm　1200円　①4-652-00264-5〈新装版〉

『ヤンボウ・ニンボウ・トンボウ　3　大こう水にながされて』　飯沢匡作, 土方重巳絵　理論社　1992.12　119p　22cm　1200円　①4-652-00263-7〈新装版〉

『ヤンボウ・ニンボウ・トンボウ　2　くらやみのトラたいじ』　飯沢匡作, 土方重巳絵　理論社　1992.12　108p　22cm　1200円　①4-652-00262-9〈新装版〉
[内容]しっかりもののヤンボウ、あばれんぼうのニンボウ、かわいいちびすけのトンボウ、なかよしきょうだいのたびはつづきます。ずるがしこいキツネにだまされて、どく入りの水をのまされそうになったり、こわいオオカミにたべられそうになったり、おそろしいトラをたいじしたり、すすきのはらっぱでやきころされそうになったり…。そして、こんどはわるいくまにたべられそうになって、にげだした三びきは、やっとのことで、どろぬまの中ににげこんだのですが…。

『ヤンボウ・ニンボウ・トンボウ　1　しゅっぱつだかあさんの国へ』　飯沢匡作, 土方重巳絵　理論社　1992.12　104p　22cm　1200円　①4-652-00261-0〈新装版〉
[内容]ヤンボウ・ニンボウ・トンボウは、白ザルのほうやたちのなまえです。この本は、その三びきのなかよしきょうだいが、中国からとおいインドの国へ、おとうさんとおかあさ

んをたずねてたびをする、ほうけんのものがたりです。さあ、いよいよしゅっぱつの日がきました。三びきはげんきにうたをうたってあるきだしました。ところが、もう、こわいオオカミがねらっています…。ヤンボウたちに、これから、どんなきけんやぼうけんが、まちかまえているのでしょうか。

『ヤンボウニンボウトンボウ―三びきのさるのぼうけん　3』　飯沢匡作　〔点字資料〕　大阪　日本ライトハウス点字出版所　1989.4　2冊　27cm　全2800円〈原本:東京　理論社　1987　いいざわただす・おはなしの本6〉

『ヤンボウニンボウトンボウ―三びきのさるのぼうけん　2』　飯沢匡作　〔点字資料〕　大阪　日本ライトハウス点字出版所　1989.1　2冊　27cm　全2600円〈原本:東京　理論社　1987　いいざわただす・おはなしの本5〉

『ヤンボウニンボウトンボウ―三びきのさるのぼうけん　1』　飯沢匡作　〔点字資料〕　大阪　日本ライトハウス点字出版所　1988.12　2冊　27cm　全2500円〈原本:東京　理論社　1987　いいざわただす・おはなしの本4〉

『打出のこづち』　飯沢匡作, 土方重巳絵　汐文社　1985.4　145p　22cm（原爆児童文学集）　1100円　①4-8113-7004-X

『ぼろきれ王子』　飯沢匡作, 土方重巳絵　理論社　1982.6　222p　23cm（理論社名作の愛蔵版）　940円〈初刷:1972（昭和47）〉

『ぼろきれ王子』　土方重巳え, 飯沢匡作　1982年版　理論社　1982.4　222p　23cm（日本の児童文学）〈愛蔵版〉

『ブーフーウー』　飯沢匡作, 土方重巳画　理論社　1982.1　156p　18cm（フォア文庫）　390円

『ヤンボウニンボウトンボウ―三びきのさるのぼうけん　3』　飯沢匡作, 土方重巳絵　理論社　1980.3　203p　23cm（いいざわただす・おはなしの本6）　980円

『ヤンボウニンボウトンボウ―三びきのさるのぼうけん　2』　飯沢匡作, 土方重巳絵　理論社　1980.3　190p　23cm（いいざわただす・おはなしの本5）　980円

『ヤンボウニンボウトンボウー三びきのさるのぼうけん　1』　飯沢匡作, 土方重巳絵　理論社　1980.3　182p　23cm（いいざわただす・おはなしの本 4）　980円

『怪獣くんこんにちは』　飯沢匡著, 土方重巳絵　国土社　1979.2　158p　21cm（新選創作児童文学 7）　950円〈初刷:1969（昭和44）〉

『ダットくん—げんきな子ウサギのはなし』　飯沢匡作, 土方重巳絵　理論社　1978.6　138p　23cm（いいざわただす・おはなしの本 3）　980円

『ブーフーウー』　飯沢匡作, 土方重巳絵　理論社　1977.8　131p　23cm（いいざわただす・おはなしの本 2）　980円

『逃げだしたお皿』　飯沢匡作, 土方重巳絵　理論社　1977.6　211p　23cm（いいざわただす・おはなしの本 1）　980円

『ぼろきれ王子』　飯沢匡作, 土方重巳絵　理論社　1972　222p　23cm（理論社の愛蔵版わたしのほん）

『佐渡狐』　飯沢匡作, 長沢節絵　平凡社　1971　273p　22cm

『怪獣くんこんにちは』　飯沢匡作　国土社　1969　158p　21cm（新選創作児童文学 7）　950円

『プーポン博士の宇宙旅行』　飯沢匡文, 土方重巳絵　中央公論社　1958　75p　25cm

『ばら色のリボン』　飯沢匡文, 高橋秀絵　同和春秋社　1955　222p　19cm（昭和少年少女文学選集 10）

『ぼろきれ王子』　飯沢匡文, 土方重巳絵　朝日新聞社　1955　165p　22cm

『ヤンボウニンボウトンボウ　1～5』　飯沢匡文, 土方重巳絵　宝文館　1955-1956　5冊　22cm

池田　宣政
→南洋一郎（みなみ・よういちろう）を見よ

石井　桃子
いしい・ももこ
《1907～》

『幼ものがたり』　石井桃子作, 吉井爽子画　福音館書店　2002.6　333p　17cm（福音館文庫）　750円　①4-8340-1822-9
目次 早い記憶, 身近な人びと, 四季折々, 近所かいわい, 明治の終り, 一年生
内容 「古希」七十歳に近づいたころ, 著者の心の中に, 忘れ去って久しい幼い日々の記憶が, まるで魔法のように蘇りはじめました。それもまるで昨日のことのように, ひとつひとつ鮮やかに…!「失われた時」を, 幼児の目と心に映ったまま輪郭もくっきりと再現した, たぐいまれな自伝・回想記。小学校上級以上。

『石井桃子集　7』　石井桃子著　岩波書店　1999.3　306p　20cm　2900円　①4-00-092207-6
目次 エッセイ集

『石井桃子集　5』　石井桃子著　岩波書店　1999.2　303p　20cm　2900円　①4-00-092205-X
目次 新編子どもの図書館

『石井桃子集　6』　石井桃子著　岩波書店　1999.1　317p　20cm　2900円　①4-00-092206-8
目次 児童文学の旅

『石井桃子集　4』　石井桃子著　岩波書店　1998.12　272p　20cm　2900円　①4-00-092204-1
目次 幼ものがたり

『石井桃子集　3』　石井桃子著　岩波書店　1998.11　314p　20cm　2900円　①4-00-092203-3
目次 迷子の天使, 解説:迷子の天使は誰か（河合隼雄著）

『石井桃子集　2』　石井桃子著　岩波書店　1998.10　328p　20cm　2900円　①4-00-092202-5
目次 やまのこどもたち, やまのたけちゃん, いぬとにわとり, くいしんぼうのはなこさん, ありこのおつかい, ふしぎなたいこ, かえるのやくそく, にげたにおうさん, おししのくびはな

ぜあかい, うみのみずはなぜからい, 山のトムさん, べんけいとおとみさん, 解説:記憶と言葉〈金井美恵子著〉

『石井桃子集 1』 石井桃子著 岩波書店 1998.9 293p 20cm 2900円
①4-00-092201-7
目次 ノンちゃん雲に乗る, 三月ひなのつき, 解説:移行するものたち〈天沢退二郎著〉

『幼ものがたり』 石井桃子著, 吉井爽子画 新座 埼玉福祉会 1992.4 2冊 27cm（大活字本シリーズ） 3811円,3605円〈原本:福音館書店刊 限定版〉

『迷子の天使』 石井桃子作, 脇田和画 福音館書店 1986.6 359p 20cm（福音館創作童話シリーズ） 1350円
①4-8340-0693-X

『べんけいとおとみさん』 石井桃子作, 山脇百合子絵 福音館書店 1985.10 197p 22cm 1300円 ①4-8340-0376-0

『ノンちゃん雲に乗る』 中川宗弥画, 石井桃子著 福音館書店 1982.6 278p 18cm（福音館創作童話シリーズ） 880円〈初刷:1967（昭和42）〉

『三月ひなのつき』 朝倉摂え, 石井桃子さく 福音館書店 1981.3 91p 22cm（福音館創作童話シリーズ） 1000円〈初刷:1963（昭和38）〉

『幼ものがたり』 石井桃子作, 吉井爽子画 福音館書店 1981.1 325p 19cm（福音館日曜日文庫） 1100円

『山のトムさん』 石井桃子作, 深沢紅子画 岩波書店 1980.10 200p 18cm（岩波少年文庫） 400円

『山のトムさん』 深沢紅子画, 石井桃子作 福音館書店 1978.11 202p 20cm（福音館創作童話シリーズ） 1000円〈初刷:1968（昭和43）〉

『山のトムさん』 石井桃子文, 深沢紅子絵 福音館書店 1968 202p 22cm

『ノンちゃん雲に乗る』 石井桃子文, 中川宗弥絵 福音館書店 1967 278p 19cm

『くいしんぼうのはなこさん』 いしいもも子作, 阿部知二等編, きくちさだお絵 麦書房 1966 22p 21cm（新編雨の日文庫 7）

『三月ひなのつき』 石井桃子文, 朝倉摂絵 福音館書店 1963 91p 22cm

『石井桃子・北畠八穂・北川千代集』 石井桃子, 北畠八穂, 北川千代文, 岩崎ちひろ等絵 講談社 1962 389p 23cm（少年少女日本文学全集 16）

『新日本児童文学選』 石井桃子文, 太田大八等絵 あかね書房 1960 303p 23cm（世界児童文学全集 30）

『北畠八穂・石井桃子集』 北畠八穂, 石井桃子文, 高山毅等編, 山本耀也等絵 東西文明社 1958 320p 22cm（昭和児童文学全集 18）

『山のトムさん』 石井桃子文, 深沢紅子絵 光文社 1957 189p 19cm

『ノンちゃん雲に乗る―長篇』 石井桃子文 光文社 1956 248p 18cm（カッパブックス）

『ノンちゃん雲に乗る』 石井桃子文, 桂ユキ子絵 光文社 1951 257p 19cm

石坂　洋次郎
いしざか・ようじろう
《1900〜1986》

『若い川の流れ―忘れ得ぬ人々・ある詩集・別れの歌』 石坂洋次郎著 旺文社 1997.4 319p 18cm（愛と青春の名作集） 1000円

『青い山脈』 石坂洋次郎著 改訂 ポプラ社 1982.10 302p 20cm（アイドル・ブックス） 580円

『暁の合唱』 石坂洋次郎著 改訂 ポプラ社 1982.10 322p 20cm（アイドル・ブックス） 580円

『山のかなたに』 石坂洋次郎著 改訂 ポプラ社 1982.10 310p 20cm（アイドル・ブックス） 580円

『現代日本文学全集 19 石坂洋次郎名作集』 石坂洋次郎著 改訂版 偕成社 1980.4 310p 23cm 2300円〈編集:滑川道夫〔ほか〕, 初版:1964（昭和39）巻末:年譜,現代日本文学年表,参考文献 解

説:平松幹夫〔ほか〕 肖像・筆跡:著者〔ほか〕 図版(肖像,筆跡を含む)〉
目次 美しい暦,霧の中の少女,婦人靴,青い山脈(抄)

『美しい暦』 石坂洋次郎作,山野辺進え 集英社 1975 292p 20cm(日本の文学 ジュニア版 37)

『若い人』 石坂洋次郎作,小松久子絵 集英社 1972 341p 20cm(日本の文学 ジュニア版 19)

『若い人』 石坂洋次郎著,小松久子絵 集英社 1969 341p 20cm(日本の文学 カラー版 19)

『美しい暦』 石坂洋次郎文,武部本一郎絵 あかね書房 1967 239p 22cm(少年少女日本の文学 12)

『青い山脈』 石坂洋次郎文,伊勢田邦彦絵 ポプラ社 1966 302p 20cm(アイドル・ブックス 36)

『暁の合唱』 石坂洋次郎文,池田仙三郎絵 ポプラ社 1966 322p 20cm(アイドル・ブックス 26)

『美しい暦』 石坂洋次郎文,秋野卓美絵 偕成社 1966 304p 19cm(日本文学名作選ジュニア版 37)

『山のかなたに』 石坂洋次郎文,上原重和絵 ポプラ社 1966 310p 20cm(アイドル・ブックス 33)

『石坂洋次郎名作集』 石坂洋次郎文,渡辺武夫絵 偕成社 1964 310p 23cm(少年少女現代日本文学全集 38)

『けんちゃんとゆりこちゃん』 石坂洋次郎文,林義雄絵 小学館 1961 165p 22cm

『石坂洋次郎集』 石坂洋次郎文,飛田文雄編 新紀元社 1956 273p 18cm(中学生文学全集 23)

石森 延男
いしもり・のぶお
《1897~1987》

『コタンの口笛 第2部 光の歌 part 3』 石森延男著,鈴木義治絵 講談社 1988.6 286p 18cm(講談社青い鳥文庫) 490円 ①4-06-147243-7
内容 アイヌ生まれのマサとユタカの姉弟は、不当な差別と貧しさに苦しみながらも、けんめいに生きようとしていた。ある日、ユタカは、がまんしきれずに級友に決闘を申しこんだが、相手に闇討ちされてしまう。この事件をきっかけに、父のイヨンは、きこりになって働くが、事故で死んでしまった…。人間愛の美しさにあふれる不朽の名作のPART3。第1回未明文学賞受賞作。

『コタンの口笛 第1部 あらしの歌 part 2』 石森延男著,鈴木義治絵 講談社 1988.2 332p 18cm(講談社青い鳥文庫) 540円 ①4-06-147237-2
内容 アイヌ人の父をもつというだけで、理由のない差別を受けつづけるマサとユタカ姉弟。つらい日々の中で、マサは心をひらける絵の世界を見つけ、ユタカは自分の努力がたよりの英語の勉強に力を入れはじめる。ところが、わだかまりをもつ級友のがまんのならない仕打ちに、ユタカは、とうとう決闘を申しこんだ。不安と争いの中で、たくましく育つ少年少女を描いた名作のPART2。第1回未明文学賞受賞作。

『コタンの口笛 第1部 あらしの歌 part 1』 石森延男著,鈴木義治絵 講談社 1988.1 340p 18cm(講談社青い鳥文庫) 540円 ①4-06-147234-8
内容 美しくもかなしい伝説を数多く生みだしてきたアイヌの人々―。コタンは、そのアイヌの人たちの住む村。姉のマサは中学3年生。弟のユタカは中学1年生。アイヌを父に、シャモ(和人)を母として生まれた。母は幼いときに亡くなり、父親のイヨンと3人暮らし。姉弟は、理由のない差別と貧しさに苦しみながらも、まわりのあたたかな心をもった人たちにはげまされ、たくましく生きようとする。北海道の雄大な自然の中で、生きることの意味をしずかに問いかけながらも、美しいことばでつづられた、一つのメルヘンともいえる日本児童文学の名作。第1回未明文学賞受賞作。

『日本キリスト教児童文学全集 第6巻 千軒岳―石森延男集』 石森延男著 教文館 1983.9 336p 22cm 2500円

石森延男

『コタンの口笛　第1部』　石森延男著　偕成社　1982.9　442p　19cm（日本文学名作選 33）　680円　①4-03-801330-8〈巻末:石森延男の年譜 解説:村松定孝 ジュニア版 初版:1966（昭和41）肖像:著者 図版（肖像を含む）〉

『シオンの花』　鈴木義治画, 石森延男著　あかね書房　1981.5　198p　22cm（日本児童文学名作選 8）　980円〈解説:前川康男 図版〉

|目次| 木のめ草のめ〔ほか9編〕

『バンのみやげ話』　石森延男作, やなせたかし絵　講談社　1980.8　324p　22cm（児童文学創作シリーズ）　1400円〈解説:平塚武二 初刷:1975（昭和50）見返し:ヨーロッパ絵地図 図版〉

『コタンの口笛　第2部』　石森延男著　偕成社　1980.7　432p　19cm（日本文学名作選 34）　680円〈巻末:石森延男の年譜 解説:村松定孝 ジュニア版 初刷:1966（昭和41）肖像:著者 図版（肖像を含む）〉

『黄色な風船』　石森延男著, おのきがく絵　あすなろ書房　1980.4　203p　22cm（あすなろ創作シリーズ 2）　980円

『とんびかっぱ』　石森延男文, 油野誠一絵　大阪　文研出版　1979.6　87p　23cm（文研児童読書館）　880円〈初刷:1972（昭和47）〉

|目次| とんびかっぱ〔ほか6編〕

『コタンの口笛一（抄）』　石森延男著, 鈴木義治絵　大阪　文研出版　1978.12　295p　23cm（文研児童読書館—日本名作 8）　860円〈解説:石森延男 叢書の編集:石森延男〔ほか〕 初刷:1970（昭和45）図版〉

『石森読本　6年生』　石森延男著　小学館　1977.8　239p　23cm（石森延男児童文学選集）　750円

『石森読本　5年生』　石森延男著　小学館　1977.8　239p　23cm（石森延男児童文学選集）　750円

『石森読本　4年生』　石森延男著　小学館　1977.7　223p　23cm（石森延男児童文学選集）　750円

『石森読本　3年生』　石森延男著　小学館　1977.7　223p　23cm（石森延男児童文学選集）　750円

『石森読本　2年生』　石森延男著　小学館　1977.6　223p　23cm（石森延男児童文学選集）　750円

『石森読本　1年生』　石森延男著　小学館　1977.6　223p　23cm（石森延男児童文学選集）　750円

『コタンの口笛　第1,2部』　石森延男著　講談社　1976.10　2冊　22cm（児童文学創作シリーズ）　各1200円

『コタンの口笛　第一部上,下,第二部上,下』　石森延男著　偕成社　1976.9　4冊p　18cm　各430円

『バンのみやげ話』　石森延男作, やなせたかし絵　講談社　1975　324p　22cm

『バンのみやげ話　続』　石森延男作, やなせたかし絵　講談社　1975　236p　22cm

『かみのけぼうぼう』　石森延男著, 清沢治絵　大阪　文研出版　1974.9　95p　23cm（文研児童読書館）　880円〈初刷:1972（昭和47）〉

|目次| このひとこと〔ほか9編〕

『西遊記ものがたり』　石森延男文, 黒崎義介画　学習社　1974　205p　22cm（小学生の中国文学全集 6）

『七十七番のバス』　石森延男文, 須田寿え　あすなろ書房　1974　195p　22cm

『いえすさまのおはなし』　石森延男文, 矢野滋子絵　女子パウロ会　1973　79p　24cm

『かみのけぼうぼう』　石森延男著, 清沢治絵　文研出版　1972　95p　23cm（文研児童読書館）

『シオンの花』　石森延男著, 鈴木義治画　あかね書房　1972　198p　22cm（日本児童文学名作選 8）

『タロチャンのまほうのタオル』　石森延男作, 三芳悌吉画　金の星社　1972　128p　22cm（創作児童文学 12）

『とんびかっぱ』　石森延男文, 油野誠一絵　文研出版　1972　87p　23cm（文研児童図書館）

『うつくしいマリモ・赤い木の実』　石森延男著, 三谷靱彦絵　学習研究社　1971　310p　23cm（石森延男児童文学全集 4）

『おしゃれトンボ・お祭りの日』　石森延男著, 鈴木義治絵　学習研究社　1971　346p　23cm（石森延男児童文学全集 2）

『親子牛・わかれ道』　石森延男著, 中尾彰絵　学習研究社　1971　322p　23cm（石森延男児童文学全集 8）

『観光列車・生きるよろこび』　石森延男著, 関野準一郎絵　学習研究社　1971　322p　23cm（石森延男児童文学全集 15）

『黄色な風船・たこあげ』　石森延男著, 若菜珪絵　学習研究社　1971　314p　23cm（石森延男児童文学全集 5）

『グズベリ・桐の花』　石森延男著, 岩船修三絵　学習研究社　1971　306p　23cm（石森延男児童文学全集 11）

『コタンの口笛一（全）』　石森延男著, 小野木学絵　学習研究社　1971　594p　23cm（石森延男児童文学全集 12）

『スズメノチュンタ・なかよし』　石森延男著, 渡辺三郎絵　学習研究社　1971　342p　23cm（石森延男児童文学全集 1）

『千軒岳』　石森延男著, 東光寺啓絵　学習研究社　1971　306p　23cm（石森延男児童文学全集 13）

『太郎・スンガリーの朝』　石森延男著, 吉崎正巳絵　学習研究社　1971　314p　23cm（石森延男児童文学全集 7）

『日本たんじょう・Sekai Tokorodokoro』　石森延男著, 村上幸一等絵　学習研究社　1971　306p　23cm（石森延男児童文学全集 6）

『パトラとルミナー（全）』　石森延男著, 桂ゆき絵　学習研究社　1971　322p　23cm（石森延男児童文学全集 3）

『バンのみやげ話』　石森延男著, 北村脩絵　学習研究社　1971　306p　23cm（石森延男児童文学全集 10）

『ふしぎなカーニバル』　石森延男著, 油野誠一絵　学習研究社　1971　306p　23cm（石森延男児童文学全集 9）

『モンクーフォン・秋の日』　石森延男著, 萩太郎絵　学習研究社　1971　310p　23cm（石森延男児童文学全集 14）

『観光列車』　石森延男文　大阪教育図書　1970　227p　22cm

『コタンの口笛一（抄）』　石森延男作, 鈴木義治絵　文研出版　1970　295p　23cm（文研児童読書館）

『たこあげ』　石森延男文　大阪教育図書　1970　253p　22cm

『犬のあしあと』　石森延男文, 赤羽末吉絵　さ・え・ら書房　1969　126p　23cm（メモワール文庫）

『黄色な風船』　石森延男文, おのきがく絵　あすなろ書房　1969　203p　22cm

『コタンの口笛　第1部, 第2部』　石森延男文, 鈴木義治絵　偕成社　1969　2冊　19cm（日本の名作文学 32）

『千軒岳』　石森延男文, 赤羽末吉絵　東都書房　1969　318p　22cm

『太郎』　石森延男文, 秋野卓美絵　講談社　1969　223p　23cm（少年少女現代日本創作文学 5）

『桐の花―わが少年の日』　石森延男文, 加藤八洲絵　大阪　大阪教育図書　1968　398p　22cm

『コタンの口笛　2』　石森延男文, 鈴木義治絵　偕成社　1966　430p　19cm（日本文学名作選ジュニア版 34）

『コタンの口笛　1』　石森延男文, 鈴木義治絵　偕成社　1966　440p　19cm（日本文学名作選ジュニア版 33）

『石森延男小学生文庫―みんな光のわになって　1～6年生』　石森延男文, 岩崎ちひろ等絵　講談社　1965　6冊　23cm

『石森延男集』　石森延男文, 市川禎男絵　講談社　1963　386p　23cm（少年少女日本文学全集 19）

『ふしぎなカーニバル』　石森延男文, 富山妙子絵　東都書房　1963　323p　22cm

『コタンの口笛　2　光の歌』　石森延男文,鈴木義治絵　東都書房　1962　291p　19cm

『コタンの口笛　1　あらしの歌』　石森延男文,鈴木義治絵　東都書房　1962　388p　19cm

『バンのみやげ話』　石森延男文,池田仙三郎絵　東都書房　1962　312p　22cm

『親子牛』　石森延男著,桜井誠絵　講学館　1961　242p　22cm（日本の子ども文庫 5）

『パトラとルミナ　2　火の森のぼうけん』　石森延男文,松田穣絵　東都書房　1959　260p　22cm

『パトラとルミナ　1　しゃっくりをする沼』　石森延男文,松田穣絵　東都書房　1959　261p　22cm

『コタンの口笛　2　光の歌』　石森延男文,鈴木義治絵　東都書房　1957　332p　22cm

『コタンの口笛　1　あらしの歌』　石森延男文,鈴木義治絵　東都書房　1957　381p　22cm

『子どもしばい一二年の社会科童話』　石森延男文,富山妙子絵　実業之日本社　1951　166p　22cm

磯部　忠雄
いそべ・ただお
《1907～》

『新編日本昔話　下』　磯部忠雄著　近代文芸社　1996.5　342p　20cm　1800円　①4-7733-4907-7
[目次]　おにのうきぐつ、さるとうさぎ、石とたけのこ、となりのじいさん、すずめとり、どんぐりたろう、どっこいかぼちゃ、くろだいのおみや、ふくろうとからす、かしこいうま
[内容]　子供に伝えたい昔話集。日本人に昔から受けつがれている尊い精神、情深く、正義感に溢れる子供を育てる昔話。

『新編日本昔話　上』　磯部忠雄著　近代文芸社　1996.5　347p　20cm　1800円　①4-7733-4906-9
[目次]　くまときつね、なまけものとおに、しおふきうす、ナラナシとりのぼうけん、おどるひょうたん、ものいううし、うたうたいのおじいさん、シジクバンのたま、きんのうし、いたちとねずみ

『おさるのさいばん』　磯部忠雄文,中尾彰絵　泰光堂　1952　130p　22cm（ひらがなぶんこ 1）

伊藤　左千夫
いとう・さちお
《1864～1913》

『野菊の墓―奈々子・去年』　伊藤左千夫著　旺文社　1997.4　188p　18cm（愛と青春の名作集）　841円

『野菊の墓』　伊藤左千夫原作　金の星社　1996.11　93p　22cm（アニメ日本の名作 2）　1236円　①4-323-05002-X
[内容]　「民さんは野菊のような人だ。」政夫と、二さい年上の、いとこの民子は、まるできょうだいのように仲のよい間がらだった。子どものように、むじゃきに遊んでいたふたりに、やがて恋がめばえる。だが、世間体を気にする大人たちに、ふたりの恋はじゃまされて…。小学校三・四年生から。

『野菊の墓―ほか』　島崎藤村,伊藤左千夫著　講談社　1995.9　211p　19cm（ポケット日本文学館 13）　1000円　①4-06-261713-7

『ふるさと・野菊の墓』　島崎藤村,伊藤左千夫著　講談社　1987.1　277p　22cm（少年少女日本文学館 第3巻）　1400円　①4-06-188253-8
[目次]　ふるさと（島崎藤村）、伸び支度（島崎藤村）、鹿狩（国木田独歩）、忘れえぬ人々（国木田独歩）、野菊の墓（伊藤左千夫）
[内容]　心の奥で、なにかが変わりはじめる少年の日々。藤村・独歩・左千夫が自らの少年時代をふりかえる、自伝的青春の書。

『野菊の墓』　伊藤左千夫,鴇田幹絵　講談社　1986.9　233p　18cm（講談社青い鳥文庫）　420円　①4-06-147207-0
目次 野菊の墓,伊藤左千夫の歌,隣の嫁,春の潮
内容 15歳の政夫と二つ年上のいとこ民子のひたむきな初恋―。農村の封建的な風習によってひきさかれた少年少女の悲恋をはかなくも美しい小説にして、いまなお読者をこころよい感傷にさそう不朽の名作「野菊の墓」。ほかに自伝風小説「隣の嫁」、「春の潮」、明治歌壇に新風をふきこんだ左千夫の短歌数編を収録。

『野菊の墓』　伊藤左千夫著　創隆社　1984.9　211p　18cm（近代文学名作選）　430円

『野菊の墓』　伊藤左千夫著　金の星社　1981.10　285p　20cm（日本の文学 3）　680円　①4-323-00783-3〈巻末:左千夫の年譜 解説:井戸賀芳郎〔ほか〕ジュニア版 初刷:1973（昭和48）肖像:著者 図版（肖像）〉
目次 野菊の墓,奈々子,河口湖,守の家,姪子,隣の嫁,春の潮

『野菊の墓』　伊藤左千夫著　偕成社　1981.10　306p　19cm（日本文学名作選 3）　580円　①4-03-801030-9〈巻末:伊藤左千夫の年譜 解説:塩田良平 ジュニア版 初刷:1964（昭和39）肖像:著者 図版（肖像を含む）〉
目次 野菊の墓〔ほか11編〕

『野菊の墓』　伊藤左千夫著　ポプラ社　1981.6　302p　20cm（アイドル・ブックス 8―ジュニア文学名作選）　500円〈巻末:年譜 解説:山本英吉 初刷:1971（昭和46）肖像:著者 図版（肖像）〉
目次 野菊の墓〔ほか9編〕

『野菊の墓』　伊藤左千夫作,名取満四郎画　金の星社　1980.11　267p　18cm（フォア文庫）　430円

『野菊の墓』　伊藤左千夫著　ポプラ社　1979.12　204p　18cm（ポプラ社文庫）　390円

『野菊の墓 麦藁帽子 エデンの海 サイン・ノート』　伊藤左千夫,堀辰雄,若杉慧,富島健夫著　学習研究社　1978.10　232p　20cm（ジュニア版名作文学）　530円

『野菊の墓』　伊藤左千夫著　春陽堂書店　1977.12　295p　16cm（春陽堂少年少女文庫 世界の名作・日本の名作）　340円

『野菊の墓』　伊藤左千夫作,名取満四郎絵　金の星社　1973　285p　20cm（ジュニア版日本の文学 3）

『野菊の墓』　伊藤左千夫作,三芳悌吉絵　集英社　1972　317p　20cm（日本の文学 ジュニア版 9）

『野菊の墓』　伊藤左千夫著,三芳悌吉絵　集英社　1969　317p　20cm（日本の文学カラー版 9）

『野菊の墓』　伊藤左千夫文,伊藤和子絵　偕成社　1967　304p　19cm（日本の名作文学ホーム・スクール版 4）

『野菊の墓』　伊藤左千夫文,西村保史郎絵　ポプラ社　1965　302p　20cm（アイドル・ブックス 7）

『野菊の墓』　伊藤左千夫文,伊藤和子絵　偕成社　1964　304p　19cm（日本文学名作選ジュニア版 3）

いぬい　とみこ
《1924～2002》

『くらやみの谷の小人たち』　いぬいとみこ著　福音館書店　2002.8　431p　17cm（福音館文庫）　800円　①4-8340-1847-4
内容 日本の児童文学史に残る傑作ファンタジー『木かげの家の小人たち』の続編です。アマネジャキとともに信州にとどまることを決意したロビンとアイリスは、今度はモモンガーや花の精、木の精たちといった、日本の土着の妖精たちと、地下にひそむ邪悪なものたちとの壮絶な戦いに巻きこまれていきます。小学校中級以上。

いぬいとみこ

『木かげの家の小人たち』　いぬいとみこ作, 吉井忠画　福音館書店　2002.6　298p　17cm（福音館文庫）　700円　ⓘ4-8340-1810-5
[内容] 森山家の末っ子、ゆりには秘密の大切な仕事がありました。それは森山家に住んでいる四人のイギリス生まれの小人たちに、かならず毎朝一杯のミルクを届けることでした。しかし日本は大きな戦争に突入し、ミルク運びは次第に困難になっていきます。…日本児童文学史上に残る傑作ファンタジーです。小学校中級以上。

『ながいながいペンギンの話』　いぬいとみこ作, 大友康夫画　新版　岩波書店　2000.6　189p　18cm（岩波少年文庫）　640円　ⓘ4-00-114003-9

『北極のムーシカミーシカ』　いぬいとみこ作, 瀬川康男絵　理論社　2000.5　281p　22cm（新・名作の愛蔵版）　1200円　ⓘ4-652-00507-5
[内容] 知りたがりやのムーシカと、いたずらっ子のミーシカは、北極グマのふたごのきょうだい。かあさんグマが目をはなしたすきに、ゆきのあなをとびだしたふたりは、たちまちまいごになってしまいます。北極の自然の中で、たくましくそだっていく子グマたちの物語。日本児童文学の歴史に残るロングセラーをA5判サイズで活字も新しいページもリニューアル。

『ながいながいペンギンの話』　いぬいとみこ作, 山田三郎絵　理論社　1999.1　195p　22cm（新・名作の愛蔵版）　1200円　ⓘ4-652-00501-6
[内容] こわいものしらずのおにいさんのルルと、おくびょうだけど心のやさしいおとうとのキキが、力をあわせてきけんをのりこえ、たくましくそだっていきます。南極に生まれたふたごのペンギンの物語。

『ながいながいペンギンの話』　いぬいとみこ作, 山田三郎画　理論社　1995.10　173p　18cm（フォア文庫 B174）　550円　ⓘ4-652-07420-4
[目次] くしゃみのルルとさむがりやのキキ, ルルとキキのうみのぼうけん, さようならさようならにんげんさん!
[内容] 小学校中・高学年向き。

『光の消えた日』　いぬいとみこ作, 長新太画　岩波書店　1995.10　297p　22cm　2000円　ⓘ4-00-110694-9〈第7刷（第1刷:1978年)〉

『ながいながいペンギンの話』　いぬいとみこ作〔点字資料〕　大阪　日本ライトハウス　1993.10　163p　27cm　1450円〈原本:東京　理論社　1992　理論社名作の愛蔵版〉

『みえなくなった赤いスキー』　いぬいとみこ作, 狩野ふきこ画　新版　大日本図書　1993.10　70p　22cm（子ども図書館）　1100円　ⓘ4-477-00392-7

『四つのふたご物語』　いぬいとみこ著　理論社　1993.4　725p　21cm　4500円　ⓘ4-652-04217-5
[目次] ながいながいペンギンの話, 北極のムーシカミーシカ, ぼくらはカンガルー, 白鳥のふたごものがたり
[内容] 日本が生んだ名作ファンタジー。

『あゆみとひみつのおともだち』　いぬいとみこ作, 大友康夫画　岩波書店　1992.3　90p　22cm　1000円　ⓘ4-00-115971-6〈新装版〉
[内容] 小学2〜4年向。

『ながいながいペンギンの話』　いぬいとみこ作　改版　岩波書店　1990.7　189p　18cm（岩波少年文庫）　510円　ⓘ4-00-111036-9
[内容] ペンギンの兄弟ルルとキキは生まれたばかりというのに元気いっぱい。両親のるすにこっそり家をぬけだします…。さむがりやでくいしんぼう、冒険好きのこの小さな主人公たちは、1957年の刊行以来、幼い読者に愛されてきました。小学中級以上。

『ゆうびんサクタ山へいく』　いぬいとみこ作, いせひでこ画　理論社　1987.10　107p　18cm（フォア文庫 A055）　430円　ⓘ4-652-07066-7
[内容] 雪のふかい山おくへも、うら町へも、郵便屋さんは、毎日、郵便をはこんできてくれます。サクタは、はじめて自分がかいた手紙を、お山のおばあちゃんに早くだしたくて、ポストへいく途中、冒険にふみこんでしまいました…。おさないころ、「わが家」のそとにも、自分を愛する親しい人がいることを知ったおどろきと喜びが、サクタから伝わってきます。

『白鳥のふたごものがたり　3　ちいさいナナと魔女ガラス』　いぬいとみこ作, いせひでこ絵　理論社　1986.7　260p　21cm（いぬいとみこものがたりの本）　940円　①4-652-00833-3
内容　七わの白鳥のリーダーのイチロは、いじわるな魔女ガラスとたたかってきずつきます。その勝利によった魔女ガラスは、きずついた白鳥のおやこをいじめ、ただ一わナナという女の子の白鳥が、生き残りました。春が戻ってきたとき、ユキとキララはナナといっしょに、あの北のはてのくにへたびだちます。白鳥たちのゆききをさまたげるものは、何もないのですから…。

『白鳥のふたごものがたり　2　ユキのぼうけんホノカのうた』　いぬいとみこ作, いせひでこ絵　理論社　1986.6　186p　21cm（いぬいとみこものがたりの本）　940円　①4-652-00832-5
内容　くるしい冒険の旅のすえ、ユキとキララは、にほんのふうれん湖のそばにつきました。あたらしい助け手のホシノヒトミとそのすめのホノカ、北のみずうみでともだちになった七わの白鳥やカイツブリのオッコ、タッコ、キッコともめぐりあって、あたらしい旅がはじまります。

『白鳥のふたごものがたり　1　ユキとキララと七わの白鳥』　いぬいとみこ作, いせひでこ絵　理論社　1986.4　220p　21cm（いぬいとみこものがたりの本）　940円　①4-652-00831-7
内容　1976年1月、オホーツク海のほとりで、はじめて野生の白鳥たちをみたときの感激がいまも忘れられません。近づけば遠くへいってしまう、ほんとうの白鳥たち。どうやって生まれ、どうやって荒い海をこえて飛んでくるのか。白鳥のふたごを主人公としたものがたりを書きたいと思ったのはそのころからでした。わかい白鳥のリリとサチは、北のはての湖で、ユキとキララというふたごの父母となり、げんきな7わの白鳥や年老いたナツノヒカリという白鳥に助けられ、にほんの湖へ旅立ちます。

『ゆきおと木まもりオオカミ』　いぬいとみこ作, いせひでこえ　理論社　1984.3　116p　22cm　880円

『ゆうびんサクタ山へいく』　いぬいとみこ作, いせひでこえ　理論社　1983.7　108p　22cm　880円

『くらやみの谷の小人たち』　吉井忠画, いぬいとみこ作　福音館書店　1982.11　403p　21cm（福音館創作童話シリーズ）　1650円〈初刷:1972（昭和47）〉

『山んばと空とぶ白い馬』　いぬいとみこ著　福音館書店　1982.10　477p　21cm（福音館創作童話シリーズ）　1750円〈初刷:1976（昭和51）〉

『川とノリオ』　いぬいとみこ作, 長谷川集平画　理論社　1982.9　178p　18cm（フォア文庫）　390円

『川とノリオ』　いぬいとみこ作, 長谷川集平絵　理論社　1982.8　214p　23cm（理論社名作の愛蔵版）　940円

『ながいながいペンギンの話』　いぬいとみこ作, 山田三郎絵　理論社　1982.6　185,〔1〕p　23cm（理論社名作の愛蔵版）　860円〈付:いぬいとみこ著作目録　解説:いぬいとみこ　初刷:1963（昭和38）〉

『山んば見習いのむすめ』　いぬいとみこさく, ひらやまえいぞうえ　福音館書店　1982.6　119p　21cm　1100円

『北極のムーシカミーシカ』　いぬいとみこ作, 瀬川康男絵　理論社　1982.5　206p　23cm（理論社名作の愛蔵版）　860円〈初刷:1968（昭和43）〉

『ながいながいペンギンの話』　いぬいとみこ作, 山田三郎絵　1982年版　理論社　1982.4　185p　23cm（日本の児童文学）〈愛蔵版　初版:1967（昭和42）〉

『ぼくらはカンガルー』　いぬいとみこ作, 津田櫓冬絵　1982年版　理論社　1982.4　205p　23cm（日本の児童文学）〈愛蔵版　初版:1966（昭和41）〉

『北極のムーシカミーシカ』　瀬川康男え, いぬいとみこ作　1982年版　理論社　1982.4　206p　23cm（日本の児童文学）〈愛蔵版　初版:1961（昭和36）〉

『山んばと海のカニ』　いぬいとみこ作, 福田庄助絵　あかね書房　1982.4　176p　22cm（日本の創作児童文学選）　880円〈図版〉

『うみねこの空』　いぬいとみこ作　理論社　1982.3　276p　23cm（ジュニア・ライブラリー―日本編）　1500円〈初刷:1965（昭和40）〉

いぬいとみこ

『木かげの家の小人たち』　吉井忠画, いぬいとみこ作　福音館書店　1981.11　276p　21cm（福音館創作童話シリーズ）　1250円〈初刷:1967（昭和42）〉

『雪の夜の幻想』　いぬいとみこ作, つかさおさむ画　童心社　1981.11　1冊　25×26cm　1500円

『白クマそらをとぶ』　いぬいとみこ作　ポプラ社　1981.3　198p　18cm（ポプラ社文庫）　390円〈解説:神沢利子〉
[目次]白クマそらをとぶ, アコちゃんのてがみ

『白クマそらをとぶ』　遠藤てるよえ, いぬいとみこ作　小峰書店　1981.2　106p　23cm（創作幼年童話選10）　880円〈初刷:1973（昭和48）〉

『ぼくらはカンガルー』　いぬいとみこ作, 津田櫓冬絵　理論社　1981.2　205p　23cm（理論社名作の愛蔵版）　860円〈初刷:1974（昭和49）〉

『ちいさなちいさな駅長さんの話』　いぬいとみこ著　ポプラ社　1980.12　205p　18cm（ポプラ社文庫）　390円〈解説:安房直子〉
[目次]ちいさなちいさな駅長さんの話〔ほか9編〕

『タラノキはかせは船長さん?』　大友康夫え, いぬいとみこさく　大日本図書　1980.9　126p　22cm（大日本の創作どうわ）　960円〈図版〉

『みえなくなった赤いスキー』　いぬい・とみこ著　大日本図書　1980.9　57p　22cm（子ども図書館）　750円〈解説:鳥越信　初刷:1968（昭和43）〉

『あゆみとひみつのおともだち』　いぬいとみこ作, 大友康夫画　岩波書店　1979.11　90p　22cm（岩波ようねんぶんこ 12）　680円

『北極のムーシカミーシカ』　いぬいとみこ作, 瀬川康男画　理論社　1979.10　222p　18cm（フォア文庫）　390円〈解説:斎藤惇夫〉

『ながいながいペンギンの話』　いぬいとみこ作, 大友康夫画　岩波書店　1979.7　189p　18cm（岩波少年文庫）　400円

『光の消えた日』　いぬいとみこ作, 長新太画　岩波書店　1978.11　297p　22cm（岩波少年少女の本）　1400円〈巻末:参考文献〉

『みどりの川のぎんしょきしょき』　いぬいとみこ作, 太田大八画　福音館書店　1978.10　282p　21cm（福音館創作童話シリーズ）　1200円

『いさましいアリのポンス』　いぬいとみこ著　講談社　1978.3　203p　15cm（講談社文庫）　240円〈解説:木島始〉

『サックサックは鎌のうた』　いぬいとみこ著　童心社　1976.6　75p　B5変　850円

『山んばと空とぶ白い馬』　いぬいとみこ著　福音館書店　1976.4　477p　22cm（創作童話シリーズ）　1500円

『タラノキはかせは船長さん?』　いぬいとみこ著　大日本図書　1976.1　126p　22cm（大日本の創作どうわ）　880円

『ぼくらはカンガルー』　いぬいとみこ作, 津田櫓冬絵　理論社　1974　205p　23cm（理論社の愛蔵版わたしのほん）

『白くまそらをとぶ』　いぬいとみこ作, 遠藤てるよえ　小峰書店　1973　106p　23cm（創作幼年童話選10）

『くらやみの谷の小人たち』　いぬいとみこ作, 吉井忠画　福音館書店　1972　403p　21cm

『野の花は生きる―リディツェと広島の花たち』　いぬいとみこ文, 司修絵　童心社　1972　109p　21cm

『アコちゃんのてがみ』　いぬいとみこ文, いしざきすみこえ　実業之日本社　1971　137p　22cm（創作幼年童話）

『まきこと天の川』　いぬいとみこさく, 油野誠一え　偕成社　1970　78p　23cm（創作どうわ傑作選 3）

『きんいろのカラス』　いぬいとみこ文, 朝倉摂絵　偕成社　1969　94p　24cm（創作どうわ）

『山んばと海のカニ』　いぬいとみこ文　あかね書房　1969　176p　22cm（創作児童文学選 14）

『北極のムーシカミーシカ』　いぬいとみこ文, 瀬川康男絵　理論社　1968　206p　23cm（理論社の愛蔵版わたしのほん）

『みえなくなった赤いスキー』　いぬいとみこ文　大日本図書　1968　57p　22cm（子ども図書館）

『みどりの川のぎんしょきしょき』　いぬいとみこ文, 堀内誠一絵　実業之日本社　1968　233p　22cm（創作少年少女小説）

『木かげの家の小人たち』　いぬいとみこ文, 吉井忠絵　福音館書店　1967　276p　21cm

『空からの歌ごえ』　いぬいとみこ文, 丸木俊絵　理論社　1967　238p　23cm（小学生文庫）

『ながいながいペンギンの話』　いぬいとみこ文, 山田三郎絵　理論社　1967　183p　23cm（理論社の愛蔵版わたしのほん）

『コンブをとる海べで』　いぬいとみこ作, 阿部知二等編, まるきとしこ絵　麦書房　1966　26p　21cm（新編雨の日文庫 14）

『ぼくらはカンガルー』　いぬいとみこ文, 羽根節子絵　福音館書店　1966　209p　22cm

『いさましいアリのポンス』　いぬいとみこ文, 和田誠絵　さ・え・ら書房　1965　1冊　27cm（あかいふうせん 3）

『うみねこの空』　いぬいとみこ著, はまなすの会版画　理論社　1965　276p　23cm（ジュニア・ライブラリー）

『七まいのおりがみと…』　いぬいとみこ文, 中川宗弥絵　実業之日本社　1965　139p　22cm

『佐藤暁・中山恒・いぬいとみこ集』　佐藤暁, 中山恒, いぬいとみこ文, 若菜珪等絵　講談社　1963　418p　23cm（少年少女日本文学全集 20）

『空からのうたごえ』　いぬいとみこ文, 丸木俊子絵　三十書房　1963　218p　22cm（日本少年文学選集 3）

『ながいながいペンギンの話』　いぬいとみこ文, 山田三郎絵　理論社　1963　154p　27cm（理論社の名作プレゼント）

『白クマそらをとぶ』　いぬいとみこ文, 北田卓史絵　小峰書店　1962　78p　27cm

『北極のムーシカミーシカ』　いぬいとみこ文, 久米宏一絵　理論社　1961　153p　22cm

『木かげの家の小人たち』　いぬいとみこ文, 吉井忠絵　中央公論社　1959　188p　23cm

『ぼくはひこうき―小さな小さなひこうきの話』　いぬいとみ子文, 久米宏一絵　麦書房　1958　29p　21cm（雨の日文庫第4集 20）

『ながいながいペンギンの話』　いぬいとみこ文, 横田昭次絵　宝文館　1957　166p　22cm（ペンギンどうわぶんこ）

猪野　省三
いの・しょうぞう
《1905〜1985》

『テングの庭』　猪野省三著, 市川禎男画　新座　埼玉福祉会　1992.4　177p　27cm（大活字本シリーズ）　3605円〈原本:大日本図書刊 限定版〉
|目次| 黄金のマス. テングの庭. ぬすまれた自転車. ビョウブ山の魔もの

『空とぶ白竜―わたしの八犬伝』　久米宏一え, 猪野省三ぶん　童心社　1981.3　206p　23cm（こどもの古典 10）　980円〈解説:近藤忠義　叢書の監修:西尾実　初刷:1970（昭和45）　図版〉

『テングの庭』　猪野省三著　大日本図書　1981.2　22cm（子ども図書館）　850円〈解説:横谷輝　初刷:1969（昭和44）〉
|目次| 黄金のマス, テングの庭, ぬすまれた自転車, ビョウブ山の魔もの

『フランダースの犬』　ウィーダ原作, 猪野省三文, 小坂しげる絵　ポプラ社　1974　122p　22cm（幼年童話 3）

『空とぶ白竜―わたしの八犬伝』　猪野省三著　童心社　1970　206p　23cm（こどもの古典 10）〈監修:西尾実〉

『夜明けの宇宙堂』　猪野省三文, 松田穣絵　偕成社　1970　210p　21cm（少年少女創作文学）

『化石原人の告白』　猪野省三文,斎藤博之絵　学習研究社　1969　271p　19cm（少年少女学研文庫 306）

『テングの庭』　猪野省三著　大日本図書　1969　97p　22cm（子ども図書館）
[目次]黄金のマス,テングの庭,ぬすまれた自転車,ビョウブ山の魔もの

『フランダースの犬』　ウィーダ原作,猪野省三文,小坂しげる絵　ポプラ社　1968　122p　22cm（幼年名作童話 3）

『五つのえんどうまめ』　アンデルセン原作,猪野省三文,みずのじろう絵　ポプラ社　1962　60p　27cm（おはなし文庫 25）

『せむしの子馬』　エルショーフ原作,猪野省三文,石田武雄絵　偕成社　1962　162p　22cm（なかよし絵文庫 60）

『じにあのゆめ』　いのしょうぞう文,まえじまとも絵　麦書房　1959　24p　21cm（雨の日文庫 第5集5）

『たから島』　スティーブンスン原作,猪野省三著,太田大八絵　実業之日本社　1957　160p　22cm（名作絵文庫 3年生）

『ドン・キホーテ』　セルバンテス原作,猪野省三著,吉崎正巳絵　ポプラ社　1957　144p　22cm（たのしい名作童話 31）

『フランダースの犬』　ウィーダ原作,猪野省三著,吉崎正巳絵　ポプラ社　1957　144p　22cm（たのしい名作童話 2）

『トルストイ童話』　トルストイ作,猪野省三著　あかね書房　1956　227p　19cm（幼年世界名作全集 17）

『よい子の童話　4年生』　猪野省三著,松井行正絵　鶴書房　1956　180p　22cm

『ゆかいなクルクル先生』　猪野省三著　泰光堂　1954.8　322p　19cm（ユーモア文庫 1）

『フランダースの犬』　ウィーダー作,猪野省三著,西村保史郎絵　あかね書房　1954　211p　19cm（幼年世界名作全集 5）

『日本児童文学全集　8　童話篇 8』　平塚武二,佐藤義美,関英雄,猪野省三,岡本良雄作　河出書房　1953　359p　22cm
[目次]平塚武二集　佐藤義美集　関英雄集　猪野省三集　岡本良雄集

『水とたたかう一四年の社会科童話』　猪野省三文,斎藤武夫絵　実業之日本社　1953　146p　22cm

『トルストイどうわ』　トルストイ原作,猪野省三著　あかね書房　1952　227p　19cm（世界童話集）

井上　靖
いのうえ・やすし
《1907～1991》

『しろばんば』　井上靖作　偕成社　2002.4　414p　19cm（偕成社文庫）　900円　①4-03-652460-7
[内容]伊豆の湯ヶ島の山村で、おぬい婆さんと二人で暮らす洪作少年の日々。ゆたかな自然と、複雑な人間関係のなかで洪作少年の心は育っていきます。井上靖の自伝的な名作。小学上級から。

『あすなろ物語』　井上靖著　旺文社　1997.4　287p　18cm（愛と青春の名作集）　950円

『しろばんば』　井上靖著　講談社　1995.9　405p　19cm（ポケット日本文学館 14）　1400円　①4-06-261714-5

『楼蘭―西域小説集』　井上靖著　第三文明社　1988.7　219p　19cm（21C文庫）　800円　①4-476-11601-9
[目次]楼蘭,崑崙の玉,永泰公主の頸飾り,褒姒の笑い,宦者中行説,明妃曲,塔二と弥三
[内容]はるか2000年の昔、古代シルクロードの重要地点であったロブノールのほとりに楼蘭という国があった。ユーラシア大陸をまたにかけその勢力を拡大していた匈奴と、大国・漢にはさまれて、数々の悲劇を体験しなければならなかった楼蘭は、やがて滅び、広大な砂漠の中に埋もれてしまった。その楼蘭の興亡を美しく描いた表題作をはじめ、黄河の源にあるという美しい崑崙の玉、悲劇の妃・王昭君、妃の微笑みのために国を滅ぼしてしまった王、蒙古皇帝フビライに会った2人の日本人

井上靖

などの物語を、いにしえの香り豊かににおりなす6編の西域小説として集めた井上靖傑作選。中学生以上。

『しろばんば』　井上靖著　講談社　1986.2　413p　22cm（少年少女日本文学館 第18巻）　1400円　①4-06-188268-6
内容 父母と離れ、伊豆湯ヶ島の豊かな自然の下に成長する少年！異性への淡い慕情と故郷への郷愁をたたえた自伝的作品。

『しろばんば　下』　井上靖著　金の星社　1985.12　270p　20cm（日本の文学 35）　680円　①4-323-00815-5

『しろばんば　上』　井上靖著　金の星社　1985.12　286p　20cm（日本の文学 34）　680円　①4-323-00814-7

『シリア沙漠の少年―井上靖詩集』　井上靖著　教育出版センター　1985.8　139p　22cm（ジュニアポエム双書）　1200円　①4-7632-4238-5

『しろばんば』　井上靖著　偕成社　1983.1　314p　19cm（日本文学名作選 7）　580円　①4-03-801070-8〈巻末:井上靖の年譜 解説:福田宏年 ジュニア版 初刷:1964（昭和39）肖像:著者 図版(肖像を含む)〉

『天平の甍』　井上靖著　金の星社　1982.5　277p　20cm（日本の文学 18）　680円　①4-323-00798-1〈巻末:靖の年譜 解説:井戸賀芳郎,林富士馬 ジュニア版 初刷:1976（昭和51）肖像:著者 図版(肖像)〉
目次 天平の甍、川の話、詩集北国(抄)

『しろばんば』　井上靖著　ポプラ社　1981.11　286p　20cm（アイドル・ブックス 13―ジュニア文学名作選）　500円　〈巻末:年譜 解説:高田瑞穂 初刷:1971（昭和46）肖像:著者 図版(肖像)〉
目次 しろばんば, 漆胡樽

『あすなろ物語』　井上靖著　ポプラ社　1981.1　318p　23cm（世界の名著 22）　980円　〈解説:野村尚吾 叢書の編集:藤田圭雄〔ほか〕初刷:1968（昭和43）図版〉
目次 あすなろ物語、川の話、楼蘭、小磐梯

『銀のはしご―うさぎのピロちゃん物語 井上靖の童話』　井上靖著, 鈴木義治画　小学館　1980.12　158p　20cm　780円

『現代日本文学全集 23 井上靖名作集』　井上靖著　改訂版　偕成社　1980.4　308p　23cm　2300円〈編集:滑川道夫〔ほか〕初版:1964（昭和39）巻末:年譜,現代日本文学年表,参考文献 解説:三好行雄〔ほか〕肖像:筆跡:著者〔ほか〕図版(肖像,筆跡を含む)〉
目次 あすなろ物語(抄)〔ほか6編〕

『天平の甍』　井上靖著　金の星社　1976.2　277p　19cm（ジュニア版日本の文学 18）　680円

『あすなろ物語』　井上靖作, 小松久子え　集英社　1974　308p　20cm（日本の文学 ジュニア版 32）

『しろばんば』　井上靖作, 小松久子絵　集英社　1972　289p　20cm（日本の文学 ジュニア版 26）

『天平の甍』　井上靖著　正進社　1970.7　206p　15cm（正進社名作文庫）

『天平の甍』　井上靖文, 永井潔絵　偕成社　1970　300p　19cm（ホーム・スクール版 日本の名作文学 44）

『しろばんば』　井上靖著, 小松久子絵　集英社　1969　285p　20cm（日本の文学カラー版 26）

『天平の甍』　井上靖著, 永井潔絵　偕成社　1969　300p　19cm（ジュニア版日本文学名作選 50）

『あすなろ物語』　井上靖文, 市川禎男絵　ポプラ社　1968　318p　23cm（世界の名著 26）

『しろばんば』　井上靖文, 市川禎男絵　偕成社　1968　310p　19cm（日本の名作文学ホーム・スクール版 22）

『しろばんば』　井上靖文, 杉全直絵　あかね書房　1967　254p　22cm（少年少女日本の文学 16）

『しろばんば』　井上靖文, 富永秀夫絵　ポプラ社　1965　286p　20cm（アイドル・ブックス 14）

『井上靖名作集』　井上靖文, 須田寿絵　偕成社　1964　308p　23cm（少年少女現代日本文学全集 21）

子どもの本・日本の名作童話6000

井伏鱒二

『しろばんば』　井上靖文, 市川禎男絵　偕成社　1964　310p　19cm（日本文学名作選ジュニア版 7）

『星よまたたけ』　井上靖文, 桜井誠絵　同和春秋社　1954　258p　19cm（昭和少年少女文学選集 4）

井伏　鱒二
いぶせ・ますじ
《1898〜1993》

『山椒魚・しびれ池のカモ』　井伏鱒二作　岩波書店　2000.11　269p　19cm（岩波少年文庫）　680円　④4-00-114535-9
[目次] しびれ池のカモ, オコマさん, 山椒魚, 屋根の上のサワン
[内容] 岩穴に閉じ込められた山椒魚の心の動きを描く「山椒魚」、はく製作りの名人と弟子の少年がまきこまれる騒動「しびれ池のカモ」のほか、「おコマさん」「屋根の上のサワン」を収録。人間と動物への鋭い眼差しと、ユーモアに満ちた短編集。中学以上。

『ジョン万次郎漂流記』　井伏鱒二著　偕成社　1999.11　219p　19cm（偕成社文庫）　700円　④4-03-652390-2
[目次] 山椒魚, 鯉, 屋根の上のサワン, 休憩時間, ジョン万次郎漂流記
[内容] 少年漁師・万次郎の数奇な運命を描いて直木賞を受賞した「ジョン万次郎漂流記」、岩穴にとじこめられた山椒魚の悲哀を描く「山椒魚」のほか、「屋根の上のサワン」「鯉」「休憩時間」の名作5編を収録。

『走れメロス―ほか』　太宰治, 井伏鱒二著　講談社　1995.4　203p　19cm（ポケット日本文学館 3）　1000円　④4-06-261703-X

『トートーという犬―童話と詩』　井伏鱒二著, 白根美代子絵　牧羊社　1988.4　64p　26cm　1500円　④4-8333-0099-0
[目次] トートーという犬, すいしょうのこと, 白孔雀, 詩5篇（石地蔵, 勘蔵さん, 魚拓, 蟻地獄, なだれ）
[内容] 名作『山椒魚』の著者・井伏鱒二さんの90歳（卒寿）の誕生日を記念して贈る、井伏文学の真髄―美しい童話と詩の世界。

『走れメロス・山椒魚』　太宰治, 井伏鱒二著　講談社　1986.7　261p　22cm（少年少女日本文学館 第12巻）　1400円　④4-06-188262-7
[目次] 走れメロス, 富岳百景, 晩年〈抄〉, 雪の夜の話, お伽草紙, 山椒魚, 屋根の上のサワン, 遙拝隊長

『山椒魚・屋根の上のサワン』　井伏鱒二著　金の星社　1982.7　299p　20cm（日本の文学 16）　680円　④4-323-00796-5〈巻末:鱒二の年譜　解説:まえさわあきら, 涌田佑　ジュニア版 初刷:1976（昭和51）肖像:著者　図版（肖像）〉
[目次] 屋根の上のサワン, 鯉, 山椒魚, 休憩時間, 朽助のいる谷間, 遙拝隊長, さざなみ軍記

『ジョン万次郎漂流記』　井伏鱒二著　偕成社　1981.7　312p　19cm（日本文学名作選 16）　680円　④4-03-801160-7〈巻末:井伏鱒二の年譜　解説:吉田精一　ジュニア版 初刷:1965（昭和40）肖像:著者　図版（肖像を含む）〉
[目次] ジョン万次郎漂流記〔ほか6編〕

『屋根の上のサワン』　井伏鱒二著　金の星社　1976.1　300p　19cm（ジュニア版日本の文学 16）　680円

『山椒魚』　井伏鱒二作, 三谷靱彦え　集英社　1975　300p　20cm（日本の文学ジュニア版 48）

『ジョン万次郎漂流記』　井伏鱒二作, 宮田武彦絵　偕成社　1969　312p　19cm（ホーム・スクール版・日本の名作文学 34）

『くるみが丘』　井伏鱒二文, 杉全直絵　あかね書房　1967　229p　22cm（少年少女日本の文学 11）

『ジョン万次郎漂流記』　井伏鱒二文, 宮田武彦絵　偕成社　1965　308p　19cm（日本文学名作選ジュニア版 16）

『井伏鱒二名作集』　井伏鱒二文, 宮田武彦絵　偕成社　1964　308p　23cm（少年少女現代日本文学全集 36）

『井伏鱒二集』　井伏鱒二文　東西五月社　1960　187p　22cm（少年少女日本文学名作全集 23）

『井伏鱒二集』　井伏鱒二文, 中村万三編　新紀元社　1957　288p　18cm（中学生文学全集 24）

『しびれ池のカモ』　井伏鱒二文, 初山滋絵　岩波書店　1957　247p　18cm（岩波少年文庫 149）

『井伏鱒二・太宰治名作集』　井伏鱒二, 太宰治文, 臼井吉見編, 生沢朗絵　あかね書房　1956　239p　22cm（少年少女日本文学選集 18）

『井伏鱒二・豊島与志雄集』　井伏鱒二, 豊島与志雄文, 久松潜一等編　東西文明社　1956　209p　22cm（少年少女のための現代日本文学全集 18）

『ロビンソン漂流記』　デフォー原作, 井伏鱒二著, 霜野二一彦絵　鶴書房　1953　166p　22cm（世界童話名作全集 17）

『ドリトル先生航海記』　ロフティング原作, 井伏鱒二著　講談社　1952　356p　19cm（世界名作全集 24）

巌谷　小波
いわや・さざなみ
《1870～1933》

『小波お伽全集　第15巻（立志篇）』　復刻版　本の友社　1998.12　448p　23cm　①4-89439-170-8〈原本:吉田書店出版部小波お伽全集刊行会昭和9年刊 肖像あり〉

『小波お伽全集　第14巻（教訓篇）』　復刻版　本の友社　1998.12　450p　23cm　①4-89439-170-8〈原本:吉田書店出版部小波お伽全集刊行会昭和9年刊 肖像あり〉

『小波お伽全集　第13巻（対話篇）』　復刻版　本の友社　1998.12　450p　23cm　①4-89439-170-8〈原本:吉田書店出版部小波お伽全集刊行会昭和9年刊〉

『小波お伽全集　第12巻（寓話篇）』　復刻版　本の友社　1998.12　438,22,4p　23cm　①4-89439-170-8〈原本:千里閣（小波お伽全集刊行会）昭和5年刊 肖像あり〉

『小波お伽全集　第11巻（伝説篇）』　復刻版　本の友社　1998.12　458p　23cm　①4-89439-170-8〈原本:千里閣（小波お伽全集刊行会）昭和5年刊 肖像あり〉

『小波お伽全集　第10巻（口演篇）』　復刻版　本の友社　1998.12　460p　23cm　①4-89439-170-8〈原本:千里閣（小波お伽全集刊行会）昭和5年刊 肖像あり〉

『小波お伽全集　第9巻（少年短篇）』　復刻版　本の友社　1998.12　462p　23cm　①4-89439-170-8〈原本:千里閣（小波お伽全集刊行会）昭和5年刊〉

『小波お伽全集　第8巻（少女短篇）』　復刻版　本の友社　1998.12　456p　23cm　①4-89439-170-8〈原本:千里閣（小波お伽全集刊行会）昭和5年刊 肖像あり〉

『小波お伽全集　第7巻（歌謡篇）』　復刻版　本の友社　1998.12　460p　23cm　①4-89439-170-8〈原本:千里閣（小波お伽全集刊行会）昭和4年刊〉

『小波お伽全集　第6巻（長話篇）』　復刻版　本の友社　1998.12　464p　23cm　①4-89439-170-8〈原本:千里閣（小波お伽全集刊行会）昭和4年刊 肖像あり〉

『小波お伽全集　第5巻（少年篇）』　復刻版　本の友社　1998.12　460p　23cm　①4-89439-170-8〈原本:千里閣（小波お伽全集刊行会）昭和4年刊 肖像あり〉

『小波お伽全集　第4巻（芝居篇）』　復刻版　本の友社　1998.12　458p　23cm　①4-89439-170-8〈原本:千里閣（小波お伽全集刊行会）昭和4年刊 肖像あり〉

『小波お伽全集　第3巻（短話篇）』　復刻版　本の友社　1998.12　478,8p　23cm　①4-89439-170-8〈原本:千里閣（小波お伽全集刊行会）昭和4年刊〉

『小波お伽全集　第2巻（少女篇）』　復刻版　本の友社　1998.12　450p　23cm　①4-89439-170-8〈原本:千里閣（小波お伽全集刊行会）昭和3年刊〉

『小波お伽全集　第1巻（怪奇篇）』　復刻版　本の友社　1998.12　462p　23cm　①4-89439-170-8〈原本:千里閣（小波お伽全集刊行会）昭和3年刊 肖像あり〉

『酒呑童子』　巌谷小波文, 新井勝利絵　フレーベル館　1969　40p　27cm（日本歴史物語 3―トッパンの絵物語 26-28）

上田秋成

『俵藤太』　巌谷小波文,守屋多々志絵　フレーベル館　1969　40p　27cm（日本歴史物語 2―トッパンの絵物語 26-28）

『羅生門』　巌谷小波文,小堀安雄絵　フレーベル館　1969　40p　27cm（日本歴史物語 1―トッパンの絵物語 26-28）

『ひつじだいこ』　巌谷小波文,黒谷太郎絵　あかね書房　1965　231p　22cm（日本童話名作選集 1）

『ひつじ太鼓』　巌谷小波文,黒谷太郎絵　三十書房　1962　231p　22cm（日本童話名作選集 1）

『巌谷小波集』　巌谷小波作,富永秀夫絵　ポプラ社　1959　294p　22cm（新日本少年少女文学全集 8）

『さざなみ歴史物語 1〜3』　巌谷小波文,小堀安雄等絵　トッパン　1954　3冊　21cm（トッパンの絵物語）

『ひつじ太鼓』　巌谷小波文,長谷川路可絵　三十書房　1954　207p　22cm（日本童話名作選集）

『うかれ胡弓―外』　巌谷小波著,巌谷小波全集刊行会編,渡辺金秋等絵　河出書房　1953　304p　19cm（小波世界おとぎ話全集 5）

『天女物語―外』　巌谷小波著,巌谷小波全集刊行会編,山中古洞等絵　河出書房　1953　298p　19cm（小波世界おとぎ話全集 6）

『日本児童文学全集　1　童話篇 1』　巌谷小波,鈴木三重吉,有島武郎,島崎藤村作　河出書房　1953　322p　22cm
[目次]巌谷小波集　鈴木三重吉集　有島武郎集　島崎藤村集

『白鳥の騎士―外』　巌谷小波著,巌谷小波全集刊行会編,渡辺審也等絵　河出書房　1953　308p　19cm（小波世界おとぎ話全集 1）

『魔女が島―外』　巌谷小波著,巌谷小波全集刊行会編,田辺譲等絵　河出書房　1953　324p　19cm（小波世界おとぎ話全集 2）

『魔法学校―外』　巌谷小波著,巌谷小波全集刊行会編,渡辺金秋等絵　河出書房　1953　298p　19cm（小波世界おとぎ話全集 4）

『みみずく太郎―外』　巌谷小波著,巌谷小波全集刊行会編,小島冲舟等絵　河出書房　1953　318p　19cm（小波世界おとぎ話全集 3）

『さざなみどうわ　〔第1〕　ゆめのくに』　巌谷小波著　あかね書房　1950　111p　22cm

上田　秋成
うえだ・あきなり
《1734〜1809》

『雨月物語』　上田秋成原作,須知徳平文　ぎょうせい　1995.2　202p　22cm（新装少年少女世界名作全集 48）　1300円
①4-324-04375-2〈新装版〉

『雨月物語―世にもおそろしい物語』　上田秋成作,小沢章友編訳,西のぼる絵　講談社　1992.10　221p　18cm（講談社青い鳥文庫）　490円　①4-06-147370-0
[目次]吉備津の釜,夢の鯉,菊花のちぎり,浅茅が宿,蛇の恋
[内容]江戸時代に書かれた怨霊や幽霊のお話「雨月物語」から,夫にうらぎられた妻が,死んで怨霊となって,夫を殺す「吉備津の釜」,武士が約束を守るために幽霊になってくる「菊花のちぎり」,蛇の精にとりつかれた男の話「蛇の恋」など,ふしぎで,こわいお話5編をおさめました。小学中級から。

『雨月物語』　上田秋成原作,森三千代著　改訂　偕成社　1984.1　302p　19cm（少年少女世界の名作 47）　680円
①4-03-734470-X

『雨月物語』　上田秋成原作,須知徳平文　ぎょうせい　1982.7　202p　22cm（少年少女世界名作全集 48）　1200円

『雨月物語』　上田秋成原著,福田清人編著　偕成社　1982.3　238p　20cm（日本の古典文学 13）　980円
①4-03-807130-8〈解説:福田清人　ジュニア版　初刷:1974（昭和49）　図版〉

『雨月物語』　上田秋成作, 平山忠義文　玉川大学出版部　1976.10　158p　22cm（玉川こども図書館）　1000円

『雨月怪奇物語』　上田秋成原作, 帯正子編著, 足立守え　偕成社　1974　224p　19cm（少年少女世界の怪奇名作 12）

『雨月物語』　上田秋成原著, 福田清人作, 西村保史郎絵　偕成社　1974　238p　20cm（ジュニア版・日本の古典文学 13）①4-03-807130-8

『雨月物語』　上田秋成作, 福田清人訳, 久米宏一絵　講談社　1967　270p　19cm（世界名作全集 50）

『雨月物語』　上田秋成著, 森三千代訳, 伊藤幾久造絵　偕成社　1964　300p　19cm（少年少女世界の名作 2）

『さむらいの物語・鯉になった和尚さん』　井原西鶴, 上田秋成原作, 堀尾青史著, 池田仙三郎絵　麦書房　1958　38p　21cm（雨の日文庫　第2集14）

『雨月物語』　上田秋成原作, 村松千代編　黎明社　1957　232p　19cm（日本名作全集 9）

『雨月物語』　上田秋成原作, 高野正巳著, 野口昂明絵　福村書店　1957　248p　22cm（少年少女のための国民文学 7）

『雨月物語』　上田秋成原作, 福田清人著　講談社　1955　317p　19cm（世界名作全集 93）

『雨月物語』　上田秋成原作, 村松千代編, 大石哲路絵　黎明社　1955　232p　19cm（日本名作物語 10）

『雨月物語』　上田秋成原作, 野口活著, 土村正寿絵　ポプラ社　1953　287p　19cm（世界名作物語 30）

『雨月物語―日本古典』　上田秋成原作, 森三千代著, 伊藤幾久造絵　偕成社　1952　300p　19cm（世界名作文庫 45）

『雨月物語』　上田秋成原作, 所弘著, 木下春絵　同和春秋社　1952　251p　19cm（日本名作物語）

上野　瞭
うえの・りょう
《1928～2002》

『もしもし、こちらメガネ病院』　上野瞭作, 古川タク絵　理論社　1995.10　137p　22cm（キッズパラダイス）　1200円　①4-652-00732-9
内容　メガネ病院はナゼか眼科です。「目がわるくなってきたかな」と心配になったら、アナタも電話してみてください。もしもし、とこたえる電話のむこうではオカシな診察がはじまっています。

『グフグフグフフ』　上野瞭作, 青井芳美画　あかね書房　1995.7　141p　20cm（グリーンフィールド）　1200円　①4-251-06653-7
目次　グフグフグフフ、つまり、そういうこと, ぼくらのラブ・コール, きみ知るやクサヤノヒモノ
内容　『ぼくには本当のおかあさんがいません。今いる母は継母です。ぼくはこれまで、毒入りトマトをなんべんも食べさされました』これが、ぼくの作文です。突拍子もない…これが現代の家族像。

『そいつの名前はエイリアン』　上野瞭著, 杉浦範茂画　あかね書房　1994.7　197p　21cm（ジョイ・ストリート）　1200円　①4-251-06162-4
内容　受話器の向こうから、低いかすれた声が流れてきた。「ああたねえ」ぼくは、一瞬、おばあちゃんかと思った。不可解な電話のあと、悠介のまわりでは奇妙なことが、起こりはじめた。

『もしもし、こちらオオカミ』　上野瞭作, 長谷川集平絵　小学館　1988.5　174p　18cm（てんとう虫ブックス）　420円　①4-09-230507-9
内容　「うちを誘拐して！」―はじめて出会ったおっちゃんをそそのかして、なんと、自分を誘拐させてしまったカックン！　さあ、このおかしな誘拐事件のゆくえは…？はらはらどきどきの痛快サスペンス。

上野瞭

『そいつの名前は、はっぱっぱ』　上野瞭作, 杉浦範茂絵　理論社　1985.10　181p　20cm（きみとぼくの本）　960円
①4-652-01225-X

『さらばおやじどの』　上野瞭作, 田島征三絵　理論社　1985.6　653p　21cm（大長編Lシリーズ）　1900円
①4-652-01412-0

『ひげよさらば―NHK連続人形劇　10　野良犬をやっつけろ』　上野瞭原作, 関功脚本, タナカマサオ人形　理論社　1985.4　126p　22cm（テレビ文庫）　680円　①4-652-00628-4

『ひげよさらば―NHK連続人形劇　9　アナホリとヨゴロウザ』　上野瞭原作, 関功脚本, タナカマサオ人形　理論社　1985.3　110p　22cm（テレビ文庫）　680円　①4-652-00627-6

『ひげよさらば―NHK連続人形劇　8　ヨゴロウザの願い』　上野瞭原作, 関功脚本, タナカマサオ人形　理論社　1985.2　110p　22cm（テレビ文庫）　680円　①4-652-00626-8

『ひげよさらば―NHK連続人形劇　7　リーダーヨゴロウザ』　上野瞭原作, 関功脚本, タナカマサオ人形　理論社　1985.1　110p　22cm（テレビ文庫）　680円

『ひげよさらば―NHK連続人形劇　6　タレミミとヨゴロウザ』　上野瞭原作, 関功脚本, タナカマサオ人形　理論社　1984.12　110p　22cm（テレビ文庫）　680円　①4-652-00624-1

『ひげよさらば―NHK連続人形劇　5　ヨゴロウザの冒険』　上野瞭原作, 関功脚本, タナカマサオ人形　理論社　1984.11　110p　22cm（テレビ文庫）　680円　①4-652-00623-3

『ひげよさらば―NHK連続人形劇　4　野良犬がやってくる』　上野瞭原作, 関功脚本, タナカマサオ人形　理論社　1984.10　110p　22cm（テレビ文庫）　680円　①4-652-00622-5

『ひげよさらば―NHK連続人形劇　3　飼われていた家へ』　上野瞭原作, 関功脚本, タナカマサオ人形　理論社　1984.9　110p　22cm（テレビ文庫）　680円　①4-652-00621-7

『ひげよさらば―NHK連続人形劇　2　ヨゴロウザを助けろ』　上野瞭原作, 関功脚本, タナカマサオ人形　理論社　1984.8　110p　22cm（テレビ文庫）　680円

『ひげよさらば―NHK連続人形劇　1　まよい猫ヨゴロウザ』　上野瞭原作, 関功脚本, タナカマサオ人形　理論社　1984.7　110p　22cm（テレビ文庫）　680円　①4-652-00619-5

『目こぼし歌こぼし』　上野瞭作, 梶山俊夫絵　あかね書房　1982.4　343p　22cm（日本の創作児童文学選）　1200円〈図版〉

『日本宝島』　上野瞭作, 粟津潔絵　理論社　1982.3　396p　21cm（理論社の大長編シリーズ）　1450円〈初刷:1976（昭和51）〉

『ひげよ、さらば』　上野瞭作, 福田庄助絵　理論社　1982.3　780p　21cm　1950円

『ちょんまげ手まり歌』　上野瞭作, 井上洋介画　理論社　1981.7　274p　18cm（フォア文庫）　430円

『もしもし、こちらオオカミ』　上野瞭作, 長谷川集平画　小学館　1980.5　142p　22cm（小学館の創作児童文学シリーズ）　780円

『ちょんまげ手まり歌』　上野瞭作, 井上洋介え　理論社　1980.3　246p　23cm（理論社名作の愛蔵版）　940円

『もしもしこちらライオン』　上野瞭作, 長谷川集平絵　理論社　1978.11　84p　24cm（どうわの森のおくりもの）　780円

『日本宝島』　上野瞭著　理論社　1976.10　398p　22cm　1200円

『目こぼし歌こぼし』　上野瞭作, 梶山俊夫画　あかね書房　1974　343p　21cm（少年少女長編創作選　10）

『ちょんまげ手まり歌』　上野瞭文, 井上洋介絵　理論社　1968　246p　23cm（小学生文庫）

『ゲリラ隊の兄弟』　上野瞭文, 武笠信英絵　金の星社　1959　244p　19cm（西部小説選集）

```
      海野　十三
       うんの・じゅうざ
       《1897～1949》
```

『海野十三全集　第13巻　少年探偵長』
三一書房　1992.2　551p　20cm　2900円　①4-380-91538-2〈監修:小松左京,紀田順一郎　著者の肖像あり〉
|目次| 海底都市.透明猫.恐竜艇の冒険.予報省告示.三十年後の東京.三十年後の世界.鞄らしくない鞄.怪星ガン.断層顔.少年探偵長. 解題 瀬名堯彦

『少年小説大系　第9巻　海野十三集』
会津信吾編　三一書房　1987.2　549p　23cm　6800円〈監修:尾崎秀樹ほか〉
|目次| 怪塔王.人造人間博士.宇宙戦隊.大宇宙遠征隊.二,〇〇〇年戦争.謎の透明世界.四次元漂流.地底戦車の怪人.電気鳩.空襲警報. 解説 会津信吾著. 年譜:p545～549

『透明人間』　ウェルズ作, 海野十三文　ポプラ社　1982.7　198p　18cm（ポプラ社文庫）　390円

『地球盗難』　海野十三著　朝日ソノラマ　1977.5　190p　15cm（ソノラマ文庫 72）　240円

『美しき鬼』　海野十三文, 岩井泰三絵　ポプラ社　1972　245p　19cm（SFシリーズ 10）

『怪星ガン』　海野十三文, 岩井泰三絵　ポプラ社　1972　222p　19cm（SFシリーズ 3）

『怪塔王』　海野十三文, 岩井泰三絵　ポプラ社　1972　254p　19cm（SFシリーズ 9）

『火星探検』　海野十三文, 岩井泰三絵　ポプラ社　1972　214p　19cm（SFシリーズ 6）

『地球盗難』　海野十三文, 岩井泰三絵　ポプラ社　1972　221p　19cm（SFシリーズ 4）

『謎の金属人間』　海野十三作, 山内秀一絵　ポプラ社　1971　226p　19cm（SFシリーズ 2）

『ロボット博士〈超人間X号改題〉』　海野十三作, 山内秀一絵　ポプラ社　1971　254p　19cm（SFシリーズ 1）

『海底旅行』　ベルヌ原作, 海野十三文　ポプラ社　1968　305p　19cm（世界の名作 10）

『美しき鬼』　海野十三文, 沢田重隆絵　ポプラ社　1967　291p　19cm（名探偵シリーズ 9）

『少年探偵長』　海野十三文, 山内秀一絵　ポプラ社　1967　289p　19cm（名探偵シリーズ 6）

『超人間X号』　海野十三文, 山内秀一絵　ポプラ社　1967　256p　19cm（名探偵シリーズ 12）

『謎の金属人間』　海野十三文, 山内秀一絵　ポプラ社　1967　290p　19cm（名探偵シリーズ 4）

『名探偵ブラウン』　チェスタートン原作, 海野十三著, 柳瀬茂絵　ポプラ社　1963　274p　19cm（世界推理小説文庫 15）

『透明人間』　ウェルズ原作, 海野十三著, 山内秀一絵　ポプラ社　1962　277p　19cm（世界推理小説文庫 2）

『美しき鬼』　海野十三文, 岩井泰三絵　ポプラ社　1961　246p　22cm（少年探偵小説全集 6）

『少年探偵長』　海野十三文, 中山猛男絵　ポプラ社　1960　236p　22cm（少年探偵小説全集 3）

『悪魔の使者』　海野十三文, 斎藤寿夫絵　ポプラ社　1957　272p　19cm（日本名探偵文庫 22）

『影なき男』　チェスタートン原作, 海野十三著, 荻山春雄絵　ポプラ社　1957　274p　19cm（世界名作探偵文庫）

『透明人間』　ウェルズ原作, 海野十三著, 荻山春雄絵　ポプラ社　1957　277p　19cm（世界名作探偵文庫）

『海底都市』　海野十三文, 北田卓史絵　ポプラ社　1956　272p　19cm

『恐怖の花篭』　海野十三文, 有安隆絵
　ポプラ社　1956　274p　19cm（日本名探偵文庫 13）

『大金塊の謎』　海野十三文, 斎藤寿夫絵
　ポプラ社　1956　283p　19cm（日本名探偵文庫 18）

『火星探検』　海野十三文, 北田卓史絵
　ポプラ社　1955　274p　19cm

『恐怖の口笛』　海野十三文, 斎藤寿夫絵
　ポプラ社　1955　274p　19cm（日本名探偵文庫 10）

『怪星ガン』　海野十三文, 弦牧男絵　東光出版社　1954　250p　19cm

『怪鳥艇』　海野十三文, 伊藤幾久造絵
　東光出版社　1954　327p　19cm

『金属人間』　海野十三文, 有安隆絵　ポプラ社　1954　290p　19cm

『三十年後の世界』　海野十三文, 渡辺鳩太郎絵　東光出版社　1954　251p　19cm

『少年探偵長』　海野十三文, 伊藤幾久造絵　東光出版社　1954　271p　19cm

『超人間X号』　海野十三文, 荻山春雄絵
　ポプラ社　1954　283p　19cm

『爆薬の花篭』　海野十三文　東光出版社
　1954　256p　19cm

『海底大陸』　海野十三文, 久富金之絵
　ポプラ社　1953　286p　19cm

『大空魔艦』　海野十三文　ポプラ社
　1953　284p　19cm

『地球盗難』　海野十三文, 伊藤幾久造絵
　ポプラ社　1953　276p　19cm

『怪星ガン』　海野十三文, 伊藤幾久造絵
　ポプラ社　1952　282p　19cm

『怪星ガン・恐竜島・火星市民』　海野十三文　東光出版社　1951　303p　19cm（海野十三全集 8）

『地球盗難・大宇宙探検隊・霊魂第十号の秘密・三十年後の世界』　海野十三文, 久米宏一等絵　東光出版社　1951　327p　19cm（海野十三全集 7）

江戸川　乱歩
えどがわ・らんぽ
《1894～1965》

『明智小五郎―屋根裏の散歩者 他』　江戸川乱歩著, 楢喜八画　岩崎書店　2000.12　186p　19cm（世界の名探偵 9）　1300円
①4-265-06739-5
|目次| 屋根裏の散歩者, 心理試験
|内容| 郷田三郎青年はどんな遊びも職業も興味がもてず, 毎日たいくつしていました。ふとしたことからはじめた屋根裏の散歩…。そして, 天井裏を歩きまわることやのぞき見を, すっかり気に入ってしまった彼は, 完全犯罪の計画を思いついたのです！ 明智小五郎が密室殺人のトリックにいどみます。他,『心理試験』を収録。

『黄金の怪獣』　江戸川乱歩作　ポプラ社　1999.3　189p　20cm（少年探偵・江戸川乱歩 第26巻）　980円　①4-591-05866-2
|内容|「ぼくがスリをやったって？」身におぼえのないできごとに, 玉村銀一君はびっくり。自分にそっくりのにせものが, 悪事をはたらいていた。銀一君のまわりで, つぎつぎとほんものにとってかわるにせものたち。宝石店の玉村一家, 美術店の白井一家, そして, ついには小林少年までも…。ニコラ博士の恐るべき陰謀だ。

『仮面の恐怖王』　江戸川乱歩作　ポプラ社　1999.3　181p　20cm（少年探偵・江戸川乱歩 第22巻）　980円
①4-591-05862-X
|内容| 有馬さんの西洋館にしのびこんだ鉄仮面の男。名探偵明智小五郎は, 知らせをうけてかけつけた。ところが, そのうしろから何者かがおそいかかった！ 気がつくと, そこは窓のないふしぎな小部屋。ついに明智探偵は, 悪者によってとらわれの身に?! 脱出をこころみる名探偵と,「恐怖王」との知恵のたたかいがはじまる。

『空飛ぶ二十面相』　江戸川乱歩作　ポプラ社　1999.3　229p　20cm（少年探偵・江戸川乱歩 第25巻）　980円
①4-591-05865-4
|目次| 空飛ぶ二十面相, 天空の魔人

江戸川乱歩

『電人M』　江戸川乱歩作　ポプラ社　1999.3　181p　20cm（少年探偵・江戸川乱歩　第23巻）　980円　①4-591-05863-8

内容　ぐるぐるとねじれた光の尾をひく、Rすい星が接近中。もしも地球にしょうとつしたら―世界中が大パニックになる！そんなある日、千葉県の海べで、別所次郎君は気味の悪いものを見た。岩山からうじゃうじゃとはいだすカニの大群。そして、海面からヌッとすがたを見せたのは、Rすい星からやってきたカニ怪人。

『電人M』　江戸川乱歩作　ポプラ社　1999.3　181p　20cm（少年探偵・江戸川乱歩　第23巻）　980円　①4-591-05863-8

内容　東京タワーのてっぺんに、グニャグニャとからみつくタコ入道。鉄の輪をかさねたような、顔のないへんてこロボット。奇妙な怪人「電人M」が、東京のあちこちに残していく謎のひとこと、「月世界を旅行しましょう」とは、いったいどんな意味なのか？そして、小林少年のもとには電人Mからの電話が。

『二十面相の呪い』　江戸川乱歩作　ポプラ社　1999.3　229p　20cm（少年探偵・江戸川乱歩　第24巻）　980円　①4-591-05864-6

目次　二十面相の呪い、黄金の虎

内容　古代研究所の一室でおこった奇怪な事件。しめきった研究室から、ひとりの大学生が消えた。部屋には、呪いのいいつたえがあるエジプトの巻き物がおかれたまま…。密室の謎ときにのりだす明智探偵。小林少年は、ひと晩エジプトの部屋で見はりをすることになる。真夜中、部屋にぶきみな異変がおこりはじめた。

『奇面城の秘密』　江戸川乱歩作　ポプラ社　1999.2　173p　20cm（少年探偵・江戸川乱歩　第18巻）　980円　①4-591-05858-1

内容　またしても、四十面相が送りつけてきた挑戦状。ねらわれたのはレンブラントの油絵。名探偵明智小五郎は、自信たっぷりで待ちうける。厳重な見はりの目をぬすみ、四十面相はどうやってしのびこむのか？予告の夜。だれもいない美術室の中で、パチパチと物音がする。大きな石膏像が、ひとりでに動き、ひびわれはじめた。

『鉄人Q』　江戸川乱歩作　ポプラ社　1999.2　181p　20cm（少年探偵・江戸川乱歩　第21巻）　980円　①4-591-05861-1

内容　老科学者のすばらしい発明が、ついに完成した。北見君が特別に見せてもらった発明品、それはすぐれた頭脳を持つロボット。人間そっくりにつくられた「鉄人Q」だった。ところが、鉄人Qはとつぜんあばれだし、科学者のうちをとびだした。町で不可解な行動をおこすQ。さらわれた小さな女の子のゆくえは。

『塔上の奇術師』　江戸川乱歩作　ポプラ社　1999.2　177p　20cm（少年探偵・江戸川乱歩　第20巻）　980円　①4-591-05860-3

内容　さびしい原っぱにポツンとたっている、古いレンガづくりの時計屋敷。そびえたつ時計塔の屋根の上に、なにやらうごめく影が…。そのようすをじっと見つめていた、少女探偵マユミとふたりの少女。三人の目がとらえたものは、黒いマントをなびかせ、ふさふさの頭にニュッと二本の角をはやした、異様な姿のコウモリ男。

『魔法人形』　江戸川乱歩作　ポプラ社　1999.2　165p　20cm（少年探偵・江戸川乱歩　第17巻）　980円　①4-591-05857-3

内容　「ぼく、ルミちゃんがすきだよ。ぼくと遊ぼうね。」ふしぎな腹話術人形の坊やと仲よくなったルミちゃんは、坊やと白ひげのおじいさんについて、人形屋敷へやってきた。でむかえた美しいおねえさまは、ふり袖姿の紅子人形。まるで、ほんとうに生きているかのよう…。それは腹話術師にばけたおじいさんの魔術だった。

『夜光人間』　江戸川乱歩作　ポプラ社　1999.2　177p　20cm（少年探偵・江戸川乱歩　第19巻）　980円　①4-591-05859-X

内容　まっ暗な森に、七人の少年たちがでかけていく。今夜は少年探偵団の「きもだめしの会」。一番手の井上君は、森のおくのほうに、ふと、みょうなものを見た。―ひとだま？いや、その白くまるいものには、まっ赤に燃える二つの目が…。銀色にひかるばけものの首が、ガッと口をひらき、団員たちにおそいかかる。

『サーカスの怪人』　江戸川乱歩作　ポプラ社　1999.1　173p　20cm（少年探偵・江戸川乱歩　第15巻）　980円　①4-591-05855-7

内容　はなやかな「グランド・サーカス」の公演中、とつぜんあがった恐ろしいひめい。見物客がいっせいにふりかえる。特別席の暗がりに、白く浮かびあがった骸骨のすがた！サーカス団長の笠原さん一家におそいかかる骸骨

江戸川乱歩

男のぶきみな影。だれも知らない大きな秘密が、明智探偵と少年探偵団の推理で明らかになる。

『魔人ゴング』　江戸川乱歩作　ポプラ社　1999.1　173p　20cm（少年探偵・江戸川乱歩 第16巻）　980円　①4-591-05856-5
[内容]「ウワン、ウワン、ウワン…」教会の鐘のようなひびきが空からふってきた。おもわず見上げると─空いっぱいにひろがる悪魔の顔。巨大な魔人が、牙をむきだして笑っている。それは、とてつもない事件のまえぶれ…。魔人のぶきみな予言だった。明智探偵の新しい少女助手、マユミの身に危険がせまる。

『魔法博士』　江戸川乱歩作　ポプラ社　1999.1　197p　20cm（少年探偵・江戸川乱歩 第14巻）　980円　①4-591-05854-9
[内容]少年探偵団の仲よしコンビ、井上君とノロちゃん。はじめて見る「移動映画館」のあとをついていったふたりは、いつのまにか人のいない森へまよいこむ。そして目の前に立ちふさがる、えたいのしれない黒い人影…。さらわれたふたりを待つのは、黄金の怪人「魔法博士」のとんでもない策略だった。

『黄金豹』　江戸川乱歩作　ポプラ社　1998.12　173p　20cm（少年探偵・江戸川乱歩 第13巻）　980円　①4-591-05853-0
[内容]夜の闇を切りさくかのように、屋根から屋根を走る金色の大きな影。月の光をあびて、全身キラキラとかがやく黄金の豹が町に姿をあらわした。銀座の宝石商をおそい、次から次へと宝石を食べはじめる豹。ぱっと身をひるがえして逃げさると、煙のように消えてしまう、まぼろしの怪獣は、いったいなにもの。

『海底の魔術師』　江戸川乱歩作　ポプラ社　1998.12　173p　20cm（少年探偵・江戸川乱歩 第12巻）　980円　①4-591-05852-2
[内容]そのからだはがんじょうな鉄のうろこにおおわれ、ワニのようなかたいしっぽを持っていた…海底の暗闇に、二つの青い目をひからせる魔物は、まるで黒い人魚のような姿。地上にはいだした怪物は、鉄の小箱をつけねらう。明智探偵の手にわたった鉄の小箱には、金塊をつんだ沈没船の秘密がかくされていた。

『灰色の巨人』　江戸川乱歩作　ポプラ社　1998.12　177p　20cm（少年探偵・江戸川乱歩 第11巻）　980円　①4-591-05851-4
[内容]デパートの宝石博覧会から、真珠の美術品を持ちだしたどろぼうは、アドバルーンにつかまって大空へ。ところが、犯人をつかまえてみると…。「灰色の巨人」となのる怪人が、今度は「にじの宝冠」をぬすみだす。賊を追いかける少年探偵団がたどりついたのは、サーカスの大テント。奇妙な賊の一味は、ここにまぎれこんだのか。

『宇宙怪人』　江戸川乱歩作　ポプラ社　1998.11　197p　20cm（少年探偵・江戸川乱歩 第9巻）　980円　①4-591-05846-8
[内容]人々はアッといったまま、息もできなくなってしまった。東京の大都会、銀座の空に五つの「空とぶ円盤」が！遠い星の世界から、コウモリの羽をもった大トカゲのような、宇宙怪人がやってきた。山奥に着陸した円盤にとじこめられたという、木村青年がおそろしい体験を語り、日本中が、いや世界中が、大混乱にまきこまれる。

『怪奇四十面相』　江戸川乱歩作　ポプラ社　1998.11　201p　20cm（少年探偵・江戸川乱歩 第8巻）　980円　①4-591-05845-X
[内容]何度つかまっても牢をぬけだす怪人二十面相。今度は名前を「四十面相」とあらため、どうどうと脱獄を宣言した。秘密をさぐるため拘置所にやってきた明智小五郎は、二十面相との面会のあと、なぜか世界劇場の楽屋へ…。劇場では「透明怪人」事件のしばいが、まさに上演されている最中だった。

『地底の魔術王』　江戸川乱歩作　ポプラ社　1998.11　209p　20cm（少年探偵・江戸川乱歩 第6巻）　980円　①4-591-05843-3
[内容]天野勇一君の町に、奇妙なおじさんがひっこしてきた。少年たちの前で、ふしぎな奇術をつかう魔法博士はいった。「わしの住む洋館には『ふしぎの国』があるのだよ。」ある日、洋館をたずねた勇一君と小林少年。ところが、博士のおこなう大魔術の舞台にあがった勇一君が、見物客の目の前ですっかり消えてしまった。

江戸川乱歩

『鉄塔王国の恐怖』　江戸川乱歩作　ポプラ社　1998.11　185p　20cm（少年探偵・江戸川乱歩　第10巻）　980円　ⓘ4-591-05847-6
内容「君に見せたいものがあるんだ。」まちかどの老人に呼びとめられて、小林少年はカラクリ箱をのぞきこんだ。そこには、深い森の中、丸い鉄の塔からはいおりる巨大なカブトムシが…。町にカブトムシの怪物があらわれて、子どもたちをさらっていった。カブトムシ大王が支配する恐怖の鉄塔王国が、日本のどこかにあるという。

『透明怪人』　江戸川乱歩作　ポプラ社　1998.11　213p　20cm（少年探偵・江戸川乱歩　第7巻）　980円　ⓘ4-591-05844-1
内容町はずれのこわれたレンガの建物に、一人の紳士がはいっていった。後をつけていた二少年の目の前で、ぶきみな男が上着をぬぎ、シャツをぬぐと、そこには―何もなかった。目に見えない透明怪人の出現に、町の宝石店や銀行はふるえあがる。そんなときマネキン人形にばけた透明怪人があらわれて、デパート中がおおさわぎ。

『怪人二十面相』　江戸川乱歩作　ポプラ社　1998.10　245p　20cm（少年探偵・江戸川乱歩　第1巻）　980円　ⓘ4-591-05821-2
内容ロマノフ王家の大ダイヤモンドを、近日中にちょうだいに参上する　二十面相―ゆくえ不明だった壮一君の、うれしい帰国のしらせとともに、羽柴家に舞いこんだ予告状。変装自在の怪盗は、どんな姿で家宝を盗みに来るのか。老人、青年、それとも…。怪盗「二十面相」と名探偵明智小五郎、初めての対決がいま始まる。

『少年探偵団』　江戸川乱歩作　ポプラ社　1998.10　221p　20cm（少年探偵・江戸川乱歩　第2巻）　980円　ⓘ4-591-05822-0
内容東京中に「黒い魔物」のうわさが広がっていた。次々とおこる少女誘拐事件。そして、篠崎家の宝石と、五歳の愛娘緑ちゃんに、黒い影が忍びよる。はたして、インドから伝わる「のろいの宝石」のいんねんは本当か…『怪人二十面相』に続き、名探偵明智小五郎と、少年助手小林芳雄君ひきいる「少年探偵団」大活躍。

『青銅の魔人』　江戸川乱歩作　ポプラ社　1998.10　181p　20cm（少年探偵・江戸川乱歩　第5巻）　980円　ⓘ4-591-05825-5
内容月光に照らされたのは、三日月形に裂けた口をもつ金属のお面。その怪物のからだのなかからひびきわたる、ギリギリという歯車の音。真夜中の時計店をおそった時計どろぼうは、青銅でできた機械人間だった?!名探偵明智小五郎に、小林少年が新しく結成した「チンピラ別働隊」が大奮闘。ついに青銅の魔人の正体をつきとめるか。

『大金塊』　江戸川乱歩作　ポプラ社　1998.10　209p　20cm（少年探偵・江戸川乱歩　第4巻）　980円　ⓘ4-591-05824-7
内容秘密の文書の半分が盗まれた！ それは、宮崎鉱造氏のおじいさんがのこした莫大な遺産、大判小判の「大金塊」のかくし場所をしめす暗号文だった。奪われた半分の暗号文書を取り戻そうと、賊のアジトに入りこんだ小林少年の見た意外な真実とは？ そして明智名探偵は、謎めいた文章を解き、大金塊をもとめて島にむかった。

『妖怪博士』　江戸川乱歩作　ポプラ社　1998.10　265p　20cm（少年探偵・江戸川乱歩　第3巻）　980円　ⓘ4-591-05823-9
内容あやしい老人の後をつけて奇妙な洋館にたどりついた、少年探偵団のひとり相川泰二君。そこで見たのは、ぐるぐる巻きにしばられた美しい少女の姿。少女を助けようと洋館にのりこんだ泰二君に、妖怪博士の魔の手がせまる。さらに、事件を追跡する三人の団員たちに、世にもおそろしいことが待ちうける…。

『サーカスの怪人―少年探偵』　江戸川乱歩著, 若菜等画　ポプラ社　1988.2　186p　18cm（ポプラ社文庫―怪奇・推理シリーズ）　480円　ⓘ4-591-02630-2
内容怪人二十面相を追え！ きみは小林少年の推理にかてるか？

『地獄の仮面―少年探偵』　江戸川乱歩著, 若菜等画　ポプラ社　1988.2　222p　18cm（ポプラ社文庫―怪奇・推理シリーズ）　480円　ⓘ4-591-02629-9
内容がい骨のように、歯がむき出ていて、くちびるのない、ものすごい顔の男が、もしぬーっとあらわれたら、どんなにぶきみでしょうか。この物語では、このぶきみな顔をした怪人が、いたるところにあらわれて、かわいら

江戸川乱歩

しい子どもと、その美しいおかあさんをおどかしたり苦しめたりするのです。

『死の十字路―少年探偵』　江戸川乱歩著, 若菜等画　ポプラ社　1988.1　190p　18cm（ポプラ社文庫―怪奇・推理シリーズ）　480円　①4-591-02627-2
[内容]怪人二十面相を追え！きみは小林少年の推理にかてるか？

『大金塊―少年探偵』　江戸川乱歩著, 若菜等画　ポプラ社　1988.1　185p　18cm（ポプラ社文庫―怪奇・推理シリーズ）　480円　①4-591-02628-0
[内容]怪人二十面相を追え！きみは小林少年の推理にかてるか？

『奇面城の秘密―少年探偵』　江戸川乱歩著, 若菜等画　ポプラ社　1987.12　185p　18cm（ポプラ社文庫―怪奇・推理シリーズ）　480円　①4-591-02626-4
[内容]怪人二十面相を追え！きみは小林少年の推理にかてるか？

『三角館の恐怖―少年探偵』　江戸川乱歩著, 若菜等画　ポプラ社　1987.12　220p　18cm（ポプラ社文庫―怪奇・推理シリーズ）　480円　①4-591-02625-6

『宇宙怪人―少年探偵』　江戸川乱歩著, 若菜等画　ポプラ社　1987.11　190p　18cm（ポプラ社文庫―怪奇・推理シリーズ）　480円　①4-591-02624-8
[内容]怪人二十面相を追え！きみは小林少年の推理にかてるか？

『呪いの指紋―少年探偵』　江戸川乱歩著, 若菜等画　ポプラ社　1987.11　220p　18cm（ポプラ社文庫―怪奇・推理シリーズ）　480円　①4-591-02623-X
[内容]この本は『悪魔の紋章』という、おとなの小説を、少年諸君の読みものとして書きなおしたものです。このお話の悪者は、三重渦巻きの怪指紋をつかって、おそろしい"かたきうち"をたくらんだのですが、でも、そんなことは世間がゆるしません。ついには警察につかまってしまうのだということを、小説として書きあらわしたのです。

『青銅の魔人―少年探偵』　江戸川乱歩著, 若菜等画　ポプラ社　1987.10　183p　18cm（ポプラ社文庫）　480円　①4-591-02622-1
[内容]怪人二十面相を追え！きみは小林少年の推理にかてるか？

『電人M―少年探偵』　江戸川乱歩著, 若菜等画　ポプラ社　1987.10　185p　18cm（ポプラ社文庫―怪奇・推理シリーズ）　480円　①4-591-02621-3
[内容]怪人二十面相を追え！きみは小林少年の推理にかてるか？

『怪人二十面相』　江戸川乱歩著, 古賀亜十夫絵　講談社　1983.12　237p　18cm（講談社青い鳥文庫）　390円　①4-06-147129-5

『仮面の恐怖王』　ポプラ社　1983.7　198p　19cm（少年探偵江戸川乱歩全集16）　600円　〈初刷:1970（昭和45）〉

『鉄塔王国の恐怖』　ポプラ社　1983.4　214p　19cm（少年探偵江戸川乱歩全集24）　600円　〈初刷:1970（昭和45）〉

『黄金仮面』　ポプラ社　1982.7　251p　19cm（少年探偵江戸川乱歩全集27）　600円　〈初刷:1970（昭和45）〉

『少年探偵団』　ポプラ社　1982.7　214p　19cm（少年探偵江戸川乱歩全集3）　600円　〈初刷:1964（昭和39）〉

『妖怪博士』　ポプラ社　1982.7　230p　19cm（少年探偵江戸川乱歩全集2）　600円　〈初刷:1964（昭和39）〉

『怪人二十面相』　ポプラ社　1982.6　253p　19cm（少年探偵江戸川乱歩全集1）　600円　〈初刷:1964（昭和39）〉

『空飛ぶ二十面相』　ポプラ社　1982.6　236p　19cm（少年探偵江戸川乱歩全集22）　600円　〈初刷:1970（昭和45）〉

『透明怪人』　ポプラ社　1982.6　222p　19cm（少年探偵江戸川乱歩全集6）　600円　〈初刷:1964（昭和39）〉

『影男』　ポプラ社　1982.5　274p　19cm（少年探偵江戸川乱歩全集36）　600円　〈初刷:1971（昭和46）〉

『魔人ゴング』 ポプラ社 1982.5 206p 19cm（少年探偵江戸川乱歩全集 20） 600円〈初刷:1970（昭和45）〉

『魔法博士』 ポプラ社 1982.5 204p 19cm（少年探偵江戸川乱歩全集 18） 600円〈初刷:1970（昭和45）〉

『黄金の怪獣』 ポプラ社 1982.3 222p 19cm（少年探偵江戸川乱歩全集 25） 600円〈初刷:1970（昭和45）〉

『地獄の仮面』 ポプラ社 1982.3 254p 19cm（少年探偵江戸川乱歩全集 32） 600円〈初刷:1970（昭和45）〉

『地獄の道化師』 ポプラ社 1982.3 257p 19cm（少年探偵江戸川乱歩全集 35） 600円〈初刷:1971（昭和46）〉

『地底の魔術王』 ポプラ社 1982.3 214p 19cm（少年探偵江戸川乱歩全集 8） 600円〈初刷:1964（昭和39）〉

『塔上の奇術師』 ポプラ社 1982.3 210p 19cm（少年探偵江戸川乱歩全集 15） 600円〈初刷:1964（昭和39）〉

『二十面相の呪い』 ポプラ社 1982.3 230p 19cm（少年探偵江戸川乱歩全集 26） 600円〈初刷:1970（昭和45）〉

『夜光人間』 ポプラ社 1982.3 209p 19cm（少年探偵江戸川乱歩全集 14） 600円〈初刷:1964（昭和39）〉

『暗黒星』 ポプラ社 1982.2 258p 19cm（少年探偵江戸川乱歩全集 37） 600円〈初刷:1971（昭和46）〉

『奇面城の秘密』 ポプラ社 1982.2 204p 19cm（少年探偵江戸川乱歩全集 11） 600円〈初刷:1964（昭和39）〉

『サーカスの怪人』 ポプラ社 1982.2 205p 19cm（少年探偵江戸川乱歩全集 13） 600円〈初刷:1964（昭和39）〉

『青銅の魔人』 ポプラ社 1982.2 190p 19cm（少年探偵江戸川乱歩全集 4） 600円〈初刷:1964（昭和39）〉

『灰色の巨人』 ポプラ社 1982.2 206p 19cm（少年探偵江戸川乱歩全集 19） 600円〈初刷:1970（昭和45）〉

『蜘蛛男』 ポプラ社 1982.1 288p 19cm（少年探偵江戸川乱歩全集 42） 600円〈初刷:1973（昭和48）〉

『人間豹』 ポプラ社 1982.1 238p 19cm（少年探偵江戸川乱歩全集 44） 600円〈初刷:1973（昭和48）〉

『三角館の恐怖』 ポプラ社 1982 267p 19cm（少年探偵江戸川乱歩全集 46） 600円〈初刷:1973（昭和48）〉

『悪魔人形』 ポプラ社 1981.12 198p 19cm（少年探偵江戸川乱歩全集 23） 600円〈初刷:1970（昭和45）〉

『一寸法師』 ポプラ社 1981.12 252p 19cm（少年探偵江戸川乱歩全集 41） 600円〈初刷:1973（昭和48）〉

『海底の魔術師』 ポプラ社 1981.12 204p 19cm（少年探偵江戸川乱歩全集 21） 600円〈初刷:1970（昭和45）〉

『大金塊』 ポプラ社 1981.12 219p 19cm（少年探偵江戸川乱歩全集 5） 600円〈初刷:1964（昭和39）〉

『鉄人Q』 ポプラ社 1981.12 204p 19cm（少年探偵江戸川乱歩全集 17） 600円〈初刷:1970（昭和45）〉

『時計塔の秘密』 ポプラ社 1981.12 270p 19cm（少年探偵江戸川乱歩全集 45） 600円〈初刷:1973（昭和48）〉

『呪いの指紋』 ポプラ社 1981.12 272p 19cm（少年探偵江戸川乱歩全集 28） 600円〈初刷:1970（昭和45）〉

『黄金豹』 ポプラ社 1981.11 202p 19cm（少年探偵江戸川乱歩全集 12） 600円〈初刷:1964（昭和39）〉

『白い羽根の謎』 ポプラ社 1981.9 213p 19cm（少年探偵江戸川乱歩全集 38） 600円〈初刷:1972（昭和47）〉

『幽鬼の塔』 ポプラ社 1981.9 249p 19cm（少年探偵江戸川乱歩全集 43） 600円〈初刷:1973（昭和48）〉

『死の十字路』 江戸川乱歩原作, 氷川瓏文 ポプラ社 1981.6 220p 19cm（少年探偵江戸川乱歩全集 39） 600円〈初刷:1972（昭和47）〉

江戸川乱歩

『赤い妖虫』 ポプラ社 1981.5 267p 19cm（少年探偵江戸川乱歩全集 31） 600円〈初刷:1970（昭和45））

『大暗室』 ポプラ社 1981.5 274p 19cm（少年探偵江戸川乱歩全集 30） 600円〈初刷:1970（昭和45））

『恐怖の魔人王』 江戸川乱歩原作, 氷川瓏文 ポプラ社 1981.4 218p 19cm（少年探偵江戸川乱歩全集 40） 600円〈初刷:1972（昭和47））

『魔術師』 ポプラ社 1981.4 270p 19cm（少年探偵江戸川乱歩全集 29） 600円〈初刷:1970（昭和45））

『怪人二十面相一名探偵明智小五郎』 江戸川乱歩著, 堂昌一絵 講談社 1981.3 254p 19cm（少年少女講談社文庫 A-4―名作と物語） 480円〈解説:中島河太郎 初刷:1972（昭和47）肖像:著者 図版（肖像を含む））

『電人M』 ポプラ社 1981.3 209p 19cm（少年探偵江戸川乱歩全集 9） 600円〈初刷:1964（昭和39））

『怪奇四十面相』 ポプラ社 1980.10 206p 19cm（少年探偵江戸川乱歩全集 7） 600円〈初刷:1964（昭和39））

『緑衣の鬼』 ポプラ社 1980.5 270p 19cm（少年探偵江戸川乱歩全集 34） 600円〈初刷:1970（昭和45））

『宇宙怪人』 ポプラ社 1980.3 198p 19cm（少年探偵江戸川乱歩全集 10） 600円〈初刷:1964（昭和39））

『黒い魔女』 ポプラ社 1979.5 262p 19cm（少年探偵江戸川乱歩全集 33） 600円〈初刷:1970（昭和45））

『悪魔人形』 江戸川乱歩著 ポプラ社 1976.11 190p 18cm（ポプラ社文庫 8） 390円

『黄金仮面』 江戸川乱歩著 ポプラ社 1976.11 206p 18cm（ポプラ社文庫 10） 390円

『怪奇四十面相』 江戸川乱歩著 ポプラ社 1976.11 190p 18cm（ポプラ社文庫 5） 390円

『怪人二十面相』 江戸川乱歩著 ポプラ社 1976.11 222p 18cm（ポプラ社文庫 1） 390円

『少年探偵団』 江戸川乱歩著 ポプラ社 1976.11 206p 18cm（ポプラ社文庫 2） 390円

『空飛ぶ二十面相』 江戸川乱歩著 ポプラ社 1976.11 206p 18cm（ポプラ社文庫 7） 390円

『透明怪人』 江戸川乱歩著 ポプラ社 1976.11 198p 18cm（ポプラ社文庫 4） 390円

『二十面相の呪い』 江戸川乱歩著 ポプラ社 1976.11 206p 18cm（ポプラ社文庫 9） 390円

『夜光人間』 江戸川乱歩著 ポプラ社 1976.11 190p 18cm（ポプラ社文庫 6） 390円

『妖怪博士』 江戸川乱歩著 ポプラ社 1976.11 238p 18cm（ポプラ社文庫 3） 390円

『一寸法師』 江戸川乱歩作 講談社 1974 233p 19cm（少年版江戸川乱歩選集 12）

『蜘蛛男』 江戸川乱歩作 講談社 1974 246p 19cm（少年版江戸川乱歩選集 11）

『三角館の恐怖』 江戸川乱歩作 講談社 1974 213p 19cm（少年版江戸川乱歩選集 15）

『人間豹』 江戸川乱歩作 講談社 1974 222p 19cm（少年版江戸川乱歩選集 14）

『幽鬼の塔』 江戸川乱歩作 講談社 1974 267p 19cm（少年版江戸川乱歩選集 13）

『幽霊塔』 江戸川乱歩作 講談社 1974 222p 19cm（少年版江戸川乱歩選集 16）

『一寸法師』 江戸川乱歩作, 岩井泰三絵 ポプラ社 1973 252p 19cm（少年探偵江戸川乱歩全集 第41）

『怪人二十面相一名探偵明智小五郎』 江戸川乱歩文, 山内秀一絵 ポプラ社 1973 253p 19cm（世界名探偵シリーズ 2）

江戸川乱歩

『蜘蛛男』　江戸川乱歩作, 柳瀬茂絵　ポプラ社　1973　288p　19cm（少年探偵江戸川乱歩全集 第42）

『三角館の恐怖』　江戸川乱歩作, 岩井泰三絵　ポプラ社　1973　267p　19cm（少年探偵江戸川乱歩全集 第46）

『時計塔の秘密』　江戸川乱歩作, 岩井泰三絵　ポプラ社　1973　270p　19cm（少年探偵江戸川乱歩全集 第45）

『人間豹』　江戸川乱歩作, 岩井泰三絵　ポプラ社　1973　238p　19cm（少年探偵江戸川乱歩全集 第44）

『幽鬼の塔』　江戸川乱歩作, 山内秀一絵　ポプラ社　1973　249p　19cm（少年探偵江戸川乱歩全集 第43）

『怪人二十面相』　江戸川乱歩文, 堂昌一絵　講談社　1972　254p　19cm（少年少女講談社文庫 名作と物語 A-4）

『恐怖の魔人王』　江戸川乱歩作　ポプラ社　1972　218p　19cm（少年探偵江戸川乱歩全集 第40）

『死の十字路』　江戸川乱歩作, 山内秀一絵　ポプラ社　1972　220p　19cm（少年探偵江戸川乱歩全集 第39）

『白い羽根の謎』　江戸川乱歩作, 岩井泰三絵　ポプラ社　1972　213p　19cm（少年探偵江戸川乱歩全集 第38）

『暗黒星』　江戸川乱歩作, 木村正志絵　ポプラ社　1971　258p　19cm（少年探偵江戸川乱歩全集 第37）

『影男』　江戸川乱歩作, 中村猛男絵　ポプラ社　1971　274p　19cm（少年探偵江戸川乱歩全集 第36）

『地獄の道化師』　江戸川乱歩作, 武部本一郎, 岩井泰三絵　ポプラ社　1971　257p　19cm（少年探偵江戸川乱歩全集 第35）

『赤い妖虫』　江戸川乱歩作, 柳瀬茂絵　ポプラ社　1970　267p　19cm（少年探偵江戸川乱歩全集 第31）

『悪魔人形』　江戸川乱歩作, 柳柊二絵　ポプラ社　1970　198p　19cm（少年探偵江戸川乱歩全集 第23）

『一寸法師』　江戸川乱歩著, 佐々木豊絵　講談社　1970　233p　19cm（少年版江戸川乱歩選集 2）

『黄金仮面』　江戸川乱歩作, 柳瀬茂絵　ポプラ社　1970　257p　19cm（少年探偵江戸川乱歩全集 第27）

『黄金の怪獣』　江戸川乱歩作, 吉田郁也絵　ポプラ社　1970　222p　19cm（少年探偵江戸川乱歩全集 第25）

『海底の魔術師』　江戸川乱歩作, 吉田郁也絵　ポプラ社　1970　204p　19cm（少年探偵江戸川乱歩全集 第21）

『仮面の恐怖王』　江戸川乱歩作, 武部本一郎絵　ポプラ社　1970　198p　19cm（少年探偵江戸川乱歩全集 第16）

『蜘蛛男』　江戸川乱歩著, 藤本蒼絵　講談社　1970　246p　19cm（少年版江戸川乱歩選集 1）

『黒い魔女』　江戸川乱歩作, 岩井泰三絵　ポプラ社　1970　262p　19cm（少年探偵江戸川乱歩全集 第33）

『三角館の恐怖』　江戸川乱歩著, 篠崎春夫絵　講談社　1970　213p　19cm（少年版江戸川乱歩選集 6）

『地獄の仮面』　江戸川乱歩作, 武部本一郎絵　ポプラ社　1970　278p　19cm（少年探偵江戸川乱歩全集 第32）

『空飛ぶ二十面相』　江戸川乱歩作, 柳瀬茂絵　ポプラ社　1970　236p　19cm（少年探偵江戸川乱歩全集 第22）

『大暗室』　江戸川乱歩作, 山内秀一絵　ポプラ社　1970　274p　19cm（少年探偵江戸川乱歩全集 第30）

『鉄人Q』　江戸川乱歩作, 木村正志絵　ポプラ社　1970　204p　19cm（少年探偵江戸川乱歩全集 第17）

『鉄塔王国の恐怖』　江戸川乱歩作, 柳瀬茂絵　ポプラ社　1970　214p　19cm（少年探偵江戸川乱歩全集 第24）

『二十面相の呪い』　江戸川乱歩作, 中村英夫絵　ポプラ社　1970　230p　19cm（少年探偵江戸川乱歩全集 第26）

江戸川乱歩

『人間豹』　江戸川乱歩著, 稲垣三郎絵　講談社　1970　222p　19cm（少年版江戸川乱歩選集 5）

『呪いの指紋』　江戸川乱歩作, 柳瀬茂絵　ポプラ社　1970　272p　19cm（少年探偵江戸川乱歩全集 第28）

『灰色の巨人』　江戸川乱歩作, 武部本一郎絵　ポプラ社　1970　206p　19cm（少年探偵江戸川乱歩全集 第19）

『魔術師』　江戸川乱歩作, 山内秀一絵　ポプラ社　1970　270p　19cm（少年探偵江戸川乱歩全集 第29）

『魔人ゴング』　江戸川乱歩作, 伊勢田邦貴絵　ポプラ社　1970　206p　19cm（少年探偵江戸川乱歩全集 第20）

『魔法博士』　江戸川乱歩作, 岩井泰三絵　ポプラ社　1970　204p　19cm（少年探偵江戸川乱歩全集 第18）

『幽鬼の塔』　江戸川乱歩著, 坂口武之絵　講談社　1970　267p　19cm（少年版江戸川乱歩選集 3）

『幽霊塔』　江戸川乱歩著, 長谷川晶絵　講談社　1970　222p　19cm（少年版江戸川乱歩選集 4）

『緑衣の鬼』　江戸川乱歩作, 武部本一郎絵　ポプラ社　1970　270p　19cm（少年探偵江戸川乱歩全集 第34）

『赤い妖虫』　江戸川乱歩文, 柳瀬茂絵　ポプラ社　1967　267p　19cm（名探偵シリーズ 7）

『黄金仮面』　江戸川乱歩文, 柳瀬茂絵　ポプラ社　1967　257p　19cm（名探偵シリーズ 1）

『黒い魔女』　江戸川乱歩文, 岩井泰三絵　ポプラ社　1967　262p　19cm（名探偵シリーズ 13）

『地獄の仮面』　江戸川乱歩文, 武部本一郎絵　ポプラ社　1967　278p　19cm（名探偵シリーズ 11）

『大暗室』　江戸川乱歩文, 山内秀一絵　ポプラ社　1967　274p　19cm（名探偵シリーズ 5）

『呪いの指紋』　江戸川乱歩文, 柳瀬茂絵　ポプラ社　1967　272p　19cm（名探偵シリーズ 2）

『魔術師』　江戸川乱歩文, 山内秀一絵　ポプラ社　1967　270p　19cm（名探偵シリーズ 3）

『緑衣の鬼』　江戸川乱歩文, 武部本一郎絵　ポプラ社　1967　270p　19cm（名探偵シリーズ 15）

『宇宙怪人』　江戸川乱歩文, 柳瀬茂絵　ポプラ社　1964　198p　19cm（少年探偵江戸川乱歩全集 10）

『黄金豹』　江戸川乱歩文, 柳瀬茂絵　ポプラ社　1964　202p　19cm（少年探偵江戸川乱歩全集 12）

『怪奇四十面相』　江戸川乱歩文, 柳瀬茂絵　ポプラ社　1964　206p　19cm（少年探偵江戸川乱歩全集 7）

『怪人二十面相』　江戸川乱歩文　ポプラ社　1964　19cm（少年探偵江戸川乱歩全集 1）

『奇面城の秘密』　江戸川乱歩文, 柳瀬茂絵　ポプラ社　1964　204p　19cm（少年探偵江戸川乱歩全集 11）

『サーカスの怪人』　江戸川乱歩文, 山内秀一絵　ポプラ社　1964　205p　19cm（少年探偵江戸川乱歩全集 13）

『少年探偵団』　江戸川乱歩文, 柳瀬茂絵　ポプラ社　1964　214p　19cm（少年探偵江戸川乱歩全集 3）

『青銅の魔人』　江戸川乱歩文, 柳瀬茂絵　ポプラ社　1964　190p　19cm（少年探偵江戸川乱歩全集 4）

『大金塊』　江戸川乱歩文, 柳瀬茂絵　ポプラ社　1964　219p　19cm（少年探偵江戸川乱歩全集 5）

『地底の魔術王』　江戸川乱歩文, 山内秀一絵　ポプラ社　1964　214p　19cm（少年探偵江戸川乱歩全集 8）

『電人M』　江戸川乱歩文, 柳瀬茂絵　ポプラ社　1964　197p　19cm（少年探偵江戸川乱歩全集 9）

『塔上の奇術師』　江戸川乱歩文, 山内秀一絵　ポプラ社　1964　210p　19cm（少年探偵江戸川乱歩全集 15）

『透明怪人』　江戸川乱歩文, 柳瀬茂絵　ポプラ社　1964　207p　19cm（少年探偵江戸川乱歩全集 6）

『夜光人間』　江戸川乱歩文, 柳瀬茂絵　ポプラ社　1964　209p　19cm（少年探偵江戸川乱歩全集 14）

『妖怪博士』　江戸川乱歩文, 柳瀬茂絵　ポプラ社　1964　230p　19cm（少年探偵江戸川乱歩全集 2）

『あばかれた秘密』　ランドン原作, 江戸川乱歩文, 柳瀬茂絵　ポプラ社　1963　272p　19cm（世界推理小説文庫 11）

『黄金仮面』　江戸川乱歩著, 高木清絵　ポプラ社　1963　257p　19cm（名探偵明智小五郎文庫 17）

『人間豹』　江戸川乱歩著, 柳瀬茂絵　ポプラ社　1963　269p　19cm（名探偵明智小五郎文庫 16）

『怪船771号』　クロフツ原作, 江戸川乱歩著, 柳瀬茂絵　ポプラ社　1962　282p　19cm（世界推理小説文庫 3）

『海底の黄金』　ボアゴベイ原作, 江戸川乱歩著, 山内秀一絵　ポプラ社　1962　281p　19cm（世界推理小説文庫 8）

『第三の恐怖』　ジョンストン・マッカレー原作, 江戸川乱歩著, 柳瀬茂絵　ポプラ社　1962　272p　19cm（世界推理小説文庫 1）

『鉄人対怪人』　サッパー原作, 江戸川乱歩著, 山内秀一絵　ポプラ社　1962　281p　19cm（世界推理小説文庫 10）

『怪人二十面相』　江戸川乱歩文, 武部本一郎絵　光文社　1961　228p　20cm（少年探偵団全集 1）

『少年探偵団』　江戸川乱歩文, 武部本一郎絵　光文社　1961　210p　20cm（少年探偵団全集 2）

『白い羽根の謎』　江戸川乱歩文, 山内秀一絵　ポプラ社　1961　210p　22cm（少年探偵小説全集 7）

『青銅の魔人』　江戸川乱歩文, 武部本一郎絵　光文社　1961　186p　20cm（少年探偵団全集 5）

『大金塊』　江戸川乱歩文, 武部本一郎絵　光文社　1961　213p　20cm（少年探偵団全集 4）

『妖怪博士』　江戸川乱歩文, 武部本一郎絵　光文社　1961　224p　20cm（少年探偵団全集 3）

『黄金仮面』　江戸川乱歩文, 山内秀一絵　ポプラ社　1960　226p　22cm（少年探偵小説全集 1）

『影男』　江戸川乱歩著, 中村猛男絵　ポプラ社　1960　274p　19cm（名探偵明智小五郎文庫 15）

『鉄人Q―少年探偵』　江戸川乱歩著, 深尾徹哉絵　光文社　1960　191p　19cm（江戸川乱歩全集 23）

『人間豹』　江戸川乱歩文, 山内秀一絵　ポプラ社　1960　222p　22cm（少年探偵小説全集 2）

『一寸法師』　江戸川乱歩著, 中村猛男絵　ポプラ社　1959　253p　19cm（名探偵明智小五郎文庫 12）

『仮面の恐怖王―少年探偵』　江戸川乱歩著, 中村猛男絵　光文社　1959　193p　19cm（江戸川乱歩全集 22）

『地獄の道化師』　江戸川乱歩著, 中村猛男絵　ポプラ社　1959　257p　19cm（名探偵明智小五郎文庫 9）

『時計塔の秘密』　江戸川乱歩著, 中村猛男絵　ポプラ社　1959　272p　19cm（名探偵明智小五郎文庫 14）

『幽鬼の塔』　江戸川乱歩著, 中村猛男絵　ポプラ社　1959　249p　19cm（名探偵明智小五郎文庫 10）

『暗黒星』　江戸川乱歩著, 中村猛男絵　ポプラ社　1958　258p　19cm（名探偵明智小五郎文庫 7）

『奇面城の秘密―少年探偵』　江戸川乱歩著, 中村猛男絵　光文社　1958　188p　19cm（江戸川乱歩全集 20）

江戸川乱歩

『蜘蛛男』　江戸川乱歩著, 中村猛男絵　ポプラ社　1958　288p　19cm（名探偵明智小五郎文庫 8）

『三角館の恐怖』　江戸川乱歩著, 中村猛男絵　ポプラ社　1958　267p　19cm（名探偵明智小五郎文庫 5）

『地獄の仮面』　江戸川乱歩著, 中村猛男絵　ポプラ社　1958　278p　19cm（名探偵明智小五郎文庫 4）

『塔上の奇術師―少年探偵』　江戸川乱歩著, 石原豪人絵　光文社　1958　196p　19cm（江戸川乱歩全集 21）

『夜光人間―少年探偵』　江戸川乱歩著, 岩井泰三絵　光文社　1958　190p　19cm（江戸川乱歩全集 19）

『緑衣の鬼』　江戸川乱歩著, 斎藤寿夫絵　ポプラ社　1958　270p　19cm（名探偵明智小五郎文庫 3）

『黒いトカゲ』　江戸川乱歩著, 荻山春雄絵　ポプラ社　1957　262p　19cm（名探偵明智小五郎文庫 2）

『サーカスの怪人―少年探偵』　江戸川乱歩著, 中村猛男絵　光文社　1957　182p　19cm（江戸川乱歩全集 17）

『魔法人形―少年探偵』　江戸川乱歩著, 石原豪人絵　光文社　1957　178p　19cm（江戸川乱歩全集 18）

『妖人ゴング―少年探偵』　江戸川乱歩著, 白井哲絵　光文社　1957　185p　19cm（江戸川乱歩全集 16）

『赤い妖虫』　江戸川乱歩文, 斎藤寿夫絵　ポプラ社　1956　267p　19cm（日本名探偵文庫 12）

『黄金豹―少年探偵』　江戸川乱歩著, 中村猛男絵　光文社　1956　178p　19cm（江戸川乱歩全集 15）

『海峡の秘密』　クロフツ原作, 江戸川乱歩著, 有安隆絵　ポプラ社　1956　283p　19cm（世界名作探偵文庫）

『大暗室』　江戸川乱歩文, 斎藤寿夫絵　ポプラ社　1956　274p　19cm

『天空の魔人―少年探偵』　江戸川乱歩著, 古賀亜十夫絵　光文社　1956　167p　19cm（江戸川乱歩全集 13）

『魔法博士―少年探偵』　江戸川乱歩著, 古賀亜十夫絵　光文社　1956　178p　19cm（江戸川乱歩全集 14）

『暗黒街の恐怖』　マッカレー原作, 江戸川乱歩著, 荻山春雄絵　ポプラ社　1955　272p　19cm（世界名作探偵文庫）

『怪傑ドラモンド』　サッパー原作, 江戸川乱歩著, 斎藤寿夫絵　ポプラ社　1955　281p　19cm（世界名作探偵文庫）

『海底の魔術師―少年探偵』　江戸川乱歩著, 谷俊彦絵　光文社　1955　168p　19cm（江戸川乱歩全集 11）

『灰色の巨人―少年探偵』　江戸川乱歩著, 谷俊彦絵　光文社　1955　176p　19cm（江戸川乱歩全集 12）

『灰色の幻』　ランドン原作, 江戸川乱歩著, 荻山春雄絵　ポプラ社　1955　272p　19cm（世界名作探偵文庫）

『黄金宮殿』　江戸川乱歩文, 高木清絵　ポプラ社　1954　253p　19cm

『海底の黄金』　ボアゴベイ原作, 江戸川乱歩著, 荻山春雄絵　ポプラ社　1954　281p　19cm（世界名作探偵文庫）

『人間豹・探偵冒険』　江戸川乱歩文, 柳瀬茂絵　ポプラ社　1954　269p　19cm

『名探偵ルコック』　エミール・ガボリオ原作, 江戸川乱歩著, 松野一夫絵　講談社　1954　318p　19cm（世界名作全集 73）

『黄金虫』　ポー原作, 江戸川乱歩著, 松田穣絵　講談社　1953　313p　19cm（世界名作全集 59）

『暗黒星』　江戸川乱歩文　文芸図書出版社　1952　285p　19cm

『怪奇四十面相―少年探偵』　江戸川乱歩著, 伊勢田邦彦絵　光文社　1952　182p　19cm（江戸川乱歩全集 8）

『透明怪人―少年探偵』　江戸川乱歩著, 梁川剛一絵　光文社　1951　192p　19cm（江戸川乱歩全集 7）

大井　冷光
おおい・れいこう
《1885〜1921》

『うまれた家―大井冷光の童話』　大井冷光文，桜井那津子絵　富山　大井冷光を語る会　2001.7　51p　26cm　1143円〈年譜あり〉

大石　真
おおいし・まこと
《1925〜1990》

『チョコレート戦争』　大石真作，北田卓史画　理論社　2004.2　164p　18cm（フォア文庫愛蔵版）　1000円　①4-652-07383-6
[内容]ケーキやさんのウィンドウガラスが割れて、いあわせた明と光一が犯人にされてしまう。身に覚えのない罪をきせられたことから、子どもたちは町一番のケーキ屋さんに戦いをいどみます。

『かもとりごんべえ』　大石真文，長新太絵　改訂版　偕成社　2004.1　102p　21cm（日本むかし話 12）　800円　①4-03-449320-8
[目次]かもとりごんべえ，天にのぼったげんごろう
[内容]いちどに百ぱのかもをつかまえようとわなをしかけたよくばりごんべえは、はんたいに百ぱのかもに、空へひきあげられてしまいます。ごんべえのおもみで、わなのつながきれたから、さあたいへん！ ごんべえは、まっさかさまにおちていきます（『かもとりごんべえ』）。げんごろうが、町でかったなすのなえは、ぐんぐんそだって、天までとどく木になりました。たなばたの日に、げんごろうがのぼっていくと、くものうえには、ごてんがあって、白いひげのおじいさんや、うつくしいむすめたちが、すばらしいごちそうをしてくれましたが…（『天にのぼったげんごろう』）。小学校1・2・3年以上。

『てんぐ先生は一年生』　大石真，大石夏也作，村上豊絵　改訂　ポプラ社　2000.1　62p　23cm（カラー版・創作えばなし 4）　1200円　①4-591-06293-7

『チョコレート戦争』　大石真作，北田卓史絵　理論社　1999.2　189p　22cm（新・名作の愛蔵版）　1200円　①4-652-00502-4
[内容]おとなはなんでぼくたちのいうことをしんじないの？ みにおぼえのないつみをきせられたことから、子どもたちは町一番のケーキ屋さんに戦いをいどみます。

『山の上の白い花』　大石真著　岩崎書店　1995.8　157p　19cm（ヤング・アダルト文庫）　1300円　①4-265-05212-6
[目次]山の上の白い花，お島ばあさんと柿の木
[内容]児童文学者・大石真のジャンルを超えた感動的遺作。『チョコレート戦争』『さとるのじてんしゃ』『魔女のいる教室』などで定評ある児童文学者・大石真が遺した2作「山の上の白い花」「お島ばあさんと柿の木」を収める。前者は純朴な青年像、後者は愛情深い母親像を描いているが、ともに戦争前後の庶民の人間ドラマを淡々と確かなリアリズムで活写して深い感動を呼ぶ。

『おかあさんの手』　大石真作，大和田美鈴絵　岩崎書店　1995.4　77p　22cm（日本の名作童話 12）　1500円　①4-265-03762-3

『さとるのじてんしゃ』　大石真文　〔点字資料〕　大阪　日本ライトハウス　1993.12　65p　27cm　1100円〈原本:東京　小峰書店　1990　てのり文庫〉

『たっちゃんとトムとチム』　大石真作，長野ヒデ子画　新版　大日本図書　1993.11　98p　22cm（子ども図書館）　1200円　①4-477-00398-6
[目次]ライオンのくる日，ふしぎなひこうき，トムとチムと子ブタの毛布，たっちゃんのおるすばん，森のたんじょう会，トムとチムのかくれんぼ

『くいしんぼ行進曲』　大石真作，西川おさむ画　理論社　1991.10　136p　18cm（フォア文庫）　520円　①4-652-07086-1
[内容]「食べものでなにがいちばんすき」っていわれたら、ぼくはぜったい「おすし屋さんのおすし」とこたえる。湯本君はラーメン。それも東洋軒の特別製。沢井君はキッチン・ミキのエキストラ・カレー。このごちそうをなんとかぼくたちの力で食べてみたい。この強烈な願いをかなえるために、ついにぼくたちは計画を実行したんだ。小学校中・高学年向。

大石真

『100てんをありがとう』　大石真さく, 武田美穂え　ポプラ社　1991.8　77p　22cm（ポプラ社の新・小さな童話 53）　780円　ⓘ4-591-03053-9
内容　ぼくのともだちのたかやまくんが, さんすうのテストで,100てんをとったんだ。そのことで, たかやまくんは, ぼくにとってもふしぎなはなしをしてくれた。あんまりふしぎなものだから, みんなもいっしょにきいてみてくれないかな。こんなこと, ほんとうにあるんだろうか? 小学1～2年むき。

『にげだしたようふく』　大石真作　〔点字資料〕　大阪　日本ライトハウス　1991.6　29p　27cm　1000円〈原本:東京　あかね書房　1983　あかね新作幼年童話7〉

『かもとりごんべえ』　大石真文, 長新太絵　偕成社　1990.10　102p　22cm（じぶんで読む日本むかし話 13）　780円　ⓘ4-03-449130-2
目次　かもとりごんべえ. 天にのぼったげんごろう
内容　わかりやすくて, おもしろくて, わくわくするむかし話。子供たちは, 祖先の知恵がいっぱいつまっているむかし話が大好きです。長い年月, 語りつがれてきた祖先からのすばらしい贈り物を, じぶんで本を読みはじめた子供たちに, ぜひあたえてください。

『こぶとり』　大石真作, 北田卓史絵　偕成社　1990.6　102p　22cm（じぶんで読む日本むかし話 4）　780円　ⓘ4-03-449040-3
内容　山へしばかりにいった, みぎのほおに, こぶのあるおじいさんは, じょうずにうたって, おどっておにたちをよろこばせ, こぶをとってもらいました。そこで, ひだりのほおにこぶのある, となりのおじいさんも, こぶをとってもらおうと, 山へでかけていったのですが…。（『こぶとり』）。びょうきのおかあさんが, たべたいというならなしをとりに, 山へいくことにした3人のきょうだい。でも, さいしょにいったたろうも, つぎにいったじろうもかえってきません。そこで, いちばん小さいさぶろうが, いさんで山へいきますが…。（『ならなしとり』）。

『眠れない子』　大石真作, いしざきすみこ絵　講談社　1990.3　221p　22cm（わくわくライブラリー）　1100円　ⓘ4-06-195636-1
内容　しずまりかえった深夜の街路で, たしかに見た, あの"光る家"。眠れない夜がくるたびに, ぼくはさがさずにはいられない。あの"光る家"と, そこで出会った大きな目の女の子…。小学上級から。

『さとるのじてんしゃ』　大石真文, 北田卓史絵　小峰書店　1990.2　156p　18cm（てのり文庫）　450円　ⓘ4-338-07915-0
内容　さとるは, やっとかってもらったじてんしゃを, すぐに, ものおきにしまわれてしまいました。おかあさんとのやくそくを, やぶることができるようになるのでしょうか。

『消えた五人の小学生』　大石真作, 夏目尚吾絵　国土社　1989.4　164p　18cm（てのり文庫）　470円　ⓘ4-337-30011-2
内容　200X年。ジェット自転車でサイクリングにでかけた小学生たちが行方不明になった。必至の捜査にもかかわらず, 手がかりはない。空とぶ円盤を見た者がいた! 小学生たちは, 空とぶ円盤にさらわれてしまったのだろうか!?

『幼年文学名作選　11　森のなかの白い鳥』　大石真作, 小林与志絵　岩崎書店　1989.3　124p　22cm　1200円　ⓘ4-265-03711-9

『チョコレート戦争』　大石真作, 北田卓史え　理論社　1988.11　153p　23cm（理論社名作の愛蔵版）　860円　ⓘ4-652-00126-6

『このねこかってもいい?』　大石真作, さとうわきこ絵　教育画劇　1988.6　74p　22cm（スピカの幼年どうわ）　680円　ⓘ4-905699-56-8
内容　おばあさんは, はたけしごとがすき。その日も, くわをかついで, はたけにでかけていッタ。とちゅう, 原っぱまでくると, ミャア, ミャア子ねこがないて, おばあさんをみあげた。おばあさんは, ねこがすきではない。そして, それには, わけがあった。

『小公子セディ』　バーネット原作, おおいしまこと文, あおやまみるく絵　国土社　1988.3　70p　22cm（こども世界名作）　680円　ⓘ4-337-01113-7

『フランダースの犬』　ウィーダ作, 大石真文, 中島潔絵　ポプラ社　1988.2　125p　22cm（こども世界名作童話 18）　680円　ⒾSBN4-591-02618-3
[内容]「パトラッシェ、おいで!」ネルロはかけだします。貧しくても、ネルロは元気いっぱいです。やさしいおじいさんはいっしょだし、かわいいアロアが野原でまっているのですから。…かなしい日々がまちうけているなんて、ネルロには思いもよりませんでした。

『見て! ぼくのジャンプ』　大石真作, 白川三雄絵　あかね書房　1987.12　141p　22cm（あかね創作読物シリーズ）　880円　ⒾSBN4-251-03629-8
[内容]犬は、まっすぐ、ボールの落ちたところに走っていくと、すぐさま、もうれつなスピードで、引き返してきた。口には、ちゃんとボールをくわえていた。「ナイス・キャッチ」少年タクと、白い犬ラッシェとの出会いと交流を、さわやかな感動で描く。

『おとうさんのにちようび』　大石真さく, 福田岩緒え　小峰書店　1987.9　67p　22cm（どうわはともだち）　680円　ⒾSBN4-338-07201-6
[内容]マリは、さくぶんに、「わたしは、おとうさんが、あまりすきではありません。」とかきました。マリが、おとうさんを、きらいなわけは、どんなことなのでしょうか。5〜6さいむき。

『山ざるぼんのぼうけん』　大石真作, 田中秀幸絵　新学社　1987.6　109p　22cm（少年少女こころの図書館）　900円

『ながぐつをはいたねこ』　ペロー原作, おおいしまこと文, あおやまみるく絵　国土社　1987.2　69p　22cm（こども世界名作）　680円　ⒾSBN4-337-01108-0
[目次]ながぐつをはいたねこ, ねむりひめ

『さかだちたっちゃん』　大石真さく, 小泉るみ子え　偕成社　1986.12　76p　22cm（どうわのおもちゃばこ）　680円　ⒾSBN4-03-345020-3
[内容]ぼくには、だいちゃんと、よっちゃんっていうともだちがいる。エリカちゃんっていう、ガールフレンドもいる。なのに、きになるんだ、さかだちのできる、たっちゃんのことが…。

『シンデレラ』　ペロー原作, おおいしまこと文, たかだいさお絵　国土社　1986.12　71p　22cm（こどもせかい名作）　680円　ⒾSBN4-337-01102-1

『ドラキュラなんかこわくない』　大石真作, おぼまこと画　童心社　1986.11　138p　18cm（フォア文庫）　430円　ⒾSBN4-494-02660-3
[目次]ドラキュラなんかこわくない, ながぐつのごめんね, デパートにいたライオンの子, みなさんおはよう, あおいうまとかけっこ, にげだしたうさぎ, からすのかんざぶろう, ははの日, 4×8はいくつかね, 白い本, 黒い子犬
[内容]サユリのおにいちゃんは、とってもいじわる。きょうも、ふたりでるすばんをしていると、チューインガムできばをつくって、「いひひ、ドラキュラだぞう!」って、おどかすのでした。でも、ほんとうは、やさしいおにいちゃんなのでした。子どもの日常生活の中のドラマを、心あたたかくえがいた珠玉の11短編。大石童話の真髄がキラリとひかる。善意とやさしさにあふれた幼年童話集。

『そらをとんだトンコ』　大石真作, 二俣英五郎絵　佼成出版社　1986.7　62p　22cm（どうわランド）　850円　ⒾSBN4-333-01231-7
[内容]トンコが通う村の小学校にやってきた魔術師は、とても不思議な魔術を使う。なんと、トンコたち12人の子どもを一瞬のうちに、テレビでしか見たことがない、ファッションの街原宿へこんでしまう。

『ぼくたちだけのよる』　大石真さく, おぼまことえ　PHP研究所　1986.7　50p　23cm（PHPおはなしいっぱいシリーズ）　980円　ⒾSBN4-569-28338-1
[内容]「いいことがあるよ、ぼくんちでねるのさ。ぼくんち、だれもいないだろ、だから、4人ねたってへいきさ。」「さんせい。」ぼくとミッちゃんと石川くんはケンのいえにとまることになった。

『こわいの、だいきらい』　大石真作, 山中冬児絵　岩崎書店　1986.4　68p　22cm（おはなしの森）　580円　ⒾSBN4-265-02304-5

『くいしんぼ行進曲』　大石真作, 西川おさむえ　理論社　1985.11　142p　22cm　880円　ⒾSBN4-652-00434-6

大石真

『駅長さんと青いシグナル』 大石真作, 小林与志画 岩崎書店 1985.7 139p 18cm（フォア文庫） 390円 ①4-265-01047-4

『ながぐつをはいたねこ』 ベンベヌーチほか画, ペロー原作, 大石真文 小学館 1985.7 70p 24cm（国際版はじめての童話 2） 580円 ①4-09-246002-3〈解説：西本鶏介〉
[目次] ながぐつをはいたねこ, ねむりひめ, あおいとり

『ペリカンとうさんのおみやげ』 大石真作, 渡辺有一絵 小峰書店 1985.7 63p 25cm（こみね幼年どうわ） 880円 ①4-338-05121-3

『かいじゅうランド セルゴン』 大石真さく, 阿部肇え ポプラ社 1985.3 68p 22cm（ポプラ社の小さな童話） 680円 ①4-591-01810-5

『大石真児童文学全集 付録』 寺村輝夫ほか著 ポプラ社 1985 1冊 19cm

『ぼくたち緑の時間』 大石真著 偕成社 1984.12 159p 19cm（偕成社文庫） 450円 ①4-03-550810-1

『トップリカップリチコのおまじない』 大石真作, 山本まつ子絵 あかね書房 1984.11 62p 25cm（あかね創作どうわ） 880円 ①4-251-03275-6

『大きな犬と小さなぼく』 大石真作, 水沢研絵 ポプラ社 1984.7 111p 22cm（わたしの動物記） 780円

『さよなら、てんぐ先生』 大石真作, 梅田俊作絵 岩崎書店 1984.5 68p 22cm（現代の創作幼年童話） 580円 ①4-265-00105-X

『かあさんのにゅういん』 大石真さく, 西川おさむえ 小峰書店 1984.2 127p 22cm（創作どうわのひろば） 880円 ①4-338-01106-8

『先生のおよめさん』 大石真作, 田代三善絵 偕成社 1983.8 166p 23cm（子どもの文学） 880円 ①4-03-626623-7

『まほうつかいのワニ』 大石真作, 佐々木マキ絵 文研出版 1983.7 47p 24cm（文研の創作えどうわ） 980円

『くらくら山にはるがきた』 大石真作, 北田卓史絵 ひさかたチャイルド 1983.6 77p 22cm（ひさかた童話館） 800円 ①4-89325-355-7

『だんち丸うみへ』 おおいしまことさく, こさかしげるえ 童心社 1983.6 47p 21cm（おはなしこんにちは） 900円

『チョコレート戦争』 大石真作, 北田卓史え 理論社 1983.6 208p 22cm（名作ランド） 880円

『さあゆけ！ロボット』 大石真作, 多田ヒロシ画 理論社 1983.5 138p 18cm（フォア文庫） 390円

『どうぶつびょういんは大さわぎ』 大石真作, 小林和子絵 講談社 1983.4 80p 22cm（講談社の幼年創作童話） 640円 ①4-06-146051-X

『街の赤ずきんたち』 大石真著, 鈴木義治絵 講談社 1983.2 221p 18cm（講談社青い鳥文庫） 390円 ①4-06-147111-2

『魔女のいる教室』 大石真作, 今井弓子画 岩崎書店 1983.1 161p 18cm（フォア文庫） 390円

『さとるのじてんしゃ』 北田卓史え, 大石真作 小峰書店 1982.10 110p 23cm（創作幼年童話選 7） 880円 ①4-338-01807-0〈初刷：1973（昭和48）〉

『ぼく1とうになったよーまこちゃんとかっぱ』 大石真さく, 北田卓史え 金の星社 1982.8 61p 22cm 580円 ①4-323-00352-8

『消えた五人の小学生』 大石真著, 山藤章二絵 国土社 1982.6 107p 20cm（創作子どもSF全集 6） 950円 ①4-337-05406-5

『ふしぎなつむじ風』 大石真著, 西村郁雄絵 講談社 1982.6 173p 18cm（講談社青い鳥文庫） 390円 ①4-06-147097-3

『ジャックとまめの木―イギリスのむかし話』 すずきたくまえ, おおいしまこと（大石真）ぶん 旺文社 1982.5 93p 22cm（旺文社ジュニア図書館） 550円〈解説：大石真, 赤坂包夫 叢書の編集：神宮輝夫〔ほか〕 初刷：1970（昭和45）〉

『チョコレート戦争』 北田卓史え, 大石真作 理論社 1982.5 153,〔1〕p 23cm（理論社名作の愛蔵版） 860円〈付:大石真著作目録 初刷:1965（昭和40）〉

『チョコレート戦争』 北田卓史え, 大石真作 1982年版 理論社 1982.4 153p 23cm（日本の児童文学）〈解説:坪田譲治愛蔵版〉

『にげだしたようふく』 多田ヒロシ画, 大石真作 あかね書房 1982.4 77p 23cm（あかね新作幼年童話 7） 680円〈初刷:1974（昭和49）〉

『ふしぎなつむじ風』 大石真作, 斎藤博之絵 あかね書房 1982.4 165p 22cm（日本の創作児童文学選） 880円〈図版〉

『大石真児童文学全集 16 もりたろうさんのじどうしゃ』 ポプラ社 1982.3 234p 22cm 1300円〈編集:西本鶏介 巻末:年譜 解説:西本鶏介〉
目次 もりたろうさんのじどうしゃ〔ほか11編〕

『大石真児童文学全集 15 ペリカンとうさんのおみやげ』 ポプラ社 1982.3 210p 22cm 1300円〈編集:西本鶏介 解説:舟崎克彦〉
目次 ペリカンとうさんのおみやげ〔ほか12編〕

『大石真児童文学全集 14 わにのバンポ』 ポプラ社 1982.3 210p 22cm 1300円〈編集:西本鶏介 解説:小西正保〉
目次 わにのバンポ〔ほか10編〕

『大石真児童文学全集 13 さあゆけ！ロボット』 ポプラ社 1982.3 202p 22cm 1300円〈編集:西本鶏介 解説:野上暁〉
目次 さあゆけ！ロボット, 町でみつけたライオン

『大石真児童文学全集 12 てんぐ先生は一年生 さとるのじてんしゃ』 ポプラ社 1982.3 218p 22cm 1300円〈編集:西本鶏介 解説:今西祐行〉
目次 さとるのじてんしゃ, たかしの青いふしぎなかさ, てんぐ先生は一年生

『大石真児童文学全集 11 駅長さんと青いシグナル おかあさんのたんじょう日』 ポプラ社 1982.3 226p 22cm 1300円〈編集:西本鶏介 解説:西本鶏介〉
目次 駅長さんと青いシグナル〔ほか24編〕

『大石真児童文学全集 10 四年四組の風』 ポプラ社 1982.3 206p 22cm 1300円〈編集:西本鶏介 解説:砂田弘〉
目次 四年四組の風〔ほか11編〕

『大石真児童文学全集 9 のっぽビルのでぶくん』 ポプラ社 1982.3 212p 22cm 1300円〈編集:西本鶏介 解説:前川康男〉
目次 おはよう大ちゃん, のっぽビルのでぶくん

『大石真児童文学全集 8 ミス3年2組のたんじょう会』 ポプラ社 1982.3 214p 22cm 1300円〈編集:西本鶏介 解説:砂田弘〉
目次 ミス3年2組のたんじょう会, ぼくたち緑の時間

『大石真児童文学全集 7 ひばり団地のテントウムシ』 ポプラ社 1982.3 218p 22cm 1300円〈編集:西本鶏介 解説:浜野卓也〉
目次 ひばり団地のテントウムシ, マサルとユミ

『大石真児童文学全集 6 ふしぎなつむじ風』 ポプラ社 1982.3 206p 22cm 1300円〈編集:西本鶏介 解説:関英雄〉
目次 ふしぎなつむじ風, 消えた五人の小学生, 星へのやくそく

『大石真児童文学全集 5 チョコレート戦争』 ポプラ社 1982.3 218p 22cm 1300円〈編集:西本鶏介 解説:寺村輝夫〉
目次 チョコレート戦争, 見えなくなったクロ, 小さな小さな犬の首輪, 青山一郎左衛門, 怪獣ランドセルゴン

『大石真児童文学全集 4 街の赤ずきんたち』 ポプラ社 1982.3 218p 22cm 1300円〈編集:西本鶏介 解説:久保喬〉
目次 街の赤ずきんたち, 真夜中の音楽, パパという虫

『大石真児童文学全集 3 たたかいの人―田中正造』 ポプラ社 1982.3 210p 22cm 1300円〈編集:西本鶏介 解説:吉村徳蔵〉

大石真

『大石真児童文学全集 2 教室二〇五号』
ポプラ社 1982.3 212p 22cm 1300
円〈編集:西本鶏介 解説:さねとう・あ
きら〉

『大石真児童文学全集 1 風信器』 ポ
プラ社 1982.3 220p 22cm 1300円
〈編集:西本鶏介 解説:西本鶏介〉
|目次| 夏の歌〔ほか7編〕

『星へのやくそく』 大石真作, 小林与志
絵 岩崎書店 1982.3 124p 22cm (日
本の幼年童話 11) 1100円〈解説:関英雄
叢書の編集:菅忠道〔ほか〕 初
刷:1971(昭和46)図版〉
|目次| 星へのやくそく〔ほか5編〕

『みえなくなったくびかざり』 大石真作,
多田ヒロシ絵 あかね書房 1982.3
90p 22cm (日本の創作幼年童話 3)
680円〈初刷:1968(昭和43)〉

『空とびてんぐのうちわ』 大石真文, 西
村郁雄絵 ポプラ社 1981.12 110p
22cm (おもしろゆかい文庫) 680円

『てんぐ先生は一年生』 大石夏也, 大石
真作, 村上豊絵 ポプラ社 1981.9 62p
24cm (創作えばなし 18) 800円〈カ
ラー版 初刷:1974(昭和49)〉

『とんちでやっつけろ』 大石真著 実業
之日本社 1981.7 125p 22cm (ゆかい
なむかし話シリーズ) 750円

『ネムネムおに』 大石真さく, 佐々木洋
子え 京都 PHP研究所 1981.6 55p
23cm (こころの幼年童話) 940円

『おばけがいっぱい』 大石真文, 浅賀行
雄絵 ポプラ社 1981.5 111p 22cm
(おもしろゆかい文庫) 680円

『ミス3年2組のたんじょう会』 大石真作,
村上豊絵 偕成社 1981.4 170p 23cm
(子どもの文学 2) 780円
①4-03-626010-3〈初刷:1974(昭和49)〉

『町でみつけたライオン』 大石真作, 原
ゆたか絵 フレーベル館 1981.3 87p
28cm (フレーベル幼年どうわ文庫 8)
950円〈初刷:1976(昭和51)〉

『魔女のいる教室』 大石真作, 今井弓子
絵 岩崎書店 1980.12 161p 22cm
(創作児童文学) 980円

『青い絵の物語』 大石真作, 佐々木マキ
画 小学館 1980.7 142p 22cm (小学
館の児童文学創作シリーズ) 780円

『黒ねこレストラン』 大石真作, 長野博
一画 佼成出版社 1980.6 63p 24cm
(創作童話シリーズ) 880円

『さあゆけ!ロボット』 多田ヒロシえ, 大
石真作 理論社 1980.5 107p 23cm
(どうわの本棚) 880円〈初刷:1971(昭
和46)〉

『赤いぼうし青いぼうし』 大石真作, 遠
藤てるよ絵 あかね書房 1979.12 63p
24cm (あかね創作どうわ) 880円

『はっする一休さん』 大石真文, 山根赤
鬼絵 ポプラ社 1979.11 111p 22cm
(こどもおもしろ館) 680円

『一すんぼうし—ふしぎな子どもの話』
大石真文, 岩淵慶造絵 集英社 1979.10
158p 22cm (母と子の日本の民話 7)
480円〈解説:稲田浩二,西本鶏介 叢書の
監修:関敬吾〔ほか〕 図版〉
|目次| 竹の子どうじ〔ほか7編〕

『だんちどうぶつえん』 大石真さく, 伊
勢英子え ポプラ社 1979.10 77p
22cm (ポプラ社の小さな童話) 580円

『チョコレート戦争』 大石真作, 北田卓
史画 理論社 1979.10 164p 18cm
(フォア文庫) 390円

『ゆうれいがそだてた子—茨城・埼玉・群
馬・栃木』 高橋国利え, 大石真文 小峰
書店 1979.10 213p 23cm (小学生日
本の民話 12) 1200円〈初刷:1974(昭和
49)図版〉
|目次| ゆうれいがそだてた子〔ほか15編〕

『イソップものがたり』 大石真文, 鈴木
伸一絵 ポプラ社 1979.9 127p 22cm
(一年生文庫) 750円

『イソップものがたり』 大石真文, 三国
よしお絵 ポプラ社 1979.9 127p
22cm (二年生文庫) 750円

『イソップものがたり』 大石真文, 宇野
文雄絵 ポプラ社 1979.9 127p 22cm
(三年生文庫) 750円

『トクさんのやさい畑』　大石真作, みう らひでかづ絵　講談社　1979.9　92p　22cm（講談社の新創作童話）　650円

『まちのゆきだるま』　こさか（小坂）しげるえ, おおいしまこと（大石真）さく　金の星社　1979.9　58p　27cm（創作えぶんこ）　850円〈初刷:1973（昭和48）〉

『ふしぎなひこうき』　大石真さく, 福田庄助え　大日本図書　1979.8　30p　24cm（大日本ようねん文庫）　800円

『まこちゃんとてんぐまつりのよる』　大石真さく, 北田卓史え　金の星社　1979.7　60p　22cm（まこちゃん 2）　580円

『えものがたり日本のわらい話　2年生』　大石真著　実業之日本社　1978.12　149p　22cm（学年別シリーズ）　680円

『少年少女世界童話全集―国際版　第2巻　ながぐつをはいたねこ』　ペロー原作, 大石真文　小学館　1978.12　133p　28cm　1250円

『ミス3年2組のたんじょう会』　大石真著　偕成社　1978.11　179p　19cm（偕成社文庫）　390円

『はっけよいすすむくん』　大石真作, 太田大八絵　理論社　1978.10　68p　24cm（どうわの森のおくりもの）　780円

『まこちゃんとたぬきまちまでおつかい』　大石真さく, 北田卓史え　金の星社　1978.10　60p　22cm（まこちゃん 1）　580円

『のっぽビルのでぶくん』　大石真著　ポプラ社　1978.9　197p　18cm（ポプラ社文庫）　390円

『はらっぱおばけ』　大石真作, 西川おさむ絵　あかね書房　1978.5　77p　22cm（あかね幼年どうわ）　680円

『ぞうくんのぶらんこ』　おおいしまことさく, きただたくしえ　小峰書店　1978.3　1冊　23cm（はじめてのどうわ）　680円

『さとるのるすばん』　おおいしまことさく, やましたゆうぞうえ　小峰書店　1977.12　1冊　23cm（はじめてのどうわ）　680円

『トムとチムの赤いじどうしゃ』　大石真作, 北田卓史絵　京都　PHP研究所　1977.12　61p　23cm（PHPおはなしひろばシリーズ）　880円

『エジソン』　大石真著, 桜井誠絵　講談社　1977.10　79p　22cm（講談社の幼年文庫 A12）　540円

『街の赤ずきんたち』　大石真著, 鈴木義治絵　講談社　1977.10　233p　22cm（児童文学創作シリーズ）　880円

『タケイ先生は大いそがし』　大石真作, 北田卓史絵　講談社　1977.8　76p　22cm（講談社の幼年創作童話）　550円

『四年四組の風』　大石真作, 宮田武彦絵　偕成社　1977.8　166p　23cm（子どもの文学）　780円

『水の神のてがみ―ほか　川をめぐる話』　大石真著, 田代三善絵　家の光協会　1977.7　204p　22cm（日本の民話 5）　860円

『チョコレート戦争』　大石真著　講談社　1977.6　159p　15cm（講談社文庫）　200円

『少年少女世界文学全集―国際版　第6巻　家なき子』　マロ原作, サーニ絵, 竜野立子訳, 大石真文　小学館　1977.5　202p　28cm　1250円

『二年生のイソップどうわ』　大石真文, 司修絵　集英社　1977.3　189p　23cm（二年生の学級文庫 1）　460円〈解説:山主敏子, 瀬川栄志　叢書の監修:浜田広介〔ほか〕　初刷:1972（昭和47）図版〉
[目次] うさぎとかえる〔ほか33編〕

『見えなくなったクロ』　大石真著　偕成社　1977.3　243p　19cm（偕成社文庫）　390円

『火ねこのはなし』　大石真著, 井上洋介絵　小学館　1976.12　42p　21cm（小学館の創作民話シリーズ 12）　380円

『少年少女世界名作全集　1　たから島』　スティーブンスン原作, 大石真文　主婦の友社　1976.11　163p　22cm　390円

『母と子の日本の民話　7　一すんぼうし』　大石真著　集英社　1976.10　158p　22cm　480円

大石真

『おかあさんの手』　大石真著　偕成社　1976.7　170p　19cm（偕成社文庫）390円

『たっちゃんとトムとチム』　大石真著　大日本図書　1976.7　77p　22cm（子ども図書館）850円〈解説:神宮輝夫〉

『新作絵本日本の民話　15　長者と金のおうぎ』　大石真文, 渡辺有一画　あかね書房　1976.3　63p　22cm　580円

『たたかいの人―田中正造』　大石真著　偕成社　1976.3　264p　18cm（偕成社文庫）430円

『町でみつけたライオン』　大石真作, 原ゆたか絵　フレーベル館　1976　87p　28cm（フレーベル幼年どうわ文庫 8）

『たかしの青いふしぎなかさ』　大石真作, 北田卓史絵　実業之日本社　1975　80p　23cm（マイマイブックス）

『わらい話ちえ話　2年生』　大石真文, 水沢研え　実業之日本社　1975　162p　22cm（日本のみんわ）

『てんぐ先生は一年生』　大石夏也, 大石真作, 村上豊絵　ポプラ社　1974　62p　24cm（カラー版・創作えばなし 18）

『にげだしたようふく』　大石真作, 多田ヒロシ画　あかね書房　1974　77p　23cm（あかね新作幼年童話 7）

『ミス3年2組のたんじょう会』　大石真作, 村上豊絵　偕成社　1974　170p　23cm（子どもの文学）

『ゆうれいがそだてた子―茨城・埼玉・栃木・群馬』　大石真文, 高橋国利え　小峰書店　1974　213p　23cm（小学生日本の民話 12）

『さとるのじてんしゃ』　大石真作, 北田卓史え　小峰書店　1973　110p　23cm（創作幼年童話選 7）

『チョコレート戦争』　大石真作, 北田卓史え　理論社　1973　150p　23cm（理論社の愛蔵版わたしのほん）

『ぼくたち緑の時間』　大石真作, 田畑精一絵　あかね書房　1973　141p　22cm（あかね新作児童文学選 4）

『まちのゆきだるま』　こさか（小坂）しげるえ, おおいしまこと（大石真）さく　金の星社　1973　58p　27cm（創作えぶんこ 2）

『グリム童話』　グリム原作, 大石真文, 福原幸男絵　ポプラ社　1972　126p　24cm（カラー版世界の名作 3）

『たっちゃんとトムとチム』　大石真作, 福田庄助画　大日本図書　1972　77p　22cm（子ども図書館）

『二年生のイソップどうわ』　イソップ作, 大石真文, 司修絵　集英社　1972　189p　23cm（二年生の学級文庫 1）

『のっぽビルのでぶくん』　大石真作, 井口文秀絵　ポプラ社　1972　124p　22cm（ポプラ社の創作文庫 2）

『雪にとぶコウモリ』　大石真文, 藤沢友一絵　実業之日本社　1972　217p　21cm（少年少女短編名作選 1）

『さあゆけ！ロボット』　大石真作, 多田ヒロシえ　理論社　1971　107p　23cm（どうわの本棚）

『ひばり団地のテントウムシ』　大石真作, 斎藤博之絵　小峰書店　1971　169p　23cm（創作童話 3）

『星へのやくそく』　大石真作, 小林与志絵　岩崎書店　1971　124p　22cm（日本の幼年童話 11）

『ジャックとまめの木―イギリスのむかし話』　おおいしまことぶん, すずきたくまえ　旺文社　1970　93p　22cm（旺文社ジュニア図書館）

『ペリカンとうさんのおみやげ』　大石真作, 長新太え　小峰書店　1970　63p　27cm（こみね幼年どうわ 13）

『マサルとユミ』　大石真作, 斎藤博之絵　あかね書房　1970　130p　22cm

『消えた五人の小学生』　大石真著, 山藤章二絵　国土社　1969　110p　21cm（創作子どもSF全集 6）

『教室二〇五号』　大石真文, 斎藤博之絵　実業之日本社　1969　255p　22cm（創作少年少女小説

『おはよう大ちゃん』　大石真文, 井口文秀絵　学習研究社　1968　195p　23cm（新しい日本の童話シリーズ1〜4年生 2）

『さとるのじてんしゃ』　大石真文, 北田卓史絵　小峯書店　1968　81p　27cm（創作幼年童話 19）

『みえなくなったくびかざり』　大石真文, 多田ヒロシ絵　あかね書房　1968　91p　22cm（日本の創作幼年童話 3）

『王子とこじき』　マーク・トウェイン作, 大石真文, 桜井誠絵　集英社　1967　164p　21cm（母と子の名作文学 4）

『駅長さんと青いシグナル』　大石真文, 小林与志絵　実業之日本社　1965　139p　22cm

『大男と小人の童話集』　大石真文, 富永秀夫絵　あかね書房　1965　136p　22cm（たのしい幼年童話 4）

『チョコレート戦争』　大石真文, 北田卓史絵　理論社　1965　150p　22cm（理論社・童話プレゼント）

『少年のこよみ』　大石真文, 鈴木義治絵　三十書房　1963　217p　22cm（日本少年文学選集 2）

『くまさんのおもちゃ・はしれじどうしゃ』　ちよまあきら, おおいしまこと文, まついゆきまさ絵　麦書房　1959　24p　21cm（雨の日文庫 第6集16）

『おさるのたんけんたい』　大石真文, 黒谷太郎絵　三十書房　1957　119p　22cm（おさるのべんきょう 2）

大泉　黒石
おおいずみ・こくせき
《1894〜1957》

『不死身・幽鬼楼』　大泉黒石著　勉誠出版　1998.10　133p　19cm（大衆「奇」文学館 2）　1000円　①4-585-09064-9
[目次] 幽鬼楼, 人間料理, 黄夫人の手, 不死身
[内容] 怪奇・怨念。恐怖とサスペンス。日本人は恐ろしい。よみがえるミステリィ。

おおえ　ひで
《1912〜1996》

『八月がくるたびに』　おおえひで作, 篠原勝之絵　理論社　2001.6　193p　21cm（新・名作の愛蔵版）　1200円　①4-652-00512-1
[内容] いきなり白い光が, ぴかあっと光りわたりました。とっさに, にんぎょうをつかんでうつぶせたきぬえに, ものすごいバク風がおそいかかりました。1945年8月9日, 長崎に原子バクダンがおとされたのです。そのとき, きぬえは5つでした。第20回小学館児童出版文化賞。第18回産経児童出版文化賞推薦。

『浜ひるがおの花が咲く』　おおえひで作, 四国五郎絵　汐文社　1985.4　172p　22cm（原爆児童文学集）　1100円　①4-8113-7001-5

『心でさけんでください―ナガサキの歳月』　おおえひで作, かみやしん画　小学館　1983.2　142p　22cm（小学館の創作児童文学）　780円　①4-09-289035-4

『八月がくるたびに』　おおえひで作, 篠原勝之画　理論社　1982.7　162p　18cm（フォア文庫）　390円

『海べの小さな村で』　おおえひで著　偕成社　1978.5　220p　21cm（偕成社の創作文学）　950円

『八月がくるたびに』　おおえひで作, 篠原勝之絵　理論社　1978.3　158p　23cm（理論社 名作の愛蔵版）　940円

『海べのおはなし』　おおえひで作, 大古尅己画　高橋書店　1975　127p　22cm（たかはしの創作童話）

『おしゃべりらんど』　おおえひで作, いいのとしおえ　理論社　1972　99p　23cm（どうわの本棚）

『八月がくるたびに』　おおえひで作, 篠原勝之え　理論社　1971　123p　23cm（どうわの本棚）

『くり毛の絵馬』　おおえひで文, 田島征三絵　理論社　1966　152p　22cm（ジュニア・ロマンブック）

大川悦生

『ベレ帽おじいさん』　おおえひで文, 大古尅己絵　理論社　1963　211p　22cm（日本の創作童話）

『南の風の物語』　おおえひで文, 丸木俊子絵　理論社　1961　222p　20cm（創作少年文学シリーズ）

```
大川　悦生
おおかわ・えっせい
《1930～1998》
```

『したきりすずめ』　大川悦生文, 長新太絵　改訂版　偕成社　2003.12　106p　21cm（日本むかし話7）　800円
①4-03-449270-8
目次 したきりすずめ, ねずみのもちつき
内容 のりをなめてしまった子すずめのおちょんは、いじわるなおばあさんに、ぶちっと、したをちょんぎられて、おいだされてしまいます。やさしいおじいさんは、おちょんをたずねて山こえ川こえ…。やっと、すずめのおやどにつきました（『したきりすずめ』）。ねずみにたのまれたおつかいを、「ほいきた」とひきうけたしんせつなたきぎうりのおじいさんは、おれいにごちそうやたからものを、どっさりもらいます。それをきいたとなりのずるいおじいさんがねずみにあいにいきますが…（『ねずみのもちつき』）。小学1・2・3年以上。

『かさじぞう』　大川悦生文, 渡辺三郎絵　改訂版　偕成社　2003.11　94p　21cm（日本むかし話4）　800円
①4-03-449240-6
目次 かさじぞう, さるのむこさん
内容 ゆきのおおみそか。おじいさんはかさうりのかえりに、さむそうな六つのおじぞうさまをみつけました。かわいそうにおもって、かさをかぶせてあげますが、一つたりなくて、じぶんのふんどしもつかいました。そのよる、おじいさんのいえに、「えっさらほえ」と、たからものをはこんできたものがありました…（「かさじぞう」）。「だれかこのはたけをたがやしてくれたら、三人いるむすめのひとりをよめにやるんだが。」年とったとうさんのそういうひとりごとをきくと、さるがあっというまにはたけをたがやし、「秋になったら、むすめをもらいにくるぜ。」といったのです。さあ、たいへん。とうさんは…（「さるのむこさん」）。小学1・2・3年生以上。

『アオギリよ芽をだせ―被爆した広島の木』　大川悦生作, 遠藤てるよ絵　新日本出版社　1992.7　158p　22cm（新日本少年少女の文学II-20）　1400円
①4-406-02094-2

『ポケットからこわい話』　大川悦生作, 宮本忠夫画　金の星社　1991.9　140p　18cm（フォア文庫）　520円
①4-323-01080-X
目次 雪のなかの女ゆうれい, 海から白い手, オオカミばあさん, 百物語とばけもん, ぼたんどうろう, まま母とじぞうさま, 滝つぼの女郎グモ, ネコの目からカボチャ, 石子づめになった子, 白い女とモクセイ, アジ船と口さけばば, 死神のつかい, ヘビ酒をのんださむらい, キジムナーのしかえし, クジラと海のいかり, しょうじじょうつる大ギツネ, 学校にきたゆうれい, 一ぴきだけのホタル, タクシーにのったゆうれい, 峠の子づれゆうれい, ゆうれいのひっこし, おばけになったアメリカ兵
内容 むかしから伝わる"ぼたんどうろう"や、タクシーにのったゆうれいの話など、ぞくっとする話から、ひっこしをしたという、おもしろいゆうれいの話まで、22編のこわい話を、古今東西、ありとあらゆるところから、集めてみました。小学校中・高学年向。

『かさじぞう』　大川悦生文, 渡辺三郎絵　偕成社　1990.12　94p　22cm（じぶんで読む日本むかし話15）　780円
①4-03-449150-7
目次 かさじぞう. さるのむこさん
内容 長い年月、語りつがれてきた祖先からのすばらしい贈り物を、じぶんで本を読みはじめた子供たちに、ぜひあたえてください。1年生からの日本むかし話。

『したきりすずめ』　大川悦生作, 長新太絵　偕成社　1990.7　106p　22cm（じぶんで読む日本むかし話7）　780円
①4-03-449070-5
内容 のりをなめてしまった、子すずめのおちょんは、いじわるなおばあさんに、「ぶちっ」と、したをちょんぎられて、おいだされてしまいます。やさしいおじいさんは、おちょんをたずねて山こえ川こえ…。やっと、すずめのおやどにつきました。（『したきりすずめ』）ねずみにたのまれたおつかいを、「ほいきた」とひきうけた、しんせつなたきぎうりのおじいさんは、おれいにごちそうやたからものを、

大川悦生

どっさりもらいます。それをきいた、となりのずるいおじいさんがねずみにあいにいきますが…。(『ねずみのもちつき』)

『戦争をみた大きな木』　大川悦生作, 具志堅青鳥絵　あすなろ書房　1990.7　55p　23cm（あすなろ心の絵ぶんこ）　1010円　①4-7515-1252-8

[内容] 沖縄一の大アカギは戦争でなにを見たか? そして、いま子どもたちは…。いまも守礼門のそばにのこる木と、アカギを愛した子どもたち。

『ポケットにわらい話』　大川悦生作, 山田千鶴子画　金の星社　1989.2　121p　18cm（フォア文庫）　430円　①4-323-01066-4

[目次] この橋わたるな、一休のくそとなれ、なまけものの福、ものいうじぞうさん、彦一の生きがさ、タヌキのまんじゅう、彦一とえんまさま、葉なしのハナシ、おしまいのうそ、かなシイといういシイ、水がめ買い、まかさ、そげんことは〔ほか〕

[内容] 一休さん、きっちょむさん、彦一さん、おしょうさんとこぞうさんなど、おなじみの主人公が、ないたり、わらったり、おこったり、だましたりと大活躍をします。おかしくて、ほのぼのして、ちょっとかなしい、日本のわらい話を42編も集めました。この愉快な1冊を、いつも、あなたのポケットに。小学校中・高学年向。

『ちゃわんむしきらいなおばけです』　大川悦生さく, 渡辺有一え　新日本出版社　1989.1　77p　22cm（新日本おはなし文庫）　880円　①4-406-01697-X

[内容] ほこたんは3年生、まんまる目だまのチャメな子で、団地の8かいにすんでいます。そんなたかいところへ、ある日、おばけがはいってきて、ピアノをひいて、おかしな歌をうたいます。おばけは、いったいなにもの? おとうさんがチョコレート・ケーキをよういして、おばけをつかまえようとしますが…。

『長崎にいた小人のフランツ』　大川悦生作, 宮本忠夫絵　国土社　1988.8　135p　22cm（国土社の子どもの文学）　980円　①4-337-13610-X

[内容] おなかのすいたぼくのまえにごちそうをならべた小人は、「長崎にとてもおそろしいことがおこりそうだ」とひみつをうちあけた。8月9日。それが、現実に…

『日本の民話 4』　大川悦生著　〔点字資料〕　大阪　日本ライトハウス点字出版所　1987.12　187p　27cm　1550円〈原本:東京　ポプラ社 1982 ポプラ社文庫〉

『日本の民話 3』　大川悦生著　〔点字資料〕　大阪　日本ライトハウス点字出版所　1987.12　181p　27cm　1500円〈原本:東京　ポプラ社 1985 ポプラ社文庫〉

『東京にカワウソがいたころ―つくだっ子物語』　大川悦生作, 宮本忠夫絵　国土社　1987.8　127p　22cm（国土社の子どもの文学）　980円　①4-337-13606-1

[内容] 水も光もすみ、カワウソが化けてでたこともある佃島。そこに生まれ育ったカツばあさんの"佃っ子気っぷ"を痛快に描く。

『おばけたろうは1ねんせい』　大川悦生作, 長野ヒデ子絵　金の星社　1987.3　76p　22cm（ともだちぶんこ）　680円　①4-323-01194-6

[内容] 山にかこまれた、いなかのむらの、おハナおばあさんと、まごのおばけのおはなしです。小学校1・2年生向き。

『木は生きかえった』　大川悦生作, 宮本忠夫絵　新日本出版社　1986.7　158p　22cm（新日本少年少女の文学）　1200円　①4-406-01439-X

[内容] 原爆が落とされて30数年後、長崎できりたおされたカシの木の幹につきささっていたガラスの破へん。そのカシの木が語るものは―。地獄のすさまじさをつぶさに見つづけ、原爆の"生き証人"として今も長崎の人びとのくらしと共にある木たちのドラマを童話と紀行文でつづる。

『子そだてゆうれい―母をつたえる民話』　大川悦生作, 浅田裕子画　金の星社　1986.6　146p　18cm（フォア文庫）　390円　①4-323-01049-4

[目次] 木のまた手紙、親すて山、子そだてゆうれい、鬼になった母のめん、ちょうふく山のやまんば、子をだきとめた手、おっかさまの目玉、ワシにさらわれた子、みなし子とその母、ごはんを食べるゆうれい

[内容] 表題作をはじめ、母の子にたいする深い愛情をテーマにした民話を、10編収録しました。

子どもの本・日本の名作童話6000　59

大川悦生

『彦一とタヌどん』　大川悦生文, 石倉欣二絵　あすなろ書房　1986.5　96p　23cm（大川悦生・わらい話）　880円

『一休さんの大しょんべん』　大川悦生文, 二俣英五郎絵　あすなろ書房　1986.4　86p　22cm（大川悦生・日本のわらい話）　880円

『むこどののしっぱい』　大川悦生文, 宮本忠夫絵　あすなろ書房　1986.4　94p　22cm（大川悦生・日本のわらい話）　880円

『大ぼらふきとあわてもの』　大川悦生文, 宮本忠夫絵　あすなろ書房　1986.3　98p　22cm（大川悦生・日本のわらい話）　880円

『きっちょむさん天のぼり』　大川悦生文, 石倉欣二絵　あすなろ書房　1986.3　87p　22cm（大川悦生・日本のわらい話）　880円

『世界むかし話―世界民話集』　大川悦生ぶん, 司修え　改訂版　偕成社　1986.2　126p　23cm（カラー版・世界の幼年文学）　980円　①4-03-408040-X
目次 ジャックと まめの木（イギリス）, 長ぐつをはいた ねこ（フランス）, ハーメルンの ふえふき（ドイツ）, おまもりの キリスト（スペイン）, ブッコロ しっぽの毛（アイスランド）, 北風がくれた テーブルかけ（ノルウェー）, ふしぎな 金のさかな（ロシア）, おおかみは ふくろの中（ブルガリア）, わにの 王さま（インド）, かしこい 子じか（マレーシア）, せんにんがおしえた しあわせ（中国）

『かみなりごろべえ』　大川悦生作, 宮本忠夫絵　実業之日本社　1985.11　109p　23cm（日本むかしばなし集 2）　880円　①4-408-36072-4

『彦一と、えんまさま』　大川悦生作, 宮本忠夫絵　実業之日本社　1985.11　109p　23cm（日本むかしばなし集 1）　880円　①4-408-36071-6

『ゆうれいの絵』　大川悦生作, 宮本忠夫絵　実業之日本社　1985.11　109p　23cm（日本むかしばなし集 3）　880円　①4-408-36073-2

『長崎のふしぎな女の子』　大川悦生著　ポプラ社　1985.7　174p　18cm（ポプラ社文庫）　420円

『くいしんぼねずみチョロとガリ』　しまだみつお（島田光雄）え, 大川悦生さく　あかね書房　1985.4　1冊　26cm（あかね創作えほん 22）　980円　①4-251-03022-2

『星からきたカード』　大川悦生作, 宮本忠夫絵　汐文社　1985.4　180p　22cm（原爆児童文学集）　1100円　①4-8113-7010-4

『へっこきじっさま一代記』　大川悦生さく, 赤羽末吉え　改訂　偕成社　1984.12　141p　22cm（新選/創作どうわ）　880円　①4-03-517240-5

『ながさきの子うま』　大川悦生さく, 宮本忠夫え　新日本出版社　1984.6　77p　22cm（新日本おはなし文庫）　780円

『日本の民話　7　ねずみのすもう』　大川悦生著　ポプラ社　1984.5　198p　18cm（ポプラ社文庫）　390円

『日本の民話　6　だんごどっこいしょ』　大川悦生著　ポプラ社　1983.7　198p　18cm（ポプラ社文庫）　390円

『日本の民話　5　かちかち山』　大川悦生著　ポプラ社　1983.7　189p　18cm（ポプラ社文庫）　390円

『長崎のふしぎな女の子』　大川悦生作, 宮崎耕平絵　ポプラ社　1983.5　39p　25cm（絵本・子どもの世界）　980円

『おばけさんなにをたべますか？』　大川悦生さく, 藤本四郎え　ポプラ社　1983.3　79p　22cm（大川悦生・おばけの本）　680円

『2の4のおばけの10』　大川悦生作, 石倉欣二絵　ポプラ社　1983.1　39p　25cm（絵本・子どもの世界）　980円

『さよならおばけの子』　大川悦生さく, 長谷川知子え　ポプラ社　1982.7　79p　22cm（大川悦生・おばけの本）　680円

『おばけのくにのドア』　大川悦生さく, 渡辺洋二え　ポプラ社　1982.6　79p　22cm（大川悦生・おばけの本）　680円

大川悦生

『日本の民話 4』 大川悦生著 ポプラ社 1982.3 204p 18cm（ポプラ社文庫） 390円

『おばけのすきな王さま』 大川悦生作, 中村道雄絵 ポプラ社 1982.1 79p 27cm（ポプラ社の幼年文学） 880円

『おばけのピピのぼうけん』 大川悦生さく, 渡辺有一え ポプラ社 1981.11 79p 22cm（大川悦生・おばけの本） 680円

『およめさんはゆうれい』 大川悦生さく, 二俣英五郎え ポプラ社 1981.10 79p 22cm（大川悦生・おばけの本） 680円

『いたずらおばけピピ』 大川悦生さく, 渡辺有一え ポプラ社 1981.8 79p 22cm（大川悦生・おばけの本） 680円

『おかあさんの木』 大川悦生作, 箕田源二郎絵 ポプラ社 1981.8 119p 22cm（ポプラ社の創作童話 15） 650円〈初刷:1969（昭和44）図版〉

『おばけじかんどろどろ』 大川悦生さく, 梅田俊作え ポプラ社 1981.8 79p 22cm（大川悦生・おばけの本） 680円

『ぼくとおばけの子』 大川悦生さく, 長谷川知子え ポプラ社 1981.8 79p 22cm（大川悦生・おばけの本） 680円

『おばけおばけでたあ』 大川悦生さく, 藤本四郎え ポプラ社 1981.7 79p 22cm（大川悦生・おばけの本） 680円

『こわがりやのゆうれい』 大川悦生さく, 二俣英五郎え ポプラ社 1981.7 79p 22cm（大川悦生・おばけの本） 680円

『山のかあさんと16ぴきのねずみ』 大川悦生作, 赤羽末吉絵 ポプラ社 1981.6 60p 24cm（創作えばなし 1） 800円〈カラー版 初刷:1972（昭和47）〉

『日本の民話 3』 大川悦生著 ポプラ社 1981.3 206p 18cm（ポプラ社文庫） 390円

『日本の民話 2』 大川悦生著 ポプラ社 1980.10 206p 18cm（ポプラ社文庫） 390円

『日本の民話 1』 大川悦生著 ポプラ社 1980.10 206p 18cm（ポプラ社文庫） 390円

『デゴイチおんちゃんの話』 大川悦生著 ポプラ社 1980.7 174p 18cm（ポプラ社文庫） 390円

『ちょうじゃどんとさくらの木―ひこはちとんちばなし』 うめだしゅんさく（梅田俊作）え, おおかわえっせい（大川悦生）さく 偕成社 1979.11 31p 22×18cm（創作こども文庫・22） 480円

『はとよひろしまの空を』 大川悦生作, 二俣英五郎絵 ポプラ社 1979.7 79p 27cm（ポプラ社の幼年文学） 880円

『おかあさんの木』 大川悦生作, 箕田源二郎絵 ポプラ社 1979.2 190p 18cm（ポプラ社文庫） 390円

『日本の伝説 西日本編』 坪田譲治編, 大川悦生著 偕成社 1978.8 288p 19cm（偕成社文庫） 390円

『日本の伝説 南日本編』 坪田譲治編, 大川悦生著 偕成社 1978.8 306p 19cm（偕成社文庫） 390円

『かあさんがうまれたころに』 大川悦生著, 箕田美子絵 講談社 1978.7 79p 22cm（講談社の幼年文庫） 540円

『日本の伝説 東日本編』 坪田譲治編, 大川悦生, 松谷みよ子著 偕成社 1978.7 287p 19cm（偕成社文庫） 390円

『白いキシネの絵馬―東京のはなし』 大川悦生作, 太田大八絵 ポプラ社 1978.4 60p 24cm（創作えばなし 26） 800円〈カラー版〉

『東京のおじぞうさま―日本むかし話』 大川悦生著, 伊勢英子絵 講談社 1977.11 79p 22cm（講談社の幼年文庫） 540円

『母のめん鬼のめん』 大川悦生文, 箕田源二郎画 あかね書房 1977.3 63p 23cm（新作絵本日本の民話） 680円

『つるのあねさ』 大川悦生文, 石倉欣二絵 ポプラ社 1977.2 35p 25cm（おはなし名作絵本26） 750円

『でっかいまめたろう』 大川悦生作, 長谷川知子絵 ポプラ社 1976.12 36p 23cm（子どもがはじめてであう民話3） 800円

『白いきつねの絵馬』　大川悦生作, 太田大八絵　ポプラ社　1976.5　62p〈カラー版・創作絵ばなし 26〉　800円

『きつねのかんちがい』　おおかわえつせいさく, なかやままさみえ　偕成社　1975　24p　22cm（創作こども文庫）

『だんごどっこいしょ』　大川悦生作, 長谷川知子絵　ポプラ社　1975　35p　23cm（子どもがはじめてであう民話）

『デゴイチおんちゃん』　大川悦生作, 那須良輔絵　ポプラ社　1974　118p　22cm（ポプラ社の創作文庫 12）

『雪ワラシコのきた里』　大川悦生作, 太田大八絵　偕成社　1974　142p　22cm（新選創作どうわ 1）

『山のかあさんと16ぴきのねずみ』　大川悦生作, 赤羽末吉絵　ポプラ社　1972　60p　24cm（創作えばなし 1）〈カラー版〉

『へっこきじっさま一代記』　大川悦生さく, 赤羽末吉え　偕成社　1971　111p　23cm（創作どうわ傑作選 7）

『おかあさんの木』　大川悦生作, 箕田源二郎絵　ポプラ社　1969　119p　22cm（ポプラ社の創作童話 15）

『世界むかし話』　大川悦生文, 司修絵　偕成社　1967　126p　23cm（世界の幼年文学 4）

『日本むかし話―日本民話集』　大川悦生文, 安井淡絵　偕成社　1964　124p　23cm（世界のどうわ 2）

太　安万侶
おおの・やすまろ
《?～723》

『古事記』　稗田阿礼, 太安万侶原作, 桂木寛子文　ぎょうせい　1995.2　196p　22cm（新装少年少女世界名作全集 41）　1300円　①4-324-04368-X〈新装版〉

『古事記』　稗田阿礼, 太安万侶原作, 桂木寛子文　ぎょうせい　1983.2　196p　22cm（少年少女世界名作全集 41）　1200円

大村　主計
おおむら・かずえ
《1904～1980》

『ばあやのお里―童謡集』　大村主計著　大空社　1997.3　69p　23cm（叢書日本の童謡）　①4-7568-0306-7〈児童芸術社昭和7年刊（再版）の複製〉

『花かげ―童謡集』　大村主計著　大村秀子　1981.10　77p　18cm　非売品〈付: 著者略歴〉

岡本　綺堂
おかもと・きどう
《1872～1939》

『三河町の半七―津の国屋 他』　岡本綺堂著　岩崎書店　2001.4　199p　20×16cm（世界の名探偵 8）　1300円
①4-265-06738-7
目次　津の国屋, 雪だるま, 三つの声
内容　津の国屋という大きな酒屋のひとり娘, お雪が17歳になったときのことです。お雪の常磐津の女師匠, 文字春が暗い夜道で, 幽霊のような娘につきまとわれました。その気味の悪い娘は「津の国屋へ行く」と言うのです。その後, 文字春の心配どおり, 津の国屋に不幸が続きます。津の国屋の主人夫婦をうらんで死んだ娘の話を聞いた文字春は…。江戸の魅力あふれる怪談話の捕物帳。他『雪だるま』『三つの声』を収録。

小川　未明
おがわ・みめい
《1882～1961》

『小川未明童話集―心に残るロングセラー名作10話』　小川未明著, 北川幸比古, 鬼塚りつ子責任編集　世界文化社　2004.3

119p 24×19cm 1000円
①4-418-04806-5
[目次] 月夜とめがね, 野ばら, 牛女, 月とあざらし, 金の輪, 黒い人と赤いそり, 大きなかに, とのさまの茶わん, 島のくれ方の話, 赤いろうそくと人魚
[内容] 子どもたちにぜひ読んでほしい小川未明の名作のベスト10話を収録。小学生向き。

『定本小川未明童話全集 16』 小川未明著 大空社 2002.3 372p 22cm
①4-283-00191-0 〈肖像あり〉
[目次] お月さまとぞう, しゃしんやさん, 秋がきました, こがらしのふくばん, みけのごうがいやさん, しろくまの子, つめたいメロン, おっぱい, はつゆめ, 三人と二つのりんご, マルはしあわせ, まあちゃんとちいこちゃん, まどのないビルデング, きょうだいののねずみ, からすねことペルシャねこ, こうちょう先生はやさしい, 白いくも, うまれたばかりのちょうちょう, ちんどんやのおじいさん, ゆめのおしろ, 森のかくれんぼう, まいばんいぬがなく, ねずみのおんがえし, なかのよいともだち, 子どもといぬとさかな, つるぎさんのはなし, かねもへいきました, にいさんとおね, おじさんのうち, 夕ぐれ, でんしゃのまどから, おとうさんがかえったら, とうといおかあさん, うみぼうずとおひめさま, おほしさま, 子うさぎとははうさぎ, 原っぱの春, ねずみとねことこおろぎ, どちらがきれいか, くびわのないいぬ, みい子ちゃん, ありと少年, ふくろうをさがしに, 童話を作って五十年, 解説(関英雄著)

『定本小川未明童話全集 15』 小川未明著 大空社 2002.3 368p 22cm
①4-283-00191-0 〈肖像あり〉
[目次] おうまのゆめ, なんでもはいります, 雪がふりました, いさましいかがし, にらめっこしましょう, 五つになった政ちゃん, 勇ちゃんはいい子です, 勇ちゃんと正ちゃんのさんぽ, 村のふみきり, お月さまと虫たち, 小さなおかあさん, ちょうちょうとばら, やねへあがったはね, 五月の川の中, たのしいちょうたち, 武ちゃんとかに, ハーモニカをふくと, ちんどんやのおばさん, 夏の日ざかり, おやうしと子うし, 白いくもとおにんぎょう, 雲と二わのからす, 夏やすみ, 赤いちょうちんのはなし, ふしぎなてじな, 風の子とおひなさま, なつめの木であったはなし, まあちゃんととんぼ, なかないきりぎりす, しらない町の子, いねむりとこや, 小ぶたのたび, 年ちゃんとかぶとむし, 子

ねこをもらったはなし, すもう, パンとははいぬ, かくれんぼ, おとうさんのおまね, けんかをわすれたはなし, たけうま, ちがったおとうさん, 雪だるまとおほしさま, 雪のふったばんのはなし, きつねのおばさん, きなこのついたおかお, もうじき春がきます, こまったかおのむしゃにんぎょう, 春はおかあさんです, もんをのりこえた武ちゃん, あや子さんのえ, きんぎょとお月さま, 海のおひめさまのくびかざり, かにと子すずめ, とおくからきたねえやさん, 三びきのいぬ, 四郎ちゃんとおまんじゅう, ふしぎなバイオリン, 小人のおんがえし, まほうのむち, どらねことからす, 虫と花, くろいめがねのおじさん, よそのおかあさん, くらげのおばさん, ながぐつのびんど, 花火の音, みかんきんかん, 山のはなし, 森のあちら, 幼児童話について, 解説(滑川道夫著)

『定本小川未明童話全集 14』 小川未明著 大空社 2002.3 400p 22cm
①4-283-00191-0 〈肖像あり 年譜あり 著作目録あり 文献あり〉
[目次] どこかで呼ぶような, ひすいの玉, 緑色の時計, かたい大きな手, 春さきの朝のこと, 道の上で見た話, はたらく二少年, 世の中のために, どこかに生きながら, 風七題, 水七景, 花かごとたいこ, ひとをたのまず, お姉ちゃんといわれて, 太陽と星の下, 川へふなをにがす, さか立ち小僧さん, アパートで聞いた話, だれにも話さなかったこと, 万の死, きつねをおがんだ人たち, 煙と兄弟, だまされた娘とちょうの話, 時計と窓の話, しいたげられた天才, 春はよみがえる, うずめられた鏡, 心は大空を泳ぐ, 托児所のある村, 雲のわくころ, かざぐるま, 空にわく金色の雲, 天女とお化け, ペストきょうだい, 青い玉と銀色のふえ, 子供たちへの責任, 解説(西本鶏介著)

『定本小川未明童話全集 13』 小川未明著 大空社 2002.3 373p 22cm
①4-283-00191-0
[目次] 僕が大きくなるまで, 夕雲, 青い草, 一銭銅貨, 少年の日二景, ある夜の姉と弟, 木の上と下の話, へちまの水, 野菊の花, 生きぬく力, 汽車は走る, ある夏の日のこと, 山へ帰ったやまがら, 小さなねじ, 引かれていく牛, 台風の子, すずめ, 兄と魚, 僕はこれからだ, 戦友, 火事, しらかばの木, 夢のような昼と晩, おかまの唄, つづれさせ, 高い木とからす, 白壁のうち, 僕の通るみち, 窓の内と外, 羽衣物語, たましいは生きている, とうげの茶屋, 心の芽, 雲と子守歌, つばめと魚, 子供は悲しみ

を知らず, すずめを打つ, 山に雪光る, 考えこじき, 兄の声, 新しい町, 戦争はぼくをおとなにした, 風はささやく, 現下に於ける童話の使命, 解説(西本鶏介著)

『定本小川未明童話全集　12』　小川未明著　大空社　2002.3　375p　22cm
①4-283-00191-0〈肖像あり〉
目次 母の心, 雪の降った日, 昼のお月さま, 丘の下, すずめの巣, 谷間のしじゅうから, お母さん, 風船虫, 町はずれの空き地, 海へ帰るおじさん, こま, 青葉の下, 武ちゃんと昔話, 僕のかきの木, からす, ひばりのおじさん, 宿題, 雪消え近く, 夕焼けがうすれて, 海が呼んだ話, クラリネットを吹く男, 世の中へ出る子供たち, 小さな妹をつれて, 鳥鳴く朝のちい子ちゃん, 金色のボタン, 中学へ上がった日, 夜の進軍らっぱ, 正二くんの時計, とびよ鳴け, 芽は伸びる, 日の当たる門, 春風の吹く町, 波荒くとも, 写生に出かけた少年, 赤土へくる子供たち, ねずみの冒険, 少女と老兵士, 子供どうし, 二百十日, 村へ帰った傷兵, 船の破片に残る話, はととりんご, 日本的童話の提唱, 解説(続橋達雄著)

『定本小川未明童話全集　11』　小川未明著　大空社　2002.3　375p　22cm
①4-283-00191-0〈肖像あり〉
目次 年ちゃんとハーモニカ, さびしいお母さん, やんま, 春の日, 海と少年, 草を分けて, 玉虫のおばさん, 海のおばあさん, 真坊と和尚さま, 古いてさげかご, 僕がかわいがるから, 幼友だち, ねこ, 小さな年ちゃん, 子ざると母ざる, 友だちどうし, 村のかじやさん, 仲よしがけんかした話, ゆずの話, からすとうさぎ, もずとすぎの木, 西洋だこと六角だこ, 東京の羽根, 犬と古洋傘, 一粒の真珠, 北風にたこは上がる, 薬売りの少年, 風雨の晩の小僧さん, 縛られたあひる, 深山の秋, 花の咲く前, 白い雲, 真昼のお化け, 眼鏡, らんの花, 金歯, 『お話の木』を主宰するに当たりて宣言す, 解説(続橋達雄著)

『赤い蝋燭と人魚』　小川未明文, 酒井駒子絵　偕成社　2002.1　1冊　19×19cm　1400円　①4-03-965100-6
内容 「よるくま」の酒井駒子が贈る, 小川未明童話。新しい「赤い蝋燭と人魚」。

『定本小川未明童話全集　10』　小川未明著　大空社　2001.6　392p　22cm
①4-283-00190-2〈肖像あり〉
目次 黒いちょうとお母さん, すいれんは咲いたが, 古いはさみ, 赤い実, おじいさんが捨てたら, おかめどんぐり, からすとかがし, ねことおしらこ, 二少年の話, 政ちゃんと赤いりんご, お母さんはえらい, 花とあかり, ペスをさがしに, 気にいらない鉛筆, 笑わなかった少年, 真吉とお母さん, 猟師と薬屋の話, 海のまほろし, 青い星の国へ, 左ぎっちょの正ちゃん, 僕たちは愛するけれど, 夏の晩ばあった話, 希望, 手風琴, 曠野, 三月の空の下, しんぱくの話, 冬のちょう, 隣村の子, 僕は兄さんだ, 父親と自転車, いちじゅくの木, 世の中のこと, 学校の桜の木, 少年と秋の日, 小さな弟, 良ちゃん, どうたう女, がん, 空晴れて, 銀河の下の町, 子供の床屋, 母犬, いちょうの葉, 子うぐいすと母うぐいす, きれいなきれいな町, 片目のごあいさつ, 正ちゃんとおかいこ, ちょうせんぶなと美しい小箱, おさらい帳, お面とりんご, はちの巣, もののいえないもの, ボールの行方, つじうら売りのおばあさん, 田舎のお母さん, 朝の公園, 時代・児童・作品, 解説(西本鶏介著)

『定本小川未明童話全集　9』　小川未明著　大空社　2001.6　401p　22cm
①4-283-00190-2〈肖像あり〉
目次 雪原の少年, 店ざらしのダンサー, 紅いチューリップ, 青空の下の少年, 町に憧れた山の娘, 少年とねこの子, 桃の花, 餌のない針, 風だけが叫ぶ, こうした事実があったら, 北の春, 子供と虫, お獅子, せみと正ちゃん, かまきりとジョン, 汽車の中で見たお話, 二人の少年, こうしてお友だちとなりました, ボートを造る日, 英ちゃんの話, 犬車がゆく, 武ちゃんの二日間, しいの実, 助け合った鳥たち, 鐘と旅僧, 学校へゆく勇ちゃん, 武ちゃんとめじろ, 小さな兄弟, 子供が寝てから, つばめと紅すずめ, からすの歌, 花と人間, 小さい兄弟, 月の中へ消えたこい, 何故に童話は今日の芸術なるか, 解説(西本鶏介著)

『定本小川未明童話全集　8』　小川未明著　大空社　2001.6　411p　22cm
①4-283-00190-2〈肖像あり〉
目次 犬と犬と人の話, 世界でなにを見てきたか, 二人の少年, 本にない知識, 青い石とメダル, 森の中の犬ころ, 雪でつくったお母さん, 町の真理, 平原の木と鳥, 古い塔の上へ, 太陽の下で, はちと子供, 寒くなる前の話, 銅像と

小川未明

老人,少年とお母さん,古巣に帰るまで,新しい友だち,かめの子と人形,お母さんのさいふ,大きなおうと,ある少年の正月の日記,古い桜の木,くもとかきの葉,べいごまと支那の子供,空へのびるつる,馬車と子供たち,はまねこ,おきくと弟,負けじ魂の吉松,どちらが幸福か,子供はばかでなかった,夏とおじいさん,青空の下の原っぱ,死と自由,風に吹かれる花,トム吉と宝石,金のおのと人形,天人とマッチ箱,前のおばさん,愛は花よりも香ばし,はまぐりとひきがえる,のこぎりの目たて,童話の核心,解説(続橋達雄著)

『定本小川未明童話全集 7』 小川未明著 大空社 2001.6 395p 22cm
①4-283-00190-2
[目次]年とったかめの話,釣り銭で人のわかった話,笛と人の物語,労働祭の話,鐘,真心のとどいた話,天下だこ,自然が人を恵む話,真に愛するなら,すいせんと太陽,南島の女,朝と町の少年,二人の軽業師,金が出ずになしの産まれた話,歩いてゆけるぞ,お母さんのかんざし,銀のペンセル,赤いえり巻き,すずめとひわの話,頸飾り,都会はぜいたくだ,いんことしじゅうから,草原の夢,秋のお約束,目の開けるころ,愛は不思議なもの,風,よいどれの時計,雪とみかん,春風と王さま,ヒョウ,ヒョウ,てりうそ,正ちゃんの鉄棒,武ちゃんのかばん,町のおうむ,さびしいおじいさんたち,茶屋の黒犬,ふくろうのいる木,岩と起重機の上で,頭を下げなかった少年,汽車奇談,へびになった人の話,日月ボール,青いランプ,不幸な親と娘,空の戦士,児童文学の動向,解説(続橋達雄著)

『定本小川未明童話全集 6』 小川未明著 大空社 2001.6 393p 22cm
①4-283-00190-2
[目次]遠方の母,雪の上の舞踏,北の不思議な話,お父さんの見た人形,南天の実,幸福の鳥,その日から正直になった話,温泉へ出かけたすずめ,さまざまな生い立ち,ある冬の晩のこと,自由,酒屋のワン公,幼き日,高い木と子供の話,少女がこなかったら,街の幸福,北の少女,般若の面,三つのお人形,海の踊り,なまずとあざみの話,ガラス窓の河骨,南方物語,ひすいを愛された妃,千羽鶴,寒い日のこと,頭をはなれた帽子,おばあさんとツェッペリン,死と話した人,雪くる前の高原の話,赤いガラスの宮殿,おさくの話,ふるさと,奥さまと女乞食,春,珍しい酒もり,熊さんの笛,美しく生まれたばかりに,春の真昼,どじょうと金魚,船でついた町,生きた人形,サーカスの少年,子供は虐待に黙従す,解説(滑川道夫著)

『定本小川未明童話全集 5』 小川未明著 大空社 2001.6 430p 22cm
①4-283-00190-2〈肖像あり〉
[目次]とんぼのおじいさん,大きなかしの木,幽霊船,青いボタン,春さきの古物店,なつかしまれた人,背の低いとがった男,日がさとちょう,いいおじいさんの話,カラカラ鳴る海,ある男と牛の話,白いくま,水車のした話,風の寒い世の中へ,親木と若木,はちとばらの花,お母さんのひきがえる,砂漠の町とサフラン酒,ぴかぴかする夜,初夏の空で笑う女,北海の波にさらわれた蛾,窓の下を通った男,町の天使,正雄さんの周囲,おけらになった話,赤い船とつばめ,片田舎にあった話,お母さまは太陽,銀のつえ,白い門のある家,お化けとまちがえた話,おばあさんと黒ねこ,びんの中の世界,老工夫と電灯,石段に鉄管,小さい針の音,風と木からすときつね,金魚売り,生きている看板,五銭のあたま,お母さんのお乳,うさぎと二人のおじいさん,小鳥と兄妹,都会のからす,小ねこはなにを知ったか,人間と湯沸かし,二度と通らない旅人,一本の銀の針,事実と感想・今後を童話作家に,解説(滑川道夫著)

『定本小川未明童話全集 4』 小川未明著 大空社 2001.6 414p 22cm
①4-283-00190-2
[目次]河水の話,魚と白鳥,ある日の先生と子供,竹馬の太郎,子供と馬の話,赤い船のお客,娘と大きな鐘,こまどりと酒,あらしの前の木と鳥の会話,ある夜の星たちの話,おじいさんとくわ,花と少女,花と人間の話,翼の破れたからす,すみれとうぐいすの話,大根とダイヤモンドの話,おおかみをだましたおじいさん,時計とよっちゃん,こいのぼりと鶏,チューリップの芽,海のかなた,楽器の生命,山へ帰りゆく父,さかずきの輪廻,すももの花の国から,月とあざらし,風船球の話,負傷した線路と月,汽船の中の父と子,花咲く島の話,あるまりの一生,三つのかぎ,ねずみとバケツの話,兄弟のやまばと,海からきた使い,からすのうたい,ごみだらけの豆,二番めの娘,ある男と無花果,小さな金色の翼,新しい町,春近き日,童話に対する所見,解説(与田準一著)

小川未明

『定本小川未明童話全集　3』　小川未明著　大空社　2001.6　427p　22cm　①4-283-00190-2〈肖像あり〉
[目次]紅すずめ、赤い姫と黒い皇子、大きなかに、びっこのお馬、山の上の木と雲の話、汽車の中のくまと鶏、海ほおずき、石をのせた車、雪の上のおじいさん、公園の花と毒蛾、ちょうと怒濤、飴チョコの天使、幸福に暮らした二人、あほう鳥の鳴く日、はてしなき世界、明るき世界へ、千代紙の春、塩を載せた船、お姫さまと乞食の女、ものぐさなきつね、幾年もたった後、長ぐつの話、くもと草、黒い人と赤いそり、月夜と眼鏡、初夏の不思議、遠くで鳴る雷、駄馬と百姓、赤い魚と子供、星と柱を数えたら、幸福のはさみ、島の暮れ方の話、海ほたる、春になる前夜、泣きんぼうの話、水盤の王さま、青い花の香り、みつばちのきた日、村の兄弟、童謡・少年詩、単純な詩形を思う、解説（与田準一著）

『定本小川未明童話全集　2』　小川未明著　大空社　2001.6　412p　22cm　①4-283-00190-2〈肖像あり〉
[目次]港に着いた黒んぼ、ちょうと三つの石、いろいろな花、ものぐさじじいの来世、宝石商、北の国のはなし、煙突と柳、教師と子供、小さな赤い花、空色の着物をきた子供、一本の釣りざお、笑わない娘、灰色の姉と桃色の妹、消えた美しい不思議なにじ、小さな草と太陽、てかてか頭の話、野ばら、木と鳥になった姉妹、神は弱いものを助けた、自分で困った百姓、三匹のあり、酔っぱらい星、糸のない胡弓、笛吹きと女王、葉と幹、白すみれとしいの木、金銀小判、おおかみと人、けしの圃、自分の造った笛、二つの運命、気まぐれの人形師、女の魚売り、木に上った子供、つばきの下のすみれ、二つの琴と二人の娘、白い影、星の子、花と人の話、人の身の上、雪だるま、おかしいまちがい、天下一品、百姓の夢、ふるさとの林の歌、一本のかきの木、火を点ず、『小さな草と太陽』序、解説（山室静著）

『定本小川未明童話全集　1』　小川未明著　大空社　2001.6　387p　22cm　①4-283-00190-2〈肖像あり〉
[目次]赤い船、海の少年、電信柱と妙な男、つばめと乞食の子、星の世界から、海へ、黒い旗物語、青い時計台、不死の薬、夕焼け物語、少年の日の悲哀、雪の国と太陽、どこで笛吹くつ、つばめの話、眠い町、残された日、なくなった人形、馬を殺したからす、牛女、犬と人と花、めくら星、おじいさんの家、黒い塔、子供の時分の話、金の輪、ろうそくと貝がら、酒倉、北海の白鳥、金持ちと鶏、薬売り、赤いろうそくと人魚、王さまの感心された話、善いことをした喜び、殿さまの茶わん、時計のない村、角笛吹く子、赤い手袋、春がくる前、強い大将の話、金の魚、町のお姫さま、太陽とかわず、くわの怒った話、童話の詩的価値、解説（山室静著）

『赤いろうそくと人魚』　小川未明作、たかしたかこ絵　偕成社　1999.11　35p　29×24cm（日本の童話名作選）　1600円　①4-03-963580-9
[内容]北方の、冷たく暗い海の岩の上で、女の人魚が考えていました。「人間の住む町は、明るくにぎやかで、美しいと聞いている。人間は魚よりけものより、人情があってやさしいと聞いている。一度手に取りあげて育てたなら、決して捨てたりしないと聞いている。さいわい自分達は人間そっくりだから、人間世界で暮らせるはず。せめて自分の子供だけは、人間の世界で育て大きくしたい」と―女の人魚は決心すると、波の間を泳いで、陸の上に子を産みおとしました。人魚の赤ん坊はろうそく屋の老夫婦に拾われ、育てられて、美しい娘となり、一生懸命家業を手伝って繁盛して、幸せになったかにみえたのです―。小学中級以上のお子様にも。

『牛女』　小川未明作、高野玲子絵　偕成社　1999.10　35p　29cm（日本の童話名作選）　1600円　①4-03-963700-3
[内容]ある村に、「牛女」と呼ばれる女が、男の子と二人で暮らしていました。あまりに背が高い大女なもので、いつも首を垂れて歩きました。力も、ほかの人の幾倍もあって、石運びなどの力仕事をしていましたが、性質はいたってやさしく、涙もろかったので、そう呼ばれたのです。女は耳が聞こえず、口がきけませんでした。そのうえ、男の子には父親がありませんでしたので、男の子のことをいっそう不憫がり、大変かわいがって育てました。もし自分が死んだなら、何かに化けてでもでてきて、子供の行く末を見守りたいと思っていました。そして、実際、女は、病気になって死んだあと、冬山に雪形となって現れたのです。

『小川未明童話集』　桑原三郎編　岩波書店　1996.7　357p　15cm（岩波文庫）　620円　①4-00-311491-4

小川未明

『野ばら・眠い町』 小川未明作, 山高登絵 多摩 新学社・全家研 1996.5 141p 22cm（少年少女こころの図書館） 1100円

『こどものための日本の名作―短編ベスト30話 宮沢賢治・小川未明・新美南吉』 宮沢賢治ほか著 世界文化社 1996.3 407p 24cm（別冊家庭画報） 2700円

『小川未明名作選集 6 どこかに生きながら』 ぎょうせい 1994.6 126p 22cm 1500円 ④4-324-03901-1
目次 どこかに生きながら, 真昼のお化け, 武ちゃんと昔話, 海が呼んだ話, 羽衣物語, とうげの茶屋, ひすいの玉, 万の死, うずめられた鏡

『小川未明名作選集 5 深山の秋』 ぎょうせい 1994.4 126p 22cm 1500円 ④4-324-03900-3
目次 深山の秋.銅像と老人.古い桜の木.天人とマッチ箱.トム吉と宝石.鐘と旅僧.がん.猟師と薬屋の話.子ざると母ざる.ゆずの話.白い雲

『小川未明名作選集 4 青いランプ』 ぎょうせい 1994.3 126p 22cm 1500円 ④4-324-03899-6
目次 青いランプ.さまざまな生い立ち.雪の上の舞踏.その日から正直になった話.南方物語.般若の面.船の破片に残る話.真心のとどいた話.金が出ずに, なしの産まれた話.千羽鶴.頭を下げなかった少年.ヒョウ, ヒョウ, てりうそ.本にない知識

『小川未明名作選集 3 月とあざらし』 ぎょうせい 1994.2 126p 22cm 1500円 ④4-324-03898-8
目次 月とあざらし, 負傷した線路と月, 三つのかぎ, 雪くる前の高原の話, 二度と通らない旅人, いいおじいさんの話, ある男と牛の話, お母さんのひきがえる, びんの中の世界, 金魚売り, 小さい針の音
内容 今よみがえる永遠の名作, ファンタジーの世界。児童文学の先駆者, 小川未明の千編に及ぶ童話の中から厳選された珠玉の作品集。いつまでも伝えたい未明のまごころとやさしさがあふれています。

『小川未明名作選集 2 野ばら』 ぎょうせい 1994.1 126p 22cm 1500円 ④4-324-03897-X
目次 野ばら, 二つの琴と二人の娘, 天下一品, 百姓の夢, 千代紙の春, 大根とダイヤモンドの話, 鳥の暮れ方の話, 白い門のある家, ねずみとバケツの話
内容 野ばら咲くのどかな山の国境に派遣された二つの国の兵士。大きな国から来た老人と小さな国の青年兵は, いつしか仲よくなりました。けれども, しばらくして両国の間で始まった戦争で, 二人は敵同士になってしまい…。戦争のむなしさを静かに描き出す表題作『野ばら』の他,『百姓の夢』,『千代紙の春』など全9編を収録。

『小川未明名作選集 1 赤いろうそくと人魚』 ぎょうせい 1993.12 126p 22cm 1500円 ④4-324-03896-1
目次 赤いろうそくと人魚, 眠い町, 金の輪, おじいさんの家, 酔っぱらい星, 王さまの感心された話, 殿さまの茶わん, くわの怒った話, 黒い人と赤いそり, 月夜と眼鏡
内容 やさしいろうそく売りの家で, 幸せに育てられた人魚の娘。娘は恩返しをするため, 白いろうそくに赤い絵の具で魚や貝や海草のきれいな絵を描きました。その美しいろうそくには, 不思議な力がありました…。人間のやさしさや弱さを問う表題作『赤いろうそくと人魚』の他,『眠い町』,『金の輪』,『月夜と眼鏡』など全10編を収録。

『ごんぎつね・赤いろうそくと人魚』 新美南吉, 小川未明文, 柿本幸造, 永田萌絵 講談社 1991.9 96p 28×22cm（講談社のおはなし童話館18） 1300円 ④4-06-197918-3
目次 ごんぎつね（新美南吉）, 赤いろうそくと人魚（小川未明）

『赤いろうそくと人魚』 小川未明著 春陽堂書店 1989.5 294p 16cm（春陽堂くれよん文庫） 480円 ④4-394-60004-9
目次 眠い町, 赤いろうそくと人魚, 野ばら, 月夜とめがね, 魚と白鳥, ある夜の星たちの話, こまどりと酒, おおかみをだましたおじいさん, 塩をのせた船, 村の兄弟, からすの歌うたい, 小ねこはなにを知ったか, 北の少女, 春のまひる, 青いランプ, 犬と犬と人の話, トム吉と宝石, 春風の吹く町, 幸福にくらしたふたり, 百姓の夢, 自分のつくった笛, 木の上と下の話, 空へのびるつる, 隣村の子, だれにも話さなかったこと, 深山の秋
内容 北の国の人魚が, 子どもだけは人間の世界で幸福にしてやりたいと, 町のお宮の石段の下に捨て子をしました。ろうそく屋の夫婦に拾われた娘は, 美しく成長し, ろうそくに

小川未明

美しい絵を書いていました。娘を見せ物にしようと、お金に目のくらんだ夫婦はいやがる娘を売ってしまいます。娘は赤くぬったろうそくを残して連れて行かれました。すると…?

『幼年文学名作選 1 赤いろうそくと人魚』 小川未明作, 梶山孝明絵 岩崎書店 1989.3 128p 22cm 1200円 ①4-265-03701-1

『一年生の童話』 小川未明著 金の星社 1986.5 142p 22cm（学年別・小川未明童話） 750円 ①4-323-01111-3
|目次| 白いくもとおにんぎょう, かくれんぼ, なんでもはいります, にらめっこしましょう, まどのないビルディング, くらげのおばさん, なかないきりぎりす, お月さまと虫たち, よそのおかあさん, 赤いちょうちんのはなし, ゆきのふったばんのはなし, きょうだいののねずみ, 小人のおんがえし
|内容| 日本児童文学の父と称される小川未明の珠玉選集—白いくもとおにんぎょう 他12篇。

『三年生の童話』 小川未明著 金の星社 1986.5 142p 22cm（学年別・小川未明童話） 750円 ①4-323-01113-X
|目次| 月夜とめがね, 水車のした話, 小さな赤い花, 町のおひめさま, 兄弟のやまばと, とうげの茶屋
|内容| 日本児童文学の父と称される小川未明の珠玉選集—月夜とめがね 他5編。

『二年生の童話』 小川未明著 金の星社 1986.5 142p 22cm（学年別・小川未明童話） 750円 ①4-323-01112-1
|目次| 春はおかあさんです, みい子ちゃん, 子ざると母ざる, はつゆめ, 風の子とおひなさま, 海のおひめさまの首かざり, 森のあちら
|内容| 日本児童文学の父と称される小川未明の珠玉選集—海のおひめさまの首かざり 他6篇。

『四年生の童話』 小川未明著 金の星社 1986.5 142p 22cm（学年別・小川未明童話） 750円 ①4-323-01114-8
|目次| 野ばら, ねむい町, 金の輪, 雪くる前の高原の話, 月とあざらし, 赤いろうそくと人魚
|内容| 日本児童文学の父と称される小川未明の珠玉選集—赤いろうそくと人魚 他5編。

『野ばら―小川未明童話集』 小川未明著, 清水耕蔵絵 講談社 1984.11 203p 18cm（講談社青い鳥文庫） 390円 ①4-06-147156-2

『野ばら―小川未明童話集』 小川未明文, 茂田井武画 童心社 1982.12 93p 21cm 1000円

『赤いろうそくと人魚―小川未明童話集』 偕成社 1982.9 171p 19cm（偕成社文庫 2018） 450円 ①4-03-550180-8〈解説:西本鶏介 初刷:1976（昭和51）〉
|目次| 赤いろうそくと人魚〔ほか12編〕

『月夜とめがね・黒い人と赤いそり』 小川未明著, 赤い鳥の会編, 小野かおる絵 小峰書店 1982.9 55p 22cm（赤い鳥名作童話） 780円 ①4-338-04803-4

『赤いろうそくと人魚』 堀内誠一画, 小川未明著 あかね書房 1982.4 207p 22cm（日本児童文学名作選 1） 980円〈解説:水藤春夫 図版〉
|目次| 赤いろうそくと人魚〔ほか14編〕

『赤いろうそくと人魚』 小川未明作, 井口文秀画 岩崎書店 1982.2 200p 18cm（フォア文庫） 390円

『赤いろうそくと人魚』 小川未明作, 梶山孝明絵 岩崎書店 1982.2 128p 22cm（日本の幼年童話 1） 1100円〈解説:関英雄 叢書の編集:菅忠道〔ほか〕 初刷:1971（昭和46） 図版〉
|目次| 赤いろうそくと人魚〔ほか7編〕

『小川未明四年生の童話』 金の星社 1982.2 194p 22cm（小川未明・学年別童話） 680円
|目次| ろうそくと貝がら〔ほか17編〕

『小川未明二年生の童話』 金の星社 1981.11 195p 22cm（小川未明・学年別童話） 680円
|目次| かぜの子とおひなさま〔ほか17編〕

『ふくろうをさがしに』 小川未明著, 宮脇公実え 日本書房 1981.9 201p 19cm（小学文庫） 380円 ①4-8200-0203-1

『赤いろうそくと人魚』 小川未明原作 小学館 1981.7 103p 28cm（世界の童話 50） 730円〈解説:西本鶏介〔ほか〕叢書の監修:波多野勤子 オールカラー版 初刷:1973（昭和48）〉
|目次| あかいろうそくとにんぎょ〔ほか5編〕

『小川未明一年生の童話』　金の星社
　1981.3　200p　22cm（小川未明・学年別童話）　680円
　目次　ひらひらちょうちょ〔ほか40編〕

『定本小川未明童話全集　11』　講談社
　1981.1　375p　22cm　2700円〈監修:武田泰淳〔ほか〕　解説:小川未明,続橋達雄　肖像:著者　図版（肖像を含む）〉
　目次　年ちゃんとハーモニカ〔ほか35編〕

『定本小川未明童話全集　7』　講談社
　1981.1　395p　22cm　2700円〈監修:武田泰淳〔ほか〕　解説:小川未明,続橋達雄　肖像・筆跡:著者　図版（肖像,筆跡を含む）〉
　目次　年とったかめの話〔ほか44編〕

『小川未明三年生の童話』　金の星社
　1980.11　196p　22cm（小川未明・学年別童話）　680円
　目次　水車のしたはなし〔ほか19編〕

『小川未明童話集　3　青空の下の原っぱーほか』　講談社　1980.10　174p　15cm（講談社文庫）　200円〈年譜:p167〜174〉

『小川未明童話集　2　雪くる前の高原の話ほか』　講談社　1980.9　161p　15cm（講談社文庫）　200円

『少年少女世界童話全集ー国際版　別巻2　赤いろうそくと人魚』　小川未明作,深沢邦朗絵　小学館　1980.9　133p　28cm　1250円

『小川未明童話集　1　赤いろうそくと人魚ほか』　講談社　1980.8　167p　15cm（講談社文庫）　200円

『現代日本文学全集　16　小川未明名作集』　小川未明著　改訂版　偕成社　1980.4　310p　23cm　2300円〈編集:滑川道夫〔ほか〕　初刷:1965（昭和40）巻末:年譜,現代日本文学年表,参考文献　解説:福田清人〔ほか〕　肖像・筆跡:著者〔ほか〕　図版（肖像,筆跡を含む）〉
　目次　雪原の少年〔ほか13編〕

『定本小川未明童話全集　13』　講談社
　1979.7　373p　22cm　2700円〈監修:武田泰淳〔ほか〕　解説:小川未明,西本鶏介　肖像:著者〔ほか〕　図版（肖像を含む）〉
　目次　僕が大きくなるまで〔ほか42編〕

『定本小川未明童話全集　12』　講談社
　1979.7　375p　22cm　2700円〈監修:武田泰淳〔ほか〕　解説:小川未明,続橋達雄　肖像:著者夫妻　図版（肖像を含む）〉
　目次　母の心〔ほか41編〕

『定本小川未明童話全集　8』　講談社
　1979.7　411p　22cm　2700円〈監修:武田泰淳〔ほか〕　解説:小川未明,続橋達雄　肖像:著者　図版（肖像を含む）〉
　目次　犬と犬と人の話〔ほか41編〕

『港についた黒んぼ』　小川未明作,大野隆也絵　旺文社　1979.4　156p　22cm（旺文社ジュニア図書館）　650円〈解説:滑川道夫　叢書の編集:神宮輝夫〔ほか〕　初刷:1971（昭和46）〉

『赤いろうそくと人魚』　小川未明著　ポプラ社　1979.3　198p　18cm（ポプラ社文庫）　390円

『月夜とめがね』　小川未明著　ポプラ社　1979.3　206p　18cm（ポプラ社文庫）　390円

『野ばらー小川未明童話集』　小川未明著,高志孝子絵　講談社　1979.3　187p　19cm（少年少女講談社文庫）　480円

『牛女』　小川未明原作,木下恵介脚色　水星社　1979.2　30p　25cm（日本名作童話シリーズ）　590円〈監修:木下恵介〉

『定本小川未明童話全集　7』　講談社
　1979.1　395p　22cm　2700円

『赤いろうそくと人魚ー小川未明童話集』　鈴木義治絵　大阪　文研出版　1978.12　230p　23cm（文研児童読書館ー日本名作4）　860円〈巻末:小川未明の年譜　解説:岡上鈴江,福田清人　叢書の編集:石森延男〔ほか〕　初刷:1970（昭和45）　図版〉
　目次　赤いろうそくと人魚〔ほか22編〕

『定本小川未明童話全集　10』　講談社
　1978.8　392p　22cm　2700円〈監修:武田泰淳〔ほか〕　解説:小川未明,西本鶏介　肖像:著者　図版（肖像を含む）〉
　目次　黒いちょうとお母さん〔ほか55編〕

『定本小川未明童話全集　16』　講談社
　1978.2　370p　22cm　2700円

小川未明

『定本小川未明童話全集 15』 講談社 1978.1 368p 22cm 2700円

『定本小川未明童話全集 14』 講談社 1977.12 399p 22cm 2700円

『定本小川未明童話全集 13』 講談社 1977.11 373p 22cm 2700円

『定本小川未明童話全集 12』 講談社 1977.10 375p 22cm 2700円

『定本小川未明童話全集 11』 講談社 1977.9 375p 22cm 2700円

『定本小川未明童話全集 10』 講談社 1977.8 392p 22cm 2700円

『定本小川未明童話全集 9』 講談社 1977.7 401p 22cm 2700円

『定本小川未明童話全集 8』 講談社 1977.6 411p 22cm 2700円

『定本小川未明童話全集 6』 講談社 1977.4 393p 22cm 2700円

『定本小川未明童話全集 5』 講談社 1977.3 430p 22cm 2700円

『定本小川未明童話全集 4』 講談社 1977.2 414p 22cm 2700円

『定本小川未明童話全集 3』 講談社 1977.1 427p 22cm 2700円

『赤いろうそくと人魚』 小川未明著 春陽堂書店 1976.12 294p 16cm（春陽堂少年少女文庫―世界の名作・日本の名作） 340円

『定本小川未明童話全集 2』 講談社 1976.12 412p 22cm 2700円〈肖像〉

『定本小川未明童話全集 1』 講談社 1976.11 387p 22cm〈肖像〉

『赤いろうそくと人魚』 小川未明著 偕成社 1976.1 172p 19cm（偕成社文庫） 390円

『赤いろうそくと人魚』 小川未明原作 小学館 1973 103p 28cm（世界の童話 50）〈オールカラー版〉
目次 あかいろうそくとにんぎょ〔ほか5編〕

『赤いろうそくと人魚』 小川未明著, 堀内誠一画 あかね書房 1972 207p 22cm（日本児童文学名作選 1）

『赤いろうそくと人魚』 小川未明作, 梶山孝明絵 岩崎書店 1971 128p 22cm（日本の幼年童話 1）

『港についた黒んぼ』 小川未明作, 大野隆也絵 旺文社 1971 157p 22cm（旺文社ジュニア図書館）

『赤いろうそくと人魚』 小川未明文, 朝倉摂絵 講談社 1970 40p 29cm（日本の名作）

『赤いろうそくと人魚―小川未明童話集』 小川未明作, 鈴木義治絵 文研出版 1970 230p 23cm（文研児童読書館）

『小川未明名作集』 小川未明著, 沢井一三郎絵 偕成社 1970 310p 23cm（少年少女現代日本文学全集 16）

『赤いガラスの宮殿』 小川未明文, 井江春代絵 集英社 1966 222p 23cm（小川未明幼年童話文学全集 7）

『ある夜の星たちのはなし』 小川未明文, 深沢邦朗絵 集英社 1966 222p 23cm（小川未明幼年童話文学全集 5）

『おうまのゆめ』 小川未明文, 市川禎男絵 講談社 1966 158p 23cm（せかいのおはなし 19）

『きょうだいの山ばと』 小川未明文, 岩本康之亮絵 集英社 1966 222p 23cm（小川未明幼年童話文学全集 8）

『月とあざらし』 小川未明文, 小坂しげる絵 集英社 1966 222p 23cm（小川未明幼年童話文学全集 6）

『みなとについた黒んぼ』 小川未明文, 岩崎ちひろ絵 集英社 1966 222p 23cm（小川未明幼年童話文学全集 4）

『赤いガラスの宮殿』 小川未明文, 吉崎正巳絵 あかね書房 1965 252p 22cm（日本童話名作選集 5）

『赤いろうそくと人魚』 小川未明文, 遠藤てるよ絵 集英社 1965 222p 23cm（小川未明幼年童話文学全集 1）

『小川未明名作集』 小川未明文, 沢井一三郎絵 偕成社 1965 310p 23cm（少年少女現代日本文学全集 27）

『月夜とめがね』　小川未明文,渡辺三郎絵　集英社　1965　222p　23cm（小川未明幼年童話文学全集2）

『野ばら』　小川未明文,池田仙三郎絵　集英社　1965　222p　23cm（小川未明幼年童話文学全集3）

『小川未明童話集』　小川未明文,吾妻萱平絵　日本書房　1964　242p　21cm（学年別児童名作文庫2・3年）

『小川未明集』　小川未明文,初山滋等絵　講談社　1962　398p　23cm（少年少女日本文学全集3）

『赤いろうそくと人魚―小川未明童話集』　小川未明作,渡辺三郎絵　偕成社　1961　240p　23cm（日本児童文学全集2）

『二人のかるわざし―未明童話集』　小川未明文,黒沢梧郎絵　日本書房　1961　194p　19cm（学年別世界児童文学全集2・3年）

『赤いろうそくと人魚』　小川未明文,須田寿絵　あかね書房　1960　300p　23cm（世界児童文学全集28）

『小川未明童話集』　小川未明文,駒宮録郎絵　日本書房　1960　229p　21cm（学年別児童名作文庫1・2年）

『月とあざらし』　小川未明文,黒沢梧朗絵　日本書房　1960　247p　19cm（学年別世界児童文学全集3・4年）

『ひらかな童話集』　小川未明文,鳥居敏文等絵　金の星社　1960　215p　22cm

『ふくろうをさがしに』　小川未明文,宮脇公実絵　日本書房　1960　198p　19cm（学年別世界児童文学全集1・2年）

『小川未明・秋田雨雀集』　小川未明,秋田雨雀文,高山毅等編,茂田井武等絵　東西文明社　1958　299p　22cm（昭和児童文学全集1）

『小川未明・坪田譲治集』　小川未明,坪田譲治文,馬場正男等編　新紀元社　1958　279p　18cm（中学生文学全集22）

『小川未明童話集』　小川未明文　日本書房　1958　229p　22cm（小学文庫1・2年）

『小川未明童話集』　小川未明文　日本書房　1958　242p　22cm（小学文庫2・3年）

『未明・賢治・譲治・広介日本名作童話集』　小川未明,宮沢賢治,坪田譲治,浜田広介著,久米宏一等絵　東光出版社　1958　522p　19cm

『小川未明・秋田雨雀・坪田譲治・浜田広介集』　小川未明,秋田雨雀,坪田譲治,浜田広介著,村山知義等絵　河出書房　1957　354p　23cm（日本少年少女文学全集9）

『小川未明集』　小川未明作,深沢紅子絵　ポプラ社　1957　300p　22cm（新日本少年少女文学全集16）

『はなとみずぐるま』　小川未明文,輪島清隆絵　現代社　1957　197p　22cm（こどものための日本名作教室1年生）

『未明童話宝玉集』　小川未明文,市川禎男絵　東光出版社　1957　459p　19cm

『月とあざらし』　小川未明著,黒沢梧朗絵　日本書房　1956　247p　19cm（学級文庫―3・4年生）

『未明・譲治・広介童話名作集　1～6年生』　小川未明,坪田譲治,浜田広介著,与田準一等編,輪島清隆等絵　実業之日本社　1956　6冊　22cm

『小川未明作品集　第5巻　小品・随筆・散文詩・感想・評論　明治40年―昭和29年』　大日本雄弁会講談社　1955　477p　20cm

[目次]小品・随筆・散文詩　日本海　他53篇　感想・評論・児童文学論　単調の与ふる魔力　他64篇

『小川未明・坪田譲治集』　小川未明,坪田譲治文,久松潜一等編　東西文明社　1955　252p　22cm（少年少女のための現代日本文学全集16）

『雪原の少年』　小川未明文,初山滋絵　河出書房　1955　182p　17cm（ロビン・ブックス13）

『月とあざらし』　小川未明文,黒沢梧朗絵　日本書房　1955　247p　19cm

『童話―1～4年生の』　小川未明文,中尾彰等絵　金の星社　1955　4冊　22cm

『赤いろうそくと人魚―4年生童話』　小川未明文, 中尾彰絵　金の星社　1954　202p　22cm

『赤いろうそくと人魚―現代日本童話』　小川未明文, 井口文秀絵　講談社　1954　169p　22cm（世界名作童話全集 44）

『うずめられた鏡』　小川未明文, 中尾彰絵　金の星社　1954　200p　21cm（現代児童文学名作選 1）

『月夜とめがね―小川未明集』　小川未明文, 茂田井武絵　新潮社　1954　207p　27cm

『ふくろうをさがしに』　小川未明著, 宮脇公実絵　日本書房　1954　201p　19cm（学級文庫―1・2年生）

『二人のかるわざし』　小川未明著　日本書房　1954　194p　19cm（学級文庫―2・3年生）

『未明新童話集』　小川未明文, 内田巌絵　太平社　1954　264p　19cm

『赤いガラスの宮殿』　小川未明文, 中尾彰絵　三十書房　1953　216p　22cm（日本童話名作選集）

『日本児童文学全集　2　童話篇 2』　小川未明, 秋田雨雀作　河出書房　1953　376p　22cm
　目次　小川未明集 秋田雨雀集

『小川未明童話』　小川未明文, 須田寿絵　金子書房　1952　193p　22cm（童話名作選集 6年生）

『太陽と星の下』　小川未明文, 稗田一穂絵　あかね書房　1952　205p　22cm

『赤いろうそくと人魚』　小川未明著, 山下大五郎絵　西荻書店　1951　96p　15cm（三色文庫 1）

『あほう鳥のなく日』　小川未明文, 茂田井武絵　泰光堂　1951　209p　22cm（物語名作選）

『未明童話選集』　小川未明著, 堀文子絵　牧書店　1951　194p　19cm（学校図書館文庫 14）

『小川未明童話全集　1～10,12』　小川未明文, 川上四郎等絵　講談社　1950-1952　11冊　22cm

興津　要
おきつ・かなめ
《1924～1999》

『江戸の笑い』　興津要著　講談社　1992.1　325p　22cm（少年少女古典文学館 第24巻）　1700円　①4-06-250824-9

『まんじゅうこわい―落語ばなし』　興津要作, 田村元絵　講談社　1974　157p　19cm（少年少女講談社文庫 A-41）

『落語界のエース―舌三寸の名人芸に生きた円朝』　興津要文, 北島新平絵　さ・え・ら書房　1972　220p　23cm（日本史の目 4）

小熊　秀雄
おぐま・ひでお
《1901～1940》

『小熊秀雄童話集』　小熊秀雄文・絵　創風社　2001.4　207p　19cm　1500円　①4-88352-041-2
　目次　珠を朱くした牛, 狼と樫の木, 豚と青大将, たばこの好きな漁師, 白い鰈の話, 焼かれた魚, 青い小父さんと魚, お月さまと馬賊, お嫁さんの自画像, 三人の騎士, 親不孝なイソクツキ, マナイタの化けた話, タマネギになった話, 鶏のお婆さん, トロちゃんと爪切鋏, ある手品師の話

『焼かれた魚』　小熊秀雄著, アーサー・ビナード訳, 市川曜子挿画　透土社　1993.11　48p　19cm　1700円　①4-924828-24-6〈英語書名:The grilled fish 英文併記 発売:丸善〉

『ある手品師の話―小熊秀雄童話集』　小熊秀雄著　晶文社　1976　217p　20cm　1200円〈画:中村勝哉〉
　目次　珠を失くした牛, 狼と樫の木, 豚と青大将, たばこの好きな漁師, 白い鰈の話, 焼かれた魚, 青い小父さんと魚, お月さまと馬賊, 緋牡丹姫, お嫁さんの自画像, 三人の騎士, 親不

孝なイソクツキ，マナイタの化けた話，タマネギになったお話，鶏のお婆さん，トロちゃんと爪切鋏，ある手品師の話，ある夫婦牛の話．解説・針を踏む人魚（木島始）

『やかれたさかな』　小熊秀雄文，池田仙三郎絵　麦書房　1958　30p　21cm（雨の日文庫　第3集18）

大仏　次郎
おさらぎ・じろう
《1897～1973》

『少年小説大系　第4巻　大仏次郎集』
大仏次郎著，福島行一編　三一書房　1986.2　488p　23cm　8000円〈監修：尾崎秀樹ほか　著者の肖像あり〉
目次　鞍馬天狗．薩摩飛脚．少年海援隊．父をたずねて．海賊船伝奇．楠木正成．解説　福島行一著．大仏次郎年譜：p482～487
内容　少年の夢時を超えて．自由人・大仏次郎．知的な魅力と迫力．

『鞍馬天狗青銅鬼』　大仏次郎著　国書刊行会　1985.1　350p　20cm（熱血少年文学館）　2800円〈再刊版　原版：先進社　1932（昭和7）〉

『日本の星之助』　大仏次郎著　国書刊行会　1985.1　268p　20cm（熱血少年文学館）　2700円〈再刊版：原版：講談社　1938（昭和13）〉

『ゆうれい船　下』　大仏次郎著　偕成社　1982.4　308p　19cm（日本文学名作選28）　680円　④4-03-801280-8〈巻末：大仏次郎の年譜　解説：小松伸六　ジュニア版初刷：1965（昭和40）　肖像：著者　図版（肖像を含む）〉

『ゆうれい船　上』　大仏次郎著　偕成社　1980.2　308p　19cm（日本文学名作選27）　680円　④4-03-801270-0〈巻末：大仏次郎の年譜　解説：小松伸六　ジュニア版初刷：1965（昭和40）　肖像：著者　図版（肖像を含む）〉

『鞍馬天狗』　大仏次郎著，池田浩彰絵　偕成社　1971　316p　19cm（ジュニア版日本文学名作選53）

『海のあら鷲・山を守る兄弟』　大佛次郎作，斎藤五百枝等絵　講談社　1970　353p　23cm（大佛次郎少年少女のための作品集3）

『日本人オイン・海の男』　大佛次郎作，木俣清史等絵　講談社　1970　349p　23cm（大佛次郎少年少女のための作品集4）

『花丸小鳥丸・水晶山の少年』　大佛次郎作，石井健之等絵　講談社　1970　341p　23cm（大佛次郎少年少女のための作品集6）

『ゆうれい船』　大仏次郎作，田代三善絵　講談社　1970　419p　23cm（大佛次郎少年少女のための作品集5）

『ゆうれい船　上・下』　大佛次郎文，山本甚作絵　偕成社　1970　2冊　19cm（日本の名作文学ホーム・スクール版39）

『角兵衛獅子・狼隊の少年』　大佛次郎文，梁川剛一等絵　講談社　1967　379p　23cm（大佛次郎少年少女のための作品集1）

『山岳党奇談・スイッチョねこ・赤帽のすずき・小ねこが見たこと』　大佛次郎文，斎藤五百枝等絵　講談社　1967　361p　23cm（大佛次郎少年少女のための作品集2）

『ゆうれい船　下』　大仏次郎文，山本甚作絵　偕成社　1965　304p　19cm（日本文学名作選ジュニア版28）

『ゆうれい船　上』　大仏次郎文，山本甚作絵　偕成社　1965　304p　19cm（日本文学名作選ジュニア版27）

『大仏次郎名作集』　大仏次郎文，松田穣絵　偕成社　1964　308p　23cm（少年少女現代日本文学全集33）

『狼少年』　大佛次郎文，武藤弘之絵　河出書房　1955　183p　17cm（ロビン・ブックス18）

『狼隊の少年』　大佛次郎文，矢島健三絵　ポプラ社　1955　302p　19cm

『水晶山の少年』　大佛次郎文，松野一夫絵　河出書房　1955　191p　17cm（ロビン・ブックス2）

『鞍馬天狗・角兵衛獅子・山岳党奇談』　大佛次郎文, 佐多芳郎絵　河出書房　1954　413p　20cm（日本少年少女名作全集 1）

『山を守る兄弟』　大佛次郎文, 土村正寿絵　ポプラ社　1953　295p　19cm

『父をたずねて』　大仏次郎著, 落合登絵　中央公論社　1952　164p　19cm（ともだちシリーズ 9）

『花丸小鳥丸』　大佛次郎文, 土村正寿絵　ポプラ社　1952　347p　19cm

『狼少年―ジャングル・ブック物語』　キップリング原作, 大仏次郎著　湘南書房　1951　180p　19cm

『鞍馬天狗・角兵衛獅子』　大佛次郎文　湘南書房　1951　358p　19cm

乙骨　淑子
おっこつ・よしこ
《1929～1980》

『合言葉は手ぶくろの片っぽ』　乙骨淑子作, 浅野竹二画　岩波書店　1996.11　364p　18cm（岩波少年文庫）　700円　①4-00-112137-9

『乙骨淑子の本　第8巻　ピラミッド帽子よ、さようなら 2』　乙骨淑子著　理論社　1995.3　249p　22cm　2500円　①4-652-01948-3〈新装版;乙骨淑子・年譜・著作目録:p229～249〉

『乙骨淑子の本　第7巻　ピラミッド帽子よ、さようなら 1』　乙骨淑子著　理論社　1995.3　240p　22cm　2500円　①4-652-01947-5〈新装版〉

『乙骨淑子の本　第6巻　合言葉は手ぶくろの片っぽ』　乙骨淑子著　理論社　1995.3　333p　22cm　2500円　①4-652-01946-7〈新装版〉

『乙骨淑子の本　第5巻　十三歳の夏』　乙骨淑子著　理論社　1995.3　224p　22cm　2500円　①4-652-01945-9〈新装版〉

『乙骨淑子の本　第4巻　青いひかりの国』　乙骨淑子著　理論社　1995.3　213p　22cm　2500円　①4-652-01944-0〈新装版〉
|目次|青いひかりの国.まいにちがたんじょうび. 解説 青いひかりのユートピア 掛川恭子

『乙骨淑子の本　第3巻　こちらポポーロ島応答せよ』　乙骨淑子著　理論社　1995.3　235p　22cm　2500円　①4-652-01943-2〈新装版〉
|目次|こちらポポーロ島応答せよ.すなのなかにきえたタンネさん. 解説 乙骨淑子にとって「ポポーロ島…」とはなんだったのか? 野上暁著

『乙骨淑子の本　第2巻　八月の太陽を』　乙骨淑子著　理論社　1995.3　314p　22cm　2500円　①4-652-01942-4〈新装版〉

『乙骨淑子の本　第1巻　ぴいちゃあしゃん』　乙骨淑子著　理論社　1995.3　304p　22cm　2500円　①4-652-01941-6〈新装版〉

『乙骨淑子の本　第8巻　ピラミッド帽子よ、さようなら 2』　乙骨淑子著　理論社　1986.3　249p　22cm　1800円　①4-652-01958-0〈巻末:乙骨淑子・年譜・著作目録 解説:上野瞭〉

『乙骨淑子の本　第7巻　ピラミッド帽子よ、さようなら 1』　乙骨淑子著　理論社　1986.3　240p　22cm　1800円　①4-652-01957-2〈解説:最首悟〉

『乙骨淑子の本　第6巻　合言葉は手ぶくろの片っぽ』　乙骨淑子著　理論社　1986.2　333p　22cm　1800円　①4-652-01956-4〈解説:山下明生〉

『乙骨淑子の本　第5巻　十三歳の夏』　乙骨淑子著　理論社　1986.2　224p　22cm　1800円　①4-652-01955-6〈解説:今江祥智〉

『乙骨淑子の本　第4巻　青いひかりの国』　乙骨淑子著　理論社　1986.1　213p　22cm　1800円　①4-652-01954-8〈解説:掛川恭子〉

『乙骨淑子の本　第3巻　こちらポポーロ島応答せよ』　乙骨淑子著　理論社　1986.1　235p　22cm　1800円　①4-652-01953-X〈解説:野上暁〉

『乙骨淑子の本　第2巻　八月の太陽を』　乙骨淑子著　理論社　1985.12　314p　22cm　1800円　①4-652-01952-1〈解説:奥田継夫〉

『乙骨淑子の本　第1巻　ぴいちゃあしゃん』　乙骨淑子著　理論社　1985.12　304p　22cm　1800円　①4-652-01951-3〈解説:鶴見俊輔〉

『十三歳の夏』　小林与志画, 乙骨淑子作　あかね書房　1981.2　235p　21cm（あかね創作児童文学1）　880円

『ピラミッド帽子よ、さようなら』　乙骨淑子作, 長谷川集平絵　理論社　1981.1　379p　21cm（理論社の大長編シリーズ）　1200円

『ぴいちゃあしゃん―ある少年兵のたたかい』　滝平二郎え, 乙骨淑子作　理論社　1980.10　222p　23cm（理論社名作の愛蔵版）　940円〈初刷:1975（昭和50）〉

『合言葉は手ぶくろの片っぽ』　乙骨淑子作, 浅野竹二画　岩波書店　1978.4　336p　21cm（岩波少年少女の本）　1600円

『八月の太陽を』　乙骨淑子作, 滝平二郎え　理論社　1978.2　204p　23cm（理論社 名作の愛蔵版）　940円

『ぴいちゃあしゃん―ある少年兵のたたかい』　乙骨淑子作, 滝平二郎え　理論社　1975　222p　23cm（理論社の愛蔵版わたしのほん）

『十三歳の夏』　乙骨淑子作, 小林与志画　あかね書房　1974　235p　21cm（あかね創作児童文学1）

『青いひかりの国』　乙骨淑子作, 今井弓子絵　理論社　1971　161p　21cm（Fantasy Book 8）

『こちらポポロ島応答せよ』　乙骨淑子作, 村上豊絵　太平出版社　1970　173p　22cm（母と子の図書室 56-2）

『八月の太陽を』　乙骨淑子著, 滝平二郎絵　理論社　1966　204p　23cm（ジュニア・ライブラリー）

『ぴぃちゃあしゃん』　乙骨淑子文, 滝平二郎絵　理論社　1964　222p　22cm

小野　十三郎
おの・とおざぶろう
《1903～1996》

『太陽のうた―小野十三郎少年詩集』　小野十三郎作, 久米宏一画　新装版　理論社　1997.9　170p　21cm（詩の散歩道 pt.2）　1600円　①4-652-03821-6
目次　赤いタビ, 野の雨, ヒマラヤ桜, 大阪の木, 小鳥の影, 原爆記念日

『太陽のうた―小野十三郎少年詩集』　小野十三郎詩, 久米宏一絵　理論社　1967　148p　23cm（現代少年詩プレゼント）

小原　国芳
おばら・くによし
《1887～1977》

『イエスさま』　小原国芳著　町田　玉川大学出版部　2003.9　120p　21cm（玉川学園こどもの本）　1400円　①4-472-90502-7
目次　1 神さまのおつげ, 2 イエスさまのおたんじょう, 3 イエスさまとヨハネ, 4 はじめのでし, 5 ガリラヤへ, 6 イエスさまのたとえばなし, 7 イエスさまと十二人のでし, 8 エルサレム入城, 9 さいごのばんさん, 10 十字架
内容　イエス・キリストの生涯をたどることで、人生とは何か、人間は何のために生きるのか、この世でもっとも大切なものは何かを、小学校低学年の子どもたちにもわかりやすく語りかけます。子どもの心を養う一冊です。

『イエスさま』　小原国芳著, 野々口重他え　町田　玉川大学出版部　1974　137p　23cm（玉川こども図書館）

鹿島鳴秋

鹿島　鳴秋
かしま・めいしゅう
《1891～1954》

『鹿島鳴秋童謡小曲集』　鹿島鳴秋著　大空社　1997.3　11,193p　16cm（叢書日本の童謡）　①4-7568-0306-7〈京文社昭和4年刊の複製　外箱入〉

『花の牧場―児童音楽劇集』　鹿島鳴秋文，藤平清二絵　音楽之友社　1952　206p　22cm

桂　小南（2世）
かつら・こなん
《1920～1996》

『じゅげむ/目黒のさんま』　桂小南文，ひこねのりお絵　新版　金の星社　2003.12　110p　21cm（おもしろ落語ランド）　1200円　①4-323-04071-7
[目次] じゅげむ，目黒のさんま
[内容] 生まれた赤ちゃんに，元気で一生死なないような，いい名前をつけようとした熊さんのお話「じゅげむ」と，生まれてはじめてさんまを食べた，とのさまのお話「目黒のさんま」を紹介。

『花の都/てんしき』　桂小南文，ひこねのりお絵　新版　金の星社　2003.12　110p　21cm（おもしろ落語ランド）　1200円　①4-323-04073-3
[目次] 花の都，てんしき
[内容] 知らないことばを人にきけないばっかりに，みんながとんちんかんな会話をするお話「てんしき」と，神さまにもらったふしぎなちわで，とんでもない悪さをするお話「花の都」を紹介。

『まんじゅうこわい/平林』　桂小南文，ひこねのりお絵　新版　金の星社　2003.12　110p　21cm（おもしろ落語ランド）　1200円　①4-323-04072-5
[目次] まんじゅうこわい，平林
[内容] ヘビがこわい，カエルがこわいなどというなか，熊さんがこわいのは，あのあまい食べもの―「まんじゅうこわい」のほか，ものわすれの名人権助がお使いにいくお話「平林」を紹介。

『おもしろ落語ランド　3　じゅげむ/目黒のさんま』　桂小南文，ひこねのりお絵　金の星社　1987.5　110p　22cm　780円　①4-323-01183-0
[内容] 熊さんのところに，赤ちゃんが生まれました。「うんと長生きするような名前を，つけてやろう。」おしょうさまにそうだんした熊さんが，つけた名前は？（じゅげむ）ある日，馬で目黒へでかけたとのさまは，生まれてはじめて，さんまを食べました。その，おいしいこと。とのさまは，さんまのあじが，わすれられず…。（目黒のさんま）

『おもしろ落語ランド　2　てんしき/花の都』　桂小南文，ひこねのりお絵　金の星社　1987.5　110p　22cm　780円　①4-323-01182-2
[内容] お医者さまから「てんしきは，ありますかな？」ときかれたおしょうさま，なんのことかわかりません。小ぞうさんをよび，「てんしきをかりておいで。」…。（てんしき）金もうけをしたくて，喜六は毎日，神さまにおまいりをします。ある日，二つのふしぎなうちわをさずかりました。あおいでみて，喜六はびっくり…！（花の都）小学校低学年～中学年向。

『おもしろ落語ランド　1　まんじゅうこわい/平林』　桂小南文，ひこねのりお絵　金の星社　1987.5　110p　22cm　780円　①4-323-01181-4
[内容] 金ちゃんはヘビがこわい，とめさんはカエルがこわい…。「なんだ，みんな，だらしがねえ。」そういう熊さんがこわいのは，なんと，おまんじゅう!?（まんじゅうこわい）お使いで手紙をとどけにいく権助は，ころっと，あいての名前をわすれてしまいました。あて名は，「平林さま」。ところが，権助には読めません…。（平林）小学校低学年～中学年向。

加藤　まさを
かとう・まさお
《1897～1977》

『合歓の揺籃』　加藤まさを著　大空社　1997.3　6,2,162p　20cm（叢書日本の童謡）　①4-7568-0306-7〈内田老鶴圃大正10年刊の複製　外箱入〉

金子 みすゞ
かねこ・みすず
《1903〜1930》

『花の詩集 3』　金子みすゞ童謡, よしだみどり絵　JULA出版局　2004.11　1冊（ページ付なし）　18cm　1000円　①4-88284-279-3

『花の詩集 2』　金子みすゞ童謡, よしだみどり絵　JULA出版局　2004.7　1冊（ページ付なし）　18cm　1000円　①4-88284-278-5

『さみしい王女 下』　金子みすゞ著, 矢崎節夫監修　JULA出版局　2004.3　217p　15cm（金子みすゞ童謡全集 現代仮名づかい版 6）　1200円　①4-88284-287-4

『さみしい王女 上』　金子みすゞ著, 矢崎節夫監修　JULA出版局　2004.3　181p　15cm（金子みすゞ童謡全集 現代仮名づかい版 5）　1100円　①4-88284-286-6〈肖像あり〉

『花の詩集 1』　金子みすゞ童謡, よしだみどり絵　JULA出版局　2004.3　1冊（ページ付なし）　18cm　1000円　①4-88284-277-7

『空のかあさま 下』　金子みすゞ著, 矢崎節夫監修　JULA出版局　2004.1　213p　15cm（金子みすゞ童謡全集 現代仮名づかい版 4）　1200円　①4-88284-285-8

『空のかあさま 上』　金子みすゞ著, 矢崎節夫監修　JULA出版局　2004.1　233p　15cm（金子みすゞ童謡全集 現代仮名づかい版 3）　1300円　①4-88284-284-X〈肖像あり〉

『美しい町 下』　金子みすゞ著, 矢崎節夫監修　JULA出版局　2003.10　237p　15cm（金子みすゞ童謡全集 現代仮名づかい版 2）　1300円　①4-88284-283-1〈肖像あり〉

『美しい町 上』　金子みすゞ著, 矢崎節夫監修　JULA出版局　2003.10　169p　15cm（金子みすゞ童謡全集 現代仮名づかい版 1）　1100円　①4-88284-282-3〈肖像あり〉

『金子みすゞ童謡集』　金子みすゞ著〔点字資料〕　日本点字図書館　2001.4　2冊　27cm　全3600円〈厚生労働省委託　原本:角川春樹事務所 1998 ハルキ文庫〉

『みすゞさん』　金子みすゞ詩, 三瓶季恵人形, 武田礼三写真　春陽堂書店　1998.9　1冊　24cm（童謡詩人・金子みすゞの優しさ探しの旅 第2集）　1800円　①4-394-90168-5

『金子みすゞ童謡集』　金子みすゞ著　角川春樹事務所　1998.3　235p　16cm（ハルキ文庫）　580円　①4-89456-386-X〈肖像あり 年譜あり〉

『このみちをゆこうよー金子みすゞ童謡集』　金子みすゞ著, 矢崎節夫選　JULA出版局　1998.2　167p　18cm　1200円　①4-88284-075-8

『みすゞさん』　金子みすゞ詩, 三瓶季恵人形, 武田礼三写真　春陽堂書店　1997.6　1冊　24cm（童謡詩人・金子みすゞの優しさ探しの旅 第1集）　1800円　①4-394-90160-X

『繭と墓ー金子みすゞ童謡集』　金子みすゞ著　大空社　1996.9　42p　13×18cm（叢書日本の童謡）　①4-7568-0305-9〈『「季節の窓」友だち叢書第3集』（季節の窓試舎昭和45年刊）の複製〉

『ふうちゃんの詩ー金子みすゞ『南京玉』より』　金子みすゞ, 上村ふさえ詩, 矢崎節夫解説, 上野紀子絵　JULA出版局　1995.11　1冊　26×22cm　1400円　①4-88284-056-1

『明るいほうへー金子みすゞ童謡集』　金子みすゞ著, 矢崎節夫選　JULA出版局　1995.3　162p　18cm（JULAの童謡集シリーズ）　1236円　①4-88284-074-X

『金子みすゞ全集』　与田準一ほか編　JULA出版局　1984.8　4冊（別冊とも）　20cm　全8000円〈新装版 著者の肖像あり 別冊(93p):金子みすゞノート 矢崎節夫著〉
|目次| 1 美しい町 2 空のかあさま 3 さみしい王女

香山彬子

『わたしと小鳥とすずと―金子みすゞ童謡集』　金子みすゞ著　JULA出版局　1984.3　160p　18cm　980円〈選:矢崎節夫　著者の肖像あり〉

『金子みすゞ全集』　与田準一ほか編　JULA出版局　1984.2　4冊　20cm　全10000円〈著者の肖像あり〉
目次　1 美しい町　2 空のかあさま　3 さみしい王女　別巻 思ひでの記

香山　彬子
かやま・あきこ
《1924〜1999》

『ふかふかウサギ』　香山彬子作画　理論社　1992.10　243p　18cm（フォア文庫）　590円　①4-652-07091-8
内容　日本に帰る飛行機の中で、タロウおじさんはまっ白なふかふかウサギのトントンに出あいます。ウサギ島をしってますか。世界ではじめて宇宙船アンタレースを打ちあげた世界宇宙郷のある島。なんとトントンはこの島から、ニンジンサンド入りバスケットと大切な小型天体望遠鏡を入れたトランクをさげて、地球旅行にやってきたふしぎなウサギだったのです。ふかふかウサギぼうけんのはじまり。小学校高学年・中学向。

『とうすけさん笛をふいて!』　香山彬子著, 徳田秀雄絵　講談社　1989.11　195p　18cm（講談社青い鳥文庫）　430円　①4-06-147275-5
内容　ふしぎな力をもった双眼鏡で、日だまりにあそぶ鳥との会話をたのしんでいた東助少年は、ある日、キツネにおそわれた1羽のチョウゲンボウのいのちを助ける。…失われゆく自然の尊さを、人間のむごさを、悲しいナイの笛の調べにたくしてうったえる、少年と鳥との友情の物語。日本児童文芸家協会賞受賞作。

『ぷいぷい家族のいのりの冬』　香山彬子作・絵　佑学社　1987.1　175p　23cm　1200円　①4-8416-0281-X
内容　いつになく寒い冬がおとずれ、エメラルド海の流氷で、いちめんの白い世界ができあがった。冬ごもりする家族のなかでチュチュひとりは、心がおどりからだがはずんで、じっとしてはいられない。ぼうけんにでかけていって、「かまくら広場」でひらかれるという「ひかりまつり」のことを知る。平和をいのるこのお祭りに、捨てられたゴミからできた星の生きものたちのじゃまがはいるが…。ねがいをこめて美しいひかりまつりで結ぶ、ぷいぷい島のファンタジーの世界。

『ぷいぷい島のかがやく秋』　香山彬子作・絵　佑学社　1986.7　174p　23cm　1200円　①4-8416-0279-8
内容　エメラルド海の島々の、かがやく秋のお祭りゴールデンフェスティバルで、楽しみのひとつは、それぞれに工夫をこらした仮装。ぷいぷい家族の一員ジメジメは、紅ばらの騎士の変装できめて、大はりきり。ふしぎなペンダントを手に入れたことがもとで、ミラクルの国とその女王を、悪の手から救う旅に出かけることになってしまう。子どもたちだけでミラクル船に乗りこんで、待ち受けるきけんに、勇かんに立ち向かう。ぼうけんとロマンがいっぱいの、ぷいぷい島のファンタジーの世界、第4弾。

『ぷいぷい家族のふしぎな夏』　香山彬子作・絵　佑学社　1985.5　174p　23cm　1200円　①4-8416-0276-3

『ぷいぷい島のすてきな春』　香山彬子作・絵　佑学社　1984.3　175p　23cm　980円

『ぷいぷい博士のぷいぷい島』　香山彬子作・絵　佑学社　1983.6　175p　23cm　980円

『ひらひらセネガの羽―小さなサンタ＝クロース』　香山彬子作, 杉田豊絵　講談社　1982.12　157p　22cm（児童文学創作シリーズ）　880円　①4-06-119063-6

『シマフクロウの森』　香山彬子作・絵　講談社　1982.3　229p　18cm（講談社青い鳥文庫）　390円　①4-06-147089-2

『風の中のアルベルト』　香山彬子著, 田中槇子絵　講談社　1981.12　172p　22cm（児童文学創作シリーズ）　880円　①4-06-119037-7

『金色のライオン』　香山彬子著, 佃公彦絵　講談社　1981.4　195p　18cm（講談社青い鳥文庫）　390円

『ふかふかウサギ海の旅日記』　香山彬子
　作・絵　理論社　1981.3　163p　23cm
　（ふかふかウサギのぼうけんシリーズ）
　980円

『ふかふかウサギ気球船の旅』　香山彬子
　作・絵　理論社　1981.3　211p　23cm
　（ふかふかウサギのぼうけんシリーズ）
　980円

『ふかふかウサギ砂漠のぼうけん』　香山
　彬子作・絵　理論社　1981.3　212p
　23cm（ふかふかウサギのぼうけんシリー
　ズ）　980円

『ふかふかウサギぼうけんのはじまり』
　香山彬子作・絵　理論社　1981.3　221p
　23cm（ふかふかウサギのぼうけんシリー
　ズ）　980円

『ふかふかウサギ夢の特急列車』　香山彬
　子作・絵　理論社　1981.3　203p　23cm
　（ふかふかウサギのぼうけんシリーズ）
　980円

『とうすけさん笛をふいて!』　香山彬子
　著, 牧野鈴子絵　講談社　1979.11　189p
　22cm（児童文学創作シリーズ）　880円

『シマフクロウの森』　香山彬子作・絵
　講談社　1978.11　227p　22cm（児童文
　学創作シリーズ）　880円

『金色のライオン』　香山彬子著, 佃公彦
　絵　講談社　1977.11　162p　22cm（児
　童文学創作シリーズ）　880円

『ふかふかウサギの砂漠の冒険』　香山彬
　子作・え　理論社　1977.9　213p　23cm
　（つのぶえシリーズ）　920円

『おばけのたらんたんたん』　香山彬子著,
　佃公彦画　小学館　1977.4　42p　21cm
　（小学館の創作童話シリーズ33）　380円

『ねむたがりやのらいおん』　香山彬子
　作・画　高橋書店　1975　126p　22cm
　（たかはしの創作童話）

『ふかふかウサギの海の旅日記』　香山彬
　子文・絵　理論社　1975　163p　23cm
　（理論社のRoman Book）

『ふかふかウサギ』　香山彬子文・絵　理
　論社　1973　221p　23cm（理論社のロ
　マンブック）

『りゅうのきた島』　香山彬子作・絵　講
　談社　1970　166p　22cm（児童文学創
　作シリーズ）

『白い風』　香山彬子文　講談社　1968
　250p　22cm

『金色のライオン』　香山彬子文, 佃公彦
　絵　講談社　1967　165p　22cm

『シマフクロウの森』　香山彬子文, 木下
　公男絵　講談社　1967　190p　22cm

『きりこ山のオカリーナ』　香山彬子文,
　木下公男絵　実業之日本社　1965　185p
　22cm

香山　滋
かやま・しげる
《1909～1975》

『ゴジラとアンギラス』　香山滋作, 楢喜
　八画　岩崎書店　1998.1　133p　18cm
　（フォア文庫 C139）　560円
　①4-265-06316-0
　内容　とつぜん、太平洋上にポツンのそびえた
　つ岩戸島にゴジラとアンギラスが現われた。
　当初、四国に上陸かと思われていたが、つい
　にゴジラは大阪湾に姿を現わした。すると、ゴ
　ジラの背後からアンギラスが飛びついて、格
　闘しながら大阪市内をおそう。大阪城でアン
　ギラスをたおしたゴジラに、人びとは立ちつ
　くすばかり。岩戸島でゴジラに遭遇した飛行
　士月岡たちはさらに北海道で…。『ゴジラ、東
　京にあらわる』の続編! 小学校高学年・中学
　むき。

『ゴジラ、東京にあらわる』　香山滋作, 楢
　喜八画　岩崎書店　1997.1　181p　18cm
　（フォア文庫 C136）　550円
　①4-265-06307-1
　内容　太平洋上の大戸島の近くで突然うかびあ
　がった強烈な白熱光と過まく海の中に、貨物
　船が炎をあげて沈没した。現場に向かった海
　上保安庁の船も同じ運命に。「浮流機雷か、海
　底火山の爆発か?」と大さわぎになる中で、大
　戸島沖の漁船もやられる。ついに島をおそっ
　た大きな生き物の足跡らしいくぼみからは強
　い放射能を検出。東京湾水難救済会の新吉少
　年と山根博士らの活躍が…。世界的に有名に
　なった映画「ゴジラ」第一作の原作。

唐沢道隆

『ゴジラー小説』　香山滋著　奇想天外社
1979.8　252p　19cm　780円

『怪物ジオラ』　香山滋著,早川博唯絵
毎日新聞社　1970　164p　22cm（毎日
新聞SFシリーズジュニア版 3）

『緑の館』　ハドスン原作,香山滋文,古賀
亜十夫絵　偕成社　1968　312p　19cm
（少年少女世界の名作 95）

『魔法医師ニコラ』　ブースビー原作,香
山滋文,白井哲絵　偕成社　1967　302p
19cm（少年少女世界の名作 74）

『秘島X13号』　香山滋文,太賀正絵　東
光出版社　1958　268p　19cm（少年少
女最新探偵長編小説集 1）

『魔法医師ニコラ』　ブースビー原作,香
山滋著,白井哲絵　偕成社　1956　302p
19cm（世界名作文庫 137）

『科学と冒険』　香山滋文,浜田勝己絵
大蔵出版　1955　223p　22cm（少年少
女よみもの全集）

『Z9（ゼット・ナイン）』　香山滋文,中尾
進絵　光文社　1955　201p　19cm（少
年文庫 9）

『海賊海岸』　香山滋文,有安隆絵　ポプ
ラ社　1954　277p　19cm

『魔女の森―緑の館』　ハドスン原作,香
山滋著,古賀亜十夫絵　偕成社　1954
312p　19cm（世界名作文庫 88）

『悪魔の星』　香山滋文,加藤敏郎絵　ポ
プラ社　1953　250p　19cm

唐沢　道隆
からさわ・みちたか
《1912～》

『イソップものがたり』　イソップさく,か
らさわみちたかぶん,時すばるえ　金の
星社　1996.12　77p　22cm（アニメせか
いの名作 8）　1100円　①4-323-02648-X
目次　きたかぜとたいよう、きんのおの、ぎん
のおの、かにのよこあるき、おなかのすいたき
つね、ひつじかいとおおかみ
内容　たいようときたかぜは、どちらがはやく
たびびとのきているものをぬがせるか、きょ

うそうをしました。本書には、ぜんぶで五つ
のおはなしがはいっています。

『いそっぷものがたり』　イソップ作,から
さわみちたか文,有元健二絵　金の星社
1990.7　79p　15cm（ポシェット版 ひら
がな名作ぶんこ）　480円
①4-323-01665-4
内容　きたかぜとたいようが、ちからくらべ
をしました。たびびとのがいとうを、はやく
ぬがせたほうがかちです。「きたかぜとたいよ
う」「きんのおのぎんのおの」など、5つのお
はなし。

『いそっぷものがたり』　イソップさく,か
らさわみちたかぶん,有元健二え　金の
星社　1987.7　77p　22cm（せかいの名
作ぶんこ 9）　680円　①4-323-00629-2

『あんじゅとずし』　三谷一馬え,唐沢道
隆文　日本書房　1983.8　208p　22cm
（日本のむかし話幼年文庫）　780円
①4-8200-0062-4

『あんじゅとずし』　三谷一馬え,唐沢道
隆文　日本書房　1982.1　208p　22cm
（日本のむかし話幼年文庫）　780円
①4-8200-0057-8〈図版〉

『ペリーヌ物語』　マロ原作,唐沢道隆文,
芝美千世え　日本書房　1978.1　176p
22cm（幼年世界名作文庫）　580円

『いそっぷものがたり』　イソップ著,から
さわみちたか文　金の星社　1976.12
78p　22cm（せかいの名作ぶんこ 9）
580円

『家なき少女』　マロ原作,唐沢道隆文,芝
美千世え　日本書房　1974　176p
22cm（幼年世界名作文庫 母と共に）

『ばらの少女』　グリム原作,唐沢道隆文,
三谷靱彦え　日本書房　1973　176p
22cm（幼年世界名作文庫）

『耳なしほういち』　唐沢道隆文,三谷一
馬え　日本書房　1972　208p　23cm
（日本のむかし話幼年文庫）

『あんじゅとずし』　唐沢道隆文,三谷一
馬え　日本書房　1971　208p　23cm
（日本のむかし話幼年文庫 母と共に）

『きんのたまご』　からさわみちたかぶん,
しばみちよえ　日本書房　1969　48p
27cm（ひらがないそっぷぶんこ）

『義経物語』　唐沢道隆文, 小林秀美絵　集英社　1968　155p　22cm（少年少女世界の名作 10）

『海さち山さち―古事記ものがたり』　唐沢道隆文, 久米宏一絵　集英社　1967　162p　21cm（母と子の名作文学 19）

『源九郎義経』　唐沢道隆文, 伊藤良夫絵　集英社　1957　154p　22cm（少年少女物語文庫 4）

川崎　大治
かわさき・だいじ
《1902～1980》

『日本のおばけ話』　川崎大治作, 赤羽末吉画　童心社　2004.2　244p　18cm（フォア文庫愛蔵版）　1000円　①4-494-02780-4
目次　山おやじ, 夕やけなすび, 蔵王のちょう, くもの糸, やまどりの矢, 雄じかの目, 厄病鳥, 黒雲, 棺の中のかま, ふたりになった孫, 山寺の菩薩, 雨んぶちおばけ, 光る玉, 泣きびそされこうべ, 百物語, 百目, 月見の枝, おばさりてえ, 重箱おばけ, こんにゃくえんま, じょうるり半七, 夜泣きのあかり, 船ゆうれい, かっぱのねんぐ, かじかびょうぶ, まほうつかいの文王, 鬼のうで, まつ身のつらさ, 鬼がっ原の一つ目, ろくろっ首, 弥じゃどんの首, なわ, 牢の中の娘, 朝顔, ゆうれい屋敷, あどけない目, 亡霊の果しあい, 佐賀のばけねこ, 番町皿屋敷, えんまになった権十じい, 約束の日, 舞扇, 二つのおばけ

『日本のおばけ話』　川崎大治作　〔点字資料〕　大阪　日本ライトハウス　1991.8　2冊　27cm　全2600円〈原本:東京　童心社 1991 フォア文庫〉

『日本のとんち話』　川崎大治作　〔点字資料〕　大阪　日本ライトハウス　1991.7　2冊　27cm　全2400円〈原本:東京　童心社 1991 フォア文庫〉

『日本のふしぎ話』　川崎大治作　〔点字資料〕　大阪　日本ライトハウス　1991.6　2冊　27cm　全2500円〈原本:東京　童心社 1991 フォア文庫〉

『日本のわらい話』　川崎大治作　〔点字資料〕　大阪　日本ライトハウス　1991.5　2冊　27cm　全2400円〈原本:東京　童心社 1991 フォア文庫〉

『おばあさんとこぶたのぶうぶう』　川崎大治, 与田準一文, 野上彰訳, いわさきちひろ絵　童心社　1990.9　47p　19cm（おやすみまえのほん 4）　700円　①4-494-02314-0

『幼年文学名作選　28　からすのガァさん』　川崎大治作, 松山文雄絵　岩崎書店　1989.3　109p　22cm　1200円　①4-265-03728-3

『ちいさいちいさい』　川崎大治文, 与田準一, 西郷竹彦訳, いわさきちひろ画　童心社　1988.11　46p　19cm（おやすみまえのほん 1）　650円　①4-494-02311-6

『日本のわらい話―川崎大治民話選』　二俣英五郎え　童心社　1982.5　256p　23cm　980円〈解説:松本新八郎　初刷:1968（昭和43）〉
目次　オオカミの大しくじり〔ほか109編〕

『鬼のすむお堂―わたしの今昔』　村上豊え, 川崎大治ぶん　童心社　1982.3　198p　23cm（こどもの古典 3）　980円〈解説:松本新八郎　叢書の監修:西尾実　初刷:1969（昭和44）　図版〉
目次　野なかの酒つぼ〔ほか21編〕

『日本のとんち話―川崎大治民話選』　馬場のぼるえ　童心社　1982.3　240p　23cm　980円〈解説:松本新八郎　初刷:1975（昭和50）〉
目次　なまけ弁当〔ほか40編〕

『日本のふるさと・こどもの民話　21　かっぱの年ぐ（福岡）・ふるやんもり（熊本）』　北川幸比古責任編集　川崎大治文, 二俣英五郎画　都市と生活社　1982　63p　21cm　580円

『日本のおばけ話―川崎大治民話選』　赤羽末吉え　童心社　1981.10　256p　23cm　980円〈解説:松本新八郎　初刷:1969（昭和44）〉
目次　山おやじ〔ほか42編〕

川崎大治

『夕焼けの雲の下』　川崎大治著　大日本図書　1981.2　95p　22cm（子ども図書館）　850円〈解説:神宮輝夫　初刷:1970（昭和45））
　目次　カンカンぶくろ〔ほか3編〕

『日本のおばけ話』　川崎大治作，赤羽末吉画　童心社　1980.11　244p　18cm（フォア文庫）　390円

『日本のふしぎ話―川崎大治民話選』　山崎外郷え　童心社　1979.12　256p　23cm　980円〈解説:松本新八郎　初刷:1971（昭和46））
　目次　うばが池の一本やなぎ〔ほか39編〕

『日本のとんち話』　川崎大治作，馬場のぼる画　童心社　1979.10　242p　18cm（フォア文庫）　390円

『日本のふしぎ話』　川崎大治作，山崎外郷画　童心社　1979.10　244p　18cm（フォア文庫）　390円

『日本のわらい話』　川崎大治作，二俣英五郎画　童心社　1979.10　244p　18cm（フォア文庫）　390円

『しゃしょう人形』　川崎大治作，松山文雄絵　岩崎書店　1976.12　109p（日本の幼年童話 28）　950円

『日本のとんち話―川崎大治民話選』　馬場のぼるえ　童心社　1975　240p　23cm
　目次　なまけ弁当〔ほか40編〕

『こじき王子』　川崎大治文，中川正美絵　偕成社　1971　144p　23cm（こども絵文庫 25）

『日本のふしぎ話―川崎大治民話選』　川崎大治著，赤羽末吉え　童心社　1971　256p　23cm

『夕焼けの雲の下』　川崎大治著，二俣英五郎絵　大日本図書　1970　96p　22cm（子ども図書館）

『鬼のすむお堂―わたしの今昔』　川崎大治著　童心社　1969　198p　23cm（こどもの古典 3）〈監修:西尾実〉
　目次　野なかの酒つぼ〔ほか21編〕

『日本のおばけ話―川崎大治民話選』　川崎大治文，赤羽末吉絵　童心社　1969　256p　23cm

『ロビンソン漂流記』　川崎大治文，花野原芳明絵　ポプラ社　1969　122p　22cm（幼年名作童話 12）

『日本のわらい話―川崎大治民話選』　川崎大治文，二俣英五郎絵　童心社　1968　256p　23cm

『バンビ』　立原えりか，岩崎純孝，川崎大治文，小田忠等絵　講談社　1968　80p　27cm（世界の名作童話 9）

『そんごくう』　呉承恩原作，川崎大治文，滝原章助絵　偕成社　1965　124p　23cm（世界のどうわ 22）

『かわさきだいじどうわ』　川崎大治著，松山文雄絵　盛光社　1964　21cm（おはなしぶんこ 3年生）

『奇術師のかばん―塚原健二郎・小出正吾・川崎大治・槇本楠郎童話集』　塚原健二郎，小出正吾，川崎大治，槇本楠郎作，桜井誠絵　偕成社　1962　240p　23cm（日本児童文学全集 11）

『あかいふね』　かわさきだいじ文，くめこういち絵　麦書房　1959　24p　21cm（雨の日文庫 第6集1）

『こじき王子』　マーク・トウェーン原作，川崎大治文，嶺田弘絵　偕成社　1959　160p　22cm（なかよし絵文庫 47）

『ばーどしょうしょうのたんけん・がんじーとぱりあんま』　せきひでお，かわさきだいじ文，すがのようたろう絵　麦書房　1959　24p　21cm（雨の日文庫 第6集17）

『ピノキオ』　コッローディ原作，川崎大治著，駒宮録郎絵　実業之日本社　1958　160p　22cm（名作絵文庫 2年生）

『トロッコと木いちご』　川崎大治著，松島鈴子絵　青葉書房　1957　67p　22cm（学級図書館―3年 5）

『ロビンソン漂流記』　デフォー原作，川崎大治著，黒谷太郎絵　ポプラ社　1957　142p　22cm（たのしい名作童話 29）

『童話―1～4年生の』　川崎大治文，富永秀夫等絵　鶴書房　1956　4冊　22cm

『日本児童文学全集　7　童話篇 7』　槇本楠郎、川崎大治、新美南吉、与田準一、奈街三郎作　河出書房　1953　350p　22cm
[目次]槇本楠郎集　川崎大治集　新美南吉集　与田準一集　奈街三郎集

『鬼の面と娘の面』　川崎大治文，松山文雄絵　西荻書店　1951　164p　22cm

『太陽をかこむ子供たち』　川崎大治文，立石鉄臣絵　西荻書店　1951　206p　22cm

『トラックマツリ』　川崎大治文，立石鉄臣絵　西荻書店　1951　146p　22cm（西荻童話文庫）

『のばらとうさぎ』　川崎大治文，立石鉄臣絵　西荻書店　1951　141p　22cm

川路　柳虹
かわじ・りゅうこう
《1888〜1959》

『鸚鵡の唄』　川路柳虹著　大空社　1996.9　190p　16cm（叢書日本の童謡）①4-7568-0305-9〈『童謡詩人叢書5』（新潮社大正15年刊）の複製〉

川端　康成
かわばた・やすなり
《1899〜1972》

『伊豆の踊り子』　川端康成原作　金の星社　1998.1　93p　22cm（アニメ日本の名作 10）　1200円　①4-323-05010-0
[内容]紅葉の美しい、秋の伊豆を旅する学生が出会った、ひとりの踊子。いっしょに旅をしながら、学生は、まだ少女のあどけなさをのこした、かれんな踊子に、しだいに心ひかれていく。だが、みじかい旅はすぐに終わり、ふたりのわかれは、すぐそこにせまっていた。小学校三・四年生から。

『伊豆の踊子・雪国』　川端康成著　旺文社　1997.4　260p　18cm（愛と青春の名作集）　950円

『伊豆の踊り子・風立ちぬ』　川端康成，堀辰雄著　講談社　1995.10　269p　19cm（ポケット日本文学館 15）　1200円　①4-06-261715-3
[内容]二十歳の私が一人旅する伊豆で出会った踊子への淡い思慕を綴った叙情作。単なる紀行文とも思えるこの作品が歳月を越えて、今もなお新鮮さが色あせないのは、無垢な青春の哀傷を描いた川端文学の最高傑作ゆえである。

『伊豆の踊子』　川端康成作，高田勲絵　講談社　1991.6　169p　18cm（講談社青い鳥文庫）　460円　①4-06-147350-6
[目次]伊豆の踊子，骨拾い，バッタと鈴虫，男と女と荷車，夏の靴，ありがとう，顕微鏡怪談，百合，雪隠成仏，雨傘，顔，わかめ，十七歳，ざくろ，かけす
[内容]伊豆の旅に出た一高生のわたしは、天城峠の茶屋で旅まわりの踊り子に会い、下田まで道連れになるが、2人の心に淡い恋が芽生え…。青春の哀歓を美しくえがいた名作『伊豆の踊子』に、『掌の小説』から「骨拾い」「バッタと鈴虫」「顕微鏡怪談」「雨傘」「十七歳」「ざくろ」など14編収録。小学上級から。

『伊豆の踊り子・泣虫小僧』　川端康成，林芙美子著　講談社　1986.5　289p　22cm（少年少女日本文学館 第11巻）　1400円　①4-06-188261-9
[目次]伊豆の踊り子，百日堂先生，掌の小説，風琴と魚の町，泣虫小僧
[内容]一人ぼっちのいじけた心にぽったりと落ちた人の好意……。表題作の他、川端康成、林芙美子の作品3編を収録。

『伊豆の踊子』　川端康成著　創隆社　1984.9　225p　18cm（近代文学名作選）　430円〈新装〉

『伊豆の踊子』　川端康成著　金の星社　1982.9　277p　20cm（日本の文学 8）　680円　①4-323-00788-4〈巻末:康成の年譜　解説:黒沢浩,藤田圭雄　ジュニア版　初刷:1973（昭和48）　肖像:著者　図版（肖像）〉
[目次]伊豆の踊子，母の初恋，十六歳の日記，花のワルツ，たまゆら，掌の小説（抄）

『伊豆の踊子』　川端康成著　ポプラ社　1982.3　302p　20cm（アイドル・ブックス 11—ジュニア文学名作選）　500円〈巻末:年譜　解説:野上彰　初刷:1971（昭和46）　肖像:著者　図版（肖像）〉

川端康成

|目次| 伊豆の踊子〔ほか13編〕

『伊豆の踊子』　川端康成著　偕成社　1981.11　308p　19cm（日本文学名作選12）　580円　①4-03-801120-8〈巻末:川端康成の年譜 解説:村松定孝 ジュニア版初刷:1965（昭和40）肖像:著者 図版（肖像を含む）〉

|目次| 伊豆の踊子, 十六歳の日記, 油, 乙女の港, たまゆら

『伊豆の踊子』　川端康成著　ポプラ社　1980.4　214p　18cm（ポプラ社文庫）　390円

『伊豆の踊子』　川端康成作, 名取満四郎画　金の星社　1980.4　298p　18cm（フォア文庫）　430円

『現代日本文学全集　17　川端康成名作集』　川端康成著　改訂版　偕成社　1980.4　308p　23cm　2300円〈編集:滑川道夫〔ほか〕初版:1963（昭和38）巻末:年譜,現代日本文学年表,参考文献 解説:福田清人〔ほか〕肖像・筆跡:著者〔ほか〕図版（肖像,筆跡を含む）〉

|目次| 伊豆の踊り子〔ほか9編〕

『伊豆の踊子・雪国』　川端康成著　学習研究社　1978.10　246p　20cm（ジュニア版名作文学）　550円

『万葉姉妹』　川端康成著　集英社　1977.7　185p　15cm（集英社文庫コバルト・シリーズ）　200円

『夕映え少女』　川端康成著　集英社　1977.7　189p　15cm（集英社文庫コバルト・シリーズ）　200円

『名人』　川端康成作, 柳井愛子え　集英社　1975　300p　20cm（日本の文学ジュニア版 40）

『伊豆の踊子』　川端康成著, 名取満四郎絵　金の星社　1973　277p　20cm（ジュニア版日本の文学 8）

『伊豆の踊子』　川端康成作, 柳井愛子絵　集英社　1972　317p　20cm（日本の文学 ジュニア版 6）

『伊豆の踊子』　川端康成文, 柳井愛子絵　集英社　1968　317p　20cm（日本の文学 6）

『伊豆の踊子』　川端康成文, 下高原千歳絵　偕成社　1968　304p　19cm（日本の名作文学ホーム・スクール版 18）

『川端康成少年少女小説集』　川端康成文, 深沢省三絵　中央公論社　1968　221p　21cm

『伊豆の踊子』　川端康成文, 松井行正絵　あかね書房　1967　216p　22cm（少年少女日本の文学 10）

『級長の探偵』　川端康成文, 西村保史郎絵　偕成社　1966　172p　23cm（新日本児童文学選 13）

『伊豆の踊子』　川端康成文, 水戸成幸絵　ポプラ社　1965　302p　20cm（アイドル・ブックス 11）

『伊豆の踊子』　川端康成文, 下高原千歳絵　偕成社　1965　304p　19cm（日本文学名作選ジュニア版 12）

『川端康成名作集』　川端康成文, 市川禎男絵　偕成社　1963　308p　23cm（少年少女現代日本文学全集 18）

『佐藤春夫・室生犀星・川端康成集』　佐藤春夫, 室生犀星, 川端康成文, 富永秀夫等絵　講談社　1963　380p　23cm（少年少女日本文学全集 6）

『王子と王女の愛の物語』　ウイリアム・E・レーン, 川端康成, 野上彰著, 太田大八絵　東京創元社　1961　222p　22cm（アラビアンナイト 5）

『おどけものアブーの物語』　ウイリアム・E・レーン, 川端康成, 野上彰著, 太田大八絵　東京創元社　1961　227p　22cm（アラビアンナイト 6）

『歌劇学校』　川端康成文, 日向房子絵　ポプラ社　1961　224p　22cm（少女小説名作全集 8）

『せむし男の物語一他』　ウイリアム・E・レーン, 川端康成, 野上彰著, 太田大八絵　東京創元社　1961　274p　22cm（アラビアンナイト 2）

『ドウーニヤ姫の愛の物語』　ウイリアム・E・レーン, 川端康成, 野上彰著, 太田大八絵　東京創元社　1961　229p　22cm（アラビアンナイト 4）

『ヌール・エド・ディーンの物語―他』ウイリアム・E・レーン，川端康成，野上彰著，太田大八絵　東京創元社　1961　247p　22cm（アラビアンナイト　3）

『美しい旅』　川端康成文　刀江書院　1960　215p　22cm（少年少女現代文学傑作選書　1）

『川端康成集』　川端康成作，大石哲路絵　ポプラ社　1960　302p　22cm（新日本少年少女文学全集　29）

『川端康成集』　川端康成文　東西五月社　1960　186p　22cm（少年少女日本文学名作全集　20）

『漁師と魔神の物語』　ウイリアム・E・レーン，川端康成，野上彰著，太田大八絵　東京創元社　1960　245p　22cm（アラビアンナイト　1）

『ばらの家・つるのふえ』　川端康成，林芙美子文，高橋秀等絵　三十書房　1957　186p　22cm（日本童話名作選集）

『川端康成抒情小説選集　1』　川端康成文，玉井徳太郎絵　ひまわり社　1956　386p　19cm

『川端康成名作集』　川端康成文，中島健蔵編，森田元子絵　あかね書房　1956　235p　22cm（少年少女日本文学選集　12）

『小公子』　バーネット原作，川端康成，野上彰著，谷俊彦絵　筑摩書房　1956　339p　19cm（世界の名作　10）

『家なき子』　エクトル・マロー原作，川端康成著，富山妙子絵　河出書房　1955　150p　17cm（ロビン・ブックス　24）

『川端康成集』　川端康成文，中村万三編　新紀元社　1955　279p　18cm（中学生文学全集　20）

『駒鳥温泉』　川端康成文，玉井徳太郎絵　ポプラ社　1955　260p　19cm

『小公子』　バーネット原作，川端康成著，日向房子絵　河出書房　1955　164p　17cm（ロビン・ブックス　3）

『小公女』　バーネット原作，川端康成著，日向房子絵　河出書房　1955　182p　17cm（ロビン・ブックス　11）

『日本児童文学全集　12　少年少女小説篇2』　国木田独歩，吉江喬松，川端康成，北畠八穂，土田耕平，阿部知二，吉田一穂，林芙美子，室生犀星，藤森成吉，中勘助，前田夕暮，ワシリー・エロシェンコ，田宮虎彦，徳永直，堀辰雄，中西悟堂，寺田寅彦，夏目漱石，森鴎外作　河出書房　1955　360p　22cm

『横光利一・川端康成集』　横光利一，川端康成文，久松潜一等編　東西文明社　1955　235p　22cm（少年少女のための現代日本文学全集　17）

『美しい旅』　川端康成文，糸賀君子絵　ポプラ社　1953　344p　19cm

『歌劇学校』　川端康成文，花房英樹絵　ポプラ社　1953　256p　19cm

『級長の探偵』　川端康成文，花房英樹絵　ポプラ社　1953　272p　19cm

『白雪姫』　グリム原作，川端康成著，池田かずお絵　鶴書房　1953　160p　22cm（世界童話名作全集　6）

『花と小鈴』　川端康成文，花房英樹絵　ポプラ社　1953　245p　19cm

『乙女の港』　川端康成文，花房英樹絵　ポプラ社　1952　281p　19cm

『万葉姉妹』　川端康成文，花房英樹絵　ポプラ社　1952　257p　19cm

北畠　八穂
きたばたけ・やほ
《1903～1982》

『日本キリスト教児童文学全集　第7巻　千年生きた目―つ―北畠八穂集』　北畠八穂著　教文館　1983.6　218p　22cm　1800円

『ウフフ・アッハハ』　北畠八穂作，梶山孝明絵　ポプラ社　1982.4　60p　24cm（創作えばなし　6）　800円〈カラー版　初刷:1972（昭和47）〉

『ぼく歩けます』　北畠八穂著，瀬名恵子画　こずえ　1981.5　173p　22cm　1000円

北畠八穂

『海ぼうずはなぜいない』　北畠八穂作,大古尅己絵　国土社　1980.1　69p　23cm（国土社の創作どうわ）　850円

『阿母やあい』　北畠八穂作,中島保彦絵　偕成社　1979.10　174p　23cm（子どもの文学）　780円

『ジロウ・ブーチン日記』　北畠八穂著　偕成社　1979.6　245p　19cm（偕成社文庫）　390円

『パの次ァピ、ピの次ァプ』　北畠八穂作,早坂信絵　国土社　1978.9　112p　23cm（国土社の新作童話）　980円

『ワンコがニャン』　北畠八穂作,清水崑絵　ポプラ社　1978.8　61p　24cm（創作えばなし 12）　800円〈カラー版 初刷:1973（昭和48）〉

『うらしまたろう』　きたばたけやほぶん　ポプラ社　1977.2　43p　27cm（おはなし文庫）　580円

『鬼を飼うゴロー秋のさかなのものがたり 他4編』　北畠八穂著　講談社　1975　225p　23cm（北畠八穂児童文学全集 6）

『お山の童子と八人の赤ん坊・トンチキプー』　北畠八穂著,斎藤博之等え　講談社　1975　226p　23cm（北畠八穂児童文学全集 3）

『2じょうまの3にん―耳のそこのさかな 他4編』　北畠八穂著,加藤精一等絵　講談社　1975　225p　23cm（北畠八穂児童文学全集 5）

『あくたれ童子ポコ・千年生きた目一つ』　北畠八穂著,大古尅己等え　講談社　1974　233p　23cm（北畠八穂児童文学全集 2）

『かべのわれめのこけの花』　北畠八穂作,早坂信絵　実業之日本社　1974　48p　23cm

『ジロウ・ブーチン日記・十二歳の半年・マコチン』　北畠八穂著　講談社　1974　234p　23cm（北畠八穂児童文学全集 1）

『とっておきの水曜日』　北畠八穂作,大古尅己絵　ポプラ社　1974　122p　22cm（ポプラ社の創作文庫 15）

『破れ穴から出発だ―詩・北のこどもは知っている 他』　北畠八穂著,富永秀夫等え　講談社　1974　233p　23cm（北畠八穂児童文学全集 4）

『高沢村の耳よし門太』　北畠八穂著,梶山俊夫え　実業之日本社　1973　135p　22cm（創作幼年童話）

『ワンコがニャン』　北畠八穂作,清水崑画　ポプラ社　1973　61p　24cm（創作えばなし 12）〈カラー版〉

『ウフフ・アッハハ』　北畠八穂作,梶山孝明絵　ポプラ社　1972　60p　24cm（創作えばなし 6）〈カラー版〉

『2じょうまの3にん』　北畠八穂作,梶山孝明絵　ポプラ社　1972　130p　22cm（ポプラ社の創作文庫 4）

『日本むかし話』　北畠八穂文,箕田源二郎絵　ポプラ社　1972　126p　24cm（カラー版世界の名作 4）

『鬼を飼うゴロ』　北畠八穂文,加藤精一絵　実業之日本社　1971　261p　22cm（創作少年少女小説）

『あくたれ童子ポコ』　北畠八穂文,桂ゆき子絵　学習研究社　1970　292p　18cm（少年少女学研文庫 312）

『小説太田幸司』　北畠八穂著,立崎庸夫絵　ポプラ社　1970　229p　23cm（ポプラ社の創作文学 3）

『一郎べえのいの字』　北畠八穂文,早坂信絵　東都書房　1968　185p　22cm

『耳のそこのさかな』　北畠八穂文,佐藤米次郎絵　ポプラ社　1968　128p　22cm（ポプラ社の創作童話 6）

『破れ穴から出発だ』　北畠八穂文,三芳悌吉絵　講談社　1963　222p　22cm（長編少年少女小説）

『石井桃子・北畠八穂・北川千代集』　石井桃子,北畠八穂,北川千代文,岩崎ちひろ等絵　講談社　1962　389p　23cm（少年少女日本文学全集 16）

『北畠八穂・石井桃子集』　北畠八穂,石井桃子文,高山毅等編,山本耀也等絵　東西文明社　1958　320p　22cm（昭和児童文学全集 18）

『お山の童子と八人の赤ん坊』　北畠八穂
文, 桂ユキ子絵　光文社　1957　236p
19cm

『りんご一つ』　北畠八穂文, 滝原章助絵
宝文館　1957　166p　22cm（ペンギン
どうわぶんこ）

『日本児童文学全集　12　少年少女小説篇
2』　国木田独歩, 吉江喬松, 川端康成, 北
畠八穂, 土田耕平, 阿部知二, 吉田一穂, 林
芙美子, 室生犀星, 藤森成吉, 中勘助, 前田
夕暮, ワシリー・エロシェンコ, 田宮虎彦,
徳永直, 堀辰雄, 中西悟堂, 寺田寅彦, 夏目
漱石, 森鴎外作　河出書房　1955　360p
22cm

『あくたれ童子ポコ』　北畠八穂文, 桂ユ
キ子絵　光文社　1953　265p　19cm

『ささやかな滴も―中学生の読物』　北畠
八穂文　宝文館　1952　192p　19cm

北原　白秋
きたはら・はくしゅう
《1885〜1942》

『赤い鳥小鳥―北原白秋童謡詩歌集』　北
原白秋著, 北川幸比古責任編集　岩崎書
店　1997.6　102p　20cm（美しい日本の
詩歌 13）　1500円　①4-265-04053-5〈肖
像あり〉
|目次| ちんちん千鳥, 夢買い, 揺籃のうた, 砂山,
かやの木山の, ペチカ, からたちの花, この道,
栗鼠, 栗鼠, 小栗鼠, 葉っぱっぱ〔ほか〕
|内容| みずみずしい詩情・美しいことば。こと
ばの魔術師, 白秋の童謡・詩・民謡から短歌
までを一望。

『花咲爺さん』　北原白秋著　大空社
1996.9　164p　20cm（叢書日本の童謡）
①4-7568-0305-9〈『白秋童謡第5集』
（アルス大正12年刊）の複製 外箱入〉

『からたちの花がさいたよ―北原白秋童謡
選』　北原白秋作, 与田準一編　岩波書
店　1995.6　325p　18cm（岩波少年文
庫）　700円　①4-00-112126-3
|内容| 向然の四季折々の美しさをうたった童謡
のなかから, 「あめふり」「砂山」「待ちぼうけ」
など, 長く愛唱されてきた作品を収め, 初山

滋氏の透明感あふれる挿絵を添えて贈る愛蔵
用の一冊。小学上級以上。

『北原白秋童謡集』　藤田圭雄編　弥生書
房　1993.2　94p　18cm（日本の童謡）
1300円　①4-8415-0667-5〈新装版〉

『白秋全童謡集　5』　北原白秋著　岩波
書店　1993.2　266,110p　22cm　4500円
①4-00-003705-6
|目次| 童謡拾遺.全童謡索引.白秋童謡曲譜集.
解説 白秋の童謡楽譜（付・作曲白秋童謡一覧）
藤田圭雄著

『白秋全童謡集　4』　北原白秋著　岩波
書店　1993.1　431p　22cm　4600円
①4-00-003704-8
|目次| 風と笛.太陽と木銃.国引.大東亜戦争少国
民詩集

『白秋全童謡集　3』　北原白秋著　岩波
書店　1992.12　444p　22cm　4800円
①4-00-003703-X
|目次| 港の旗.朝の幼稚園.満洲地図.七つの胡桃

『白秋全童謡集　2』　北原白秋著　岩波
書店　1992.11　509p　22cm　5000円
①4-00-003702-1
|目次| 花咲爺さん.子供の村.二重虹.象の子.月
と胡桃

『白秋全童謡集　1』　北原白秋著　岩波
書店　1992.10　397p　22cm　4300円
①4-00-003701-3
|目次| とんぼの眼玉.兎の電報.まざあ・ぐうす.
祭の笛

『北原白秋』　北原白秋作, 萩原昌好編
あすなろ書房　1986.8　77p　23×19cm
（少年少女のための日本名詩選集 2）
1200円

『現代日本文学全集　15　北原白秋名作
集』　北原白秋著　改訂版　偕成社
1980.4　308p　23cm　2300円〈編集：滑
川道夫〔ほか〕　初版:1964（昭和39）巻
末:年譜,現代日本文学年表,参考文献 解説:
木俣修〔ほか〕　肖像・筆跡:著者〔ほか〕
図版（肖像,筆跡を含む）〉
|目次| とんぼの眼玉〔9編〕, 詩, 短歌, 生いた
ちの記〔ほか3編〕

『北原白秋童謡集』　藤田圭雄編　弥生書
房　1976　94p 図　18cm（日本の童謡）
680円

『北原白秋名作集』　北原白秋著, 小坂茂絵　偕成社　1970　308p　23cm（少年少女現代日本文学全集 15）

『白秋詩集』　北原白秋詩　ポプラ社　1967　302p　20cm（アイドル・ブックス 55）

『からたちの花がさいたよ―北原白秋童謡選』　北原白秋文, 初山滋絵　岩波書店　1964　337p　23cm

『北原白秋名作集』　北原白秋文, 小坂茂絵　偕成社　1964　308p　23cm（少年少女現代日本文学全集 8）

『北原白秋集』　北原白秋文　東西五月社　1960　188p　22cm（少年少女日本文学名作全集 13）

『北原白秋集』　北原白秋作, 野水昌子等絵　ポプラ社　1959　294p　22cm（新日本少年少女文学全集 19）

『石川啄木・北原白秋集』　石川啄木, 北原白秋文, 伊橋虎雄編　新紀元社　1956　253p　18cm（中学生文学全集 9）

『与謝野晶子・北原白秋集』　与謝野晶子, 北原白秋文, 久松潜一等編　東西文明社　1955　240p　22cm（少年少女のための現代日本文学全集 9）

『日本児童文学全集　9　詩・童謡篇』　北原白秋, 三木露風, 西条八十, 野口雨情, 島木赤彦, 百田宗治, 丸山薫, サトウ・ハチロー, 巽聖歌, 佐藤義美, 与田準一作, 初山滋絵　河出書房　1953　357p　22cm
目次 北原白秋集　三木露風集　西条八十集　野口雨情集　島木赤彦集　百田宗治集　丸山薫集　サトウ・ハチロー集　巽聖歌集　佐藤義美集　与田準一集

北村　寿夫
きたむら・ひさお
《1895～1982》

『笛吹童子』　橋本治文, 北村寿夫原作, 岡田嘉夫絵, 井上ひさし, 里中満智子, 椎名誠, 神宮輝夫, 山中恒編　講談社　1998.4　357p　20cm（痛快世界の冒険文学 7）　1500円　①4-06-268007-6

内容 戦乱の世に光を! 野武士の一味に国をうばわれた悲劇の兄弟。兄・萩丸は剣の道、弟・菊丸は面作りの道へ。正義と悪の宿命のたたかいが、いま、はじまる。波乱万丈! 日本がほこる伝奇文学。ときは、戦乱の世。正義と悪がおりなす雄大なロマンが、いま、よみがえる。

『紅孔雀』　北村寿夫著　日本放送出版協会　1978.4　2冊　19cm（新諸国物語 8～9）　各580円

『オテナの塔』　北村寿夫著　日本放送出版協会　1977.11　2冊　19cm（新諸国物語 6～7）　各580円

『七つの誓い』　北村寿夫著　日本放送出版協会　1977.11　2冊　19cm（新諸国物語 4～5）　各580円

『白鳥の騎士』　北村寿夫著　日本放送出版協会　1977.9　240p　19cm（新諸国物語 1）　700円

『笛吹童子』　北村寿夫著　日本放送出版協会　1977.9　2冊　19cm（新諸国物語 2～3）　各580円

『オテナの塔　1』　北村寿夫文, 御正伸絵　宝文館　1956　213p　19cm（新諸国物語）

『マリヤ観音』　北村寿夫文, 矢島健三絵　宝文館　1956　212p　19cm

『北村寿夫童話選集』　北村寿夫文, 輪島清隆等絵　宝文館　1955　3冊　22cm
目次 初級用 風と子ども 167p, 中級用 人魚 170p, 上級用 真野先生 170p

『新笛吹童子』　北村寿夫文, 御正伸絵　宝文館　1955　183p　19cm（新諸国物語外伝シリーズ）

『三日月童子』　北村寿夫原作, 山下玉夫著　宝文館　1955　209p　19cm（新諸国物語外伝シリーズ）

『白鳥の騎士・母の湖・黄金十字城』　北村寿夫文, 藤橋正枝絵　河出書房　1954　392p　20cm（日本少年少女名作全集 6）

『紅孔雀　上,中,下』　北村寿夫文, 御正伸絵　宝文館　1954-1955　3冊　19cm（新諸国物語）

『白馬の騎士　上,下』　北村寿夫文、御正伸絵　宝文館　1953　2冊　19cm（新諸国物語）

『白骨島の秘密』　北村寿夫文、伊藤幾久造絵　ポプラ社　1953　250p　19cm

『母の小夜曲』　北村寿夫文、佐藤春樹絵　ポプラ社　1953　255p　19cm

『笛吹童子　上,中,下』　北村寿夫文、御正伸絵　宝文館　1953-1960　3冊　19cm（新諸国物語）

木下　夕爾
きのした・ゆうじ
《1914〜1965》

『ひばりのす―木下夕爾児童詩集』　木下夕爾著　光書房　1998.6　67p　20cm　1429円　①4-938951-22-3〈肖像あり〉

葛原　滋
くずはら・しげる
《1886〜1961》

『白兎と木馬―葛原滋第一童謡集』　葛原滋著　大空社　1997.3　7,243p　19cm（叢書日本の童謡）　①4-7568-0306-7〈文教書院大正11年刊の複製〉

楠山　正雄
くすやま・まさお
《1884〜1950》

『むかしむかしあるところに』　楠山正雄作　童話屋　1996.6　189p　16cm　1250円　①4-924684-86-4
目次　花咲かじじい、舌切り雀、ねずみのよめ入り、さるかに、かちかち山、たにしの出世、浦島太郎、桃太郎
内容　日本人なら、日本の昔話を子どもや孫たちにきちんと伝えておきたい。昔、子どもだったあなたの魂が憶えているなつかしい語り口、名調子の日本の昔話がいま、日本人の深い知性となって甦える。

『ふたりの少年とこと』　楠山正雄文、赤羽末吉絵　あかね書房　1965　234p　22cm（日本童話名作選集 7）

『月夜のまつり笛―楠山正雄・千葉省三・大木雄二・酒井朝彦童話集』　楠山正雄、千葉省三、大木雄二、酒井朝彦作、松田穣絵　偕成社　1962　240p　23cm（日本児童文学全集 9）

『ふたりの少年とこと』　楠山正雄文、赤羽末吉絵　三十書房　1962　234p　22cm（日本童話名作選集 7）

『日本児童文学全集　10　児童劇篇 童話劇篇 学校劇篇』　久保田万太郎、秋田雨雀、長田秀雄、武者小路実篤、山本有三、楠山正雄、額田六福、岡田八千代、水谷まさる、小山内薫、木下順二、坪内逍遥、斎田喬、落合聡三郎、宮津博、永井鱗太郎、内山嘉吉、阿貴良一、岡田陽、栗原一登、村山亜土、岡一太作　河出書房　1953　386p　22cm

『源義経』　楠山正雄文　同和春秋社　1952　234p　19cm（少年読物文庫）

『ゆりかごものがたり―世界幼年童話集』　楠山正雄文、中谷泰絵　小峰書店　1952　166p　27cm

『日本おとぎばなし』　楠山正雄著、古田重郎絵　筑摩書房　1951　172p　22cm（小学生全集 12）

『日本むかしばなし』　楠山正雄著、古田重郎絵　筑摩書房　1951　168p　22cm（小学生全集 8）

国木田　独歩
くにきだ・どっぽ
《1871〜1908》

『武蔵野・牛肉と馬鈴薯―少年の悲哀・空知川の岸辺・悪魔』　国木田独歩著　旺文社　1997.4　198p　18cm（愛と青春の名作集）　900円

『武蔵野』　国木田独歩著　創隆社　1984.10　204p　18cm（近代文学名作選）　430円〈新装版〉

『武蔵野』　国木田独歩著　偕成社　1980.9　314p　19cm（日本文学名作選 30）　680円〈巻末:国木田独歩の年譜 解説:山室静 ジュニア版 初刷:1965（昭和40）肖像:著者 図版（肖像を含む）〉
目次　山の力〔ほか15編〕

『武蔵野』　国木田独歩作, 中間嘉通絵　集英社　1972　20cm（日本の文学 ジュニア版 23）

『武蔵野』　国木田独歩著, 中間嘉通絵　集英社　1969　317p　20cm（日本の文学カラー版 23）

『武蔵野』　国木田独歩文, 井口文秀絵　ポプラ社　1966　294p　20cm（アイドル・ブックス 45）

『武蔵野』　国木田独歩文, 伊藤和子絵　偕成社　1965　312p　19cm（日本文学名作選ジュニア版 30）

『国木田独歩名作集』　国木田独歩文, 下高原千歳絵　偕成社　1964　308p　23cm（少年少女現代日本文学全集 2）

『森鴎外・島崎藤村・国木田独歩集』　森鴎外, 島崎藤村, 国木田独歩文, 市川禎男絵　講談社　1962　390p　23cm（少年少女日本文学全集 1）

『国木田独歩集』　国木田独歩文　東西五月社　1959　186p　22cm（少年少女日本文学名作全集 7）

『国木田独歩集』　国木田独歩文, 飛田文雄編　新紀元社　1956　260p　18cm（中学生文学全集 2）

『国木田独歩・徳富蘆花集』　国木田独歩, 徳富蘆花文, 久松潜一等編　東西文明社　1955　206p　22cm（少年少女のための現代日本文学全集 3）

『国木田独歩名作集』　国木田独歩文, 塩田良平編, 須田寿絵　あかね書房　1955　251p　22cm（少年少女日本文学選集 8）

『日本児童文学全集　12　少年少女小説篇 2』　国木田独歩作, 吉江喬松作, 川端康成作, 北畠八穂作, 土田耕平作, 阿部知二作, 吉田一穂作, 林芙美子作, 室生犀星作, 藤森成吉作, 中勘助作, 前田夕暮作, ワシリー・エロシェンコ作, 田宮虎彦作, 徳永直作, 堀辰雄作, 中西悟堂作, 寺田寅彦作, 夏目漱石作, 森鴎外作　河出書房　1955　360p　22cm

---

久保　喬
くぼ・たかし
《1906〜1998》

『世界のわらい話　三年生』　久保喬編著　偕成社　2001.4　164p　21cm（学年別・新おはなし文庫）　780円
①4-03-923270-4
目次　どこにもおかしな人がいる（イタリア）, 小さなつほから大さわぎ（シリア）, ホジャものがたり（トルコ）, 三人なきむし（日本）, あわてものの寺まいり（日本）, 石をつかまえろ（中国）, ふしぎな橋（ロシア）, だれがいちばん（ペルシア）, きっちょむさんとんち話（日本）, 船からのおとしもの（中国）, いのししとかえる（インドネシア）, いどの水（アメリカ）, 大ほら先生ぼうけん旅行（ドイツ）, けちんぼうくらべ（日本）, はなせはなすな（日本）
内容　わらい話は、世界じゅうの人びとに親しまれ、よろこばれてきています。話のおかしさ、ちょっぴりの風刺などが、人びとの心に明るさをもたらすのです。本書には、日本をふくめて、世界の国ぐにから、とびきりのおもしろい話ばかりをあつめました。ご家族で楽しんでください。小学三年生向き。

『世界のわらい話　二年生』　久保喬編著　偕成社　2001.4　166p　21cm（学年別・新おはなし文庫）　780円
①4-03-923170-8
目次　ゴタムの村（イギリス）, へびの足（中国）, ゆかいなきっちょむさん（日本）, 見はり（トルコ）, しょうじきディエロ（イタリア）, 水車ごやで大もうけ（ロシア）, まけたおしょうさん（日本）, のんきなたび人（フランス）, おばあさんの子ぶた（イギリス）, 六人ののんきもの（インド）, おくびょうものと大男（トルコ）, いたずらぎつね（日本）
内容　わらい話は、世界じゅうの人びとに親しまれ、よろこばれてきています。話のおかしさ、ちょっぴりの風刺などが、人びとの心に明るさをもたらすのです。この本には、日本をふくめて、世界の国ぐにから、とびきりのおもしろい話ばかりをあつめました。ご家族で楽しんでください。

『世界のわらい話　一年生』　久保喬編著
　偕成社　2001.4　156p　21cm（学年別・新おはなし文庫）　780円
　①4-03-923070-1
　目次　たび人とらいおん（フランス）、こわいほらあな（ミャンマー）、きつねとにわとりちえくらべ（デンマーク）、ねずみのおきょう（日本）、のんきなきっちょむさん（日本）、いそげ六ぽん足（中国）、のんき村のとりおい（韓国）、うどんとろうそく（日本）、そりゃあうそだろう（ロシア）、おしょうさんとこぞうさん（日本）、にげろ　にげろ　パンケーキ（イギリス）
　内容　わらい話は、世界じゅうの人びとに親しまれ、よろこばれてきています。話のおかしさ、ちょっぴりの風刺などが、人びとの心に明るさをもたらすのです。この本には、日本をふくめて、世界の国ぐにから、とびきりのおもしろい話ばかりをあつめました。ご家族で楽しんでください。

『ホタルまつりの川』　久保喬作,岩淵慶造絵　草炎社　1992.9　126p　22cm（草炎社ともだち文庫 11）　1200円
　①4-88264-141-0
　内容　平和への願いをこめて、ホタルはとんだ―。転校生のヒロミは4年1組の同級性ケンジと、星野川のお化けさがしから、なかよしになります。ふたりはお化けの正体をさぐるうちに、ホタルづくりのおじさんと知り合うようになります。沢さんのホタルづくりにかける思いのうちには、美しくも悲しい"秘密"がかくされていたのでした…。小学校中級から。

『ふしぎ島の少年カメラマン』　久保喬作,渡辺あきお絵　草炎社　1991.7　134p　22cm（草炎社ともだち文庫 1）　1080円
　①4-88264-121-6

『世界のむかし話　2年生』　久保喬著
　偕成社　1991.4　210p　22cm（学年別おはなし文庫）　700円　①4-03-907370-3〈改装版〉
　目次　おやゆび小ぞう、高いたまご、まけないかめさん、サンタ・クロース、火の鳥、北風がくれたテーブルかけ、二わのがん、わにはしたがない、ブレーメンの音楽たい、エメリヤンのたいこ、さるの橋、ねずみのおよめさん、つばめのおみやげ、三びきのくま、アラジンのランプ、森のかみさま
　内容　世界中、どこの国にも、たのしいお話があります。それらは、みんな、その国の人びとが、だいじにかたりつたえてきたものです。さあ、どんな国の、どんな主人公たちが、とびだすのでしょうか。世界のむかし話のはじまり、はじまり。

『ふしぎ島の少年カメラマン』　久保喬作,渡辺あきお絵　草炎社　1990.7　134p　21cm（草炎社ともだち文庫 1）　1080円
　①4-88264-121-6
　内容　アキラが、浜辺に立って沖を見つめていると、「おい、おまえ、あのふしぎ島へいきたいんか?」と、いきなり太市に話しかけられた―。「うん、見たいものがあるんだ。」「そんなら、おれがつれていってやってもいいが。」太市といっしょに船にのりこんだアキラは、そのときからいろいろな"ふしぎ"に出会っていく…。小学校中級から。

『世界のむかし話　1年生』　久保喬著
　偕成社　1989.11　202p　22cm（学年別おはなし文庫）　700円
　①4-03-907070-4〈改装版〉
　目次　三びきの子ぶた、きんいろのしか、ジャックとまめの木、たなばたさま、わらとすみとそらまめ、うかれバイオリン、子ぐまのけんか、きつねものがたり、三つのねがい、りこうなうさぎ、子じかはわらう、二つのおかし、小さい小さいいぬ、ねことねずみのふね、そらとぶもくば、ゆきの子ども、えらいねこ
　内容　世界中、どこの国にも、たのしいお話があります。それらは、みんな、その国の人びとが、だいじにかたりつたえてきたものです。さあ、どんな国の、どんな主人公たちが、とびだすのでしょうか。世界のむかし話のはじまり、はじまり。

『世界のむかし話　3年生』　久保喬著
　偕成社　1989.9　210p　22cm（学年別おはなし文庫）　700円　①4-03-907670-2〈改装版〉
　目次　ディックとねこ、ハメルンの笛ふき、なしのみと仙人、石の花、やぎむすめ、金のお城、ベルとまもの、海のゆびわ、ろばの耳の王さま、びんのなかのまもの、イワンのばか、白いぞうの野はら、三つのたから、ゴサムのりこうばか
　内容　世界中、どこの国にも、たのしいお話があります。それらは、みんな、その国の人びとが、だいじにかたりつたえてきたものです。さあ、どんな国の、どんな主人公たちが、とびだすのでしょうか。世界のむかし話のはじまり、はじまり。

『幼年文学名作選　19　ガラスのなかのお月さま』　久保喬作,淵上昭広絵　岩崎書店　1989.3　114p　22cm　1200円
①4-265-03719-4

『ふしぎな夜の動物園』　久保喬作、渡辺あきお絵　ひさかたチャイルド　1988.6　127p　22cm（ひさかた子どもの文学）　1000円　①4-89325-413-8

内容　動物園で死んでいった動物達の慰霊祭の前夜、夜の動物園で起こった、ふしろぎな出来事は、ユメの中の事か、本当のことか。それを目げきした主人公アキラの心を動かした動物達の真の声とは…。小学校中級以上。

『パンダもあの子もみんなともだち』　くぼたかし作,おぼまこと絵　草炎社　1987.12　85p　22cm（草炎社こども文庫）　980円　①4-88264-023-6

内容　パンダの子トントンは、きょうもころんころんあそびまわって、げんきいっぱいです―。ミッコは、どうぶつえんで、あこがれていたトントンを見た日、あの子と出会いました。中国からきた男の子、ひらいまきおくん…。

『小学生一番鳥―日本で最初の小学校』　久保喬著、岩淵慶造絵　講談社　1987.6　205p　18cm（講談社青い鳥文庫）　420円　①4-06-147220-8

内容　新しくできた小学校に、友だちの大部分が通いはじめたが、寺子屋に通っていた佐太郎は、「おれは、あんな学校なんかいくもんか。」と、一度も校門をくぐっていなかった。ところがある日、学校のそばの木に登って、窓から教室をのぞいた佐太郎は、「寺子屋とは、やっぱりちがうな。」と感心してしまう…。明治の初期、日本で最初の小学生の勉強と遊びをえがいた物語。

『アラビアン・ナイト―ペルシア説話』　久保喬ぶん,武部本一郎え　改訂版　偕成社　1986.3　126p　23cm（カラー版・世界の幼年文学）　980円
①4-03-408080-9

内容　アラビアン・ナイトは、ペルシアやアラビアの国にむかしからつたわっている話があつめられたもので、べつの題名を「千夜一夜物語」といいます。ふしぎなめずらしい話や、きばつな夢物語、冒険談など、二百ものお話が入っていますが、その中でもとくにおもしろく、世界中の子どもたちに親しまれている、「シンドバッドのぼうけん」「三つのたからもの」「アラジンのランプ」の三編を、この本におさめました。

『日本の古典物語　11　宇治拾遺物語』　久保喬著　岩崎書店　1986.3　297p　22cm　1200円　①4-265-02111-5〈編集:麻生磯次〔ほか〕〉

『みどりの島が燃えた』　久保喬作,岩淵慶造絵　金の星社　1985.12　173p　22cm（みんなの文学）　880円
①4-323-01083-4

『戦乱のみなし子たち』　久保喬作,岩淵慶造画　岩崎書店　1985.7　164p　22cm（現代の創作児童文学）　980円
①4-265-92813-7

『きつねケンタのアナウンサー』　久保喬さく,山中冬児え　あすなろ書房　1985.3　79p　22cm　880円

『いえなきこ』　マロさく,久保喬ぶん,中村景児え　金の星社　1985.1　77p　22cm（せかいの名作ぶんこ）　580円
①4-323-00135-5

『小さな島の小さな星』　久保喬文,鈴木義治画　童心社　1984.7　134p　22cm（幼年創作シリーズ）　850円

『ふしぎな花まつり』　久保喬作,管間圭子絵　理論社　1984.5　108p　22cm　880円

『きつねケンタのカメラマン』　久保喬さく,山中冬児え　あすなろ書房　1983.9　78p　22cm　880円

『わらいじぞう―徳島・香川・愛媛・高知』　井口文秀え、市原麟一郎、久保喬文　小峰書店　1983.2　221p　23cm（小学生日本の民話 4）　1200円〈解説:久保喬,井原麟一郎　初刷:1974（昭和49）図版〉

目次　命をたすけたカメとハチ〔ほか19編〕

『犬とみなし子』　久保喬さく,岩淵慶造え　新日本出版社　1982.9　77p　22cm（新日本おはなし文庫）　780円

『少年は海へ』　久保喬著,出口正明絵　新日本出版社　1982.4　206p　22cm（新日本創作少年少女文学）　1200円〈初刷:1974（昭和49）〉

『ふしぎな鳥がくる』　鈴木義治え,久保喬作　金の星社　1982.4　150p　22cm（創作子どもの本）　850円〈初刷:1975（昭和50）図版〉

『黒潮三郎』　久米宏一画,久保喬作　金の星社　1982.3　205p　22cm（現代・創作児童文学）　850円〈初刷:1976（昭和51）図版〉

『南の島の子もりうた』　久保喬作,淵上昭広絵　岩崎書店　1982.3　114p　22cm（日本の幼年童話 19）　1100円〈解説:菅忠道　叢書の編集:菅忠道〔ほか〕　初刷:1973（昭和48）図版〉
|目次| 南の島の子もりうた〔ほか9編〕

『小学生一番どり』　久保喬作,鴇田幹絵　講談社　1982.2　203p　22cm（児童文学創作シリーズ）　980円　①4-06-119048-2

『少年の石』　久保喬著,桜井誠絵　新日本出版社　1982.1　238p　22cm（新日本創作少年少女文学）　1200円〈初刷:1972（昭和47）〉

『とびうおルルンのぼうけん』　久保喬作,山中冬児絵　岩崎書店　1981.4　78p　22cm（あたらしい創作童話）　880円

『ネコになったぼく』　久保喬作,桜井誠絵　太平出版社　1981.4　74p　22cm（太平けっさく童話―どうわのもりへ）　880円

『少年の旅ギリシアの星』　久保喬作,こさかしげる画　小学館　1980.10　142p　22cm（小学館の創作児童文学シリーズ）　780円

『ぼくは小さなカメラマン』　久保喬作,桜井誠絵　講談社　1980.4　173p　22cm（児童文学創作シリーズ）　880円

『台風岬の子ら』　久保喬作,岩ান慶造絵　国土社　1978.9　104p　23cm（国土社の新作童話）　980円

『風とハンドルのうた』　久保喬作,富山妙子絵　新日本出版社　1978.3　114p　21cm（新日本こどもの文学）　980円〈初刷:1970（昭和45）図版〉

『歌をうたう貝』　久保喬作,鈴木義治絵　国土社　1977.6　70p　23cm（国土社の創作どうわ）　850円

『母と子の日本の民話 23　たにし長じゃ』　久保喬文,西村達馬絵　集英社　1977.6　158p　22cm　480円〈監修:関敬吾,坪田譲治,和歌森太郎〉

『サルが書いた本』　久保喬作,福田庄助絵　あすなろ書房　1977.4　99p　22cm（あすなろ小学生文庫）　880円

『ビルの山ねこ』　久保喬著　偕成社　1977.3　244p　19cm（偕成社文庫）　390円

『黒潮三郎』　久保喬作,久米宏一画　金の星社　1976.2　205p　22cm（現代・創作児童文学 9）　850円

『赤い帆の舟』　久保喬文,桜井誠絵　偕成社　1975　156p　19cm（偕成社文庫）

『ふしぎな鳥がくる』　久保喬作,鈴木義治え　金の星社　1975　150p　22cm（創作こどもの本 7）

『かめの子パブの旅』　久保喬作,大古尅己え　理論社　1974　97p　23cm（どうわの本棚　第二期）

『少年は海へ』　久保喬著,出口正明絵　新日本出版社　1974　206p　22cm（新日本創作少年少女文学 26）

『わらいじぞう―徳島・香川・愛媛・高知』　井口文秀え,市原麟一郎,久保喬文　小峰書店　1974　221p　23cm（小学生日本の民話 4）

『火の海の貝』　久保喬作,鈴木義治絵　国土社　1973　173p　21cm（国土社の創作児童文学 7）

『南の島の子もりうた』　久保喬作,淵上昭広絵　岩崎書店　1973　114p　22cm（日本の幼年童話 19）

『赤い帆の舟』　久保喬文　偕成社　1972　150p　22cm（少年少女現代創作民話全集 4）

『いなばの白うさぎ』　久保喬文,武田将美絵　偕成社　1972　144p　23cm（こども絵文庫 32）

『少年の石』　久保喬著,桜井誠絵　新日本出版社　1972　238p　22cm（新日本創作少年少女文学 13）

久保喬

『風とハンドルのうた』　久保喬作, 富山妙子等絵　新日本出版社　1970　114p　21cm（新日本こどもの文学 8）

『恩がえしの話』　久保喬文, 市川禎男等絵　国際情報社　1969　89p　27cm（みんなが知ってる世界おとぎ話 15）

『かっぱのいたずら』　久保喬著, 福田庄助絵　さ・え・ら書房　1969　126p　23cm（メモワール文庫）

『鉄仮面』　デュマ原作, 久保喬文, 石津博典絵　集英社　1968　155p　22cm（少年少女世界の名作 15）

『アラビアン・ナイトーペルシア説話』　久保喬文, 武部本一郎絵　偕成社　1967　126p　23cm（世界の幼年文学 8）

『海はいつも新しい』　久保喬文, 久米宏一絵　理論社　1967　215p　23cm（小学生文庫）

『日本のむかしばなし集』　久保喬, 久米元一, 徳永寿美子文, 鈴木寿雄等絵　講談社　1967　84p　27cm（世界の名作童話 5）

『ネロネロの子ら』　久保喬文, 白根光夫絵　東都書房　1966　174p　22cm

『なんきょくの日の丸』　久保喬文, 藤木邦彦解説, 池田浩彰絵　偕成社　1965　180p　22cm（日本れきし・おはなし集 8）

『ひよどり越え』　久保喬文, 藤木邦彦解説, 池田浩彰絵　偕成社　1965　180p　22cm（日本れきし・おはなし集 3）

『かしの木ホテル』　久保喬文, 小林和子絵　金の星社　1964　186p　22cm（ひらかな童話集）

『ひらかなピノキオ』　コッロディー原作, 久保喬著, 中尾彰絵　金の星社　1964　214p　22cm（ひらかな文庫）

『いじんの話』　久保喬文, 吉松八重樹絵　偕成社　1962　158p　22cm（なかよし絵文庫 55）

『ワシントン』　久保喬文, 武部本一郎絵　偕成社　1959　166p　22cm（なかよし絵文庫 40）

『片耳の大鹿・名なし島の子ら』　椋鳩十, 久保喬文, 佐藤忠良絵　麦書房　1958　36p　21cm（雨の日文庫 第1集8）

『空気のなくなる日・おばけものがたり・波と星』　岩倉政治, 関英雄, 久保喬文　麦書房　1958　38p　21cm（雨の日文庫 第2集10）

『たから島』　スチブンスン原作, 久保喬文, 池田かずお絵　小学館　1958　112p　22cm（小学館の幼年文庫 36）

『鉄仮面』　デューマ原作, 久保喬著, 亀山ひろし絵　集英社　1958　154p　22cm（少年少女物語文庫 24）

『ひらかなピノキオ』　コロディ原作, 久保喬著, 中尾彰絵　金の星社　1958　214p　22cm

『アンデルセンものがたり 3年生』　アンデルセン原作, 久保喬著, 原田雅兆絵　現代社　1957　203p　22cm（こどものための世界名作教室）

『いなばの白うさぎ』　久保喬文, 大石哲路絵　偕成社　1957　156p　22cm（なかよし絵文庫 2）

『そらのリスくん』　久保喬文, 久米宏一絵　宝文館　1957　153p　22cm（ペンギンどうわぶんこ）

『二宮金次郎』　久保喬文, 水野二郎絵　偕成社　1957　150p　22cm（なかよし絵文庫 7）

『かぐやひめ』　久保喬文, 岳野美絵　宝文館　1955　96p　22cm（宝文館の小学生文庫 1年生）

『子ざるのゆめー2年生どうわ』　久保喬文, 大石哲路絵　金の星社　1955　203p　19cm

『ロビンソン・クルーソー』　デフォー作, 久保喬著, 増田悟郎絵　あかね書房　1955　218p　19cm（幼年世界名作全集 14）

『ロビンソンのぼうけん』　デフォー原作, 久保喬文, 畠野圭右絵　小学館　1955　116p　22cm（小学館の幼年文庫 19）

『かえるのラジオー3年生童話』　久保喬文, 中尾彰絵　金の星社　1954　204p　19cm

『日本児童文学全集　11　少年少女小説篇1』　吉屋信子, 木内高音, 吉田甲子太郎, 後藤楢根, 青木茂, 国分一太郎, 椋鳩十, 久保喬, 田畑修一郎, 松坂忠則, 伊藤貴麿, 小山勝清, 森田たま, 吉田絃二郎, 波多野完治作　河出書房　1954　344p　22cm

『ピノキオ』　コロディ原作, 久保喬文, 武井武雄絵　小学館　1953　116p　22cm（小学館の幼年文庫 1）

『りんごのおどり』　久保喬文　泰光堂　1953　126p　22cm（ひらがなぶんこ 7）

来栖　良夫
くるす・よしお
《1916～2001》

『光太夫オロシャばなし』　来栖良夫著　新日本出版社　1992.4　205p　20cm　1500円　①4-406-02067-5〈文芸書版〉

『弥次さん喜多さん』　来栖良夫文, 二俣英五郎画　童心社　1989.11　177p　18cm（フォア文庫）　500円　①4-494-02675-1
内容　ゆかいなゆかいな、江戸っ子コンビの弥次さん喜多さん。お江戸日本橋を出発して、京・大坂へ。東海道五十三次、爆笑の連続！─日本古典名作『東海道中膝栗毛』ジュニア版。

『まほうつかいがいっぱい』　来栖良夫作, 篠崎三朗絵　草炎社　1984.11　85p　22cm（草炎社こども文庫）　980円

『めいけんおばかさん』　来栖良夫文, 橋本淳子絵　草土文化　1984.11　28p　25cm　1200円

『来栖良夫児童文学全集　10　戦争と人間のいのち―ノンフィクション』　岩崎書店　1983.3　300p　22cm　1300円

『来栖良夫児童文学全集　9　波浮の平六―歴史小説6』　岩崎書店　1983.3　249p　22cm　1300円

『来栖良夫児童文学全集　8　光太夫オロシャばなし―歴史小説5』　岩崎書店　1983.3　286p　22cm　1300円

『来栖良夫児童文学全集　7　文政丹後ばなし―歴史小説4』　岩崎書店　1983.3　290p　22cm　1300円

『来栖良夫児童文学全集　6　瀬戸のかじこ・西の海のクジラとり―歴史小説3』　岩崎書店　1983.3　249p　22cm　1300円

『来栖良夫児童文学全集　5　少女たちの冬・鉄砲金さわぎ―歴史小説2』　岩崎書店　1983.3　270p　22cm　1300円

『来栖良夫児童文学全集　4　くろ助・江戸のおもちゃ屋―歴史小説1』　岩崎書店　1983.3　273p　22cm　1300円

『来栖良夫児童文学全集　3　機関車くん・やっかいな友だち―童話編3』　岩崎書店　1983.3　327p　22cm　1300円

『来栖良夫児童文学全集　2　もうけ半分の顔・おばけ雲―童話編2』　岩崎書店　1983.3　323p　22cm　1300円

『来栖良夫児童文学全集　1　ラッパをふいたくま・村いちばんのさくらの木―童話編1』　岩崎書店　1983.3　259p　22cm　1300円〈付（図1枚 袋入）

『光太夫オロシャばなし』　来栖良夫作, 藤沢友一画　童心社　1982.11　274p　18cm（フォア文庫）　430円

『はだかの捕虜』　来栖良夫著, 久米宏一絵　新日本出版社　1982.8　190p　22cm（新日本少年少女の文学）　1200円

『弥次さん北さん―わたしの膝栗毛』　二俣英五郎え、来栖良夫ぶん　童心社　1982.3　198p　23cm（こどもの古典 9）　980円〈解説:近藤忠義　叢書の監修:西尾実　初刷:1970（昭和45）図版〉

『光太夫オロシャばなし』　来栖良夫著, 桜井誠絵　新日本出版社　1981.5　230p　22cm（新日本少年少女の文学 1）　980円〈巻末:文献　初刷:1974（昭和49）〉

『波浮の平六』　来栖良夫作, 北島新平画　ほるぷ出版　1981.2　238p　21cm（ほるぷ創作文庫）　1200円

『きのこのおどり』　来栖良夫さく, 箕田源二郎え　新日本出版社　1980.10　70p　22cm（新日本おはなし文庫）　780円

『やっかいな友だち』　岩淵慶造え、来栖良夫作　金の星社　1980.2　206p　22cm（創作子どもの本）　850円〈図版〉

小出正吾

『くろ助』　来栖良夫作，箕田源二郎画　岩崎書店　1979.10　156p　18cm（フォア文庫）　390円

『おばけ雲』　来栖良夫作，市川禎男絵　新日本出版社　1978.3　142p　21cm（新日本こどもの文学）　980円〈初刷:1969（昭和44）図版〉

『やっかいな友だち』　来栖良夫著　金の星社　1976.2　206p　22cm（創作子どもの本）　750円

『光太夫オロシャばなし』　来栖良夫著，桜井誠絵　新日本出版社　1974　230p　22cm（新日本少年少女の文学 1）

『文政丹後ばなし』　来栖良夫文，武部本一郎絵　偕成社　1973　266p　21cm（少年少女創作文学）

『江戸のおもちゃ屋』　来栖良夫文，久米宏一絵　岩崎書店　1970　241p　22cm（少年少女歴史小説シリーズ）

『弥次さん北さん—わたしの膝栗毛』　来栖良夫著　童心社　1970　198p　23cm（こどもの古典 9）〈監修:西尾実 図版〉

『おばけ雲』　来栖良夫作，市川禎男絵　新日本出版社　1969　142p　21cm（新日本こどもの文学 5）

『くろ助』　来栖良夫文，箕田源二郎絵　岩崎書店　1968　230p　22cm（少年少女歴史小説シリーズ）

『むらいちばんのさくらの木』　くるすよしお作，阿部知二等編，みたげんじろう絵　麦書房　1966　22p　21cm（新編雨の日文庫 9）

『エジソン』　来栖良夫文，むらおかせいこう絵　ポプラ社　1962　60p　27cm（おはなし文庫 53）

『そんごくう』　呉承恩原作，来栖良夫文，むらたかん絵　ポプラ社　1962　60p　27cm（おはなし文庫 39）

『ちょんまげのちんどんや・ひのなかにたつまとい』　せきひでお，くるすよしお文，すずきけんじ絵　麦書房　1959　24p　21cm（雨の日文庫 第5集16）

『むらいちばんのさくらの木』　くるすよしお文，みたげんじろう絵　麦書房　1959　24p　21cm（雨の日文庫 第5集4）

『イワンの馬鹿』　トルストイ原作，来栖良夫著，宮木かおる絵　ポプラ社　1957　142p　22cm（たのしい名作童話 25）

小出　正吾
こいで・しょうご
《1897～1990》

『小出正吾児童文学全集　4』　小出正吾著　審美社　2001.2　424p　21cm　3000円　④4-7883-8034-X
[目次]　こまぐさ，氷の国の春，おもちゃの谷，無人島の四年間，花の時計，わすれな草，サレムじいさん，赤道祭，豹退治，太平洋の橋，花と少年，天才ミケランジェロ，ベートーベン，アフリカの光—シュバイツァー博士，ノアの箱船，少年ダビデ，聖書の話，上げ潮 引き潮，猿と蛍の合戦，仲のよいリスとハゼ，大鷲と二人の兄弟，赤いはね，しょうがパンのぼうや，赤めんどりと小麦つぶ，モミの木，村のかじ屋，うかれバイオリン，雪のお話，石のさいばん，アトリの鐘，仙女のおくりもの，捨て子の王子，江戸太郎左衛門の話
[内容]　本書には，少年小説，少女小説，童話，伝記，聖書物語，世界の伝説・昔話や名作の再話など，多彩なジャンルの計三十四編を収めた。

『小出正吾児童文学全集　3』　小出正吾著　審美社　2000.9　419p　22cm　3000円　④4-7883-8033-1
[目次]　天使のとんでいる絵，谷間の学校，ポストの小鳥，ジンタの音，おとぎ芝居，逢う魔が時，芭蕉の庭，来年の春，やきいも，小さい子の死，モンキー博士，ぽんこつバス，大きなお話，小鳥精進・酒精進，大挽き善六，いいなり地蔵，きっちょむさんの話

『小出正吾児童文学全集　2』　小出正吾著　審美社　2000.5　410p　22cm　3000円　④4-7883-8032-3
[目次]　山寺，かっぱ橋，北から来た汽車，お祭り，みつ蜂みっちゃん，おうち，村長さんのひげ，風と木の話，二つの自動車，うぐいす，のろまなローラ，三びきの山羊，北山花作のはなし，ダルマさんのタコ，桜んぼ，子やぎのたんじょう，ずんぐり大将，ゆうびん屋さんのはなし，風船虫，山へ行く一家，花の絵，コスモスの花，正一の町，ぜっぺき，アカシヤの花，花のおじいさん，七つの星，春がきたた，浜べの

小出正吾

友だち、お山のクリスマス、熊助くん、黒い門、夏休みこい、ちびとのっぽ、柿の実、春はどこからやってくる？
内容 本巻に収めた作品は、昭和16年夏から26年秋にわたる、作者34歳から44歳までの10年間、創作意欲旺盛な時期の作品群である。と同時にこれらは、太平洋戦争の勃発、敗戦、民主化という、史上未曽有の激動期において創出された作品群でもある。作者一流の語り口の明るさで子供心を浮き立たせた作品が本巻には多く見られる。

『小出正吾児童文学全集 1』 小出正吾著 審美社 2000.1 414p 22cm 3000円 ①4-7883-8031-5〈肖像あり〉
目次 赤い実、つばさ、兎吉の手紙、耳助の返事、西瓜番、ふるぐつホテル、風琴じいさん、雪の日、村の馬、サツマ・ハヤト、白い雀、リンゴとバナナ、古い絵本、土のおばさん、天へ昇った魚、りんごの村、名犬コロの物語、雨と太陽、フクロウの子、べにすずめ、太あ坊、ふくろう、だるま船、金的、となりの人たち、蝶、春の鉄道馬車、木いちご、いろいろなもののいた道、蛙の鳴く頃、空をとぶ馬車、凧
内容 小出正吾（1897〜1990）は天性のユーモリストで、幼時からの敬虔なクリスチャンであり、自然と人間と平和を愛しつづけ、生涯童心を失わなかった稀有な児童文学者であった。その著作は、童話、少年少女小説、再話、翻訳、伝記、聖書物語、エッセイなど多岐にわたり、出版された単行本は百四十数冊、共著や編著を合わせると総数二百五十冊を超える。児童文学の分野だけでなく、おとな向けに書かれた作品も少なくない。本全集は、厖大な小出の著作のなかから、主要な創作童話と少年少女小説、それに若干の再話および伝記を加え、全四巻に編集したものである。第一巻には、大正十一年（1922）ごろから昭和十六年（1941）にいたる初期の作品三十二編を収めた。

『幼年文学名作選 23 名犬コロのものがたり』 小出正吾作, 岩淵慶造絵 岩崎書店 1989.3 100p 22cm 1200円 ①4-265-03723-2

『赤道祭ー小出正吾童話選集』 小出正吾著 審美社 1986.6 201p 22cm 1900円

『家なき子』 マロー作, 小出正吾ぶん, 岡野謙こえ 改訂版 偕成社 1986.3 126p 23cm（カラー版・世界の幼年文学） 980円 ①4-03-408130-9
内容 みなしごのレミ少年が、旅芸人のおじいさんにつれられて、フランスの町をつぎつぎとあるいてまわります。とちゅう、いろいろ苦しいことにであいますが、くじけずに旅をつづけて、さいごにほんとうのお母さんにめぐりあいます。フランスでアカデミー大賞を受賞した名作です。

『日本キリスト教児童文学全集 第5巻 空をとぶ馬車ー小出正吾集』 小出正吾著 教文館 1982.12 186p 22cm 1800円

『べにざらかけざらー東京・くわんくわんー神奈川』 市川禎男画, 小出正吾文 都市と生活社 1982.3 63p 21cm（日本のふるさと・こどもの民話 9） 580円〈解説:北川幸比古 叢書の編集:北川幸比古〉

『名犬コロのものがたり』 小出正吾作, 岩淵慶造絵 岩崎書店 1982.3 100p 22cm（日本の幼年童話 23） 1100円〈解説:関英雄 叢書の編集:菅忠道〔ほか〕 初刷:1974（昭和49） 図版〉
目次 空をとぶ馬車、名犬コロのものがたり、ぜっぺき・

『日本のふるさと・こどもの民話 9 べにざらかけざら（東京）・くわんくわん（神奈川）』 北川幸比古責任編集 小出正吾文, 市川禎男画 都市と生活社 1982 63p 21cm 580円

『かっぱ橋』 小出正吾著 大日本図書 1981.6 75p 22cm（子ども図書館） 750円〈解説:島越信 初刷:1968（昭和43）〉
目次 ぜっぺき、かっぱ橋、ヒョウたいじ

『ジンタの音』 小出正吾著 偕成社 1977.12 210p 19cm（偕成社文庫） 390円

『天使のとんでいる絵』 小出正吾著, 鈴木義治絵 講談社 1977.6 127p 22cm（児童文学創作シリーズ） 850円

『ジンタの音』 小出正吾文, 鈴木義治え 偕成社 1974 210p 21cm（少年少女創作文学）

『名犬コロのものがたり』　小出正吾作，岩淵慶造絵　岩崎書店　1974　100p　22cm（日本の幼年童話 23）

『イソップどうわ』　イソップ作，小出正吾ぶん，三好碩也え　学習研究社　1971　159p　24cm（愛蔵版・世界の童話 1）

『マッチ売りの少女』　アンデルセン原作，小出正吾文，田中槙子絵　偕成社　1971　144p　23cm（こども絵文庫 30）

『カリバーのぼうけん』　小出正吾文，鳥居敏文絵　金の星社　1970　205p　22cm（世界の幼年文庫 6）

『かっぱ橋』　小出正吾文，三芳悌吉絵　大日本図書　1968　75p　22cm（子ども図書館）

『家なき子』　マロー作，小出正吾文，岡野謙二絵　偕成社　1967　126p　23cm（世界の幼年文学 13）

『月よのバス・木いちご』　せきひでお，こいでしょうご作，阿部知二等編，みたげんじろう絵　麦書房　1966　21p　21cm（新編雨の日文庫 5）

『ひらかなガリバーの冒険』　スウィフト原作，小出正吾著　金の星社　1964　205p　22cm（ひらかな文庫）

『奇術師のかばん―塚原健二郎・小出正吾・川崎大治・槙本楠郎童話集』　塚原健二郎，小出正吾，川崎大治，槙本楠郎作，桜井誠絵　偕成社　1962　240p　23cm（日本児童文学全集 11）

『聖書ものがたり』　小出正吾文，有岡一郎等絵　牧書店　1959　172p　21cm（世界名作シリーズ 5）

『グリム絵ものがたり』　グリム兄弟原作，小出正吾文，花野原芳明絵　偕成社　1958　162p　22cm（なかよし絵文庫 25）

『小公子』　バーネット原作，小出正吾著，斎藤長三絵　実業之日本社　1957　160p　22cm（名作絵文庫 3年生）

『マッチ売りの少女』　アンデルセン原作，小出正吾文，佐藤ひろ子絵　偕成社　1957　158p　22cm（なかよし絵文庫 8）

『リンカーン』　小出正吾文，梁川剛一絵　小学館　1956　116p　22cm（小学館の幼年文庫 27）

『はくちょうのおうじ』　アンデルセン原作，小出正吾文，長谷川露二等絵　小学館　1954　116p　22cm（小学館の幼年文庫 6）

『風船虫』　小出正吾文，三田康絵　金の星社　1954　200p　22cm（現代児童文学名作選 2）

『揚子江の少年』　エリザベス・ルウィズ原作，小出正吾訳　講談社　1954　320p　19cm（世界名作全集 84）

『新しい童話　3年生』　小出正吾文，太田大八絵　鶴書房　1953　214p　22cm

『ひらかなガリバーのぼうけん』　スウィフト原作，小出正吾著，鳥居敏文絵　金の星社　1953　205p　21cm

上崎　美恵子
こうざき・みえこ
《1924～1997》

『まほうのベンチ』　上崎美恵子作，渡辺有一絵　改訂　ポプラ社　2000.1　61p　23cm（カラー版・創作えばなし 7）　1200円　①4-591-06289-9

『月夜のふしぎ道』　上崎美恵子作，狩野富貴子絵　小峰書店　1996.6　125p　22cm（赤い鳥文庫）　1200円　①4-338-07816-2〈叢書の編者:赤い鳥の会〉
内容 小学校中学年より。

『ルビー色のホテル』　上崎美恵子さく，樋口千登世え　PHP研究所　1994.7　100p　22cm（PHP創作シリーズ）　1100円　①4-569-58891-3
内容 完成しないうちに，こわされることになったかわいそうな岬のホテル。「でも本当は，すてきなお客さまをこっそりおとめしたのですよ―」とホテルは，静かに語りはじめました。小学中級以上。

『とおいあの日にたべたパン』　上崎美恵子作，鈴木幸枝絵　草炎社　1992.6　126p　22cm（草炎社ともだち文庫 9）　1200円　①4-88264-129-1
内容 学校がえり，かんじのわるい女子中学生と出あってから…，ヨリコの身のまわりにつ

ぎつぎふしぎなことが起きる。えびせんべいが消えて、グレープフルーツが消え、ドーナツも消えた―。4年3組の仲よしコンビ、ミカちゃんに話してもわかってもらえない。やがて…、ヨリコが知ったとおいあの日のパンの正体は―?小学中級から。

『こちらおばけサービス社』　上崎美恵子作,沢田真理絵　秋書房　1992.5　93p　23cm　960円　①4-87019-017-6
[内容]ようすけがおばけサービス社にでんわすると、おじさんがバイクにのってやってきました。「えーっ、お、おじさん、お、お、おばけ?」「そうですよ。」といったとたん、おじさんは、ふわふわ、1メートルほど、うきあがりました。小学中学年むき。

『なみだポロリンきつねの子』　上崎美恵子作,栗原徹絵　ポプラ社　1991.2　95p　22cm（動物おはなしの国6）　880円　①4-591-02906-9
[内容]水のようせいアワブクリは、いたずらが人すき。水をのみにくる山の動物たちに水をかけたり、滝つぼにひきずりこんだり…。ある日、アワブクリの前に三びきの子ぎつねをつれた母ぎつねがあらわれました。そのなかのよさにアワブクリはいたずらしたくなりました。ところが…。

『とらねこにゃんのラブレター』　上崎美恵子作,村井香葉絵　ポプラ社　1989.5　95p　22cm（ポプラ社のなかよし童話53）　780円　①4-591-02960-3
[内容]とらねこにゃんの、ラブレターのひみつとは? ねこのラブレターをかくはめになってクラスの友だちから、すっかりごかいされてしまったみはる。ラブレータのひみつをさぐるため、ねこの尾行かいし。

『海からとどいたプレゼント』　上崎美恵子作,笠原美子画　岩崎書店　1988.9　193p　22cm（現代の創作児童文学）　980円　①4-265-92840-4
[内容]小学4年生ののぞみは、写生のために訪れた水族館で、尾びれがきずついた青い小さなさかなと出会う。コバルトスズメとよばれるそのさかなは、水漕のなかを浮きあがったり、よこだおしになりながら、懸命に泳いでいる。きずのなおることを祈る思いで、のぞみは一心にコバルトスズメを写生するのだった。―ふしぎなことは、その日の真夜中におこった。ねているのぞみの耳もとで、小さな男の子の声がきこえ、天井のちかくで、小さな青い光がゆれはじめたのだ。

『大きな大きなおんなの子』　上崎美恵子作,横瀬信子絵　金の星社　1987.12　84p　22cm（ともだちぶんこ）　680円　①4-323-01191-1
[内容]しっぽのさきを、かくんとかんで、きつねの子はおんなの子になりました。小学校1・2年生に!

『ユカにとどいたふしぎな手紙』　上崎美恵子作,小泉るみ子絵　旺文社　1987.4　150p　22cm（旺文社創作児童文学）　980円　①4-01-069492-0
[目次]林にきえた犬のなぞ,ユカにとどいたふしぎな手紙
[内容]雑木林の中で、青い炎が燃え上がり飛んでいった。同じ林で、今度は犬のピースまでが消えてしまった。ユカの見た炎は何だったのだろうか。（林にきえた犬のなぞ）ユカのもとへ、おろち神社のへびからおわびまいりにこいと手紙がきた!?（ユカにとどいたふしぎな手紙）ハラハラ・ドキドキ・ワクワクの推理小説2編を収録。

『そよ風のせんぷうき』　上崎美恵子作,わたなべあきお絵　ひさかたチャイルド　1986.6　77p　22cm（ひさかた童話館）　800円　①4-89325-373-5
[内容]風の子バルの小さなせんぷうきは、花や木の葉が変身したものです。そして、いいかおりのする風がふいてきて、ハルキをおどろかせ風の子バルのことがわかり、なかよしになります。しかし、ある事件をきっかけにけんかをしてしまいますが…

『シンデレラ』　ペロー作,上崎美恵子文,ミレ夫妻画　小学館　1986.4　70p　24×20cm（国際版はじめての童話10）　580円　①4-09-246010-4
[目次]シンデレラ,ほうせきひめ,ライオンのめがね

『まぬけなとらねこにゃん』　上崎美恵子作,村井香葉絵　ポプラ社　1986.2　95p　22cm（ポプラ社のなかよし童話）　750円　①4-591-02242-0

『まじょがつくったアイスクリーム』　上崎美恵子さく,佐竹美保え　ポプラ社　1985.10　68p　22cm（ポプラ社の小さな童話）　680円　①4-591-02069-X

『おしゃれおばけの小さなデート』　上崎美恵子作,佐竹美保絵　ポプラ社　1985.7　110p　22cm（こども童話館）　780円　①4-591-02024-X

『くいしんぼうなおきゃくさま』　上崎美恵子さく,鈴木幸枝え　京都　PHP研究所　1985.1　68p　22cm（PHPゆかいなどうわ）　780円　①4-569-28272-5

『ゆめみるカネじいさん』　上崎美恵子作,勝又進画　理論社　1985.1　138p　18cm（フォア文庫）　390円

『はめるんのふえふき』　グリムさく,上崎美恵子ぶん,栗原徹え　金の星社　1984.11　77p　22cm（せかいの名作ぶんこ）　580円　①4-323-00139-8

『長いしっぽのポテトおじさん』　上崎美恵子作,笠原美子絵　岩崎書店　1984.10　129p　22cm（岩崎幼年文庫）　1100円　①4-265-91729-1

『ケーキのすきなおばけ』　こうざきみえこ作,いせひでこ絵　佑学社　1984.6　79p　23cm　880円

『いじめっことんでけ!』　上崎美恵子ぶん,渡辺有一え　旺文社　1984.4　54p　24cm（旺文社創作童話）　880円　①4-01-069116-6

『だぶだぶだいすき』　上崎美恵子作,上野紀子絵　秋書房　1984.3　92p　23cm　880円

『まほうのベンチ』　上崎美恵子著　ポプラ社　1984.1　190p　18cm（ポプラ社文庫）　390円

『海がうたう歌』　上崎美恵子作,西村郁雄絵　理論社　1982.3　269p　23cm（ジュニア・ライブラリー―日本編）　1500円〈初刷:1974（昭和49）〉

『デカおじさんと小さなともだち』　上崎美恵子作,渡辺有一絵　ポプラ社　1982.3　95p　22cm（ポプラ社のなかよし童話）　750円

『リラちゃんはまほうのきんぎょ』　上崎美恵子作,末崎茂樹絵　文研出版　1981.10　48p　24cm（文研の創作えどうわ）　880円　①4-580-80376-0

『まほうのあかちゃん』　上崎美恵子作,西村郁雄絵　旺文社　1981.5　156p　22cm（旺文社ジュニア図書館）　650円〈解説:白木茂,赤坂包夫　叢書の編集:神宮輝夫〔ほか〕　初刷:1972（昭和47）〉

『まほうのベンチ』　上崎美恵子作,渡辺有一絵　ポプラ社　1981.4　60p　24cm（創作えばなし 24）　800円〈カラー版初刷:1975（昭和50）〉

『ぼろきれねこちゃん』　上崎美恵子さく,かつまたすすむえ　京都　PHP研究所　1981.3　55p　23cm（こころの幼年童話）　940円

『おおばかめ先生』　上崎美恵子作,渡辺有一絵　ポプラ社　1980.11　158p　22cm（こども文学館）　780円

『歌いたがりの花』　上崎美恵子作,梅田俊作絵　講談社　1980.8　228p　22cm（児童文学創作シリーズ）　980円

『うさぎパンタロン』　上崎美恵子さく,尾崎真吾え　ティビーエス・ブリタニカ　1980.6　51p　23cm　880円

『少年少女世界童話全集―国際版　第9巻　かえるの王さま』　グリム兄弟原作,上崎美恵子文　小学館　1979.8　133p　28cm　1250円

『うたうせんめんき』　上崎美恵子作,阿部肇絵　講談社　1979.7　92p　22cm（講談社の新創作童話）　650円

『ちゃぷちゃっぷんの話』　上崎美恵子作,井上洋介絵　旺文社　1979.4　157p　22cm（旺文社ジュニア図書館）　650円〈解説:西本鶏介　叢書の編集:神宮輝夫〔ほか〕〉

『いたずらごんとみほちゃん』　上崎美恵子作,宮下信子絵　ポプラ社　1978.12　61p　23cm（ふるさとの童話）　780円

『おしゃれねこ、ちろ』　上崎美恵子作,渡辺洋二絵　講談社　1978.11　76p　22cm（講談社の幼年創作童話）　550円

『そよそよ山』　上崎美恵子作,若菜珪絵　京都　PHP研究所　1978.11　181p　22cm　950円

幸田露伴

『少年少女世界文学全集—国際版　第22巻　獅子王リチャード』　スコット原作, ディエーゴ絵, 西村暢夫訳, 上崎美恵子文　小学館　1978.9　170p　28cm　1250円

『おしゃべりコアラ』　上崎美恵子作, 黒井健絵　金の星社　1978.2　70p　22cm（新・創作えぶんこ）　850円

『まぼろしのバス』　上崎美恵子作, 大古尅己え　理論社　1978.1　181p　23cm（つのぶえシリーズ）　920円

『およげちびっこ』　上崎美恵子作, 西村郁雄絵　ポプラ社　1977.8　28p　23cm（ポプラ社のともだち文庫）　600円

『母と子の日本の民話　24　山ぶしときつね』　上崎美恵子文, 中村千尋絵　集英社　1977.6　158p　22cm　480円〈監修：関敬吾, 坪田譲治, 和歌森太郎〉

『月夜のめちゃらくちゃら』　上崎美恵子作, 若菜珪絵　旺文社　1977.4　126p　22cm（旺文社ジュニア図書館）　650円

『少年少女世界名作全集　29　オズの魔法つかい』　バウム原作, 上崎美恵子文, 西村達馬絵　主婦の友社　1977　182p　22cm　390円

『ゆめみるカネじいさん』　上崎美恵子作, 勝又進絵　理論社　1976.9　109p（理論社・おはなしBOOK）　900円

『おさるでんしゃ』　上崎美恵子著, 熊川正雄画　小学館　1976.4　43p　22cm（小学館の創作童話シリーズ 27）　380円

『ドリーの幸福』　スピリ著, 中川芳介訳, 上崎美恵子文　集英社　1976.2　184p　22cm（マーガレット文庫世界の名作 23）　580円

『かにのはさみやさん』　上崎美恵子作, 安藤洋子画　所沢　けん出版　1976　48p　21×22cm（ペインティング童話シリーズ）

『きえた花嫁』　上崎美恵子著, 小林和子え　集英社　1975　180p　22cm（マーガレット文庫世界の名作）

『ちゃぷちゃっぷんの話』　上崎美恵子作, 井上洋介絵　旺文社　1975　157p　22cm（旺文社ジュニア図書館）

『まほうのベンチ』　上崎美恵子作, 渡辺有一絵　ポプラ社　1975　61p　24cm（創作えばなし 24）〈カラー版〉

『海がうたう歌』　上崎美恵子作, 西村郁雄絵　理論社　1974　269p　23cm（ジュニア・ライブラリー）

『おばけやあい!』　上崎美恵子作, 阿部隆夫絵　旺文社　1974　157p　22cm（旺文社ジュニア図書館）

『とらとらねこちゃん』　上崎美恵子作, 西村郁雄え　理論社　1973　138p　23cm（どうわの本棚）

『星からきた犬』　上崎美恵子作, 長新太え　毎日新聞社　1972　214p　22cm

『まほうのあかちゃん』　上崎美恵子作, 西村郁雄絵　旺文社　1972　157p　22cm（旺文社ジュニア図書館）

『ちびくろサンボ』　宮川やすえ, 上崎美恵子, 久米元一文, 小野木学等絵　講談社　1968　84p　27cm（世界の名作童話 6）

幸田　文
こうだ・あや
《1904〜1990》

『台所のおと・みそっかす』　幸田文作, 青木奈緒編　岩波書店　2003.6　334p　18cm（岩波少年文庫）　720円
①4-00-114564-2
目次　ひのき（抄）, えぞ松の更新, 都会の静脈, 救急のかけはし, 壁つち, ちどりがけ, かきあわせる, 箱, ことぶき, 三人のじいさん〔ほか〕
内容　父・露伴の没後, 文筆の道に進んだ幸田文。歯切れのいい文章には定評がある。人情の機微をつづる「台所のおと」「祝辞」, 生い立ちを語る「みそっかす」, 露伴の臨終を描いて圧巻の「終焉」など, 孫娘青木奈緒の編んだ幸田文作品集。中学以上。

幸田　露伴
こうだ・ろはん
《1867〜1947》

『田中芳樹の運命—二人の皇帝』　田中芳樹著, 幸田露伴原作　講談社　2002.5

子どもの本・日本の名作童話6000　101

児玉花外

248p 19cm（シリーズ・冒険 3） 1200円 ①4-06-270113-8〈『運命—二人の皇帝』再編集・改題書〉
内容 田中芳樹が幸田露伴の名作『運命』を翻案。

『運命—二人の皇帝』 田中芳樹文，幸田露伴原作，皇名月絵，井上ひさし，里中満智子，椎名誠，神宮輝夫，山中恒編 講談社 1999.3 291p 20cm（痛快世界の冒険文学 18） 1500円 ①4-06-268018-1
内容 1398年、明の太祖洪武帝が崩御したあと、二十二歳の建文帝が即位した。心やさしく、気弱な若き皇帝の地位をかためんとする側近たちは、実力のある皇帝の叔父たちを追いつめる。やがて、叔父のひとり燕王がおこす「靖難の役」。中国悠久の歴史の中で、皇帝の座をめぐり、甥と叔父との激烈な戦いがはじまる。

『幸田露伴集』 幸田露伴文 東西五月社 1960 187p 22cm（少年少女日本文学名作全集 12）

『幸田露伴集』 幸田露伴文，久松潜一等編 東西文明社 1955 231p 22cm（少年少女のための現代日本文学全集 1）

```
児玉　花外
こだま・かがい
《1874～1943》
```

『少年の歌—名作童謡』 児玉花外著 大空社 1996.9 306p 15cm（叢書日本の童謡） ①4-7568-0305-9〈岡村書店大正11年刊の複製〉

```
小林　純一
こばやし・じゅんいち
《1911～1982》
```

『みつばちぶんぶん』 小林純一詩，鈴木義治絵 国土社 2003.1 77p 25×22cm（現代日本童謡詩全集 13） 1600円 ①4-337-24763-7
目次 そうだとばっかり、かぜさん、みつばちぶんぶん、はなのおくのきしゃぽっぽ、どっさりのぼく、ながいあめ、トン・ツウ・ツウ・トン、あめあめふっても、いちご、しらかば〔ほか〕

『子鹿物語』 ローリングス原作，小林純一文，柏村由利子絵 新装再版 世界文化社 2001.7 83p 27×22cm（世界の名作 11） 1200円 ①4-418-01813-1

『茂作じいさん』 小林純一詩，久保雅勇絵 教育出版センター 1980.9 156p 22cm（ジュニア・ポエム双書） 1000円

『みつばちぶんぶん』 小林純一詩，鈴木義治絵 国土社 1978.6 78p 21cm（国土社の詩の本 8） 950円

『茂作じいさん』 小林純一詩，久保雅勇絵 教育出版センター 1978.6 158p 22cm（少年少女のための詩集シリーズ） 800円

『みつばちぶんぶん』 小林純一詩，鈴木義治絵 国土社 1975 78p 21cm（国土社の詩の本 8）

『子鹿物語』 ローリングス原作，小林純一文，柏村由利子絵 世界文化社 1972 83p 27cm（少年少女世界の名作 12）

『ふしぎならんぷ—アラビアン・ナイト』 小林純一文，田代三善絵 集英社 1965 162p 22cm（母と子の名作童話 5）

『銀の触角—少年詩集』 小林純一文，渡辺三郎絵 牧書店 1964 109p 20cm

『小公子』 バーネット夫人原作，小林純一文，あらいごろう絵 ポプラ社 1962 60p 27cm（おはなし文庫 31）

『なまりのへいたい』 アンデルセン原作，小林純一文，こまみやろくろう絵 ポプラ社 1962 60p 27cm（おはなし文庫 21）

『のぐちひでよ』 小林純一文，あらいごろう絵 ポプラ社 1962 60p 27cm（おはなし文庫 41）

『ガリバー旅行記』 スウィフト原作，小林純一著，吉崎正巳絵 ポプラ社 1957 138p 22cm（たのしい名作童話 15）

```
近藤　益雄
こんどう・えきお
《1907～1964》
```

『五島列島—近藤益雄第二童謡集』 近藤益雄著 大空社 1997.3 108p 19cm

（叢書日本の童謡）　①4-7568-0306-7
〈北方教育社昭和9年刊の複製〉

権藤　はな子
ごんどう・はなこ
《1900～1961》

『雪こんこお馬―権藤はな子童謡集』　権藤はな子著　大空社　1996.9　150p　19cm（叢書日本の童謡）
　①4-7568-0305-9〈凡人会昭和7年刊の複製〉

西条　八十
さいじょう・やそ
《1892～1970》

『人食いバラ』　西条八十著, 唐沢俊一監修・解説　ゆまに書房　2003.11　237p　19cm（少女小説傑作選カラサワ・コレクション 1）　1800円　①4-8433-0734-3
[目次]人食いバラ, 狂える演奏会
[内容]大遺産を相続した, みなしごの英子を狙う少女・春美の魔の手！ 西条八十の幻の傑作ミステリ。

『西条八十全集　第3巻　詩3』　西条八十著　国書刊行会　2000.12　582p　21cm　8200円　①4-336-03303-X
[目次]静かなる眉, 蝋人形, 海辺の墓, 哀唱, 赤き猟衣, 巴里小曲集, 彼女, 少女詩集, 紫の罌粟, 純情詩集, 抒情小唄集, 令女詩集, 愛の詩集, 少女純情詩集, 感傷詩集, 西条八十詩集全集代二巻, 西条八十詩謡全集代三巻, 詩を想ふ心, 抒情詩選, 抒情詩抄, 青春詩選, 純情詩選, 白すみれ, 美しき鐘, 少女詩集, 水色の夢, 哀しき虹, 自撰純情詩集, 西条八十純情詩集, 赤い花束, 単行本未収録詩
[内容]静かなる眉・巴里小曲集・彼女・少女純情詩集…。少女たちを魅了する珠玉の小品を集成。

『西条八十全集　第4巻　詩4』　西条八十著　国書刊行会　1997.5　712p　22cm　8600円　①4-336-03304-8〈著者の肖像あり〉

[目次]少年詩集, 国民詩集, 少年愛国詩集, 戦火にうたふ, 銃後, 黄菊の館, 拾遺　解題・解説 藤田圭雄

『少女純情詩集』　西条八十著　大空社　1996.9　293p　16cm（叢書日本の童謡）
　①4-7568-0305-9〈大日本雄弁会講談社昭和11年刊の複製 著者の肖像あり 外箱入〉

『西条八十全集　第11巻　童話』　藤田圭雄ほか編　国書刊行会　1995.1　391p　22cm　7000円　①4-336-03311-0〈著者の肖像あり〉

『西条八十全集　第7巻　童謡2』　藤田圭雄ほか編　国書刊行会　1994.4　402p　22cm　7000円　①4-336-03307-2〈著者の肖像あり〉

『西条八十全集　第6巻　童謡1』　藤田圭雄ほか編　国書刊行会　1992.4　331p　22cm　6500円　①4-336-03306-4〈著者の肖像あり〉
[目次]童謡（大正3年～昭和4年）解題・解説 藤田圭雄著

『西条八十童話集』　西条嫩子編　小学館　1983.4　445p　23cm　2400円　①4-09-206011-4

『西条八十の童話と童謡』　西条八十著, 西条嫩子編　小学館　1981.7　103p　28cm　1800円

『西条八十童謡集』　西条嫩子編　弥生書房　1979.3　94p　18cm（日本の童謡）　680円

『ふしぎな窓』　西条八十原作, 山田太一脚色　水星社　1979　30p　25cm（日本名作童話シリーズ）　590円〈監修:木下恵介〉

『西条八十童謡集』　西条八十作　講談社　1977.10　254p　15cm　980円〈付:西条八十略譜〉

『西条八十童謡全集』　修道社　1971　417p 図 肖像　22cm　1700円

『青衣の怪人』　西条八十文, 岩田浩昌絵　偕成社　1969　270p　19cm（ジュニア探偵小説 17）

『幽霊の塔』　西条八十文, 岩田浩昌絵　偕成社　1969　323p　19cm（ジュニア探偵小説 15）

『悲しき草笛』　西条八十文, 岩井泰三絵　ポプラ社　1967　266p　19cm（ジュニア小説シリーズ 13）

『悲しき草笛』　西条八十文, 日向房子絵　ポプラ社　1960　218p　22cm（少女小説名作全集 3）

『流れ星の歌』　西条八十文, 花房英樹絵　ポプラ社　1956　226p　19cm

『古都の乙女・青衣の怪人・八十少女純情詩集』　西条八十文, 長谷川匠絵　河出書房　1955　370p　20cm（日本少年少女名作全集 20）

『青衣の怪人』　西条八十文, 岩田浩昌絵　偕成社　1955　270p　19cm

『謎の紅ばら荘』　西条八十文, 花村武絵　ポプラ社　1955　272p　19cm

『幽霊やしき』　西条八十文, 花房英樹絵　ポプラ社　1955　232p　19cm

『あらしの白鳩』　西条八十文, 江川みさお絵　偕成社　1954　328p　19cm

『湖畔の乙女』　西条八十文, 山本サダ絵　ポプラ社　1954　220p　19cm

『白百合の君』　西条八十文, 山本サダ絵　ポプラ社　1954　285p　19cm

『天使の翼』　西条八十文, 江川みさお絵　偕成社　1954　316p　19cm

『虹の孤児』　西条八十文, 花房英樹絵　ポプラ社　1954　270p　19cm

『花物語』　西条八十文, 糸賀君子絵　偕成社　1954　278p　19cm

『人食いバラ』　西条八十文, 高木清絵　偕成社　1954　266p　19cm

『魔境の二少女』　西条八十文, 古賀亜十夫絵　偕成社　1954　256p　19cm

『夕月乙女』　西条八十文, 山本サダ絵　ポプラ社　1954　260p　19cm

『夜霧の乙女』　西条八十文, 花村武絵　ポプラ社　1954　282p　19cm

『悪魔博士』　西条八十文, 永松健夫絵　偕成社　1953　272p　19cm

『家なき娘』　マロー原作, 西条八十著, 谷俊彦絵　偕成社　1953　322p　19cm

『級の明星』　西条八十文, 糸井俊二絵　ポプラ社　1953　267p　19cm

『日本児童文学全集　9　詩・童謡篇』　北原白秋, 三木露風, 西条八十, 野口雨情, 島木赤彦, 百田宗治, 丸山薫, サトウ・ハチロー, 巽聖歌, 佐藤義美, 与田凖一作, 初山滋絵　河出書房　1953　357p　22cm
目次 北原白秋集　三木露風集　西条八十集　野口雨情集　島木赤彦集　百田宗治集　丸山薫集　サトウ・ハチロー集　巽聖歌集　佐藤義美集　与田凖一集

『幽霊の塔』　西条八十文, 岩田浩昌絵　偕成社　1953　323p　19cm

『荒野の少女』　西条八十文, 佐藤春樹絵　ポプラ社　1952　301p　19cm

『古都の乙女』　西条八十文, 佐藤春樹絵　ポプラ社　1952　302p　19cm

『青衣の怪人』　西条八十文, 富永謙太郎絵　講談社　1952　230p　19cm（少年少女評判読物選集 1）

『天使の翼』　西条八十文　東光出版社　1952　302p　19cm

『少女詩集』　西条八十文　宝文館　1951　180p　15cm

『少女純情詩集』　西条八十文, 加藤まさを等絵　講談社　1951　266p　16cm

『虹の乙女』　西条八十文, 日向房子絵　ポプラ社　1951　246p　19cm

斎藤　信夫
さいとう・のぶお
《1911～1987》

『子ども心を友として―童謡詩集』　斎藤信夫著, 斎藤信夫童謡編集委員会編　成東町（千葉県）　成東町教育委員会　1996.3　287p　22cm〈「里の秋」誕生50周年記念出版　著者の肖像あり〉

『里の秋―童謡詩集』　斎藤信夫著　成東町（千葉県）　童謡詩集・里の秋出版後援会　1986.3　208p　22cm　2000円〈「里の秋」誕生40周年記念出版　著者の肖像あり〉

斎藤　隆介
さいとう・りゅうすけ
《1917〜1985》

『ベロ出しチョンマ』　斎藤隆介作, 滝平二郎画　理論社　2004.2　238p　18cm（フォア文庫愛蔵版）　1000円　①4-652-07385-2
目次　花咲き山, 八郎, 三コ, 東・太郎と西・次郎, ベロ出しチョンマ, 一ノ字鬼, 毎日正月, モチモチの木, なんむ一病息災, ソメコとオニ, 死神どんぶら, 緑の馬, 五ой助奉公, こだま峠, もんがく, 浪兵衛, おかめ・ひょっとこ, 白猫おみつ, 天の笛, 春の雲, ひばりの矢, ひいふう山の風の神, ドンドコ山の子ガミナリ, カッパの笛, 天狗笑い, 白い花, 寒い母, トキ
内容　はりつけの刑にさた兄と妹。妹思いの兄長松は, 死の直前ベロッと舌を出し, 妹を笑わせようとした。

『モチモチの木』　斎藤隆介作, 滝平二郎絵　理論社　2001.2　183p　21cm（新・名作の愛蔵版）　1200円　①4-652-00510-5
内容　夜ひとりではセッチンにいけない, おくびょうな豆太。ところがある夜, 目をさますと, ジサマがハライタでうなっています。豆太は夜道をすっとんで, イシャサマをよびにいきます…「モチモチの木」など, 13のお話集。1967年に出版されて, 日本の児童文学に新しい風を吹きこんだ『ベロ出しチョンマ』を2分冊。日本児童文学の歴史に残るロングセラーをA5判サイズで活字も新しくページもリニューアルしました。

『ベロ出しチョンマ』　斎藤隆介作, 滝平二郎絵　理論社　2000.11　197p　21cm（新・名作の愛蔵版）　1200円　①4-652-00509-1
目次　花咲き山, ソメコとオニ, 死神どんぶら, 毎日正月, 春の雲, ベロ出しチョンマ, 白猫おみつ, おかめ・ひょっとこ, こだま峠, 天狗笑い, 緑の馬, 天の笛, 白い花, 寒い母, トキ
内容　1967年に出版されて, 日本の児童文学に新しい風を吹きこんだ『ベロ出しチョンマ』を2分冊。日本児童文学の歴史に残るロングセラーをA5判サイズで活字も新しく2分冊でリニューアルしました。

『花さき山・ソメコとオニ』　斎藤隆介作〔点字資料〕　大阪　日本ライトハウス　1998.4　24p　27cm　1100円〈原本:東京　岩崎書店　1969-1987　ものがたり絵本20, 岩崎創作絵本11〉

『でえだらぼう』　斎藤隆介作, 新居広治画　新版　創風社　1996.4　1冊　31×23cm　1648円　①4-915659-80-1
内容　足なえの大きな図体のでえだらぼうは, はじめは役立たずの若者だった。しかしいったん自分の足で立ち上がると, 喜んで人々の苦難を助け, どんどん大きな巨人に育っていく。

『モチモチの木』　斎藤隆介作, 滝平二郎絵　岩崎書店　1995.4　77p　22cm（日本の名作童話5）　1500円　①4-265-03755-0

『かみなりむすめ』　斎藤隆介作, 滝平二郎絵　岩崎書店　1988.7　32p　25cm（岩崎創作絵本）　980円　①4-265-91113-7

『花咲き山ものがたり』　斎藤隆介作, 滝平二郎え　理論社　1986.1　170p　22cm（名作ランド）　880円

『モチモチの木ものがたり』　斎藤隆介作, 滝平二郎え　理論社　1986.1　176p　22cm（名作ランド）　880円

『斎藤隆介全集　第3巻　虹の橋・桔梗の花―短編童話3』　岩崎書店　1982.12　304p　23cm　1400円

『斎藤隆介全集　第10巻　町の職人―ノンフィクション3』　岩崎書店　1982.11　235p　23cm　1400円

『斎藤隆介全集　第9巻　続職人衆昔ばなし―ノンフィクション2』　岩崎書店　1982.10　247p　23cm　1400円

『斎藤隆介全集　第8巻　職人衆昔ばなし―ノンフィクション1』　岩崎書店　1982.9　321p　23cm　1400円

『斎藤隆介全集　第11巻　日本のおばあちゃん―ノンフィクション4』　岩崎書店　1982.8　225p　23cm　1400円

『斎藤隆介全集　第12巻　春の声・寒い母―大人の童話』　岩崎書店　1982.7　287p　19cm　1400円

斎藤隆介

『斎藤隆介全集　第7巻　天の赤馬―長編童話3』　岩崎書店　1982.6　271p　23cm　1400円

『斎藤隆介全集　第5巻　ちょうちん屋のままっ子―長編童話1』　岩崎書店　1982.5　227p　23cm　1400円

『ベロ出しチョンマ―斎藤隆介・創作童話集』　滝平二郎絵　理論社　1982.5　219p　23cm（理論社名作の愛蔵版）　860円〈初刷:1967（昭和42）〉
　目次　花咲き山〔ほか27編〕

『斎藤隆介全集　第4巻　ケチ六・火を噴く山―短編童話4』　岩崎書店　1982.4　251p　23cm　1400円

『ちょうちん屋のままッ子』　斎藤隆介作, 滝平二郎絵　1982年版　理論社　1982.4　251p　23cm（日本の児童文学）〈愛蔵版〉

『ベロ出しチョンマ―父母におくる童話集』　斎藤隆介作, 滝平二郎絵　1982年版　理論社　1982.4　219p　23cm（日本の児童文学）〈愛蔵版〉
　目次　花咲き山〔ほか27編〕

『斎藤隆介全集　第1巻　八郎・モチモチの木―短編童話1』　岩崎書店　1982.3　263p　23cm　1400円

『斎藤隆介全集　第6巻　ゆき―長編童話2』　岩崎書店　1982.2　227p　23cm　1400円

『斎藤隆介全集　第2巻　短編童話2　花咲き山・ひさの星』　岩崎書店　1982.1　223p　23cm　1400円

『火の鳥』　斎藤隆介作, 滝平二郎絵　岩崎書店　1982.1　30p　29cm（創作絵本）　1100円

『ふき』　斎藤隆介作, 滝平二郎絵　講談社　1981.11　31p　31cm（講談社の創作絵本）　1100円　①4-06-127290-X

『天に花咲け―創作民話集』　斎藤隆介文, 滝平二郎絵　新日本出版社　1981.8　104p　21cm　980円

『ゆき』　斎藤隆介作, 滝平二郎絵　講談社　1981.8　237p　22cm（児童文学創作シリーズ）　980円　①4-06-118941-7〈初刷:1976（昭和51）〉

『ゆき』　斎藤隆介著, 滝平二郎絵　講談社　1980.11　227p　18cm（講談社青い鳥文庫）　390円

『立ってみなさい』　斎藤隆介著, 滝平二郎絵　新日本出版社　1980.10　254p　22cm（新日本創作少年少女文学）　1300円〈初刷:1969（昭和44）〉
　目次　立ってみなさい〔ほか27編〕

『ちょうちん屋のままッ子』　斎藤隆介作, 滝平二郎絵　理論社　1980.6　251p　23cm（理論社名作の愛蔵版）　940円〈初刷:1970（昭和55）〉

『天の赤馬』　斎藤隆介作, 滝平二郎画　岩崎書店　1979.10　2冊　18cm（フォア文庫）　各390円

『ベロ出しチョンマ』　斎藤隆介作, 滝平二郎画　理論社　1979.10　238p　18cm（フォア文庫）　390円

『わらの馬―創作民話集』　斎藤隆介作, 滝平二郎きりえ　講談社　1979.8　83p　27×32cm　4800円
　目次　わらの馬　ほか36編

『天の赤馬』　斎藤隆介作, 滝平二郎画　岩崎書店　1977.12　269p　22cm（創作児童文学）　1200円

『雪の夜がたり―創作民話集』　斎藤隆介文, 滝平二郎絵　新日本出版社　1977.11　62p　21cm　870円

『火を噴く山』　斎藤隆介さく, 斎藤博之え　新日本出版　1977.4　130p　21cm　950円

『立ってみなさい』　斎藤隆介著　講談社　1977.1　239p　15cm（講談社文庫）　280円

『冬の夜ばなし』　斎藤隆介文, 滝平二郎絵　新日本出版社　1977.1　62p　22cm　850円

『ゆき』　斉藤隆介著　講談社　1976.7　238p　22cm（児童文学創作シリーズ）　880円

『かまくら』　斎藤隆介文, 赤坂三好絵　講談社　1972　31p　25cm

『でえだらぼう』　斎藤隆介作, 新居広治画　福音館書店　1972　1冊　31cm

『ちょうちん屋のままっ子』 斎藤隆介作, 滝平二郎絵 理論社 1970 251p 23cm（理論社の愛蔵版わたしのほん）

『立ってみなさい』 斎藤隆介著, 滝平二郎画 新日本出版社 1969 254p 22cm（新日本創作少年少女文学 3）

『ゆき』 斎藤隆介作, 滝平二郎絵 講談社 1969 214p 23×19（少年少女現代日本創作文学 2）

『ベロ出しチョンマ』 斎藤隆介文, 滝平二郎絵 理論社 1967 219p 23cm（理論社の愛蔵版わたしのほん）

佐左木　俊郎
ささき・としろう
《1900〜1933》

『熊の出る開墾地』 佐左木俊郎著, 佐左木俊郎生誕100年記念事業実行委員会編 英宝社 2000.5 340p 22cm 2400円 ①4-269-91002-X〈肖像あり〉

佐藤　紅緑
さとう・こうろく
《1874〜1949》

『少年小説大系　第16巻　佐藤紅緑集』 紀田順一郎, 根本正義編 三一書房 1992.12 489p 23cm 7000円 ①4-380-92550-1〈監修:尾崎秀樹ほか 著者の肖像あり〉
|目次| ああ玉杯に花うけて.夾竹桃の花咲けば.あの山越えて.親鳩子鳩. 解説 根本正義著. 年譜:p485〜489

『あゝ、玉杯に花うけて』 佐藤紅緑著 国書刊行会 1985.1 333p 20cm（熱血少年文学館） 2800円〈再刊版 原版:講談社 1928（昭和3）図版〉

『十五少年漂流記』 ベルヌ原作, 佐藤紅緑文, 沢田重隆絵 ポプラ社 1968 304p 19cm（世界の名作 13）

『ああ玉杯に花うけて』 佐藤紅緑文, 伊勢田邦彦絵 ポプラ社 1967 272p 19cm（ジュニア小説シリーズ 6）

『一直線』 佐藤紅緑文, 岩井泰三絵 ポプラ社 1967 284p 19cm（ジュニア小説シリーズ 7）

『紅顔美談』 佐藤紅緑文, 岩井泰三絵 ポプラ社 1967 308p 19cm（ジュニア小説シリーズ 8）

『少年讃歌』 佐藤紅緑文, 斎藤寿夫絵 ポプラ社 1955 287p 19cm

『親鳩子鳩』 佐藤紅緑文, 高木清絵 ポプラ社 1953 289p 19cm

『満潮』 佐藤紅緑文, 高木清絵 ポプラ社 1953 307p 19cm

『紅顔美談』 佐藤紅緑文, 高木清絵 ポプラ社 1952 308p 19cm（佐藤紅緑選集）

『少年讃歌』 佐藤紅緑文, 伊勢良夫絵 妙義出版社 1952 384p 19cm（少年少女名作文庫）

『一直線』 佐藤紅緑文, 古賀亜十夫絵 ポプラ社 1951 284p 19cm（佐藤紅緑選集）

『花咲く丘へ』 佐藤紅緑文, 花房英樹絵 ポプラ社 1951 291p 19cm（佐藤紅緑選集）

サトウ・ハチロー
《1903〜1973》

『とんとんともだち』 サトウハチロー詩, こさかしげる絵 国土社 2002.11 77p 25cm（現代日本童謡詩全集 19） 1600円 ①4-337-24769-6
|目次| ぶらりは象の子お鼻をぶらり, 王様になったんだよ, おすもう子熊, ひも一本, タムタムムナムナム―おまじないのうた, 坊やが生まれて, トランプ, 象の子とでで虫, 夕方のかあさん, ちいさい秋みつけた〔ほか〕

『僕等の詩集』 サトウ・ハチロー著 大空社 1996.9 283p 16cm（叢書日本の童謡） ①4-7568-0305-9〈大日本雄弁会講談社昭和10年刊の複製 外箱入〉

サトウ・ハチロー

『少年小説大系　第21巻　佐々木邦　サトウ・ハチロー集』　佐々木邦, サトウハチロー著, 佐藤忠男編　佐藤忠男編　三一書房　1996.6　661p　21cm　8800円
①4-380-96548-1〈監修:尾崎秀樹ほか〉
|目次| 全権先生(佐々木邦), トム君サム君(佐々木邦), 出世倶楽部(佐々木邦), 兄弟行進曲(佐々木邦), おさらい横町(サトウハチロー), 子守唄倶楽部(サトウハチロー), 桃栗五十三次(サトウハチロー), 解説(佐藤忠男), 年譜:p651～661
|内容| ヒューマンな眼が創造した昭和童心の別天地。

『サトウハチロー童謡集』　藤田圭雄編　弥生書房　1994.5　94p　18cm（日本の童謡）　1300円　①4-8415-0687-X〈新装版〉
|目次| ビスケット, イエス・キリスト, おふとんがないから, ちらちら粉雪, かわいいかくれんぼ, さがしてるさがしてる, サンタクロースは不思議だな, 白熊, すてきな母さん, 赤ちゃん白熊, もんしろ蝶々のゆうびんやさん, お月さんと坊や, 胡桃, きいろいきいろい歌, さわると秋がさびしがる〔ほか〕

『あかちゃん―サトウハチロー・いわさきちひろ詩画集』　サトウハチロー詩, いわさきちひろ絵　講談社　1989.6　39p　21cm　1000円　①4-06-204204-5

『おかあさん―サトウハチロー・いわさきちひろ詩画集』　サトウハチロー詩, いわさきちひろ絵　講談社　1989.6　39p　21cm　1000円　①4-06-204203-7

『パンジー組探偵団』　サトウハチロー作, 多田ヒロシ画　岩崎書店　1987.5　219p　18cm（フォア文庫）　430円
①4-265-01056-3
|内容| ルミ子, マリ子, ミサ子は小学6年の同級生で, そろいもそろって, あわてんぼの3人組。あるささいな事件をきっかけに, この3人組のもとへ難事件がもちこまれ, 探偵ごっこをはじめることになった。パンジー(3色すみれ)組探偵団の活躍やいかに。小学校高学年, 中学向き。

『みんなのホームラン』　サトウハチロー作, 久保雅勇画　岩崎書店　1986.3　235p　18cm（フォア文庫）　430円
①4-265-01050-4

『占いの名人モコちゃん』　サトウハチロー作, 中村まさあき画　岩崎書店　1984.7　236p　18cm（フォア文庫）　430円

『あべこべ物語』　サトウハチロー著, 清水耕蔵絵　講談社　1982.12　237p　18cm（講談社青い鳥文庫）　390円
①4-06-147108-2

『トコちゃん・モコちゃん』　サトウハチロー著, 山中冬児絵　講談社　1982.8　213p　18cm（講談社青い鳥文庫）　390円　①4-06-147102-3

『おかあさん―詩集』　サトウハチロー著, 田中槙子絵　講談社　1981.5　157p　18cm（講談社青い鳥文庫）　390円

『ぼくは野球部一年生』　サトウハチロー作, 八木信治画　岩崎書店　1981.5　268p　18cm（フォア文庫）　430円

『とんとんともだち』　サトウハチロー詩, こさかしげる絵　国土社　1980.6　78p　21cm（国土社の詩の本 2）　950円〈初刷:1975（昭和50）〉

『おどるドンモ』　サトウハチロー作, 渡辺三郎絵　岩崎書店　1979.4　325p　20cm（サトウハチロー・ユーモア小説選 16）　780円

『子守唄クラブ』　サトウハチロー作, 西村繁男絵　岩崎書店　1979.4　285p　20cm（サトウハチロー・ユーモア小説選 17）　780円

『桜町小の純情トリオ』　サトウハチロー作, 徳田徳志芸絵　岩崎書店　1979.4　203p　20cm（サトウハチロー・ユーモア小説選 18）　780円

『ポパちゃんのあれあれ物語』　サトウハチロー作, 小林和子絵　岩崎書店　1979.4　245p　20cm（サトウハチロー・ユーモア小説選 19）　780円

『みんなのホームラン』　サトウハチロー作, 久保雅勇絵　岩崎書店　1979.4　225p　20cm（サトウハチロー・ユーモア小説選 20）　780円

サトウ・ハチロー

『あべこべ物語』　サトウハチロー著, 古茂田ヒロコ絵　講談社　1979.3　244p　19cm（少年少女講談社文庫 A-50―名作と物語）　480円〈肖像:著者 図版（肖像を含む）〉

『おさらい横町』　サトウハチロー作, 帆足次郎絵　岩崎書店　1978.3　261p　20cm（サトウハチロー・ユーモア小説選 11）　780円

『ガブダブ物語』　サトウハチロー作, 西村郁雄絵　岩崎書店　1978.3　229p　20cm（サトウハチロー・ユーモア小説選 13）　780円

『旗のない丘』　サトウハチロー作, 田中秀幸絵　岩崎書店　1978.3　203p　20cm（サトウハチロー・ユーモア小説選 15）　780円

『ぼくは野球部一年生』　サトウハチロー作, 八木信治絵　岩崎書店　1978.3　261p　20cm（サトウハチロー・ユーモア小説選 12）　780円

『養女なんてお断わり』　サトウハチロー作, 頓田室子絵　岩崎書店　1978.3　197p　20cm（サトウハチロー・ユーモア小説選 14）　780円

『青いねこをさがせ』　サトウハチロー作, こさかしげる絵　岩崎書店　1977.4　265p　20cm（サトウハチロー・ユーモア小説選 9）　680円

『サトウハチロー童謡集』　藤田圭雄編　弥生書房　1977.4　94p 図　18cm　680円

『ジロリンタンと忍術使い』　サトウハチロー作, 水沢研絵　岩崎書店　1977.4　225p　20cm（サトウハチロー・ユーモア小説選 6）　680円

『ジロリンタンのトンチンカン週間』　サトウハチロー作, 高橋透絵　岩崎書店　1977.4　239p　20cm（サトウハチロー・ユーモア小説選 7）　680円

『チャア公と荒岩先生』　サトウハチロー作, 梅田俊作絵　岩崎書店　1977.4　251p　20cm（サトウハチロー・ユーモア小説選 10）　680円

『パンジー組大かつやく』　サトウハチロー作, 多田ヒロシ絵　岩崎書店　1977.4　199p　20cm（サトウハチロー・ユーモア小説選 8）　680円

『占いの名人モコちゃん』　サトウ・ハチロー著　岩崎書店　1976.12　226p　19cm（サトウハチロー・ユーモア小説選 4）　680円

『ジロリンタンとおまじない』　サトウ・ハチロー著　岩崎書店　1976.12　192p　19cm（サトウハチロー・ユーモア小説選 2）　680円

『ジロリンタンとしかられ坊主』　サトウ・ハチロー著　岩崎書店　1976.12　194p　19cm（サトウハチロー・ユーモア小説選 1）　680円

『ジロリンタンとしりとり遊び』　サトウ・ハチロー著　岩崎書店　1976.12　230p　19cm（サトウハチロー・ユーモア小説選 3）　680円

『そっくりな親友』　サトウ・ハチロー著　岩崎書店　1976.12　254p　19cm（サトウハチロー・ユーモア小説選 5）　680円

『あべこべ物語』　サトウハチロー文　講談社　1975　244p　19cm（少年少女講談社文庫 A-50）

『とんとんともだち』　サトウハチロー詩, こさかしげる絵　国土社　1975　77p　21cm（国土社の詩の本 2）

『ちいさい秋みつけた―サトウハチロー童謡の世界』　サトウハチロー著　サンリオ出版　1974　77p　26cm　480円

『ジロリンタン物語 上・下』　サトウハチロー文, 渡辺三郎絵　R出版　1972　2冊　22cm

『トコちゃん・モコちゃん』　サトウ・ハチロー作, 古茂田ヒロコ絵　講談社　1972　222p　19cm（少年少女講談社文庫 名作と物語 A-21）

『サトウハチローと木曜会童謡集』　サトウハチロー, 木曜会著　野ばら社　1963　179p 楽譜201p 図版　27cm〈背標題はタムタムナムナム〉

『友だちの歌―朗読詩集』 サトウハチロー文、渡辺三郎絵　宝文館　1956　160p　22cm

『踊るドンモ』　サトウハチロー文、渡辺三郎絵　朝日新聞社　1955　264p　22cm

『ガブダブ物語』　サトウハチロー文、渡辺三郎絵　宝文館　1955　200p　19cm（少年少女ユーモア文庫）

『チャア公1/4代記』　サトウハチロー文、渡辺三郎絵　宝文館　1955　218p　19cm（少年少女ユーモア文庫）

『とんとんクラブ』　サトウハチロー文、渡辺三郎絵　宝文館　1955　222p　19cm（少年少女ユーモア文庫）

『ぼくは中学一年生』　サトウハチロー文、渡辺三郎絵　宝文館　1955　233p　19cm（少年少女ユーモア文庫）

『ジロリンタン物語・ハチロー少年詩集』　サトウハチロー文、渡辺三郎絵　河出書房　1954　375p　20cm（日本少年少女名作全集 9）

『叱られぼうず〔第1-2〕』　サトウハチロー著　全音楽譜出版社　1953　2冊　16×22cm,22cm
目次〔第1〕童謡集〔第2〕楽譜集

『日本児童文学全集　9　詩・童謡篇』　北原白秋、三木露風、西条八十、野口雨情、島木赤彦、百田宗治、丸山薫、サトウ・ハチロー、巽聖歌、佐藤義美、与田凖一作、初山滋絵　河出書房　1953　357p　22cm
目次北原白秋集 三木露風集 西条八十集 野口雨情集 島木赤彦集 百田宗治集 丸山薫集 サトウ・ハチロー集 巽聖歌集 佐藤義美集 与田凖一集

『ボクの童謡手帖』　サトウ・ハチロー著　東洋経済新報社　1953　177p　15×15cm（家庭文庫 第13）

『ジロリンタン物語―少年少女のためのユーモア小説』　サトウハチロー文、渡辺三郎絵　鎌倉　啓明社　1952　249p　19cm

『ジロリンタン物語―少年少女のためのユーモア小説　続』　サトウハチロー文、渡辺三郎絵　啓明社　1952　266p　19cm

『少年詩集』　サトウハチロー文、生沢朗等絵　講談社　1951　268p　16cm

佐藤　義美
さとう・よしみ
《1905〜1968》

『いぬのおまわりさん』　佐藤義美詩, 司修絵　国土社　2003.1　77p　24×22cm（現代日本童謡詩全集 18）　1600円
①4-337-24768-8
目次ひらひらはなびら、ことりやのとりさん、おふろジャブジャブ、きっぷばさみのうた、いぬのおまわりさん、ぞうさんきもの、おすもうくまちゃん、かいひろい、ゆうえんちのひこうき、でんでんむし〔ほか〕

『十五少年漂流記』　ジュール・ベルヌ原作, さとうよしみ文, 小野かおる絵　世界文化社　2001.6　83p　27×22cm（世界の名作 8）　1200円　①4-418-01810-7

『雀の木―佐藤義美童謡集』　佐藤義美著　大空社　1997.3　13,139p　21cm（叢書日本の童謡）　①4-7568-0306-7〈高原書店昭和7年刊の複製〉

『ともだちシンフォニー―佐藤義美童謡集』　佐藤義美著　JULA出版局　1990.3　166p　18cm　1236円〈選:稗田宰子　著者の肖像あり〉

『幼年文学名作選　6　どうぶつえんからにげたサル』　佐藤義美作, 富永秀夫絵　岩崎書店　1989.3　109p　22cm　1200円　①4-265-03706-2

『百まんにんの雪にんぎょう』　佐藤義美作, 高畠純絵　新学社　1987.6　93p　22cm（少年少女こころの図書館）　900円

『ニルスのふしぎな旅』　ラーゲルレーヴ作, 佐藤義美ぶん, 若菜珪え　改訂版　偕成社　1986.3　126p　23cm（カラー版・世界の幼年文学）　980円
①4-03-408050-7
内容13才の男の子ニルスは、ある日、いたずらをしたためにとつぜん小人にされてしまい、がちょうの背にのって冒険の旅をするはめになります。そして、いろいろなあぶないめ、くるしいめにであいながら、だんだんとたくま

しく、心やさしい子へと成長していきます。愛と平和と、すなおで美しい心にみちた、スウェーデンのノーベル文学賞受賞作家の傑作童話です。

『いぬのおまわりさん』　佐藤義美詩, 司修絵　国土社　1982.5　78p　21cm（国土社の詩の本 3）　950円
①4-337-00503-X〈初刷:1975（昭和50）〉

『ぞうのバイちゃん』　多田ヒロシえ, さとうよしみ作　小峰書店　1982.5　106p　23cm（創作幼年童話選 12）　880円
①4-338-01812-7〈初刷:1973（昭和48）〉

『犬になった一郎』　佐藤義美作, 富永秀夫絵　岩崎書店　1982.3　109p　22cm（日本の幼年童話 6）　1100円〈解説:前川康男　叢書の編集:菅忠道〔ほか〕　初刷:1972（昭和47）　図版〉
目次 ぶらんこのり〔ほか6編〕

『いぬのおまわりさん』　佐藤義美詩, 司修絵　国土社　1975　78p　21cm（国土社の詩の本 3）

『ぞうのバイちゃん』　さとうよしみ作, 多田ヒロシえ　小峰書店　1973　106p　23cm（創作幼年童話選 12）

『犬になった一郎』　佐藤義美作, 富永秀夫絵　岩崎書店　1972　109p　22cm（日本の幼年童話 6）

『十五少年漂流記』　ジュール・ベルヌ原作, さとうよしみ文, 小野かおる絵　世界文化社　1972　83p　27cm（少年少女世界の名作 18）

『アリババのぼうけん―アラビアンナイト』　佐藤義美文, 石田武雄絵　偕成社　1968　126p　23cm（世界の幼年文学 17）

『ニルスのふしぎな旅』　ラーゲルレーヴ作, 佐藤義美文, 若菜珪絵　偕成社　1967　126p　23cm（世界の幼年文学 5）

『バンビ』　ザルテン作, 佐藤義美文, 牧村慶子絵　集英社　1967　162p　21cm（母と子の名作文学 26）

『王さまの子どもになってあげる』　さとうよしみ著, 杉全直絵　実業之日本社　1965　138p　22cm

『しろくまさよなら』　佐藤義美文, 大古尅己絵　金の星社　1965　179p　22cm（ひらかな童話集）

『世界の名作どうわ』　トルストイ等作, 佐藤義美文, 遠藤てるよ絵　偕成社　1964　124p　23cm（世界のどうわ 15）

『ぷーくまはなぜ―自主性のある子にする童話』　さとうよしみ文, 北田卓史絵　実業之日本社　1963　68p　27cm（よい性格をつくる童話シリーズ）

『ぞうのバイちゃん』　さとうよしみ文, 富永秀夫絵　小峯書店　1962　79p　27cm（創作幼年童話 1）

『チョコレート町一番地―佐藤義美・奈街三郎・後藤楢根・筒井敬介童話集』　佐藤義美, 奈街三郎, 後藤楢根, 筒井敬介作, 沢井一三郎絵　偕成社　1962　240p　23cm（日本児童文学全集 14）

『ワシントン』　佐藤義美文, さわいいちさぶろう絵　ポプラ社　1962　60p　27cm（おはなし文庫 54）

『じぞうさんとたからもの』　佐藤義美文, 山下大五郎絵　ポプラ社　1961　60p　27cm（おはなし文庫 2）

『佐藤義美童謡集』　佐藤義美文, 脇田和絵　さ・え・ら書房　1960　269p　22cm

『たろうざる』　さとうよしみ文, すずきけんじ絵　麦書房　1959　23p　21cm（雨の日文庫 第6集6）

『きつねのさいばん』　ゲーテ原作, 佐藤義美文, 熊田千佳慕絵　偕成社　1958　158p　22cm（なかよし絵文庫 33）

『人かいぶね・ちゃぶだい山』　佐藤義美文, 池田仙三郎絵　麦書房　1958　29p　21cm（雨の日文庫 第3集14）

『ガリバーものがたり』　スウィフト原作, 佐藤義美文, 斎藤博之絵　偕成社　1957　154p　22cm（なかよし絵文庫 6）

『シンデレラひめ』　ペロー原作, 佐藤義美著, 宮脇公実絵　実業之日本社　1957　160p　22cm（名作絵文庫 2年生）

『ふしぎなランプ』　佐藤義美文, 富永秀夫絵　ポプラ社　1957　138p　22cm（たのしい名作童話 49）

『くじらつり』　佐藤義美文, 富永秀夫絵　泰光堂　1956　172p　22cm（ひらがなぶんこ 15）

『よい子の童話 3年生』　佐藤義美著, 吉崎正巳絵　鶴書房　1956　176p　22cm

『あるいた雪だるま』　佐藤義美文, やすたい絵　泰光堂　1954　188p　22cm

『日本児童文学全集　9　詩・童謡篇』　北原白秋, 三木露風, 西条八十, 野口雨情, 島木赤彦, 百田宗治, 丸山薫, サトウ・ハチロー, 巽聖歌, 佐藤義美, 与田凖一作, 初山滋絵　河出書房　1953　357p　22cm
[目次] 北原白秋集 三木露風集 西条八十集 野口雨情集 島木赤彦集 百田宗治集 丸山薫集 サトウ・ハチロー集 巽聖歌集 佐藤義美集 与田凖一集

『日本児童文学全集　8　童話篇 8』　平塚武二, 佐藤義美, 関英雄, 猪野省三, 岡本良雄作　河出書房　1953　359p　22cm
[目次] 平塚武二集 佐藤義美集 関英雄集 猪野省三集 岡本良雄集

『金のりんご』　ホーソン原作, 佐藤義美著, 上田次郎絵　小峰書店　1951　70p　19cm（小学生文庫 81）

『三年生の社会科童話―テスト付学年別』　佐藤義美文, 大沢昌助絵　実業之日本社　1951　161p　22cm

佐野　美津男
さの・みつお
《1932～1987》

『なっちゃう』　佐野美津男作, 長新太絵　改訂版　フレーベル館　1992.12　126p　23cm（創作どうわライブラリー 8）　1200円　①4-577-00778-9
[目次] うそじゃないほんとだよ, いそいでいそいで, しってるだろもちろん, とけいをみたよ, ともだちだろ, なんだかんだ, ぴゅう・ぴゅう

『魔法使いの伝記』　佐野美津男文, 山口みねやす絵　小峰書店　1989.4　230p　18cm（てのり文庫）　520円

『ふしぎなことはぶらんこから』　佐野美津男作, 小林与志絵　小峰書店　1985.4　103p　22cm（創作どうわのひろば）　880円　①4-338-01112-2

『ふしぎともだち』　佐野美津男作, 山口みねやす絵　小峰書店　1984.2　53p　25cm（こみね幼年どうわ）　880円　①4-338-05108-6

『まぼろしブタの調査―〈社会科〉Kノート』　佐野美津男作, 山口みねやす絵　京都　サンリード　1983.8　92p　24cm（サンリードおはなし文庫）　1200円

『浮浪児の栄光』　佐野美津男著　小峰書店　1983.3　271p　19cm（文学のひろば）　1100円　①4-338-02720-7

『だけどぼくは海を見た』　佐野美津男著, 中村宏絵　国土社　1982.8　109p　20cm（創作子どもSF全集 17）　950円　①4-337-05417-0

『犬の学校』　佐野美津男著, 中村宏絵　国土社　1982.7　107p　20cm（創作子どもSF全集 4）　950円　①4-337-05404-6

『宇宙の巨人―佐野美津男少年詩集』　赤坂三好え　理論社　1982.3　148p　23cm（現代少年詩プレゼント）　1500円〈初刷:1975（昭和50）〉

『魔法使いの伝記』　佐野美津男著　小峰書店　1981.8　247p　19cm（文学のひろば）　950円

『わたしってだれ?―きおくをなくした少女』　佐野美津男作, 山口みねやす絵　ティビーエス・ブリタニカ　1981.8　93p　22cm（小学中級文庫）　900円

『なっちゃう』　長新太え, 佐野美津男ぶん　フレーベル館　1980.5　126p　23cm（フレーベルどうわ文庫 7）　980円〈初刷:1973（昭和48）〉

『少年少女世界童話全集―国際版　第4巻　アリババと四十人のとうぞく―アラビアン・ナイトより』　佐野美津男文　小学館　1979.3　133p　28cm　1250円

『まほうのけんきゅうじょ』　さのみつおさく, やまぐちみねやすえ　小峰書店　1978.11　1冊　23cm（はじめてのどうわ）　680円

『原猫のブルース』　佐野美津男著　三省堂　1977.9　205p　20cm（三省堂らいぶらりぃ SF傑作短編集）　750円

『ぞうの星みつけた』　佐野美津男著, 高橋宏幸画　小学館　1977.7　43p　21cm（小学館の創作童話シリーズ 35）　380円

『少年少女世界文学全集―国際版　第4巻　宝島』　スチーブンソン原作, タベ絵, 藤村昌昭訳, 佐野美津男文　小学館　1977.3　170p　28cm　1250円

『てんぐになりたい』　佐野美津男著, 清水耕蔵絵　小学館　1976.7　43p　22cm（小学館の創作民話シリーズ）　380円

『宇宙の巨人―佐野美津男少年詩集』　佐野美津男文, 赤坂三好え　理論社　1975　148p　23cm（現代少年詩プレゼント）

『午前2時に何かがくる』　佐野美津男作, 大古尅己絵　国土社　1974　197p　21cm（国土社の創作児童文学 15）

『なっちゃう』　佐野美津男ぶん, 長新太え　フレーベル館　1973　126p　23cm（フレーベルどうわ文庫 7）

『東京・ぼくの宝島』　佐野美津男作, 中村宏絵　国土社　1971.4　142p　21cm（新選創作児童文学 14）　950円

『大酋長ジェロニモ』　佐野美津男文, 依光隆絵　金の星社　1971　258p　20cm（ウエスタン・ノベルズ 1）

『だけどぼくは海をみた』　佐野美津男著, 中村宏絵　国土社　1970　109p　21cm（創作子どもSF全集 17）

『東京・ぼくの宝島』　佐野美津男作, 中村宏絵　国土社　1970　142p　21cm（新選創作児童文学 14）

『犬の学校』　佐野美津男文, 中村宏絵　国土社　1969　107p　21cm（創作子どもSF全集 4）

『にいちゃん根性』　佐野美津男文, 中村宏絵　太平出版社　1968　159p　22cm（母と子の図書室 56-1）

『ピカピカのぎろちょん』　佐野美津男文, 中村宏絵　あかね書房　1968　157p　22cm（創作児童文学選 5）

『ライオンがならんだ』　佐野美津男文, 中村宏絵　理論社　1966　154p　22cm（理論社・童話プレゼント）

『大酋長ジェロニモ』　佐野美津男文, 依光隆絵　金の星社　1959　258p　19cm（西部小説選集 3）

『ゆうゆうとーばん』　佐野美津男文, 箕田源二郎絵　麦書房　1958　30p　21cm（雨の日文庫　第3集19）

塩沢　清
しおざわ・きよし
《1928～1991》

『もうひとりのわたしみつけた―理香とチエリの物語』　塩沢清作, 福田岩緒絵　ポプラ社　1992.5　166p　22cm（新・こども文学館 28）　980円　①4-591-03228-0
内容 こころのまどをあけると、ほら、そこに友だちがみえる。そして、わたしもみえてくる。小学中級以上。

『愛犬パックンはどこへいくの?』　塩沢清作, 藤田峰人絵　旺文社　1992.3　175p　22cm（旺文社創作児童文学）　1200円　①4-01-069517-X

『ぼくもあの子も転校生』　塩沢清作, 若林三江子絵　ポプラ社　1987.8　174p　22cm（学年別こどもおはなし劇場・5年生）　780円　①4-591-02559-4
内容 友だちがだれもいない。仲間の輪からはずれてひとりぼっち。そんなときはだれだって、悲しくつらくてさびしいもんさ。でも、ほんのちょっぴり勇気をだせば、そんなものはみんなどこかへ、ふっとんでいっちゃうよ。5年生向き。

『五年五組の秀才くん』　塩沢清著, 水沢研絵　ポプラ社　1986.7　238p　18cm（ポプラ社文庫）　420円　①4-591-02300-1

『五年五組の秀才くん』　塩沢清作, 水沢研絵　ポプラ社　1982.4　198p　22cm（こども文学館）　780円

『ガキ大将行進曲』　塩沢清作, 西村郁雄絵　旺文社　1977.4　166p　22cm（旺文社ジュニア図書館）　650円

```
志賀　直哉
しが・なおや
《1883～1971》
```

『和解・小僧の神様―清兵衛と瓢箪・城の崎にて・他二編』　志賀直哉著　旺文社　1997.4　269p　18cm（愛と青春の名作集）　950円

『小僧の神様』　志賀直哉作, 井上正治絵　講談社　1993.4　185p　18cm（講談社青い鳥文庫）　490円　①4-06-147377-8
目次 菜の花と小娘, 小僧の神様, 母の死と新しい母, 或る朝, 清兵衛と瓢箪, 網走まで, 正義派, 真鶴, 城の崎にて, クマ, 百舌, 宿かりの死, 山の木と大鋸, 玄人素人
内容 秤屋の小僧、仙吉のひそかな願いをかなえてくれたのは、見ず知らずの一人の客だった―。小僧と客との心理をあざやかに浮きぼりにした表題作ほか、「或る朝」「清兵衛と瓢箪」「網走まで」「城の崎にて」など、計14編を収録。対象をとらえる鋭い目と簡潔な文で、のちの文学史に大きな影響を与えた志賀直哉の短編集。小学上級から。

『小僧の神様・一房の葡萄』　志賀直哉, 有島武郎著　講談社　1986.10　265p　22cm（少年少女日本文学館 第5巻）　1400円　①4-06-188255-4
目次 小僧の神様（志賀直哉）, 網走まで（志賀直哉）, 母の死と新しい母（志賀直哉）, 正義派（志賀直哉）, 清兵衛と瓢箪（志賀直哉）, 城の崎にて（志賀直哉）, 雪の遠足（志賀直哉）, 焚火（志賀直哉）, 赤西蠣太（志賀直哉）, 小学生と狐（武者小路実篤）, ある彫刻家（武者小路実篤）, 一房の葡萄（有島武郎）, 小さき者へ（有島武郎）
内容 子どもの動作と心情を鮮やかに描いた表題作をはじめ、白樺派の代表作家三人の作品13編を収録。

『小僧の神様』　志賀直哉著　創隆社　1984.10　240p　18cm（近代文学名作選）　430円〈新装版〉

『小僧の神様・和解』　志賀直哉著　金の星社　1981.10　273p　20cm（日本の文学 11）　680円　①4-323-00791-4〈巻末:直哉の年譜 解説:伊藤始〔ほか〕ジュニア版 初刷:1975（昭和50）肖像:著者 図版（肖像）〉
目次 正義派〔ほか9編〕

『清兵衛と瓢箪』　志賀直哉著　ポプラ社　1981.7　197p　18cm（ポプラ社文庫）　390円

『小僧の神様』　志賀直哉著　ポプラ社　1981.4　302p　20cm（アイドル・ブックス 21―ジュニア文学名作選）　500円〈巻末:年譜 解説:高田瑞穂 初刷:1971（昭和46）肖像:著者 図版（肖像）〉
目次 菜の花と小娘〔ほか9編〕

『現代日本文学全集　11　志賀直哉名作集』　志賀直哉著　改訂版　偕成社　1980.4　307p　23cm　2300円〈編集:滑川道夫〔ほか〕初版:1963（昭和38）巻末:年譜,現代日本文学年表,参考文献 解説:吉田精一〔ほか〕肖像・筆跡:著者〔ほか〕図版（肖像,筆跡を含む）〉
目次 菜の花と小娘〔ほか27編〕

『小僧の神様・正義派』　志賀直哉著, 三谷靱彦え　金の星社　1975　273p　20cm（ジュニア版日本の文学 11）

『雪の遠足』　志賀直哉作, 緑川立太郎絵　集英社　1972　349p　20cm（日本の文学 ジュニア版 20）

『志賀直哉名作集』　志賀直哉著, 松田穣絵　偕成社　1969　308p　23cm（少年少女現代日本文学全集 11）

『雪の遠足』　志賀直哉著, 緑川広太郎絵　集英社　1969　349p　20cm（日本の文学カラー版 20）

『小僧の神様』　志賀直哉文, 松井行正絵　あかね書房　1968　230p　22cm（少年少女日本の文学 4）

『小僧の神さま』　志賀直哉文, 緑川広太郎絵　偕成社　1966　176p　23cm（新日本児童文学選 12）

『小僧の神様』　志賀直哉文, 玉井徳太郎絵　ポプラ社　1966　302p　20cm（アイドル・ブックス 51）

『志賀直哉名作集』　志賀直哉文, 松田穣絵　偕成社　1963　308p　23cm（少年少女現代日本文学全集 11）

『志賀直哉・武者小路実篤・有島武郎集』　志賀直哉, 武者小路実篤, 有島武郎文, 太田大八等絵　講談社　1962　401p　23cm（少年少女日本文学全集 4）

『なの花と小娘―志賀直哉・武者小路実篤・吉田絃二郎・室生犀星童話集』　志賀直哉, 武者小路実篤, 吉田絃二郎, 室生犀星作, 池田かずお絵　偕成社　1962　240p　23cm（日本児童文学全集 4）

『志賀直哉集』　志賀直哉文　東西五月社　1960　187p　22cm（少年少女日本文学名作全集 17）

『志賀直哉集』　志賀直哉作, 吉崎正巳絵　ポプラ社　1958　302p　22cm（新日本少年少女文学全集 10）

『小僧の神様』　志賀直哉文, 緑川広郎絵　三十書房　1957　197p　22cm（日本童話名作選集）

『志賀直哉集』　志賀直哉文, 飛田多喜雄編　新紀元社　1956　301p　18cm（中学生文学全集 11）

『志賀直哉・長与善郎集』　志賀直哉, 長与善郎文, 久松潜一等編　東西文明社　1955　247p　22cm（少年少女のための現代日本文学全集 13）

『志賀直哉名作集』　志賀直哉文, 網野菊編, 緑川広郎絵　あかね書房　1955　247p　22cm（少年少女日本文学選集 5）

『日本児童文学全集 3 童話篇 3』　武者小路実篤, 志賀直哉, 芥川竜之介, 佐藤春夫作　河出書房　1953　338p　22cm
目次　武者小路実篤集 志賀直哉集 芥川竜之介集 佐藤春夫集

重清　良吉
しげきよ・りょうきち
《1928～1995》

『おしっこの神さま―重清良吉少年詩集』　重清良吉作, 油野誠一え　新装版　理論社　1998.2　117p　21cm（詩の散歩道 pt.2）　1600円　④4-652-03828-3

目次　うちの犬, テスト中の地震, うさぎよ!, 花をもってくる子, 卒業, やさしい風, アリ, 耳そうじ, 夏やすみ, ながれ星〔ほか〕

『草の上―重清良吉詩集』　重清良吉著, 高田三郎絵　教育出版センター　1996.7　109p　22cm（ジュニア・ポエム双書 118）　1200円　④4-7632-4337-3〈企画・編集:銀の鈴社〉
目次　大根の葉, テスト中, 幸福の鳥, ふるさとの学校, 雨のヒロシマ

『おしっこの神さま―重清良吉少年詩集』　重清良吉作, 油野誠一絵　理論社　1985.5　117p　21cm（詩のみずうみ）　1200円　④4-652-03412-1

『街・かくれんぼ―詩集』　重清良吉著　神無書房　1983.10　213p　22cm　1000円

『村・夢みる子―詩集』　重清良吉著　神無書房　1983.10　205p　22cm　1000円

十返舎　一九（1世）
じっぺんしゃ・いっく
《1765～1831》

『東海道中膝栗毛』　十返舎一九原作, 森いたる文　ぎょうせい　1995.2　202p　22cm（新装少年少女世界名作全集 49）　1300円　④4-324-04376-0〈新装版〉

『東海道膝栗毛』　十返舎一九原作, 高木卓著　改訂　偕成社　1983.11　317p　19cm（少年少女世界の名作 49）　680円　④4-03-734490-4

『東海道中膝栗毛』　十返舎一九原作, 森いたる文　ぎょうせい　1982.10　202p　22cm（少年少女世界名作全集 49）　1200円

『東海道中ひざくりげ』　十返舎一九原作, 須藤出穂訳, 沼野正子絵　集英社　1982.8　141p　22cm（少年少女世界の名作 19）　480円

『東海道中膝栗毛』　十返者一九原著, 福田清人編著　偕成社　1982.3　238p　20cm（日本の古典文学 14）　980円　①4-03-807140-5〈解説:福田清人　ジュニア版　初刷:1974（昭和49）図版〉

『ひざくりげ』　十返舎一九作, 来栖良夫編著　ポプラ社　1980.12　158p　23cm（世界名作童話全集 44）　480円〈解説:来栖良夫　初刷:1964（昭和39）図版〉

『少年少女世界名作全集 37 やじきた物語』　十返舎一九原作, 谷真介文, 竹山のぼる絵　主婦の友社　1977　163p　22cm　390円

『東海道中膝栗毛』　十返者一九原著, 福田清人編著, 宮田千え　偕成社　1974　238p　20cm（日本の古典文学 14）〈ジュニア版〉

『やじさんきたさん』　十返舎一九作, 森いたる文, 吉崎正巳絵　集英社　1968　162p　21cm（母と子の名作文学 29）

『膝栗毛物語』　十返舎一九作, 西山敏夫訳, 沢井一三郎絵　講談社　1966　268p　19cm（世界名作全集 33）

『東海道中膝栗毛』　十返舎一九作, 尾崎一雄文, 鈴木寿雄絵　小学館　1965　315p　19cm（少年少女世界名作文学全集 55）

『東海道膝栗毛』　十返舎一九原作, 高木卓著, 川原久仁於絵　偕成社　1964　317p　19cm（少年少女世界の名作 31）

『ひざくりげ』　十返舎一九作, 来栖良夫編著, 矢車涼絵　ポプラ社　1964　158p　23cm（世界名作童話全集 44）

『膝栗毛物語』　十返舎一九作, 高野正巳訳, 黒崎義介絵　講談社　1963　294p　19cm（少年少女世界名作全集 42）

『弥次喜多道中記』　十返舎一九作, 東野達夫編, 高野てつじ絵　黎明社　1958　253p　19cm（日本名作全集 10）

『弥次さん喜多さん』　十返舎一九原作, 清水基吉著, 原やすお絵　集英社　1958　154p　22cm（少年少女物語文庫 20）

『ひざくりげ』　十返舎一九原作, 花村奨著, 村田閑絵　ポプラ社　1957　138p　22cm（たのしい名作童話 32）

『東海道中膝栗毛』　十返舎一九原作, 福田清人著　福村書店　1956　235p　22cm（少年少女のための国民文学 10）

『膝栗毛物語』　十返舎一九原作, 西山敏夫著, 矢車涼絵　講談社　1955　341p　19cm（世界名作全集 110）

『弥次喜多道中記』　十返舎一九作, 東野達夫編, 高野てつじ絵　黎明社　1955　253p　19cm（日本名作物語 9）

『東海道膝栗毛』　十返舎一九原作, 高木卓著, 川原久仁於絵　偕成社　1953　317p　19cm（世界名作文庫 39）

『東海道中ひざくり毛』　十返舎一九原作, 高藤武馬著, 宮尾しげを絵　同和春秋社　1952　280p　19cm（少年読物文庫）

柴田　錬三郎
しばた・れんざぶろう
《1917～1978》

『三国志―中国古典』　柴田錬三郎著　改訂新版　偕成社　1982.11　339p　19cm（少年少女世界の名作 42）　680円　①4-03-734420-3

『ポンペイ最後の日』　リットン原作, 柴田錬三郎著　改訂新版　偕成社　1982.8　325p　19cm（少年少女世界の名作 6）　680円　①4-03-734060-7

『真田十勇士　巻の5　ああ! 輝け真田六連戦』　柴田錬三郎著　日本放送出版協会　1976.12　153p　580円

『真田十勇士　7　怨念亡霊道士の巻』　柴田錬三郎著, 東映動画絵　大阪　ひかりのくに　1976.6　159p　22cm　640円

『真田十勇士　巻の4　鯱の目は光った』　柴田錬三郎著　日本放送出版協会　1976.6　154p　18cm　580円

『真田十勇士　6　大海賊岩見重太郎の巻』　柴田錬三郎著, 東映動画絵　大阪　ひかりのくに　1976.2　159p　22cm　640円

『真田十勇士　巻の3　烈風は凶雲を呼んだ』　柴田錬三郎著　日本放送出版協会　1976.2　153p　18cm　580円

柴田錬三郎

『真田十勇士　5　女忍者夢影の巻』　柴田錬三郎作，東映動画え　ひかりのくに　1975　159p　22cm

『真田十勇士　4　風盗穴山小助の巻』　柴田錬三郎作，東映動画え　ひかりのくに　1975　159p　22cm

『真田十勇士　3　霧隠才蔵見参の巻』　柴田錬三郎作，東映動画絵　ひかりのくに　1975　159p　22cm

『真田十勇士　巻の2　忍者は決起した』　柴田錬三郎作　日本放送出版協会　1975　173p　18cm

『真田十勇士　巻の1　運命の星が生れた』　柴田錬三郎作　日本放送出版協会　1975　170p　18cm

『真田十勇士　1　猿飛佐助登場の巻』　柴田錬三郎作，東映動画え　ひかりのくに　1975　158p　22cm

『真田十勇士猿飛佐助　天の巻・地の巻』　柴田錬三郎文，大工原章絵　集英社　1975　2冊（各冊は222p）　19cm

『猿飛佐助』　柴田錬三郎文，木俣清史え　偕成社　1975　300p　19cm

『怪盗紳士』　柴田錬三郎文，永松健夫絵　偕成社　1968　280p　19cm（ジュニア探偵小説 9）

『スパイ13号』　柴田錬三郎文，白井哲絵　偕成社　1968　334p　19cm（ジュニア探偵小説 13）

『嵐の九十三年』　ユーゴー原作，柴田錬三郎文，古賀亜十夫絵　偕成社　1967　320p　19cm（少年少女世界の名作 76）

『コルシカの復讐』　メリメ原作，柴田錬三郎著，沢田重隆絵　偕成社　1967　322p　19cm（少年少女世界の名作 68）

『猿飛佐助』　柴田錬三郎文，木俣清史絵　偕成社　1967　300p　19cm（時代小説傑作選ジュニア版 7）

『三銃士』　大デューマ原作，柴田錬三郎文，池田かずお絵　偕成社　1967　321p　19cm（少年少女世界の名作 73）

『黒い矢』　スティーブンスン原作，柴田錬三郎著，伊勢田邦彦絵　偕成社　1966　301p　19cm（少年少女世界の名作 59）

『ゼンダ城の虜』　ホープ原作，柴田錬三郎著，池田かずお絵　偕成社　1966　310p　19cm（少年少女世界の名作 64）

『洞窟の女王』　ハガート原作，柴田錬三郎著，山中冬児絵　偕成社　1966　314p　19cm（少年少女世界の名作 60）

『十字軍の騎士』　シェンキウィッチ原作，柴田錬三郎著，池田かずお絵　偕成社　1965　324p　19cm（少年少女世界の名作 50）

『白馬の騎手』　シュトルム原作，柴田錬三郎著，古賀亜十夫絵　偕成社　1965　325p　19cm（少年少女世界の名作 43）

『ポンペイ最後の日』　リットン作，柴田錬三郎著，土村正寿絵　偕成社　1965　325p　19cm（少年少女世界の名作 46）

『三国志―中国古典』　柴田錬三郎文，伊藤幾久造絵　偕成社　1964　343p　19cm（少年少女世界の名作 10）

『名探偵ホームズ』　ドイル原作，柴田錬三郎著，谷俊彦絵　偕成社　1964　296p　19cm（少年少女世界の名作 11）

『ノートルダムのせむし男』　ユーゴー原作，柴田錬三郎著，沢田重隆絵　偕成社　1963　311p　19cm（世界名作文庫新選集版）

『名探偵ホームズの冒険』　ドイル原作，柴田錬三郎著，谷俊彦絵　偕成社　1956　296p　19cm（世界名作文庫 139）

『猿飛佐助』　柴田錬三郎文，木俣清史絵　偕成社　1955　300p　19cm（実録時代小説 16）

『少年三国志』　柴田錬三郎文，羽石光志絵　河出書房　1955　211p　17cm（ロビン・ブックス 9）

『スパイ第十三号』　柴田錬三郎文　偕成社　1955　334p　19cm

『七つの海の狼』　柴田錬三郎文，深尾徹哉絵　河出書房　1955　168p　17cm（ロビン・ブックス 22）

『由井正雪』　柴田錬三郎文，伊藤幾久造絵　偕成社　1955　335p　19cm（実録時代小説 8）

『海の義賊』　ベルネード原作, 柴田錬三郎著, 中村猛男絵　偕成社　1954　300p　19cm（世界名作文庫 78）

『恐怖の谷』　コナン・ドイル原作, 柴田錬三郎著, 白井哲絵　偕成社　1954　295p　19cm（世界名作文庫 84）

『黒衣の怪人』　柴田錬三郎文　ポプラ社　1954　290p　19cm

『三銃士』　大デューマ原作, 柴田錬三郎著, 池田かずお絵　偕成社　1954　321p　19cm（世界名作文庫 100）

『三面怪奇塔』　柴田錬三郎文, 古賀亜十夫絵　偕成社　1954　282p　19cm

『白頭巾夜叉』　柴田錬三郎文, 木俣清史絵　偕成社　1954　302p　19cm

『天一坊秘聞』　柴田錬三郎文, 池田かずお絵　偕成社　1954　329p　19cm（実録時代小説 1）

『七つの海の狼』　柴田錬三郎文, 岩井泰三絵　偕成社　1954　292p　19cm

『魔海一千哩』　柴田錬三郎文, 深尾徹哉絵　偕成社　1954　277p　19cm

『妖魔の黄金塔』　柴田錬三郎文, 北田卓史絵　ポプラ社　1954　285p　19cm

『コルシカの復讐・コロンバ』　メリメ原作, 柴田錬三郎著, 沢井重隆絵　偕成社　1953　322p　19cm（世界名作文庫 46）

『ゼンダ城の虜』　ホーキンス原作, 柴田錬三郎著　偕成社　1953　310p　19cm（世界名作文庫 63）

『洞窟の女王』　ハガード原作, 柴田錬三郎著, 山中冬児絵　偕成社　1953　314p　19cm

『現代の英雄―中学生の名作』　レールモントフ原作, 柴田錬三郎著　宝文館　1952　156p　19cm

『三国志』　柴田錬三郎文, 伊藤幾久造絵　偕成社　1952　343p　19cm（世界名作文庫 26）

『冒険船長』　柴田錬三郎文, 永松健夫絵　妙義出版社　1952　314p　19cm（少年少女名作文庫）

『十字軍の騎士』　シェンキウィッチ原作, 柴田錬三郎著, 池田かずお絵　偕成社　1951　324p　19cm（世界名作文庫 38）

『白馬の騎士』　シュトルム原作, 柴田錬三郎著, 古賀亜十夫絵　偕成社　1951　325p　19cm（世界名作文庫 24）

『ポンペイ最後の日』　リットン作, 柴田錬三郎著, 土村正寿絵　偕成社　1951　325p　19cm（世界名作文庫 4）

柴野　民三
しばの・たみぞう
《1909～1992》

『かまきりおばさん』　柴野民三詩, 阿部肇絵　国土社　2002.12　1冊　25×22cm（現代日本童謡詩全集 15）　1600円
①4-337-24765-3
目次 てんらんかい, ぼくはいくんです, ピータとハンスはお友だち, はるがきた山, てつくずおきばをとぶちょうちょう, つみ木のまち, まわれまわれかんらんしゃ, おうちをたてる木のにおい, ゆり, ひぐれのけやき, あめのまち, みつばちがかえる, 十五夜〔ほか〕
内容 『現代日本童謡詩全集』（全二十二巻）は、第二次大戦後に作られた数多くの童謡から、「詩」としてのこった作品の、作者別集大成です。一九七五年刊行の初版（全二十巻）は、画期的な出版と評価され、翌年「第六回赤い鳥文学賞」を受けました。詩の世界に新しい灯をともした有力な詩人、画家の登場を得、親しまれている曲の伴奏譜を収めて巻数をふやし、出典などの記録も可能なかぎり充実させて、時代にふさわしい新装版を刊行。

『ピーター・パン』　バリーさく, 柴野民三ぶん, 時すばるえ　金の星社　1996.8　77p　22cm（アニメせかいの名作 3）　1100円　①4-323-02643-9

『でんしゃにのったちょうちょ』　柴野民三作, ひらのてつお画　金の星社　1992.4　105p　18cm（フォア文庫）　520円　①4-323-01947-5
目次 でんしゃに のった ちょうちょ, たこの ぼっちゃん, まいごの ありさん, うさぎと ながぐつ, おれいに もらった あかい きれ, ちぢまった ズボン, はなぶらさんの おやこバス

柴野民三

|内容| おほりばたで、ちょうちょが、ひらひらと、とんでいました。ゴー、ガッタンゴーと、でんしゃが、かぜをきって、走っていきます。ちょうちょは、でんしゃにのりたくなりました。でも、どのでんしゃも、まんいんで、中に入れません…。「でんしゃにのったちょうちょ」を始め、7つのお話を集めました。小学校低中学年向。

『ぴーたー・ぱん』 ジェームズ・バリー作, 柴野民三文, 岡田昌子絵 金の星社 1990.7 79p 15cm(ポシェット版 ひらがな名作ぶんこ) 480円 ①4-323-01664-6
|内容| そらをとんで、うぇんでーのへやへやってきたぴーたー・ぱん。かいぞくやにんぎょのいるゆめのしまへむかって、うぇんでーたちといっしょに、よぞらをとびたちます。

『ジャングルブック少年モーグリ』 キップリング原作, 柴野民三文, 日本アニメーション絵 金の星社 1989.12 221p 22cm 1030円 ①4-323-01240-3
|内容| オオカミにそだてられた少年モーグリ。なかまはクロヒョウのバギーラ、クマのバルー、ニシキヘビのカー。ジャングルのへいわをまもるために、オオカミの力をかり、ちえと勇気で、人食いトラのシア・カーンや、よくばりなおとなとたたかう、モーグリの大ぼうけん。

『幼年文学名作選 22 よろこびはみんなといっしょ』 柴野民三作, 北田卓史絵 岩崎書店 1989.3 111p 22cm 1200円 ①4-265-03722-4

『世界おとぎ話—世界民話集』 柴野民三ぶん, 鈴木琢磨え 改訂版 偕成社 1986.3 126p 23cm(カラー版・世界の幼年文学) 980円 ①4-03-408180-5

『はだかのおうさま』 アンデルセンさく, 柴野民三ぶん, 大古尅己え 金の星社 1984.3 76p 22cm(せかいの名作ぶんこ) 580円 ①4-323-00644-6

『かまきりおばさん』 柴野民三詩, 阿部肇絵 国土社 1982.7 78p 21cm(国土社の詩の本 6) 950円 ①4-337-00506-4〈初刷:1976(昭和51)〉

『カッパのくれたつぼ—東京・千葉・神奈川』 水沢研え, 柴野民三文 小峰書店 1982.6 221p 23cm(小学生日本の民話 11) 1200円〈初刷:1979(昭和74) 図版〉
|目次| フクロウそめ屋〔ほか15編〕

『ひまわり川の大くじら』 柴野民三作, 北田卓史絵 岩崎書店 1982.3 111p 22cm(日本の幼年童話 22) 1100円〈解説:菅忠道 叢書の編集:菅忠道 初刷:1974(昭和49) 図版〉
|目次| ひまわり川の大くじら〔ほか7編〕

『クレヨンのひみつ』 柴野民三さく, 小林和子え 京都 PHP研究所 1981.6 54p 23cm(こころの幼年童話) 940円

『一年生のアンデルセンどうわ』 柴野民三文, 柏村由利子絵 集英社 1980.3 189p 23cm(一年生の学級文庫 2) 460円〈解説:平林広人, 瀬川栄志 叢書の監修:浜田広介〔ほか〕 初刷:1972(昭和47) 図版〉
|目次| すずのへいたい〔ほか6編〕

『ぴーたー・ぱん』 バリーさく, 柴野民三ぶん, 岡田昌子え 金の星社 1978.4 77p 22cm(せかいの名作ぶんこ) 580円

『母と子の日本の民話 26 ねずみのよめいり』 柴野民三文, 大古尅己絵 集英社 1977.7 158p 22cm 480円〈監修:関敬吾, 坪田譲治, 和歌森太郎〉

『てんぐのかくれみの』 柴野民三文, 成田マキホ他絵 ポプラ社 1976.8 44p 30cm(おはなし文庫 1) 580円

『かまきりおばさん』 柴野民三著 国土社 1976.1 78p(国土社の詩の本 6) 950円

『カッパのくれたつぼ—東京・神奈川・千葉』 柴野民三, 水沢研え 小峰書店 1974 221p 23cm(小学生日本の民話 11)

『ひまわり川の大くじら』 柴野民三作, 北田卓史絵 岩崎書店 1974 111p 22cm(日本の幼年童話 22)

『こっけい・ばかばなし』 柴野民三文, 坂口尚絵 偕成社 1973 176p 23cm(幼年版民話シリーズ 5)

『アンデルセン童話』 アンデルセン原作，柴野民三文，淵上昭広絵 ポプラ社 1972 126p 24cm（カラー版世界の名作 1）

『一年生のアンデルセンどうわ』 アンデルセン作，柴野民三文，柏村由利子絵 集英社 1972 189p 23cm（一年生の学級文庫 2）

『王子とこじき』 マーク・トウェイン原作，柴野民三文，太田大八絵 世界文化社 1972 83p 27cm（少年少女世界の名作 5）

『たから島』 スチーブンスン作，柴野民三文，武部本一郎絵 金の星社 1972 155p 22cm（こども世界の名作 2）

『わらいばなし』 柴野民三文，若菜珪絵 偕成社 1972 176p 23cm（幼年版民話シリーズ 2）

『馬にのったかみなり』 柴野民三文，山高登絵 さ・え・ら書房 1969 126p 23cm（メモワール文庫）

『くまのプーさん』 ミルン原作，柴野民三文，辻村益朗絵 講談社 1969 120p 23cm（ディズニー名作童話全集 1）

『クマのプーさんと大あらし』 ミルン原作，柴野民三文，辻村益朗絵 講談社 1969 127p 23cm（ディズニー名作童話全集 10）

『鳥やけものの話』 柴野民三文，油野誠一等絵 国際情報社 1969 89p 27cm（みんなが知ってる世界おとぎ話 12）

『ピノキオ』 コッローディ原作，柴野民三文，辻村益朗絵 講談社 1969 127p 23cm（ディズニー名作童話全集 5）

『世界おとぎ話』 柴野民三文，鈴木琢磨絵 偕成社 1968 126p 23cm（世界の幼年文学 18）

『せむしの子うま』 柴野民三，宮脇紀雄，森下大作文，滝原章助等絵 講談社 1968 80p 27cm（世界の名作童話 11）

『日本みんわ集』 三越左千夫，生源寺美子，柴野民三文，沢井一三郎等絵 講談社 1968 80p 27cm（世界の名作童話 14）

『にんぎょ姫』 アンデルセン原作，柴野民三文，山中冬児絵 偕成社 1968 148p 23cm（子ども絵文庫 8）

『グリムどうわ集』 グリム原作，柴野民三，西山敏夫文，矢車涼等絵 講談社 1967 84p 27cm（世界の名作童話 3）

『コロのぼうけん』 柴野民三文，大古尅己絵 金の星社 1966 189p 22cm（幼年童話シリーズ 6）

『いなくなったこどもたち―指導性のある子にする童話』 柴野民三文，久保雅勇絵 実業之日本社 1964 68p 27cm（よい性格をつくる童話シリーズ）

『ピーター・パン』 バリー原作，柴野民三文，滝原章助絵 偕成社 1964 124p 23cm（世界のどうわ 16）

『ひらかなロビンソン物語』 デフォー原作，柴野民三著，西原比呂志絵 金の星社 1964 235p 22cm（ひらかな文庫）

『くろうま物語』 シュウェル原作，柴野民三著，武部本一郎絵 偕成社 1962 166p 22cm（なかよし絵文庫 56）

『こびととくつや』 グリム原作，柴野民三文，吉崎正巳絵 ポプラ社 1962 60p 27cm（おはなし文庫 17）

『りょうかんさん』 柴野民三文，おおいしてつろ絵 ポプラ社 1962 60p 27cm（おはなし文庫 49）

『てんぐのかくれみの』 柴野民三文，新井五郎絵 ポプラ社 1961 60p 27cm（おはなし文庫 3）

『白鳥の王子』 アンデルセン原作 柴野民三文，野々口重絵 金の星社 1960 198p 22cm（アンデルセン名作集 4）

『ロビンソン物語』 デフォー原作，柴野民三著，武部本一郎絵 偕成社 1960 166p 22cm（なかよし絵文庫 50）

『にんぎょ姫』 アンデルセン原作，柴野民三文，相沢光朗絵 偕成社 1959 166p 22cm（なかよし絵文庫 42）

『アリババのぼうけん』 柴野民三文，矢車涼絵 偕成社 1957 158p 22cm（なかよし絵文庫 4）

『おかしのいえ』　グリム原作，柴野民三著，輪島清隆絵　実業之日本社　1957　160p　22cm（名作絵文庫 2年生）

『くらげのおつかい』　柴野民三文，吉崎正巳絵　ポプラ社　1957　140p　22cm（たのしい名作童話 30）

『とよとみひでよし』　柴野民三文，新井五郎絵　偕成社　1957　168p　22cm（なかよし絵文庫 11）

『パンドラの箱』　柴野民三文，宮木かおる絵　ポプラ社　1957　140p　22cm（たのしい名作童話 39）

『よい子の童話　1年生』　柴野民三著，富永秀夫絵　鶴書房　1956　176p　22cm

『青い鳥』　メーテルリンク作，柴野民三著，熊田千佳慕絵　あかね書房　1954　243p　19cm（幼年世界名作全集 10）

『ひらかなロビンソンものがたり』　ダニエル・デフォー原作，柴野民三著，西原比呂志絵　金の星社　1954　235p　22cm

『まいごのありさん』　柴野民三文　泰光堂　1954　143p　22cm（ひらがなぶんこ 9）

島木　赤彦
しまぎ・あかひこ
《1876～1926》

『赤彦童謡集』　島木赤彦著　大空社　1997.3　5,104,8p　20cm（叢書日本の童謡）　④4-7568-0306-7〈古今書院大正11年刊の複製　外箱入〉

『日本児童文学全集　9　詩・童謡篇』　北原白秋，三木露風，西条八十，野口雨情，島木赤彦，百田宗治，丸山薫，サトウ・ハチロー，巽聖歌，佐藤義美，与田準一作，初山滋絵　河出書房　1953　357p　22cm
目次 北原白秋集　三木露風集　西条八十集　野口雨情集　島木赤彦集　百田宗治集　丸山薫集　サトウ・ハチロー集　巽聖歌集　佐藤義美集　与田準一集

島崎　藤村
しまざき・とうそん
《1872～1943》

『野菊の墓―ほか』　島崎藤村，伊藤左千夫著　講談社　1995.9　211p　19cm（ポケット日本文学館 13）　1000円　④4-06-261713-7

『ふるさと・野菊の墓』　島崎藤村，伊藤左千夫著　講談社　1987.1　277p　22cm（少年少女日本文学館 第3巻）　1400円　④4-06-188253-8
目次 ふるさと（島崎藤村），伸び支度（島崎藤村），鹿狩（国木田独歩），忘れえぬ人々（国木田独歩），野菊の墓（伊藤左千夫）
内容 心の奥で，なにかが変わりはじめる少年の日々。藤村・独歩・左千夫が自らの少年時代をふりかえる，自伝的青春の書。

『島崎藤村』　島崎藤村作，萩原昌好編　あすなろ書房　1986.8　77p　23×19cm（少年少女のための日本名詩選集 1）　1200円

『嵐・藤村詩集』　島崎藤村著　金の星社　1981.10　275p　20cm（日本の文学 14）　680円　④4-323-00794-9〈巻末：藤村の年譜　解説：井戸賀芳郎，遠藤祐　ジュニア版初刷:1975（昭和50）肖像:著者　図版（肖像）〉
目次 藤村詩集，藤村童話，子に送る手紙，千曲川のスケッチ（抄），伸る支度，嵐，分配

『現代日本文学全集　5　島崎藤村名作集』　島崎藤村著　改訂版　偕成社　1980.4　301p　23cm　2300円〈編集：滑川道夫〔ほか〕初版:1963（昭和38）巻末：年譜，現代日本文学年表，参考文献　解説：山室静〔ほか〕肖像・筆跡:著者　図版（肖像，筆跡を含む）〉
目次 朝飯〔ほか9編〕

『おさなものがたり―少年の日』　島崎藤村著　筑摩書房　1979.7　221p　19cm（藤村の童話）　900円

『ふるさと』　島崎藤村著　筑摩書房　1979.7　164p　19cm（藤村の童話）　900円

『幼きものに―海のみやげ』　島崎藤村著　筑摩書房　1979.6　206p　19cm（藤村の童話）　900円

『力餅』　島崎藤村著　筑摩書房　1979.6　229p　19cm（藤村の童話）　900円

『嵐・藤村詩集』　島崎藤村著　金の星社　1975　275p　20cm（ジュニア版日本の文学 14）

『桜の実の熟する時』　島崎藤村作, 宮一彦え　集英社　1975　300p　20cm（日本の文学 ジュニア版 39）

『桜の実の熟する時』　島崎藤村文, 高田勲絵　偕成社　1969　302p　19cm（ホーム・スクール版日本の名作文学 36）

『桜の実の熟する時』　島崎藤村著, 高田勲絵　偕成社　1969　302p　19cm（ジュニア版日本文学名作選 52）

『島崎藤村名作集』　島崎藤村著, 市川禎男絵　偕成社　1969　302p　23cm（少年少女現代日本文学全集 5）

『嵐・藤村詩抄』　島崎藤村文, 岡村夫二絵　あかね書房　1967　233p　22cm（少年少女日本の文学 3）

『ふるさと』　島崎藤村文, 水沢研絵　あかね書房　1965　244p　22cm（日本童話名作選集 3）

『島崎藤村名作集』　島崎藤村文, 市川禎男絵　偕成社　1963　302p　23cm（少年少女現代日本文学全集 3）

『青い柿』　島崎藤村文, 水沢研絵　三十書房　1962　244p　22cm（日本童話名作選集 3）

『おさなものがたり・ポッポのお手紙―島崎藤村・鈴木三重吉童話集』　島崎藤村, 鈴木三重吉作, 岩崎ちひろ絵　偕成社　1962　240p　23cm（日本児童文学全集 1）

『森鴎外・島崎藤村・国木田独歩集』　森鴎外, 島崎藤村, 国木田独歩文, 市川禎男絵　講談社　1962　390p　23cm（少年少女日本文学全集 1）

『島崎藤村集』　島崎藤村文　東西五月社　1959　206p　22cm（少年少女日本文学名作全集 2）

『島崎藤村集』　島崎藤村文, 飛田多喜雄集等編　新紀元社　1958　299p　18cm（中学生文学全集 7）

『青い柿』　島崎藤村文, 中尾彰絵　三十書房　1957　190p　22cm（日本童話名作選集）

『島崎藤村集』　島崎藤村著, 深沢紅子絵　河出書房　1957　338p　23cm（日本少年少女文学全集 3）

『島崎藤村集』　島崎藤村作, 鳥居敏文絵　ポプラ社　1957　308p　22cm（新日本少年少女文学全集 5）

『島崎藤村名作集 続』　島崎藤村作, 唐木順三編, 吉岡堅二絵　あかね書房　1956　341p　22cm（少年少女日本文学選集 23）

『島崎藤村集』　島崎藤村文, 久松潜一等編　東西文明社　1955　238p　22cm（少年少女のための現代日本文学全集 6）

『島崎藤村名作集』　島崎藤村文, 滑川道夫編, 渡辺三郎絵　あかね書房　1955　253p　22cm（少年少女日本文学選集 4）

『ひらかな童話集』　島崎藤村文, 黒崎義介絵　金の星社　1954　191p　22cm

『日本児童文学全集　1　童話篇 1』　巌谷小波, 鈴木三重吉, 有島武郎, 島崎藤村作　河出書房　1953　322p　22cm　目次 巌谷小波集 鈴木三重吉集 有島武郎集 島崎藤村集

『幼きものに・海の土産』　島崎藤村文, 島崎鶏二絵　研究社出版　1951　301p　19cm（藤村童話叢書 4）

『をさなものがたり・少年の日』　島崎藤村文, 酒井三良絵　研究社出版　1951　343p　19cm（藤村童話叢書 3）

島田　一男
しまだ・かずお
《1907〜1996》

『黄金孔雀』　島田一男著, 唐沢俊一監修・解説　ゆまに書房　2004.8　208p　19cm（少女小説傑作選カラサワ・コレクション 4）　1800円　①4-8433-1209-6

内容 博士の一人娘ユリ子と謎の宝石「孔雀石」をめぐり、正義の怪人・黄金孔雀と悪の魔人・一角仙人が世紀の対決！ 名探偵香月と妹ルミ子が謎を追い、不思議なインド人少年ランガも加わって巻き起こる一大活劇！ ユリ子と孔雀石の秘密とは？ 怪人の正体は何者か？ 推理小説界の巨匠が遺した少女ミステリーの傑作。

『怪人対名探偵』　島田一男作, 岩田浩昌絵　偕成社　1972　274p　19cm（ジュニア探偵小説 24）

『まぼろし令嬢』　島田一男文, 伊勢田邦彦絵　偕成社　1968　322p　19cm（ジュニア探偵小説 2）

『青い魔術師』　島田一男文, 山内秀一絵　ポプラ社　1961　232p　22cm（少年探偵小説全集 10）

『黄金十字の秘密』　島田一男文, 辻村時夫絵　東光出版社　1958　261p　19cm（少年少女最新探偵長編小説集 4）

『赤い靴の秘密』　島田一男文, 斎藤寿夫絵　ポプラ社　1957　260p　19cm（日本名探偵文庫 23）

『猫目博士』　島田一男文, 斎藤寿夫絵　ポプラ社　1956　278p　19cm（日本名探偵文庫 7）

『七色の目』　島田一男文, 伊勢田邦彦絵　偕成社　1955　334p　19cm

『黄金孔雀』　島田一男文, 伊勢田邦彦絵　偕成社　1954　274p　19cm

『紫リボンの秘密』　島田一男文, 有安隆絵　ポプラ社　1954　278p　19cm

『幻影球場』　島田一男文, 髙木清絵　ポプラ社　1953　297p　19cm

『謎の三面人形』　島田一男文, 南浩絵　偕成社　1953　264p　19cm

『魔王の使者』　島田一男文, 沢田重隆絵　偕成社　1953　281p　19cm

『黄金孔雀—少年探偵』　島田一男文, 伊勢田邦彦絵　光文社　1951　197p　19cm（少年探偵全集 4）

『まぼろし令嬢』　島田一男文, 伊勢田邦彦絵　偕成社　1951　322p　19cm

島田　忠夫
しまだ・ただお
《1904〜1944》

『柴木集―童謡詩』　島田忠夫著　大空社　1996.9　102,5p　20cm（叢書日本の童謡）　④4-7568-0305-9〈岩波書店昭和3年刊の複製 外箱入〉

下村　湖人
しもむら・こじん
《1884〜1955》

『次郎物語―第一部』　下村湖人著　講談社　1995.5　413p　19cm（ポケット日本文学館 4）　1400円　④4-06-261704-8

『次郎物語』　下村湖人著, 吉田純絵　講談社　1989.6　2冊　18cm（講談社青い鳥文庫）　各600円　④4-06-147267-4
内容 乳母のお浜の愛につつまれて、のびのびと育った次郎は、5さいのある日、生家につれもどされた。が、口やかましい母になじめず、他の兄弟と分けへだてするおばあさんをにくんだ。そんな次郎にとっての救いは、週一度、町から帰ってくる父のやさしさだった…。愛に飢え、悩みながら成長する次郎の姿を描いた不朽の名作「次郎物語」。少年少女のために著者が書きなおした、あなたのための必読書。

『次郎物語　第1部』　下村湖人著　講談社　1987.12　421p　22cm（少年少女日本文学館　第25巻）　1400円　④4-06-188275-9
内容 乳母と生母らとのはざまで、父の慈しみをよりどころに、愛に飢えながら成長する少年次郎！ 成長小説の傑作の第一部を収録。

『次郎物語　5部』　下村湖人著　改訂　ポプラ社　1982.11　322p　20cm（アイドル・ブックス）　580円

『次郎物語　4部』　下村湖人著　改訂　ポプラ社　1982.10　302p　20cm（アイドル・ブックス）　580円

下村湖人

『次郎物語　第2部』　下村湖人著　偕成社　1982.10　308p　19cm（日本文学名作選 21）　580円　①4-03-801210-7〈巻末:下村湖人の年譜 解説:荒正人 ジュニア版 初刷:1965（昭和40）肖像:著者 図版（肖像を含む）〉

『次郎物語　第3部』　下村湖人著　偕成社　1982.9　306p　19cm（日本文学名作選 31）　580円　①4-03-801310-3〈巻末:下村湖人の年譜 解説:荒正人 ジュニア版 初刷:1965（昭和40）肖像:著者 図版（肖像を含む）〉

『次郎物語　1部』　下村湖人著　ポプラ社　1982.3　294p　20cm（アイドル・ブックス 3―ジュニア文学名作選）　500円〈巻末:年譜 解説:永杉喜輔 初刷:1971（昭和46）肖像:著者 図版（肖像）〉

『次郎物語　3部』　下村湖人著　ポプラ社　1981.11　252p　20cm（アイドル・ブックス 5―ジュニア文学名作選）　500円〈巻末:年譜 解説:永杉喜輔 初刷:1971（昭和46）肖像:著者 図版（肖像）〉

『次郎物語　2部』　下村湖人著　ポプラ社　1981.6　286p　20cm（アイドル・ブックス 4―ジュニア文学名作選）　500円〈巻末:年譜 解説:永杉喜輔 初刷:1971（昭和46）肖像:著者 図版（肖像）〉

『次郎物語　第1部』　下村湖人著　ポプラ社　1981.5　320p　23cm（世界の名著 1）　980円〈解説:永杉喜輔 叢書の編集:野上彰〔ほか〕初刷:1967（昭和42）図版〉

『次郎物語　第1部』　下村湖人著　偕成社　1981.5　314p　19cm（日本文学名作選 1）　580円　①4-03-801010-4〈巻末:下村湖人の年譜 解説:荒正人 ジュニア版 初刷:1964（昭和39）肖像:著者〔ほか〕図版（肖像を含む）〉

『次郎物語　第5部』　下村湖人著　偕成社　1980.10　413p　18cm（偕成社文庫）　430円

『次郎物語　第4部』　下村湖人著　偕成社　1980.9　401p　18cm（偕成社文庫）　430円

『次郎物語　第3部』　下村湖人著　偕成社　1980.9　300p　18cm（偕成社文庫）　430円

『次郎物語　第2部』　下村湖人著　偕成社　1980.9　372p　18cm（偕成社文庫）　430円

『次郎物語　第1部』　下村湖人著　偕成社　1980.9　382p　18cm（偕成社文庫）　430円

『現代日本文学全集　12　下村湖人名作集』　下村湖人著　改訂版　偕成社　1980.4　308p　23cm　2300円〈編集:滑川道夫〔ほか〕初刷:1963（昭和38）巻末:年譜,現代日本文学年表,参考文献 解説:福田清人〔ほか〕肖像・筆跡:著者〔ほか〕図版（肖像,筆跡を含む）〉

|目次|次郎物語、理想と実践目標、非運に処する道、職業に誇りをもって、小発明家

『次郎物語　5部』　下村湖人著　ポプラ社　1980.4　322p　18cm（ポプラ社文庫）　450円

『次郎物語　4部』　下村湖人著　ポプラ社　1980.4　302p　18cm（ポプラ社文庫）　450円

『次郎物語　3部』　下村湖人著　ポプラ社　1980.3　252p　18cm（ポプラ社文庫）　450円

『次郎物語　2部』　下村湖人著　ポプラ社　1980.2　286p　18cm（ポプラ社文庫）　450円

『次郎物語　1部』　下村湖人著　ポプラ社　1980.1　294p　18cm（ポプラ社文庫）　450円

『次郎物語　第5部』　下村湖人著　春陽堂書店　1978.12　2冊　16cm（春陽堂少年少女文庫 世界の名作・日本の名作）　各360円

『次郎物語　第4部 下』　下村湖人著　春陽堂書店　1978.11　243p　16cm（春陽堂少年少女文庫―世界の名作・日本の名作）　340円

『次郎物語　第4部 上』　下村湖人著　春陽堂書店　1978.11　251p　16cm（春陽堂少年少女文庫―世界の名作・日本の名作）　340円

『次郎物語　第2部』　下村湖人著　学習研究社　1978.10　246p　20cm（ジュニア版名作文学）　550円

下村湖人

『次郎物語　第3部』　下村湖人著　春陽堂書店　1978.8　315p　16cm（春陽堂少年少女文庫—世界の名作・日本の名作）　380円

『次郎物語　第2部』　下村湖人著　春陽堂書店　1978.7　2冊　16cm（春陽堂少年少女文庫—世界の名作・日本の名作）　各300円

『次郎物語　第1部』　下村湖人著　春陽堂書店　1978.5　2冊　16cm（春陽堂少年少女文庫—世界の名作・日本の名作）　各280円

『少年少女の次郎物語　4』　下村湖人著，斎藤博之絵　講談社　1978.2　187p　19cm（少年少女講談社文庫）　480円

『少年少女の次郎物語　3』　下村湖人著，斎藤博之絵　講談社　1978.1　191p　19cm（少年少女講談社文庫）　480円

『少年少女の次郎物語　2』　下村湖人著，斎藤博之絵　講談社　1977.10　211p　19cm（少年少女講談社文庫）　480円

『少年少女の次郎物語　1』　下村湖人著，斎藤博之絵　講談社　1977.9　212p　19cm（少年少女講談社文庫）　480円

『次郎物語　3』　下村湖人作，武田厚絵　集英社　1972　309p　20cm（日本の文学 ジュニア版 12）

『次郎物語　2』　下村湖人作，武田厚え　集英社　1972　285p　20cm（日本の文学 ジュニア版 11）

『次郎物語　1』　下村湖人作，武田厚絵　集英社　1972　309p　20cm（日本の文学 ジュニア版 10）

『少年少女の次郎物語』　下村湖人著　正進社　1971.6　2冊　15cm（正進社名作文庫）

『下村湖人名作集』　下村湖人著，須田寿絵　偕成社　1969　308p　23cm（少年少女現代日本文学全集 12）

『次郎物語　3』　下村湖人著，武田厚絵　集英社　1969　309p　20cm（日本の文学 カラー版 12）

『次郎物語　2』　下村湖人著，武田厚絵　集英社　1969　285p　20cm（日本の文学 カラー版 11）

『次郎物語　1』　下村湖人著，武田厚絵　集英社　1969　309p　20cm（日本の文学カラー版 10）

『次郎物語　5』　下村湖人文，市川禎男等絵　偕成社　1967　316p　19cm（日本の名作文学ホーム・スクール版 10）

『次郎物語　4』　下村湖人文，市川禎男等絵　偕成社　1967　314p　19cm（日本の名作文学ホーム・スクール版 9）

『次郎物語　3』　下村湖人文，市川禎男等絵　偕成社　1967　304p　19cm（日本の名作文学ホーム・スクール版 8）

『次郎物語　2』　下村湖人文，市川禎男絵　偕成社　1967　306p　19cm（日本の名作文学ホーム・スクール版 7）

『次郎物語　1』　下村湖人文，市川禎男絵　ポプラ社　1967　320p　23cm（世界の名著 1）

『次郎物語　1』　下村湖人文，松田穣絵　偕成社　1967　312p　19cm（日本の名作文学ホーム・スクール版 6）

『次郎物語　1』　下村湖人文，緑川広太郎絵　あかね書房　1967　250p　22cm（少年少女日本の文学 24）

『次郎物語　5』　下村湖人文，松井行正絵　ポプラ社　1966　322p　20cm（アイドル・ブックス 29）

『次郎物語　5』　下村湖人文，永井潔絵　偕成社　1966　316p　19cm（日本文学名作選ジュニア版 40）

『次郎物語　4』　下村湖人文，松井行正絵　ポプラ社　1966　302p　20cm（アイドル・ブックス 28）

『次郎物語　3』　下村湖人文，松井行正絵　ポプラ社　1966　252p　20cm（アイドル・ブックス 27）

『論語物語』　下村湖人文，大石哲路絵　ポプラ社　1966　268p　20cm（アイドル・ブックス 38）

『次郎物語　3』　下村湖人文，市川禎男絵　偕成社　1965　304p　19cm（日本文学名作選ジュニア版 31）

下村千秋

『次郎物語 2』 下村湖人文, 松井行正絵 ポプラ社 1965 286p 20cm（アイドル・ブックス 4）

『次郎物語 2』 下村湖人文, 市川禎男絵 偕成社 1965 304p 19cm（日本文学名作選ジュニア版 21）

『次郎物語 1』 下村湖人文, 松井行正絵 ポプラ社 1965 294p 20cm（アイドル・ブックス 3）

『次郎物語』 下村湖人文, 松田穣絵 偕成社 1964 308p 19cm（日本文学名作選ジュニア版 1）

『下村湖人名作集』 下村湖人文, 須田寿絵 偕成社 1963 308p 23cm（少年少女現代日本文学全集 22）

『下村湖人集』 下村湖人文, 市川禎男絵 講談社 1961 413p 23cm（少年少女日本文学全集 17）

『少年少女の次郎物語 3,4』 下村湖人原著, 永杉喜輔編訳, 小坂茂絵 藤沢 池田書店 1958-1959 2冊 22cm

『下村湖人集』 下村湖人著, 久米宏一絵 河出書房 1957 361p 23cm（日本少年少女文学全集 11）

『下村湖人名作集』 下村湖人文, 古谷綱武編, 三芳悌吉絵 あかね書房 1956 260p 22cm（少年少女日本文学選集 21）

『少年少女の次郎物語 2』 下村湖人著 藤沢 池田書店 1955 221p 22cm

『少年少女の次郎物語 1』 下村湖人著 藤沢 池田書店 1955 242p 22cm

『眼ざめゆく子ら』 下村湖人文, 久米宏一絵 河出書房 1955 224p 17cm（ロビン・ブックス 19）

『少年のための次郎物語』 下村湖人文, 久米宏一絵 河出書房 1954 434p 20cm（日本少年少女名作全集 3）

『少年のための次郎物語 1,2』 下村湖人文, 川上四郎絵 学童社 1951-1952 2冊 19cm

『眼ざめ行く子ら』 下村湖人文 海住書店 1951 282p 19cm

```
下村　千秋
しもむら・ちあき
《1893〜1955》
```

『あたまでっかちー下村千秋童話選集』 下村千秋著, 下村千秋文学研究委員会編 阿見町（茨城県） 阿見町教育委員会 1997.1 213p 22cm 2500円 ⓞ4-87601-380-2〈製作:講談社出版サービスセンター（東京）〉

『見捨てられた仔犬』 下村千秋原作, 若杉光夫脚色 水星社 1979.6 30p 25cm（日本名作童話シリーズ） 590円〈監修:木下恵介〉

```
庄野　英二
しょうの・えいじ
《1915〜1993》
```

『星の牧場』 庄野英二作, 長新太画 理論社 2004.2 246p 18cm（フォア文庫愛蔵版） 1000円 ⓞ4-652-07388-7
内容 戦争で記憶を失い、牧場へもどったモミイチは、山の上でジプシーたちにあい、夢のような日々をすごす…。

『星の牧場』 庄野英二作, 長新太絵 理論社 2003.10 294p 19cm（理論社名作の森） 1600円 ⓞ4-652-00522-9
内容 あなたには、戦場を駆けるひづめの音が聞こえますか？ いま再び注目される「不朽の名作」。

『ナイアガラよりも大きい滝』 庄野英二作, 古味正康絵 小峰書店 1989.12 173p 22cm（赤い鳥文庫） 1180円 ⓞ4-338-07809-X〈叢書の編者:赤い鳥の会〉

『ピンチヒッター』 庄野英二作, 石倉欣二絵 小峰書店 1987.3 143p 22cm（こみね創作児童文学） 980円 ⓞ4-338-05712-2
内容 「大きなウミドリ」毎日熱心なけいこが続いています。今はまだ本読みです。僕は演

庄野英二

出助手班員ですから、セリフをいうことはありません。けれども演出家の考えを十分にのみこんでいなければなりません。どのような舞台ができあがるかウツギちゃんも空想してみてください。小学高学年以上から。

『庄野英二自選短篇童話集』　庄野英二著　大阪　編集工房ノア　1986.10　321p　22cm　2200円〈巻末:庄野英二著作目録　解題:戸塚恵三〉
目次 にぎやかな港，ひこうきとじゅうたん，月夜のシカ，ヒマラヤの竜，もうくろの話，朝風のはなし，水の上のカンポン，イブーイブー，大きなウミミドリ，月とシャム猫とシャムのお姫さま，日光魚止小屋〔ほか9編〕

『海のシルクロード―小説』　庄野英二作，大古尅己絵　理論社　1985.3　229p　21cm　1200円　①4-652-01039-7

『やさしい木曽馬』　庄野英二文，斎藤博之絵　偕成社　1983.5　1冊　25cm（新編・絵本平和のために 3）　980円　①4-03-438030-6

『海の星座』　庄野英二作，長新太え　理論社　1982.11　235p　23cm（理論社名作の愛蔵版）　940円

『珍談勝之助漂流記』　庄野英二作，井上洋介画　小学館　1982.11　134p　22cm（小学館の創作児童文学）　780円

『星の牧場』　庄野英二作，長新太絵　1982年版　理論社　1982.4　225p　23cm（日本の児童文学）〈愛蔵版　初版:1967（昭和42）〉

『ゆうれいの足音』　庄野英二さく，梶鮎太え　学校図書　1982.4　113p　22cm（学図の新しい創作シリーズ）　900円

『星の牧場』　庄野英二作，長新太絵　理論社　1982.3　225p　23cm（理論社名作の愛蔵版）　940円〈初刷:1963（昭和38）〉

『アルピエロ群島』　庄野英二著　偕成社　1981.12　205p　21cm（偕成社の創作文学）　950円　①4-03-720400-2

『ライオンの噴水』　庄野英二作，小林和子絵　講談社　1981.12　133p　22cm（児童文学創作シリーズ）　880円　①4-06-119044-X

『うみがめ丸漂流記』　庄野英二作，吉崎正巳絵　ポプラ社　1981.11　120p　22cm（ポプラ社の創作童話 7）　650円　〈初刷:1968（昭和43）図版〉

『うみがめ丸漂流記』　庄野英二著　ポプラ社　1981.7　174p　18cm（ポプラ社文庫）　390円

『オウムと白い船』　庄野英二作，かみやしん絵　国土社　1981.7　72p　23cm（国土社の創作どうわ）　980円　①4-337-01120-X

『ゆうじの大旅行』　庄野英二作，富永秀夫絵　講談社　1981.6　107p　22cm（講談社の創作童話）　880円

『バタン島漂流記』　庄野英二作，深沢省三絵　偕成社　1981.4　166p　23cm（子どもの文学 6）　780円　①4-03-626060-X〈初刷:1976（昭和51）〉

『孫太郎南海漂流記』　庄野英二作，斎藤博之絵　偕成社　1980.9　182p　22cm（偕成社の創作）　950円

『庄野英二全集　11』　偕成社　1980.2　481p　20cm　2500円
目次 愛のくさり.赤道の旅.講演「文学の周辺」年譜:p435～453　庄野英二全集第11巻解題　戸塚恵三著

『庄野英二全集　8』　偕成社　1980.2　446p　20cm　2500円
目次 いななく高原．庄野英二全集第8巻解題　戸塚恵三著．庄野英二覚え書　前川康男著

『庄野英二全集　5』　偕成社　1980.1　461p　20cm　2500円
目次 こどものデッキ.小鳥の森.ポナペ島.ゆうじの大りょこう.火のおどり.カスピ海物語.大きなモミの木.あひるのスリッパ.庄野英二全集第5巻解題　戸塚恵三著．庄野英二覚え書　前川康男著

『庄野英二全集　6』　偕成社　1979.12　451p　20cm　2500円
目次 ユングフラウの月.ムギワラの季節.白い帆船.船幽霊.ひこうきとじゅうたん.庄野英二全集第6巻解題　戸塚恵三著

子どもの本・日本の名作童話6000　127

庄野英二

『庄野英二全集 4』 偕成社 1979.11 418p 20cm 2500円
　目次 鹿の結婚式.海のメルヘン.たのしい森の町.にぎやかな家.港のメルヘン.幻想小曲.庄野英二全集第4巻解題 戸塚恵三著.庄野英二覚え書 前川康男著

『庄野英二全集 2』 偕成社 1979.10 374p 20cm 2500円
　目次 雲の中のにじ.ぶたと真珠.庄野英二全集第2巻解題 戸塚恵三著

『星の牧場』 庄野英二作,長新太画 理論社 1979.10 246p 18cm (フォア文庫) 390円

『庄野英二全集 10』 偕成社 1979.9 428p 20cm 2500円
　目次 キナバルの雪.レニングラードの雀.解題 戸塚恵三著

『庄野英二全集 7』 偕成社 1979.8 462p 20cm 2500円
　目次 木曜島.絵具の空.解題 戸塚恵三著

『庄野英二全集 3』 偕成社 1979.7 451p 20cm 2500円
　目次 うみがめ丸漂流記.ごちそう島漂流記.バタン島漂流記.アルファベット群島.解題 戸塚恵三著.庄野英二覚え書 前川康男著

『たのしい森の町』 庄野英二作,中谷千代子絵 国土社 1979.7 78p 21cm (新選創作童話 16) 850円〈初刷:1972(昭和47)〉

『いななく高原』 庄野英二著 偕成社 1979.6 2冊 21cm (偕成社の創作文学) 各950円

『庄野英二全集 9』 偕成社 1979.6 402p 20cm 2500円
　目次 ロッテルダムの灯.帝塚山風物誌.子供のころ.解題 戸塚恵三著.庄野英二覚え書 前川康男著

『庄野英二全集 1』 偕成社 1979.5 397p 20cm 2500円
　目次 星の牧場.アレン中佐のサイン.解題 戸塚恵三著

『あひるのスリッパ』 庄野英二作,中谷千代子絵 金の星社 1978.9 58p 27cm (創作えぶんこ 16) 850円〈初刷:1974(昭和49)〉

『象とカレーライスの島』 庄野英二著,こさかしげる画 あかね書房 1977.12 109p 21cm (あかね紀行文学) 800円

『アルファベット群島』 庄野英二著 偕成社 1977.3 270p 21cm (偕成社の創作文学) 950円

『大きなモミの木』 庄野英二作,中谷千代子絵 金の星社 1976.12 71p 26cm (新・創作えぶんこ 2) 850円

『バタン島漂流記』 庄野英二著 偕成社 1976.4 166p 22cm (子どもの文学 6) 780円

『魚のくれた宝石』 庄野英二著 家の光協会 1976.3 187p 22cm (自然と人間のものがたり 3) 840円

『あひるのスリッパ』 庄野英二作,中谷千代子絵 金の星社 1974 58p 27cm (創作えぶんこ 16)

『アレン中佐のサイン』 庄野英二作,深沢省三絵 岩波書店 1972 241p 22cm (岩波少年少女の本 18)

『たのしい森の町』 庄野英二作,中谷千代子絵 国土社 1972 78p 21cm (新選創作童話 16)

『火のおどり』 庄野英二作,北島新平え 理論社 1972 1冊 23cm (どうわの本棚)

『カスピ海物語』 庄野英二文,常盤大空絵 フレーベル館 1971 158p 23cm

『ゆうじの大りょこう』 庄野英二作,小林和子絵 講談社 1971 85p 24cm (講談社の創作童話 12)

『ひこうきとじゅうたん』 庄野英二作,おのきがく絵 ポプラ社 1970 112p 22cm (ポプラ社の創作童話 17)

『ぶたと真珠』 庄野英二文,小林与志絵 実業之日本社 1970 247p 22cm (創作少年少女小説)

『ムギワラの季節―私の押し葉帖』 庄野英二文・絵 理論社 1970 126p 20cm

『にぎやかな家』 庄野英二作,深沢紅子絵 講談社 1969 166p 23cm (少年少女現代日本創作文学 3)

『うみがめ丸漂流記』 庄野英二著, 吉崎正巳絵 ポプラ社 1968 120p 22cm（ポプラ社の創作童話 7）

『ごちそう島漂流記』 庄野英二文, 田島征三絵 あかね書房 1968 160p 22cm（創作児童文学選 9）

『星の牧場』 庄野英二文, 長新太絵 理論社 1967 225p 23cm（理論社の愛蔵版わたしのほん）

『海のメルヘン』 庄野英二文, 東貞美絵 理論社 1965 174p 22cm（ジュニア・ロマンブック）

『雲の中のにじ』 庄野英二文, 寺島竜一絵 実業之日本社 1965 199p 22cm

『小鳥の森』 庄野英二文, 庄野光絵 垂水書房 1965 143p 22cm

『星の牧場』 庄野英二文, 長新太絵 理論社 1963 180p 27cm（理論社の名作プレゼント）

『こどものデッキ』 庄野英二文, 小出泰弘絵 京都 ミネルヴァ書房 1955 168p 18cm

代田 昇
しろた・のぼる
《1924～2000》

『たたされた2じかん』 代田昇作, 長新太画 理論社 1995.7 154p 18cm（フォア文庫 A114） 550円 ①4-652-07416-6
内容 二年生のてっぺいは、はやぐいでもくみ一ばん。きょうは大こうぶつのカレーライス。はりきりすぎて、おかわりにしっぱいしてしまい、くやしがっていたら、「ちんぽんじゃらんさらめのさっき…」ってことばが口からとびだした。気がつくと、みんなもうかれて大さわが。そのとき、シャクレ・ナスビこと丸田先生がとつぜん入ってきた。小学校低・中学年向。

『ぼくのおよめさん』 しろたのぼる作, 山口みねやす絵 ほるぷ出版 1991.3 79p 22cm 1000円 ①4-593-54113-1
内容 たしろしゅう平は、とってもくうそうずきな男の子。くうそうしはじめると、いつのまにかくうそうのなかで、おかしなことをしてしまうのです。ある日、たいくつそうにあるいていたしゅう平の目の前に、とってもかわいらしい女の子があらわれたのです。男の子の空想の世界を、ユーモアたっぷりに描く。小学校低学年向き。

『たたされた2じかん』 代田昇作, 長新太絵 理論社 1981.9 69p 24cm（どうわの森のおくりもの） 780円

『四人の兵士のものがたり―お母さんのカレンダー』 代田昇作, 宮良貴子絵 理論社 1981.7 46p 23cm 880円

『からす田んぼ』 代田昇作, 箕田源二郎絵 あすなろ書房 1981.6 63p 22cm（あすなろ小学生文庫） 880円

『くやしかったらけんかでこい』 しろたのぼる作, みたげんじろう絵 佑学社 1981.2 71p 23cm 780円

『おじいちゃんげんきをだしなよ』 代田昇作, 岩淵慶造絵 フレーベル館 1981.1 76p 22cm（フレーベル館の幼年創作童話） 700円

『ぼくのおよめさん』 しろたのぼる作, 水沢研絵 ポプラ社 1980.3 61p 24cm（ふるさとの童話） 780円

『大阪からきたベル吉』 しろたのぼる作, 水沢研画 岩崎書店 1977.7 157p 22cm（創作児童文学） 980円

『からす田んぼ』 代田昇作, 箕田源二郎絵 あすなろ書房 1976.3 63p 22cm（あすなろ小学生文庫 14） 880円

白鳥 省吾
しろとり・せいご
《1890～1973》
別名：白鳥天葉（しろとり・てんよう）

『天葉詩集』 白鳥天葉著 大空社 1996.9 275p 13cm（叢書日本の童謡） ①4-7568-0305-9〈新少年社大正5年刊の複製〉

白鳥 天葉
→白鳥省吾（しろとり・せいご）を見よ

杉浦 明平
すぎうら・みんぺい
《1913～2001》

『今昔ものがたり』　杉浦明平作　新版　岩波書店　2004.9　257p　18cm（岩波少年文庫）　680円　①4-00-114568-5〈『武蔵野の夜明け』改題書〉

[目次] 悪人往生、なぐられた息子、法くらべ、施しにも礼儀を、悪運に勝った枇杷の大臣、夜道のお供、実印僧都と追いはぎ、腕くらべ、鏡箱の歌、充と良文の決闘、震えおののく袴垂、人質をとった盗人と源頼信、馬どろぼうと頼信父子、五位と利仁将軍、盗人の恩返し、亡霊を叱った上皇、水の精、古い空き家の怪、真夜中の葬式、怪しい杉の木、馬の尻に乗る美女、赤ん坊を抱いた女、鈴鹿山の肝っ玉くらべ、浮気心の報い、牛車に負けた三豪傑、すわりこみ撃退法、追いはぎよけの妙案、毒殺計画の失敗、鼻の和尚、人形目代、舞茸、馬の名人、欲深信濃守、がまにだまされた学生、仏ちょうものの強がり、強盗を迎え入れた前筑後守、つり鐘どろぼう、袴垂の悪ぢえ、干し魚を売る女

[内容] 大どろぼうの話、いもがゆの話、大きな鼻の和尚さんの話、命知らずの武士の話、きつねや化け物との知恵くらべ…。「今は昔」と語りつがれ、平安時代の人びとの生活と心をいきいきと伝える『今昔物語集』から、ふしぎで面白い39話。中学以上。

『今昔ものがたり―遠いむかしのふしぎな話』　杉浦明平作　岩波書店　1995.6　257p　18cm（岩波少年文庫）　650円　①4-00-113132-3

[目次] 悪人往生、なぐられた息子、法くらべ、施しにも礼儀を、悪運に勝った枇杷の大臣、夜道のお供、実印僧都と追いはぎ、腕くらべ、鏡箱の歌、充と良文の決闘〔ほか〕

[内容] 大どろぼうの話、いもがゆの話、大きな鼻の和尚さんの話、そして狐や化け物との知恵くらべ。平安時代の人びとがいきいきと活躍する、ふしぎで楽しい39話。中学以上。

『武蔵野の夜明け―今昔物語集』　杉浦明平著，箕田源二郎絵　平凡社　1979.4　264p　21cm（平凡社名作文庫）　1300円

スズキ　ヘキ
《1899～1973》

『スズキヘキ童謡集』　スズキヘキ著，スズキヘキ友達会編　大空社　1997.3　162p　13×18cm（叢書日本の童謡）　①4-7568-0306-7〈おてんとさんの会昭和50年刊の複製　年譜あり〉

鈴木　三重吉
すずき・みえきち
《1882～1936》

『古事記物語』　鈴木三重吉著　原書房　2003.5　226p　21cm　2500円　①4-562-03641-9〈愛蔵版〉

[目次] 女神の死、天の岩屋、八俣の大蛇、むかでの室、へびの室、きじのお使い、笠沙のお宮、満潮の玉、干潮の玉、八咫烏、赤い盾、黒い盾、おしの皇子〔ほか〕

[内容] 大正時代の少年少女が愛読した日本の誕生と神々の物語。古典的名著の永久保存版。

『古事記物語』　鈴木三重吉著　原書房　2002.6　223p　19cm　1400円　①4-562-03514-5

[目次] 女神の死、天の岩屋、八俣の大蛇、むかでの室、へびの室、きじのお使い、笠沙のお宮、満潮の玉、干潮の玉、八咫烏、赤い盾、黒い盾、おしの皇子、白い鳥、朝鮮征伐、赤い玉、宇治の渡し、難波のお宮、大鈴小鈴、しかの群、ししの群、とんぼのお歌、うし飼、うま飼

[内容] 高天原から下った男女の神々の出会いから日本は生まれた。そこから始まるとても人間的な神々の物語。愛、裏切り、笑い、冒険、悲しみ、希望…日本を代表する児童文学者が描く、ファンタジーの傑作。

『鈴木三重吉童話集』　勝尾金弥編　岩波書店　1996.11　265p　15cm（岩波文庫）　570円　①4-00-310455-2

[目次] 湖水の女．黄金鳥．星の女．湖水の鐘．ぶくぶく長々火の目小僧．岡の家．ぽっぽのお手帳．ぶしょうもの．デイモンとピシアス．やどなし犬．ざんげ．少年駅伝夫．大震火災記

鈴木三重吉

『小さな王国・海神丸』　谷崎潤一郎，鈴木三重吉，野上弥生子著　講談社　1987.2　249p　23cm（少年少女日本文学館　第4巻）　1400円　⑪4-06-188254-6
|目次|小さな王国（谷崎潤一郎），母を恋うる記（谷崎潤一郎），おみつさん（鈴木三重吉），海神丸（野上弥生子）
|内容|状況により、人間の常識が徐々にゆがめられていく世界を描いた表題作の他、「母を恋うる記」「おみつさん」の計4編を収録。

『赤いお馬・湖水の女』　鈴木三重吉著，赤い鳥の会編，小沢良吉絵　小峰書店　1982.9　63p　22cm（赤い鳥名作童話）　780円　⑪4-338-04801-8

『少年駅伝夫』　太田大八画，鈴木三重吉著　あかね書房　1981.4　225p　22cm（日本児童文学名作選12）　980円〈解説：桑原三郎　図版〉
|目次|トム・ムアの黒い鳥〔ほか6編〕

『古事記物語』　鈴木三重吉著　春陽堂書店　1977.10　302p　16cm（春陽堂少年少女文庫―世界の名作・日本の名作）　340円

『鈴木三重吉童話全集　別巻』　文泉堂書店　1975　110p　20cm（日本文学全集・選集叢刊　第5次）
|目次|父と「赤い鳥」のことなど（鈴木珊吉）解説（桑原三郎）鈴木三重吉年譜（桑原三郎）鈴木三重吉関係文献（桑原三郎）

『鈴木三重吉童話全集　第9巻』　文泉堂書店　1975　666p　図　20cm（日本文学全集・選集叢刊　第5次）
|目次|ルミイ

『鈴木三重吉童話全集　第8巻』　文泉堂書店　1975　517p　図　20cm（日本文学全集・選集叢刊　第5次）
|目次|ディモンとピシアス，烈婦ガートルード，勇士ウォルター，もみの木，野をこえて，ロビン・フッド物語，村の学校，ワーレンカがおとなになる話，うば車，まゆ（劇），散歩，うらなひ，病院，くも，モーニ，てがみ，そり，パイプ，をぢさん，父，子守っ子，パテ・クラブ（劇），影，星，小馬の話，男爵ミュンヒハウゼン，祐宮さま，喜峰口関門の戦闘

『鈴木三重吉童話全集　第7巻』　文泉堂書店　1975　620p　図　20cm（日本文学全集・選集叢刊　第5次）
|目次|古事記物語　古事記物語上巻，古事記物語下巻，日本を，地中の世界，乞食の王子，イーフの囚人，海のお宮

『鈴木三重吉童話全集　第6巻』　文泉堂書店　1975　468p　図　20cm（日本文学全集・選集叢刊　第5次）
|目次|まはしもの，犬，従卒イワン，マルボー大尉，少年駅伝夫，コリシーアムの闘技，明治大帝のお話，サーモピリーの戦，ざんげ，命の水，六人の少年王，パナマ運河を開いた話，蛇つかひ，負傷兵，船長の冒険，少女軍，少年王，老博士，漂流奇談，救護隊，やどとし犬，勇士レグルス，彫刻師グリュッペロ，ディーサとモティ，チャールズ・リー，猿の手，火の中へ，王ハリスチャンドラ，大震火災記，附言

『鈴木三重吉童話全集　第5巻』　文泉堂書店　1975　462p　図　20cm（日本文学全集・選集叢刊　第5次）
|目次|お猿の飛行士，ボビイとボン，スギャンのめ山羊，小犬，子どもの水兵，おじいさんとお馬，夜（児童劇），銀の上着（児童劇），小馬，機関車，ろばのドン公，おたんじょう日，風車場の秘密，手づまつかひ，三りん車，丁ちゃんと乙子，虎，母，ぽつぽのお手紙，お耳のくすり，こしかけと手をけ，ロバート王，お馬，ピイピイとブウブウ，おじいさんとおばあさん，顔，青い顔かけの勇士，乞食の子，かたつむり，黒い小猫，しょうぢきもの，ゆり寝だい，小熊，岡の家，最後の課業，十二の星（劇），ピーター・パン，附言

『鈴木三重吉童話全集　第4巻』　文泉堂書店　1975　451p　図　20cm（日本文学全集・選集叢刊　第5次）
|目次|命の泉，ハッサンの話，どろぼう，魔法の魚，黒い小鳥，ミュンヒ男爵のお話，ダマスカスの賢者，「年」の話，天使，びっこの狐，大勇士，なまけもの，お嫁くらべ，漁師と金の魚，殿下のお猿，星のおつげ，魔法のゆびわ，銀の王妃，ちゑの長者，ぶしょうもの，かがり針，マッチ売りの少女，魔法の狼，綱びき，三びきの小豚，じゅんおくり，大いたち，狼，小熊が空へ上った話，おしゃべり，おじいさんと三人のむこ，ばか，しあはせもの，袋の鳥，からすの着物，黒猿，大男と大女，どんぐり小ほうず，おみやげ，かるたの王さま，五十銭銀貨，人くひ人，神のしもべ，附言

鈴木三重吉

『鈴木三重吉童話全集　第3巻』　文泉堂書店　1975　444,3p　図　20cm（日本文学全集・選集叢刊　第5次）
[目次] 星の女，ぶくぶく長々火の目小僧，象の鼻，あひるの子，おぢいさんと小人，踊のたき火，一本足の兵隊，銀の泉，大鳥，大どろぼう，黒い鳥，二人の脊虫，小僧の王子，こうの鳥，ヂャイアント，七面鳥の踊，びっくりとはこんなもの，世界のはじまり，小人と鍋，お婆さんとうさぎ，烏のもらひ子，赤づきん，鼻の蠅，おそうめん，馬の耳，ころころお菓子，お話ずき，きつ、き，まよひ子王子，うさぎ，らっぱ，いたづらもの，金の城，おぢいさんと三人のわるもの，珊瑚，ばら王女，ぴっぴきぴ，かなりや物語，子どもと大男，人くひ鬼，鷹の騎士，附言

『鈴木三重吉童話全集　第2巻』　文泉堂書店　1975　456,4p　図　20cm（日本文学全集・選集叢刊　第5次）
[目次] 湖水の鐘，かにの王子，鼠のお馬，せんたくやのろば，湖水の女，うそ話，金の蛇，ぶつぶつ屋，鳥の言葉，獣の言葉，よっぱらひ，黒い沙漠，二人の乞食，金のまり，馬のくび，五色の玉子，二人出ろ，石の馬，おゝんおんおん，七人の兄弟，正直ぢいさん，ばかの笛，虎とこじき，頬のこぶ，青いおうね，こま鳥，おなかの皮，二人の蛙，お人形，わるい狐，あわてもの，ばち，王女のをどり，牡狐，からすのてがら，水牛とかきと豚，お日さま，欲の皮，秘密，竜退治，マイアの冒険，附言

『鈴木三重吉童話全集　第1巻』　文泉堂書店　1975　452,4p　図　20cm（日本文学全集・選集叢刊　第5次）
[目次] かぐや姫，魔法の鳥，ゼメリイの馬鹿，こりこり物語，骸骨の島，おしゃべりばあさん，黒い騎士，海の女王，黒い牡牛，袋の魚，黄金鳥，悪狐，さづかりもの，石像王子，狐のなかうど，長身物語，あひるの王様，めがね，子狐，かはうそ，坊さんとらくだ，欲ばり猫，小鼠，おうむの片足，かけつくら，猫のをぢさん，大空，ぐづ，しているとこのとほり，蠅がわにを殺した話，馬鹿の小猿，悪魔と馬，やんちゃ猿，唖の王妃，魔女の踊，豆のはしご，付言

『少年駅伝夫』　鈴木三重吉文，松井行正絵　偕成社　1966　174p　23cm（新日本児童文学選 20）

『石の馬』　鈴木三重吉文　金の星社　1965　22cm（世界童話 4年）

『かなりや物語』　鈴木三重吉文，太田大八絵　あかね書房　1965　233p　22cm（日本童話名作選集 4）

『くろいとり』　鈴木三重吉文　金の星社　1965　22cm（世界童話 1年）

『湖水の鐘』　鈴木三重吉文　金の星社　1965　22cm（世界童話 3年）

『鈴木三重吉名作集』　鈴木三重吉文，市川禎男絵　偕成社　1965　306p　23cm（少年少女現代日本文学全集 26）

『まほうのふえ』　鈴木三重吉文　金の星社　1965　22cm（世界童話 2年）

『おさなものがたり・ポッポのお手紙―島崎藤村・鈴木三重吉童話集』　島崎藤村，鈴木三重吉作，岩崎ちひろ絵　偕成社　1962　240p　23cm（日本児童文学全集 1）

『かなりや物語』　鈴木三重吉文，太田大八絵　三十書房　1962　233p　22cm（日本童話名作選集 4）

『鈴木三重吉集』　鈴木三重吉文　東西五月社　1960　183p　22cm（少年少女日本文学名作全集 16）

『鈴木三重吉集』　鈴木三重吉作，深沢省三絵　ポプラ社　1958　302p　22cm（新日本少年少女文学全集 9）

『世界童話集　1～4年生』　鈴木三重吉文，中尾彰等絵　金の星社　1958　4冊　22cm

『長塚節・鈴木三重吉集』　長塚節，鈴木三重吉文　新紀元社　1958　291p　18cm（中学生文学全集 6）

『家なき子』　マロー原作，鈴木三重吉著，市川禎男絵　筑摩書房　1956　329p　19cm（世界の名作 4）

『鈴木三重吉・宮沢賢治集』　鈴木三重吉，宮沢賢治文，久松潜一等編　東西文明社　1955　249p　22cm（少年少女のための現代日本文学全集 12）

『古事記物語』　鈴木三重吉文　生活百科刊行会　1954　297p　19cm

『いっすんぼうし』　松村武雄，鈴木三重吉著　あかね書房　1953　222p　19cm（日本おとぎ文庫 3）

『かぐやひめ』　松村武雄,鈴木三重吉著　あかね書房　1953　222p　19cm（日本おとぎ文庫 2）

『かちかちやま』　松村武雄,鈴木三重吉著　あかね書房　1953　222p　19cm（日本おとぎ文庫 1）

『かなりや物語』　鈴木三重吉文,角浩絵　三十書房　1953　214p　22cm（日本童話名作選集）

『日本児童文学全集　1　童話篇　1』　巌谷小波,鈴木三重吉,有島武郎,島崎藤村作　河出書房　1953　322p　22cm
目次　巌谷小波集 鈴木三重吉集 有島武郎集 島崎藤村集

『アンデルセン童話集』　鈴木三重吉著,秋岡芳夫絵　筑摩書房　1952　180p　22cm（小学生全集 19）

『古事記物語』　鈴木三重吉文,岩崎年勝絵　ポプラ社　1952　300p　19cm（世界名作物語 23）

『世界おとぎばなし』　鈴木三重吉著,小林久三絵　筑摩書房　1952　182p　22cm（小学生全集 24）

『風車場の秘密』　鈴木三重吉文　ポプラ社　1952　355p　19cm（世界名作物語 16）

住井　すゑ
すみい・すゑ
《1902〜1997》

『朝を待ちつつ』　住井すゑ著　汐文社　1999.2　193p　20cm（住井すゑジュニア文学館 4）　1600円　④4-8113-7248-4
目次　虹、ケンちゃんのべえごま、ざくろ、はんばのおじさん、まちにつづく道、菊のこころ、その名はしかの子、朝を待ちつつ
内容　雑誌『部落』の連載より採録し、ルビ以外は原文のまま刊行。

『大空高く』　住井すゑ著　汐文社　1999.2　192p　20cm（住井すゑジュニア文学館 6）　1600円　④4-8113-7250-6
目次　幸福のつえ、石切る音、涙の白ばら、ばらは知っている、強くなって、花ことば、トラックに乗って、夜あけ、大空高く、一ぴきのかえる、きつねのしっぽ, むらさきの煙

『こぶしの花咲いて』　住井すゑ著　汐文社　1999.2　196p　20cm（住井すゑジュニア文学館 5）　1600円　④4-8113-7249-2
目次　母と子と、制服の母、こぶしの花咲いて、思い出のトロイメライ、花さくこみち、夢にきく歌
内容　雑誌『人民』の連載より採録し、ルビ以外は原文のまま刊行。

『空も心もさつき晴』　住井すゑ著　汐文社　1999.2　209p　20cm（住井すゑジュニア文学館 3）　1600円　④4-8113-7247-6
目次　名犬トン、愛馬北斗号、母の顔、大地の子、家宝の手、空も心もさつき晴、生きている蔵、蔵は古いが、七わのめんどり、いちごのなげき

『地の星座　下』　住井すゑ著　汐文社　1999.2　200p　20cm（住井すゑジュニア文学館 2）　1600円　④4-8113-7246-8

『地の星座　上』　住井すゑ著　汐文社　1999.2　185p　20cm（住井すゑジュニア文学館 1）　1600円　④4-8113-7245-X

『わたしの童話』　住井すゑ著　新潮社　1992.8　200p　15cm（新潮文庫）　360円　④4-10-113711-0
目次　折れた弓．ピーマン大王．私たちのお父さん．かっぱのサルマタ．空になったかがみ．たなばたさま．ふたごのおうま．農村イソップ．わたしの童話 松沢常夫聞き手

『わたしの少年少女物語　2』　住井すゑ著　労働旬報社　1989.11　207p　22cm　1240円　④4-8451-0122-X
目次　まさ子のシンデレラ姫、つらいばつ、幸福な家、月夜の野道、テルの首輪、あおじとハーモニカ、よろこびのみかん、綿よりもあたたかく、花咲く里みのる里、夕空よ、おとうさん社長、久雄のおくりもの、二本足のかかし、4Bの鉛筆
内容　人間は、それが生命にプラスになるときに、「美しい」と感じる。人はみな、それを望んでいる…。

『わたしの少年少女物語』　住井すゑ著　労働旬報社　1989.7　184p　22cm　1240円　①4-8451-0113-0
[目次] 三びきのめだか、テレビとうま、アマリリス、しおんさくころ、地もぐり豆、雲をよぶおじいさん、すいかどろぼう、友をよぶふえ、大地とともに、ひばりの巣、おとうさんの小づかい、新しい世界、訪れた幸福、飛びたつカル、らっきょうの夢、花咲く朝
[内容] 恵まれた生命"生きる"ということの意味の深さと"おもいやり"を創りだす珠玉の文芸童話16篇。

『わたしの童話』　住井すゑ著　労働旬報社　1988.12　190p　22cm　1200円　①4-8451-0101-7

『ふたごのおうま』　住井すゑ作, イワン・ガンチェフ絵　河出書房新社　1986.7　1冊　29cm（メルヘンの森）　1600円　①4-309-72354-3

『夜あけ朝あけ』　住井すゑ著, 久米宏一絵　新座　埼玉福祉会　1985.4　354p　27cm（大活字本シリーズ）　3900円〈底本:理論社刊「夜あけ朝あけ」　解説:小宮山量平〉

『夜あけ朝あけ』　久米宏一え, 住井すゑ作　理論社　1981.8　205p　23cm（理論社名作の愛蔵版）　940円〈解説:小宮山量平　初刷:1972（昭和47）〉

『夜あけ朝あけ』　住井すゑ作, 久米宏一え　理論社　1972　205p　23cm（理論社の愛蔵版わたしのほん）

『地の星座』　住井すえ文, 久米宏一絵　京都　汐文社　1963　181p　22cm

『竹山道雄・住井すえ・吉田甲子太郎集』　竹山道雄, 住井すえ, 吉田甲子太郎文, 三芳悌吉等絵　講談社　1962　390p　23cm（少年少女日本文学全集 14）

『ナイチンゲール』　住井すゑ文, 高畠華宵絵　小学館　1955　116p　22cm（小学館の幼年文庫 23）

『夜あけ朝あけ』　住井すえ文　新潮社　1954　216p　19cm（少年長篇小説）

清少納言
せいしょうなごん
《966頃～1025頃》

『枕草子』　清少納言原作, 大庭みな子著, 新井苑子絵　講談社　1991.12　325p　22cm（少年少女古典文学館 第4巻）　1700円　①4-06-250804-4
[内容] 現代の有力文筆家たちが、いまの言葉でつづる日本の古典です。したしみやすい現代文が古典の世界をいきいきと再現します。一度は読んでおきたい名作ぞろい。それも、おもしろい作品ばかりです。中学・高校の授業でとりあげるおもな作品は、ほとんどカバーしています。古典の入門に、うってつけの全集です。

関　英雄
せき・ひでお
《1912～1996》

『おにのような女の子』　関英雄著, 深沢紅子絵　新座　埼玉福祉会　1992.4　318p　27cm（大活字本シリーズ）　4017円〈原本:偕成社刊 限定版〉

『幼年文学名作選 14 名たんていカッコちゃん』　関英雄作, 斎藤博之絵　岩崎書店　1989.3　114p　22cm　1200円　①4-265-03714-3

『白ねこベルの黒い火曜日』　関英雄作, 岡村好文絵　岩崎書店　1988.8　129p　22cm（童話の城）　880円　①4-265-01814-9
[内容] ベルは、広太さんがもう14年も飼っている白いめすねこです。ねこの14さいは、人間でいえば72さいだそうですが、ベルはそんなとしにはみえません。耳のさきから、太くてみじかいしっぽのさきまで、まっ白な毛なみの、きれいな日本ねこでした。2階への階段を、さあっと、風のようにはやくかけあがる元気なねこでした。そのベルが、ある日…。

関英雄

『白い蝶の記』　関英雄著, 寺尾知文絵　新日本出版社　1982.4　214p　22cm（新日本創作少年少女文学）　1300円〈初刷:1971（昭和46）〉
　目次　迷鳥ものがたり〔ほか6編〕

『名たんていカッコちゃん』　関英雄作, 斉藤博之絵　岩崎書店　1982.3　114p　22cm（日本の幼年童話 14）　1100円〈解説:菅忠道　叢書の編集:菅忠道〔ほか〕　初刷:1973（昭和48）　図版〉

『キツネが走るブタがとぶ』　関英雄作, こさかしげる画　童心社　1981.12　146p　18cm（フォア文庫）　390円

『おにのような女の子』　関英雄著, 深沢紅子絵　偕成社　1980.10　208p　21cm（偕成社の創作文学）　950円

『北国の犬』　関英雄著　大日本図書　1979.8　97p　22cm（子ども図書館）　850円〈解説:与田準一　初刷:1969（昭和44）〉
　目次　おばけものがたり, 友だち星, なべ君, 幼年日記, 北国の犬

『キツネが走るブタがとぶ』　関英雄作, こさかしげる画　童心社　1976.11　125p　（現代童話館 13）　780円

『新美南吉童話集』　新美南吉作, 関英雄文, 佐藤通雅等編, 鈴木康司え　全1冊版　実業之日本社　1974　511p　22cm

『名たんていカッコちゃん』　関英雄作, 斎藤博之絵　岩崎書店　1973　114p　22cm（日本の幼年童話 14）

『アリゾナの勇者』　関英雄文, 岩井泰三絵　金の星社　1972　252p　20cm（ウエスタン・ノベルズ 5）

『白い蝶の記』　関英雄著, 寺尾知文絵　日本出版社　1971　214p　22cm（新日本創作少年少女文学 12）

『小さい心の旅』　関英雄文, 武部本一郎絵　偕成社　1971　258p　21cm（少年少女創作文学）

『ピノッキオ』　関英雄文, 熊谷博人絵　偕成社　1971　144p　23cm（子ども絵文庫 26）

『北国の犬』　関英雄文, 吉田政次絵　大日本図書　1969　97p　22cm（子ども図書館）

『三びきの子ぶた』　関英雄文, 水野二郎絵　ポプラ社　1969　122p　22cm（幼年名作童話 14）

『月よのバス・木いちご』　せきひでお, こいでしょうご文, 阿部知二等編, みたげんじろう絵　麦書房　1966　21p　21cm（新編雨の日文庫 5）

『アリババとぬすびと』　関英雄文, むらおかせいこう絵　ポプラ社　1962　60p　27cm（おはなし文庫 30）

『トム・ソーヤーの冒険』　マーク・トウェーン原作, 関英雄著, 太田大八絵　鶴書房　1961　174p　22cm（世界童話名作全集 3）

『からすのたいしょう』　せきひでお文, みたげんじろう絵　麦書房　1959　24p　21cm（雨の日文庫 第6集4）

『荒野の星』　関英雄文, 岩井泰三絵　金の星社　1959　252p　19cm（西部小説選集 4）

『ちょんまげのちんどんや・ひのなかにたつまとい』　せきひでお, くるすよしお文, すずきけんじ絵　麦書房　1959　24p　21cm（雨の日文庫 第5集16）

『ばーどしょうしょうのたんけん・がんじーとぱりあんま』　せきひでお, かわさきだいじ文, すがのようたろう絵　麦書房　1959　24p　21cm（雨の日文庫 第6集17）

『空気のなくなる日・おばけものがたり・波と星』　岩倉政治, 関英雄, 久保喬文　麦書房　1958　38p　21cm（雨の日文庫 第2集10）

『めいたんていカッコちゃん』　関英雄文, 富永秀夫絵　宝文館　1958　157p　22cm（ペンギンどうわぶんこ）

『ウイリアム・テル』　シラー原作, 関英雄著, 東貞美絵　ポプラ社　1957　146p　22cm（たのしい名作童話 27）

『おりこうわんわん―しつけのどうわ』
関英雄著, 山下大五郎絵　実業之日本社
1957　154p　22cm（お話博物館―1年生）

『三びきの子ぶた』　ラング原作, 関英雄著, 東本つね絵　ポプラ社　1957　136p　22cm（たのしい名作童話 48）

『白鳥ものがたり』　アンデルセン原作, 関英雄著, 大沢昌助絵　実業之日本社　1957　160p　22cm（名作絵文庫 2年生）

『からすのゆうびんや』　せきひでお文, 岩崎ちひろ絵　泰光堂　1954　193p　21cm（初級童話 5）

『イソップ童話』　イソップ作, 関英雄著, 渡辺三郎絵　あかね書房　1953　212p　19cm（幼年世界名作全集 6）

『トムソーヤの冒険』　トウェーン原作, 関英雄著　鶴書房　1953　171p　22cm（世界童話名作全集 19）

『日本児童文学全集　8　童話篇 8』　平塚武二, 佐藤義美, 関英雄, 猪野省三, 岡本良雄作　河出書房　1953　359p　22cm
|目次| 平塚武二集 佐藤義美集 関英雄集 猪野省三集 岡本良雄集

瀬田　貞二
せた・ていじ
《1916〜1979》

『日本のむかしばなし』　瀬田貞二文, 瀬川康男, 梶山俊夫絵　のら書店　1998.10　159p　21cm　2000円　①4-931129-83-8
|目次| 花さかじい, ぶよのいっとき, えすがたあねさん, ねずみのすもう, さるむこいり, まのいいりょうし, まめこぞう, ほらあなさま, さるとひきのもちとり, すずめのあだうち, 三まいのおふだ, つぶの長者, 年こしのたき火
|内容| 幼い時にいちどは読んでほしい日本の昔話を格調高い文と美しい絵で贈ります―。「花さかじい」「えすがたあねさん」「まめこじぞう」などのよく知られたお話13編を収録。5歳から小学校低・中学年向。

『お父さんのラッパばなし』　瀬田貞二著, 堀内誠一画　福音館書店　1977.6　185p　21cm　1100円

『日本のむかし話』　瀬田貞二ぶん, 瀬川康男, 梶山俊夫え　学習研究社　1971　159p　24cm（愛蔵版世界の童話 4）

相馬　御風
そうま・ぎょふう
《1883〜1950》

『良寛さま』　相馬御風著　実業之日本社　2001.12　213p　19cm　1200円　①4-408-10483-3〈昭和23年刊の新装復刻〉

『銀の鈴―相馬御風童謡集』　相馬御風著　大空社　1996.9　132p　16cm（叢書日本の童謡）①4-7568-0305-9〈春陽堂大正12年刊の複製 外箱入〉

『相馬御風―童話と童謡』　相馬御風生誕百年記念事業実行委員会編集　糸魚川　糸魚川市教育委員会　1982.5　179p　21cm　1000円〈発売:考古堂書店（新潟）〉

『良寛さまの童謡と歌』　相馬御風著　有峰書店　1977.10　161p　22cm　950円

『良寛さま』　相馬御風著　有峰書店　1977.9　169p　22cm　950円

高垣　眸
たかがき・ひとみ
《1898〜1983》

『快傑黒頭巾』　高垣眸作　第三文明社　1989.12　250p　22cm（少年少女希望図書館 14）　1010円　①4-476-11214-5

『少年小説大系　第5巻　高垣眸集』　高橋康雄編　三一書房　1987.6　537p　23cm　7000円〈監修:尾崎秀樹ほか 年譜あり〉
|目次| 怪人Q, 黒衣剣俠, 荒海の虹, 裾野の火柱, 凍る地球, 恐怖の地球

『豹の眼』　高垣眸著　国書刊行会　1985.1　331p　20cm（熱血少年文学館）2800円〈再刊版 原版:講談社 1928（昭和3）〉

『まぼろし城』　高垣眸著　国書刊行会　1985.1　306p　20cm（熱血少年文学館）　2800円〈再刊版 原版:講談社 1937（昭和12)）〉

『巌窟王』　大デューマ原作, 高垣眸著　改訂新版　偕成社　1983.7　323p　19cm（少年少女世界の名作 27）　680円
①4-03-734270-7

『燃える地球』　高垣眸作　ポプラ社　1980.12　238p　21cm（文学の館）　1200円

『真田十勇士』　高垣眸文, 伊勢良夫え　偕成社　1975　300p　19cm

『失われた世界』　ドイル原作, 高垣眸文, 土村正寿絵　偕成社　1968　317p　19cm（少年少女世界の名作 89）

『怪傑黒頭巾』　高垣眸文, 加藤敏郎絵　ポプラ社　1967　279p　19cm（ジュニア小説シリーズ 1）

『疾風月影丸』　高垣眸文, 加藤敏郎絵　ポプラ社　1967　277p　19cm（ジュニア小説シリーズ 2）

『竜神丸』　高垣眸文, 伊藤幾久造絵　ポプラ社　1967　288p　19cm（ジュニア小説シリーズ 3）

『巌窟王』　大デューマ原作, 高垣眸著, 中村猛男絵　偕成社　1965　325p　19cm（少年少女世界の名作 49）

『真田幸村』　高垣眸文, 伊勢良夫絵　偕成社　1962　300p　19cm（少年少女歴史小説全集 14）

『恐竜の足音―失われた世界』　コナン・ドイル原作, 高垣眸著, 土村正寿絵　偕成社　1955　317p　19cm（世界名作文庫 113）

『真田幸村』　高垣眸文, 伊勢良夫絵　偕成社　1955　300p　19cm（実録時代小説 12）

『怪奇黒猫組』　高垣眸文, 土村正寿絵　ポプラ社　1953　356p　19cm

『巌窟王』　大デューマ原作, 高垣眸著, 中村猛男絵　偕成社　1953　325p　19cm（世界名作文庫 15）

『水滸伝物語』　施耐庵原作, 高垣眸著, 安以行孝絵　講談社　1953　358p　19cm（世界名作全集 55）

『ソロモンの洞窟』　ハガード原作, 高垣眸著, 鈴木御水絵　講談社　1952　330p　19cm（世界名作全集 29）

『禿鷲の爪』　高垣眸文, 山中冬児絵　偕成社　1952　265p　19cm

『黒衣剣侠』　高垣眸文, 伊藤幾久造絵　ポプラ社　1951　269p　19cm（高垣眸全集 2）

『豹の眼』　高垣眸文, 沢田重隆絵　ポプラ社　1951　267p　19cm（高垣眸全集 1）

『青銅髑髏の謎』　高垣眸文, 伊藤幾久造絵　ポプラ社　1951　275p　19cm（高垣眸全集 10）

『火の玉王子』　高垣眸文, 梁川剛一絵　ポプラ社　1951　295p　19cm（高垣眸全集 3）

高木　彬光
たかぎ・あきみつ
《1920～1995》

『西遊記』　呉承恩原作, 高木彬光著　改訂新版　偕成社　1983.12　306p　19cm（少年少女世界の名作 43）　680円
①4-03-734430-0

『鉄仮面』　大デューマ原作, 高木彬光著　改訂新版　偕成社　1983.9　296p　19cm（少年少女世界の名作 28）　680円
①4-03-734280-4

『ロンドン塔』　エーンズワース原作, 高木彬光著　改訂新版　偕成社　1982.12　307p　19cm（少年少女世界の名作 7）　680円

『オペラの怪人』　高木彬光文, 古賀亜十夫絵　偕成社　1971　281p　19cm（ジュニア探偵小説 23）

『黒衣の魔女』　高木彬光文, 伊勢田邦彦絵　偕成社　1968　253p　19cm（ジュニア探偵小説 6）

高木彬光

『死神博士』 高木彬光文,伊勢田邦彦絵 偕成社 1968 261p 19cm（ジュニア探偵小説 11）

『幽霊馬車』 高木彬光文,成瀬一富絵 偕成社 1968 286p 19cm（ジュニア探偵小説 1）

『消えた魔人』 高木彬光文,岩井泰三絵 ポプラ社 1967 259p 19cm（名探偵シリーズ 10）

『恐怖の人造人間―フランケンスタイン』 シェリー夫人作,高木彬光文,伊藤幾久造絵 偕成社 1967 316p 19cm（少年少女世界の名作 86）

『水滸伝―中国古典』 高木彬光文,矢島健三絵 偕成社 1967 300p 19cm（少年少女世界の名作 75）

『復讐鬼』 大デューマ原作,高木彬光文,池田かずお絵 偕成社 1967 310p 19cm（少年少女世界の名作 82）

『西遊記』 呉承恩原作,高木彬光著,伊勢良夫絵 偕成社 1966 306p 19cm（少年少女世界の名作 67）

『鉄仮面』 大デューマ原作,高木彬光著,伊勢良夫絵 偕成社 1966 296p 19cm（少年少女世界の名作 61）

『ファウスト』 ゲーテ原作,高木彬光文,田村耕介絵 偕成社 1964 327p 19cm（少年少女世界の名作 25）

『ロンドン塔』 エーンズワース原作,高木彬光著,中村信生絵 偕成社 1964 307p 19cm（少年少女世界の名作 8）

『新選組』 高木彬光文,伊藤幾久造絵 偕成社 1963 320p 19cm（少年少女歴史小説全集 20）

『黄色い部屋』 ルルウ原作,高木彬光著,岩井泰三絵 ポプラ社 1962 288p 19cm（世界推理小説文庫 6）

『白蝋の鬼』 高木彬光文,岩井泰三絵 ポプラ社 1961 234p 22cm（少年探偵小説全集 9）

『悪魔の口笛』 高木彬光文,岩井泰三絵 ポプラ社 1960 212p 22cm（少年探偵小説全集 4）

『オペラの怪人』 高木彬光文,太賀正絵 東光出版社 1958 258p 19cm（少年少女最新探偵長編小説集 8）

『黄色い部屋』 ルルウ原作,高木彬光著,有安隆絵 ポプラ社 1957 288p 19cm（世界名作探偵文庫）

『新選組』 高木彬光文 偕成社 1955 320p 19cm（実録時代小説 4）

『水滸伝―中国古典』 高木彬光文,矢島健三絵 偕成社 1955 300p 19cm（世界名作文庫 110）

『吸血魔』 高木彬光著 ポプラ社 1954.6 259p 19cm

『宇宙戦争』 高木彬光文,岩井泰三絵 偕成社 1954 254p 19cm

『オペラの怪人』 高木彬光文,古賀亜十夫絵 偕成社 1954 281p 19cm

『西遊記』 呉承恩原作,高木彬光著,伊勢良夫絵 偕成社 1954 306p 19cm（世界名作文庫 83）

『鉄仮面』 大デューマ原作,高木彬光著,伊勢良夫絵 偕成社 1954 296p 19cm（世界名作文庫 101）

『復讐鬼』 大デューマ原作,高木彬光著,池田かずお絵 偕成社 1954 310p 19cm

『悪魔の口笛』 高木彬光文 ポプラ社 1953 285p 19cm

『白蝋の鬼』 高木彬光文,諏訪部晃絵 ポプラ社 1953 276p 19cm

『ロンドン塔』 エーンズワース原作,高木彬光著,中村信生絵 偕成社 1953 307p 19cm（世界名作文庫 72）

『黒衣の魔女』 高木彬光文,伊勢田邦彦絵 偕成社 1952 253p 19cm

『ファウスト』 ゲーテ原作,高木彬光著,田村耕介絵 偕成社 1952 327p 19cm（世界名作文庫 42）

『アイバンホー』 スコット原作,高木彬光著,池田かずお絵 偕成社 1951 302p 19cm（世界名作文庫 37）

『死神博士』 高木彬光文,伊勢田邦男絵 偕成社 1951 261p 19cm

『フランケンスタイン』 シェリー夫人原作, 高木彬光著, 伊藤幾久造絵　偕成社　1951　316p　19cm（世界名作文庫 30）

『幽霊馬車』　高木彬光文, 成瀬一富絵　偕成社　1951　286p　19cm

滝沢　馬琴
たきざわ・ばきん
《1767～1848》

『南総里見八犬伝　4　八百比丘尼』　滝沢馬琴原作, 浜たかや編著, 山本タカト画　偕成社　2002.4　236,22p　19cm　1400円　①4-03-744480-1
[内容] 謎の尼僧妙椿の妖術で、またたくまに上総館山城主となった悪党源金太改め蟇田素藤。妙椿の目的は、里見家の滅亡。そこにあらわれたのが、犬江親兵衛、房八の息子である。少年とは思えぬ強さで活躍、里見家の危機を救う。八犬士たちは、里見家を守り、足利成氏、上杉定正、千葉自胤、簸御前等からなる宿敵連合軍をむかえうつ…ここに、玉梓の怨念に端を発した宿命と絆の物語が、大団円をむかえる。

『南総里見八犬伝　3　妖婦三人』　滝沢馬琴原作, 浜たかや編著, 山本タカト画　偕成社　2002.4　239p　19cm　1400円　①4-03-744470-4
[内容] 八犬士の不明二人を探しあるく小文吾と現八。小文吾は、妖婦船虫の策略にはまり、七人目の犬士、犬坂毛野に助けられる。現八は、化け猫と遭遇、共に戦った角太郎が犬士とわかる。一方、信乃は、生まれかわった、いいなずけ浜路と再会。

『南総里見八犬伝　2　五犬士走る』　滝沢馬琴原作, 浜たかや編著　偕成社　2002.4　199p　19cm　1400円　①4-03-744460-7
[内容] 伏姫のいいなずけ大輔は、犬と名をかえ僧となり、散った八つの珠をさがす。荘助は獄中、道節は上杉定正を父の仇とねらい、信乃と現八は、利根川で小文吾に助けられる。

『南総里見八犬伝　1　妖刀村雨丸』　滝沢馬琴原作, 浜たかや編著, 山本タカト画　偕成社　2002.3　231p　19cm　1400円　①4-03-744450-X
[内容] 妖婦玉梓に末代までも呪われた里見家。その娘伏姫は、いちどは犬の八房と共に命をなくすが、その霊は八つの珠となり、八人の犬士が生まれる。

『里見八犬伝―ジュニア版　10　それゆけ八犬士!』　滝沢馬琴原作, 生越嘉治文, 西村達馬絵　あすなろ書房　1995.4　109p　23cm　1200円　①4-7515-1780-5

『里見八犬伝―ジュニア版　9　古だぬきの化けの皮』　滝沢馬琴原作, 生越嘉治文, 西村達馬絵　あすなろ書房　1995.3　109p　23cm　1200円　①4-7515-1779-1

『里見八犬伝』　滝沢馬琴原作, 浜野卓也文　ぎょうせい　1995.2　214p　22cm（新装少年少女世界名作全集 50）　1300円　①4-324-04377-9〈新装版〉

『里見八犬伝―ジュニア版　8　怪力少年がやってきた』　滝沢馬琴原作, 生越嘉治文, 西村達馬絵　あすなろ書房　1995.2　109p　23cm　1200円　①4-7515-1778-3
[内容] ふしぎな玉を持つ8人の犬士たちが愛と正義のために悪と戦う古典ファンタジー。

『里見八犬伝―ジュニア版　7　力を合わせて戦えば』　滝沢馬琴原作, 生越嘉治文, 西村達馬絵　あすなろ書房　1995.2　109p　23cm　1200円　①4-7515-1777-5
[内容] ふしぎな玉を持つ8人の犬士たちが愛と正義のために悪と戦う古典ファンタジー。

『里見八犬伝―ジュニア版　6　犬士、はなればなれに』　滝沢馬琴原作, 生越嘉治文, 西村達馬絵　あすなろ書房　1995.1　109p　23cm　1200円　①4-7515-1776-7
[内容] ふしぎな玉を持つ八人の犬士たちが愛と正義のために悪と戦う、冒険ファンタジー。

『里見八犬伝―ジュニア版　5　ほらあなの中の怪物』　滝沢馬琴原作, 生越嘉治文, 西村達馬絵　あすなろ書房　1994.11　109p　23cm　1200円　①4-7515-1775-9
[内容] ふしぎな玉を持つ八人の犬士たちが愛と正義のために悪と戦う、冒険ファンタジー。

『里見八犬伝―ジュニア版　4　おどる美少女のひみつ』　滝沢馬琴原作, 生越嘉治文, 西村達馬絵　あすなろ書房　1994.10　109p　23cm　1200円　①4-7515-1774-0
[内容] ふしぎな玉を持つ八人の犬士たちが愛と正義のために悪と戦う、冒険ファンタジー。

滝沢馬琴

『里見八犬伝―ジュニア版 3 玉をもった勇士たち』 滝沢馬琴原作, 生越嘉治文, 西村達馬絵 あすなろ書房 1994.10 109p 23cm 1200円 Ⓘ4-7515-1773-2
内容 ふしぎな玉を持つ八人の犬士たちが愛と正義のために悪と戦う、冒険ファンタジー。

『里見八犬伝―ジュニア版 2 ふしぎな刀のゆくえ』 滝沢馬琴原作, 生越嘉治文, 西村達馬絵 あすなろ書房 1994.8 109p 23cm 1200円 Ⓘ4-7515-1772-4
内容 ふしぎな玉を持つ八人の犬士たちが愛と正義のために悪と戦う、冒険ファンタジー。

『里見八犬伝―ジュニア版 1 とびちった八つの玉』 滝沢馬琴原作, 生越嘉治文, 西村達馬絵 あすなろ書房 1994.8 109p 23cm 1200円 Ⓘ4-7515-1771-6
内容 ふしぎな玉を持つ八人の犬士たちが愛と正義のために悪と戦う、冒険ファンタジー。

『里見八犬伝 4 燃えろ八犬士の巻』 曲亭馬琴原作, しかたしん文, 村井香葉絵 ポプラ社 1994.6 238p 18cm（ポプラ社文庫―日本の名作文庫 J-30） 580円 Ⓘ4-591-04090-9
内容 不思議な力を持つ玉の導きで、八犬士の心は、ついにひとつになった。陰謀うずまく安房の国を救うため、八人の兄弟たちは、今、最後の決戦のときをむかえる。

『里見八犬伝』 栗本薫著, 曲亭馬琴原作 講談社 1993.8 317p 22cm（少年少女古典文学館 第22巻） 1700円 Ⓘ4-06-250822-2
内容 仁・義・礼・智・忠・信・孝・悌―。南総里見家の息女伏姫の胎内から八方に飛び散った八個の玉にしるされた八つの文字。その玉をもって生まれ出た八人の勇士が、運命の糸に引き寄せられるように出会い、ともに戦い、また別れていく。本書は、江戸時代の読本作家・曲亭馬琴が、二十八年の年月と失明の不運をのりこえて完成させた全百六冊にも及ぶ大伝奇小説である。悪と戦う正義の犬士たち、義のために犠牲となる女たちが織りなす波乱万丈の物語は、エンターテイメント小説の原点として尽きない魅力を放っている。

『里見八犬伝 3 八犬士の妖怪退治の巻』 曲亭馬琴原作, しかたしん文, 村井香葉絵 ポプラ社 1993.5 238p 18cm（ポプラ社文庫） 480円 Ⓘ4-591-04329-0
内容 運命の絆によって、犬士は、一人、また一人と集い、八犬士は結束していった。しかし、その前にたちはだかるのは、おそろしい妖怪たちだった。その妖怪の陰謀とは…。

『里見八犬伝 2 八犬士の秘密の巻』 曲亭馬琴原作, しかたしん文, 村井香葉絵 ポプラ社 1992.10 190p 18cm（ポプラ社文庫） 480円 Ⓘ4-591-04271-5
内容 妖気漂う関八州に一際輝く色とりどりの八色の玉。運命のいたずらか、伏姫の霊の導きか、犬士は一人、また一人と集い合い結束していく。里見の国はまだ遠いのか八犬士が遭遇するのはいつの日か。小学上級以上。

『里見八犬伝 1 伏姫と妖犬八房の巻』 曲亭馬琴原作, しかたしん文, 村井香葉絵 ポプラ社 1992.6 198p 18cm（ポプラ社文庫） 480円 Ⓘ4-591-04155-7
内容 うす青い衣をまとった美しい姫君が、白い腕を夕焼けの空にむかってさしのべたかと思うと、色とりどりの八つの玉が、まるで流星のように天空に飛びちった。房総半島安房の国、里見城を舞台に、大活躍する八犬士の物語。小学校中級以上。

『八犬伝』 滝沢馬琴作, 福田清人訳, 百鬼丸絵 講談社 1990.9 265p 18cm（講談社青い鳥文庫） 500円 Ⓘ4-06-147287-9
内容 伏姫と愛犬八房が死ぬと、姫の首の水晶のじゅずが白い雲につつまれて空中にまいあがり、仁・義・礼・知・忠・信・孝・悌と1字ずつ彫られた八つの玉が四方へとびちった。十余年後、その玉をもった八犬士たちが、ふしぎなめぐりあわせで義兄弟になり、大活躍をする―馬琴が28年かけて書いた歴史小説の傑作。

『里見八犬伝』 滝沢馬琴原作, 加藤武雄著 改訂 偕成社 1983.11 293p 19cm（少年少女世界の名作 48） 680円 Ⓘ4-03-734480-7

『里見八犬伝』 滝沢馬琴原作, 浜野卓也文 ぎょうせい 1982.12 214p 22cm（少年少女世界名作全集 50） 1200円

『南総里見八犬伝』　滝沢馬琴原著, 福田清人編著　偕成社　1982.3　233,〔1〕p　20cm（日本の古典文学 15）　980円　①4-03-807150-2〈付:地図　解説:福田清人　ジュニア版　初刷:1973（昭和48）図版〉

『八犬伝』　滝沢馬琴作, 服部明二訳編, みのそだつ絵　講談社　1974　286p　19cm（少年少女講談社文庫 A-40）

『南総里見八犬伝』　滝沢馬琴原著, 福田清人編著, 中込漢絵　偕成社　1973　233p　20cm（日本の古典文学 15）〈ジュニア版〉

『八犬伝ものがたり』　滝沢馬琴作, 北沢謙次郎編著, 石井健之絵　偕成社　1973　204p　22cm（児童名作シリーズ 37）

『八犬伝物語』　滝沢馬琴作, 花園大学訳, 岡野謙二絵　講談社　1966　284p　19cm（世界名作全集 20）

『弓張月』　滝沢馬琴原作, 福田清人著, 矢島健二絵　偕成社　1965　329p　19cm（少年少女世界の名作 53）

『里見八犬伝』　滝沢馬琴原作, 加藤武雄著, 伊藤幾久造絵　偕成社　1964　305p　19cm（少年少女世界の名作 28）

『南総里見八犬伝』　滝沢馬琴原作, 村上元三文, 伊藤彦造絵　小学館　1963　317p　19cm（少年少女世界名作文学全集 56）

『八犬伝』　滝沢馬琴作, 尾崎士郎訳, 坂本玄絵　講談社　1962　286p　19cm（少年少女世界名作全集 31）

『椿説弓張月』　滝沢馬琴原作, 松尾靖秋著, 梶鮎太絵　福村書店　1961　198p　22cm（少年少女のための国民文学 24）

『里見八犬伝』　曲亭馬琴原作, 植村諦著, 片岡京二絵　集英社　1959　154p　22cm（少年少女物語文庫 28）

『里見八犬伝』　滝沢馬琴原作, 渡辺哲夫編　黎明社　1957　225p　19cm（日本名作全集 2）

『為朝ものがたり』　滝沢馬琴原作, 朝島靖之助編著, 新井五郎絵　偕成社　1957　198p　22cm（児童名作全集 59）

『八犬伝ものがたり』　滝沢馬琴原作, 北村謙次郎編著, 石井健之絵　偕成社　1957　204p　22cm（児童名作全集 61）

武井武雄

『為朝ものがたり』　滝沢馬琴原作, 高藤武馬著, 永井潔絵　筑摩書房　1955　196p　22cm（小学生全集 62）

『八犬伝物語』　滝沢馬琴原作, 園城寺健著, 石黒泰治絵　講談社　1955　251p　18cm（名作物語文庫 20）

『弓張月物語』　滝沢馬琴原作, 平井芳夫著, 村田閑絵　講談社　1955　237p　18cm（名作物語文庫 30）

『里見八犬伝』　滝沢馬琴原作, 渡辺哲夫編, 土村正寿絵　黎明社　1954　225p　19cm（日本名作物語 4）

『弓張月』　滝沢馬琴原作, 福田清人著, 矢島健三絵　偕成社　1954　329p　19cm（世界名作文庫 75）

『弓張月』　滝沢馬琴原作, 高野正巳著, 米内穂豊絵　講談社　1954　362p　19cm（世界名作全集 71）

『弓張月―鎮西八郎為朝外伝』　滝沢馬琴原作, 渋沢青花著, 米内穂豊絵　同和春秋社　1954　305p　19cm（少年読物文庫）

『里見八犬伝　下』　滝沢馬琴原作, 大隈三好著　妙義出版社　1953　378p　19cm

『里見八犬伝　上』　滝沢馬琴原作, 大隈三好著　妙義出版社　1952　345p　19cm（少年少女名作文庫）

『八犬伝ものがたり』　滝沢馬琴原作, 高木卓著, 太田大八絵　筑摩書房　1952　219p　19cm（中学生全集 83）

『八犬伝物語』　滝沢馬琴原作, 山手樹一郎著, 玉井徳太郎絵　講談社　1952　332p　19cm（世界名作全集 50）

『里見八犬伝』　滝沢馬琴原作, 加藤武雄著, 伊藤幾久造絵　偕成社　1951　305p　19cm（世界名作文庫 47）

武井　武雄
たけい・たけお
《1894～1983》

『動物の村』　武井武雄著　銀貨社　1999.7　100p　22cm（武井武雄画噺 3）　1600円　①4-7952-8765-1〈丸善昭和2年刊の複製　東京　星雲社（発売）〉

『おもちゃ箱』　武井武雄著　銀貨社　1998.12　100p　22cm（武井武雄画噺2）　1600円　①4-7952-8764-3〈丸善昭和2年刊の複製　東京　星雲社（発売）〉

『あるき太郎』　武井武雄著　銀貨社　1998.6　102p　22cm（武井武雄画噺1）　1600円　①4-7952-8763-5〈丸善昭和2年刊の複製　東京　星雲社（発売）〉
内容　「あるき太郎」は旅にでかけます。へんてこりんで不思議な冒険のはじまりです。汽車や船、自動車、飛行機、いろいろな乗り物に乗って、楽しい旅を続けます。そして最後にあるき太郎がみつけたものは。

『ラムラム王―童話』　武井武雄著　銀貨社　1997.12　156p　19cm　1500円　①4-7952-8762-7〈東京　星雲社（発売）〉

『赤ノッポ青ノッポ―長編漫画』　武井武雄作　小学館　1955　116p　22cm（小学館の幼年文庫 24）

竹内　てるよ
たけうち・てるよ
《1904～2001》

『こころのひらくとき―詩をつくりたいあなたに』　竹内てるよ著　創隆社　1991.9　253p　18cm（創隆社ジュニア選書 6）　720円　①4-88176-073-4〈『詩のこころ』（1982年刊）に加筆〉
目次　1 詩の生まれるとき、2 思い出の詩人たち（高村光太郎、草野心平、更科源蔵、村野四郎、小野十三郎、神保光太郎、サトウハチロー、宮沢賢治）、3 近代詩人の横顔（島崎藤村、北原白秋、萩原朔太郎、室生犀星、三好達治）、4 詩のこころ、5 花と人生
内容　「美しいものを美しいと感じ、悲しいものを悲しいと感じられるならば、あなたも立派な詩人です」と語る著者が若者に贈る、詩のある人生の喜び…。高村光太郎や草野心平らのすぐれた詩人たちとの思い出や、詩に彩られた生活を回想しつつ、若者に、詩を味わい、そして自ら詩を書く楽しさを伝える。

『詩のこころ―若きたましいに』　竹内てるよ著　創隆社　1982.2　252p　20cm（創隆社ジュニアブックス 6）　1200円

『若きたましいに』　竹内てるよ著　創隆社　1979.2　190p　20cm　880円

『バラサン岬の少年たち―中学生の読物』　竹内てるよ文　宝文館　1952　160p　19cm

武内　俊子
たけうち・としこ
《1905～1945》

『風―武内俊子童謡集』　武内俊子著　大空社　1996.9　175p　21cm（叢書日本の童謡）　①4-7568-0305-9〈歌謡詩人社昭和8年刊の複製　著者の肖像あり　外箱入〉

竹崎　有斐
たけざき・ゆうひ
《1923～1993》

『ももたろう』　竹崎有斐文,渡辺三郎絵　改訂版　偕成社　2004.1　94p　21cm（日本むかし話 13）　800円　①4-03-449330-5
目次　ももたろう、くっちゃねのねたろう
内容　どんぶらこっこすっこんごう川かみからながれてきたもものなかからうまれたももたろう。大きくなって日本一の力もちになりました。ばあさまにつくってもらったきびだんごをもって、ももたろうは、おにがしまにおにたいじにいきます（『ももたろう』）。くっちゃねくっちゃね三年三月くっちゃねてばかりいたくっちゃねのねたろう。いえにたべるものがなくなって、ようやくはたらくことにしたのですが、すこしようすがへんです。からすをつかまえたねたろうはどうするのでしょう（『くっちゃねのねたろう』）。小学1・2・3年以上。

『三まいのおふだ』　竹崎有斐文,渡辺三郎絵　改訂版　偕成社　2003.12　94p　21cm（日本むかし話 8）　800円　①4-03-449280-5
目次　三まいのおふだ、まごどんとやまんば
内容　山にくりひろいにきたこぞうさんが、おそろしいおにばばにつかまってしまいました。おにばばは、こぞうさんをくおうと、ほうちょうをといでいます。さあ、たいへん！こぞうさんは、ねがいごとをきいてくれる三まいのお

ふだをつかって、やっとこにげだしますが…(『三まいのおふだ』)。山の村にすむ馬子どんは、まいにち馬のせなかににもつをつんではこんでいました。ある日、馬子どんは、ぶりをたくさんかって村にかえるとちゅう、やまんばにでくわしました。「ぶりをくれなきゃおまえをくう!!」と、やまんばは馬子どんにせまってきます…(『まごどんとやまんば』)。小学1・2・3年以上。

『ひこいちばなし―日本むかし話 1』
竹崎有斐文, 前川かずお絵 改訂版 偕成社 2003.11 94p 21cm 800円
①4-03-449210-4
[目次] ひこいちばなし, きっちょむさん
[内容] 肥後の国のとんちもの彦一は、だいのさけずき。ただでおさけをのむために、かぶるとすがたのきえるてんぐさんのかくれみのを手にいれようとします。そんなこととはしらないてんぐさん。かくれみのをきて彦一のまえにあらわれます。さて…。(『ひこいちばなし』)。豊後の国のとんちもの吉四六さんは、あるとき、ひさしぶりにさざえのつぼやきがたべたくなりました。さざえはとてもたかくてめったにかえないのですが、そこはとんちものの吉四六さん。どんなことをかんがえついたのでしょうか…。(『きっちょむさん』)。小学1・2・3年以上。

『一年生になったぞワン』 竹崎有斐作
〔点字資料〕 大阪 日本ライトハウス 1991.8 29p 27cm 1000円〈原本:東京 あかね書房 1985 あかね新作幼年童話18〉

『のらねこ五郎太医者になる』 竹崎有斐作, 庄司三智子絵 旺文社 1991.3 71p 24cm (旺文社創作童話) 1100円
①4-01-069145-X

『三まいのおふだ』 竹崎有斐文, 渡辺三郎絵 偕成社 1990.9 94p 22cm (じぶんで読む日本むかし話12) 780円
①4-03-449120-5
[内容] 山に、くりひろいにきたこぞうさんが、おそろしいおにばばに、つかまってしまいました。おにばばは、こぞうさんをくおうと、ほうちょうをといでいます。さあ、たいへん。こぞうさんは、ねがいごとをきいてくれる三まいのおふだをつかって、やっとこにげだしますが…(『三まいのおふだ』)山の村にすむ馬子どんは、まいにち、馬のせなかににもつをつんではこんでいました。ある日、馬子どんは、ぶりをたくさんかって村にかえるとちゅう、やまんばにでくわしました。「ぶりをくれなきゃ、おまえをくう!」と、やまんばは馬子どんにせまってきます…。(『まごどんとやまんば』)1年生から。

『ひこいちばなし』 竹崎有斐作, 前川かずお絵 偕成社 1990.7 94p 22cm (じぶんで読む日本むかし話11) 780円
①4-03-449110-8
[内容] 肥後の国のとんちもの彦一は、だいのさけずき。ただでおさけをのむために、かぶるとすがたのきえる、てんぐさんのかくれみのを手にいれようとします。そんなこととはしらないてんぐさん。かくれみのをきて、彦一のまえにあらわれます。さて…。(『ひこいちばなし』)豊後の国のとんちもの吉四六さんは、あるとき、ひさしぶりにさざえのつぼやきがたべたくなりました。さざえは、とてもたかくてめったにかえないのですが、そこはとんちものの吉四六さん。どんなことをかんがえついたのでしょうか…。(『きっちょむさん』)

『ももたろう』 竹崎有斐作, 渡辺三郎絵 偕成社 1990.7 94p 22cm (じぶんで読む日本むかし話1) 780円
①4-03-449010-1
[内容] どんぶらこっこ、すっこんごう。川かみからながれてきた、もものなかからうまれたももたろう。大きくなって、日本一の力もちになりました。ばあさまにつくってみらったきびだんごをもって、ももたろうは、おにがしまにおにたいじにいきます。(『ももたろう』)くっちゃね、くっちゃね、三年三月。くっちゃ、ねてばかりいたくっちゃねのねたろう。そのうちべるものがなくなって、ようやくはたらくことにしたのですが、すこしようすがへんです。からすをつかまえたねたろうはどうするのでしょう。(『くっちゃねのねたろう』)

『三国志 3 天下分けめの戦い』 羅貫中作, 竹崎有斐文, 白川三雄絵 あかね書房 1990.3 157p 22cm 950円
①4-251-06049-0
[内容] 「北の曹操、南の孫権、そして、将軍の西蜀が三本柱となって、勢力のつりあいができきます。そして、やがては天下をねらう機会も生まれてきます。」と孔明に説かれ、劉備の心は青空を見るような気がしました。今から約1800年前の中国。英雄たちの大ロマン。小学中級以上向。

竹崎有斐

『三国志 2 英雄、戦いの日び』 羅貫中作, 竹崎有斐文, 白川三雄絵 あかね書房 1989.11 141p 22cm 950円 ①4-251-06048-2
[内容]「いま天下で英雄といえるのは、このわしと貴公だけじょ。」と、曹操に言われたものの、劉備は曹操にとらわれた身です…。今から約千八百年前の中国。波乱の毎日をおくる英雄たちの壮大なロマン。小学中級以上向。

『三国志 1 乱世の英雄たち』 羅貫中作, 竹崎有斐文, 白川三雄絵 あかね書房 1989.7 141p 22cm 950円 ①4-251-06047-4
[内容]「力をあわせて助けあい、民を助け、国をすくう心をわすれず。」と兄弟の約束をした、劉備、関羽、張飛。3人は乱れた世に、旗あげをしましたが…。今から約1800年前の中国。野望うずまく大陸をかけめぐる英雄たちの壮大なロマン! 小学中級以上向。

『わんわんレストランへどうぞ』 竹崎有斐作, 西川おさむ絵 あかね書房 1988.10 63p 22cm(あかねおはなし図書館) 980円 ①4-251-03706-5
[内容]「みんなのしあわせのために、かんぱい!」テモがグラスを上げると、みんながカチンカチンと、グラスをあわせました。年をとった、ちび犬テモと、さぶちゃんとの暖かい心の交流を、しみじみと描く。小学初級以上向き。

『たから島』 スティーブンソン作, 竹崎有斐文, 田中槇子絵 ポプラ社 1988.7 141p 22cm(こども世界名作童話 26) 680円 ①4-591-02786-4
[内容]死人の島に、はいのぼったのは15人、ラム酒をいっぱい、やろうじゃないか。かいぞくのうたがきこえてくると、ジムの冒険がはじまった。かいぞくの地図を片手に、めざすはたから島! しかし、のりこんだ船には、おそろしいかいぞくがまぎれこんでいた…。

『ゆめがほんとになる本』 竹崎有斐著, 土田義晴絵 ポプラ社 1988.5 79p 24cm(こどもおはなしランド) 880円 ①4-591-02666-3
[内容]こうたが、古本屋さんでみつけた『ゆめがほんとになる本』。こうたのゆめは一べんきょうしないで、せいせきがあがること、ゆみちゃんのボーイフレンドになること、少年野球チームの、エースになること―。いっぱ いあるんだけど、ほんとうに、ゆめがほんとになるのかなあ…。小学1年以上向か。

『だれがいちばんわすれんぼ』 竹崎有斐作, 藤島生子画 金の星社 1988.4 107p 18cm(フォア文庫) 430円 ①4-323-01061-3
[目次]だれがいちばんわすれんぼ, たぬきのボールはストライク
[内容]「ぼくひろし。ぼくのおとうさんったら、ほんとにわすれんぼ。このあいだも、カバンをわすれて大さわぎさ。ぼくがいっしょにさがしてあげなかったら、きっとみつからなかったよ。」でも、おとうさんのはなしは、ちょっとちがいます。ひろしこそ、一年に11本もかさをなくしる、わすれもののチャンピオンなんですって。小学校低・中学年向。

『のらねこ大しょうごろうた』 竹崎有斐作, 白川三雄絵 新学社 1988.4 61p 22cm(少年少女こころの図書館) 950円〈共同刊行:全家研(京都)〉

『犯人をさがせー悪ガキ三人組』 竹崎有斐作, 白川三雄絵 旺文社 1987.10 141p 22cm(旺文社創作児童文学) 980円 ①4-01-069495-5
[内容]木村立夫は小学6年生。ちょっとした親分はだの悪ガキだが、まがったことがきらいな正義感の強い少年。家がラーメン屋なので、"ラーメン屋のたつ"といわれている。思いがけない事件にまき込まれ、仲間と犯人さがしをはじめたところ、意外な事実が次々と…。小学上級以上向。

『まっかになったすずめくん』 竹崎有斐さく, 末崎茂樹え PHP研究所 1987.7 50p 23cm(PHPおはなしいっぱいシリーズ) 980円 ①4-569-28364-0

『西遊記 4 孫悟空,牛魔王とたたかうの巻』 竹崎有斐文, 白川三雄絵 あかね書房 1987.5 141p 22cm 780円 ①4-251-06058-X
[内容]さて、いよいよ大づめ。行くてには火焔山が立ちふさがり、魔物が三蔵を食おうとまちかまえています。ぶじ天竺へつけるでしょうか。

竹崎有斐

『西遊記　3　孫悟空,金角銀角と術くらべの巻』　竹崎有斐文,白川三雄絵　あかね書房　1987.2　141p　22cm　780円
①4-251-06057-1
[内容]　さあ、いよいよ金角銀角大王相手のたたかいがはじまるよ。さて、孫悟空はどうするか？孫悟空たちをおそう妖怪が次つぎ登場！

『ひろくんはわすれんボーイ』　竹崎有斐さく、土田義晴え　偕成社　1987.2　89p　22cm（どうわのおもちゃばこ）　680円
①4-03-345030-0
[内容]　ひろくんは、わすれんぼのてんさい。どこがてんさいかって？かんがえられないようなわすれものをするから、わすれんぼのてんさい。

『西遊記　2　孫悟空、三蔵の弟子になるの巻』　竹崎有斐文,白川三雄絵　あかね書房　1986.12　141p　22cm　780円
①4-251-06056-3
[内容]　孫悟空は如意棒、八戒はまぐわ、ブンブンふりまわして、怪物をはさみうちにせめてます！三蔵のおともをして旅に出た孫悟空が大活躍！

『西遊記　1　孫悟空、天界で大あばれの巻』　竹崎有斐文,白川三雄絵　あかね書房　1986.9　141p　22cm　780円
①4-251-06055-5
[内容]　「おれは孫悟空だ！混世魔王をひねりつぶしにきた。でてきて勝負しろ。」72の変化の術を身につけた、さるの王、孫悟空が大かつやく！

『まぼろしの4番バッター』　竹崎有斐作、阿部肇絵　舞阪町(静岡県)　ひくまの出版　1986.7　111p　22cm（ひくまの出版創作童話・はばたきシリーズ）　980円

『のら犬ノラさん』　竹崎有斐作,白川三雄絵　あかね書房　1985.9　125p　22cm（あかね創作読物シリーズ）　880円
①4-251-03621-2

『まぼろしの4番バッター』　竹崎有斐作、阿部肇絵　舞阪町(静岡県)　ひくまの出版　1985.6　111p　22cm（ひくまの出版創作童話・はばたきシリーズ 2）　980円
①4-89317-062-7〈解説:西本鶏介〉

『のんびりにいさんちゃっかりいもうと』　たけざきゆうひ作、かなもりとおる画　佼成出版社　1985.1　63p　24cm（創作童話シリーズ）　880円　①4-333-01174-4

『カッパとあめだま』　竹崎有斐文、鈴木義治絵　あかね書房　1984.11　1冊　26cm（あかね創作えほん 21）　980円
①4-251-03021-4

『ちび犬テモちゃん』　竹崎有斐作、小林和子絵　ポプラ社　1984.3　111p　22cm（わたしの動物記）　780円

『日本キリスト教児童文学全集　第13巻　花吹雪のごとく―竹崎有斐集』　竹崎有斐著　教文館　1983.12　274p　22cm　1800円

『ぼくのいぬドン』　竹崎有斐さく、西川おさむえ　ポプラ社　1983.12　85p　22cm（ポプラ社の小さな童話）　680円

『にげだした兵隊―原一平の戦争』　竹崎有斐作、小林与志絵　岩崎書店　1983.8　219p　22cm（現代の創作児童文学）　1200円

『カッパのおくりもの』　竹崎有斐文、藤本四郎絵　ポプラ社　1983.3　110p　22cm（おもしろゆかい文庫）　680円

『一年生になったぞワン』　西川おさむ画、竹崎有斐作　あかね書房　1982.4　77p　23cm（あかね新作幼年童話 18）　680円

『火をふけゴロハ』　竹崎有斐作,斉藤博之絵　あかね書房　1982.4　152p　22cm（日本の創作児童文学選）　880円〈図版〉

『ふしぎなおはなししようかな?』　竹崎有斐さく、奈良坂智子え　ポプラ社　1982.4　60p　22cm（ポプラ社の小さな童話）　680円

『とびこめのぶちゃん』　竹崎有斐著　偕成社　1982.3　149p　19cm（偕成社文庫 2025）　450円　①4-03-550250-2〈解説:大石真　初刷:1976（昭和51）〉
[目次]　ちきゅう星、活火山・休火山、とびこめのぶちゃん

『たぬきのボールはストライク』　竹崎有斐作、岩村和朗絵　金の星社　1982.2　76p　22cm（新・創作えぶんこ）　880円
①4-323-00413-3

子どもの本・日本の名作童話6000　145

竹崎有斐

『クロダイがつれたぞ』　たけざきゆうひさく、あかほしりょうええ　偕成社　1982.1　85p　22cm（新しい幼年創作童話）　580円　①4-03-419250-X

『おかあさんSOS』　斎藤博之え、竹崎有斐作　金の星社　1981.10　140p　22cm（創作子どもの本）　850円〈初刷:1974（昭和49）図版〉

『とびこめのぶちゃん』　竹崎有斐作、小林和子絵　偕成社　1981.9　158p　22cm（偕成社のAシリーズ）　880円　①4-03-525070-8〈改装版〉

『わすれんぼとうさん』　竹崎有斐作、坪谷令子絵　講談社　1981.8　76p　22cm（講談社の幼年創作童話）　580円

『力くらべ日本一』　竹崎有斐著　実業之日本社　1981.7　125p　22cm（ゆかいなむかし話シリーズ）　750円

『でんちゃんのホロ馬車』　竹崎有斐作、菊池貞雄絵　ポプラ社　1981.7　59p　24cm（創作えばなし13）　800円〈カラー版　初刷:1974（昭和49）〉

『パイがこんがり焼けるとき』　竹崎有斐著　ポプラ社　1981.7　192p　18cm（ポプラ社文庫）　390円

『ゼロは手品つかい』　山中冬児え、竹崎有斐ぶん　ポプラ社　1981.4　35p　25×22cm（絵本・すこしむかし10）　980円

『でぶちんとうさん』　竹崎有斐作、坪谷令子絵　講談社　1981.4　76p　22cm（講談社の幼年創作童話）　580円

『ほらふきくらべ』　竹崎有斐文、樋川武輝絵　ポプラ社　1981.3　111p　22cm（おもしろゆかい文庫）　680円

『石切り山の人びと』　竹崎有斐著　偕成社　1981.2　311p　18cm（偕成社文庫）　430円

『とびだせ少年剣士』　竹崎有斐文、菊池貞雄画　小学館　1980.12　42p　21cm（小学館のノンフィクション童話）　480円

『ぼくぐずっぺじゃないぞ』　山本まつ子え、たけざきゆうひ（竹崎有斐）さく　銀河社　1980.12　47p　22cm　800円〈発売:オハヨー出版〉

『花吹雪のごとく』　平山英三画、竹崎有斐著　福音館書店　1980.7　396p　19cm（福音館日曜日文庫）　1300円

『まほうのハンカチ』　竹崎有斐さく、渡辺洋二え　ポプラ社　1979.12　77p　22cm（ポプラ社の小さな童話）　580円

『ちゃっかり吉四六さん』　竹崎有斐文、山根あおに絵　ポプラ社　1979.11　111p　22cm（こどもおもしろ館）　680円

『牛方と山んば―山んばとあまんじゃくの話』　竹崎有斐文、石倉欣二絵　集英社　1979.10　158p　22cm（母と子の日本の民話8）　480円〈解説:福田晃,西本鶏介　叢書の監修:関敬吾〔ほか〕図版〉
|目次| 牛方と山んば〔ほか9編〕

『おかあさんSOS』　竹崎有斐作、斎藤博之画　金の星社　1979.10　140p　18cm（フォア文庫）　390円

『カレーなんて見たくない』　竹崎有斐作、村上豊絵　講談社　1979.6　93p　22cm（講談社の新創作童話）　650円

『三丁目で消えた犬』　竹崎有斐作、小林和子画　童心社　1979.3　110p　22cm（現代童話館）　780円

『ちび犬テモはまけないぞワン』　竹崎有斐作、西川おさむ絵　あかね書房　1978.12　63p　24cm（あかね創作どうわ）　880円

『おとうさんのだいじょうぶ』　竹崎有斐作、岩村和朗絵　京都　PHP研究所　1978.6　61p　23cm（PHPおはなしひろばシリーズ）　880円

『だれがいちばんわすれんぼ』　たけざきゆうひ作、ふじしませいこ絵　金の星社　1978.2　68p　22cm（新・創作えぶんこ）　850円

『あばれんぼじどうしゃ』　竹崎有斐作、杉浦範茂絵　講談社　1977.11　76p　22cm（講談社の幼年創作童話・22）　550円

『豆になったやまんば―ほか　山をめぐる話』　竹崎有斐文、小島直絵　家の光協会　1977.1　204p　22cm（日本の民話2）　860円

『石切り山の人びと』　竹崎有斐著　偕成社　1976.12　266p　22cm（少年少女創作文学）　950円

『ふしぎなかぜのこ』　竹崎有斐作、山中冬児絵　偕成社　1976.12　94p　22cm（幼年創作童話こどものくに2）　680円

『母と子の日本の民話　8　牛方と山んば』　竹崎有斐著　集英社　1976.10　158p　22cm　480円

『とびこめのぶちゃん』　竹崎有斐著　偕成社　1976.6　150p　19cm（偕成社文庫）　390円

『一年生になったぞワン』　竹崎有斐作、西川おさむ画　あかね書房　1976.3　77p　22cm（あかね新作幼年童話18）　580円

『おかあさんSOS』　竹崎有斐作、斎藤博之え　金の星社　1974　140p　22cm（創作子どもの本3）

『くろうま物語』　シュウエル作、竹崎有斐文、伊藤展安絵　集英社　1974　162p　22cm（母と子の名作文学50）

『だぶだぶさぶちゃん』　竹崎有斐さく、大友康夫え　偕成社　1974　89p　22cm（創作幼年どうわ4）

『でんちゃんのホロ馬車』　竹崎有斐著、菊池貞雄絵　ポプラ社　1974　59p　24cm（創作えばなし13）〈カラー版〉

『とびこめのぶちゃん』　竹ザキユウヒ作、小林和子絵　偕成社　1973　146p　22cm（創作子どもの文学）

『パイがこんがり焼けるとき』　竹ザキユウヒ作、小林和子絵　小峰書店　1972　178p　23cm（創作童話8）

『火をふけゴロハ』　竹崎有斐著、斎藤博之絵　あかね書房　1969　152p　22cm（創作児童文学選11）

竹田　出雲（2世）
たけだ・いずも
《1691〜1756》

『橋本治・岡田嘉夫の歌舞伎絵巻　1　仮名手本忠臣蔵』　竹田出雲、三好松洛、並木千柳原作、橋本治文、岡田嘉夫絵　ポプラ社　2003.10　1冊　25×26cm　1600円　①4-591-07445-5

『寺小屋一菅原伝授手習鑑』　竹田出雲、並木千柳、三好松洛著、河竹繁俊編著　同和春秋社　1955　223p　19cm（少年読物文庫）

竹久　夢二
たけひさ・ゆめじ
《1884〜1934》

『春一童話集』　竹久夢二著　小学館　2004.8　187p　15cm（小学館文庫―新撰クラシックス）　476円　①4-09-404212-1
目次　都の眼、クリスマスの贈物、誰が・何時・何処で・何をした、たどんの与太さん、日輪草、玩具の汽缶車、風、先生の顔、大きな蝙蝠傘、大きな手、最初の悲哀、おさなき灯台守、街の子、博多人形、朝、夜、人形物語、少年・春、春
内容　センチメンタルな画風の「夢二式美人」、恋の唄「宵待草」の作詞などで知られる、漂泊の画家・竹久夢二。そんな彼が、じつは子供向けに数多くのイラストや童謡、童話を創作していたことはあまり知られていない。本書は、夢二が我が子に向けて書いた童話全十九篇を収載した、夢二唯一の童話集。美と憧憬に生きた夢二の、少年のように純粋な気持ちと、幼き者を愛し、慈しむこころに満ちた、大正ロマンの香り溢れる一冊です。初版本掲載の、自身による可愛らしい挿し絵も全点収録。

『凧―竹久夢二童謡集』　竹久夢二著　大空社　1997.3　193,11p　21cm（叢書日本の童謡）　①4-7568-0306-7〈研究社大正15年刊の複製　外箱入〉

『春―竹久夢二童話集』　竹久夢二著　ノーベル書房　1977.7　223p　19cm　1380円
目次　都の眼.クリスマスの贈物.誰が・何時・何処で・何をした.たどんの与太さん.日輪草.玩具の気缶車.風.先生の顔.大きな蝙蝠傘.大きな手.最初の悲哀.をさなき灯台守.街の子.博多人形.朝.夜.人形物語.少年.春

『あやとりかけとりー日本童謡集』　竹久夢二著　ノーベル書房　1975　226p　19cm　1380円

竹山道雄

『夢二童謡集』　竹久夢二著　ノーベル書房　1975　172p（図共）　18cm（浪漫文庫）　600円

```
竹山　道雄
たけやま・みちお
《1903～1984》
```

『ビルマの竪琴』　竹山道雄原作　金の星社　1997.9　93p　22cm（アニメ日本の名作 7）　1200円　①4-323-05007-0
[内容]　一九四五年、長くつづいた太平洋戦争は、日本軍の敗戦で終わった。水島上等兵は、隊長の命令で、降伏しようとしない日本兵の説得にむかう。だが、その後いつまでたっても、水島はもどらなかった。そんなある日、部隊の前に、水島そっくりのビルマ僧があらわれ…。小学3・4年生から。

『ビルマの竪琴』　竹山道雄著　講談社　1995.7　259p　19cm（ポケット日本文学館 第9巻）　1200円　①4-06-261709-9
[内容]　戦争で命をおとした同士たちのため、水島は一人、ビルマに残った。戦死者たちをとむらうことに人生を捧げた彼の思いは、そのまま、戦争の悲惨を問う著者の思いでもあった。この一冊にこめられた平和への祈りは、いまなお現代人の心を動かすだろう。

『ビルマの竪琴』　竹山道雄著　講談社　1986.1　269p　22cm（少年少女日本文学館 第16巻）　1400円　①4-06-188266-X

『ビルマの竪琴』　竹山道雄著　ポプラ社　1985.8　214p　18cm（ポプラ社文庫）　420円

『ビルマの竪琴』　竹山道雄著　中央公論社　1985.2　276p　19cm　680円　①4-12-001370-7

『ビルマの竪琴』　竹山道雄著　偕成社　1982.9　308p　19cm（日本文学名作選 11）　580円　①4-03-801110-0〈巻末:竹山道雄の年譜　解説:鳥越信　ジュニア版 初刷:1965（昭和40）肖像:著者　図版（肖像を含む）〉
[目次]　ビルマの竪琴〔ほか5編〕

『ビルマの竪琴』　竹山道雄著　金の星社　1981.12　296p　20cm（日本の文学 25）　680円　①4-323-00805-8

『ビルマの竪琴』　竹山道雄著　ポプラ社　1980.3　294p　20cm（アイドル・ブックス 7―ジュニア文学名作選）　500円〈巻末:年譜　解説:藤田圭雄　初刷:1971（昭和46）肖像:著者　図版（肖像）〉
[目次]　ビルマの竪琴、「ビルマの竪琴」ができるまで、あしおと、思い出、砧、インドの仏跡をたずねて

『ビルマの竪琴』　竹山道雄著　偕成社　1976.2　262p　19cm（偕成社文庫）　390円

『ビルマの竪琴』　竹山道雄作, 小玉光雄絵　集英社　1972　285p　20cm（日本の文学 ジュニア版 14）

『ビルマの竪琴』　竹山道雄文　あかね書房　1970　281p　23cm

『ビルマの竪琴』　竹山道雄著, 小玉光雄絵　集英社　1969　285p　20cm（日本の文学カラー版 14）

『ビルマの竪琴』　竹山道雄文, 高田勲絵　旺文社　1968　253p　22cm（旺文社ジュニア図書館カラー版 8）

『ビルマの竪琴』　竹山道雄文, 山中冬児絵　偕成社　1968　306p　19cm（日本の名作文学ホーム・スクール版 14）

『ビルマの竪琴』　竹山道雄文, 武部本一郎絵　あかね書房　1968　232p　22cm（少年少女日本の文学 23）

『ビルマの竪琴』　竹山道雄文, 高田勲絵　旺文社　1968　253p　22cm（旺文社ジュニア図書館）

『ビルマの竪琴』　竹山道雄文, 上原重和絵　ポプラ社　1965　294p　20cm（アイドル・ブックス 6）

『ビルマの竪琴』　竹山道雄文, 山中冬児絵　偕成社　1965　306p　19cm（日本文学名作選ジュニア版 11）

『竹山道雄・住井すえ・吉田甲子太郎集』　竹山道雄, 住井すえ, 吉田甲子太郎文, 三芳悌吉等絵　講談社　1962　390p　23cm（少年少女日本文学全集 14）

『ビルマの竪琴』　竹山道雄文, 猪熊弦一郎絵　中央公論社　1961　235p　18cm（中央公論文庫）

『ビルマの竪琴』　竹山道雄文, 武部本一郎絵　あかね書房　1959　281p　23cm（世界児童文学全集 26）

『ビルマの竪琴』　竹山道雄著, 猪熊弦一郎絵　中央公論社　1952　235p　19cm（ともだちシリーズ 2）

太宰　治
だざい・おさむ
《1909～1948》

『走れメロス』　太宰治作　偕成社　2002.5　287p　19cm（偕成社文庫）　700円　①4-03-651610-8
[目次] 走れメロス, 女生徒, 新樹の言葉, 富岳百景, おしゃれ童子, ろまん灯籠
[内容] 友情と信頼の美しさをうたいあげた表題作「走れメロス」、「富士には、月見草がよく似あう」という名言を生んだ「富岳百景」のほか、「女生徒」「新樹の言葉」「ろまん灯籠」など、太宰治の名作6編を収める。小学上級から。

『人間失格－ヴィヨンの妻・グッド・バイ・他二編』　太宰治著　旺文社　1997.4　326p　18cm（愛と青春の名作集）　1000円

『走れメロス－富岳百景・新樹の言葉・他四編』　太宰治著　旺文社　1997.4　287p　18cm（愛と青春の名作集）　950円

『走れメロス－ほか』　太宰治, 井伏鱒二著　講談社　1995.4　203p　19cm（ポケット日本文学館 3）　1000円　①4-06-261703-X

『走れメロス』　太宰治著, 吉田純絵　講談社　1989.5　213p　18cm（講談社青い鳥文庫）　430円　①4-06-147265-8
[目次] 走れメロス, 魚服記, 思い出, ロマネスク, 富岳百景, 雪の夜の話, お伽草紙（抄）
[内容] 暴君ディオニスに死刑をいいわたされ、3日の日限での妹の結婚式に出たメロス。だが、身代わりの親友を助けるため、約束の日の日没までに市の刑場にもどらなければならない。その日、メロスは濁流を泳ぎ、山賊と戦い、野こえ山こえ、矢のように走った…。真実の友情をえがいた名作「走れメロス」に「魚服記」「思い出」「富岳百景」など8編収録。

『走れメロス・山椒魚』　太宰治, 井伏鱒二著　講談社　1986.7　261p　22cm（少年少女日本文学館 第12巻）　1400円　①4-06-188262-7
[目次] 走れメロス, 富岳百景, 晩年〈抄〉, 雪の夜の話, お伽草紙, 山椒魚, 屋根の上のサワン, 遙拝隊長

『走れメロス』　戸田幸四郎画, 太宰治作　飯能　戸田デザイン研究室　1984.12　1冊　31cm　1600円　①4-924710-19-9

『走れメロス』　太宰治著　創隆社　1984.9　204p　18cm（近代文学名作選）　430円〈新装〉

『斜陽』　太宰治著　ポプラ社　1983.4　220p　18cm（ポプラ社文庫）　390円〈解説:長谷川泉〉

『斜陽・走れメロス』　太宰治著　ポプラ社　1982.6　302p　20cm（アイドル・ブックス 23―ジュニア文学名作選）　500円〈巻末:年譜　解説:奥野健男　初刷:1971（昭和46）肖像:著者　図版（肖像）〉
[目次] 斜陽, 女生徒, 畜犬談, 走れメロス, 乞食学生

『人間失格』　太宰治著　金の星社　1982.1　301p　20cm（日本の文学 30）　680円　①4-323-00810-4

『走れメロス・女生徒』　太宰治著　金の星社　1981.10　286p　20cm（日本の文学 4）　680円　①4-323-00784-1〈巻末:治の年譜　解説:伊藤始〔ほか〕ジュニア版　初刷:1973（昭和48）肖像:著者　図版（肖像）〉
[目次] 走れメロス, 女生徒, 思い出, 魚服記, 富岳百景, カチカチ山, トカトントン

『走れメロス・女生徒』　太宰治著　偕成社　1981.2　314p　19cm（日本文学名作選 10）　680円　①4-03-801100-3〈巻末:太宰治の年譜　解説:吉田精一　ジュニア版　初刷:1964（昭和39）肖像:著者　図版（肖像を含む）〉
[目次] 走れメロス〔ほか8編〕

『走れメロス』　太宰治作, 小林与志画　金の星社　1980.6　268p　18cm（フォア文庫）　430円

『現代日本文学全集　21　太宰治名作集』
太宰治著　改訂版　偕成社　1980.4
306p　23cm　2300円〈編集:滑川道夫
〔ほか〕初版:1964(昭和39)巻末:年譜,現
代日本文学年表,参考文献　解説:奥野健男
〔ほか〕肖像・筆跡:著者〔ほか〕図版
(肖像,筆跡を含む)〉
　目次　思い出(抄)〔ほか11編〕

『走れメロス』　太宰治著　ポプラ社
1978.11　213p　18cm〈ポプラ社文庫〉
390円

『津軽』　太宰治作,赤坂三好え　集英社
1974　300p　20cm〈日本の文学　ジュニ
ア版 33〉

『走れメロス・女生徒』　太宰治著,小林与
志絵　金の星社　1973　286p　20cm
〈ジュニア版日本の文学 4〉

『走れメロス』　太宰治作,朝倉摂絵　集
英社　1972　321p　20cm〈日本の文学
ジュニア版 13〉

『走れメロス』　太宰治著,朝倉摂絵　集
英社　1969　321p　20cm〈日本の文学
カラー版 13〉

『走れメロス』　太宰治文,桜井誠絵　偕
成社　1968　312p　19cm〈日本の名作
文学ホーム・スクール版 19〉

『走れメロス』　太宰治文,浜野政雄絵
あかね書房　1967　228p　22cm〈少年
少女日本の文学 15〉

『斜陽・走れメロス』　太宰治文,宮木薫絵
ポプラ社　1966　302p　20cm〈アイド
ル・ブックス 57〉

『走れメロス・女生徒』　太宰治文,桜井誠
絵　偕成社　1964　312p　19cm〈日本
文学名作選ジュニア版 10〉

『太宰治名作集』　太宰治文,西村保史郎
絵　偕成社　1963　306p　23cm〈少年
少女現代日本文学全集 19〉

『走れメロス』　太宰治文,佐藤忠良絵
麦書房　1958　37p　21cm〈雨の日文庫
第1集10〉

『井伏鱒二・太宰治名作集』　井伏鱒二,太
宰治文,臼井吉見編,生沢朗絵　あかね書
房　1956　239p　22cm〈少年少女日本
文学選集 18〉

巽　聖歌
たつみ・せいか
《1905～1973》

『雪と駄馬―童謡集』　巽聖歌著　大空社
1997.3　156,7p　21cm〈叢書日本の童
謡〉　①4-7568-0306-7〈アルス昭和6年刊
の複製 外箱入〉

『せみを鳴かせて』　巽聖歌作,こさかし
げる絵　新版　大日本図書　1990.4
115p　22cm　1200円　①4-477-17602-3
　目次　雪とろば,春の神さま,せみを鳴かせて

『たのしい詩・考える詩』　巽聖歌著　ア
リス館　1983.3　282p　22cm〈少年少女
教養文庫〉　1300円

『せみを鳴かせて』　巽聖歌著　大日本図
書　1981.2　97p　22cm〈子ども図書館〉
850円〈解説:神宮輝夫　初刷:1969(昭和
44)〉

『こぞうとやまうば』　巽聖歌著　ポプラ
社　1976.8　43p　30cm〈おはなし文庫
5〉　580円

『小学生みんなの詩の本』　巽聖歌著,花
村征臣絵　あかね書房　1972　250p
21cm

『せみを鳴かせて』　巽聖歌文,堀越保二
絵　大日本図書　1969　97p　22cm〈子
ども図書館〉

『ナイチンゲール』　巽聖歌文,よしざわ
れんざぶろう絵　ポプラ社　1962　60p
27cm〈おはなし文庫 55〉

『こぞうとやまうば』　巽聖歌文,水野二
郎絵　ポプラ社　1961　60p　27cm〈お
はなし文庫 6〉

『金のがちょう』　グリム原作,巽聖歌著,
加賀山敬二絵　ポプラ社　1957　141p
22cm〈たのしい名作童話 5〉

『日本児童文学全集　9　詩・童謡篇』　北原白秋, 三木露風, 西条八十, 野口雨情, 島木赤彦, 百田宗治, 丸山薫, サトウ・ハチロー, 巽聖歌, 佐藤義美, 与田凖一作, 初山滋絵　河出書房　1953　357p　22cm
　|目次|北原白秋集 三木露風集 西条八十集 野口雨情集 島木赤彦集 百田宗治集 丸山薫集 サトウ・ハチロー集 巽聖歌集 佐藤義美集 与田凖一集

『おもちゃの鍋―巽聖歌童謡集』　巽聖歌文, 中尾彰絵　冨山房　1951　228p　22cm

田中　貢太郎
たなか・こうたろう
《1880～1941》

『村の怪談』　田中貢太郎著　勉誠出版　1998.10　192p　19cm（大衆「奇」文学館 1）　1200円　①4-585-09063-0
　|目次|女塚の主, 人面瘡物語, ある神主の話, 村の怪談, 指環, 吉野山中の魔神, 阿芳の怨霊, 轆轤首, 怪談の素, 雪女, 法華僧の怪異, 竜蛇の話, 金鶏, 首のない騎馬武者, 幽霊の衣装, おいてけ堀, 狢, 忠犬ハチ公と義狗赤
　|内容|本書収録の作品は, 土俗的, 民話風な作品が多い。作者の実話への関心の深さを知ることができ, また, 故郷土佐への思いも随所に見ることができる。そして, 中には,「吉野山中の魔神」のように南北朝時代を舞台とする作品もあるけれど, 概して, 近代怪奇説話の世界を展開している。

田山　花袋
たやま・かたい
《1871～1930》

『幼き頃のスケッチ』　田山花袋著　館林　館林市教育委員会文化振興課　1997.11　50p　21cm（田山花袋作品集 2）〈肖像あり〉
　|目次|秋の旅, 姉, 幼き頃のスケッチ

『梅雨のころ』　田山花袋著　館林　館林市教育委員会文化振興課　1997.11　36p　21cm（田山花袋作品集 1）〈肖像あり〉
　|目次|梅雨のころ, 路の話, 金魚

千葉　省三
ちば・しょうぞう
《1892～1975》

『鷹の巣とり』　千葉省三作, 久米宏一画　新座　埼玉福祉会　1990.4　275p　27cm（大活字本シリーズ）　3914円〈原本:岩崎書店刊 限定版〉

『幼年文学名作選　13　ばけねこたいじ』　千葉省三作, 出口正明絵　岩崎書店　1989.3　100p　22cm　1200円　①4-265-03713-5

『おばけばなし―千葉省三どうわ集』　小松久子絵　大阪　文研出版　1982.6　79p　23cm（文研児童読書館）　880円〈解説:関英雄 初刷:1972（昭和47）〉
　|目次|おばけばなし〔ほか4編〕

『ばけねこたいじ』　千葉省三作, 出口正明絵　岩崎書店　1982.2　100p　22cm（日本の幼年童話 13）　1100円〈解説:関英雄 叢書の編集:菅忠道〔ほか〕　初刷:1973（昭和48）図版〉
　|目次|めくらと小いぬ〔ほか5編〕

『鷹の巣とり』　千葉省三作, 久米宏一画　岩崎書店　1981.11　220p　18cm（フォア文庫）　390円

『ワンワンものがたり』　千葉省三著　ポプラ社　1981.10　188p　18cm（ポプラ社文庫）　390円

『千葉省三童話全集　第6巻　無人島漂流記』　岩崎書店　1981.3　315p　22cm　1500円

『千葉省三童話全集　第5巻　陸奥のあらし』　岩崎書店　1981.3　250p　22cm　1500円

『千葉省三童話全集　第4巻　ワンワンものがたり.チックタック』　岩崎書店　1981.3　247p　22cm　1500円

『千葉省三童話全集　第3巻　おばけばなし.仁兵衛学校』　岩崎書店　1981.3　256p　22cm　1500円

『千葉省三童話全集　第2巻　鷹の巣とり.虎ちゃんの日記』　岩崎書店　1981.3　228p　22cm　1500円

『千葉省三童話全集　第1巻　ばけねこたいじ.五右衛門風』　岩崎書店　1981.3　253p　22cm　1500円

『虎ちゃんの日記』　千葉省三著　ポプラ社　1979.4　206p　18cm（ポプラ社文庫）　390円

『トテ馬車』　千葉省三著　偕成社　1977.8　198p　19cm（偕成社文庫）　390円

『ばけねこたいじ』　千葉省三作, 出口正明絵　岩崎書店　1973　100p　22cm（日本の幼年童話 13）

『おばけばなし—千葉省三どうわ集』　千葉省三作, 小松久子絵　文研出版　1972　79p　23cm

『無人島漂流記』　千葉省三文, 山中冬児絵　岩崎書店　1968　311p　22cm（千葉省三童話全集 6）

『陸奥のあらし』　千葉省三文, 松井行正絵　岩崎書店　1968　250p　22cm（千葉省三童話全集 5）

『ワンワンものがたり』　千葉省三文, 川上四郎絵　岩崎書店　1968　246p　22cm（千葉省三童話全集 4）

『五右衛門風・少年のころ』　千葉省三文, 岡野和絵　岩崎書店　1967　253p　22cm（千葉省三童話全集 1）

『トテ馬車・竹やぶ』　千葉省三文, 久米宏一絵　岩崎書店　1967　228p　22cm（千葉省三童話全集 2）

『ねぎ坊主・じぞうさま』　千葉省三文, 輪島清隆絵　岩崎書店　1967　255p　22cm（千葉省三童話全集 3）

『ワンワンものがたり』　ちばしょうぞう作, 阿部知二等編, こはなわためお絵　麦書房　1966　22p　21cm（新編雨の日文庫 3）

『タカの巣とり』　千葉省三文, 松田穣絵　偕成社　1965　178p　23cm（新日本児童文学選 11）

『月夜のまつり笛—楠山正雄・千葉省三・大木雄二・酒井朝彦童話集』　楠山正雄, 千葉省三, 大木雄二, 酒井朝彦作, 松田穣絵　偕成社　1962　240p　23cm（日本児童文学全集 9）

『坪田譲治・千葉省三集』　坪田譲治, 千葉省三文, 久米宏一等絵　講談社　1962　398p　23cm（少年少女日本文学全集 11）

『千葉省三集』　千葉省三作, 富永秀夫絵　ポプラ社　1960　309p　22cm（新日本少年少女文学全集 28）

『とらちゃん日記』　千葉省三文, 吉井忠絵　岩波書店　1960　245p　18cm（岩波少年文庫 192）

『わんわんものがたり』　ちばしょうぞう文, やすたい絵　麦書房　1959　24p　21cm（雨の日文庫　第5集6）

『日本児童文学全集　5　童話篇 5』　宇野浩二, 豊島与志雄, 江口渙, 山村暮鳥, 相馬泰三, 千葉省三作　河出書房　1953　334p　22cm

　目次　宇野浩二集　豊島与志雄集　江口渙集　山村暮鳥集　相馬泰三集　千葉省三集

『勤皇兄妹』　千葉省三文, 伊勢良夫絵　妙義出版社　1952　295p　19cm（少年少女名作文庫）

『陸奥の嵐』　千葉省三文, 加藤敏郎絵　ポプラ社　1952　304p　19cm

『千鳥笛』　千葉省三文, 伊藤幾久造絵　ポプラ社　1951　240p　19cm

『山姫かづら』　千葉省三文, 蕗谷虹児絵　ポプラ社　1951　253p　19cm

『ロビン・フッドの冒険』　ハアベイ原作, 千葉省三著　講談社　1951　318p　19cm（世界名作全集 18）

茶木　滋
ちゃき・しげる
《1910〜1998》

『めだかの学校—茶木滋童謡詩集』　茶木滋著, 北川幸比古責任編集　岩崎書店　1995.7　102p　20cm（美しい日本の詩歌 2）　1500円　①4-265-04042-X〈茶木滋の肖像あり;略年譜:p95〜99〉

『あかずきん』　ペロー原作, 茶木滋著, 鳥居敏文絵　実業之日本社　1958　160p　22cm（名作絵文庫 1年生）

『くろねこミラック』　茶木滋文, 鈴木悦郎絵　宝文館　1957　166p　22cm（ペンギンどうわぶんこ）

都築　益世
つづき・ますよ
《1898〜1983》

『赤ちゃんのお耳』　都築益世詩, 駒宮録郎絵　国土社　2002.12　77p　24×22cm（現代日本童謡詩全集 20）　1600円
①4-337-24770-X
[目次]　山の春, はるがきた, はるのあめ, 木のめ, やまいものつる, おほしさま, でんぐりがえり, おちば, きたかぜ, ちらちらこゆき, ゆきだるま〔ほか〕
[内容]　『現代日本童謡詩全集』（全二十二巻）は、第二次大戦後に作られた数多くの童謡から、「詩」としてのこった作品の、作者別集大成です。一九七五年刊行の初版（全二十巻）は、画期的な出版と評価され、翌年「第六回赤い鳥文学賞」を受けました。詩の世界に新しい灯をともした有力な詩人、画家の登場を得、親しまれている曲の伴奏譜を収めて巻数をふやし、出典などの記録も可能なかぎり充実させて、時代にふさわしい新装版。

『赤ちゃんのお耳』　都築益世詩, 駒宮録郎絵　国土社　1982.4　78p　21cm（国土社の詩の本 1）　950円
①4-337-00501-3〈初刷:1975（昭和50)〉

『赤ちゃんのお耳』　都築益世詩, 駒宮録郎絵　国土社　1975　77p　21cm（国土社の詩の本 1）

『てっくりてっくり・てっくりこ―都築益世童謡選集』　都築益世著　日本詩人連盟　1970　104p　16cm（詩謡シリーズ第10集）　500円

『幼児のうた』　都築益世文　らてれの会　1963　163p　20cm

『いじわるからす』　都築益世著, 松井末雄絵　泰光堂　1956　196p　22cm（私たちのほんだなシリーズ―1年生）

土家　由岐雄
つちや・ゆきお
《1904〜1999》

『天使と戦争―ある人形研究家の青春』　土家由岐雄著, 小坂茂画　文渓堂　1997.8　245p　20cm（翼をひろげて 2）　1400円　①4-89423-185-9
[目次]　天使と戦争, サンタクロースの家
[内容]　「すぐれた人形つくりになりたい」それが青年の夢でした。ある日、天使のようなすばらしい人形と出会ったことで、青年の心は、いっそう人形にひきつけられていきます。けれども、時代は少しずつ戦争にむかい、人びとの心から人形を愛するゆとりは、失われていきました。表題作のほか、『サンタクロースの家』も収録。小学校高学年から。

『アラジンとふしぎなランプ―アラビアン・ナイト』　土家由岐雄ぶん, 鈴木康彦え　金の星社　1997.2　77p　22cm（アニメせかいの名作 9）　1133円
①4-323-02649-8
[内容]　アラジンは、ふしぎなランプとゆびわにすんでいるまもののおかげで、おおがねもちになりました。おひめさまともけっこんをしました。それをしったわるいまほうつかいは、ランプをぬすんでしまいます。小学校1・2年生向き。

『母の日―童謡集』　土家由岐雄著　教育報道社　1992.11　105p　22cm　1300円

『てじなをつかうはとポッポ』　土家由岐雄著, 田中皓也画　三鷹　けやき書房　1988.2　127p　22cm（子ども世界・幼年童話）　980円　①4-87452-085-5
[内容]　私は、手品が大すきです。手品つかいになりたいと思ったことが、いくどもあります。そんなわけで、私は、『てじなをつかうはとポッポ』の童話を書きました。手品つかいが、ハトを出してつかうのではなく、ハトが、手品つかいを、こきつかうという、かわった童話です。のんびりと読んで、このなかから、人間の心に、たいせつなものを見つけ出してくだされば、うれしいです。

土家由岐雄

『日本おとぎ話』　土家由岐雄文, 池田浩彰絵　改訂版　偕成社　1986.3　126p　23×20cm（カラー版 世界の幼年文学 16）　980円　①4-03-408160-0
[目次]まんじゅひめ, 大江山のおに, はまぐりひめ, はちかつぎひめ, うばすて山, わざくらべ, はごろも, こぶとりじいさん

『オズの魔法つかい』　西村保史郎え, 土家由岐雄ぶん, バウム作　改訂版　偕成社　1985.11　126p　23cm（カラー版・世界の幼年文学 9）　980円　①4-03-408090-6〈解説:土家由岐雄　初版:1967（昭和42）〉

『ながぐつをはいたねこ』　ペローさく, 土家由岐雄ぶん, 頓田室子え　金の星社　1984.4　77p　22cm（せかいの名作ぶんこ）　980円　①4-323-00645-4

『かわいそうなぞう』　土家由岐雄作, 小林和子画　金の星社　1982.6　173p　18cm（フォア文庫）　390円

『シンドバッドの冒険』　中本新一え, 土家由岐雄ぶん　学習研究社　1982.3　134p　23cm（学研・絵ものがたり 12）　730円〈初刷:1976（昭和51）〉

『げたをはいたゾウさん』　駒宮録郎え　日本教文社　1978.8　150p　22cm　900円

『あらじんとふしぎならんぷーアラビアンナイト』　土家由岐雄ぶん, 島田耕志え　金の星社　1978.5　76p　22cm（せかいの名作ぶんこ）　580円

『ネコの水てっぽう』　土家由岐雄著　日本教文社　1977.8　206p　22cm　950円

『母と子の日本の民話　11　お月お星』　土家由岐雄著　集英社　1976.12　162p　22cm　480円

『シンドバッドの冒険』　土家由岐雄文, 中本新一絵　学習研究社　1976.5　135p　22cm（学研・絵ものがたり）　680円

『なかよし子ネコ』　土家由岐雄作, 木村麦絵　高橋書店　1975　127p　22cm（たかはしの創作童話）

『人形天使』　土家由岐雄文　日本教文社　1975　235p　22cm

『アラビアン・ナイト―千一夜かなしい物語』　土家由岐雄著, 藤沢友一絵　偕成社　1971　218p　23cm（少年少女類別アラビアン・ナイト 3）

『東京っ子物語』　土家由岐雄文, 福田庄助絵　東都書房　1971　169p　23cm

『青い鳥』　土家由岐雄文, 牧村慶子絵　偕成社　1970　144p　23cm（こども絵文庫 16）

『日本むかし話』　土家由岐雄文, 若菜珪絵　集英社　1970　64p　28cm（オールカラー母と子の世界の名作 15）

『そんごくう』　土家由岐雄文, 二俣英五郎絵　偕成社　1969　148p　23cm（こども絵文庫 13）

『イソップ童話』　イソップ原作, 土家由岐雄文, 安泰等絵　小学館　1968　192p　23cm（幼年世界文学カラー版 4）

『おさるのふうせん』　土家由岐雄文, 海洲将太郎絵　文憲堂七星社　1968　201p　22cm

『カロリーヌのせかいのたび』　土家由岐雄, 福島のり子, ピエール・プロブスト文・絵　小学館　1968　103p　28cm（世界の童話 23）

『日本おとぎ話』　土家由岐雄文, 池田浩彰絵　偕成社　1968　126p　23cm（世界の幼年文学 16）

『彦一とんち話―日本民話集』　土家由岐雄, 池田浩彰絵　偕成社　1968　148p　23cm（子ども絵文庫 7）

『アラビアンナイト集』　宮脇紀雄, 土家由岐雄, 滝原章助等絵　講談社　1967　84p　27cm（世界の名作童話 4）

『オズの魔法つかい』　バウム作, 土家由岐雄文, 西村保史郎絵　偕成社　1967　126p　23cm（世界の幼年文学 9）

『カロリーヌとおともだち』　土家由岐雄, 福島のり子, ピエール・プロブスト文・絵　小学館　1967　103p　28cm（世界の童話 12）

『カロリーヌの月旅行』　土家由岐雄, 福島のり子, ピエール・プロブスト文・絵　小学館　1967　103p　28cm（世界の童話 19）

土家由岐雄

『おじいさんのえほん・おばあさんのえほん』 つちやゆきお作, 阿部知二等編, たきだいらじろう絵 麦書房 1966 22p 21cm（新編雨の日文庫 11）

『めだかのおまつり』 土家由岐雄文, 小林与志絵 金の星社 1966 184p 22cm（幼年童話シリーズ 9）

『とんち一休』 土家由岐雄文, 藤木邦彦解説, 石井健之絵 偕成社 1965 180p 22cm（日本れきし・おはなし集 4）

『わんぱく日吉丸』 土家由岐雄文, 藤木邦彦解説, 新井五郎絵 偕成社 1965 180p 22cm（日本れきし・おはなし集 5）

『しらゆきひめ』 グリム原作, 土家由岐雄文 偕成社 1964 124p 23cm（世界のどうわ 11）

『つちやゆきおどうわ』 土家由岐雄著, 沢田正太郎絵 盛光社 1964 21cm（おはなしぶんこ 4年生）

『ひらかなアラビヤン・ナイト』 土家由岐雄文, 中尾彰絵 金の星社 1964 211p 22cm（ひらかな文庫）

『イソップ童話』 イソップ原作, 土家由岐雄文, 安泰等絵 小学館 1963 188p 23cm（幼年世界名作文学全集 9）

『そんごくう』 呉承恩原作, 土家由岐雄文, 鈴木寿雄絵 小学館 1963 188p 23cm（幼年世界名作文学全集 8）

『ごんぎつねー新美南吉・与田準一・平塚武二・土家由岐雄童話集』 新美南吉, 与田準一, 平塚武二, 土家由岐雄作, 箕田源二郎絵 偕成社 1962 240p 23cm（日本児童文学全集 13）

『とよとみひでよし』 土家由岐雄文, さわいいくさぶろう絵 ポプラ社 1962 60p 27cm（おはなし文庫 47）

『ふしぎなつぼ』 土家由岐雄文, かわもとてつお絵 ポプラ社 1962 60p 27cm（おはなし文庫 26）

『はだかの王さま』 アンデルセン原作 土家由岐雄文, 大石哲路絵 金の星社 1960 192p 22cm（アンデルセン名作集 3）

『彦一とんち話』 土家由岐雄文, 新井五郎絵 偕成社 1960 166p 22cm（なかよし絵文庫 51）

『おじいさんのえほん・おばあさんのえほん』 つちやゆきお文, みたげんじろう絵 麦書房 1959 24p 21cm（雨の日文庫 第6集2）

『青い鳥』 メーテルリンク原作, 土家由岐雄文, 池田かずお絵 偕成社 1958 160p 22cm（なかよし絵文庫 27）

『一休さん』 土家由岐雄文, 松沢のぼる絵 偕成社 1958 166p 22cm（なかよし絵文庫 14）

『かぐや姫』 土家由岐雄文, 鈴木寿雄絵 偕成社 1958 166p 22cm（なかよし絵文庫 31）

『ちびみみぞうさん』 土家由岐雄文, 西原ひろし絵 泰光堂 1958 208p 22cm（童話十二ヵ月 2・3年生）

『野口英世』 土家由岐雄文, 深尾徹哉絵 偕成社 1958 166p 22cm（なかよし絵文庫 22）

『ほらふきだんしゃく』 ビュルガー原作, 土家由岐雄文, 武井武雄絵 小学館 1958 112p 22cm（小学館の幼年文庫 37）

『せむしの子馬』 エルショフ原作, 土家由岐雄著, 吉崎正巳絵 ポプラ社 1957 138p 22cm（たのしい名作童話 7）

『トム・ソーヤーのぼうけん』 マーク・トウェーン原作, 土家由岐雄著, 松野一夫絵 実業之日本社 1957 160p 22cm（名作絵文庫 3年生）

『アラジンのふしぎならんぷ』 土家由岐雄文, 林義雄絵 小学館 1955 116p 22cm（小学館の幼年文庫 21）

『まほうつかいのろばー3年生』 土家由岐雄文, 中尾彰絵 金の星社 1955 196p 22cm

『めだかのおまつりー2年生どうわ』 土家由岐雄文, 西原比呂志絵 金の星社 1955 210p 19cm

『あかるい童話 1年生』 土家由岐雄著, 沢田正太郎絵 鶴書房 1954 180p 19cm

筒井敬介

『ひらかなアラビヤンナイト』　土家由岐雄著, 中尾彰絵　金の星社　1954　211p　22cm

筒井　敬介
つつい・けいすけ
《1918～》

『ぺろぺろん』　筒井敬介作, 東君平絵　あかね書房　2001.2　91p　21cm（あかね書房・復刊創作幼年童話）　950円
①4-251-00649-6
内容 おなかのしたであたしをくすぐるのだあれ。ぎざぎざちゃんね、たんぽぽちゃんね。いやーん、ぺろぺろん。ぺろぺろんと、したをだしてあるくかわいいへびのおんなのこ、ぺろちゃんのおはなし。5～7歳向。

『どらねこパンツのしっぱい』　筒井敬介作, 松永謙一絵　改訂　ポプラ社　2000.1　60p　23cm（カラー版・創作えばなし 9）　1200円　①4-591-06291-0

『ぶうたれネコのぱとろーる』　筒井敬介作, 渡辺三郎画　理論社　1994.1　243p　18cm（フォア文庫）　650円
①4-652-07100-0
目次 ねこのおしごと, ねこのぱとろーる, ねこのわすれもの, ねこのおてつだい, ねこのごちそうさま
内容 ぶうたれネコは、このおはなしの主人公。いつもぶらぶらもんくばかりいって、ちっともはたらかないので、こんな名まえがつきました。ある日、おなかがすいて、ねこのおしごとをさがしにでかけました。木のはのうえをあしおとをしないであるくテストにもOK。ねんねこけいさつのおまわりさんになりました。ぶうたれネコはぱとろーるへ出発。ゆかいな『ぶうたれネコ』シリーズまるごと全一冊。

『かちかち山のすぐそばで』　筒井敬介作, 瀬川康男絵　改訂初版　フレーベル館　1991.4　126p　23cm（創作どうわライブラリー 1）　1200円　①4-577-00771-1
内容 サンケイ児童出版文化賞大賞、国際アンデルセン賞優良賞受賞作品。

『幼年文学名作選 30　おいしいトラカツをたべるまで』　筒井敬介作, 渡辺三郎絵　岩崎書店　1989.3　109p　22cm　1200円　①4-265-03730-5

『ぶうたれネコ 5　ねこのごちそうさま』　筒井敬介作, 渡辺三郎絵　理論社　1988.11　73p　21cm　860円
①4-652-00185-1
内容 しょちょうネコのむすめさんがつくったおいしいコロッケ。そのざいりょうは…。

『ぶうたれネコ 4　ねこのおてつだい』　筒井敬介作, 渡辺三郎絵　理論社　1988.11　73p　21cm　860円
①4-652-00184-3
内容 おせっかいなおばさんネコたちの、しょくじのさし入れは、へんなあじでたべられません。

『ぶうたれネコ 3　ねこのわすれもの』　筒井敬介作, 渡辺三郎絵　理論社　1988.11　81p　21cm　860円
①4-652-00183-5
内容 ぶうたれネコのいえが、にがてのくろネコ・マックローに、のっとられてしまいました。

『ぶうたれネコ 2　ねこのぱとろーる』　筒井敬介作, 渡辺三郎絵　理論社　1988.11　81p　21cm　860円
①4-652-00182-7
内容 おまわりさんになったぶうたれネコ。はりきってでかけたぱとろーるでであったのは…。

『ぶうたれネコ 1　ねこのおしごと』　筒井敬介作, 渡辺三郎絵　理論社　1988.11　81p　21cm　860円　①4-652-00181-9
内容 もんくばかりいって、はたらかないぶうたれネコが、しゅうしょくしけんをうけました。

『ぺこねこブラッキー』　筒井敬介さく, 長新太え　小峰書店　1988.7　63p　22cm（どうわはともだち）　680円
①4-338-07206-7
内容 たんちゃんのうちにいる、くろねこのブラッキーは、とっても、いばりんぼうで、くいしんぼう。ふたりでうみへさかなつり。やっ、すごいぼうけん。5～6さいむき。

『雨ですてきなたんじょうび』　筒井敬介作, 井上洋介絵　あかね書房　1988.4　189p　18cm（あかね文庫）　430円
①4-251-10027-1
目次 雨ですてきなたんじょうび, ぺろぺろん, おはようたっちゃん, おつかいたっちゃん, ぼくのひげそりクリーム

[内容]「どうしたの、このかさ。うちのじゃないよ、とうちゃん。」だれもまねのできない、さなえだけの、めずらしいたんじょうびは、こうして"かさじけん"からはじまりました。表題作「雨ですてきなたんじょうび」ほか4編収録。

『うれしいウルくん』　筒井敬介作、長新太絵　教育画劇　1987.8　76p　22cm（スピカの幼年どうわ）　680円　①4-905699-41-X
[内容] おおかみのウルくんは、てんきがいいので、さんぽにでかけました。ところが、どこへいってもだれもいません。いるのはハチさんだけ…。リスくんもウサギさんもキツネくんもいません。みんなどこへいったんだろう？（きっとぼくをなかまはずれにして…かくれているんだ!）

『にげだした木馬―おいらお江戸の探偵団2』　筒井敬介作、井上洋介絵　小峰書店　1987.3　135p　22cm　880円　①4-338-06802-7
[内容] 江戸の町にふく風は、事件のにおいがする。「猫足の親分」と、その寺子屋の子どもたちは、たちまち不思議な事件にまきこまれる。親分子分よこっとびで大活躍！さて、こんどはどんな事件がおきたのかな？

『猫がくった鯉のぼり―おいらお江戸の探偵団3』　筒井敬介著、井上洋介画　小峰書店　1987.3　127p　22cm　880円　①4-338-06803-5
[目次] 不思議にもおんどりだけかどわかす手、だれもたたきたくないあやしい太鼓、旗本屋敷のまえで鯉のぼりをまねく猫
[内容] 不思議なことって、ほんとうにあるもんだ。またまたおきたあやしい事件。桶屋の大吉、まんじゅう屋の直次、魚屋のおよね、古傘屋の伊助…そらっ、探偵団のそろいぶみだ！さて、こんどはどんな事件がおきたのかな？

『まんじゅうをつかまえろ―おいらお江戸の探偵団1』　筒井敬介作、井上洋介絵　小峰書店　1987.1　135p　22cm　880円　①4-338-06801-9
[目次] まんじゅうがなによりも心配な大事件、井戸がえでやっとわかったあの不思議、医者さまをやぶのなかから助ける手配
[内容] 江戸の探偵―つまり目明しの『猫足の親分』と、その寺子屋の子どもたちがであう不思議な事件!?謎が謎をよんでさて、どうなることやら…?小学校中級以上。

『かちかち山のすぐそばで』　筒井敬介著、瀬川康男、村上勉絵　講談社　1986.7　219p　18cm（講談社青い鳥文庫）　420円　①4-06-147202-X
[目次] かいぞくでぶっちょん、かちかち山のすぐそばで
[内容] かちかち山に住んでいる気のいいオオカミは、キツネにだまされて殿さまになろうと考えました。でも、ウサギのせいでしっぽをなくし、タヌキにもだまされ、おこって2ひきを食べたところ、きみょうな姿になってしまいました。―「かちかち山」にオオカミがいたなんて…ユニークな発想と展開のすてきな名作。ほかに「かいぞくでぶっちょん」収録。

『ぶうたれネコのどっきんレストラン』　筒井敬介さく、渡辺三郎え　理論社　1986.7　68p　21cm（理論社のようねんどうわ）　780円　①4-652-00841-4
[内容] ぼく、ぶうたれネコ。ぶうぶうもんくをいっておひるねばかり。でも、きょうは、しんせんなさかなをたべたくて海にやってきました。すると…

『ネコだまミイちゃんはあたし』　筒井敬介作、長新太絵　小峰書店　1986.6　55p　24cm（こみね幼年どうわ）　880円　①4-338-05128-0
[内容]『ネコだま』ってなあんだ？ヒトにはみえずにネコにだけみえる。ほわわんとでるし、どんなかたちにもなれる。ふしぎなネコだま。そのなはミイちゃん！

『宿題お化け』　筒井敬介作、井上洋介絵　小峰書店　1985.12　102p　22cm（創作こどもの文学）　950円　①4-338-05219-8

『ぼくのひげそりクリーム』　筒井敬介作、渡辺三郎絵　あかね書房　1985.6　63p　25cm（あかね創作どうわ）　880円　①4-251-03277-2

『ガツーンとぶつかるはなし』　若菜珪え、筒井敬介さく　学習研究社　1985.2　77p　22cm（学研の新作幼年どうわ1）　680円　①4-05-101416-9

『ぼくのペケペケ運動会』　筒井敬介作、関屋敏隆絵　フレーベル館　1984.12　116p　22cm（フレーベル館の新創作童話）　900円

筒井敬介

『ねこのわすれもの』 筒井敬介作, 渡辺三郎絵 理論社 1984.10 99p 22cm 880円

『筒井敬介童話全集 第7巻 二人ともパンのにおい』 フレーベル館 1984.2 218p 22cm 1300円

『筒井敬介童話全集 第2巻 とらおおかみのくる村で』 フレーベル館 1984.2 251p 22cm 1300円

『筒井敬介童話全集 第8巻 動物はみんな先生』 フレーベル館 1984.1 246p 22cm 1300円

『筒井敬介童話全集 第6巻 じんじろべえ』 フレーベル館 1983.12 226p 22cm 1300円

『たっちゃんといなり大明神』 筒井敬介作, 井上洋介画 佼成出版社 1983.11 63p 24cm(創作童話シリーズ) 880円 ①4-333-01134-5

『筒井敬介童話全集 第11巻 げらっくすノート』 フレーベル館 1983.11 236p 22cm 1300円

『筒井敬介童話全集 第1巻 べえくん』 フレーベル館 1983.11 249p 22cm 1300円

『おつかいたっちゃん』 筒井敬介作, 渡辺三郎絵 あかね書房 1983.10 76p 22cm(あかね幼年どうわ) 680円 ①4-251-00690-9

『筒井敬介童話全集 第10巻 おしくらまんじゅう』 フレーベル館 1983.10 269p 22cm 1300円

『筒井敬介童話全集 第3巻 日曜日のパンツ』 フレーベル館 1983.9 229p 22cm 1300円

『筒井敬介童話全集 第12巻 ちゃんめら子平次』 フレーベル館 1983.8 219p 22cm 1300円

『筒井敬介童話全集 第5巻 おねえさんといっしょ』 フレーベル館 1983.7 235p 22cm 1300円

『筒井敬介童話全集 第9巻 コルプス先生汽車へのる』 フレーベル館 1983.6 230p 22cm 1300円

『筒井敬介童話全集 第4巻 かちかち山のすぐそばで』 フレーベル館 1983.6 225p 22cm 1300円

『おばけロケット1号』 筒井敬介著 ポプラ社 1983.4 190p 18cm(ポプラ社文庫) 390円

『チョコレート町一番地』 筒井敬介著, 小野かおる絵 講談社 1983.2 189p 18cm(講談社青い鳥文庫) 390円 ①4-06-147112-0

『ぼくおふろだいきらい』 筒井敬介さく, 渡辺洋二え ポプラ社 1982.12 77p 22cm(ポプラ社の小さな童話) 680円

『雨ですてきなたんじょうび』 筒井敬介作, 井上洋介絵 あかね書房 1982.10 60p 24cm(あかね創作どうわ) 880円 ①4-251-03269-1

『王女さまはあたし』 筒井敬介著 東京書籍 1982.10 243p 21cm(東書児童劇シリーズ―筒井敬介児童劇集 2) 2500円

『キツネがみつけたへんな本』 筒井敬介著 東京書籍 1982.10 233p 21cm(東書児童劇シリーズ―筒井敬介児童劇集 3) 2500円

『何にでもなれる時間』 筒井敬介著 東京書籍 1982.10 261p 21cm(東書児童劇シリーズ―筒井敬介児童劇集 1) 2500円

『ねこにパンツをはかせるな』 筒井敬介作, 渡辺三郎絵 講談社 1982.8 76p 22cm(講談社の幼年創作童話) 640円 ①4-06-141348-1

『おやすみドン』 渡辺三郎画, 筒井敬介作 あかね書房 1982.4 77p 23cm(あかね新作幼年童話 9) 680円〈初刷:1974(昭和49)〉

『コルプス先生馬車へのる』 筒井敬介作, 大古尅己絵 1982年版 理論社 1982.4 189p 23cm(日本の児童文学)〈愛蔵版〉

『じんじろべえ』 筒井敬介作, 川本喜八郎絵 あかね書房 1982.4 182p 22cm(日本の創作児童文学選) 880円〈図版〉

筒井敬介

『ぺろぺろん』　筒井敬介作, 東君平絵　あかね書房　1982.3　91p　22cm（日本の創作幼年童話 19）　680円〈初刷:1970（昭和45）〉

『かいぞくでぶっちょん』　筒井敬介作, 村上勉絵　フレーベル館　1982.2　87p　28cm（フレーベル幼年どうわ文庫 5）　950円〈初刷:1975（昭和50）〉

『クロのやさしい時間』　筒井敬介作, 太田大八絵　ティビーエス・ブリタニカ　1981.11　101p　22cm（小学中級文庫）　900円

『ねこのぱとろーる』　筒井敬介作, 渡辺三郎絵　理論社　1981.11　76p　24cm（どうわの森のおくりもの）　780円

『かちかち山のすぐそばで』　瀬川康男画, 筒井敬介作　フレーベル館　1981.4　126p　23cm（フレーベルどうわ文庫 1）　980円〈初刷:1972（昭和47）〉

『新イソップ寓話集—アルベルティの寓話』　レオン・バッティスタ・アルベルティ作, ブルーノ・ナルディーニ編, 渡辺和雄訳, 筒井敬介文, アドリアーナ・S.マッツァ絵　小学館　1980.12　103p　28cm　1800円〈監修:前之園幸一郎〉

『日曜日のパンツ』　筒井敬介作, 長新太絵　講談社　1980.10　92p　22cm（講談社の新創作童話）　650円

『とらのかわのスカート』　筒井敬介作, 渡辺三郎画　岩崎書店　1980.5　156p　18cm（フォア文庫）　390円

『べえくん』　筒井敬介作, 渡辺三郎絵　あかね書房　1980.3　90p　22cm（日本の創作幼年童話 12）　680円

『コルプス先生馬車へのる』　筒井敬介作, 大古尅己絵　理論社　1980.1　189p　23cm（理論社名作の愛蔵版）　940円〈初刷:1968（昭和43）〉

『ねこのおしごと』　筒井敬介作, 渡辺三郎絵　理論社　1980.1　77p　24cm（どうわの森のおくりもの）　780円

『少年少女世界童話全集—国際版　第13巻　アラジンとふしぎなランプ—アラビアン・ナイトより』　筒井敬介文　小学館　1979.12　133p　28cm　1250円

『とらおおかみのくる村で』　筒井敬介作, 井上洋介絵　フレーベル館　1979.12　76p　22cm（フレーベル館の幼年創作童話）　700円

『おはようたっちゃん』　筒井敬介作, 渡辺三郎絵　あかね書房　1979.10　77p　22cm（あかね幼年どうわ）　680円

『コルプス先生とこたつねこ』　筒井敬介作, 渡辺三郎絵　講談社　1979.10　76p　22cm（講談社の幼年創作童話・36）　580円

『たっちゃんといっしょ』　筒井敬介作, 宮木薫え　理論社　1979.5　182p　23cm（理論社名作の愛蔵版）　940円

『少年少女世界文学全集—国際版　第24巻　アボット』　スコット原作, ディエーゴ絵, 古賀啓子訳, 筒井敬介文　小学館　1978.11　202p　28cm　1250円

『おねえさんといっしょ』　筒井敬介作, 宮木薫え　理論社　1978.10　182p　23cm（理論社名作の愛蔵版）　940円

『いじワンるものがたり』　筒井敬介作, 山崎英介絵　国土社　1978.7　78p　21cm（新選創作童話 17）　980円〈初刷:1972（昭和47）〉

『動物はみんな先生』　筒井敬介作, 斎藤博之画　あかね書房　1978.6　178p　21cm（あかね創作児童文学）　880円

『かちかち山のすぐそばで—他一篇』　筒井敬介著　角川書店　1977.12　261p　15cm（角川文庫）　260円〈解説:山中恒〉

『ちゃんめら子平次』　筒井敬介作, 斎藤博之絵　あかね書房　1977.4　256p　22cm（日本の創作児童文学選）　980円〈図版〉

『日本の幼年童話　30　とらのかわのスカート』　筒井敬介作, 渡辺三郎絵　岩崎書店　1977.3　109p　22cm　950円

『おしくらまんじゅう』　筒井敬介著　偕成社　1977.2　340p　19cm（偕成社文庫）　390円

『少年少女世界文学全集—国際版　第3巻　王子とこじき』　M.トウェイン原作, アルチール絵, 西村暢夫訳, 筒井敬介文　小学館　1977.2　170p　27cm　1250円

筒井敬介

『どらねこパンツのしっぱい』 筒井敬介作, 松永謙一絵 ポプラ社 1977.1 60p 24cm（カラー版・創作えばなし） 800円

『コルプス先生汽車へのる』 筒井敬介著 偕成社 1976.12 200p 19cm（偕成社文庫2026） 390円

『みずひめさま』 筒井敬介著 小学館 1976.10 44p 22cm（創作民話シリーズ） 380円

『わがままくじら』 筒井敬介作, 多田ヒロシ絵 ポプラ社 1976.10 28p 26cm（ともだち文庫4） 600円

『新作絵本日本の民話 13 ちょんねんばけくらべ』 筒井敬介文, 渡辺三郎画 あかね書房 1976.2 63p 22cm 580円

『おいらどこの子お江戸の子』 筒井敬介作, 斎藤博之絵 偕成社 1975 158p 22cm（新選創作どうわ6）

『かいぞくでぶっちょん』 筒井敬介作 フレーベル館 1975 87p 23cm（フレーベル幼年どうわ文庫5）

『二人ともパンのにおい』 筒井敬介著, 藤沢友一絵 国土社 1974.3 142p 21cm（新選創作児童文学2） 950円〈初刷:1969（昭和44）〉

『おやすみドン』 筒井敬介作, 渡辺三郎画 あかね書房 1974 77p 23cm（あかね新作幼年童話9）

『げらっくすノート』 筒井敬介作, 長新太絵 偕成社 1973 150p 22cm（創作こどもの文学）

『いじワンるものがたり』 筒井敬介作, 山崎英介絵 国土社 1972 78p 21cm（新選創作童話17）

『かちかち山のすぐそばで』 筒井敬介文, 瀬川康男絵 フレーベル館 1972 126p 23cm（フレーベルどうわ文庫1）

『コロッケ町のぼく』 筒井敬介作, 井上洋介絵 あかね書房 1972 129p 22cm（現代子ども文学選11）

『おばけロケット1ごう』 筒井敬介文, 阿部隆夫絵 フレーベル館 1971 70p 24cm（こどもSF文庫2―宇宙シリーズ）

『白い朝の町で』 筒井敬介作, 朝倉摂絵 フレーベル館 1971 156p 23cm（フレーベルこども文庫10）

『ちゃんめら子平次』 筒井敬介作, 斎藤博之画 あかね書房 1971 256p 21cm（少年少女長編創作選4）

『ぺろぺろん』 筒井敬介作, 東君平絵 あかね書房 1970 91p 22cm（日本の創作幼年童話19）

『ピーター＝パン』 筒井敬介文, 小坂しげる絵 偕成社 1969 144p 23cm（こども絵文庫15）

『二人ともパンのにおい』 筒井敬介著, 藤沢友一絵 国土社 1969 142p 21cm（新選創作児童文学2）

『べえくん』 筒井敬介文, 渡辺三郎絵 あかね書房 1969 90p 22cm（日本の創作幼年童話12）

『子じかものがたり』 二反長半, 白木茂, 筒井敬介文, 石田武雄等絵 講談社 1968 80p 27cm（世界の名作童話10）

『コルプス先生馬車へのる』 筒井敬介文, 大古尅已絵 理論社 1968 188p 23cm（理論社の愛蔵版わたしのほん）

『じんじろべえ』 筒井敬介文, 山本喜八郎絵 あかね書房 1968 181p 22cm（創作児童文学選2）

『おねえさんといっしょ』 筒井敬介文, 長新太絵 理論社 1967 305p 23cm（小学生文庫）

『青いとり』 メーテルリンク原作, 筒井敬介文, 小野木学絵 偕成社 1965 124p 23cm（世界のどうわ25）

『チョコレート町一番地―佐藤義美・奈街三郎・後藤楢根・筒井敬介童話集』 佐藤義美, 奈街三郎, 後藤楢根, 筒井敬介作, 沢井一三郎絵 偕成社 1962 240p 23cm（日本児童文学全集14）

『ロンロンじいさんのどうぶつえん』 筒井敬介文, 箕田源二郎絵 麦書房 1958 30p 21cm（雨の日文庫 第4集17）

『お姉さんといっしょ―小さなタッちゃんのお話』 筒井敬介文, 上河辺みち絵 新潮社 1957 228p 19cm

『おしくらまんじゅう』 筒井敬介文, 堀文子絵　朝日新聞社　1956　247p　22cm

『三太物語　1～4』 青木茂原作, 筒井敬介脚色, 竹原長吉絵　宝文館　1951-1952　4冊　19cm

壺井　栄
つぼい・さかえ
《1899～1967》

『二十四の瞳』 壷井栄著　旺文社　1997.4　310p　18cm（愛と青春の名作集）　1000円

『二十四の瞳』 壷井栄著　講談社　1995.8　309p　19cm（ポケット日本文学館 12）　1200円　①4-06-261712-9
内容 瀬戸内海べりの岬の分教場に赴任してきた「おなご先生」と12人の生徒たちとの心のふれあいを描いた愛の物語。悲惨な戦争がもたらした不幸と苦難をのりこえて、終戦後成長した生徒たちに招かれるが、「おなご先生」が再び二十四の瞳に出会うことはなかった。

『石うすの歌』 壷井栄作, 宮本順子絵　岩崎書店　1995.4　85p　22cm（日本の名作童話 3）　1500円　①4-265-03753-4

『二十四の瞳』 壷井栄著　春陽堂書店　1989.5　320p　16cm（春陽堂くれよん文庫）　520円

『幼年文学名作選　7　花はだれのために』 壷井栄作, 箕田源二郎絵　岩崎書店　1989.3　131p　22cm　1200円　①4-265-03707-0

『二十四の瞳』 壷井栄著　講談社　1986.3　333p　22cm（少年少女日本文学館 第13巻）　1400円　①4-06-188263-5

『坂道・柿の木のある家―壺井栄童話集』 壷井栄作, 田中秀幸絵　講談社　1985.5　197p　18cm（講談社青い鳥文庫）　390円　①4-06-147169-4

『母のない子と子のない母と』 壷井栄著, 戸井昌造絵　講談社　1984.4　285p　18cm（講談社青い鳥文庫）　450円　①4-06-147136-8

『二十四の瞳』 壷井栄著, 戸井昌造絵　講談社　1983.11　259p　18cm（講談社青い鳥文庫）　390円　①4-06-147127-9

『まあちゃんと子ねこ』 壷井栄著, 間所すずこ絵　ポプラ社　1983.9　188p　18cm（ポプラ社文庫）　390円〈解説:司代隆三〉
目次 まあちゃんと子ねこ〔ほか12編〕

『二十四の瞳』 壷井栄著　偕成社　1982.10　312p　19cm（日本文学名作選 5）　580円　①4-03-801050-3〈巻末:壺井栄の年譜　解説:山室静　ジュニア版　初刷:1964（昭和39）肖像:著者　図版（肖像を含む）〉
目次 二十四の瞳, 大根の葉, 柿の木のある家, 柳の糸

『母のない子と子のない母』 壷井栄著　偕成社　1982.10　306p　19cm（日本文学名作選 26）　580円　①4-03-801260-3〈巻末:壺井栄の年譜　解説:島越信　ジュニア版　初刷:1965（昭和40）肖像:著者　図版（肖像を含む）〉
目次 母のない子と子のない母, がきのめし, 小さな先生大きな生徒, まつりごと

『二十四の瞳』 壷井栄著　金の星社　1982.4　286p　20cm（日本の文学 2）　680円　①4-323-00782-5〈巻末:壺井栄の年譜　解説:むらじろう〔ほか〕ジュニア版　初刷:1973（昭和48）肖像:著者　図版（肖像）〉
目次 二十四瞳, 妙貞さんの萩の花, あばらやの星, 小さな物語

『柿の木のある家』 こさかしげる画, 壷井栄著　あかね書房　1982.3　200p　22cm（日本児童文学名作選 6）　980円〈解説:関英雄　図版〉
目次 柿の木のある家〔ほか10編〕

『ふねできたゾウ』 壷井栄作, 箕田源二郎絵　岩崎書店　1982.3　131p　22cm（日本の幼年童話 7）　1100円〈解説:菅忠道　叢書の編集:菅忠道〔ほか〕初刷:1971（昭和46）図版〉
目次 ふねできたゾウ〔ほか7編〕

壺井栄

『母のない子と子のない母と』　壺井栄著
偕成社　1981.12　308p　19cm（偕成社
文庫 3023）　450円　①4-03-650230-1
〈解説:鳥越信　初刷:1976（昭和51）〉

『二十四の瞳』　壺井栄著　ポプラ社
1981.11　302p　20cm（アイドル・ブッ
クス 18―ジュニア文学名作選）　500円
〈巻末:年譜　解説:古谷綱武　初刷:1971（昭
和46）　肖像:著者　図版（肖像）〉
|目次|二十四の瞳, りんごの袋, 伊勢の的矢の
日和山

『坂道』　壺井栄作　岩波書店　1981.10
254p　18cm（岩波少年文庫 2067）　450
円〈初刷:1958（昭和33）〉
|目次|むかしの学校〔ほか16編〕

『母のない子と子のない母と』　壺井栄著
金の星社　1981.9　273p　20cm（日本の
文学 24）　680円　①4-323-00804-X

『リンゴのふくろ』　壺井栄著　大日本図
書　1981.2　77p　22cm（子ども図書館）
750円〈解説:鳥越信　初刷:1968（昭和43）〉

『お母さんのてのひら』　壺井栄著　ポプ
ラ社　1980.11　196p　18cm（ポプラ社
文庫）　390円

『母のない子と子のない母と』　壺井栄著
ポプラ社　1980.8　270p　18cm（ポプラ
社文庫）　450円

『現代日本文学全集　10　壺井栄名作集』
壺井栄著　改版版　偕成社　1980.4
306p　23cm　2300円〈編集:滑川道夫
〔ほか〕　初版:1965（昭和40）　巻末:年譜,現
代日本文学年表,参考文献　解説:滑川道夫
〔ほか〕　肖像・筆跡:著者〔ほか〕　図版
（肖像,筆跡を含む）〉
|目次|二十四の瞳〔ほか6編〕

『母のない子と子のない母と』　壺井栄著,
柏村由利子絵　講談社　1980.3　302p
19cm（少年少女講談社文庫 A-12―名作
と物語）　480円〈巻末:壺井栄の年譜　解
説:関英雄　初刷:1972（昭和47）　肖像:著者
図版（肖像を含む）〉

『二十四の瞳』　壺井栄作, 武部本一郎画
金の星社　1980.2　308p　18cm（フォア
文庫）　430円

『定本壺井栄児童文学全集　4』　講談社
1980.1　318p　23cm　2800円〈新装版〉

『定本壺井栄児童文学全集　1』　講談社
1979.12　322p　23cm　2800円〈新装版〉

『あばらやの星―壺井栄童話集』　関英雄
編, 北島新平絵　大阪　文研出版
1979.11　238p　23cm（文研児童読書館
―日本名作 6）　860円〈解説:関英雄　叢
書の編集:石森延男〔ほか〕　初
刷:1971（昭和46）　図版〉
|目次|十五夜の月〔ほか9編〕

『柿の木のある家』　壺井栄著　偕成社
1979.11　256p　19cm（偕成社文庫
3015）　450円　①4-03-650150-X〈解説:
鳥越信〉
|目次|柿の木のある家, 坂道, ともしび, りんご
の袋

『定本壺井栄児童文学全集　2』　講談社
1979.11　318p　23cm　2800円〈新装版〉

『定本壺井栄児童文学全集　3』　講談社
1979.10　318p　23cm　2800円〈新装版〉

『二十四の瞳』　壺井栄著　ポプラ社
1979.6　238p　18cm（ポプラ社文庫）
390円

『二十四の瞳』　壺井栄著　学習研究社
1978.10　248p　20cm（ジュニア版名作
文学）　550円

『あしたの風』　壺井栄著　ポプラ社
1978.4　197p　18cm（ポプラ社文庫）
390円

『私の花物語』　壺井栄著　偕成社
1978.4　232p　18cm（偕成社文庫）
430円

『二十四の瞳　下』　壺井栄著　講談社
1977.6　183p　19cm（少年少女講談社文
庫）　450円

『二十四の瞳　上』　壺井栄著　講談社
1977.5　183p　19cm（少年少女講談社文
庫）　450円

『二十四の瞳』　壺井栄著　春陽堂書店
1977.3　320p　16cm（春陽堂少年少女文
庫―世界の名作・日本の名作）　360円

『二十四の瞳』　壺井栄著　学習研究社
1976.12　261p　19cm（学研ベストブッ
クス）　680円

壺井栄

『母のない子と子のない母と』　壺井栄著　ポプラ社　1976.12　270p　19cm（ジュニア文学名作選40）　500円

『母のない子と子のない母と』　壺井栄著　学習研究社　1976.12　280p　19cm（学研ベストブックス）　680円

『柿の木のある家』　壺井栄著　偕成社　1976.6　256p　19cm（偕成社文庫）　390円

『母のない子と子のない母と』　壺井栄著　偕成社　1976.5　308p　19cm（偕成社文庫）　390円

『二十四の瞳』　壺井栄著　偕成社　1976.1　276p　18cm（偕成社文庫）　430円

『二十四の瞳』　壺井栄作, 武部本一郎絵　金の星社　1973　286p　20cm（ジュニア版日本の文学 2）

『柿の木のある家』　壺井栄著, 小坂しげる画　あかね書房　1972　200p　22cm（日本児童文学名作選 6）

『二十四の瞳』　壺井栄作, 柳井愛子絵　集英社　1972　301p　20cm（日本の文学 ジュニア版 15）

『母のない子と子のない母と』　壺井栄文, 柏村由利子絵　講談社　1972　302p　19cm（少年少女講談社文庫 名作と物語 A-12）

『あばらやの星―壺井栄童話集』　壺井栄作, 関英雄編, 北島新平絵　文研出版　1971　238p　23cm（文研児童読書館）

『ふねできたゾウ』　壺井栄作, 箕田源二郎絵　岩崎書店　1971　131p　22cm（日本の幼年童話 7）

『二十四の瞳』　壺井栄文, 三芳悌吉絵　学習研究社　1970　269p　19cm（少年少女学研文庫 314）

『壺井栄名作集』　壺井栄著, 松田穣絵　偕成社　1969　306p　23cm（少年少女現代日本文学全集 10）

『二十四の瞳』　壺井栄作, 柳井愛子絵　集英社　1969　301p　20cm（日本の文学カラー版 15）

『母のない子と子のない母と』　壺井栄文, 遠藤てるよ絵　偕成社　1969　306p　19cm（ホーム・スクール版日本の名作文学 23）

『母のない子と子のない母と』　壺井栄文, 三芳悌吉絵　学習研究社　1969　287p　19cm（少年少女学研文庫 303）

『リンゴのふくろ』　壺井栄著　大日本図書　1968　77p　22cm（子ども図書館）〈解説:鳥越信〉

『二十四の瞳』　壺井栄文, 遠藤てるよ絵　偕成社　1967　310p　19cm（日本の名作文学ホーム・スクール版 3）

『二十四の瞳』　壺井栄文, 小坂茂絵　あかね書房　1967　217p　22cm（少年少女日本の文学 22）

『坂道・あしたの風』　壺井栄文, 市川禎男絵　偕成社　1966　174p　23cm（新日本児童文学選 22）

『ヤッちゃん』　つぼいさかえ作, 阿部知二等編, くめこういち絵　麦書房　1966　21cm（新編雨の日文庫 4）

『おかあさんのてのひら』　壺井栄文, 岩井泰三絵　ポプラ社　1965　258p　23cm（壺井栄名作集 3）

『柿の木のある家』　壺井栄文, 吉崎正巳絵　ポプラ社　1965　258p　23cm（壺井栄名作集 2）

『柿の木のある家』　壺井栄文, 遠藤てるよ絵　偕成社　1965　178p　23cm（新日本児童文学選 4）

『坂道』　壺井栄文, 武部本一郎絵　ポプラ社　1965　258p　23cm（壺井栄名作集 4）

『大根の葉』　壺井栄文, 市川禎男絵　ポプラ社　1965　258p　23cm（壺井栄名作集 10）

『二十四の瞳』　壺井栄文, 池田仙三郎絵　ポプラ社　1965　302p　20cm（アイドル・ブックス 20）

『二十四の瞳』　壺井栄文, 遠藤てるよ絵　ポプラ社　1965　258p　23cm（壺井栄名作集 6）

子どもの本・日本の名作童話6000　163

壺井栄

『花はだれのために』　壺井栄文, 市川禎男絵　ポプラ社　1965　258p　23cm（壺井栄名作集 1）

『母のアルバム』　壺井栄文, 箕田源二郎絵　ポプラ社　1965　258p　23cm（壺井栄名作集 7）

『母のない子と子のない母と』　壺井栄文, 渡辺三郎絵　ポプラ社　1965　274p　23cm（壺井栄名作集 5）

『母のない子と子のない母と』　壺井栄文, 小石清絵　偕成社　1965　304p　19cm（日本文学名作選ジュニア版 26）

『右文覚え書』　壺井栄文, 須田寿絵　ポプラ社　1965　258p　23cm（壺井栄名作集 8）

『私の花物語』　壺井栄文, 前島とも絵　ポプラ社　1965　258p　23cm（壺井栄名作集 9）

『壺井栄児童文学全集　1〜4』　壺井栄文, 三芳悌吉等絵　講談社　1964　4冊　23cm

『二十四の瞳』　壺井栄文, 遠藤てるよ絵　偕成社　1964　310p　19cm（日本文学名作選ジュニア版 5）

『壺井栄集　続』　壺井栄作, 市川禎男絵　ポプラ社　1963　290p　22cm（新日本少年少女文学全集 26）

『壺井栄名作集』　壺井栄文, 松田穣絵　偕成社　1963　306p　23cm（少年少女現代日本文学全集 20）

『壺井栄・林芙美子集』　壺井栄, 林芙美子文, 中尾彰等絵　講談社　1962　396p　23cm（少年少女日本文学全集 15）

『ふたごのころちゃん・つるの笛ー壺井栄・林芙美子童話集』　壺井栄, 林芙美子作, 遠藤てるよ等絵　偕成社　1961　240p　23cm（日本児童文学全集 12）

『ふたごのころちゃん』　壺井栄文, 小坂茂絵　実業之日本社　1960　226p　22cm

『あたたかい右の手』　壺井栄文, 箕田源二郎絵　麦書房　1958　38p　21cm（雨の日文庫 第2集8）

『坂道』　壺井栄文, 伊勢正義絵　岩波書店　1958　254p　18cm（岩波少年文庫 175）

『壺井栄集　続』　壺井栄作, 岩崎ちひろ絵　ポプラ社　1958　300p　22cm（新日本少年少女文学全集 33）

『壺井栄・北川千代集』　壺井栄, 北川千代文, 高山毅等編, 立野保之介等絵　東西文明社　1957　350p　22cm（昭和児童文学全集 5）

『壺井栄集』　壺井栄文, 馬場正男編　新紀元社　1957　290p　18cm（中学生文学全集 27）

『林芙美子・壺井栄名作集』　林芙美子, 壺井栄文, 河盛好蔵編, 都竹伸政絵　あかね書房　1956　263p　22cm（少年少女日本文学選集 19）

『十五夜の月』　壺井栄文, 赤松俊子絵　河出書房　1955　184p　17cm（ロビン・ブックス 8）

『柿の木のある家』　壺井栄文, 堀文子絵　光文社　1954　211p　19cm

『シンデレラ姫』　ペロー作, 壺井栄著, 日向房子絵　あかね書房　1954　231p　19cm（幼年世界名作全集 9）

『日本児童文学全集　6　童話篇 6』　塚原健二郎, 酒井朝彦, 壺井栄作　河出書房　1953　376p　22cm
　目次　塚原健二郎集　酒井朝彦集　壺井栄集

『星の銀貨』　グリム原作, 壺井栄著, 都竹伸政絵　鶴書房　1953　158p　22cm（世界童話名作全集 1）

『坂道』　壺井栄著, 深沢紅子絵　中央公論社　1952　176p　19cm（ともだちシリーズ 4）

『二十四の瞳』　壺井栄文, 森田元子絵　光文社　1952　231p　19cm

『花はだれのために』　壺井栄文, 緑川広太郎絵　東洋館　1952　208p　19cm

『母のない子と子のない母と』　壺井栄文, 森田元子絵　光文社　1951　256p　19cm

『港の少女』　壺井栄著, 前島とも絵　西荻書店　1951　86p　15cm（三色文庫9）

坪田　譲治
つぼた・じょうじ
《1890～1982》

『魔法』　坪田譲治作, 小松久子絵　新学社　1987.6　157p　22cm（少年少女こころの図書館）　950円

『坪田譲治童話全集　14　坪田譲治童話研究』　関英雄, 水藤春夫, 前川康男, 坪田理基男編　岩崎書店　1986.10　313p　21cm　1400円　①4-265-02714-8
[目次] 対談（小田岳夫, 菅忠道, 坪田譲治）, 評伝 坪田譲治論（水藤春夫）, 坪田文学について―その原風景をさぐる,（与田準一）, 坪田譲治―その最初期（紅野敏郎）, 坪田譲治論―初期作品を主として（関英雄）,「子供の四季」論（浅見淵）, 善太三平論（滑川道夫）, 坪田文学における夢と現実（横谷輝）, 坪田童話の秘密（佐藤さとる）, 先生と私（今西祐行）, 坪田文学私感（大石真）, ある日の電話で―譲治の魅力（前川康男）,『びわの実学校』と坪田先生（松谷みよ子）,「サバクの虹」論（古田足日）, 著者目録・作品目録

『坪田譲治童話全集　13　かっぱとドンコツ』　坪田譲治著　岩崎書店　1986.10　300p　21cm　1400円　①4-265-02713-X
[目次] かっぱとドンコツ, ねずみのいびき

『坪田譲治童話全集　12　子供の四季』　坪田譲治著　岩崎書店　1986.10　296p　21cm　1400円　①4-265-02712-1
[目次] 子供の四季, 坪田譲治年譜（水藤春夫・前川康男・坪田理基男編）

『坪田譲治童話全集　11　お化けの世界』　坪田譲治著　岩崎書店　1986.10　252p　21cm　1400円　①4-265-02711-3
[目次] 正太の馬, 正太樹をめぐる, コマ, 子供の憂鬱, お化けの世界, 笛, カタツムリ, セキセイインコ, 正太弓を作る, マタメガネ, 桐の木, 平番曲, 童心の花, 一匹の鮒, 村は晩春, 鶴, 老人浄土, 風の中の子供, ランプ芯の話

『坪田譲治童話全集　10　ツルの恩がえし』　坪田譲治著　岩崎書店　1986.10　272p　21cm　1400円　①4-265-02710-5
[目次] ネコとネズミ, ネズミの国, むかしのキツネ, キツネとカワウソ, 権兵衛とカモ, おじいさんとウサギ, 一寸法師, 歌のじょうずなカメ, ウグイスのほけきょう, 山の神のうつぼ, 山姥と小僧, 箕づくりと山姥, クラゲ骨なし, ネズミのすもう, 古屋のもり, お地蔵さま, 初夢と鬼の話, わらしべ長者, ツルの恩がえし, 米良の上ウルシ, サル正宗, 灰なわ千たば, 天狗のかくれみの, 龍宮と花売り, 木仏長者, 天人子, 牛方と山姥, 姉と弟, 金剛院とキツネ, 沢右衛門どんのウナギつり, 桃太郎, 民話論, はるかなるものに寄せる心

『坪田譲治童話全集　9　いたずら三平』　坪田譲治著　岩崎書店　1986.10　277p　21cm　1400円　①4-265-02709-1
[目次] 正太の海, いたずら三平, リスとカシのみ, ナマズ, ネズミのかくれんぼ, しりとりあそび, 水と火, キツネのさいころ, 川はながれる, 大きなもの, ウサギがり, ネズミとすず, 石とカエル, ことりのやど, ひとつのビスケット, ふしぎないえ, いたずら, 四月一日, きしゃイヌ, ネズミやトンボ, スズメと良介, 小勇士, 子ネコ, 山の上の岩, 小鳥と三平, 三平ガエル, スズメのはなし, 森のてじなし, カエル, ふしぎな森, 牛の友だち, 子ネコのかくれんぼ, キツツキ, キャラメル電車, ひとつのパン, ネコの太郎, キツネとブドウ, 八郎とコイ, 枝の上のカラス, スズメのそうしき, けんかタロウとけんかジロウ, ガマのげいとう, ニジとカニ, おじいさんとおばあさん, エンピツ, ネコとままごと, ままごと, よっちゃんとリンゴ, おべんとうのはなし, イタチのいる学校, びわの木学校, むかしのお正月, トンボと飛行機, スズメと牛, カワズのはなし, カエルとハガキ, 道ばたの池のコイ, カラスとドジョウ, たこをとばす, トルコ人の夢, 遠くにいる日本人, 現代の児童文学短評, 子供心とおとな心

『坪田譲治童話全集　8　金のかぶと』　坪田譲治著　岩崎書店　1986.10　288p　21cm　1400円　①4-265-02708-3
[目次] 金のかぶと, 天狗の酒, 武南倉造, 楽師グッティラ物語, びわの木学校, おばけとゆうれい, カラスの礼儀, おかあさんの字引き, ころは万寿, ぬすびとをだます話, あたご山のいのしし

坪田譲治

『坪田譲治童話全集　7　山の湖』　坪田譲治著　岩崎書店　1986.10　274p　21cm　1400円　①4-265-02707-5
[目次] 山のなかでは, 山のなかのサルの家, 夢の元日, こどもじぞう, 金の梅・銀の梅, 城, トラオくん, 山の友だち, ガマのゆめ, 大きなタマゴ, 花と魚と鳥, 森のなかの塔, 山の湖, 昔の日記, 児童文学

『坪田譲治童話全集　6　サバクの虹』　坪田譲治著　岩崎書店　1986.10　292p　21cm　1400円　①4-265-02706-7
[目次] 桃の実, 3本のカキの木, 角のあるけだもの, オウムとワニ, あばれもの次郎, おじいさんのメガネ, 貝の話, サバクの虹, 犬と友だち, ひとりの子ども, よるの夢ひるの夢, ナスビと氷山, 夢, 記念碑, 夜, 山のオジサン, ラクガキ, カキの木と少年, 夏の夢冬の夢, 童話の中の子供, 駅で見た子供

『坪田譲治童話全集　5　甚七おとぎばなし』　坪田譲治著　岩崎書店　1986.10　266p　21cm　1400円　①4-265-02705-9
[目次] 天の秘密地の秘密, おじさんの発明, 賊の洞穴, 雪ふる池, 谷間の池, 甚七おとぎばなし, 甚七むかしばなし, 小獅子小孔雀, 山のみずうみ, 池のクジラ, ナマズの夢, 王春の話, ハサンの鳥, 柿の甚七, 胡蝶と鯉, 児童文学の早春, 果実の思い出

『坪田譲治童話全集　4　三平の夏』　坪田譲治著　岩崎書店　1986.10　267p　21cm　1400円　①4-265-02704-0
[目次] ベニー川のほとり, 早い時計, 大入道, タコと小鳥, ナマズ釣り, 善太と三平, ネズミの話, 太郎の望み, 玩具店にて, かくれんぼ, 三平の夏, 谷間の松風, 魔法の庭, 白い鳥黒い鳥, カニ, けしの花, 善太の四季, 祈りの思い出, 童話の考え方

『坪田譲治童話全集　3　善太漂流記』　坪田譲治著　岩崎書店　1986.10　276p　21cm　1400円　①4-265-02703-2
[目次] 善太漂流記, クマ, 新しいパンツをはいて, しんきろう, ジャンケン, 土に帰る子, まさのとき, 雪という字, おどる魚, キツネとカッパ, 探検紙芝居, 少年鼓手, びんのゆくえ, 秀吉を見ました, 善太の手紙, さばくの中にて, ライオン, 枝にかかった金輪, 遊ぶ子供, ひまわり, 子供のけんか, ふたりの友だち

『坪田譲治童話全集　2　魔法』　坪田譲治著　岩崎書店　1986.10　273p　21cm　1400円　①4-265-02702-4
[目次] 引っ越し, お馬, どろぼう, 魔法, でんでん虫, キツネ狩り, 時計退治, ペルーの話, 真珠, ヘビ退治, ビワの実, 岩, 猛獣狩り, 白ネズミ, 2匹のカエル, キツネ, 石屋さん, 母のことなど, 現実と空想

『坪田譲治童話全集　1　善太と汽車』　坪田譲治著　岩崎書店　1986.10　278p　21cm　1400円　①4-265-02701-6
[目次] 河童の話, 善太と汽車, 正太とハチ, ロバと三平, 木の下の宝, 小川の葦, 黒猫の家, バケツの中のクジラ, 合田忠是君, おかあさん, 村の子, ダイヤと電話, 手品師と善太, コイ, スズメとカニ, イモ, ハヤ, 城山探検, ハチの女王, スキー, 異人屋敷, 日曜学校, 故園の情, 1日1分

『日本の古典物語　10　平家物語』　坪田譲治著　岩崎書店　1986.3　303p　22cm　1200円　①4-265-02110-7〈編集:麻生磯次〔ほか〕巻末:京都近傍略図, 瀬戸内海付近略図〉

『日本むかしばなし　6』　坪田譲治作, 楢喜八画　金の星社　1983.10　202p　18cm（フォア文庫）　390円

『風の中の子供』　坪田譲治著　ポプラ社　1983.8　178p　18cm（ポプラ社文庫）　390円

『日本むかしばなし　5』　坪田譲治作, 藤島生子画　金の星社　1983.6　202p　18cm（フォア文庫）　390円

『日本キリスト教児童文学全集　第4巻　善太の四季―坪田譲治集』　坪田譲治著　教文館　1983.2　206p　22cm　1800円

『日本のむかし話　3』　坪田譲治著　偕成社　1983.1　217p　19cm（偕成社文庫2015）　450円　①4-03-550150-6〈解説:大川悦生　初刷:1975（昭和50）〉
[目次] 源五郎と天のぼり〔ほか29編〕

『日本のむかし話　2』　坪田譲治著　偕成社　1983.1　227p　19cm（偕成社文庫2014）　450円　①4-03-550140-9〈解説:水藤春夫　初刷:1975（昭和50）〉
[目次] かちかち山〔ほか28編〕

坪田譲治

『子供の四季』 坪田譲治著 偕成社 1982.10 452p 19cm（日本文学名作選 24） 680円 ①4-03-801240-9〈巻末:坪田譲治の年譜 解説:鳥越信 ジュニア版 初刷:1965（昭和40）肖像:著者 図版（肖像を含む）〉

『日本のむかし話 5』 坪田譲治著 偕成社 1982.10 220p 19cm（偕成社文庫 2017） 450円 ①4-03-550170-0〈解説:大川悦生 初刷:1975（昭和50）〉
目次 タヌキだまし〔ほか30編〕

『日本のむかし話 4』 坪田譲治著 偕成社 1982.10 220p 19cm（偕成社文庫 2016） 450円 ①4-03-550160-3〈解説:大川悦生 初刷:1975（昭和50）〉
目次 ツルとカメ〔ほか29編〕

『かっぱの話・魔法』 坪田譲治著, 赤い鳥の会編, 北島新平絵 小峰書店 1982.9 63p 22cm（赤い鳥名作童話） 780円 ①4-338-04807-7

『日本むかしばなし 4』 坪田譲治作, 井口文秀画 金の星社 1982.8 202p 18cm（フォア文庫） 390円

『日本むかしばなし 3』 坪田譲治作, 森田拳次画 金の星社 1982.2 217p 18cm（フォア文庫） 390円

『日本むかしばなし 2』 坪田譲治作, 多田ヒロシ画 金の星社 1981.10 210p 18cm（フォア文庫） 390円

『日本むかしばなし 1』 坪田譲治作, ひこねのりお画 金の星社 1981.8 202p 18cm（フォア文庫） 390円

『鯉になったお坊さん―わたしの古典』 中尾彰え, 坪田譲治ぶん 童心社 1981.7 175p 23cm（こどもの古典 別巻） 980円〈叢書の監修:西尾実 初刷:1971（昭和46）図版〉
目次 鯉になったお坊さん〔ほか13編〕

『坪田譲治二年生の童話』 金の星社 1981.4 211p 22cm（坪田譲治・学年別童話） 680円
目次 ガマのげいとう〔ほか17編〕

『坪田譲治四年生の童話』 金の星社 1981.4 210p 22cm（坪田譲治・学年別童話） 680円
目次 魔法〔ほか13編〕

『魔法』 中尾彰画, 坪田譲治著 あかね書房 1981.4 207p 22cm（日本児童文学名作選 2） 980円〈解説:松谷みよ子 図版〉
目次 魔法〔ほか10編〕

『日本のむかし話 1』 坪田譲治著 偕成社 1981.2 228p 19cm（偕成社文庫 2013） 450円 ①4-03-550130-1〈解説:松谷みよ子 初刷:1975（昭和50）〉
目次 ネズミの国〔ほか28編〕

『お化けの世界』 坪田譲治著 ポプラ社 1981.1 190p 18cm（ポプラ社文庫） 390円

『坪田譲治三年生の童話』 金の星社 1980.11 201p 22cm（坪田譲治・学年別童話） 680円
目次 スズメのそうしき〔ほか13編〕

『少年少女世界童話全集―国際版 別巻 3 きつねとぶどう』 坪田譲治作, 清水耕蔵絵 小学館 1980.10 133p 28cm 1250円

『風の中の子供』 坪田譲治著 ポプラ社 1980.7 302p 20cm（アイドル・ブックス 22―ジュニア文学名作選） 500円〈巻末:年譜 解説:水藤春夫 初刷:1971（昭和46）肖像:著者 図版（肖像）〉
目次 風の中の子供〔ほか9編〕

『善太と三平』 坪田譲治著 ポプラ社 1980.6 205p 18cm（ポプラ社文庫） 390円

『現代日本文学全集 20 坪田譲治名作集』 坪田譲治著 改訂版 偕成社 1980.4 304p 23cm 2300円〈編集:滑川道夫〔ほか〕 初版:1964（昭和39）巻末:年譜,現代日本文学年表,参考文献 解説:浅見淵〔ほか〕 肖像・筆跡:著者〔ほか〕 図版（肖像,筆跡を含む）〉
目次 風の中の子供〔ほか15編〕

坪田譲治

『坪田譲治一年生の童話』　金の星社　1980.3　215p　22cm（坪田譲治・学年別童話）　680円
　目次　いたずら〔ほか27編〕
『お馬』　坪田譲治原作, かがみ・おさむ, 久木沢玲奈脚色　水星社　1979.4　30p　25cm（日本名作童話シリーズ）　590円〈監修:木下恵介〉
『ねずみのいびき』　坪田譲治著　講談社　1977.12　145p　15cm（講談社文庫—坪田譲治童話集 2）　200円
　目次　卵とどじょうの競争.レグホンの最期.友さん.川に落ちる.馬太郎とゴンベエ.ケイちゃんと、かきのたね.かっぱのふん.にいさんのおよめさん.めじろとり.ねずみのいびき.大戸の刀きず.大がかあの話.墓守りのおていさん.坪田長門守のお墓.川ざらいと、ぬけあな探検
『かっぱとドンコツー坪田譲治童話集』　坪田譲治著　講談社　1977.10　183p　15cm（講談社文庫）　240円（年譜（水藤春夫編）:p.174〜183）
『日本のむかし話　2』　坪田譲治著　偕成社　1977.10　227p　19cm（偕成社文庫）
『善太・三平物語』　坪田譲治著　偕成社　1977.3　284p　19cm（偕成社文庫）　390円
『日本のむかし話　4』　坪田譲治著　偕成社　1977.2　220p　19cm（偕成社文庫）
『風の中の子供』　坪田譲治著　春陽堂書店　1976.11　236p　15cm（春陽堂少年少女文庫　世界の名作・日本の名作 12）　280円
『善太と三平—坪田譲治童話集』　小松久子絵　大阪　文研出版　1976.6　238p　23cm（文研児童読書館—日本名作 5）　860円〈解説:前川康男　叢書の編集:石森延男〔ほか〕　初刷:1970（昭和45））
　目次　雪という字〔ほか18編〕
『日本のむかし話　5』　坪田譲治著　偕成社　1975　220p　19cm（偕成社文庫）
『日本のむかし話　4』　坪田譲治著　偕成社　1975　220p　19cm（偕成社文庫）
『日本のむかし話　3』　坪田譲治著　偕成社　1975　217p　19cm（偕成社文庫）

『日本のむかし話　2』　坪田譲治著　偕成社　1975　227p　19cm（偕成社文庫）
『日本のむかし話　1』　坪田譲治著　偕成社　1975　228p　19cm（偕成社文庫）
『風の中の子供』　坪田譲治作, 朝倉摂え　集英社　1974　316p　20cm（日本の文学　ジュニア版 31）
『かっぱとドンコツ』　坪田譲治作, 小松久子絵　講談社　1973　214p　22cm（児童文学創作シリーズ）
『ねずみのいびき』　坪田譲治作, 小松久子絵　講談社　1973　196p　22cm（児童文学創作シリーズ）
『お化けの世界—ほか』　坪田譲治作, 深沢紅子絵　講談社　1972　238p　19cm（少年少女講談社文庫　名作と物語 A-22）
『魔法』　坪田譲治著, 中尾彰画　あかね書房　1972　207p　22cm（日本児童文学名作選 2）
『鯉になったお坊さん』　坪田譲治ぶん, 中尾彰え　童心社　1971　175p　23cm（こどもの古典）
『坪田譲治自選童話集』　坪田譲治作, いわさきちひろ等絵　実業之日本社　1971　518p　22cm
『坪田譲治童話研究』　岩崎書店　1971　213p　22cm（坪田譲治童話全集 別巻）
『日本の伝説　1〜4年生』　坪田譲治文, 西村達馬等絵　実業之日本社　1971　4冊　22cm
『子供の四季』　坪田譲治著, 市川禎男絵　偕成社　1970　452p　19cm（ホーム・スクール版日本の名作文学 41）
『善太と三平—坪田譲治童話集』　坪田譲治文, 小松久子絵　文研出版　1970　238p　23cm（文研児童読書館）
『うりひめこ』　坪田譲治文, 中尾彰絵　金の星社　1969　243p　22cm（日本民話全集 3）
『お化けの世界』　坪田譲治文, 宮田武彦絵　旺文社　1969　245p　22cm（旺文社ジュニア図書館）〈カラー版〉

坪田譲治

『お化けの世界・風のなかの子供』　坪田譲治著, 太田大八絵　岩崎書店　1969　298p　22cm（坪田譲治童話全集 第11巻）

『キツネとブドウ・ふしぎな森』　坪田譲治著, 富永秀夫絵　岩崎書店　1969　277p　22cm（坪田譲治童話全集 第9巻）

『金のかぶと・天狗の酒』　坪田譲治著, 深沢省三絵　岩崎書店　1969　288p　22cm（坪田譲治童話全集 第8巻）

『子供の四季』　坪田譲治著, 武部本一郎絵　岩崎書店　1969　299p　22cm（坪田譲治童話全集 第12巻）

『つるのおんがえし』　坪田譲治文, 中尾彰絵　金の星社　1969　337p　22cm（日本民話全集 1）

『鶴の恩がえし・古屋のもり』　坪田譲治著, 井口文秀絵　岩崎書店　1969　272p　22cm（坪田譲治童話全集 第10巻）

『てんぐのかくれみの―日本民話』　坪田譲治文, 井江春代絵　集英社　1969　64p　28cm（オールカラー母と子の世界の名作 6）

『ネズミのくに』　坪田譲治文, 中尾彰絵　金の星社　1969　237p　22cm（日本民話全集 2）

『わらしべ長者』　坪田譲治文, 中尾彰絵　金の星社　1969　243p　22cm（日本民話全集 4）

『お化けの世界』　坪田譲治文, 須田寿絵　あかね書房　1968　228p　22cm（少年少女日本の文学 20）

『木の下の宝・河童の話』　坪田譲治文, 赤羽末吉絵　岩崎書店　1968　278p　22cm（坪田譲治童話全集 1）

『サバクの虹・犬と友だち』　坪田譲治文, 深沢紅子絵　岩崎書店　1968　292p　22cm（坪田譲治童話全集 6）

『三平の夏・かくれんぼ』　坪田譲治文, 中尾彰絵　岩崎書店　1968　267p　22cm（坪田譲治童話全集 4）

『善太漂流記・雪という字』　坪田譲治文, 輪島清隆絵　岩崎書店　1968　276p　22cm（坪田譲治童話全集 3）

『谷間の池・甚七おとぎばなし』　坪田譲治文, 斎藤博之絵　岩崎書店　1968　266p　22cm（坪田譲治童話全集 5）

『魔法・キツネ狩り』　坪田譲治文, 須田寿絵　岩崎書店　1968　273p　22cm（坪田譲治童話全集 2）

『山の湖・森の中の塔』　坪田譲治文, 久米宏一絵　岩崎書店　1968　274p　22cm（坪田譲治童話全集 7）

『風の中の子供』　坪田譲治文, 中尾彰絵　ポプラ社　1966　302p　20cm（アイドル・ブックス 54）

『ねずみのかくれんぼ』　坪田譲治文, 深沢紅子絵　講談社　1966　158p　23cm（せかいのおはなし 17）

『ふるさとの伝説 東日本編』　坪田譲治文, 中尾彰絵　あかね書房　1966　327p　23cm（日本古典童話全集 9）

『ふるさとの伝説 西日本編』　坪田譲治文, 水野二郎絵　あかね書房　1966　306p　23cm（日本古典童話全集 10）

『ふるさとの伝説 南日本編』　坪田譲治文, 須田寿絵　あかね書房　1966　306p　23cm（日本古典童話全集 11）

『いっすんぼうし』　坪田譲治文, 柿本幸造絵　集英社　1965　222p　23cm（坪田譲治幼年童話文学全集 7）

『犬と友だち』　坪田譲治文, 深沢紅子絵　集英社　1965　222p　23cm（坪田譲治幼年童話文学全集 5）

『おかあさん』　坪田譲治文, 斎藤長三絵　集英社　1965　222p　23cm（坪田譲治幼年童話文学全集 4）

『風の中の子供』　坪田譲治文, 小坂茂絵　偕成社　1965　178p　23cm（新日本児童文学選 6）

『きつねとぶどう』　坪田譲治文, 北田卓史絵　集英社　1965　222p　23cm（坪田譲治幼年童話文学全集 2）

『子供の四季』　坪田譲治文, 市川禎男絵　偕成社　1965　450p　19cm（日本文学名作選ジュニア版 24）

坪田譲治

『善太と三平』　坪田譲治文, 中尾彰絵　集英社　1965　222p　23cm（坪田譲治幼年童話文学全集 3）

『天ぐのかくれみの』　坪田譲治文, 岩崎ちひろ絵　集英社　1965　222p　23cm（坪田譲治幼年童話文学全集 8）

『坪田譲治名作集』　坪田譲治文, 遠藤てるよ絵　偕成社　1964　304p　23cm（少年少女現代日本文学全集 17）

『つるのおんがえし』　坪田譲治文, 岩本康之亮絵　集英社　1964　222p　23cm（坪田譲治幼年童話文学全集 6）

『ひらかな日本むかしばなし　1,2』　坪田譲治文, 中尾彰絵　金の星社　1964　2冊　22cm（ひらかな文庫）

『びわの実』　坪田譲治文, 若菜珪絵　集英社　1964　222p　23cm（坪田譲治幼年童話文学全集 1）

『わらしべ長者』　坪田譲治文, 中尾彰絵　金の星社　1963　243p　22cm（日本むかしばなし 4）

『善太と三平』　坪田譲治文, 菊川多賀子絵　三十書房　1962　235p　22cm（日本童話名作選集 8）

『善太と三平―坪田譲治童話集』　坪田譲治作, 市川禎男絵　偕成社　1962　242p　23cm（日本児童文学全集 8）

『坪田譲治・千葉省三集』　坪田譲治, 千葉省三文, 久米宏一等絵　講談社　1962　398p　23cm（少年少女日本文学全集 11）

『今は昔の物語　2』　坪田譲治文, 太田大八絵　あかね書房　1961　301p　23cm（日本童話全集 3）

『今は昔の物語　1』　坪田譲治文, 太田大八絵　あかね書房　1961　305p　23cm（日本童話全集 2）

『ガマのゆめ』　坪田譲治文, センバ太郎等絵　小峰書店　1961　165p　22cm（坪田譲治童話教室 2）

『金のかぶと』　坪田譲治文, 松下紀久雄等絵　小峰書店　1961　169p　22cm（坪田譲治童話教室 1）

『日本おとぎ物語』　坪田譲治文, 水野二郎絵　あかね書房　1961　303p　23cm（日本童話全集 5）

『日本のむかし話　3』　坪田譲治文, 安泰絵　あかね書房　1961　303p　23cm（日本童話全集 8）

『ビワの実』　坪田譲治文, 安泰等絵　小峰書店　1961　165p　22cm（坪田譲治童話教室 3）

『うぐいすいろの童話集』　坪田譲治著, 久米宏一絵　創元社　1960　254p　22cm（日本少年少女童話全集 4）

『うさぎいろの童話集』　坪田譲治著, 伊藤好一郎絵　創元社　1960　247p　22cm（日本少年少女童話全集 2）

『神代の物語』　坪田譲治文, 吉田暢生絵　あかね書房　1960　307p　23cm（日本童話全集 1）

『日本のむかし話　2』　坪田譲治文, 鈴木寿雄絵　あかね書房　1960　301p　23cm（日本童話全集 7）

『日本のむかし話　1』　坪田譲治文, 須田寿絵　あかね書房　1960　347p　23cm（日本童話全集 6）

『ふるさとの伝説　西日本編』　坪田譲治文, 水野二郎絵　あかね書房　1960　306p　23cm（日本童話全集 10）

『ふるさとの伝説　南日本編』　坪田譲治文, 須田寿絵　あかね書房　1960　307p　23cm（日本童話全集 11）

『ふるさとの伝説　北日本編』　坪田譲治文, 賀川孝絵　あかね書房　1960　314p　23cm（日本童話全集 12）

『善太の四季』　坪田譲治文, 中尾彰絵　あかね書房　1959　307p　23cm（世界児童文学全集 27）

『小川未明・坪田譲治集』　小川未明, 坪田譲治文, 馬場正男等編　新紀元社　1958　279p　18cm（中学生文学全集 22）

『サバクの虹』　坪田譲治文, 川端実絵　岩波書店　1958　278p　18cm（岩波少年文庫 168）

坪田譲治

『坪田譲治集』　坪田譲治作, 中尾彰絵　ポプラ社　1958　300p　22cm（新日本少年少女文学全集 22）

『坪田譲治童話宝玉集』　坪田譲治文, 太賀正絵　東光出版社　1958　447p　19cm

『坪田譲治・浜田広介集』　坪田譲治, 浜田広介文, 高山毅等編, 小穴隆一等絵　東西文明社　1958　341p　22cm（昭和児童文学全集 2）

『未明・賢治・譲治・広介日本名作童話集』　小川未明, 宮沢賢治, 坪田譲治, 浜田広介著, 久米宏一等絵　東光出版社　1958　522p　19cm

『むかしばなし』　坪田譲治文, 鈴木賢二絵　麦書房　1958　30p　21cm（雨の日文庫 第4集22）

『瓜ひめこ』　坪田譲治文, 中尾彰絵　金の星社　1957　229p　22cm（日本むかしばなし 3）

『小川未明・秋田雨雀・坪田譲治・浜田広介集』　小川未明, 秋田雨雀, 坪田譲治, 浜田広介著, 村山知義等絵　河出書房　1957　354p　23cm（日本少年少女文学全集 9）

『きんのうめぎんのうめ』　坪田譲治文, 深沢紅子絵　現代社　1957　219p　22cm

『くらげほねなし』　坪田譲治文, 深沢紅子絵　実業之日本社　1957　160p　22cm（名作絵文庫 2年生）

『つるのおんがえし』　坪田譲治文, 中尾彰絵　金の星社　1957　251p　22cm（日本むかしばなし 1）

『ネズミのくに』　坪田譲治文, 中尾彰絵　金の星社　1957　255p　22cm（日本むかしばなし 2）

『童話―1～4年生の』　坪田譲治文, 中尾彰絵　金の星社　1956　4冊　22cm

『未明・譲治・広介童話名作集　1～6年生』　小川未明, 坪田譲治, 浜田広介著, 与田準一等編, 輪島清隆等絵　実業之日本社　1956　6冊　22cm

『小川未明・坪田譲治集』　小川未明, 坪田譲治文, 久松潜一等編　東西文明社　1955　252p　22cm（少年少女のための現代日本文学全集 16）

『お化けの世界』　坪田譲治文, 須田寿絵　河出書房　1955　169p　17cm（ロビン・ブックス 10）

『木の下の宝―坪田譲治代表童話集』　坪田譲治文, 久米宏一絵　新潮社　1954　199p　27cm

『少年の日』　坪田譲治文, 中尾彰絵　新潮社　1954　216p　19cm（少年長篇小説）

『善太三平物語』　坪田譲治文, 朝倉摂絵　光文社　1954　235p　19cm

『森の中の塔』　坪田譲治文, 中尾彰絵　金の星社　1954　202p　21cm

『山の湖』　坪田譲治著, 須田寿絵　筑摩書房　1954　170p　22cm（小学生全集 51）

『日本児童文学全集　4　童話篇 4』　宮沢賢治, 浜田広介, 坪田譲治作　河出書房　1953　354p　22cm
目次　宮沢賢治集　浜田広介集　坪田譲治集

『ひらかな日本むかしばなし　1,2』　坪田譲治文, 大石哲路等絵　金の星社　1953-1956　2冊　22cm

『イソップものがたり』　イソップ原作, 坪田譲治著, 宮永岳彦絵　浦和　三十書房　1952　47p　26cm

『風の中の子ども』　坪田譲治文, 藤橋正枝絵　東洋書館　1952　229p　19cm

『源平盛衰記』　坪田譲治文, 米内穂豊絵　同和春秋社　1952　329p　19cm（少年読物文庫）

『ことりのやど』　坪田譲治文, 須田寿絵　泰光堂　1952　116p　22cm（ひらがなぶんこ 2）

『坪田譲治童話』　坪田譲治文, 須田寿絵　金子書房　1952　228p　22cm（童話名作選集 3年生）

『むかしばなし―3年生』　坪田譲治文, 片岡京二絵　浦和　三十書房　1952　119p　22cm

『家に子供あり』　坪田譲治文, 山下大五郎絵　泰光堂　1951　212p　22cm

『一つのビスケット』　坪田譲治文, 須田寿絵　西荻書店　1951　96p　22cm

鶴見　正夫
つるみ・まさお
《1926〜1995》

『かちかちやま―日本むかし話　2』　鶴見正夫文, 長新太絵　偕成社　2003.11　94p　21cm　800円　①4-03-449220-1
|目次| かちかちやま, ふるやのもり
|内容| はたけをあらしては、はやしたてるわるだぬき。こらしめようとたぬきをつかまえたおじいさん。ところがわるだぬきは、おばあさんをだましてころしてしまいました。とうじょうしたうさぎが、いろいろちえをはたらかして、おばあさんのかたきをうちます。(『かちかちやま』)。おじいさん、おばあさんをたべようと、山のいっけんやにしのびこんだとらおおかみ。このよでいちばんこわいのは、「ふるやのもり」だとおばあさんがいうのをきいて、びっくりぎょうてん。おれさまよりこわいものがいるなんて! ちょうどそのとき、どろぼうが上からおちてきて…。(『ふるやのもり』)。小学1・2・3年以上。

『あめふりくまのこ』　鶴見正夫詩, 鈴木康司絵　国土社　2002.12　77p　24×22cm　(現代日本童謡詩全集 6)　1600円　①4-337-24756-4
|目次| このはなひとつ, おうむ, はるがきたから, あめふりくまのこ, シャボンとズボン, さかなとさかな, おほしさん, ひよこちゃん, 雨のうた, あまぐつながぐつ〔ほか〕
|内容|『現代日本童謡詩全集』(全二十二巻)は、第二次大戦後に作られた数多くの童謡から、「詩」としてのこった作品の、作者別集大成です。一九七五年刊行の初版(全二十巻)は、画期的な出版と評価され、翌年「第六回赤い鳥文学賞」を受けました。詩の世界に新しい灯をともした有力な詩人、画家の登場を得、親しまれている曲の伴奏譜を収めて巻数をふやし、出典などの記録も可能なかぎり充実させて、時代にふさわしい新装版。

『ぼくの良寛さん―鶴見正夫少年詩集』　鶴見正夫作, 司修絵　理論社　2002.11　141p　21cm (詩の散歩道)　1650円　①4-652-03813-5
|目次| 1 夢ばやり(ゆうやけ, いわし, 木蔭をよぎる風の詩 ほか), 2 たったいまのうた(だれですか?, たったいまのうた, おとうさん ほか), 3 ぼくの良寛さん(はなのつゆ, まかせなさい, はないちもんめ ほか)
|内容| 良寛さんにたくした詩人のこころ。ユーモアといやしの少年詩集。

『日本海の詩―鶴見正夫少年詩集』　鶴見正夫作, 篠原勝之え　新装版　理論社　1997.10　155p　21cm (詩の散歩道 pt.2)　1600円　①4-652-03824-0
|目次| ぼくと月(ぼくとイヌ, ぼくと月 ほか), 忍者の笑い(一ぴきのカニ, ある日の日本海 ほか), こどものうたから(雨のうた, シャボンとズボン ほか), 生きる(ウミガラス, ライチョウ ほか), 歩く(ある日, 山で…, ある日, 夢で… ほか)

『まいごのペンギンフジのはなし』　鶴見正夫作, 赤岩保元絵　金の星社　1995.12　77p　22cm (新・ともだちぶんこ 6)　880円　①4-323-02006-6

『ぞうをください』　鶴見正夫作, 夏目尚吾画　金の星社　1994.3　124p　18cm (フォア文庫)　550円　①4-323-01959-9
|目次| ぞうをください, サーカスのぞう
|内容| なっちゃんは、東京の浅草にすんでいる女の子。せんそうがおわり、なっちゃんは、上野の動物えんに行きたくなりました。でも、動物えんには、ぞうの絵しかありません。みんな、ころされてしまったのです。「ほんとうの、ぞうが見たい。」なっちゃんは、ぞうをかりに、名古屋へとむかいます。ほかに、「サーカスのぞう」がはいっています。小学校低・中学年向感動のノンフィクション。

『くまのこのやくそく』　鶴見正夫作, 夏目尚吾絵　国土社　1991.12　62p　22cm ("まほうの風"幼年どうわシリーズ 10)　1100円　①4-337-03010-7
|内容| おかあさんはいいました。「バウや、いいわね。きっとつよいくまになるって、やくそくして。」やくそくってなんのことか、バウにはよくわかりません…。そのご、バウが、しったやくそくとは、いったいなんだったのでしょうか。

鶴見正夫

『ともだちできた?』　鶴見正夫作, 夏目尚吾絵　佼成出版社　1991.7　63p　22cm（どうわほのぼのシリーズ）　1000円
①4-333-01526-X
[内容] ミカちゃんがあこがれていた一年生。がっこうって楽しいな。小学校低学年から。

『ふしぎな音をおいかけて』　鶴見正夫文, 織茂恭子画　童心社　1991.2　125p　22cm（創作どうわ）　890円
①4-494-01048-0
[内容] コウタは音楽がとくい。アキラは体育ならだれにもまけない。二人は、算数や国語はまったくダメな、びりっかすコンビだ。ある日、コウタたちは、ひろった手帳の持ち主をさがしながら、大きな川のほとりにやってきた。と、川むこうの山の中から、ププー、ヒュヒューと、かすれたような音がきこえてきた。なんの音だろう? 二人は、ふしぎな音にさそわれるように山道へ入りこんだ。

『かちかちやま』　鶴見正夫作, 長新太絵　偕成社　1990.6　94p　22cm（じぶんで読む日本むかし話2）　780円
①4-03-449020-9
[内容] はたけをあらしては、はやしたてるわるだぬき。こらしめようと、たぬきをつかまえたおじいさん。ところがわるだぬきは、おばあさんをだましてころしてしまいました。どうじょうしたうさぎが、いろいろちえをはたらかして、おばあさんのかたきをうちます。（『かちかちやま』）。おじいさん、おばあさんをたべようと、山のいっけんやにしのびこんだとらおおかみ。このよでいちばんこわいのは、「ふるやのもり」だとおばあさんがいうのをきいて、びっくりぎょうてん。おれさまよりこわいものがいるなんて! ちょうどそのとき、どろぼうが上からおちてきて──。（『ふるやのもり』）。

『マコのゆりいす』　鶴見正夫作, きったみちこ絵　教育画劇　1990.3　75p　22cm（スピカ・どうわのおくりもの6）　780円　①4-905699-88-6
[内容] ゆうらゆうら、ゆうらゆうら。雨のふる日の、たいくつなるすばん。まどべのゆりいすにゆられながら、マコは、かびんにいっぱいのきいろい花を見ています。ゆうらゆうら、ゆうら…。きいろい花が、あたりいっぱいにひろがって、のはらにいるみたい…。小学1〜2年むき。

『男の子の条件』　鶴見正夫作, 岡本順絵　ひさかたチャイルド　1988.10　127p　22cm（ひさかた子どもの文学）　1000円
①4-89325-414-6
[内容] ぼく、北山強は、鉄棒もとび箱も大のにが手。さかあがりさえ、ときどき失ぱいしちゃう。それを見て、友だちの浩太も勇もぼくのこと笑うんだ。でも、ぼくは、仲よしのさおりに笑われるのが一番つらい。小学校中級以上。

『3＋3＝5のろくでなし』　鶴見正夫作, 高橋透絵　新学社　1988.4　109p　22cm（少年少女こころの図書館）　950円〈共同刊行:全家研(京都)〉

『ヤシの実の歌』　鶴見正夫作, 鈴木義治絵　あかね書房　1987.7　189p　21cm（あかね創作文学シリーズ）　980円
①4-251-06139-X
[内容] 「中井勇介が、ユウさんがよろしくって…。『椰子の実』の歌は、わすれません!」「オオ、サンキュウ! ヤシノミ…ヤシノミ!」少年時代をともにすごしたユウさん、そして、アメリカ人牧師の人生に思いをはせ、"平和"の重みを、いま静かに語りかける。小学校上級以上。

『アラジンとまほうのランプ』　フォンタナほか画, 鶴見正夫文　小学館　1986.10　70p　24cm（国際版はじめての童話16）　580円　①4-09-246016-3〈解説:西本鶏介〉
[目次] アラジンとまほうのランプ, シンドバッドのぼうけん, 六にんのおおおとこ

『ぼくとシロの一しゅうかん』　鶴見正夫さく, 鈴木まもるえ　PHP研究所　1986.10　50p　23cm（PHPおはなしいっぱいシリーズ）　980円　①4-569-28344-6
[内容] まだ、ひとりじゃとおくへはいけそうもないような子犬。ぼくは、道ばたにしゃがみこんだ。すると子犬はみじかいしっぽをぷるぷるふって、ぼくのほうへやってきた。

『ひとりぼっちのぞう』　鶴見正夫作, 井上正治絵　金の星社　1986.8　77p　22cm（新・創作えぶんこ）　880円
①4-323-00433-8
[内容] ぞうのはな子は、タイというみなみのくにでうまれました。せんそうがおわってから、はじめて日本にきたぞうです。おおぜいの子どもたちが、はな子をみてよろこびました。

子どもの本・日本の名作童話6000　173

けれど、ある日、かなしいできごとがおきたのです…。

『チョウさん』 鶴見正夫作, 渡辺有一絵 偕成出版社 1986.4 62p 22cm（どうわランド） 850円 ①4-333-01221-X
内容 ぼくのおじいちゃんは、戦争で離れ離れになった友達を探している。ある日、おじいちゃんに外国から手紙が来た。おじいちゃんはその手紙を見るなり「あっ、チョウさん」と顔色を変えた。

『若草物語』 オルコット作, 鶴見正夫ぶん, 田中槇子え 改訂版 偕成社 1986.3 126p 23cm（カラー版・世界の幼年文学） 980円 ①4-03-408280-1
内容 この物語は、南北戦争のころのアメリカのお話です。お父さんが戦争にいってるすのマーチ家では、メグ、ジョー、ベス、エイミーの4人の姉妹がお母さんを中心に、助けあってくらしています。いろいろなつらいできごとにあうたびに、それぞれが愛と勇気をもって、自分の道をきりひらいていきます。すぐれた家庭物語として、世界に名高い名作です。

『やきとんとん』 鶴見正夫作, 田中槇子画 童心社 1985.9 132p 18cm（フォア文庫） 390円 ①4-494-02654-9

『とべさいごのトキ』 鶴見正夫作, かみやしん画 偕成出版社 1985.3 62p 24cm（創作童話シリーズ） 880円 ①4-333-01178-7

『鮭のくる川』 鶴見正夫作, 梶鮎太画 金の星社 1984.10 180p 18cm（フォア文庫） 390円

『サーカスのぞう』 鶴見正夫作, 井上正治絵 金の星社 1984.2 77p 22cm（新・創作えぶんこ） 880円 ①4-323-00425-7

『小林一茶―泣き笑い人生詩』 鶴見正夫著 講談社 1983.10 181p 18cm（講談社火の鳥伝記文庫） 390円 ①4-06-147545-2

『おまわりさんのクマさん』 鶴見正夫作, 西村達馬絵 ひさかたチャイルド 1983.5 77p 22cm（ひさかた童話館） 800円 ①4-89325-354-9

『ぞうをください』 鶴見正夫作, 二俣英五郎絵 金の星社 1983.2 77p 22cm（新・創作えぶんこ） 880円 ①4-323-00420-6

『ばけばけばあさん』 鶴見正夫文, 水沢研絵 ポプラ社 1982.11 110p 22cm（おもしろゆかい文庫） 680円

『五人の駅長さん』 鶴見正夫著 ポプラ社 1982.8 188p 18cm（ポプラ社文庫） 390円〈解説:神沢利子〉
目次 五人の駅長さん〔ほか6編〕

『あめふりくまのこ』 鶴見正夫詩, 鈴木康司絵 国土社 1982.7 78p 21cm（国土社の詩の本 15） 950円 ①4-337-00515-3〈初刷:1975（昭和50）〉

『駅長とうさん』 鶴見正夫作, 石田武雄絵 国土社 1982.7 78p 21cm（新選創作童話 5） 850円〈初刷:1971（昭和46）〉

『すてた猟銃』 鶴見正夫作, 市川禎男絵 あすなろ書房 1982.4 103p 22cm（あすなろ小学生文庫） 880円

『日本海の詩―鶴見正夫少年詩集』 篠原勝之え 理論社 1982.3 141p 23cm（現代少年詩プレゼント） 1500円〈初刷:1974（昭和49）〉

『八月のサンタクロース』 鶴見正夫作, 岩淵慶造絵 金の星社 1982.2 172p 22cm（みんなの文学） 880円 ①4-323-00524-5

『かくされたオランダ人』 市川禎男画, 鶴見正夫作 金の星社 1981.12 150p 22cm（現代・創作児童文学） 850円〈巻末:参考文献 初刷:1974（昭和49）図版〉

『おばけがぞろぞろ』 鶴見正夫著 実業之日本社 1981.7 125p 22cm（ゆかいなむかし話シリーズ） 750円

『まぬけなおに』 鶴見正夫文, 西村郁雄絵 ポプラ社 1981.7 111p 22cm（おもしろゆかい文庫） 680円

『長い冬の物語』 市川禎男画, 鶴見正夫作 あかね書房 1981.4 177p 21cm（あかね創作児童文学 3） 880円

『はこのなかのおじいさん』 鶴見正夫さく, 牧野鈴子え 京都 PHP研究所 1981.4 54p 23cm（こころの幼年童話） 940円

『とんちでころり』 鶴見正夫文, ヒサクニヒコ絵 ポプラ社 1981.2 111p 22cm（おもしろゆかい文庫） 680円

『おにとばしのこたろう』 鶴見正夫作, 三国よしお画 小学館 1980.12 43p 21cm（小学館の創作童話シリーズ 53） 480円

『ナポレオンはだめな黒ねこか』 鶴見正夫作, 岩村和朗絵 偕成社 1980.12 158p 22cm（新選/創作どうわ） 880円

『たぬきのてん校生』 鶴見正夫作, 杉浦範茂絵 あかね書房 1980.11 62p 25cm（あかね創作どうわ） 880円

『王さまねむれ』 鶴見正夫作, 黒井健絵 大阪 教学研究社 1980.10 63p 22×19cm（教学研究社の絵物語シリーズ 11） 750円

『良寛』 鶴見正夫著, 石井健之絵 講談社 1980.4 87p 22cm（講談社の子ども伝記） 550円

『こぶとりじいさん―日本おとぎ話』 斎藤博之え, 鶴見正夫ぶん 集英社 1980.3 77p 22cm（こどものための世界名作童話・30） 480円〈解説:鶴見正夫〉
[目次] さるかに, うりこひめとあまのじゃく, こぶとりじいさん

『もうどうけんチャーリー』 鶴見正夫文, 橋本淳子画 小学館 1979.4 42p 21cm（小学館のノンフィクション童話） 430円

『おてんばせんせいそらとぶけっこんしき』 鶴見正夫さく, 田中槇子え 金の星社 1979.1 1冊 22cm（おてんばせんせい 3） 580円

『おてんばせんせいゆかいななつやすみ』 鶴見正夫さく, 田中槇子え 金の星社 1978.6 1冊 22cm（おてんばせんせい 2） 580円

『ショパン家のころべえ』 鶴見正夫作, 鈴木康司絵 京都 PHP研究所 1978.6 189p 22cm 950円

『おてんばせんせいたのしいハイキング』 鶴見正夫さく, 田中槇子え 金の星社 1978.3 1冊 22cm（おてんばせんせい 1） 580円

『マサキのまちがいでんわ』 鶴見正夫作, 田中槇子絵 ポプラ社 1977.5 27p 23cm（ポプラ社のともだち文庫） 600円

『母と子の日本の民話 17 したきりすずめ―よくばりの話』 鶴見正夫文, 山中冬児絵 集英社 1977.3 158p 22cm 480円〈監修:関敬吾,坪田譲治,和歌森太郎〉

『したきりすずめ』 鶴見正夫文, 山中冬児絵 集英社 1977.2 158p 22cm（母と子の日本の民話17） 480円〈図〉

『孫悟空』 呉承恩原作, 鶴見正夫文, 水沢研絵 主婦の友社 1977.2 162p 22cm（少年少女世界名作全集36） 390円〈(図共)〉

『やでもか女医先生』 鶴見正夫作, 田中槇子絵 国土社 1977.1 104p 23cm（国土社の新作童話） 980円

『少年少女世界名作全集 36 孫悟空』 呉承恩原作, 鶴見正夫文, 水沢研絵 主婦の友社 1977 161p 22cm 390円

『新作絵本日本の民話 16 ごんぞととうげのうた』 鶴見正夫作, 清水耕蔵画 あかね書房 1976.9 63p 22cm 680円

『あめふりくまのこ』 鶴見正夫詩, 鈴木康司絵 国土社 1975 78p 22cm（国土社の詩の本 15）

『長い冬の物語』 鶴見正夫作, 市川禎男画 あかね書房 1975 177p 21cm（あかね創作児童文学）

『やきとんとん』 鶴見正夫作, 田中槇子画 童心社 1975 117p 22cm（現代童話館）

『最後のサムライ』 鶴見正夫作, 坂本玄絵 国土社 1974.7 142p 21cm（新選創作児童文学 16） 950円

『かくされたオランダ人』 鶴見正夫作, 市川禎男画 金の星社 1974 150p 22cm（現代・創作児童文学 1）

『鮭のくる川』　鶴見正夫作, 田中槇子絵　国土社　1974　187p　21cm（国土社の創作児童文学 12）

『トドのたいしょう』　鶴見正夫さく, 岩淵慶造え　小峰書店　1974　54p　23cm（こみねこどものほん 8）

『日本海の詩―鶴見正夫少年詩集』　鶴見正夫文, 篠原勝之絵　理論社　1974　141p　23cm（現代少年詩プレゼント）

『中国むかし話』　鶴見正夫文, 池田龍雄画　集英社　1973　162p　22cm（母と子の名作童話 35）

『若草物語』　オルコット作, 鶴見正夫ぶん, 田中槇子え　偕成社　1972　126p　23cm（世界の幼年文学カラー版 28）

『駅長とうさん』　鶴見正夫作, 石田武雄絵　国土社　1971　78p　21cm（新選創作童話 5）

『最後のサムライ』　鶴見正夫作, 坂本玄絵　国土社　1971　142p　21cm（新選創作児童文学 16）

『なきむしきんたらう―勇気のある子にする童話』　鶴見正夫文, 井口文秀絵　実業之日本社　1964　68p　27cm（よい性格をつくる童話シリーズ）

『水の魔女』　グリム原作, 鶴見正夫文, 池田仙三郎絵　金の星社　1960　185p　22cm（グリム名作集 6）

寺田　寅彦
てらだ・とらひこ
《1878～1935》

『どんぐり』　寺田寅彦作, しもゆきこ絵　ピーマンハウス　1996.12　1冊（頁付なし）　15×21cm（Pの文学絵本）　2420円

『寺田寅彦名作集』　寺田寅彦文, 司修絵　偕成社　1965　310p　23cm（少年少女現代日本文学全集 25）

『寺田寅彦・中谷宇吉郎集』　寺田寅彦, 中谷宇吉郎文, 中村万三編　新紀元社　1956　316p　18cm（中学生文学全集 19）

『日本児童文学全集　12　少年少女小説篇2』　国木田独歩, 吉江喬松, 川端康成, 北畠八穂, 土田耕平, 阿部知二, 吉田一穂, 林芙美子, 室生犀星, 藤森成吉, 中勘助, 前田夕暮, ワシリー・エロシェンコ, 田宮虎彦, 徳永直, 堀辰雄, 中西悟堂, 寺田寅彦, 夏目漱石, 森鴎外作　河出書房　1955　360p　22cm

戸川　幸夫
とがわ・ゆきお
《1912～2004》

『のら犬物語』　戸川幸夫作, 石田武雄画　金の星社　2004.2　180p　18cm（フォア文庫愛蔵版）　1000円　①4-323-02223-9

『オーロラの下で』　戸川幸夫作　金の星社　1994.1　182p　18cm（フォア文庫愛蔵版）　1000円

『ゴリラの山に生きる―ダイアン・フォッシー物語』　戸川幸夫作　〔点字資料〕　大阪　日本ライトハウス　1992.8　3冊　27cm　全4050円〈原本:東京　金の星社　1989　文学の扉〉

『ぼくがイヌから学んだこと』　戸川幸夫著　ポプラ社　1992.5　174p　20cm（のびのび人生論 36）　980円　①4-591-04017-8
|目次| こよりのイヌ, わが父母は4人, 初恋, カモ猟, 天井からオシッコが…, ウグイスの学校, 東京のハイカラ学校, ぼくの体験した関東大震災, Sとおばあちゃん, 戸山ヶ原の骨ひろい, 動物学者になりたい, 出生の秘密と妹幸子との再会, イヌと幽霊, 山形高校受験
|内容| イヌとの心あたたまるふれあいを描いた戸川幸夫の少年時代。

『オーロラの下で』　戸川幸夫作　金の星社　1991.9　182p　18cm（フォア文庫 C010）　520円　①4-323-01008-7〈第42刷（第1刷:79.10）〉
|内容| メラメラ燃えるオーロラの下―。吹雪の日に生まれ, 母犬の豊かな愛情のなかで育ち, トナカイや灰色グマと闘いながら, たくましく成長するオオカミ犬バルトー。やがて, 人間社会に生き, そり犬のリーダーとなる。動物たちを長い間追いつづけてきた作者が, 雪

と氷の世界を舞台にスリルに富んだタッチで描く動物文学。

『オーロラの下で』　戸川幸夫作, 森本晃司画　金の星社　1990.5　205p　15cm（金の星文庫）　400円　①4-323-01249-7
内容　雪と氷におおわれた、北の大地で、オオカミの王を父とし、そり犬を母として、まっ白なオオカミ犬、吹雪は生まれた。トナカイやクマとたたかい、新しい王としてたくましく成長した吹雪は、やがて、人間たちの世界へもどった…。

『オーロラの下で』　戸川幸夫作, 森本晃司画　金の星社　1990.3　205p　21cm　1000円　①4-323-01243-8〈愛蔵版〉
内容　雪と氷におおわれた、北のはてての大地一。オオカミの王を父とし、そり犬を母として、まっ白なオオカミ犬、吹雪は生まれた。トナカイやクマとたたかい、新しい王としてたくましく成長した吹雪は、やがて、オオカミたちとわかれ、人間の世界へ…。オーロラのかがやく大雪原に展開する、冒険と感動とスリルにみちた、壮大な物語。

『高安犬物語』　戸川幸夫文, 田代三善絵　国土社　1988.11　139p　18cm（てのり文庫）　450円　①4-337-30007-4
内容　高安犬というのは、山形県東置賜郡高畠町高安地方を中心にふえた、中型の日本犬でした。番犬やクマ猟犬に多くつかわれています。この物語に出てくるチンは、その高安犬で、クマを追ってなん日も雪山をさまよい歩きます。小学校中学年以上向き。

『ゴリラの山に生きるーダイアン・フォッシー物語』　戸川幸夫作, 徳田秀雄画　金の星社　1988.5　227p　21cm（文学の扉）　980円　①4-323-00915-1

『強力伝・高安犬物語』　新田次郎, 戸川幸夫著　講談社　1988.4　277p　22cm（少年少女日本文学館 第29巻）　1400円　①4-06-188279-1
目次　強力伝（新田次郎）, 高安犬物語（戸川幸夫）, ほたる火の森（戸川幸夫）, 私の大阪八景（田辺聖子）, 陛下と豆の木（田辺聖子）
内容　巨石と格闘する男を描く「強力伝」、戦争中の多感な少女像「私の大阪八景」等、傑作4編。

『王者のとりで』　戸川幸夫作, 清水勝絵　金の星社　1984.6　173p　22cm　880円　①4-323-00532-6

『のら犬物語』　戸川幸夫作, 石田武雄画　金の星社　1982.12　180p　18cm（フォア文庫）　390円

『熊犬物語』　戸川幸夫著　偕成社　1982.11　310p　19cm（日本文学名作選 9）　680円　①4-03-801090-2〈巻末:戸川幸夫の年譜　解説:子母沢寛　ジュニア版 初刷:1964（昭和39）　肖像:著者　図版（肖像を含む）〉
目次　高安犬物語〔ほか7編〕

『白いさるの神さま』　石田武雄絵　金の星社　1982.5　70p　22cm（戸川幸夫・動物ものがたり 3）　880円〈解説:戸川幸夫　初刷:1976（昭和51）〉

『高安犬物語』　戸川幸夫著　金の星社　1982.3　297p　20cm（日本の文学 28）　680円　①4-323-00808-2

『からすの王さま』　石田武雄絵　金の星社　1982.2　70p　22cm（戸川幸夫・動物ものがたり 4）　880円〈解説:戸川幸夫　初刷:1976（昭和51）〉

『こうやす犬ものがたり』　武部本一郎絵　金の星社　1982.2　73p　22cm（戸川幸夫・動物ものがたり 1）　880円〈解説:戸川幸夫　初刷:1976（昭和51）〉

『タカの王さま』　石田武雄絵　金の星社　1982.2　73p　22cm（戸川幸夫・動物ものがたり 2）　880円〈解説:戸川幸夫　初刷:1976（昭和51）〉

『海の王のものがたり』　石田武雄絵　金の星社　1981.9　70p　22cm（戸川幸夫・動物ものがたり 5）　880円〈解説:戸川幸夫　初刷:1976（昭和51）〉

『三里番屋のあざらし』　石田武雄絵　金の星社　1981.9　70p　22cm（戸川幸夫・動物ものがたり 6）　880円〈解説:戸川幸夫　初刷:1976（昭和51）〉

『走れ小次郎』　小坂しげる画, 戸川幸夫作　金の星社　1981.8　171p　22cm（現代・創作児童文学）　850円〈見返し:都井岬図・野生馬の縄張り　初刷:1974（昭和49）　図版〉

『オーロラの下で』　石田武雄画, 戸川幸夫作　金の星社　1981.6　177p　22cm（創作児童文学）　850円〈初刷:1972（昭和47）　図版〉

戸川幸夫

『とべないハクチョウ』 戸川幸夫作, 岩淵慶造絵 金の星社 1981.5 59p 27cm（創作えぶんこ） 850円〈初刷:1974（昭和49）〉

『のら犬物語』 戸川幸夫作 金の星社 1980.8 162p 22cm（創作児童文学） 850円〈初刷:1967（昭和42）〉

『さいごのおおかみ』 戸川幸夫著, 清水勝絵 金の星社 1980.3 70p 22cm（戸川幸夫・どうぶつものがたり 15） 880円

『シートン荒野をゆく』 戸川幸夫作, 清水勝画 金の星社 1980.2 218p 22cm（現代・創作児童文学） 850円

『人くいトラ』 戸川幸夫著, 清水勝絵 金の星社 1980.2 70p 22cm（戸川幸夫・動物ものがたり 14） 880円

『キタキツネのうた』 戸川幸夫作, 清水勝絵 金の星社 1979.12 70p 22cm（戸川幸夫・動物ものがたり 12） 880円

『金毛の大ぐま』 戸川幸夫作, 清水勝絵 金の星社 1979.11 70p 22cm（戸川幸夫・動物ものがたり 13） 880円

『ぞうの王さま』 戸川幸夫作, 依光隆絵 金の星社 1979.11 69p 22cm（戸川幸夫・動物ものがたり 11） 880円

『オーロラの下で』 戸川幸夫作, 石田武雄画 金の星社 1979.10 182p 18cm（フォア文庫） 390円

『白サル物語』 戸川幸夫作, 石田武雄絵 国土社 1979.4 142p 21cm（新選創作児童文学 11） 950円〈初刷:1970（昭和45）〉

『魔王』 戸川幸夫作, 清水勝絵 旺文社 1978.4 190p 23cm（旺文社ジュニア図書館） 800円

『オオカミ犬物語』 戸川幸夫著 偕成社 1977.6 207p 19cm（偕成社文庫） 390円

『ほえない犬』 戸川幸夫著, 依光隆絵 金の星社 1977.2 69p 23cm（戸川幸夫・動物ものがたり 10） 780円

『子ぎつねものがたり』 戸川幸夫著, 石田武雄絵 金の星社 1977.1 67p 23cm（戸川幸夫・動物ものがたり 9） 780円

『たたかう大わし』 戸川幸夫著 金の星社 1976.12 70p 26cm（戸川幸夫・動物ものがたり 8） 780円

『赤い草原』 戸川幸夫著 旺文社 1976.11 272p 22cm（旺文社ジュニア図書館） 700円

『太郎、北へかえる』 戸川幸夫著 金の星社 1976.11 70p（戸川幸夫・動物ものがたり 7） 780円

『三里番屋のあざらし』 戸川幸夫著 金の星社 1976.8 70p（戸川幸夫・動物ものがたり 6） 780円

『海の王のものがたり』 戸川幸夫著 金の星社 1976.7 70p（戸川幸夫・動物ものがたり 5） 780円

『かもしか学園』 戸川幸夫著 家の光協会 1976.7 197p 22cm（自然と人間のものがたり 5） 840円

『からすの王さま』 戸川幸夫著 金の星社 1976.6 70p（戸川幸夫・動物ものがたり 4） 780円

『白いさるの神さま』 戸川幸夫著 金の星社 1976.4 70p（戸川幸夫・動物ものがたり 3） 780円

『こうやす犬ものがたり』 戸川幸夫著 金の星社 1976.1 73p（戸川幸夫・動物ものがたり 1） 780円

『たかの王さま』 戸川幸夫著 金の星社 1976.1 73p（戸川幸夫・動物ものがたり 2） 780円

『動物くんこんにちは』 戸川幸夫著 旺文社 1976.1 216p 22cm（旺文社ジュニア図書館） 650円

『コムケ湖への径』 戸川幸夫作, 清水勝絵 国土社 1974 173p 21cm（国土社の創作児童文学 16）

『とべないハクチョウ』 戸川幸夫著, 岩淵慶造絵 金の星社 1974 59p 27cm（創作えぶんこ 12）

『走れ小次郎』 戸川幸夫作, 小坂しげる画 金の星社 1974 171p 22cm（現代・創作児童文学 3）

『オーロラの下で』　戸川幸夫文, 石田武雄絵　金の星社　1973　177p　22cm（創作児童文学 13）

『三里番屋』　戸川幸夫作, 石田武雄絵　国土社　1972　94p　21cm（戸川幸夫創作童話集 2）

『夜汽車の町』　戸川幸夫文, 石田武雄絵　国土社　1972　110p　21cm（戸川幸夫創作童話集 1）

『赤い草原』　戸川幸夫作, 清水勝絵　朝日ソノラマ　1970　268p　20cm（サングリーンシリーズ）

『熊犬物語』　戸川幸夫文, 松井行正絵　偕成社　1970　310p　19cm（ホーム・スクール版日本の文学 37）

『白サル物語』　戸川幸夫作, 石田武雄絵　国土社　1970　142p　21cm（新選創作児童文学 11）

『かもしか学園』　戸川幸夫著, 石田武雄絵　国土社　1969　206p　22cm（子どものための動物物語 12）

『きいろい嵐』　戸川幸夫著, 石田武雄絵　国土社　1969　206p　22cm（子どものための動物物語 13）

『ギザ耳ものがたり』　戸川幸夫文, 太田大八絵　学習研究社　1969　167p　23cm（新しい日本の童話シリーズ 7）

『牙王物語　下』　戸川幸夫著, 石田武雄絵　国土社　1969　206p　22cm（子どものための動物物語 15）

『牙王物語　上』　戸川幸夫著, 石田武雄絵　国土社　1969　206p　22cm（子どものための動物物語 14）

『爪王』　戸川幸夫著, 石田武雄絵　国土社　1969　206p　22cm（子どものための動物物語 11）

『人くい鉄道』　戸川幸夫文, 津神久三絵　毎日新聞社　1968　192p　22cm（毎日新聞少年少女シリーズ）

『荒馬ものがたり』　戸川幸夫文, 石田武雄絵　国土社　1967　206p　22cm（子どものための動物物語 6）

『くだけた牙』　戸川幸夫文, 石田武雄絵　国土社　1967　206p　22cm（子どものための動物物語 3）

『高安犬物語』　戸川幸夫文, 石田武雄絵　国土社　1967　206p　22cm（子どものための動物物語 1）

『土佐犬物語』　戸川幸夫文, 石田武雄絵　国土社　1967　206p　22cm（子どものための動物物語 2）

『ノスリ物語』　戸川幸夫文, 石田武雄絵　国土社　1967　206p　22cm（子どものための動物物語 4）

『のら犬物語』　戸川幸夫文, 石田武男絵　金の星社　1967　162p　22cm（新児童文学・名作シリーズ 2）

『ひれ王』　戸川幸夫文, 石田武雄絵　国土社　1967　206p　22cm（子どものための動物物語 8）

『政じいとカワウソ』　戸川幸夫文, 石田武雄絵　国土社　1967　206p　22cm（子どものための動物物語 5）

『野犬物語』　戸川幸夫文, 石田武雄絵　国土社　1967　206p　22cm（子どものための動物物語 7）

『オオカミ犬物語』　戸川幸夫文, 石田武雄絵　偕成社　1966　174p　23cm（新日本児童文学選 16）

『熊犬物語』　戸川幸夫文, 松井行正絵　偕成社　1964　308p　19cm（日本文学名作選ジュニア版 9）

『かもしか学園』　戸川幸夫文　刀江書院　1960　224p　22cm（少年少女現代文学傑作選集 3）

『かもしか学園』　戸川幸夫文, 川瀬成一郎絵　東京創元社　1956　368p　19cm

『動物愛情物語』　戸川幸夫文, 古賀亜十夫絵　文陽社　1956　294p　19cm

富田　常雄
とみた・つねお
《1904～1967》

『姿三四郎』　富田常雄原作　金の星社　1997.2　93p　22cm（アニメ日本の名作 3）　1236円　①4-323-05003-8

冨田博之

内容 柔道が、まだ柔術とよばれていたころの東京に、ひとりの若者がやってきた。その名は、姿三四郎。紘道館の矢野正五郎と出会い、柔道にめざめた三四郎は、あたらしい時代をきずいていく。そして、宿敵との運命のたたかいが…。小学校3・4年生から。

『少年姿三四郎』　富田常雄作、杉尾輝利絵　講談社　1973　299p　19cm（少年少女講談社文庫A32）

『義経物語』　富田常雄文、奈良葉二絵　小学館　1962　317p　19cm（少年少女世界名作文学全集25）

『少年姿三四郎』　富田常雄文、三芳悌吉絵　東光出版社　1958　300p　19cm

『少年姿三四郎』　富田常雄文、久米宏一絵　河出書房　1955　177p　17cm（ロビン・ブックス4）

『虹を射る少年・この星万里を照らす・愛の新珠』　富田常雄文、斎藤五百枝絵　河出書房　1954　381p　20cm（日本少年少女名作全集7）

『富士に歌う』　富田常雄文、伊藤幾久造絵　東光出版社　1954　252p　19cm

『虹の港』　富田常雄文、渡辺鳩太郎絵　東光出版社　1953　268p　19cm

冨田　博之
とみた・ひろゆき
《1922〜1994》

『うれしい一日になる世界のわらい話』
冨田博之文　改訂新版　学習研究社　2004.2　126p　22×15cm（特装版どきどきわくわくシリーズ10）　800円　①4-05-202051-0

目次 アメリカのわらい話, 中国のわらい話, トルコのお話―ゆかいなホジャおじさん, インドネシアのお話―とんちのラ・ダナ, ドイツのお話―ほら男しゃくのぼうけん

『うれしい一日になる日本のわらい話』
冨田博之文　改訂新版　学習研究社　2004.2　126p　22×16cm（特装版どきどきわくわくシリーズ9）　800円　①4-05-202050-2

目次 ゆかいな一口話, だめむこさん, だめよめさん, ほらふき・うそつき話

『なるほどかしこい日本のとんち話』　冨田博之文　改訂新版　学習研究社　2004.2　126p　22×15cm（特装版どきどきわくわくシリーズ7）　800円　①4-05-202048-0

目次 とんちこぞう, とんち吉四六, とんち彦八, とんちもんどう―とんちしゅじゅどんものがたり, とんちばあさま

『うれしい一日になる世界のわらい話』
冨田博之文　学習研究社　1993.2　126p　23cm（学研版どきどきわくわくシリーズ10）　900円　①4-05-106326-7

目次 アメリカのわらい話（三人のアメリカ人, しかの頭, 家の作り方, 時計, プリンのしおかげん）, 中国のわらい話（ぬすまれたくわ, かじやの引っこし, ないしょにしてくれ!, さむがりや, はなの白いねこ, まけずぎらい, 三か月とかがみ）, トルトのお話―ゆかいなホジャおじさん（ズボンとうわぎ, 2人の言いつけ, へそまがり, いじっぱり, わしのかちぢゃ, うさぎのしるのしる, このよのおわり, となりの家を買う）, インドネシアのお話―とんちのラ・ダナ（牛を手に入れるまで, いのちの水のおくりもの, 木のはのばけもの, 米ぐらをやく）, ドイツのお話―ほら男しゃくのぼうけん（とうの上の馬, おおかみにおわれる, かりの名人, くまと火うち石, 5人の超能力者）

『うれしい一日になる日本のわらい話』
冨田博之文　学習研究社　1993.1　126p　23cm（学研版どきどきわくわくシリーズ9）　900円　①4-05-106325-9

目次 親というもの, かきどろぼう, さむらいとかごや, えきしゃと子ども, 来年は同じ, さくらもち, えんまの病気, はっぱの手紙, 足の早い男, かなづちはかせない, せん人のゆび, うなぎの天のぼり, 足のゆびにひも, どっこいしょ, てつびんにたづな, ふしあなのほめ方, つるかめや, こわいおみやげ, えんがない, おの字ちがい, かかみせや, へ一つで, うそつきの子ども, うそのたねを書いた本, どうもとこうも, へやのはじまり, えびのこしは, なぜまがった?, しびれのくすり

内容 子ねこはおもしろがって, ひもを口にくわえたり, 足のつめで引っぱったりしました。おどろいたのは, つる平さんです。やたらに, ひもが引っぱられるので, 目を白黒させて, パクパク, パクパク, しるも, ごはんも, 魚も, いっぺんに, 口の中にほうりこみました。小学低・中学年向。

冨田博之

『なるほどかしこい日本のとんち話』　富田博之文　学習研究社　1992.10　126p　23cm（学研版どきどきわくわくシリーズ7）　900円　①4-05-106323-2
　目次　見ても見ぬふり, あれ, こんなところに!, 小べんこぞう, なんじゃというもの, まさか, そげんことは, べんとうが, たがやす, いのちがあぶない, それだけは, やめてくれ, かねは, 中ぶらりん, とらのあぶら, よだれがこぼれる, 中ぶをゴクリ, とんちくらべ, 人間の手本, かけじくのうぐいす, 茶がまのしり, 大石をうごかす, うたよみばあさま, どっちがねもと?, ドンドンうたずになるたいこ, どっちが子馬?
　内容　小学校低・中学年向。

『彦市さんといたずらこぞう』　富田博之文　久保田喜正絵　国土社　1989.2　187p　18cm（てのり文庫）　450円　①4-337-30009-0
　目次　彦市とんちくらべ, あっぱれしゅじゅどん, たいさくさんのちえぶくろ
　内容　彦市さん・しゅじゅどん・たいさくさんたち, とんちの名人が, くりひろげる, ゆかいで, たのしくて, 思わず, みんなウームとうなってしまうようなおもしろいとんちばなしがいっぱい! とんちばなし日本一はだれでしょう?

『おしょうさんとあんねんさん』　富田博之文　平野琳人絵　国土社　1988.9　173p　18cm（てのり文庫）　430円　①4-337-30006-6
　目次　おしょうさんとあんねんさん, おしょうさんとぼんねんさん, おしょうさんとちんねんさん
　内容　むかしむかしの話です。ある村のお寺に, おしょうさんと, あんねん, ぼんねん, ちんねんという三人のこぞうさんがすんでいました。この3人が, おしょうさんを, とんちでやりこめたり, 知恵をはたらかせて大活躍をします。小学校低学年向。

『吉四六さんと庄屋さん』　富田博之文, 久保田喜正絵　国土社　1988.7　158p　18cm（てのり文庫）　430円　①4-337-30001-5

『おもしろちえくらべ』　とみたひろゆき文, たるいしまこ絵　国土社　1984.4　95p　22cm（おもしろとんち話）　680円　①4-337-06710-8

『たいさくさんのちえぶくろ』　とみたひろゆき文, かじめぐみ絵　国土社　1984.4　95p　22cm（おもしろとんち話）　680円　①4-337-06709-4

『彦市とんちくらべ』　とみたひろゆき文, まつだけんじ絵　国土社　1984.4　95p　22cm（おもしろとんち話）　680円　①4-337-06707-8

『あっぱれしゅじゅどん』　とみたひろゆき文, たるいしまこ絵　国土社　1984.3　95p　22cm（おもしろとんち話）　680円

『おしょうさんとちんねんさん』　とみたひろゆき文, ひらのよしと絵　国土社　1983.12　95p　22cm（おもしろとんち話）　680円　①4-337-06706-X

『吉四六さんとおとのさま』　とみたひろゆき文, くぼたよしまさ絵　国土社　1983.12　87p　22cm（おもしろとんち話）　680円　①4-337-06703-5

『おしょうさんとぼんねんさん』　とみたひろゆき文, ひらのよしと絵　国土社　1983.11　95p　22cm（おもしろとんち話）　680円　①4-337-06705-1

『吉四六さんとごさくどん』　とみたひろゆき文, くぼたよしまさ絵　国土社　1983.11　87p　22cm（おもしろとんち話）　680円　①4-337-06702-7

『おしょうさんとあんねんさん』　とみたひろゆき文, ひらのよしと絵　国土社　1983.10　87p　22cm（おもしろとんち話）　680円　①4-337-06704-3

『吉四六さんと庄屋さん』　とみたひろゆき文, くぼたよしまさ絵　国土社　1983.10　87p　22cm（おもしろとんち話）　680円　①4-337-06701-9

『日本のわらい話』　冨田博之文　学習研究社　1981.4　134p　23cm（学研・絵ものがたり3）　730円　①4-05-003538-3　〈初刷:1974（昭和49）〉

『世界のわらい話』　冨田博之文, 前川かずお絵　学習研究社　1980.12　134p　23cm（学研・絵ものがたり9）　730円　〈初刷:1975（昭和50）〉
　目次　おとぼけしんぶん〔ほか35編〕

子どもの本・日本の名作童話6000　181

『日本のちえくらべ話』　富田博之ぶん　学習研究社　1980.4　134p　23cm（学研・絵ものがたり）　680円

『日本のおもしろい話』　冨田博之文　学習研究社　1979.3　134p　23cm（学研絵ものがたり・27）　680円

『日本のおとぎ話』　富田博之ぶん　学習研究社　1977.12　134p　23cm（学研・絵ものがたり）　680円

『日本のとんち話』　富田博之ぶん　学習研究社　1977.1　134p　23cm（学研・絵ものがたり）　680円

『世界のわらい話』　冨田博之文, 前川かずお絵　学習研究社　1975　134p　23cm（学研絵ものがたり）

『日本のわらい話』　冨田博之文, 前川かずお等絵　学習研究社　1974　134p　23cm（学研絵ものがたり）

『小僧さんとおしょうさん』　富田博之著, 箕田源二郎絵　講学館　1963　229p　22cm（日本の子ども文庫 7）

『ぼくはテレビのけらいじゃない―児童劇集』　富田博之文　国土社　1962　278p　22cm

『ゆかいな吉四六さん』　富田博之著, 箕田源二郎絵　講学館　1960　162p　22cm（日本の子ども文庫 3）

『きっちょむさん物語』　富田博之文, 久米宏一絵　麦書房　1958　38p　21cm（雨の日文庫　第1集18）

豊島　与志雄
とよしま・よしお
《1890～1955》

『スミトラ物語』　豊島与志雄著　銀貨社　2000.9　116p　20cm（豊島与志雄童話作品集 3）　1500円　①4-434-00029-2〈東京 星雲社（発売）〉
[目次] スミトラ物語, 街の少年
[内容] スミトラ爺さんが物語る―若き日の愉快な冒険譚と少女マリイと謎の紳士をめぐる少年トニイの冒険譚。

『エミリアンの旅』　豊島与志雄著　銀貨社　2000.4　132p　20cm（豊島与志雄童話作品集 2）　1500円　①4-434-00028-4〈東京 星雲社（発売）〉
[目次] エミリアンの旅, シロ・クロ物語
[内容] 知恵と勇気で立ち向かおう。ジプシー少年エミリアンの摩訶不思議な冒険の旅と、南洋の港町を舞台に、謎の男ターマンを二匹の猫と少年が追う。冒険＆ミステリー。

『夢の卵』　豊島与志雄著　銀貨社　1999.12　124p　20cm（豊島与志雄童話作品集 1）　1500円　①4-434-00027-6〈東京 星雲社（発売）〉
[目次] シャボン玉, 不思議な帽子, 悪魔の宝, 彗星の話, 魔法探し, 夢の卵
[内容] 最愛の子どもを亡くし哀しみにくれる手品師のハボンス。魔法使いの老婆からシャボン玉の術を授かりますが…（『シャボン玉』）。下水道に住む悪魔が、ある日賑やかな人間の街に飛び出します。そこで繰り広げられる騒動の顛末は…（『不思議な帽子』）。おせっかいな悪魔とお人好しの夫婦が交わした変な約束とは？（『悪魔の宝』）。彗星のように飛ぶことを望んだ若者が最後に得たものは…（『彗星の話』）。すべての知識を得た偉い学者はまだだれもつきとめたことのない「魔法」を探して旅に出ます。ところが、思いがけない質問に答えることができずに…（『魔法探し』）。「夢」を捕まえるために旅に出た王子。森の王のお告げで金色の鳥の夢の精を手に入れますが…（『夢の卵』）。

『豊島与志雄童話集』　甘木で文化を語る会編　福岡　海鳥社　1990.11　316p　22cm　2500円　①4-906234-85-2

『手品師・天下一の馬』　豊島与志雄著, 赤い鳥の会編, 水野二郎絵　小峰書店　1982.9　63p　22cm（赤い鳥名作童話）　780円　①4-338-04806-9

『豊島与志雄童話選集―郷土篇』　永淵道彦編　双文社出版　1982.4　213p　20cm　1800円〈著者の肖像あり　豊島与志雄童話集総目次:p177～213〉

『天下一の馬』　豊島与志雄著　偕成社　1979.6　266p　19cm（偕成社文庫）　390円

『シャボン玉』　豊島与志雄原作, 広瀬浜吉脚色　水星社　1979.5　30p　26cm（日本名作童話シリーズ）　590円〈監修:木下恵介〉

『天狗笑い―豊島与志雄童話集』　豊島与志雄著　晶文社　1978.4　279p　20cm（ものがたり図書館）　1400円

『キン・ショキ・ショキ』　とよしまよしお作, 阿部知二等編, やすたい絵　麦書房　1966　22p　21cm（新編雨の日文庫 2）

『ふしぎなぼうし』　豊島与志雄文, 富永秀夫絵　あかね書房　1965　253p　22cm（日本童話名作選集 13）

『芥川竜之介・菊池寛・豊島与志雄集』　芥川竜之介, 菊池寛, 豊島与志雄文, 太田大八等絵　講談社　1962　398p　23cm（少年少女日本文学全集 5）

『くもの糸・てんぐ笑い―芥川竜之介・豊島与志雄童話集』　芥川竜之介, 豊島与志雄作, 富永秀夫絵　偕成社　1962　240p　23cm（日本児童文学全集 5）

『ふしぎなぼうし』　豊島与志雄文, 富永秀夫絵　三十書房　1961　253p　22cm（日本童話名作選集 13）

『豊島与志雄集』　豊島与志雄作, 久米宏一絵　ポプラ社　1959　302p　22cm（新日本少年少女文学全集 20）

『やまねこのいえ』　とよしまよしお文, みたげんじろう絵　麦書房　1959　23p　21cm（雨の日文庫 第5集1）

『銀の笛と金の毛皮・山の別荘の少年』　豊島与志雄文, 佐藤忠良絵　麦書房　1958　38p　21cm（雨の日文庫 第1集12）

『井伏鱒二・豊島与志雄集』　井伏鱒二, 豊島与志雄文, 久松潜一等編　東西文明社　1956　209p　22cm（少年少女のための現代日本文学全集 18）

『日本児童文学全集　5　童話篇 5』　宇野浩二, 豊島与志雄, 江口渙, 山村暮鳥, 相馬泰三, 千葉省三作　河出書房　1953　334p　22cm
目次　宇野浩二集　豊島与志雄集　江口渙集　山村暮鳥集　相馬泰三集　千葉省三集

『海の灯・山の灯』　豊島与志雄著, 須田寿絵　筑摩書房　1952　178p　22cm（小学生全集 28）

豊田　三郎
とよだ・さぶろう
《1907～1959》

『豊田三郎童話集』　童話集編集委員会編　草加　草加市立川柳小学校　1993.11　125p　22cm（かわやぎ選書）〈開校百二十周年記念事業〉

中島　千恵子
なかじま・ちえこ
《1924～1999》

『三吉ダヌキの八面相』　中島千恵子作, 関屋敏隆絵　再版　彦根　サンライズ出版　2001.7　117p　21cm　1500円
①4-88325-088-1
目次　まめだの三吉, ごちそうがぬすまれる, おとしあなでタヌキとり, 子ダヌキになった母ヌキ, おじいちゃんにだまってて, タヌキだってわらうんや, タヌキの焼きものをつくる, 月夜の権九郎ダヌキ
内容　このお話は, 古くから窯の町として開けた信楽が舞台です。ひょんなことからタヌキにであった三吉少年。のどかな中にも逞しさの感じられる陶工一家の暮らしぶり。そんな日常を信楽の暮らし言葉でつづった得がたい作品です。小学中級向。

『いのちの火―琵琶湖の船のあんぜんをまもって』　中島千恵子作, 高田勲絵　ポプラ社　1996.4　31p　30cm（えほんはともだち 42）　1200円　①4-591-04992-2
内容　むかし, 琵琶湖には, ひるも夜もゆきかう船がたくさんありました。湖につきでた村の峠には, いつのころ, だれがつくったのか, 三つの常夜灯がありました。この常夜灯のおかげで夜にとおる船のあんぜんがまもられました。しかし大雨やつよい風のときにはあかりがきえ…。今ものこる美しい心のはなし。

『ふなになったげんごろう』　中島千恵子文, 滋賀の昔話刊行会編, 寺田みのる絵　京都　京都新聞社　1987.12　39p　24cm（滋賀の昔話）　850円　①4-7638-0225-9

中村地平

『三吉ダヌキの八面相』　中島千恵子作、関屋敏隆絵　PHP研究所　1986.3　117p　22cm（PHP創作シリーズ）　980円　④4-569-28329-2
内容　子ダヌキは、目がまるく、鼻がちょっと空をむいて、とてもかわいい。三吉はもう手ばなす気がなくなっていた。「おっさん、子ダヌキには、なにをたべさせたらええやろ。」「三ちゅん、おめえ、そだてるつもりかい。」

『まめだの三吉・ユカちゃんと一郎君・赤い郵便箱』　中島千恵子、福永令三、兵藤郁造文、宮木薫等絵　毎日新聞社　1968　222p　22cm（毎日新聞少年少女シリーズ）

中村　地平
なかむら・ちへい
《1908～1963》

『河童の遠征―民話集』　中村地平著　新訂版　宮崎　鉱脈社　2004.2　177p　19cm　1000円　④4-86061-084-9
目次　鬼八伝説、鞴の童子、夢買いの長者、炭焼小五郎、椎葉村ものがたり、河童の遠征、人柱のお姫さま、和尚さんと河童、生きている竜、盲目の法師と娘、親へび子へび、桜の童子
内容　郷土の作家中村地平さんが子どもたちに贈るふるさとの民人のやさしさが現代によみがえりました。宮崎の民話集。

夏目　漱石
なつめ・そうせき
《1867～1916》

『坊っちゃん』　夏目漱石作　岩波書店　2002.5　205p　18cm（岩波少年文庫）　640円　④4-00-114554-5
内容　四国の中学に数学の教師として赴任した江戸っ子の坊っちゃん。校長の〈狸〉や教頭の〈赤シャツ〉は権力をふりかざし、中学生たちはいたずらで手に負えない。ばあやの清を懐かしみながら、正義感に燃える若い教師の奮闘の日々が始まる。中学以上。

『こころ』　夏目漱石著　旺文社　1997.4　374p　18cm（愛と青春の名作集）　1000円

『坊っちゃん』　夏目漱石著　旺文社　1997.4　231p　18cm（愛と青春の名作集）　930円

『坊っちゃん』　夏目漱石原作　金の星社　1996.11　93p　22cm（アニメ日本の名作1）　1236円　④4-323-05001-1
内容　おれは、親ゆずりの無鉄砲で、子どものときから損ばかりしている。小学校の同級生に「弱虫」とからかわれて、二階からとびおりたこともあった。そして、これも無鉄砲な性格から、教師として四国の松山へいく話をひきうけてしまったが…。松山って、いったいどんなところなんだ？ 小学校三・四年生から。

『吾輩は猫である　下』　夏目漱石作、司修絵　偕成社　1996.7　399p　19cm（偕成社文庫）　700円　④4-03-652130-6
内容　英語教師苦沙弥先生の家にまよいこんだ一匹の猫の独白で語られる人間社会のあれこれ…作家・漱石の名を世にしらしめたユーモアあふれる傑作長編。くわしい語注を付した読みやすい決定版。（上・下2巻）小学上級から。

『吾輩は猫である　上』　夏目漱石作、司修絵　偕成社　1996.7　371p　19cm（偕成社文庫）　700円　④4-03-652120-9
内容　「吾輩は猫である。名前はまだない。…」この書き出しではじまる夏目漱石の処女作は発表されるや大評判となった。一匹の飼い猫の目をとおして人間社会を風刺的に描き現代まで読みつがれている名作。（上・下2巻）小学上級から。

『吾輩は猫である　下』　夏目漱石著　講談社　1995.6　341p　19cm（ポケット日本文学館8）　1200円　④4-06-261708-0

『吾輩は猫である　上』　夏目漱石著　講談社　1995.6　424p　19cm（ポケット日本文学館7）　1400円　④4-06-261707-2

『坊っちゃん』　夏目漱石著　講談社　1995.4　235p　19cm（ポケット日本文学館1）　1000円　④4-06-261701-3

『坊っちゃん』　夏目漱石著　子ども書房　1993.12　203p　19cm（コドモブックス）　1500円　④4-7952-3735-2〈発売:星雲社〉

『坊っちゃん』　夏目漱石著　春陽堂書店　1989.5　239p　16cm（春陽堂くれよん文庫）　400円　①4-394-60001-4
内容 おっちょこちょいで、けんかっ早い、坊っちゃんが、先生になって四国のいなかの中学に勤めることになりました。江戸っ子の正義漢で、いいことはいい、悪いことは悪いとズバズバ言ってのけ、それをすぐ行動に移す性格です。のんびりしていてずるがしこい先生徒や先生には、とてもがまんがなりません。ゆかいなあだ名をつけたり、珍騒動の連続です。

『坊っちゃん』　夏目漱石著　偕成社　1988.11　234p　19cm（偕成社文庫）　450円　①4-03-651570-5
内容 正義感が強くて、まっ正直な〈坊っちゃん〉が、新任教師として、四国の中学校に赴任した。江戸っ子の坊っちゃんが、田舎の生徒たちや、先輩教師たちを相手にまきおこす、珍騒動のかずかず。おとなから子どもまで、幅広く愛読されてきた、夏目漱石の不滅の青春文学。小学上級から。

『吾輩は猫である』　夏目漱石作、小沢良吉画　金の星社　1988.3　2冊　18cm（フォア文庫）　各500円
①4-323-01059-1, 4-323-01060-5
内容 1匹の猫が、英語教師の苦沙弥先生の家に住みついた。ちっとも猫らしくなくて、りくつ屋で、好奇心が旺盛だ。主人は頑固者で、いつもみんなにからかわれている。人間の表に出ない心の内を、猫のおしゃべりが皮肉っぽく語る。作者漱石が、実際に飼っていた猫をモデルに書いた、ユーモアの文明批評たっぷりの長編小説決定版。

『吾輩は猫である　下』　夏目漱石著　講談社　1988.3　347p　22cm（少年少女日本文学館　第28巻）　1400円
①4-06-188278-3

『吾輩は猫である　上』　夏目漱石著　講談社　1988.2　424p　22cm（少年少女日本文学館　27）　1400円　①4-06-188277-5
内容 "吾輩は猫である。名前はまだない"。で、始まるこの作品は文豪漱石の代表的名作、日本人の必読の本である。

『坊っちゃん』　夏目漱石著　講談社　1985.10　269p　22cm（少年少女日本文学館　第2巻）　1400円　①4-06-188252-X

『吾輩は猫である　下』　夏目漱石著、村山豊画　講談社　1985.10　363p　18cm（講談社青い鳥文庫）　450円
①4-06-147183-X

『吾輩は猫である　上』　夏目漱石著、村山豊画　講談社　1985.9　371p　18cm（講談社青い鳥文庫）　450円
①4-06-147182-1

『坊っちゃん』　夏目漱石著　創隆社　1984.10　285p　18cm（近代文学名作選）　430円〈新装版〉

『坊っちゃん』　夏目漱石著、福田清人編、斎藤博之絵　講談社　1983.10　235p　18cm（講談社青い鳥文庫）　390円　①4-06-147125-2

『吾輩は猫である　上』　夏目漱石著　偕成社　1982.10　314p　19cm（日本文学名作選 19）　580円　①4-03-801190-9
〈巻末:夏目漱石の年譜　解説:夏目伸六　ジュニア版　初刷:1965（昭和40）肖像:著者　図版（肖像を含む）〉

『坊っちゃん』　夏目漱石著　偕成社　1982.9　312p　19cm（日本文学名作選 4）　580円　①4-03-801040-6〈巻末:夏目漱石の年譜　解説:松岡譲　ジュニア版　初刷:1964（昭和39）肖像:著者　図版（肖像を含む）〉
目次 坊っちゃん, 二百十日, 文鳥, 永日小品

『坊っちゃん』　夏目漱石著　ポプラ社　1982.7　302p　20cm（アイドル・ブックス 1―ジュニア文学名作選）　500円〈巻末:年譜　解説:福田清人　初刷:1971（昭和46）肖像:著者　図版（肖像）〉
目次 坊っちゃん, 二百十日、草枕（抄）, 硝子戸の中（抄）

『坊っちゃん』　夏目漱石著　金の星社　1982.7　283p　20cm（日本の文学 1）　680円　①4-323-00781-7〈巻末:漱石の年譜　解説:伊藤始,伊豆利彦　ジュニア版　初刷:1973（昭和48）肖像:著者　図版（肖像）〉
目次 坊っちゃん, 二百十日、硝子戸の中（抄）, 漱石の手紙

夏目漱石

『吾輩は猫である 下』 夏目漱石著 ポプラ社 1982.5 310p 20cm（アイドル・ブックス 20―ジュニア文学名作選） 500円〈巻末:年譜 解説:稲垣達郎 初刷:1971（昭和46）肖像:著者 図版（肖像）〉

『三四郎』 夏目漱石著 偕成社 1982.4 306p 19cm（日本文学名作選 32） 680円 ①4-03-801320-0〈巻末:夏目漱石の年譜 解説:村松定孝 ジュニア版 初刷:1965（昭和40）肖像:著者〔ほか〕 図版（肖像を含む）〉

『吾輩は猫である 上』 夏目漱石著 ポプラ社 1982.3 308p 20cm（アイドル・ブックス 19―ジュニア文学名作選） 500円〈巻末:年譜 解説:稲垣達郎 初刷:1971（昭和46）肖像:著者 図版（肖像）〉

『三四郎』 夏目漱石著 ポプラ社 1981.10 302p 20cm（アイドル・ブックス 16―ジュニア文学名作選） 500円〈巻末:年譜 解説:三好行雄 初刷:1971（昭和46）肖像:著者 図版（肖像）〉

『吾輩は猫である 下』 夏目漱石著 金の星社 1981.10 313p 20cm（日本の文学 23） 680円 ①4-323-00803-1〈巻末:夏目漱石の年譜 解説:まえさわあきら〉

『吾輩は猫である 上』 夏目漱石著 金の星社 1981.10 315p 20cm（日本の文学 22） 680円 ①4-323-00802-3〈巻末:夏目漱石の年譜 解説:まえさわあきら 肖像:著者 図版（肖像）〉

『坊っちゃん―画譜』 西岡敏郎画, 夏目漱石著 飯塚書房 1981.6 183p 19cm 880円〈発売:本郷出版社〉

『こころ』 夏目漱石著 ポプラ社 1981.5 302p 20cm（アイドル・ブックス 6―ジュニア文学名作選） 500円〈巻末:年譜 解説:吉田精一 初刷:1971（昭和46）肖像:著者 図版（肖像）〉

『坊っちゃん』 夏目漱石著 ポプラ社 1981.5 342p 23cm（世界の名著 6） 980円〈解説:村松定孝 叢書の編集:野上彰〔ほか〕 初刷:1967（昭和42）図版〉
|目次| 坊っちゃん〔ほか5編〕

『坊っちゃん』 夏目漱石著, 福田清人訳, 斎藤博之絵 講談社 1981.3 238p 19cm（少年少女講談社文庫 A-11―名作と物語） 480円〈巻末:夏目漱石の年譜 解説:関英雄 初刷:1972（昭和47）肖像:著者 図版（肖像を含む）〉

『吾輩は猫である』 夏目漱石著 ポプラ社 1981.3 438p 23cm（世界の名著 23） 980円〈解説:吉田精一 叢書の編集:藤田圭雄〔ほか〕 初刷:1968（昭和43）図版〉

『草枕』 夏目漱石著 ポプラ社 1980.12 214p 18cm（ポプラ社文庫） 390円

『三四郎』 夏目漱石著 ポプラ社 1980.11 302p 18cm（ポプラ社文庫） 450円

『こころ』 夏目漱石著 ポプラ社 1980.10 302p 18cm（ポプラ社文庫 A・78） 450円〈巻末:年譜 解説:吉田精一〉

『草枕』 夏目漱石著 ポプラ社 1980.6 290p 20cm（アイドル・ブックス 37―ジュニア文学名作選） 500円〈巻末:年譜 解説:田中保隆 初刷:1966（昭和41）肖像:著者 図版（肖像）〉
|目次| 草枕, 夢十夜, 永日小品

『吾輩は猫である 下』 夏目漱石著 ポプラ社 1980.5 310p 18cm（ポプラ社文庫） 450円

『吾輩は猫である 上』 夏目漱石著 ポプラ社 1980.5 308p 18cm（ポプラ社文庫） 450円

『現代日本文学全集 2 続夏目漱石名作集』 夏目漱石著 改訂版 偕成社 1980.4 310p 23cm 2300円〈編集:滑川道夫〔ほか〕 初版:1963（昭和38）巻末:年譜, 現代日本文学年表, 参考文献 解説:伊藤整〔ほか〕 肖像・筆跡:著者〔ほか〕 図版（肖像, 筆跡を含む）〉
|目次| 吾輩は猫である（抄）, 夢十夜, 永日小品

『現代日本文学全集 1 夏目漱石名作集』
夏目漱石著 改訂版 偕成社 1980.4
304p 23cm 2300円〈編集:滑川道夫
〔ほか〕初版:1963(昭和38) 巻末:年譜,現
代日本文学年表,参考文献 解説:福田清人
〔ほか〕肖像・筆跡:著者〔ほか〕図版
(肖像,筆跡を含む)〉
目次 坊ちゃん,二百十日,文鳥,草枕(抄),硝
子戸の中(抄)

『吾輩は猫である 下』夏目漱石著 偕
成社 1980.1 308p 19cm(日本文学名
作選20) 580円 ①4-03-801200-X〈巻
末:夏目漱石の年譜 解説:夏目伸六 ジュニ
ア版 初刷:1965(昭和40) 肖像:著者 図版
(肖像を含む)〉

『坊ちゃん』 夏目漱石作,北島新平画
金の星社 1979.11 312p 18cm(フォ
ア文庫) 430円

『吾輩は猫である 下』夏目漱石著 春
陽堂書店 1979.11 309p 16cm(春陽
堂少年少女文庫―世界の名作・日本の名
作) 380円

『吾輩は猫である 中』夏目漱石著 春
陽堂書店 1979.10 276p 16cm(春陽
堂少年少女文庫―世界の名作・日本の名
作) 380円

『吾輩は猫である 上』夏目漱石著 春
陽堂書店 1979.8 304p 16cm(春陽堂
少年少女文庫―世界の名作・日本の名作)
380円

『こころ』 夏目漱石著 ポプラ社
1978.10 302p 18cm(ポプラ社文庫)
450円

『坊っちゃん』 夏目漱石著 学習研究社
1978.10 284p 20cm(ジュニア版名作
文学) 580円

『坊っちゃん』 夏目漱石著 ポプラ社
1978.9 206p 18cm(ポプラ社文庫)
390円

『坊っちゃん』 夏目漱石著 春陽堂書店
1976.10 239p 15cm(春陽堂少年少女
文庫 世界の名作日本の名作1) 280円

『草枕』 夏目漱石著,水田雄壹絵 偕成
社 1973 316p 19cm(ジュニア版日
本文学名作選56)

『坊ちゃん』 夏目漱石作,北島新平絵
金の星社 1973 283p 20cm(ジュニ
ア版日本の文学1)

『わがはいはねこである』 夏目漱石作,立
原えりか文,織茂恭子絵 集英社 1973
162p 22cm(母と子の名作文学33)

『草枕』 夏目漱石作,秋野卓美絵 集英
社 1972 305p 20cm(日本の文学
ジュニア版21)

『こころ』 夏目漱石作,秋野卓美絵 集
英社 1972 313p 20cm(日本の文学
ジュニア版7)

『三四郎』 夏目漱石作,秋野卓美絵 集
英社 1972 325p 20cm(日本の文学
ジュニア版4)

『坊っちゃん』 夏目漱石作,福田清人編,
斎藤博之絵 講談社 1972 238p
19cm(少年少女講談社文庫 名作と物語
A-11)

『坊っちゃん』 夏目漱石作,秋野卓美絵
集英社 1972 325p 20cm(日本の文
学 ジュニア版1)

『吾輩は猫である 上下』夏目漱石作,
秋野卓美絵 集英社 1972 2冊 20cm
(日本の文学 ジュニア版2,3)

『吾輩は猫である 上』夏目漱石著 正
進社 1971.6 312p 15cm(正進社名作
文庫)

『草枕』 夏目漱石著,秋野卓美絵 集英
社 1969 305p 20cm(日本の文学カ
ラー版21)

『三四郎』 夏目漱石文,太田大八絵 偕
成社 1969 306p 19cm(ホーム・ス
クール版日本の名作文学33)

『夏目漱石名作集』 夏目漱石著,松田穣
絵 偕成社 1969 304p 23cm(少年
少女現代日本文学全集1)

『夏目漱石名作集 続』 夏目漱石著,桜
井誠絵 偕成社 1969 310p 23cm
(少年少女現代日本文学全集2)

『こころ』 夏目漱石文,秋野卓美絵 集
英社 1968 313p 20cm(日本の文学7)

『三四郎』 夏目漱石文,秋野卓美絵 集
英社 1968 325p 20cm(日本の文学4)

夏目漱石

『坊ちゃん』　夏目漱石文, 秋野卓美絵　集英社　1968　325p　20cm（日本の文学 1）

『吾輩は猫である』　夏目漱石文, 下高原千歳絵　ポプラ社　1968　438p　23cm（世界の名著 29）

『吾輩は猫である　下』　夏目漱石文, 秋野卓美絵　集英社　1968　317p　20cm（日本の文学 3）

『吾輩は猫である　下』　夏目漱石文, 司修絵　偕成社　1968　306p　19cm（日本の名作文学ホーム・スクール版 13）

『吾輩は猫である　上』　夏目漱石文, 秋野卓美絵　集英社　1968　327p　20cm（日本の文学 2）

『吾輩は猫である　上』　夏目漱石文, 司修絵　偕成社　1968　312p　19cm（日本の名作文学ホーム・スクール版 12）

『こころ』　夏目漱石文, 永井潔絵　偕成社　1967　316p　19cm（日本文学名作選ジュニア版 41）

『坊ちゃん』　夏目漱石文, 松井行正絵　ポプラ社　1967　342p　23cm（世界の名著 6）

『坊っちゃん』　夏目漱石文, 宮田武彦絵　偕成社　1967　310p　19cm（日本の名作文学ホーム・スクール版 1）

『草枕』　夏目漱石文, 市川禎男絵　ポプラ社　1966　290p　20cm（アイドル・ブックス 50）

『三四郎』　夏目漱石文, 太田大八絵　偕成社　1966　304p　19cm（日本文学名作選ジュニア版 32）

『坊っちゃん』　夏目漱石文, 須田寿絵　あかね書房　1966　256p　22cm（少年少女日本の文学 2）

『吾輩は猫である　下』　夏目漱石文　ポプラ社　1966　310p　20cm（アイドル・ブックス 40）

『吾輩は猫である　上』　夏目漱石文　ポプラ社　1966　308p　20cm（アイドル・ブックス 39）

『こころ』　夏目漱石文, 市川禎男絵　ポプラ社　1965　302p　20cm（アイドル・ブックス 5）

『三四郎』　夏目漱石文　ポプラ社　1965　302p　20cm（アイドル・ブックス 18）

『坊ちゃん』　夏目漱石作, 福田清人訳, 松田穣絵　講談社　1965　284p　19cm（世界名作全集 4）

『坊っちゃん』　夏目漱石文, 箕田源二郎絵　ポプラ社　1965　302p　20cm（アイドル・ブックス 1）

『吾輩は猫である　下』　夏目漱石文, 司修絵　偕成社　1965　306p　19cm（日本文学名作選ジュニア版 20）

『吾輩は猫である　上』　夏目漱石文, 司修絵　偕成社　1965　312p　19cm（日本文学名作選ジュニア版 19）

『坊ちゃん』　夏目漱石文, 宮田武彦絵　偕成社　1964　310p　19cm（日本文学名作選ジュニア版 4）

『坊ちゃん・わが輩は猫である』　夏目漱石原作, 浅野晃著, 岩田浩昌絵　偕成社　1964　307p　19cm（少年少女世界の名作 7）

『夏目漱石名作集』　夏目漱石文, 松田穣絵　偕成社　1963　304p　23cm（少年少女現代日本文学全集 4）

『夏目漱石・中勘助・高浜虚子集』　夏目漱石, 中勘助, 高浜虚子文, 市川禎男絵　講談社　1961　389p　23cm（少年少女日本文学全集 2）

『夏目漱石集』　夏目漱石文　東西五月社　1959　205p　22cm（少年少女日本文学名作全集 1）

『夏目漱石集　続』　夏目漱石作, 松山文雄絵　ポプラ社　1959　444p　22cm（新日本少年少女文学全集 25）

『坊っちゃん』　夏目漱石著, 福田清人編, 三芳悌吉絵　講談社　1958　302p　19cm（世界名作全集 151）

『夏目漱石集』　夏目漱石作, 三芳悌吉絵　ポプラ社　1957　302p　22cm（新日本少年少女文学全集 2）

『夏目漱石名作集　続』　夏目漱石作，山本健吉編，須田寿絵　あかね書房　1956　260p　22cm（少年少女日本文学選集 22）

『坊ちゃん・わが輩は猫である』　夏目漱石原作，浅野晃著，岩田浩昌絵　偕成社　1956　307p　19cm（世界名作文庫 131）

『夏目漱石集』　夏目漱石文，久松潜一等編　東西文明社　1955　329p　22cm（少年少女のための現代日本文学全集 5）

『夏目漱石集』　夏目漱石文，飛田文雄編　新紀元社　1955　287p　18cm（中学生文学全集 4）

『夏目漱石名作集』　夏目漱石文，亀井勝一郎編，須田寿絵　あかね書房　1955　243p　22cm（少年少女日本文学選集 1）

『日本児童文学全集　12　少年少女小説篇 2』　国木田独歩，吉江喬松，川端康成，北畠八穂，土田耕平，阿部知二，吉田一穂，林芙美子，室生犀星，藤森成吉，中勘助，前田夕暮，ワシリー・エロシェンコ，田宮虎彦，徳永直，堀辰雄，中西悟堂，寺田寅彦，夏目漱石，森鴎外作　河出書房　1955　360p　22cm

『坊ちゃん物語』　夏目漱石原作，吉田与志雄著，石黒泰治絵　講談社　1955　245p　18cm（名作物語文庫 13）

鍋島　俊成
なべしま・としなり
《?～1998》

『仏教童話』　鍋島俊成著　神戸　真覚寺文化部　1999.1　324p　21cm

『おりんごちゃん―仏教童話』　鍋島俊成著　永田文昌堂　1977.1　103p　19cm　550円

『わかば』　鍋島俊成文　京都　永田文昌堂　1975　112p　18cm

『わらべー仏教童話』　鍋島俊成文　神戸　真覚寺文化部　1973　101p　19cm

『わらべー仏教童話』　鍋島俊成文　京都　永田文昌堂　1973　101p　19cm

奈街　三郎
なまち・さぶろう
《1907～1978》

『しろくまのゆめ』　奈街三郎文，茂田井武絵　銀貨社，星雲社発売　2002.12　36p　21cm（えばなし文庫 5）　1500円
①4-434-01758-6
目次　トラととこやさん，しろくまのゆめ，ホット・ケーキ，かくれんぼ，あり・7ひき
内容　あかるいあさきれいなみなとにつきました。「さんばしをわたると，こどももおとなもだいかんげい」。奈街三郎・茂田井武が贈る愉快な絵本。

『おさるのしゃしんや』　奈街三郎文，茂田井武絵　銀貨社，星雲社発売　2002.6　38p　21cm（えばなし文庫 4）　1500円
①4-434-01757-8
目次　おさるのしゃしんや，ポチとぼうし，さるがしまときつねがしま，えちごうさぎ，じしんがくると
内容　さあみんなしゃしんをとってやるよ。「おかしいな？こまったな…あ！そうだ」奈街三郎・茂田井武が贈る愉快な絵本。

『ぞうとケエブル・カー』　奈街三郎文，茂田井武絵　銀貨社,星雲社発売　2001.12　36p　21cm（えばなし文庫 3）　1500円
①4-434-00728-9
目次　ぞうとケエブル・カー，ねこのおくりもの，たぬきのにいさん，せんどろかん，ゴウ・ストップ
内容　停電でストップしたケエブル・カーをみんなで協力して動かそうとしますが，力持ちのゾウさんがとった解決方法は…『ぞうとケエブル・カー』『ねこのおくりもの』『たぬきのにいさん』『せんどろかん』『ゴウ・ストップ』の5作品を収録。

『電気スケート』　奈街三郎文，茂田井武絵　銀貨社,星雲社発売　2001.6　37p　21cm（えばなし文庫 2）　1500円
①4-434-00727-0
目次　電気スケート，おとしあな，さるとかにのげんまん

奈街三郎

|内容| キツネのアルサシヤン博士が発明した電気スケートは大はやり。だけど、スピードがですぎてみんな傷だらけ。そこで、みんなは集まって相談をはじめました…。表題作『電気スケート』『おとしあな』『さるとかにのげんまん』の3作を収録。

『幼年文学名作選 17 あたらしい友だち』 奈街三郎作, 赤星亮衛絵 岩崎書店 1989.3 102p 22cm 1200円
①4-265-03717-8

『ガリバー旅行記』 スウィフト作, 奈街三郎著, 桜井誠画 改訂版カラー版 偕成社 1986.3 126p 23×20cm（世界の幼年文学 19） 980円 ①4-03-408190-2
|内容| ガリバーは、子どものときから冒険ずきでした。船で世界中の海をわたって、どこか、めずらしいふしぎな国へ行ってみたいと考えました。そして、そのためにいろいろなことを勉強し、船にのりこむ医者となって、海へのりだしたのです。ガリバーは、どんなふしぎなことにあったのでしょう。空想豊かで、とほうもなくおもしろい物語です。

『おむすびころころ』 新井五郎え, 奈街三郎文 日本書房 1982.6 208p 22cm（日本のむかし話幼年文庫） 780円 ①4-8200-0066-7〈図版〉

『ろくわのはくちょう』 奈街三郎文, 司修絵 ひさかたチャイルド 1982.4 32p 25cm（ひさかた絵本館 13） 780円 ①4-89325-012-4

『とけいの3時くん』 奈街三郎作, 赤星亮衛絵 岩崎書店 1981.8 102p 22cm（日本の幼年童話 17） 1100円〈解説:関英雄 叢書の編集:菅忠道〔ほか〕 初刷:1973（昭和48） 図版〉
|目次| とけいの3時くん〔ほか6編〕

『一年生の日本むかしばなし』 奈街三郎文, 小林和子絵 集英社 1980.3 189p 23cm（一年生の学級文庫 3） 460円〈解説:村松定孝,瀬川栄志 叢書の監修:浜田広介〔ほか〕 初刷:1972（昭和47） 図版〉
|目次| ねずみのよめいり〔ほか8編〕

『ごりらとたいほう』 奈街三郎作, 佐藤ひろ子画 所沢 けん出版 1977.12 42p 21×22cm（ぬり絵創作童話シリーズ） 580円

『三年生のアラビアンナイト』 奈街三郎文, 藤川秀之絵 集英社 1975 186p 23cm（三年生の学級文庫 11）

『かなしいはなし』 奈街三郎文, 池原昭治絵 偕成社 1973 176p 23cm（幼年版民話シリーズ 11）

『とけいの3時くん』 奈街三郎作, 赤星亮衛絵 岩崎書店 1973 102p 22cm（日本の幼年童話 17）

『名犬ラッシー』 ナイト原作, 奈街三郎文, 芝美千せえ 日本書房 1973 176p 22cm（幼年世界名作文庫）

『一年生の日本むかしばなし』 奈街三郎文, 小林和子絵 集英社 1972 189p 23cm（一年生の学級文庫 3）

『おむすびころころ』 奈街三郎文, 新井五郎え 日本書房 1972 208p 23cm（日本のむかし話幼年文庫）

『こわいはなし』 奈街三郎文, 西村保史郎絵 偕成社 1972 176p 23cm（幼年版民話シリーズ 4）

『バンビものがたり』 奈街三郎文, 帆足次郎絵 偕成社 1971 144p 23cm（こども絵文庫 21）

『フランダースの犬』 ウィーダ原作, 奈街三郎文, 西村保史郎絵 偕成社 1971 144p 23cm

『小公子』 バーネット原作, 奈街三郎文, 武部本一郎絵 集英社 1970 64p 28cm（オールカラー母と子の世界の名作 13）

『王子とこじき』 マーク・トウェイン原作, 奈街三郎文, 桜井誠絵 集英社 1968 155p 22cm（少年少女世界の名作 11）

『ガリバー旅行記』 スウィフト作, 奈街三郎文, 桜井誠絵 偕成社 1968 126p 23cm（世界の幼年文学 19）

『さるのさかなとり』 イソップ原作, 奈街三郎文, 吉崎正巳絵 ポプラ社 1962 60p 27cm（おはなし文庫 14）

『チョコレート町一番地―佐藤義美・奈街三郎・後藤楢根・筒井敬介童話集』 佐藤義美, 奈街三郎, 後藤楢根, 筒井敬介作, 沢井一三郎絵 偕成社 1962 240p 23cm（日本児童文学全集 14）

『とよださきち』　奈街三郎文, よしざきまさみ絵　ポプラ社　1962　60p　27cm（おはなし文庫 43）

『ピノキオ』　コッロディ原作, 奈街三郎文, センバ太郎絵　小学館　1962　188p　23cm（幼年世界名作文学全集 3）

『アンデルセン物語』　アンデルセン原作, 奈街三郎著, 久米宏一絵　東光出版社　1959　564p　19cm

『トルストイ童話集』　トルストイ原作, 奈街三郎著, 中山正美絵　東光出版社　1959　498p　19cm

『人魚のほうせき―アラビアンナイト物語』　奈街三郎文, 太賀正絵　東光出版社　1959　142p　22cm

『はる』　なまちさぶろう文, たきだいらじろう絵　麦書房　1959　24p　21cm（雨の日文庫 第6集5）

『ぺすたろっちのひろったもの』　なまちさぶろう文, みたげんじろう絵　麦書房　1959　24p　21cm（雨の日文庫 第5集17）

『家なき子』　マロー原作, 奈街三郎著, 松井行正絵　東光出版社　1958　394p　19cm（新選世界名作選集）

『ガリバーのたび』　スウイフト原作, 奈街三郎著, 市川禎男絵　実業之日本社　1958　160p　22cm（名作絵文庫 3年生）

『こじき王子』　トウエン原作, 奈街三郎著, 中山正美絵　集英社　1958　154p　22cm（少年少女物語文庫 17）

『とけいの3時くん』　奈街三郎文, 箕田源二郎絵　麦書房　1958　29p　21cm（雨の日文庫 第4集14）

『バンビものがたり』　ザルテン原作, 奈街三郎文, 花野原芳明絵　偕成社　1958　164p　22cm（なかよし絵文庫 29）

『フランダースの犬』　ウィーダ原作, 奈街三郎文, 武部本一郎絵　偕成社　1958　160p　22cm（なかよし絵文庫 32）

『小公女』　バーネット原作, 奈街三郎著, 奥野北雄絵　ポプラ社　1957　132p　22cm（たのしい名作童話 40）

『ピーター・パン』　バリ原作, 奈街三郎著, 水沢研絵　ポプラ社　1957　140p　22cm（たのしい名作童話 28）

『こざるのさかだち』　奈街三郎著, 山下大五郎絵　泰光堂　1956　194p　22cm（私たちのほんだなシリーズ―1年生）

『日本むかしばなし』　奈街三郎文, 松井行正絵　泰光堂　1956　207p　22cm（初級世界名作童話 2）

『ピーター・パン』　バリ原作, 奈街三郎文, 黒崎義介絵　小学館　1956　116p　22cm（小学館の幼年文庫 29）

『ピノキオ―名作絵物語』　コロディ原作, 奈街三郎文, 片岡京二絵　講談社　1956　164p　22cm（講談社の三年生文庫 15）

『ジャックとまめのき』　奈街三郎文, 長谷川露二等絵　小学館　1955　166p　22cm（小学館の幼年文庫 20）

『宝島』　スティブンソン作, 奈街三郎著, 高橋秀絵　あかね書房　1955　225p　19cm（幼年世界名作全集 13）

『ニルスのふしぎなたび』　ラーゲルレーフ原作, 奈街三郎文, 林義雄絵　小学館　1954　116p　22cm（小学館の幼年文庫 11）

『ねずみのハイキング』　奈街三郎文, 松井末雄絵　泰光堂　1954　205p　21cm（初級童話 3）

『イソップ物語』　イソップ原作, 奈街三郎著, 松井行正等絵　東光出版社　1953　363p　19cm

『日本児童文学全集 7 童話篇 7』　槇本楠郎, 川崎大治, 新美南吉, 与田準一, 奈街三郎作　河出書房　1953　350p　22cm
目次 槇本楠郎集 川崎大治集 新美南吉集 与田準一集 奈街三郎集

『1年の社会科童話―テスト付・学年別　あかいぽすと』　奈街三郎文, 横田昭次絵　実業之日本社　1951　154p　22cm

```
┌─────────────────────┐
│   並木　千柳        │
│  なみき・せんりゅう  │
│   《1695〜1751》    │
└─────────────────────┘
```

『橋本治・岡田嘉夫の歌舞伎絵巻　1　仮名手本忠臣蔵』　竹田出雲, 三好松洛, 並木千柳原作, 橋本治文, 岡田嘉夫絵　ポプラ社　2003.10　1冊　25×26cm　1600円　①4-591-07445-5

『寺小屋―菅原伝授手習鑑』　竹田出雲, 並木千柳, 三好松洛著, 河竹繁俊編著　同和春秋社　1955　223p　19cm（少年読物文庫）

```
┌─────────────────────┐
│   新美　南吉        │
│  にいみ・なんきち    │
│   《1913〜1943》    │
└─────────────────────┘
```

『赤いろうそく』　新美南吉作, 太田大八絵　小峰書店　2004.7　62p　24×19cm（新美南吉童話傑作選）　1400円　①4-338-20001-4
　目次　でんでんむし, みちこさん, うまやのそばのなたね, 里の春, 山の春, 赤いろうそく

『がちょうのたんじょうび』　新美南吉作, 渡辺洋二絵　小峰書店　2004.7　62p　24×19cm（新美南吉童話傑作選）　1400円　①4-338-20002-2
　目次　がちょうのたんじょうび, こぞうさんのおきょう, 木の祭, 去年の木, ひろったらっぱ

『子どものすきな神さま』　新美南吉作, 二俣英五郎絵　小峰書店　2004.7　62p　24×19cm（新美南吉童話傑作選）　1400円　①4-338-20003-0
　目次　子どものすきな神さま, 狐のつかい, でんでんむしのかなしみ, ひとつの火, かげ

『花をうめる』　新美南吉作, 杉浦範茂絵　小峰書店　2004.7　190p　21cm（新美南吉童話傑作選）　1500円　①4-338-20007-3
　目次　空気ポンプ, 久助君の話, 花をうめる, 川, 嘘, 屁, 詩・童謡・短歌・俳句

『おじいさんのランプ』　新美南吉作, 篠崎三朗絵, 新美南吉の会編　小峰書店　2004.6　155p　21cm（新美南吉童話傑作選）　1400円　①4-338-20006-5
　目次　牛をつないだ椿の木, うた時計, 最後の胡弓ひき, おじいさんのランプ

『ごん狐』　新美南吉作, 石倉欣二絵, 新美南吉の会編　小峰書店　2004.6　155p　21cm（新美南吉童話傑作選）　1400円　①4-338-20004-9
　目次　手袋を買いに, ごん狐, 狐, 巨男の話, 張紅倫, 烏右ェ門諸国をめぐる

『花のき村と盗人たち』　新美南吉作, 長野ヒデ子絵, 新美南吉の会編　小峰書店　2004.6　142p　21cm（新美南吉童話傑作選）　1400円　①4-338-20005-7
　目次　花のき村と盗人たち, 百姓の足, 坊さんの足, 和太郎さんと牛

『新美南吉童話集―心に残るロングセラー名作10話』　新美南吉著, 北川幸比古, 鬼塚りつ子責任編集　世界文化社　2004.3　135p　25×19cm　1000円　①4-418-04807-3
　目次　ごんぎつね, 牛をつないだつばきの木, 花のき村とぬすびとたち, おじいさんのランプ, 手ぶくろを買いに, がちょうのたんじょう日, でんでんむしの悲しみ, 二ひきのかえる, 去年の木, 一年生たちとひよめ
　内容　子どもたちにぜひ読んでほしい新美南吉の名作のベスト10話を収録している。小学生向き。

『ごんぎつね』　新美南吉作　岩波書店　2002.4　305p　19cm（岩波少年文庫）　720円　①4-00-114098-5
　目次　花のき村と盗人たち, おじいさんのランプ, 牛をつないだつばきの木, 百姓の足, 坊さんの足, 和太郎さんと牛, ごんぎつね, てぶくろを買いに, きつね, うた時計, いぼ, 屁, 烏右ェ門諸国をめぐる
　内容　心を打つ名作の数々を残してわずか30歳で世を去った新美南吉。貧しい兵十とキツネのごんとのふれあいを描いた有名な「ごんぎつね」, ほかに「おじいさんのランプ」「花のき村の盗人たち」「和太郎さんと牛」「てぶくろを買いに」など12編。小学4・5年以上。

新美南吉

『ごんぎつね』　新美南吉著　小学館
1999.12　213p　15cm（小学館文庫―新撰クラシックス）　600円
①4-09-404101-X
目次　おじいさんのランプ、うた時計、おしどり、花のき村と盗人たち、ごんぎつね、十三の詩
内容　児童文学への夢を抱きつづけた新美南吉は、命と時間が欲しいと切望しつつ二十九歳の若さでこの世を去った。しかし、日本のふるさとの風景を舞台に"人の心の優しさ"と"生きることの悲しみ"を描いた彼の作品は、時代を超えて愛され読みつがれている。小ぎつね"ごん"と兵十との交流を通じて人と人との心が通い合うことのむずかしさを描いた表題作「ごんぎつね」をはじめ、童話・五篇、詩・十三篇を収録。

『でんでんむしのかなしみ』　新美南吉作、かみやしん絵　大日本図書　1999.7　29p　23cm　1300円　①4-477-01023-0
目次　でんでんむしのかなしみ、里の春、山の春、木の祭り、でんでんむし
内容　皇后さまの心に「何度となく、思いがけない時に記憶によみがえって」きた『でんでんむしのかなしみ』を初め、心にしみる南吉童話の世界。

『賢治と南吉―ひびきあう心』　松丸春生、西川小百合著、永井泰子絵　さ・え・ら書房　1999.6　191p　21cm（CD BOOK―すてきに朗読を）　3000円
①4-378-02292-3〈付属資料:CD1〉
目次　第1章 そらのめぐりのめあて―はじめての童話、第2章 清水はいまもこんこんと湧き―ひびきあう心、第3章 雲からも風からも透明な力がそのこどもにうつれ―生きるすがた、第4章 永遠の生命を思わせるね―すてきなシーンを声にして、第5章 やぶの中で鳴らすと、すずしいような声だよ―会話をたのしく、第6章 きっと、みんなのほんとうのさいわいをさがしに行く―生涯をかけて
内容　ほんとうの「銀河鉄道の夜」と出会えます。さまざまに工夫された朗読台本がいっぱい。だれも知らないエピソードと「人となり」。くりかえして楽しめる朗読CDが付いています。声に出して読んでみると、ぐっと文学作品の味わいが深まります。でも文学作品は、もともと黙読のためのもの。そこで、この本では、賢治と南吉の作品を、朗読のためのものにしてみました。

『南吉と賢治―かよいあう心』　松丸春生、西川小百合著、永井泰子絵　さ・え・ら書房　1999.6　191p　21cm（CD BOOK―すてきに朗読を）　3000円
①4-378-02293-1〈付属資料:CD1〉
目次　第1章 権狐は、うれしくなりました―ほんとうはこう書かれていた、第2章 ほんとうに人間はいいものかしら―どこか似ているな、第3章 しばしここに翼をやすめよ―願いのかたち、第4章 むこうのほそみちばたんがさいた―幼ごころを失わず、第5章 からだが天に飛んでしまうくらいいいもの―生きた会話を、第6章 すきとおったほんとうのたべもの―かよいあう心
内容　ほんものの「権狐」と出会えます。たくさんの名作が朗読台本になっています。めずらしいエピソードと「人となり」。文字の奥の「声」が聞けるCDが付いています。朗読すると、読みの力や表現力がたしかなものになっています。でも、はじめから朗読のために書かれた作品はめったにありません。この本には、朗読にむくように工夫された南吉と賢治の作品が、朗読CDとともにたくさん入っています。

『狐』　新美南吉作、長野ヒデ子絵　偕成社　1999.3　35p　29×25cm（日本の童話名作選シリーズ）　1600円
①4-03-963720-8
内容　月夜の晩、文六ちゃんは祭りにいく途中で下駄を買いました。その時、腰のまがったお婆さんが言ったのです。「やれやれ、晩げに新しい下駄をおろすと、狐がつくというだに。」それを聞いた文六ちゃんはびっくり。とっても心配になりました。下駄屋のおばさんが、すぐにマッチを一本するまねをして、文六ちゃんの新しい下駄のうらに触って、おまじないをしてくれました。「さあ、これでよし。これでもう狐も狸もつきやしん。」しかし、文六ちゃんの不安とおそれは消えませんでした。一本当に狐につかれるのではないか、狐になってしまうのではないかと―。小学中級以上。

『ごんぎつね』　新美南吉作、かすや昌宏絵　あすなろ書房　1998.6　39p　29×24cm　1400円　①4-7515-1456-3

『鳥右ェ門諸国をめぐる』　新美南吉作、長野ヒデ子画　岩崎書店　1997.9　117p　18cm（フォア文庫 B191）　560円
①4-265-06312-8

新美南吉

『 』
　[目次] 小さい太郎の悲しみ, 貧乏な少年の話, 鳥右ェ門諸国をめぐる
　[内容] 30歳で亡くなった新美南吉が死を強く意識しはじめた晩年の作品から3作を選びました。「小さい太郎の悲しみ」はひとりぼっちで兄弟のいない少年の孤独感を切々と描き、「貧乏な少年の話」は貧しさの中で悩みながら成長する長男の少年像を的確にとらえ、「鳥右ェ門諸国をめぐる」では武士としもべの"人間の正義"をめぐる葛藤を見事に表現していて、いずれも味わい深い秀作です。

『花をうかべてー新美南吉詩集』　新美南吉著, 北川幸比古編, 河村哲朗画　岩崎書店　1997.9　112p　18cm（フォア文庫 B192）　560円　①4-265-06313-6
　[内容] 「ごん狐」「手袋を買いに」「おじいさんのランプ」「牛をつないだ椿の木」など数々の名作童話を残し、わずか30歳の若さで彗星のように消え去った新美南吉の残した珠玉のような詩・童謡270編。その中から選びぬいた、詩・童謡38編、短歌2首、俳句7句を収める。

『うた時計』　新美南吉作, 長野ヒデ子画　岩崎書店　1997.7　113p　18cm（フォア文庫 B190）　560円　①4-265-06311-X
　[目次] 正坊とクロ, 花を埋める, うた時計, きつね, いぼ
　[内容] 南吉童話は物語性に富んでいると評されますが、ここには自己表出の色彩の濃い作品を収めました。「正坊とクロ」―人間と動物の友愛、「花を埋める」―美しい女性への憧れとその想いの挫折、「うた時計」―久しぶりに家にもどった息子と父親の心の交流、「きつね」―幼い子どもの不安、「いぼ」―田舎の子どもが都会の子に抱く失望と、読者の心にひびく佳品五点。定評ある南吉童話、第三短編集。

『新美南吉童話集』　千葉俊二編　岩波書店　1996.7　332p　15cm（岩波文庫）　620円　①4-00-311501-5
　[目次] ごん狐.手袋を買いに.赤い蝋燭.最後の胡弓弾き.久助君の話.屁.うた時計.ごんごろ鐘.おじいさんのランプ.牛をつないだ椿の木.百姓の足, 坊さんの足.和太郎さんと牛.花のき村と盗人たち.狐.童話における物語性の喪失

『ごんぎつね』　新美南吉著　全国学校図書館協議会　1996.4　19p　21cm（集団読書テキスト A6）　126円　①4-7933-7006-3〈年譜あり〉

『こどものための日本の名作ー短編ベスト30話 宮沢賢治・小川未明・新美南吉』　宮沢賢治ほか著　世界文化社　1996.3　407p　24cm（別冊家庭画報）　2700円

『おじいさんのランプ』　新美南吉作, 遠藤てるよ絵　大日本図書　1996.2　226p　18cm（てのり文庫図書館版 13―新美南吉童話作品集 2）　1000円　①4-477-00621-7

『ごんぎつね・夕鶴』　新美南吉, 木下順二著　講談社　1995.10　205p　19cm（ポケット日本文学館 16）　1000円　①4-06-261716-1
　[内容] いたずらのつぐないにごんは、兵十の家に栗やまつたけを運ぶ。ひとりぼっち同士の心が結ばれたとき、やるせなく哀しい結末がおとずれる。多くの子どもたちに親しまれた「ごんぎつね」はじめ、新美南吉の名作童話七編と、木下順二の代表的戯曲「夕鶴」を収録。

『ごんぎつね』　新美南吉作, 小沢良吉絵　岩崎書店　1995.4　85p　22cm（日本の名作童話 2）　1500円　①4-265-03752-6

『新編新美南吉代表作集』　半田市教育委員会編　半田　半田市教育委員会　1994.3　304p　22cm　非売品〈著者の肖像あり〉
　[目次] 童話 飴だま ほか. 小説 雀 ほか. 詩 窓・熊 ほか. 短歌.俳句. 南吉文学の世界―作品解説

『てぶくろを買いに』　新美南吉作, 高野玲子画　新版　大日本図書　1993.10　66p　22cm（子ども図書館）　1100円　①4-477-00386-2
　[目次] てぶくろを買いに, 赤いろうそく, こぞうさんのおきょう, 子どものすきな神さま, あめだま, ひろったラッパ

『ごんぎつね・赤いろうそくと人魚』　新美南吉, 小川未明文, 柿本幸造, 永田萌絵　講談社　1991.9　96p　28×22cm（講談社のおはなし童話館 18）　1300円　①4-06-197918-3
　[目次] ごんぎつね（新美南吉）, 赤いろうそくと人魚（小川未明）

『ごんぎつね―新美南吉傑作選』　新美南吉著, 太田大輔絵　講談社　1990.4　235p　18cm（講談社青い鳥文庫）　460円　Ⓘ4-06-147282-8
[目次] ごんぎつね, 手袋を買いに, 空気ポンプ, 久助君の話, 屁, おじいさんのランプ, 百姓の足, 坊さんの足, 牛をつないだ椿の木, 花のき村と盗人たち, ひろったラッパ, 飴だま
[内容] 自分のいたずらが原因で, 兵十のお母がうなぎを食べられずに死んだと思ったごんは, そのつぐないに, ひとりぼっちの兵十の家に, いわしや栗をとどけましたが…。いたずら好きなひとりぼっちの小狐の悲しい最期を描いた「ごんぎつね」ほか,「おじいさんのランプ」「屁」「花のき村と盗人たち」など, 心に残る名作11編収録。

『新美南吉童話大全』　講談社　1989.8　379p　26cm　2000円　Ⓘ4-06-204412-9
〈新美南吉略年譜:p378〜379〉

『花をうめる』　新美南吉作, 遠藤てるよ絵　大日本図書　1989.4　245p　18cm（てのり文庫―新美南吉童話作品集）　500円　Ⓘ4-477-17011-4
[目次] 花をうめる, 疣, 雀, 川〈A〉, 塀
[内容] さみしさや悲しさと向かいあって, だれもがみな,"人生"を学んでいく…。少年の純粋な心が, 傷つきながら生にめざめていくさまを, 美しく描きだした新美南吉の少年小説集。みずみずしい感動をお届けします。付南吉略年譜。

『久助君の話』　新美南吉作, 遠藤てるよ絵　大日本図書　1989.3　217p　18cm（てのり文庫―新美南吉童話作品集）　450円　Ⓘ4-477-17010-6
[目次] 久助君の話, 嘘, 屁, 川〈B〉, 空気ポンプ,〈無題〉『中学二年生の時』
[内容] だれもが一度は経験する人生へのとまどい, 友情, 裏切り, 苦しみ, 生きるよろこび―少年期の心のゆれうごきを繊細にとらえた, 新美南吉の少年小説6編をおさめました。

『幼年文学名作選　5　花のき村と盗人たち』　新美南吉作, 福田庄助絵　岩崎書店　1989.3　118p　22cm　1200円　Ⓘ4-265-03705-4

『和太郎さんと牛』　新美南吉作, 遠藤てるよ絵　大日本図書　1989.2　246p　18cm（てのり文庫）　450円　Ⓘ4-477-17009-2
[目次] 和太郎さんと牛, 花のき村と盗人たち, 鳥右エ門諸国をめぐる, 狐, 鯛造さんの死
[内容] 牛ひきの和太郎さんは, よい牛を持っていました。よほよほだけど, 和太郎さんには, とても役に立つのです。和太郎さんと牛をめぐる表題作ほか, 心やさしい盗人たちを描く「花のき村と盗人たち」など全5編を収録。

『おじいさんのランプ』　新美南吉作, 遠藤てるよ絵　大日本図書　1988.9　226p　18cm（てのり文庫―新美南吉童話作品集）　450円　Ⓘ4-477-17006-8
[目次] おじいさんのランプ, 牛をつないだ椿の木, 百姓の足, 坊さんの足, 最後の胡弓ひき
[内容] 郷土色ゆたかな, 新美南吉童話の中編を4編おさめました。「おじいさんのランプ」をはじめ,「牛をつないだ椿の木」「百姓の足, 坊さんの足」「最後の胡弓ひき」―素朴な味わいの中に深い感動をたたえた名作ぞろいです。小学校中学年向。

『ごんぎつね』　新美南吉作, 遠藤てるよ絵　大日本図書　1988.7　237p　18cm（てのり文庫―新美南吉童話作品集）　450円　Ⓘ4-477-17004-1

『手ぶくろを買いに』　新美南吉作, 黒井健絵　偕成社　1988.3　31p　29×25cm（日本の童話名作選）　1400円　Ⓘ4-03-963310-5
[内容] 冷たい雪で牡丹色になった子狐の手を見て, 母狐は毛糸の手袋を買ってやろうと思います。その夜, 母狐は子狐の片手を人の手にかえ, 銅貨をにぎらせ, かならず人間の手のほうをさしだすんだよと, よくよく言いふくめて町へ送り出しました。はたして子狐は, 無事, 手袋を買うことができるでしょうか。新美南吉がその生涯をかけて追求したテーマ「生存所属を異にするものの魂の流通共鳴」を, 今, 黒井健が情感豊かな絵を配して, 絵本として世に問います。

『花のき村と盗人たち』　新美南吉作, 太田大八絵　新学社　1987.6　133p　22cm（少年少女こころの図書館）　950円

新美南吉

『ごんぎつね』　新美南吉作,黒井健絵　偕成社　1986.9　1冊　29×25cm（日本の童話名作選）　1400円　①4-03-963270-3
内容 兵十が病気の母親のためにとったうなぎをふとしたいたずら心から奪ってしまったきつねのごん。せめてものつぐないにとごんは、こっそり栗や松茸を届けつづけますが、その善意は兵十に伝わらぬままに思いがけない結末をむかえます。宮沢賢治と並ぶ古典的童話作家、新美南吉、その屈指の傑作短篇「ごんぎつね」を気鋭の画家、黒井健が絵本化。

『ごんぎつね・夕鶴』　新美南吉, 木下順二著　講談社　1986.4　261p　22cm（少年少女日本文学館 第15巻）　1400円　①4-06-188265-1
目次 ごんぎつね（新美南吉）,手袋を買いに（新美南吉）,赤い蝋燭（新美南吉）,ごんごろ鐘（新美南吉）,おじいさんのランプ（新美南吉）,牛をつないだ椿の木（新美南吉）,花のき村と盗人たち（新美南吉）,夕鶴（木下順二）,木竜うるし（木下順二）,山の背くらべ（木下順二）,夢見小僧（木下順二）
内容 いつまでも語りついでいきたい、素朴な心と、ふるさとのあたたかさ。新美南吉・木下順二の傑作11編を収録。

『ごんぎつね・張紅倫』　新美南吉著, 赤い鳥の会編, 斎藤博之絵　小峰書店　1982.9　59p　22cm（赤い鳥名作童話）　780円　①4-338-04810-7

『おじいさんのランプ―新美南吉童話集』　新美南吉著　偕成社　1982.8　320p　19cm（偕成社文庫）　450円　①4-03-650970-5

『おじいさんのランプ―新美南吉童話集』　赤羽末吉,鈴木義治画　岩波書店　1982.8　344p　23cm（岩波の愛蔵版 7）　1700円〈巻末:年譜,文献 解説:与田準一,古田足日 初刷:1965（昭和40）図版〉
目次 花のき村と盗人たち〔ほか11編〕

『ごんぎつね―新美南吉童話集』　新美南吉著　偕成社　1982.8　266p　19cm（偕成社文庫）　450円　①4-03-550710-5

『おじいさんのランプ』　新美南吉作,福田庄助画　岩崎書店　1982.6　211p　18cm（フォア文庫）　390円

『牛をつないだ椿の木』　新美南吉著　金の星社　1982.3　308p　20cm（日本の文学 27）　680円　①4-323-00807-4

『がちょうのたんじょうび』　杉田豊絵　新訂版　大日本図書　1982.3　62p　24cm（新美南吉童話選集）　960円〈解説:巽聖歌 初版:1973（昭和48）〉
目次 がちょうのたんじょうび〔ほか9編〕

『ごんぎつね』　赤羽末吉画,新美南吉著　あかね書房　1982.3　202p　22cm（日本児童文学名作集 5）　980円〈解説:巽聖歌 図版〉
目次 正坊とクロ〔ほか8編〕

『ごんぎつねとてぶくろ』　深沢省三絵　新訂版　大日本図書　1982.3　51p　24cm（新美南吉童話選集）　960円〈解説:巽聖歌 初版:1973（昭和48）〉
目次 ごんぎつね、てぶくろを買いに

『新美南吉童話集　3　花のき村と盗人たち』　大日本図書　1982.3　362p　22cm　2800円〈巻末:新美南吉年譜 解説:向川幹雄 図版〉
目次 花のき村と盗人たち〔ほか15編〕

『新美南吉童話集　2　おじいさんのランプ』　大日本図書　1982.3　354p　22cm　2800円〈編集:大石源三〔ほか〕解説:続橋達雄 筆跡:著者 図版（筆跡を含む）〉
目次 おじいさんのランプ〔ほか17編〕

『新美南吉童話集　1　ごん狐』　大日本図書　1982.3　352p　22cm　2800円〈編集:大石源三〔ほか〕解説:鳥越信 肖像:著者〔ほか〕図版（肖像を含む）〉
目次 手袋を買いに〔ほか12編〕

『あかいろうそく』　渡辺三郎絵　新訂版　大日本図書　1982.2　62p　24cm（新美南吉童話選集）　960円〈解説:巽聖歌 初版:1973（昭和48）〉
目次 あかいろうそく〔ほか6編〕

『こぞうさんのおきょう』　遠藤てるよ絵　新訂版　大日本図書　1982.2　62p　24cm（新美南吉童話選集）　960円〈解説:巽聖歌 初版:1973（昭和48）〉
目次 こぞうさんのおきょう〔ほか10編〕

新美南吉

『こどものすきなかみさま』 谷内六郎絵 新訂版 大日本図書 1982.2 62p 24cm（新美南吉童話選集） 960円〈解説:巽聖歌 初版:1973（昭和48）〉
目次 こどものすきなかみさま〔ほか9編〕

『花のき村と盗人たち』 村上豊画 大日本図書 1982.2 78p 22cm（新美南吉童話選集） 800円〈解説:佐藤通雅 初刷:1974（昭和49）〉
目次 花のき村と盗人たち,詩,百姓の足,坊さんの足

『ごんぎつね』 新美南吉作,福田庄助絵 岩崎書店 1981.6 118p 22cm（日本の幼年童話 5） 1100円〈解説:関英雄 叢書の編集:菅忠道〔ほか〕 初刷:1971（昭和46）図版〉
目次 ごんぎつね,和太郎さんと牛,花のき村と盗人たち

『校定新美南吉全集 第9巻 戯曲・評論・随筆・翻訳・雑纂』 大日本図書 1981.4 664p 22cm 4800円
目次 戯曲 自由を我等に.一幕劇 馬車の来るまで.病む子の祭.千鳥.春は梨畑から野道を縄飛びして来た話.ガア子の卒業祝賀会.ランプの夜.〈無題〉『第一場 東京市郊外に』〈断簡〉『第三場 断崖の下』〈無題〉『××伯爵邸内』〈無題〉『ポン太』評論・随筆.翻訳 トランプ.すみませんが切符を.冬の孔雀.馬商人の娘.ピエロ.バリバーニイの沼地.王様とパスタ.パーシイ・パーキンズは大人しい猫です.〈断簡〉『として巡行して』ミルン童謡抄.郭公鳥の時計.ジョン王様のクリスマス.月の中の人.ゐろりの中の街.雪人形.〈無題〉『場面は』英吉利の童詩.雑纂

『てぶくろを買いに』 新美南吉著 大日本図書 1981.3 55p 22cm（子ども図書館） 750円〈解説:波多野完治 初刷:1968（昭和43）〉
目次 てぶくろを買いに〔ほか5編〕

『校定新美南吉全集 第8巻 詩・童謡・短歌・俳句』 大日本図書 1981.1 522,4p 22cm 4800円〈著者の肖像あり〉

『校定新美南吉全集 第7巻 童話・小説 7』 大日本図書 1980.12 456p 22cm 4800円〈著者の肖像あり〉
目次 喜劇役者〈A〉ほか57編

『校定新美南吉全集 第6巻 童話・小説 6』 大日本図書 1980.11 464p 22cm 4800円〈著者の肖像あり〉
目次 蛍いろの灯.空気ポンプ.自転車物語.百牛物語.山から来る少年.小さい薔薇の花.父.芍薬.名無指物語.鯛造さんの死.天狗.〈無題〉『北側の』帰郷.盆地の伴太郎.一枚の葉書

『ごんぎつね』 新美南吉作,福田庄助画 岩崎書店 1980.11 184p 18cm（フォア文庫） 390円

『校定新美南吉全集 第5巻 童話・小説 5』 大日本図書 1980.10 457p 22cm 4800円〈著者の肖像あり〉
目次 抗夫.蛾とアーク灯.丘の銅像.塀.楽書.雀.鞠.除隊兵.鴛鴦.川〈A〉決闘.登っていつた少年.〈無題〉『中学二年生の時』

『校定新美南吉全集 第4巻 童話・小説 4』 大日本図書 1980.9 463p 22cm 4800円〈著者の肖像あり〉
目次 大岡越前守 ほか47編

『校定新美南吉全集 第1巻 童話・小説 1』 大日本図書 1980.8 410p 22cm 4800円
目次 良寛物語手毬と鉢の子.解題

『校定新美南吉全集 第3巻 童話・小説 3』 大日本図書 1980.7 389p 22cm 4800円〈著者の肖像あり〉
目次 ごん狐.百姓の足,坊さんの足.のら犬.和太郎さんと牛.花のき村と盗人たち.正坊とクロ.鳥右ヱ門諸国をめぐる.お母さん達.木の祭.赤い蝋燭.最後の胡弓弾き.花を埋める.音ちゃんは豆を煮ていた.屁.坂道.家.銭

『校定新美南吉全集 第2巻 童話・小説 2』 大日本図書 1980.6 426p 22cm 4800円〈著者の肖像あり〉
目次 川〈B〉.嘘.ごんごろ鐘.久助君の話.うた時計.おぢいさんのランプ.貧乏な少年の話.小さい太郎の悲しみ.手袋を買ひに.草.狐.牛をつないだ椿の木.耳.疣.椋の実の思出.銭坊.赤蜻蛉.中秋の空.海から帰る日.張紅倫.巨男の話.解題

『牛をつないだつばきの木』 吉井忠画 大日本図書 1980.2 78p 22cm（新美南吉童話選集） 800円〈解説:佐藤通雄 初刷:1973（昭和48）〉
目次 牛をつないだつばきの木,詩,和太郎さんと牛

子どもの本・日本の名作童話6000 197

新美南吉

『鳥山鳥右エ門』　野口昂明画　大日本図書　1980.2　78p　22cm（新美南吉童話選集）　800円〈解説:佐藤通雅　初刷:1973（昭和48）〉
目次　鳥山鳥右エ門,詩,煙の好きな若君の話

『ランプと胡弓ひき』　山口晴温画　大日本図書　1980.2　78p　22cm（新美南吉童話選集）　800円〈解説:佐藤通雅　初刷:1973（昭和48）〉
目次　おじいさんのランプ,詩,最後の胡弓ひき

『ごんぎつね』　新美南吉原作,かがみおさむ脚色　水星社　1979.9　30p　25cm（日本名作童話シリーズ）　590円〈監修:木下恵介〉

『花のき村と盗人たち―新美南吉童話集』　北島新平絵　大阪　文研出版　1979.6　246p　23cm（文研児童読書館―日本名作 10）　860円〈解説:与田凖一,関英雄　叢書の編集:石森延男〔ほか〕　初刷:1970（昭和45）　図版〉
目次　花のき村と盗人たち〔ほか12編〕

『うた時計と狐』　三井永一画　大日本図書　1979.5　78p　22cm（新美南吉童話選集）　800円〈解説:佐藤通雅　初刷:1974（昭和49）〉
目次　うた時計,狐,詩,いぼ

『おじいさんのランプ』　新美南吉著　ポプラ社　1978.4　221p　18cm（ポプラ社文庫）　390円

『ごんぎつね』　新美南吉著　ポプラ社　1978.4　197p　18cm（ポプラ社文庫）　390円

『ごんぎつねーほか』　新美南吉著,中村千尋絵　講談社　1977.8　79p　22cm（講談社の幼年文庫）　540円

『花のき村と盗人たち・ごんごろ鐘―ほか九編　童話集』　新美南吉著　講談社　1977.3　205p　15cm（講談社文庫）　240円

『うた時計と狐』　新美南吉作,三井永一画　大日本図書　1974　78p　22cm（新美南吉童話選集）

『新美南吉童話集』　新美南吉作,関英雄文,佐藤通雅等編,鈴木康司え　全1冊版　実業之日本社　1974　511p　22cm

『花のき村と盗人たち』　新美南吉,村上豊画　大日本図書　1974　78p　22cm（新美吉童話選集）

『あかいろうそく』　新美南吉作,渡辺三郎絵　大日本図書　1973　62p　24cm（新美南吉童話選集）

『牛をつないだつばきの木』　新美南吉作,吉井忠画　大日本図書　1973　78p　22cm（新美南吉童話選集）

『がちょうのたんじょうび』　新美南吉作,杉田豊絵　大日本図書　1973　62p　25cm（新美南吉童話選集）

『こぞうさんのおきょう』　新美南吉作,遠藤てるよ絵　大日本図書　1973　62p　24cm（新美南吉童話選集）

『こどものすきなかみさま』　新美南吉作,谷内六郎絵　大日本図書　1973　62p　24cm（新美南吉童話選集）

『ごんぎつねとてぶくろ』　新美南吉作,深沢省三絵　大日本図書　1973　51p　24cm（新美南吉童話選集）

『鳥山鳥右エ門』　新美南吉作,野口昂明画　大日本図書　1973　78p　22cm（新美吉童話選集）

『ランプと胡弓ひき』　新美南吉作,山口晴温画　大日本図書　1973　78p　22cm（新美南吉童話選集）

『山の兄弟・町の兄弟』　新美南吉著,赤羽末吉画　あかね書房　1972　202p　22cm（日本児童文学名作選 5）

『ごんぎつね』　新美南吉作,福田庄助絵　岩崎書店　1971　118p　22cm（日本の幼年童話 5）

『花のき村と盗人たち―新美南吉童話集』　新美南吉文,北島新平絵　文研出版　1970　246p　23cm（文研児童図書館）

『てぶくろを買いに』　新美南吉文　大日本図書　1968　55p　22cm（子ども図書館）

『ひろったらっぱ』　新美南吉文,桜井誠絵　講談社　1966　158p　23cm（せかいのおはなし 20）

『みちこさん・はな』 にいみなんきち作, 阿知地二等編, いちかわさだお絵 麦書房 1966 22p 21cm（新編雨の日文庫1）

『おじいさんのランプー新美南吉童話集』 新美南吉文, 赤羽末吉等絵 岩波書店 1965 344p 23cm

『新美南吉全集 第8 日記 第2』 巽聖歌, 滑川道夫編 牧書店 1965 298p 図版 23cm

『新美南吉全集 第7 日記 第1』 巽聖歌, 滑川道夫編 牧書店 1965 312p 図版 23cm

『新美南吉全集 第6 詩集』 巽聖歌, 滑川道夫編 牧書店 1965 23cm

『新美南吉全集 第5 小説集』 巽聖歌, 滑川道夫編 牧書店 1965 23cm

『新美南吉全集 第4 物語集』 巽聖歌, 滑川道夫編 牧書店 1965 23cm

『新美南吉全集 第3 童話集 第3』 巽聖歌, 滑川道夫編 牧書店 1965 23cm

『新美南吉全集 第2 童話集 第2』 巽聖歌, 滑川道夫編 牧書店 1965 272p 図版 23cm

『新美南吉全集 第1 童話集 第1』 巽聖歌, 滑川道夫編 牧書店 1965 344p 図版 23cm

『花のき村と盗人たち』 新美南吉文, 箕田源二郎絵 偕成社 1965 178p 23cm（新日本児童文学選9）

『こどものすきなかみさま』 新美南吉文, 白根美代子絵 金の星社 1964 180p 22cm（ひらかな童話集）

『与田準一・新美南吉・平塚武二集』 与田準一, 新美南吉, 平塚武二文, 中尾彰等絵 講談社 1963 381p 23cm（少年少女日本文学全集12）

『ごんぎつね―新美南吉・与田準一・平塚武二・土家由岐雄童話集』 新美南吉, 与田準一, 平塚武二, 土家由岐雄作, 箕田源二郎絵 偕成社 1962 240p 23cm（日本児童文学全集13）

『うた時計』 新美南吉文, 太田大八絵 大日本図書 1960 339p 22cm（新美南吉童話全集3）

『おじいさんのランプ』 新美南吉文, 市川禎男絵 大日本図書 1960 341p 22cm（新美南吉童話全集2）

『ごんぎつね』 新美南吉文, 立石鉄臣絵 大日本図書 1960 352p 22cm（新美南吉童話全集1）

『新美南吉集』 新美南吉作, 山高登絵 ポプラ社 1960 309p 22cm（新日本少年少女文学全集35）

『うた時計・ごんぎつね・いぼ』 新美南吉文, 佐藤忠良絵 麦書房 1958 36p 21cm（雨の日文庫 第2集9）

『ひろったらっぱ・てぶくろをかいに』 新美南吉文, 箕田源二郎絵 麦書房 1958 30p 21cm（雨の日文庫 第3集16）

『日本児童文学全集 7 童話篇 7』 槇本楠郎, 川崎大治, 新美南吉, 与田準一, 奈街三郎作 河出書房 1953 350p 22cm
 目次 槇本楠郎集 川崎大治集 新美南吉集 与田準一集 奈街三郎集

『ごんぎつね』 新美南吉著, 中尾彰絵 筑摩書房 1951 184p 22cm（小学生全集6）

西野 辰吉
にしの・たつきち
《1916～1999》

『大雪山の森番』 西野辰吉文, 滝波明生絵 農山漁村文化協会 1999.3 162p 22cm 1333円 ①4-540-98085-8

『幽霊屋敷―世界怪奇名作』 西野辰吉著 改訂 偕成社 1984.1 304p 19cm（少年少女世界の名作50） 680円 ①4-03-734500-5

『幽霊屋敷―世界怪奇名作』 西野辰吉文, 白井哲絵 偕成社 1964 304p 19cm（少年少女世界の名作21）

『幽霊屋敷―西洋怪奇名作』　西野辰吉文, 白井哲絵　偕成社　1955　304p　19cm（世界名作文庫 119）

二反長　半
にたんおさ・なかば
《1907～1977》

『日本のふるさと・こどもの民話　24　わらしべ王子（鹿児島）・うしになった花よめ（沖縄）』　北川幸比古責任編集　二反長半文, 黒崎義介画　都市と生活社　1982　63p　21cm　580円

『日本のふるさと・こどもの民話　19　おむすびころりん（高知）・ばけくらべ（徳島）』　北川幸比古責任編集　二反長半文, 小林和子画　都市と生活社　1982　63p　21cm　580円

『忍者かげろうの風太』　二反長半作, 大古尅己画　理論社　1981.11　188p　18cm（フォア文庫）　390円

『鬼になった子ども―大阪・京都・兵庫』　池田仙三郎え, 二反長半文　小峰書店　1980.4　221p　23cm（小学生日本の民話 7）　1200円〈解説:二反長半　初刷:1974（昭和49）図版〉
目次　のらくらとらやんの大旅行〔ほか18編〕

『とんち日本一くらべ集』　二反長半著, 奈良葉二絵　講談社　1980.3　158p　19cm（少年少女講談社文庫 A-27―名作と物語）　480円〈解説:二反長半　初刷:1972（昭和47）肖像:一休宗純　図版（肖像を含む）〉

『二反長半作品集』　集英社　1979.7　3冊　22cm　各2500円
目次　第1巻 童話　第2巻 少年小説　第3巻 民話

『空を飛んだ楼門―大阪の民話』　二反長半著, 村上豊絵　平凡社　1978.4　259p　21cm（平凡社名作文庫）　1300円

『とらやんの大ぼうけん』　二反長半文, 梅田俊作画　あかね書房　1977.2　63p　23cm（新作絵本日本の民話）　680円

『鬼になった子ども―大阪・京都・兵庫』　二反長半文, 池田仙三郎え　小峰書店　1974　221p　23cm（小学生日本の民話 7）

『子じかバンビ』　ザルテン原作, 二反長半文, 芝美千世絵　日本書房　1974　176p　22cm（幼年世界名作文庫）

『中国インドむかし話』　二反長半著　偕成社　1974　200p　22cm（児童名作シリーズ 51）

『とんち彦一』　二反長半文, 斎藤博之画　集英社　1973　162p　22cm（母と子の名作童話 36）

『忍者かげろうの風太』　二反長半作, 大古尅巳絵　理論社　1973　185p　23cm（理論社のロマンブック）

『アンクル・トムの小屋』　H.B.ストウ原作, 二反長半文, 武部本一郎絵　世界文化社　1972　83p　27cm（少年少女世界の名作 20）

『とんち日本一くらべ集』　二反長半著, 奈良葉二絵　講談社　1972　158p　19cm（少年少女講談社文庫 名作と物語 A-27）

『ものぐさ太郎』　二反長半文, 三谷一馬え　日本書房　1972　208p　23cm（日本のむかし話幼年文庫）

『りょうかんさま』　二反長半文, 石井健之絵　偕成社　1972　144p　23cm（こども絵文庫 33）

『あすなろの星』　二反長半文, 土村正寿絵　ポプラ社　1971　237p　23cm（ポプラ社の創作文学 13）

『くまのないしょばなし』　二反長半文, しばみちよ絵　日本書房　1969　48p　27cm（ひらがなそっぷぶんこ（母とともに））

『白鳥のおうじ』　アンデルセン作, 二反長半文, 池田浩彰絵　集英社　1969　64p　28cm（オールカラー母と子の世界の名作 2）

『アンデルセン童話』　アンデルセン原作, 平井芳夫, 二反長半, 大平よし子文, 深沢邦朗等絵　小学館　1968　192p　23cm（幼年世界文学カラー版 1）

『子じかものがたり』　二反長半, 白木茂, 筒井敬介文, 石田武雄等絵　講談社　1968　80p　27cm（世界の名作童話 10）

『かぐやひめ―竹取物語』　二反長半文, 井上春代絵　集英社　1967　162p　21cm（母と子の名作文学 23）

『小公子』　バーネット原作, 二反長半文, 亀山博絵　集英社　1967　155p　22cm（少年少女世界の名作 1）

『海ひこ山ひこ』　二反長半文, 藤木邦彦解説, 石井健之絵　偕成社　1965　180p　22cm（日本れきし・おはなし集 1）

『大江山のおに』　二反長半文, 藤木邦彦解説, 井口文秀絵　偕成社　1965　180p　22cm（日本れきし・おはなし集 2）

『黒船ものがたり』　二反長半文, 藤木邦彦解説　偕成社　1965　180p　22cm（日本れきし・おはなし集 7）

『四十七士のうちいり』　二反長半文, 藤木邦彦解説, 井口文秀絵　偕成社　1965　180p　22cm（日本れきし・おはなし集 6）

『かがみの国のアリス』　ルイス・キャロル原作, 二反長半文, 若菜珪絵　小学館　1964　188p　23cm（幼年世界名作文学全集 18）

『ありときりぎりす』　イソップ原作, 二反長半文, 内田宥広絵　ポプラ社　1962　60p　27cm（おはなし文庫 11）

『曾我きょうだい』　二反長半文, 新井五郎絵　偕成社　1962　164p　22cm（なかよし絵文庫 59）

『ベーブ・ルース』　二反長半文, こさかしげる絵　ポプラ社　1962　60p　27cm（おはなし文庫 59）

『子牛温泉』　二反長半文, 久米宏一絵　東京創元社　1961　211p　22cm（少年少女カラー文庫）

『母鳩子鳩』　二反長半文　刀江書院　1960　256p　22cm（少年少女現代文学傑作選集 2）

『モコと花びら』　二反長半文　刀江書院　1960　200p　22cm（少年少女現代文学傑作選集 6）

『エジソン』　二反長半文, 三芳悌吉絵　小学館　1959　116p　22cm（小学館の幼年文庫 38）

『伝説めぐり』　二反長半文, 吉崎正巳絵　鶴書房　1959　197p　19cm（日本とところどころ）

『アンクル・トム物語』　ストウ夫人原作, 二反長半文, 久米宏一絵　東光出版社　1958　406p　19cm（新選世界名作選集）

『七ひきのこやぎ』　グリム原作, 二反長半著, 富永秀夫絵　実業之日本社　1958　160p　22cm（名作絵文庫 1年生）

『小公子』　バーネット原作, 二反長半著, 佐藤弘子絵　集英社　1958　154p　22cm（少年少女物語文庫 21）

『こじき王子』　マーク・トウェーン原作, 二反長半著, 久保雅勇絵　ポプラ社　1957　140p　22cm（たのしい名作童話 38）

『ジャックと豆の木』　二反長半文, 池田かずお絵　偕成社　1957　152p　22cm（なかよし絵文庫 1）

『うかれバイオリン―西洋童話集』　二反長半著, 池田仙三郎等絵　講談社　1956　164p　22cm（講談社の三年生文庫 10）

『野口英世』　二反長半文, 松野一夫絵　小学館　1956　113p　22cm（小学館の幼年文庫 28）

『あかるい童話　4年生』　二反長半著, 久米宏一絵　鶴書房　1954　198p　19cm

『おとぎ草子』　二反長半文, 織田観潮絵　同和春秋社　1953　276p　19cm（少年読物文庫）

『ガリバー旅行記』　スイフト原作, 二反長半著, まえたにこれみつ絵　同和春秋社　1953　266p　19cm（世界名作童話）

『こじき王子』　トウェーン原作, 二反長半文, 霜野二一彦絵　鶴書房　1953　166p　22cm（世界童話名作全集 5）

野口雨情

『アリババと四十人の盗賊』　二反長半文，大橋弥生絵　同和春秋社　1952　218p　19cm（世界名作童話）

```
┌─────────────────────────┐
│      野口　雨情          │
│      のぐち・うじょう    │
│      《1882〜1945》      │
└─────────────────────────┘
```

『十五夜お月さん―野口雨情童謡選』　野口雨情著，雨情会編　社会思想社　2002.5　192p　15cm（現代教養文庫）　600円　①4-390-11651-7
目次　十五夜お月さん（蜀黍畑，豊作唄　ほか），青い眼の人形（青い眼の人形，赤い桜ンぼ　ほか），蛍の灯台（よいよい横町，雨降りお月さんほか），朝おき雀（田舎の正月，田螺の泥遊び　ほか），その他（未収録）（鶏の番，水引きとんぼ　ほか）
内容　美しい「にっぽんのことば」，21世紀に引き継がれる「にっぽんのうた」。収録童謡114，楽譜29曲。

『青い眼の人形―童謡集』　野口雨情著　大空社　1996.9　216p　19cm（叢書日本の童謡）　①4-7568-0305-9〈金の星社大正13年刊の複製　外箱入〉

『定本野口雨情　補巻　補遺・書簡』　野口雨情著　未来社　1996.5　341p　21cm　3605円　①4-624-92909-8
目次　詩と民謡（補遺），童謡（補遺），随筆・エッセイ・小品（補遺），アンケートへの回答，書簡

『野口雨情童謡集』　藤田圭雄編　弥生書房　1993.11　94p　18cm（日本の童謡）　1300円　①4-8415-0679-9〈新装版〉

『定本野口雨情　第8巻　童謡論・民謡論2』　未来社　1987.1　444,25p　22cm　4500円〈監修：秋山清ほか　著者の肖像あり　年譜：p423〜444〉

『定本野口雨情　第7巻　童謡論・民謡論1』　未来社　1986.11　488p　22cm　4500円〈監修：秋山清ほか　著者の肖像あり〉

『定本野口雨情　第6巻　童話・随筆・エッセイ・小品』　未来社　1986.9　469p　22cm　4500円〈監修：秋山清ほか　著者の肖像あり〉

『定本野口雨情　第5巻　地方民謡』　未来社　1986.7　554p　22cm　4500円〈監修：秋山清ほか　著者の肖像あり〉

『定本野口雨情　第4巻　童謡2』　未来社　1986.5　333p　22cm　3500円〈監修：秋山清ほか　著者の肖像あり〉

『定本野口雨情　第3巻　童謡1』　未来社　1986.3　252p　22cm　3000円〈監修：秋山清ほか　著者の肖像あり〉

『定本野口雨情　第2巻　詩と民謡　2』　未来社　1986.1　335p　22cm　3500円〈監修：秋山清ほか　著者の肖像あり〉

『定本野口雨情　第1巻　詩と民謡　1』　未来社　1985.11　360p　22cm　3500円〈監修：秋山清ほか　著者の肖像あり〉

『野口雨情童謡集』　藤田圭雄編　弥生書房　1976　94p　図　18cm（日本の童謡）　680円

『野口雨情民謡童謡選』　雨情会編　金の星社　1962　248p　図版　19cm

『日本児童文学全集　9　詩・童謡篇』　北原白秋，三木露風，西条八十，野口雨情，島木赤彦，百田宗治，丸山薫，サトウ・ハチロー，巽聖歌，佐藤義美，与田凖一，初山滋絵　河出書房　1953　357p　22cm
目次　北原白秋集　三木露風集　西条八十集　野口雨情集　島木赤彦集　百田宗治集　丸山薫集　サトウ・ハチロー集　巽聖歌集　佐藤義美集　与田凖一集

```
┌─────────────────────────┐
│      野長瀬　正夫        │
│      のながせ・まさお    │
│      《1906〜1984》      │
└─────────────────────────┘
```

『あおいとり』　メーテルリンクさく，野長瀬正夫ぶん，鈴木康彦え　金の星社　1996.5　77p　22cm（アニメせかいの名作1）　1100円　①4-323-02641-2

『あおいとり』　モーリス・メーテルリンク作，野長瀬正夫文，井本蓉子絵　金の星社　1990.7　79p　15cm（ポシェット版ひらがな名作ぶんこ）　480円　①4-323-01662-X
内容　しあわせをよぶあおいとりは，どこにいるの…?ちるちるとみちるは，とりかごをもっ

野長瀬正夫

て、もりのなかの〈おもいでのくに〉へさがしにでかけました。

『あおいとり』　メーテルリンクさく,野長瀬正夫ぶん,井本蓉子え　金の星社　1989.10　77p　22cm（せかいの名作ぶんこ 13）　680円　①4-323-00633-0

『もりのなかのおばけ』　グリムさく,野長瀬正夫ぶん,田沢梨枝子え　金の星社　1984.2　76p　22cm（せかいの名作ぶんこ）　580円　①4-323-00647-0

『ぼくは歩いていく』　野長瀬正夫作,古藤泰介絵　講談社　1982.1　77p　22cm（講談社の創作童話）　780円　①4-06-145260-6

『小さなぼくの家ー詩集』　野長瀬正夫著,小林与志絵　講談社　1980.11　141p　18cm（講談社青い鳥文庫）　390円

『あの日の空は青かった』　野長瀬正夫作,依光隆,小林与志画　金の星社　1979.10　214p　18cm（フォア文庫）　390円

『あの日の空は青かったー野長瀬正夫少年少女詩集』　依光隆画　金の星社　1979.9　126p　22cm（創作児童文学）　850円〈初刷:1970（昭和45））

『一年生のアラビアンナイト』　野長瀬正夫文,富永秀夫絵　集英社　1979.3　189p　23cm（一年生の学級文庫 9）　460円〈解説:山主敏子,瀬川栄志　叢書の監修:浜田広介〔ほか〕　初刷:1972（昭和47）図版〉
　目次 アラジンのふしぎなランプ〔ほか6編〕

『小さな愛のうたー詩集』　野長瀬正夫著,小林与志画　金の星社　1979.2　114p　22cm（現代・創作児童文学）　850円

『あおいとり』　メーテルリンクさく,野長瀬正夫ぶん,井本蓉子え　金の星社　1978.9　77p　22cm（せかいの名作ぶんこ）　580円

『少年は川をわたった』　野長瀬正夫作,井田照一版画　京都　PHP研究所　1977.8　134p　22cm　880円

『三銃士ものがたり』　デュマ作,野長瀬正夫文,水沢研絵　集英社　1974　162p　22cm（母と子の名作文学 49）

『母をたずねて』　アミーチス原作,野長瀬正夫文,吉崎正巳絵　ポプラ社　1974　122p　22cm（幼年童話 5）

『アラモに死すー平原児デイビー・クロケットー』　野長瀬正夫文,阿部和助絵　金の星社　1972　255p　20cm（ウエスタン・ノベルズ 7）

『家なき子』　マロー作,野長瀬正夫文,武部本一郎絵　金の星社　1972　157p　22cm（こども世界の名作 1）

『一年生のアラビアンナイト』　野長瀬正夫文,富永秀夫絵　集英社　1972　189p　23cm（一年生の学級文庫 9）

『あの日の空は青かったー野長瀬正夫少年少女詩集』　野長瀬正夫著,依光隆絵　金の星社　1970　126p　22cm（創作児童文学 6）

『愛の一家』　ザッパー原作,野長瀬正夫文,斎藤博之絵　集英社　1969　155p　22cm（少年少女世界の名作 26）

『母をたずねて』　アミーチス原作,野長瀬正夫文,吉崎正巳絵　ポプラ社　1968　122p　22cm（幼年名作童話 4）

『そらのはくちょう』　野長瀬正夫文,白根美代子絵　金の星社　1965　177p　22cm（ひらかな童話集）

『ひらかなグリムどうわ 1,2』　グリム原作,野長瀬正夫著,小林和子絵　金の星社　1964　2冊　22cm（ひらかな文庫）

『銃をすてろ』　野長瀬正夫文,阿部和助絵　金の星社　1962　255p　19cm（西部小説選集 11）

『ひらかなグリムどうわ』　グリム原作,野長瀬正夫著,小林和子絵　金の星社　1962　201p　22cm

『朝子の坂道』　野長瀬正夫文,鈴木義治絵　東都書房　1960　183p　22cm

『おやゆび小僧』　グリム原作,野長瀬正夫文,松井行正絵　金の星社　1960　185p　22cm（グリム名作集 5）

『マッチ売りの少女』　アンデルセン原作,野長瀬正夫文,輪島清隆絵　金の星社　1960　187p　22cm（アンデルセン名作集 2）

子どもの本・日本の名作童話6000　　203

『山のよびごえ』　野長瀬正夫文, 松井行正絵　金の星社　1958　188p　22cm（児童小説シリーズ）

『青い鳥』　メーテルリンク原作, 野長瀬正夫著　ポプラ社　1957　132p　22cm（たのしい名作童話 46）

『母をたずねて』　アミーチス原作, 野長瀬正男著, 吉崎正巳絵　ポプラ社　1957　140p　22cm（たのしい名作童話 23）

『ひらかなアンデルセン』　アンデルセン原作, 野長瀬正夫著, 名取満四郎絵　金の星社　1957　173p　22cm

『幻の馬』　野長瀬正夫文, 古沢岩美絵　きんらん社　1955　99p　22cm（名作少年少女絵物語 1）

野村　胡堂
のむら・こどう
《1882～1963》

『少年小説大系　第23巻　野村胡堂集』　瀬名堯彦編　三一書房　1992.7　646p　23cm　7000円　①4-380-92548-X〈監修：尾崎秀樹ほか　著者の肖像あり〉
|目次| 地底の都.悪魔の王城.金銀島.六一八の秘密.岩窟の大殿堂. 解説 瀬名堯彦著. 年譜:p635～646

『ロボット城』　野村胡堂文, 岩田浩昌絵　偕成社　1969　272p　19cm（ジュニア探偵小説 16）

『618の秘密』　野村胡堂文, 中村猛男絵　偕成社　1968　272p　19cm（ジュニア探偵小説 14）

『池田大助捕物帖』　野村胡堂文, 中村猛男絵　偕成社　1967　314p　19cm（時代小説傑作選ジュニア版 1）

『大江戸の最後』　野村胡堂文, 伊勢良夫絵　偕成社　1967　292p　19cm（時代小説傑作選ジュニア版 12）

『怪盗黒頭巾』　野村胡堂文, 岩田浩昌絵　偕成社　1967　285p　19cm（時代小説傑作選ジュニア版 8）

『月下の密使』　野村胡堂文, 木俣清史絵　偕成社　1967　298p　19cm（時代小説傑作選ジュニア版 17）

『幻術影法師』　野村胡堂文, 岩田浩昌絵　偕成社　1967　309p　19cm（時代小説傑作選ジュニア版 16）

『乞食大名』　野村胡堂文, 伊藤幾久造絵　偕成社　1967　285p　19cm（時代小説傑作選ジュニア版 14）

『南蛮魔術』　野村胡堂文, 岩井誠一絵　偕成社　1967　280p　19cm（時代小説傑作選ジュニア版 6）

『娘捕物帳』　野村胡堂文, 今村恒美絵　偕成社　1967　300p　19cm（時代小説傑作選ジュニア版 10）

『柳生秘帖』　野村胡堂文, 池田かずお絵　偕成社　1967　299p　19cm（時代小説傑作選ジュニア版 3）

『二人銀之介』　野村胡堂文, 矢島健三絵　偕成社　1955　306p　19cm

『悪魔の王城』　野村胡堂文, 伊勢良夫絵　偕成社　1954　268p　19cm

『江戸の紅葵』　野村胡堂文, 伊藤幾久造絵　偕成社　1954　294p　19cm

『岩窟の大殿堂』　野村胡堂文, 伊勢田邦彦絵　偕成社　1954　312p　19cm

『金銀島』　野村胡堂文, 中村猛男絵　偕成社　1954　271p　19cm

『地底の都・ロボット城・大宝窟』　野村胡堂文, 冨賀正俊絵　河出書房　1954　379p　20cm（日本少年少女名作全集 12）

『都市覆滅団』　野村胡堂文, 土村正寿絵　偕成社　1954　287p　19cm

『娘捕物帖』　野村胡堂文, 今村恒美絵　偕成社　1954　300p　19cm

『大江戸の最後』　野村胡堂文, 伊勢良夫絵　偕成社　1953　292p　19cm

『怪盗黒頭巾』　野村胡堂文, 岩田浩昌絵　偕成社　1953　285p　19cm

『月下の密使』　野村胡堂　偕成社　1953　298p　19cm

『幻術影法師』　野村胡堂文, 岩田浩昌絵　偕成社　1953　309p　19cm

『乞食大名』　野村胡堂文, 伊藤幾久造絵　偕成社　1953　285p　19cm

『神変東海道』　野村胡堂文　偕成社
　1953　301p　19cm
『スペードの女王』　野村胡堂文, 山中冬児絵　偕成社　1953　267p　19cm
『大助捕物帖』　野村胡堂文, 中村猛男絵　偕成社　1953　314p　19cm
『大宝窟』　野村胡堂文, 岩井泰三絵　偕成社　1953　261p　19cm
『地底の都』　野村胡堂文, 伊勢田邦彦絵　偕成社　1953　260p　19cm
『南蛮魔術』　野村胡堂文　偕成社　1953　280p　19cm
『馬子唄六万石』　野村胡堂文, 伊藤幾久造絵　偕成社　1953　296p　19cm
『柳生秘帖』　野村胡堂文, 池田かずお絵　偕成社　1953　299p　19cm
『六一八の秘密』　野村胡堂文, 中村猛男絵　偕成社　1953　272p　19cm
『ロボット城』　野村胡堂文　偕成社　1953　272p　19cm

花岡　大学
はなおか・だいがく
《1909〜1988》

『かたすみの満月』　花岡大学著　京都探究社　1998.11　215p　20cm　1600円　①4-88483-540-9

『やわらかい手』　花岡大学著　復刻版　アトリエアウル, 求竜堂発売　1998.7　171p　21cm　2200円　①4-7630-9823-3
　目次 鈴の話, 午後一時五分, 水蜜桃, やわらかい手, 黒い門
　内容 ここには, キラキラした大切なものがいっぱい詰まっているまず, おとなが読み, そして子供に伝えたい…記憶に残る純粋さの断片を呼びさますほんとうの幸せとは…命とは…。

『太平記・千早城のまもり』　花岡大学文, 三谷靱彦絵　小峰書店　1996.2　234p　18cm（てのり文庫図書館版 11）　1000円

『太平記・千早城のまもり』　花岡大学文, 三谷靱彦絵　小峰書店　1991.4　234p　18cm（てのり文庫）　570円　①4-338-07921-5
　内容 この本は,「太平記」を少年少女むきにかきあらためたものです。いまから600年ほどまえの, 南北朝時代に生きた後醍醐天皇や楠木正成, 新田義貞, 足利尊氏などが, 美しく, また悲しくいきいきとえがきだされています。

『花岡大学仏典童話　2　金の羽』　筑摩書房　1990.9　311p　15cm（ちくま文庫）　580円　①4-480-02453-0
　目次 朱色のカニ ほか33編

『花岡大学仏典童話　1　消えない灯』　筑摩書房　1990.8　356p　15cm（ちくま文庫）　600円　①4-480-02452-2

『せかいの神話』　花岡大学文, 小西恒光絵　同朋舎出版　1988.4　2冊　22cm（NHK放送台本おはなしの森）　各2000円　①4-8104-0642-3

『せかいの伝説』　花岡大学文, 小西恒光絵　同朋舎出版　1988.4　2冊　22cm（NHK放送台本おはなしの森）　各2000円　①4-8104-0636-9

『せかいの童話』　花岡大学文, 小西恒光絵　同朋舎出版　1988.4　2冊　22cm（NHK放送台本おはなしの森）　各2000円　①4-8104-0634-2

『せかいの民話』　花岡大学文, 小西恒光絵　同朋舎出版　1988.4　2冊　22cm（NHK放送台本おはなしの森）　各2000円　①4-8104-0640-7

『せかいの昔話』　花岡大学文, 小西恒光絵　同朋舎出版　1988.4　2冊　22cm（NHK放送台本おはなしの森）　各2000円　①4-8104-0638-5

『かもしかのこえ』　花岡大学著　善本社　1986.10　174p　22cm（新仏典童話集成）　1300円　①4-7939-0191-3

『ヒマラヤのはと』　花岡大学著　善本社　1986.10　167p　22cm（新仏典童話集成）　1300円　①4-7939-0189-1

『笑うおしゃかさま』　花岡大学著　善本社　1986.10　167p　22cm（新仏典童話集成）　1300円　①4-7939-0190-5

『うそをつかない王さま』 花岡大学著, 小西恒光絵 京都 法蔵館 1984.11 134p 22cm（仏典童話新作集 1） 1300円〈解説:西沢正太郎〉
目次 つめたいちち、いつやってくるかわからない、たよりにならない心、おばあさんと馬、恩をわすれない、にげだしたさい、七宝のくつ、赤いこいと金のこいと白いこい、くだけごめのふくろ、心のいのち、ぼうさんになったどろぼう、ばちあたり、うそをつかない王さま

『白いひげのおじいさん』 花岡大学著, 小西恒光絵 京都 法蔵館 1984.11 139p 22cm（仏典童話新作集 2） 1300円〈解説:川村たかし〉
目次 山のはげたか、切られた小指、聞く耳、のこりごはん、琵琶ひきグッテイラ、いなくなったマカカ、あばれ馬、ナンデイヤというしか、たかぶりの心、光る顔、赤い魚、にんくどろぼう、ちいさいときのくせ、ありのいのち、白いひげのおじいさん

『ほとけの目』 花岡大学著, 小西恒光絵 京都 法蔵館 1984.11 138p 22cm（仏典童話新作集 3） 1300円〈解説:野呂昶〉
目次 くだものの山、ほとけの目、むきこせんべい、ほどこしの心、アサンカ少年、鬼との一夜、勇士ジョウビン、おしゃべり大臣、にせものたいじ、心をみがく、ひつじのくび、林の花の下で、ともだちのおかげ

『いたずらこだぬき—おじいのとっておきの話』 花岡大学作, 関屋敏隆絵 京都 PHP研究所 1983.5 92p 22cm（PHP創作シリーズ） 980円 ①4-569-28199-0

『続仏典童話全集 1』 花岡大学著 京都 法蔵館 1981.12 266p 22cm 2800円 ①4-8318-7598-8

『ふしぎなたいこ—日本のわらいばなし』 はまだひろやす（浜田弘康）え、はなおかだいがく（花岡大学）ぶん 大阪 文研出版 1981.12 87p 23cm（文研児童読書館） 880円〈解説:花岡大学 初刷:1972（昭和47）〉
目次 ふしぎなたいこ〔ほか7編〕

『続仏典童話全集 2』 花岡大学著 京都 法蔵館 1981.11 259p 22cm 2800円

『六べえとクマンバチ』 花岡大学作, 斎藤博之絵 あすなろ書房 1981.5 105p 22cm（あすなろ小学生文庫） 880円

『でこぼこ道』 花岡大学著, 須田寿絵 あすなろ書房 1980.8 334p 22cm（あすなろ創作シリーズ 9） 1200円

『花岡大学童話文学全集』 京都 法蔵館 1980.5 6冊 22cm 全16800円

『親と子の仏典童話』 花岡大学著 小学館 1979.12 119p 28cm 1800円〈解説:花岡大学〉

『仏典童話全集 8』 花岡大学著 京都 法蔵館 1979.9 254p 22cm 2500円〈解説:井ノ口泰淳 図版〉
目次 ねずみと魔法使いのおじい〔ほか26編〕

『仏典童話全集 5』 花岡大学著 京都 法蔵館 1979.9 244p 22cm 2500円〈解説:二葉憲香,中川正文 図版〉
目次 少年とマンゴーの実〔ほか30編〕

『空飛ぶ金のしか』 花岡大学作, 井口文秀絵 旺文社 1979.7 159p 22cm（旺文社ジュニア図書館） 650円〈解説:花岡大学,西沢正太郎 叢書の編集:神宮輝夫〔ほか〕〉
目次 空飛ぶ金のしか〔ほか5編〕

『仏典童話全集 7』 花岡大学著 京都 法蔵館 1979.6 256p 22cm 2500円〈解説:西本鶏介 図版〉
目次 よくばりまほう〔ほか30編〕

『仏典童話全集 2』 花岡大学著 京都 法蔵館 1979.6 241p 22cm 2500円〈解説:野々村智剣 図版〉
目次 大きな心〔ほか19編〕

『仏典童話全集 4』 花岡大学著 京都 法蔵館 1979.4 235p 22cm 2500円〈解説:中川晟 図版〉
目次 かいばの麦〔ほか29編〕

『仏典童話全集 3』 花岡大学著 京都 法蔵館 1979.4 239p 22cm 2500円

『赤いみずうみ』 花岡大学文, 清水公照画 京都 探究社 1979.2 55p 29cm（仏典童話 第1集）

『仏典童話全集 6』 花岡大学著 京都 法蔵館 1979.2 260p 22cm 2500円

『仏典童話全集 1』 花岡大学著 京都 法蔵館 1979.2 243p 22cm 2500円

『月の道』 花岡大学作, 北島新平絵 京都 PHP研究所 1978.10 174p 22cm 950円

『てんぐのけんかー奈良・和歌山・三重・滋賀』 若菜珪え, 花岡大学文 小峰書店 1977.9 213p 23cm（小学生日本の民話 6） 1200円〈初刷:1974（昭和49）図版〉
[目次] おばけのタケノコ〔ほか8編〕

『おにのめん』 花岡大学文, 瀬川康男絵 小学館 1977.7 42p 21cm（小学館の創作民話シリーズ 13） 380円

『あばれんぼうのこどもライオン』 はなおかだいがく著, おおのたかや絵 旺文社 1977.3 55p 23cm（旺文社こどもの本） 530円

『月の顔』 花岡大学作, 斎藤博之絵 京都 PHP研究所 1977.2 173p 22cm 950円

『かえってきた白鳥』 花岡大学著 PHP研究所 1976.12 130p 22cm 880円

『少年少女世界文学全集ー国際版 2 ガリバー旅行記』 小学館編, J.スウィフト作, 花岡大学文 小学館 1976.12 170p 30cm 1250円

『カランバの鬼』 花岡大学作, 大古尅己絵 理論社 1975 205p 23cm（理論社のRoman book）

『空飛ぶ金のしか』 花岡大学作, 井口文秀絵 旺文社 1975 158p 22cm（旺文社ジュニア図書館）

『六べえとクマンバチ』 花岡大学作, 斎藤博之絵 あすなろ書房 1975 105p 22cm（あすなろ小学生文庫 6）

『てんぐのけんかー奈良・和歌山・三重・滋賀』 花岡大学文, 若菜珪え 小峰書店 1974 213p 23cm（小学生日本の民話 6）

『うろこ雲』 花岡大学文, 斎藤博之絵 実業之日本社 1972 213p 21cm（少年少女短篇名作選 2）

『こしぬけ左門』 花岡大学作, 北島新平画 岩崎書店 1972 261p 22cm（岩崎少年文庫 2）

『でこぼこ道』 花岡大学著, 須田寿絵 あすなろ書房 1972 334p 22cm（あすなろ創作シリーズ 9）

『ふしぎなたいこー日本のわらいばなし』 はなおかだいがくぶん, はまだひろやすえ 文研出版 1972 88p 23cm（文研児童読書館）

『佛典童話集成』 花岡大学文, 京田信太良絵 構造社 1971 312p 19×23cm

『ゆうやけ学校』 花岡大学作, 久米宏一絵 理論社 1971 206p 23cm（小学生文庫）

『あんずぬすっと』 花岡大学作, 東光寺啓画 学習研究社 1970 275p 18cm（少年少女学研文庫 319）

『やわらかい手ー花岡大学短篇童話集』 花岡大学著 構造社 1970 161p 図 22cm 1200円

『一つぶの麦』 花岡大学文, 大古尅己等絵 大阪教育図書 1969 121p 23cm（世界のお話こども図書館 7）

『海ひこ山ひこ』 花岡大学文, 大古尅己等絵 大阪教育図書 1969 144p 23cm（世界のお話こども図書館 8）

『金のおの鉄のおの』 花岡大学文, 大古尅己等絵 大阪教育図書 1969 132p 23cm（世界のお話こども図書館 11）

『さるのてぶくろ』 花岡大学文, 大古尅己等絵 大阪教育図書 1969 145p 23cm（世界のお話こども図書館 1）

『シンジュの玉』 花岡大学文, 大古尅己等絵 大阪教育図書 1969 128p 23cm（世界のお話こども図書館 3）

『チベットの風』 花岡大学文, 輪島清隆絵 実業之日本社 1969 196p 22cm（創作少年少女小説）

『てんぐのうちわ』 花岡大学文, 大古尅己等絵 大阪教育図書 1969 161p 23cm（世界のお話こども図書館 9）

『にんじゃやまのできごと』 花岡大学文, 大古尅己等絵 大阪教育図書 1969 136p 23cm（世界のお話こども図書館 2）

『春のくちぶえ』　花岡大学文, 大古尅己等絵　大阪教育図書　1969　117p　23cm（世界のお話こども図書館 4）

『福の神の貧乏神』　花岡大学文, 大古尅己等絵　大阪教育図書　1969　136p　23cm（世界のお話こども図書館 5）

『まっ赤なぼうし』　花岡大学文, 大古尅己等絵　大阪教育図書　1969　121p　23cm（世界のお話こども図書館 6）

『三つのお願い』　花岡大学文, 大古尅己等絵　大阪教育図書　1969　136p　23cm（世界のお話こども図書館 12）

『無敵四人組』　花岡大学文, 大古尅己等絵　大阪教育図書　1969　129p　23cm（世界のお話こども図書館 10）

『聖書物語』　花岡大学文, 富永秀夫絵　集英社　1968　162p　21cm（母と子の名作文学 27）

『子ウシの話』　はなおかだいがく作, 阿部知二等編, なえむらさいこ絵　麦書房　1966　22p　21cm（新編雨の日文庫 10）

『大きなかぶら―世界民話12か月』　花岡大学文, 大古尅己絵　大阪　大阪教育図書　1965　509p　23cm

『ノアのはこ船―世界神話12か月』　花岡大学文, 大古尅己絵　大阪　大阪教育図書　1965　514p　23cm

『百羽のツル―童話集』　花岡大学文, 福田庄助絵　実業之日本社　1965　140p　22cm

『欲ばりの赤てんぐ―世界童話12か月』　花岡大学文, 大古尅己絵　大阪　大阪教育図書　1964　486p　23cm

『地獄のラッパ』　花岡大学文, 岩田重義絵　京都　百華苑　1963　249p　19cm

『笑う山脈』　花岡大学文, 久米宏一絵　講談社　1963　194p　22cm

『ゆうやけ学校』　花岡大学文, 久米宏一絵　理論社　1961　206p　23cm（少年少女長篇小説）

『赤とんぼの空』　花岡大学文, 久米宏一絵　理論社　1960　267p　20cm

『かたすみの満月』　花岡大学文, 鈴木信康絵　京都　百華苑　1960　208p　19cm

『みどりのランプ』　花岡大学文, 市川禎男絵　講談社　1959　201p　22cm（長編少年少女小説）

浜田　糸衛
はまだ・いとえ
《1907～》

『あまとんさん』　浜田糸衛作, 高良真木絵　農山漁村文化協会　1995.3　202p　22cm　1600円　①4-540-94140-2
内容　明治の終わり近いある夏の日に月足らずで生まれ落ちた女の子は、やがてギリシャ神話の女人族（アマゾネス）にちなんで「あまとんさん」と呼ばれるようになった…。見るもの聞くもの触るものすべてに驚き、喜び、悲しむ少女が、田舎の町の平凡な日々を大事件の連続に変えていく。「大正デモクラシー」の花開く南国に育ち、傑出した婦人活動家となった著者の心に生きる"永遠の子ども"の物語。

『金の環の少年』　浜田糸衛著, 高良真木絵　国土社　1987.1　293p　22cm（現代の文学）　1600円　①4-337-20512-8
内容　土手の下から数十羽のスズメが、右太におどろいて、パッ、パッとむこうの田んぼへとんでゆく。右太は、もうとうした頭でスズメのあとを追っていた。つぎつぎとスズメは一群となってにげてゆく。（どれが、母ちゃんかな）（父ちゃんは太ってるんだべな）（左太兄ちゃんは、どこにいるんだべ）右太は自分がむちをふりもしないのに、スズメが申しあわせたようににげてゆくのを、ふしぎな目で見おくっていた。

『豚と紅玉―長編童話』　浜田糸衛作, 高良真木絵　アンヴィエル　1980.3　177p　22cm　980円

浜田　広介
はまだ・ひろすけ
《1893～1973》

『泣いた赤おに』　浜田広介著　小学館　2004.6　249p　15cm（小学館文庫―新撰クラシックス）　533円　①4-09-404211-3
目次　りゅうの目のなみだ, あるくつの話, ある島のきつね, おばあさんの花, こがねのいな

浜田広介

たば,さむい子もり歌,じぞうさまとはたおり虫,トカゲの星,ますとおじいさん,みそさざい,むく鳥のゆめ,よぶこどり,花びらのたび,泣いた赤おに,琴の名人,月夜のきつね,犬と少年,ひとつのねがい,光の星,黒いきこりと白いきこり,三日めのかやの実,第三のさら,豆ランプの話したこと

[内容] 日本のアンデルセンとも称される浜田広介。彼は,子ども心だけでなく,大人の心にも訴える,善意や理想に基づいた名作を数多く遺し,それまでは勧善懲悪の形式でしか存在しなかった子どもの読みものに新風を起こした。本書では,人間たちと友達になりたい赤おにと,赤おにのために自己を犠牲にする青おにの友情の物語「泣いた赤おに」,恐ろしい外見を持つ竜が,少年に優しい心を注がれて,子どもたちのために尽くそうと決意する「りゅうの目のなみだ」などの代表作を含む,「ひろすけ童話」珠玉の二十三篇を収録した。

『泣いた赤おに』 浜田広介著 全国学校図書館協議会 1998.10 27p 21cm (集団読書テキスト A7) 136円
①4-7933-7007-1〈年譜あり〉

『小鳥と花一ひろすけ童謡集』 浜田広介著 大空社 1996.9 150p 19cm (叢書日本の童謡) ①4-7568-0305-9〈文教書院大正14年刊の複製 外箱入〉

『ひかりの星』 浜田広介作,岩本康之亮絵 新学社 1987.6 133p 22cm (少年少女こころの図書館) 950円

『仏教童話名作選 第1巻 身がわり観音一ほか10話』 浜田広介著 大法輪閣 1986.7 174p 19cm (大法輪ジュニア選書) 1100円 ①4-8046-8001-2
[目次] 長いながいあたま,阿じゃりとあくま,鬼とおばあさん,明るいろうそく,赤い目のコマ犬,海をこえていったたぬき,木魚のはなし,たましいのこおろぎ,青い羊,じぞうさまとはたおり虫,身がわり観音

『グリム童話一グリム名作選』 浜田広介ぶん,西村保史郎え 改訂版 偕成社 1986.3 126p 23cm (カラー版・世界の幼年文学) 980円 ①4-03-408100-7

『グリム童話一グリム名作選』 西村保史郎え,浜田広介ぶん,グリム著 改訂版 偕成社 1985.11 126p 23cm (カラー版・世界の幼年文学 10) 980円
①4-03-408100-7〈解説:著者 初版:1967(昭和42)〉

『くまがさるからきいた話』 浜田広介著,黒沢梧郎え 日本書房 1983.6 205p 19cm (小学文庫) 380円
①4-8200-0211-2

『ひろすけ童話 2』 浜田広介原作 小学館 1983.2 103p 28cm (世界の童話 40) 730円 ①4-09-247040-1〈解説:浜田広介〔ほか〕 叢書の監修:波多野勤子 オールカラー版 初刷:1971(昭和46)〉
[目次] りゅうのめのなみだ〔ほか5編〕

『泣いた赤おに』 浜田広介作,こさかしげる画 金の星社 1982.10 202p 18cm (フォア文庫) 390円

『ひろすけ童話 1』 浜田広介原作 小学館 1982.10 103p 28cm (世界の童話 34) 730円〈解説:浜田広介〔ほか〕 叢書の監修:波多野勤子 オールカラー版 初刷:1971(昭和46)〉
[目次] ないたあかおに,むくどりのゆめ,みみずくとおつきさま,こざるのぶらんこ

『ふるさとのはなし 6 東海地方』 浜田広介著 さ・え・ら書房 1982.4 280p 23cm 980円 ①4-378-01406-8〈監修:浜田広介 初刷:1967(昭和42) 図版〉
[目次] 天城のおに〔ほか32編〕

『ひろすけ幼年童話 12 世界むかし話』 浜田広介文 集英社 1982.3 227p 23cm 780円

『ひろすけ幼年童話 11 日本むかし話』 浜田広介文 集英社 1982.3 227p 23cm 780円

『ひろすけ幼年童話 9 イソップ童話』 浜田広介文 岩本康之亮絵 集英社 1982.2 227p 23cm 780円

『ひろすけ幼年童話 7 三ばの子すずめ』 浜田広介文 若山憲絵 集英社 1982.2 227p 23cm 780円

浜田広介

『りゅうの目のなみだ』　桑田雅一画,浜田広介著　あかね書房　1982.2　207p　22cm（日本児童文学名作選 3）　980円〈解説:松井四郎　図版〉
目次 花びらの旅〔ほか7編〕

『ひろすけ幼年童話　6　こりすのおかあさん』　浜田広介文　岩本康之亮絵　集英社　1982.1　227p　23cm　780円

『ひろすけ幼年童話　5　よぶこ鳥』　浜田広介文　柿本幸造絵　集英社　1982.1　227p　23cm　780円

『ひろすけ幼年童話　10　グリム童話』　浜田広介文　池田浩彰絵　集英社　1981.12　227p　23cm　780円

『ひろすけ幼年童話　8　アンデルセン童話』　浜田広介文　遠藤てるよ絵　集英社　1981.12　227p　23cm　780円

『ひろすけ幼年童話　4　子ざるのブランコ』　浜田広介文　井江春代絵　集英社　1981.11　227p　23cm　780円

『ひろすけ幼年童話　3　ないた赤おに』　浜田広介文　深沢邦朗絵　集英社　1981.11　227p　23cm　780円

『ひろすけ童話—1年生』　金の星社　1981.10　195p　22cm（浜田広介・学年別童話）　680円
目次 はちのよろこび〔ほか38編〕

『ひろすけ幼年童話　2　りゅうの目のなみだ』　浜田広介文　若菜珪絵　集英社　1981.10　227p　23cm　780円

『ひろすけ幼年童話　1　むく鳥のゆめ』　浜田広介文　深沢邦朗絵　集英社　1981.10　227p　23cm　780円

『貝ふきたん次—山形の民話』　浜田広介文,桑田雅一絵　さ・え・ら書房　1981.6　96p　24cm（民話の絵本 10）　780円〈解説:浜田広介　初刷:1971（昭和46）〉
目次 貝ふきたん次〔ほか8編〕

『ふるさとのはなし　1　北海道・東北地方 1』　浜田広介著　さ・え・ら書房　1981.6　280p　23cm　980円　①4-378-01401-7〈監修:浜田広介　初刷:1967（昭和42）図版〉
目次 若者と白いうさぎ〔ほか24編〕

『浜田広介童話集』　講談社　1981.1　252p　15cm（講談社文庫）　320円〈年譜:p242〜252〉

『ひろすけ童話—3年生』　金の星社　1980.12　200p　22cm（浜田広介・学年別童話）　680円
目次 田の神のろた〔ほか18編〕

『泣いた赤おに—浜田広介童話集』　偕成社　1980.9　178p　19cm（偕成社文庫 2005）　450円　①4-03-550057-7〈解説:村松定孝　初刷:1975（昭和50）〉
目次 泣いた赤おに〔ほか13編〕

『少年少女世界童話全集—国際版　別巻 1　ないた赤おに』　浜田広介作,田木宗太絵　小学館　1980.8　133p　28cm　1250円

『日本の民話』　浜田広介著　さ・え・ら書房　1980.7　331p　23cm（世界民話の旅 9）　1350円　①4-378-01509-9〈解説:浜田広介　叢書の監修:柴田武〔ほか〕　初刷:1970（昭和45）図版〉
目次 キツネとカワウソ〔ほか28編〕

『ふるさとのはなし　2　東北地方 2』　浜田広介著　さ・え・ら書房　1980.5　276p　23cm　980円〈監修:浜田広介　初刷:1967（昭和42）図版〉
目次 牛とぼうさん〔ほか25編〕

『ふるさとのはなし　7　近畿地方』　浜田広介著　さ・え・ら書房　1979.6　280p　23cm　980円〈監修:浜田広介　初刷:1966（昭和41）図版〉
目次 たわら藤太〔ほか29編〕

『泣いた赤おに』　浜田広介原作,久木沢玲奈脚色　水星社　1979.4　28p　25cm（日本名作童話シリーズ）　590円〈監修:木下恵介〉

『ねずみのそうだん』　浜田広介文,芝美千世え　日本書房　1978.12　84p　27cm（いそっぷ絵文庫）　780円

『泣いた赤おに』　浜田広介著　ポプラ社　1978.4　205p　18cm（ポプラ社文庫）　390円

『ひろすけ童話—2年生』　金の星社　1978.1　202p　22cm（浜田広介・学年別童話）　680円
目次 うしのちから〔ほか23編〕

『こぶたのペエくん』　浜田広介著　日本書房　1977.8　201p　19cm（小学文庫）340円

『りゅうの目のなみだ―浜田広介童話集』安泰絵　大阪　文研出版　1977.2　246p　23cm（文研児童読書館―日本名作 3）　860円〔解説:福田清人,村松定孝　叢書の編集:石森延男〔ほか〕初刷:1970（昭和45）図版〕
目次　一つの願い〔ほか18編〕

『ひろすけ童話―4年生』　金の星社　1976.7　207p　22cm（浜田広介・学年別童話）680円
目次　やぶのたんぽぽ〔ほか15編〕

『浜田広介全集　第12巻　評論・随想』集英社　1976　254p　肖像　22cm　2300円〈編集:創美社〉
目次　評論 詩の生命を指示して現詩壇に与う，今年の童話と童謡，新鮮ならぬ果物，大正昭和の童話界，めるへんの世界，おとぎ話をどうみるべきか，「少年文学」とのへだたり，広介童話の軌跡，童話と自然.随想 晩夏の庭で，桜にまつわる話，不用意な大人たち，小庭のいこい，先生の肖像二つ．浜田広介年譜，浜田広介著作年表 解説（村松定孝）

『浜田広介全集　第11巻　童謡・詩・小説』集英社　1976　254p　肖像　22cm　2300円〈編集:創美社〉
目次　童謡（大正8～昭和45年，年代不詳）春の夜あけ他230編.詩 天の川他36編.民謡・歌謡 あとの小石は他17編.小説 零落，正吉，禍，影，冬の小太郎，帰郷，自画像，途暗し，蠢動，返らぬ鷺.戯曲 晩春の或日．解説（西本鶏介，福田清人）

『浜田広介全集　第10巻　再話 2』　集英社　1976　254p　肖像　22cm　2300円〈編集:創美社〉
目次　おじいさんのとんち，金のくるま，せかせか河とゆったり河，おばあさんのおきゃくさん，イワンとナーム，こまどりの赤い胸毛，くまときつねのしりおのはなし，とびあるきの大男，かわいそうなあくま，ジャックと豆の木，ねこのけがわ，あぶらかい，ハメルンのふえふき，かめとおおかみ，風のいちごい，うりどろぼう，とりあみのとり，ねずみと仙人，三ばの目じるし，ぶたの大わらい，かわうそのあかんぼう，とらの木のぼり，カメレオンの王さま，ミニューさん，なにもかも神さましだい，馬とろば，おじいさんと死に神，野ねずみと家ねずみ，やぶかのなきごと，ろばとあざみ，わしときつね，だいの上のあかり，わらとすみとそらまめ，うさぎのおよめさん，一本のくぎ，かゆのでるなべ，きつねとがちょう，へんなおきゃく，星がぎんかになるはなし，水の中のまもの，みそさざいとくま，むぎのほはだいじなもの，ユダヤの娘，枝の人形，樫の木の夢 赤い燈籠，光のキス，見えないお爺さん，かぶと虫，萱，どこへ行ったか，ちょうのおよめさんさがし，マッチうりの少女，馬車をまつあいだ，人はどれだけの土地がいるか，寓話（十編）解説（西本鶏介）

『浜田広介全集　第9巻　再話 1』　集英社　1976　254p　肖像　22cm　2300円〈編集:創美社〉
目次　とんでいくかめ，いっすんぼうし，板戸の鬼と息子の話，かっぱと平九郎，さるとかえる，どんぐりころころ，ねのひのゆめ，木びきのぜん六，あたまの木，あほうどり，あわて男，一本歯のゲタ，鬼のヘラ，おばあさんのとんち，かさ地蔵，カニとじいさん，キツネとカワウソ，キツネの友だち，クマとキツネ，こぞうと鬼ばば，こわい雨もり，こんにゃくととうふ，しっぺい太郎，スイカと老人，タカとミソサザイ，タニシすすこ，タヌキの仕返し，食べない女，長い名まえ，なまけ者とゆめ，鼻が長くなる話，針とヒョータン，フクロウの染めもの屋，古寺の化けもの，見るなのざしき，りょう師とむすめ，八郎太郎物語，ももの木のさる，さるかに，舌きりすずめ，ねずみのよめいり，花さかじじい．解説（福田清人）

『浜田広介全集　第8巻　童話 8』　集英社　1976　254p　肖像　22cm　2300円〈編集:創美社〉
目次　お山の子ぐま，風のおたのみ，からすがもちをふんづけました，からすのえだゆすり，がんがしぎからきいたこと，こくばんと子どもたち，しんせつなふくろう，すいせんのはな，ちえと力，どんぐりはこび，にひきのごめん，はたけの中の話，はつ夏の風，ふたつのしゃつとばけのはな，豆もおりこう，三つのたいそう，ゆうびんやさん，うさぎのそり，お月さまのあかるいかげ，お日さまとかみなり，すずめとくまさん，たぬきさんの一とうしょう，トカゲの星，三つもらったびすけっと，むらさきのこい，やけどのしっぽ，月夜の庭の雪うさぎ，青い五月，イモリとキツネ，かしこいつばめ，くるみの木のふくろう，子ネズミのお祝い，しち

浜田広介

めんちょうの輝き, 竹とひるがお, つるバラの思うこと, 花の下のかまきり, イタチのキチキチ, おもいがけないねんがじょう, こいぬのひげ, こおろぎのたき火, ざしきの毛皮, はちのよろこび, 春にさく花, たけちゃん日記 あめの日のてるてるぼうず, 一ねんせいのこぶたくん, かえるのおいわい, 木の上のはた, たろうさんのこたえ, 三つのおもちゃ, 母のうたごえ, いいおにいさん, 月とおじいさん, にんじんの花, カが生きている話, 雪国のカラス, 雨ふりきのこ, いっささん, かしの木のいったこと, しめわすれたまど, 仙人とサル, はこの中のいれ歯, 房州のくも, なの花ときつね, どんどん川の河太郎, たぬきのちょうちん, 秋ばれの山.補遺 小雀の日記, 探したシャッポ, お猿の瓢箪, キリストの誕生, イエス様と蜘蛛, おつきさまとふうせんだま, あちらをむいたお月さま, 春の川, こぐまとみつばち, ねずみのとなりぐみ. 浜田広介研究文献目録:p.240-246 解説（西本鶏介）

『浜田広介全集　第7巻　童話7』集英社　1976　254p 肖像　22cm　2300円〈編集:創美社〉

[目次] ちらちらオルガン, 手をつなぎざる, ねえさん星, 日かげのこな雪, みみずくとお月さま, やさしいおばあさん, 海へいったくるみ, きのこ取りのおじいさん, ことりのおうち, 土の下のおじいさん, にじは遠い, 二だんとびのかえる, ほそい道ひろい道, はまのひばり, かえるのきょうだい, 草とトンカツ, 柱時計とこいのぼり, ろばたのもち, 月夜のゴンベエ, ねむり人形, ハチのおうち, 山の雪とバスの歌, カエルのなきごえ, かかしのわらい, 月よのりんご, 二ほんのもみの木, ひとつぶのよろこび, ふうせん玉と花びら, もぐらのひろいもの, たんぼのおうじ, さるのつなわたり, たぬきのゆきだるま, なかないいなご, ひばりともぐら, はるのはたけ, 五郎くんのだんごの木, 雪だるまとポチ, 夜の「コロコロ」, おとなりのはと, みじかい夜のお月さま, ひろい世界, くさくないニンニク, 八福の神, 月夜のきつね, やぶのたんぽぽ, 花と水, きのこのかさ, お月さまと雲, お日さまのパン. 解説（村松定孝）

『浜田広介全集　第6巻　童話6』集英社　1976　254p 肖像　22cm　2300円〈編集:創美社〉

[目次] かしこい小りす, くりのおてがら, たんぼのかかし, 山のこぞう, 雪国のおんどり, いいにおい, からすのかあかあ, くものぶらんこ, 小さな川の小さな橋, なきねこざわのねずみが

いけ, みちばたのやぎ, おかの上のきりん, お日さまとつゆの玉, 川のきんぶな, きつねのしりお, きりの木の鈴, くつのかたかた, こおろぎのつえ, コスモスとひまわり, 子ぶなと子ねこ, 小りすのはつなめ, 田の神の歌, はなおさえぞう, 二つのいちょう, 二つのくつ, むじなのあかり, 森のきのこ, カッパぶちとあかまだ さん, ゆめのふくろう, きこりとぐみの木, 北風の庭, 川ばたのげんごろう, いぬときつね, 牛のがってん, お月よのいぬ, こぶたのペエくん, たぬきのカルタとり, 小さなかえる. 解説（西本鶏介）

『浜田広介全集　第5巻　童話5』集英社　1976　254p 肖像　22cm　2300円〈編集:創美社〉

[目次] かにの体操, 空のうさぎと山のうさぎ, 第三のさら, 泣いた赤おに, ねずみとぼうし, かきの木の下, くまがさるから聞いた話, 三本足のけだもの, チッチネおたか, 犬と玉子, 子ざるのブランコ, どまのジャガいも, 初霜の朝, ぽちとがくたい, みつばちのあまやどり, やぎのくるま, 新しいまり, こおろぎのちえ, かなかな蝉, 琴の名人, おとうさんとおかあさん, 船長さんと鳩, むじなと栗, 馬と兵隊, 村のつばめ, 夏の夜のゆめ, 石のかえるとひきがえる, 牛のよろこび, ぶたごやの夕やけ, おかあさんと花, ありのえもの, くまのやすみば, じいさんぐまのよろこび, たぬきのさかだち, つるのさきの葉, 花とうぐいす, ぶたの高とび, もちのにおい, 雪のふる国, 火なかの穂, たわしの答え, 春の氏神, はりと石うす, ひばりとたんぽぽ, いなほはつよい, おもちゃの小鳥, かかしのよろこび, さかさまのたこ, たのしい村. 解説（村松定孝）

『浜田広介全集　第4巻　童話4』集英社　1976　254p 肖像図　22cm　2300円〈編集:創美社〉

[目次] かちかち山の春, かぶとむしのかぶと, かまきりのかま, からすのせんたく, がんのながれ木, きりのきのみ, くまのことはちみつ, げんきなこども, 子牛のつの, じどうしゃのかお, しんせつなかめ, 炭と灰, そこらをかぎかぎ, つばめのおそうじ, 電車のお客, とうせんぼう, とんびの子ども, のみのねむけ, 花とちょう, はやおきはと, ぱんとばた, ふゆのいけ, まつの木と雲, みずかまきりにあった話, みつばちの答え, やぎのめ, やさしいすみれ, やねうらのくも, 山のうぐいす, やまのりすでも, あわてることはありません, お日さまの子ども, きじのむらのひなまつり, 子ざるのお正

212

浜田広介

月,子ざるのかげぼうし,春がくるまで,もりのにゅうどう,荒野の人と二羽の鵙,兎の画家,うさぎのにげかた,牛のちから,赤いポケット,あめざいく花ざいく,あゆと花,いちょうの木の下,いどばたのかき,うさぎのひこうき,うさぎの耳しばり,おかしなめんどり,おさるの虫ほし お宿を訪ねたおじいさん,かばのふき雨,かまきり先生とかんかん帽,カンガルーの大わらい,木の下のちょうちん,黒い帽子,黒豹のある日の話,子ざるの橋わたり,子どもさざえと青い空,三びきのあまがえる,じゃがいものおしり,すずめのはねつき,蝉のてつかぶと,だいこんとかぶ,チューリップと蜜蜂,チョコレートの兵隊さん,とらのひげじまん,なすときゅうり,波の上の子もり歌,ねずみの書きぞめ,ねずみのまめまき,野原のつぐみ,はえと尻尾,はえのだんす,橋の下のこいのぼり,星のおどりは雲の上,まいまい虫の木っぱし,まつたけとどんぐり,もぐらのおじぎ,もとのとおりのおばあさん,ももたろうの足あと,夜あけの唄,ふたりの太郎,うさぎとぼうし,川ばたのかわうそ,くりのきょうだい,こたろうさんのてがら,にげたかめのこ,ばあさんろばのお花見,はなのはりえ,ふしぎな山のおじいさん,雪にうずめておいたもの,らっこのだっこ,ありのよろこび,子ぎつねのおふりそで. 解説(福田清人)

『泣いた赤おに―浜田広介童話集』 浜田広介著 偕成社 1975 178p 19cm
〈偕成社文庫〉

『浜田広介全集 第3巻 童話 3』 集英社 1975 254p 肖像 22cm 2300円
〈編集:創美社〉

目次 春の山びこ,星の歌,もとのとおりに,森のふくろう,山の村,よしぶえ,らんぷとぺん,あなにおちたいぬのども,うさぎさがし,おおかみのびっくり,きつねとおんどり,くまと犬,こうしのわらじ,子どもとからす,ことりと子ども,さるとくま,さるのものまね,しゃぼんだまのとびあるき,せん生とくま,たのしい遠足,どこまではしるか,はえとろうそく,はしの上のおどり,ぶらりひょうたん,むしのがっこう,やっきもっきそっきの木,屋ねの上の小やぎ,六階の狸,赤いさくらんぼ,あとむらい,風の吹いた日,たけのことかし,ぱく,窓に来た少年,見えないおかた,おさるの大しょう,かぜのいたずら,川ばたの蛙,くまときつね,小人のごちそう,白いゆき玉,はちのきんぎょ,ひばりのよろこび,大うみがめの見たものは,子さがしのリス,親切なペンギン,大木の猿,

人と鼠,人のさまざま,南からふく風の歌,むぎは畑に,あなにおちたおじいさん,うさぎのきょうだい,うさぎのふえ,おじいさんと子ぐま,かきのみのいったこと 川をこえたしゃぼん玉,きつねとたぬき,木のえだのボール,くま先生と子ぐまのせいと,子がにのげいとう,こねこつかまえる,こまったくま,三びきのやぎ,ぞうとくじら,ねことねずみ,ねずみのかくれんぼ,春の雨,まぶしいひかり,らくがきのばら,赤いもち白いもち,ありのきょうだい,犬と少年,おたまじゃくしのおとうさん,おいどりとワン,かげのふみっこ,きんぎょの日がさ,子だぬきのびっくり,五ひきのやもり,はつかねずみのお母さん,ほうせんかの種まき,まごのこおろぎ,うさぎの郵便,おけしょうとおそうじ,おもいてっぽう,かにのあわふき,かみくずのしんぱい,かめのスケート,くものびっくり,とり小屋のはる,ねこずきとねこぎらい,のみのぴょんぴょん,もぐらとともだち,花の勲章,赤いしん,青いしん,あひるのこ,あめ玉とキャラメル,一本のはり,うさぎのもち,かあさんどりのいったこと,かえるのかけっこ,かえるのしんぱい,かごの目白,かたつむりのから. 解説(西本鶏介)

『浜田広介全集 第2巻 童話 2』 集英社 1975 254p 肖像 22cm 2300円
〈編集:創美社〉

目次 投げられたびん,ほたると子ども,虫一つ,áくつの話,石の下のあり,お日さまのきもの,狐の神さま,金の靴を,にんぎょうの目のしらせ,残された者,野鳩とかささぎ,一つの小石,町にきたばくの話,まぼろしの鳥,目とはなと耳,弓の名人,一本のマッチぼう,狼は何を食べたか,おばあさんの花,きつねもおりこう,さらわれたお人形,とんで来い,名のない名人,花と子ども,二人の子供,はらのたいこ,めぐる因果妙々車,しゃちほこ立ちの先生,赤いぼうしをもらう話,おじいさんと竹のとび,お正月はまるいもの,胡桃の木となめくじ,くれがたのあわてもの,とばれないにわとり,のみの歌,のらくら蛇,ひらめの目の話,豆がほしい子ばと,メッカの花,もも色のえさ,雪の下の木ねずみ,アラスカの母さん,ある詩人の手紙,あるばんのねずみ,いものきょうだい,お月さまのごさいなん,駆け出した木偶坊,風のふえ,きしゃのひよこ,さむい子もり歌,すっぽんと小石,太陽とアリのかげ,つきよのこがに,となりのじじいと灰,二匹の狐はえの目と花,ひと粒のたね,二つの釣瓶,ポチのしくじり,椋鳥と胡麻,あるいていこう,おさるとかえる,くるみとり,こいぬとこねこ,

浜田広介

こぶたのとことこ, こまったとのさま, さかなのほね, はえの砂糖なめ, めんどりのおばね, あなのもぐら, あひるのひよこ, いたちのキチキチ, いちょうの木まで, おもちゃきんぎょ, かえるつばめ, 風とけむり, かめのこの首, かめのひるね, きつね, くさのとげ, 子ねずみと子ねこ, 小りすの話, さかの車, さるのくりもぎ, 三ばの子すずめ, すずめの日の丸, せみのうた, そらのひばり, ただたろうとかめのこ, 太郎さんのちえ, つばめとすずめ, つよいたんぽぽ, 倍の神さま. 解説(村松定孝)

『浜田広介全集 第1巻 童話1』 集英社 1975 254p 肖像 22cm 2300円〈編集:創美社〉
目次 黒猫物語, 青い蛙, 赤い夕やけ, 雨と風, ある晩のキューピー, お糸小糸, お月さまとこいの子, お日さまとむすめ, からすの手紙, こがねのいなたば, こりすのおかあさん, 燕の約束, 花びらのたび, 光の星, ひとつのねがい, 昼の花夜の花, 三日めのかやの実, むく鳥のゆめ, やさしい星, よしのはどり, よぶこどり, ある母さまと蛾と, いちばんにいいおくりもの, からかねのつる, じぞうさまとはたおり虫, 砂山の松, たましいが見にきてニどとこない話, 誰にやるか, 豆ランプの話したこと, みそさざい, 青いマント, 明るいろうそく, 麻の衣, 一枚のはがき, いもむすめ, からすになった子ども, 黒いきこりと白いきこり, 字をよんだペエ, ただ飛ぶ羽虫, 電信ばしらと子ども, ふしぎな帯, ますとおじいさん, 松夫さんと金魚, 窓, 桃の葉梨の葉, りゅうの目のなみだ, ある島のきつね, いちょうの実, うりひめものがたり, 木の下のあみ, 黒んぼと花, 子供と小石, 小さなかしの実. 解説(福田清人)

『イソップ童話』 イソップ作, 浜田広介文, 輪島清隆絵 町田 玉川大学出版部 1974 113p 23cm(玉川子ども図書館)

『ねずみのそうだん』 浜田廣介文, 芝美千世え 日本書房 1974 84p 27cm(いそっぷ幼年文庫)

『りゅうの目のなみだ』 浜田広介著, 桑田雅一画 あかね書房 1972 207p 22cm(日本児童文学名作選3)

『イソップ物語』 浜田廣介作, 岩本康之亮絵 集英社 1971 236p 23cm(ひろすけ幼年童話文学全集9)

『貝ふきたん次』 浜田広介文, 桑田雅一絵 さ・え・ら書房 1971 96p 24cm(民話の絵本10)

『グリム童話』 浜田廣介作, グリム原作, 池田浩彰絵 集英社 1971 236p 23cm(ひろすけ幼年童話文学全集10)

『世界むかし話』 浜田廣介作, 坂本健三郎絵 集英社 1971 236p 23cm(ひろすけ幼年童話文学全集12)

『日本むかし話』 浜田廣介作, 池田龍雄絵 集英社 1971 236p 23cm(ひろすけ幼年童話文学全集11)

『ひろすけ童話2』 浜田廣介作, 谷口ユミ絵 小学館 1971 103p 28cm(世界の童話40)〈オールカラー版〉

『ひろすけ童話1』 浜田廣介作, 谷口ユミ絵 小学館 1971 103p 28cm(世界の童話34)〈オールカラー版〉

『マッチ売りの少女・絵のない絵本』 浜田廣介著, 高橋秀絵 偕成社 1971 230p 23cm(幼年世界文学全集17)

『子ざるのブランコ』 浜田廣介作, 井江春代絵 集英社 1970 236p 23cm(ひろすけ幼年童話文学全集4)

『こりすのおかあさん』 浜田廣介作, 岩本康之亮絵 集英社 1970 240p 23cm(ひろすけ幼年童話文学全集6)

『三ばの子すずめ』 浜田廣介作, 若山憲絵 集英社 1970 236p 23cm(ひろすけ幼年童話文学全集7)

『ないた赤おに』 浜田広介文, すずきとしお絵 旺文社 1970 109p 22cm(旺文社ジュニア図書館)

『ないた赤おに』 浜田廣介作, 深沢邦朗絵 集英社 1970 240p 23cm(ひろすけ幼年童話文学全集3)

『日本の民話』 浜田廣介著, 吉崎正巳絵 さ・え・ら書房 1970 331p 23cm(世界民話の旅9)

『むく鳥のゆめ』 浜田廣介作, 深沢邦朗絵 集英社 1970 236p 23cm(ひろすけ幼年童話文学全集1)

『よぶこ鳥』 浜田廣介作, 柿本幸造絵 集英社 1970 236p 23cm(ひろすけ幼年童話文学全集5)

浜田広介

『りゅうの目のなみだ―浜田廣介童話集』 浜田広介作, 安泰絵　文研出版　1970　246p　23cm（文研児童図書館）

『りゅうの目のなみだ』　浜田廣介作, 若菜珪絵　集英社　1970　236p　23cm（ひろすけ幼年童話文学全集 2）

『そらをとんだかめ』　はまだひろすけぶん, くろさわごろうえ　日本書房　1969　48p　27cm（ひらがなそっぷぶんこ）

『アンデルセン童話』　浜田広介文, アンデルセン原作, 遠藤てるよ絵　集英社　1967　43p　27cm（ひろすけ童話オール・カラー版 6）

『イソップものがたり』　イソップ作, 浜田広介文, 安泰絵　集英社　1967　43p　27cm（ひろすけ童話オール・カラー版 7）

『グリムどうわ―しらゆきひめ』　浜田広介文, グリム兄弟原作, 岩崎ちひろ絵　集英社　1967　43p　27cm（ひろすけ童話オール・カラー版 8）

『グリム童話』　グリム作, 浜田広介文, 西村保史郎絵　偕成社　1967　126p　23cm（世界の幼年文学 10）

『黒いきこり白いきこり』　浜田広介文, 丸木俊絵　集英社　1967　43p　27cm（ひろすけ童話オール・カラー版 4）

『子ざるのブランコ』　浜田広介文, 渡辺三郎絵　集英社　1967　43p　27cm（ひろすけ童話オール・カラー版 3）

『ないた赤おに』　浜田広介文, 柿本幸造絵　集英社　1967　43p　27cm（ひろすけ童話オール・カラー版 2）

『ふるさとのはなし　6　東海地方』　浜田広介文, 富永秀夫絵　さ・え・ら書房　1967　280p　23cm

『ふるさとのはなし　2　東北地方　2』　浜田広介文, 吉崎正巳絵　さ・え・ら書房　1967　276p　23cm

『ふるさとのはなし　1　北海道-東北地方　1』　浜田広介文, 太賀正絵　さ・え・ら書房　1967　280p　23cm

『むく鳥のゆめ』　浜田広介文, 深沢邦朗絵　集英社　1967　43p　27cm（ひろすけ童話オール・カラー版 1）

『りゅうの目のなみだ』　浜田広介文, 朝倉摂絵　集英社　1967　43p　27cm（ひろすけ童話オール・カラー版 5）

『子がにのたいそう』　浜田広介文, 水沢研絵　集英社　1966　163p　22cm（母と子の名作童話 20）

『花びらのたび』　浜田広介文, 遠藤てるよ絵　講談社　1966　158p　23cm（せかいのおはなし 18）

『ふるさとのはなし　7　近畿地方』　浜田広介文, 吉崎正巳絵　さ・え・ら書房　1966　280p　23cm

『あんじゅとずしおう―日本伝説』　浜田広介文, 井口文秀絵　偕成社　1965　124p　23cm（世界のどうわ 23）

『浜田広介名作集』　浜田広介文, 伊藤和子絵　偕成社　1965　306p　23cm（少年少女現代日本文学全集 32）

『パンとバターのうた』　浜田広介文, 深沢邦朗絵　集英社　1965　162p　22cm（母と子の名作童話 6）

『ひろすけとくほん　2ねん』　浜田広介文, 井口文秀絵　童心社　1965　126p　22cm

『むく鳥のゆめ』　浜田広介文, 池田仙三郎絵　あかね書房　1965　234p　22cm（日本童話名作選集 15）

『いなばの白うさぎ』　浜田広介文, 前田松男絵　集英社　1963　190p　23cm（幼年世界童話文学全集 12）

『おむすびころりん』　浜田広介文, 深沢邦朗絵　集英社　1963　190p　23cm（幼年世界童話文学全集 4）

『ガリバー旅行記』　スウィフト原作, 浜田広介著, 長尾みのる絵　集英社　1963　190p　23cm（幼年世界童話文学全集 8）

『浜田広介・塚原健二郎・酒井朝彦集』　浜田広介, 塚原健二郎, 酒井朝彦文, 太賀正絵　講談社　1963　374p　23cm（少年少女日本文学全集 9）

『バンビ』　ザルテン原作, 浜田広介著, 池田浩彰絵　集英社　1963　190p　23cm（幼年世界童話文学全集 6）

浜田広介

『イソップ物語』　浜田広介文, イソップ原作, 岩本康之亮絵　集英社　1962　242p　23cm（ひろすけ幼年童話文学全集 8）

『かぐやひめ』　浜田広介文, 岩本康之亮絵　集英社　1962　190p　23cm（幼年世界童話文学全集 2）

『グリム童話』　浜田広介文, グリム原作, 池田かずお絵　集英社　1962　242p　23cm（ひろすけ幼年童話文学全集 10）

『泣いた赤鬼―浜田広介童話集』　浜田広介作, 岩崎ちひろ絵　偕成社　1962　240p　23cm（日本児童文学全集 7）

『日本むかし話』　浜田広介文, 池田竜雄絵　集英社　1962　242p　23cm（ひろすけ幼年童話文学全集 11）

『むく鳥のゆめ』　浜田広介文, 池田仙三郎絵　三十書房　1962　234p　22cm（日本童話名作選集 15）

『よぶこ鳥』　浜田広介文, 柿本幸造絵　集英社　1962　242p　23cm（ひろすけ幼年童話文学全集 2）

『世界の民話と伝説　9　日本の民話編』　浜田広介等編　浜田広介文, 吉崎正巳絵　さ・え・ら書房　1961　331p　22cm

『ひろい世界』　浜田広介文, 黒沢梧朗絵　日本書房　1961　245p　19cm（学年別世界児童文学全集 3・4年）

『ひろすけ童話集』　浜田広介文　日本書房　1961　233p　21cm（学年別児童名作文庫 1・2年）

『こぶたのペエくん』　浜田広介文　日本書房　1960　201p　19cm（学年別世界児童文学全集 1・2年）

『ひろすけ童話集』　浜田広介文, 吾妻萱平絵　日本書房　1960　238p　21cm（学年別児童名作文庫 2・3年）

『りゅうの目のなみだ』　浜田広介文, 小坂茂絵　あかね書房　1960　313p　23cm（世界児童文学全集 29）

『やさしいおばあさん』　はまだひろすけ文, たきだいらじろう絵　麦書房　1959　23p　21cm（雨の日文庫 第5集3）

『坪田譲治・浜田広介集』　坪田譲治, 浜田広介文, 高山毅等編, 小穴隆一等絵　東西文明社　1958　341p　22cm（昭和児童文学全集 2）

『ないた赤おに』　浜田広介文, 箕田源二郎絵　麦書房　1958　30p　21cm（雨の日文庫 第3集15）

『日本むかしばなし』　浜田広介文, 黒崎義介絵　偕成社　1958　112p　22cm（なかよし絵文庫 16）

『にんぎょひめ』　アンデルセン原作, 浜田広介文　小学館　1958　116p　22cm（小学館の幼年文庫 30）

『はくちょうの王子』　アンデルセン原作, 浜田広介文, 佐藤ひろ子絵　偕成社　1958　162p　22cm（なかよし絵文庫 28）

『浜田広介集』　浜田広介作, 太賀正絵　ポプラ社　1958　306p　22cm（新日本少年少女文学全集 23）

『広介童話宝玉集』　浜田広介文, 松井末雄絵　東光出版社　1958　453p　19cm

『まっちうりのむすめ』　アンデルセン原作, 浜田広介著, 岩崎ちひろ絵　実業之日本社　1958　158p　22cm（名作絵文庫 1年生）

『未明・賢治・譲治・広介日本名作童話集』　小川未明, 宮沢賢治, 坪田譲治, 浜田広介著, 久米宏一等絵　東光出版社　1958　522p　19cm

『小川未明・秋田雨雀・坪田譲治・浜田広介集』　小川未明, 秋田雨雀, 坪田譲治, 浜田広介著, 村山知義等絵　河出書房　1957　354p　23cm（日本少年少女文学全集 9）

『たぬきのさかだち』　浜田広介文, 東本つね絵　現代社　1957　217p　22cm（こどものための日本名作教室 2年生）

『日本昔話　1』　浜田広介文, 武井武雄絵　小学館　1957　112p　22cm（小学館の幼年文庫 31）

『ひろすけ童話集―お日さまとぱん』　浜田広介文　日本書房　1957　233p　22cm（小学文庫 1・2年）

浜田広介

『みにくいあひるのこ』　アンデルセン原作, 浜田広介著, 中尾彰絵　実業之日本社　1957　160p　22cm（名作絵文庫 1年生）

『うさぎのひこうき』　浜田広介文, 鈴木寿雄絵　講談社　1956　254p　22cm（浜田広介童話選集 5）

『泣いた赤おに』　浜田広介文, 池田仙三郎等絵　講談社　1956　254p　22cm（浜田広介童話選集 3）

『夏の夜のゆめ』　浜田広介文, 初山滋絵　講談社　1956　253p　22cm（浜田広介童話選集 6）

『波の上の子もり歌』　浜田広介文, 沢田正太郎等絵　講談社　1956　253p　22cm（浜田広介童話選集 4）

『花びらのたび』　浜田広介文, 太田大八等絵　講談社　1956　253p　22cm（浜田広介童話選集 1）

『ひろすけ童話　1～4年生』　浜田広介文, 中尾彰等絵　金の星社　1956-1957　4冊　22cm

『未明・譲治・広介童話名作集　1～6年生』　小川未明, 坪田譲治, 浜田広介著, 与田準一等編, 輪島清隆等絵　実業之日本社　1956　6冊　22cm

『ゆめ買い長者―日本昔話集』　浜田広介著, 井口文秀等絵　講談社　1956　166p　22cm（講談社の三年生文庫 20）

『りゅうの目のなみだ』　浜田広介文, 池田仙三郎等絵　講談社　1956　253p　22cm（浜田広介童話選集 2）

『ひろすけどうわ　1,2』　浜田広介文, 松山文雄等絵　曙出版　1955　2冊　22cm（幼年童話文庫 1,2）

『あんじゅとずしおう』　浜田広介文, 蕗谷虹児絵　小学館　1954　116p　22cm（小学館の幼年文庫 9）

『お山の子ぐま―1年生どうわ』　浜田広介文, 大石哲路絵　金の星社　1954　224p　22cm

『おやゆびひめ』　アンデルセン原作, 浜田広介文, 井江春代等絵　小学館　1954　116p　22cm（小学館の幼年文庫 4）

『くまがさるからきいた話―ひろすけ童話集』　浜田広介著, 黒沢梧朗絵　日本書房　1954　205p　19cm（学級文庫―2・3年生）

『こぶたのペエくん』　浜田広介著　日本書房　1954　201p　19cm（学級文庫―1・2年生）

『新約物語』　浜田広介文, 有岡一郎絵　講談社　1954　326p　19cm（世界名作全集 90）

『せむしのこうま』　エルショーフ原作, 浜田広介文, 畠野圭右等絵　小学館　1954　116p　22cm（小学館の幼年文庫 3）

『ひろい世界―長編童話』　浜田広介著, 黒沢梧朗絵　日本書房　1954　245p　19cm（学級文庫―3・4年生）

『むく鳥のゆめ』　浜田広介文, 安泰絵　新潮社　1954　211p　27cm

『むく鳥のゆめ』　浜田広介文, 山路真護絵　三十書房　1954　226p　22cm（日本童話名作選集）

『新しい童話　1年生』　浜田広介文, 黒沢梧朗絵　鶴書房　1953　187p　22cm

『アンデルセン童話』　アンデルセン原作, 浜田広介著, 須田寿絵　あかね書房　1953　234p　19cm（幼年世界名作全集 8）

『イワンのばか』　トルストイ原作, 浜田広介著, 黒沢梧朗絵　鶴書房　1953　162p　22cm（世界童話名作全集 8）

『日本児童文学全集　4　童話篇 4』　宮沢賢治, 浜田広介, 坪田譲治作　河出書房　1953　354p　22cm
　目次　宮沢賢治集 浜田広介集 坪田譲治集

『人魚の姫―アンデルセン児童画集』　アンデルセン原作, 久保貞次郎選, 浜田広介文　新潮社　1953　40p　19×27cm

『ひらかなグリムどうわ』　グリム原作, 浜田広介著　金の星社　1953　199p　22cm

『ひろすけ童話選集』　浜田広介著, 渡辺三郎絵　牧書店　1953　188p　19cm（学校図書館文庫 38）

子どもの本・日本の名作童話6000

『カメレオンの王さま』 浜田広介文,黒崎義介等絵 主婦之友社 1952 355p 19cm(ひろすけ家庭童話文庫6)

『ひらがな童話集』 浜田広介文,中尾彰等絵 金の星社 1952 213p 22cm

『ひろすけどうわ』 浜田広介文,藤橋正枝絵 金子書房 1952 202p 22cm(童話名作選集 2年生)

『ひろすけむかしばなし』 浜田広介文,清原ひとし等絵 三十書房 1952 2冊 22cm(学年別昔話 1,2年生)

『海へいったくるみ』 浜田広介文,黒崎義介等絵 主婦之友社 1951 353p 19cm(ひろすけ家庭童話文庫5)

『おじいさんとくま』 浜田広介文,黒崎義介等絵 主婦之友社 1951 344p 19cm(ひろすけ家庭童話文庫2)

『おやゆびひめ』 アンデルセン原作,浜田広介文,池田かずお絵 三十書房 1951 47p 26cm

『たぬきとつばめ』 浜田広介文,茂田井武等絵 大阪 むさし書房 1951 187p 22cm

『人魚の姫』 アンデルセン原作,浜田広介著,宮永岳彦絵 浦和 三十書房 1951 74p 19cm(新児童文庫 11)

『ねずみとせん人』 浜田広介文,黒崎義介等絵 主婦之友社 1951 358p 19cm(ひろすけ家庭童話文庫 4)

『みみずくとお月さま』 浜田広介文,黒崎義介等絵 主婦之友社 1951 357p 19cm(ひろすけ家庭童話文庫3)

『こざるのかげぼうし』 浜田広介文,黒崎義介等絵 主婦之友社 1950 342p 19cm(ひろすけ家庭童話文庫 1)

早船 ちよ
はやふね・ちよ
《1914〜》

『峠―長編小説』 早船ちよ著,小枝利汎画 三鷹 けやき書房 1997.5 411p 20cm 2000円 ①4-87452-023-5

『青い嵐』 早船ちよ著 三鷹 けやき書房 1991.4 427p 20cm(キューポラのある街 5) 2200円 ①4-87452-020-0
内容 ここに、あなたの青春がある。あなたの父、母の青春がある。〈定本〉キューポラのある街。

『赤いらせん階段』 早船ちよ著 三鷹 けやき書房 1991.4 319p 20cm (キューポラのある街 3) 2200円 ①4-87452-019-7
内容 ここに、あなたの青春がある。あなたの父、母の青春がある。〈定本〉キューポラのある街。

『キューポラ銀座』 早船ちよ著 三鷹 けやき書房 1991.4 285p 20cm (キューポラのある街 6) 2000円 ①4-87452-022-7
内容 ここに、あなたの青春がある。あなたの父、母の青春がある。〈定本〉キューポラのある街。

『キューポラのある街』 早船ちよ著 三鷹 けやき書房 1991.4 319p 20cm (キューポラのある街 1) 2200円 ①4-87452-017-0
内容 ここに、あなたの青春がある。あなたの父、母の青春がある。〈定本〉キューポラのある街。

『さくらさくら』 早船ちよ著 三鷹 けやき書房 1991.4 360p 20cm(キューポラのある街 4) 2200円 ①4-87452-021-9
内容 ここに、あなたの青春がある。あなたの父、母の青春がある。〈定本〉キューポラのある街。

『未成年』 早船ちよ著 三鷹 けやき書房 1991.4 399p 20cm(キューポラのある街 2) 2200円

『タロウとユリのまきば』 早船ちよ著,まえだけんえ 三鷹 けやき書房 1989.4 118p 22cm(早船ちよ・幼年童話) 980円 ①4-87452-016-2

『幼年文学名作選 25 冬ごもりのなかまたち』 早船ちよ作,箕田源二郎絵 岩崎書店 1989.3 114p 22cm 1200円 ①4-265-03725-9

『一本足の山の女神―山へこぞうが1』　早船ちよ著, まえだけんえ　三鷹　けやき書房　1988.11　172p　22cm（早船ちよ・幼年童話）　1200円　①4-87452-013-8
内容　〈山へこぞうが〉は、3冊のシリーズです。1の『一本足の山の女神』では、山からこぞうが…じゃない、黒まるメガネのトシオくんが、転校してきたのです。トシオくんの魔法のふくろから、おいしいカキが、つぎつぎ、でてきます。おマツばあさまの「おマッちゃばなし」がはじまります。小学1年生～3年生。

『サギの湯村の村長さん―山へこぞうが3』　早船ちよ著, まえだけんえ　三鷹　けやき書房　1988.11　180p　22cm（早船ちよ・幼年童話）　1200円　①4-87452-015-4
内容　山へこぞうがは、3冊のシリーズです。3の『サギの湯村の村長さん』では、トシオが、山の村へ帰ります。村に、温泉もわいて、村は、よみがえります。村長さんは、おマツばあさま。小学1年生～3年生。

『しあわせあげます―山へこぞうが2』　早船ちよ著, まえだけんえ　三鷹　けやき書房　1988.11　165p　22cm（早船ちよ・幼年童話）　1200円　①4-87452-014-6
内容　『山へ こぞうが』は、3冊のシリーズです。2の『しあわせあげます』では、パセラン・ケセランが、まいこみます。しあわせが、いっぱい。「おマッちゃばなし」もいっぱい。小学1年生～3年生。

『ぎんなん村』　早船ちよ著, まえだけんえ　三鷹　けやき書房　1988.7　157p　22cm（早船ちよ・幼年童話）　1200円　①4-87452-012-X
内容　「すてきなみちができるって、ほんとう？」と、子どもたち。「ほうい、ほんとうよ。村のどまんなかを、ひろいひろい道。ほそうどうろがまっすぐに、町からとなり村へ、とおい海までつづくのよ」「道は、いいものをいっぱいはこんでくるよ、いいものをいっぱい」「バスがとおるようになったら、みんなで町へ、えいがをみにいこ」すてきな道ができたよ。ひろいほそうどうろを。すいすい、車、くるま、バイク、バス、トラック、きれめなしにはしります。さあ、こまったのは、め牛と子うし。おじいさんも、おばあさんも、子どもたちも、おとなも、道をわたれないくらいの車、くるま、バイク、バス、トラック…。小学1年生から3年生むき。

『カラスのクロちゃん』　早船ちよ著, まえだけん画　三鷹　けやき書房　1988.5　127p　22cm（早船ちよ・幼年童話）　980円　①4-87452-011-1
内容　カラスのクロちゃんて、まよいごよ。くいしんぼの、クロちゃん、いたずらクロちゃん。でも、かわいいの。「やーよ。ミーちゃん」っていうのよ。それから…、だんご、だんご、おやつのだんごを、どうしたとおもう。あなたも、キー公や、ケロ、ゆう子たちとうたってみない。「カーラス、カーラス/かんざぶろ/あのやまかじだ/とびぐちもってとんでいけ!」って、カラスのクロちゃんが、「やーよ。ミーちゃん」っていうわよ。小学校1年生から3年生むき。

『アヒルたんじょう―朝日が丘ものがたり1』　早船ちよ著, まえだけん画　三鷹　けやき書房　1988.4　186p　22cm（早船ちよ・幼年童話）　1200円　①4-87452-008-1
内容　団地の子と村の子と、団地の大人も村の大人も、牧場の大人もいっしょになって、新しい街づくりが、朝日が丘に、生まれます。小学1年生から3年生むき。

『いわぬが花よ贈物―朝日が丘ものがたり2』　早船ちよ著, まえだけん画　三鷹　けやき書房　1988.4　162p　22cm（早船ちよ・幼年童話）　1200円　①4-87452-009-X
内容　団地の子と村の子と、団地の大人も村の大人も、牧場の大人もいっしょになって、新しい街づくりが、朝日が丘に、生まれます。小学1年生から3年生むき。

『山の子どもの家―朝日が丘ものがたり3』　早船ちよ著, まえだけん画　三鷹　けやき書房　1988.4　202p　22cm（早船ちよ・幼年童話）　1200円　①4-87452-010-3
内容　団地の子と村の子と、団地の大人も村の大人も、牧場の大人もいっしょになって、新しい街づくりが、朝日が丘に、生まれます。小学1年生から3年生むき。

『キジ笛』　早船ちよ著, まえだけん画　三鷹　けやき書房　1987.12　118p　22cm（早船ちよ・幼年童話）　980円　①4-87452-007-3
内容　アカネとヤタロのすむ村は、キジ村とよんだくらい、キジが、たくさんいたのです。

早船ちよ

「それが、ここ30年もまえから、キジのすがたをみかけなくなった。どうしてか?。」「てっぽうでうって、とって、しっぽこソバにしてくうからよ。」…小学1年生～3年生むき。

『双六小屋いろりばなし』 早船ちよ文, 宮本能成絵 草土文化 1985.9 107p 21×22cm 1300円 ①4-7945-0222-2

『虹』 早船ちよ作, 太田大八絵 汐文社 1985.4 142p 22cm (原爆児童文学集) 1100円 ①4-8113-7007-4

『キューポラのある街』 早船ちよ作, 鈴木義治絵 理論社 1982.8 229p 23cm (理論社名作の愛蔵版) 940円〈解説:早船ちよ 初刷:1963(昭和38)〉

『キューポラのある街』 早船ちよ作, 鈴木義治絵 1982年版 理論社 1982.4 229p 23cm (日本の児童文学)〈愛蔵版〉

『『あの子』はだあれ』 早船ちよ著, 太田大八絵 新日本出版社 1982.3 172p 22cm (新日本少年少女の文学) 980円

『山のなかまたち』 早船ちよ作, 箕田源二郎絵 岩崎書店 1982.3 114p 22cm (日本の幼年童話 25) 1100円〈解説:来栖良夫 叢書の編集:菅忠道〔ほか〕 初刷:1976(昭和51) 図版〉

|目次| 出た! ツキノワグマ〔ほか5編〕

『いのち生まれるとき』 早船ちよ作, 中島保彦絵 理論社 1982.2 254p 21cm 1200円

『天女の四ツ星－クムガン山物語(朝鮮)』 鈴木たくま絵, 早船ちよ作 三鷹 けやき書房 1981.5 47p 23cm (世界の民話) 980円 ①4-87452-006-5

『キューポラのある街 下』 早船ちよ作, 鈴木義治画 理論社 1980.5 178p 18cm (フォア文庫) 390円

『キューポラのある街 上』 早船ちよ作, 鈴木義治画 理論社 1980.3 212p 18cm (フォア文庫) 390円

『緑のオーケストラと少女』 早船ちよ作, 鈴木たくま画 小学館 1979.7 142p 22cm (小学館の創作児童文学シリーズ) 780円

『ハワイの女王』 早船ちよ作, 鈴木たくま絵 三鷹 けやき書房 1978.11 64p 24×19cm (世界の民話) 980円

『チューリップばたけの花アブの子』 早船ちよ作, 小太刀克夫絵 京都 PHP研究所 1977.12 61p 23cm (PHPおはなしひろばシリーズ) 880円

『あすへ羽ばたく』 早船ちよ著, 鈴木義治絵 講談社 1977.8 249p 22cm (児童文学創作シリーズ) 980円

『キューポラのある街』 早船ちよ著 理論社 1976.9 230p 22cm (理論社の愛蔵版わたしのほん) 940円

『山のなかまたち』 早船ちよ作, 箕田源次郎絵 岩崎書店 1976.9 114p 26cm (日本の幼年童話 25) 950円

『あすも夕やけ』 早船ちよ著 新日本出版社 1976.3 150p 22cm 750円

『アハメッドの旅』 早船ちよ作, 鈴木琢磨え けやき書房 1975 72p 24cm (世界の民話)

『アケミの門出』 早船ちよ作, 小坂しげる画 ポプラ社 1974 294p 21cm (創作ブックス 9)

『いっぱいのひまわり－アジアの心 平和・労働・愛』 早船ちよ文 新日本出版社 1974 233p 20cm (かもしか文庫 9)

『春のシュトルム』 早船ちよ著, 鈴木琢磨画 草土文化 1974 334p 19cm

『トーキョー夢の島』 早船ちよ作, かみやしん絵 講談社 1973 286p 22cm (児童文学創作シリーズ)

『愛と友情』 早船ちよ文, 高木澄朗絵 ポプラ社 1971 254p 20cm (ポプラ・ブックス 10)

『ごきげんながあがあ』 早船ちよ作, 淵上昭広え 理論社 1971 131p 23cm (どうわの本棚)

『ダムサイトのさくら』 早船ちよ著, 塚谷政義え 毎日新聞社 1971 206p 22cm

『パンドラーの箱』 早船ちよ作, 山中冬児絵 評論社 1970 109p 22cm (おはなし世界めぐり 3)

『ロープ・サンチカの宝もの』　早船ちよ作, 長新太絵　評論社　1970　94p　22cm（おはなし世界めぐり 2）

『おばけのオンロック』　早船ちよ著, 長新太絵　評論社　1969　91p　22cm（おはなし世界めぐり 1）

『つばさある季節』　早船ちよ文, 鈴木義治絵　東都書房　1964　177p　22cm

『キューポラのある街』　早船ちよ著　理論社　1963　236p　19cm（小説国民文庫）

『花どけい―日本の創作童話』　早船ちよ文, 広田建一絵　理論社　1963　174p　22cm

『ポンのヒッチハイク』　早船ちよ文, 竹村捷絵　理論社　1962　198p　23cm（少年少女長篇小説）

『山の呼ぶ声』　早船ちよ文, 久米宏一絵　理論社　1959　252p　20cm

『ちちうしさん―1ねんせいのりかどうわ』　早船ちよ文, 住田仙三絵　福村書店　1956　172p　22cm

『花見あひる―2ねんせいのりかどうわ』　早船ちよ文, 賀川孝絵　福村書店　1956　183p　22cm

『みつばちの旅―3年生の理科童話』　早船ちよ文, 植木力絵　福村書店　1956　181p　22cm

比江島　重孝
ひえじま・しげたか
《1924～1984》

『宮崎のむかし話　第2集』　比江島重孝著　宮崎　鉱脈社　1998.12　280p　22cm　1600円　①4-906008-15-1

『宮崎のむかし話』　比江島重孝著　宮崎　鉱脈社　1998.7　286p　22cm　1600円　①4-906008-01-1

『さようならのおくりもの』　比江島重孝作, まえだけん絵　太平出版社　1982.4　108p　22cm（山の分校シリーズ）　960円

『カラス先生のじゅぎょう』　比江島重孝作, むかいながまさ絵　太平出版社　1982.1　115p　22cm（山の分校シリーズ）　960円

『てんぐさんござるか』　比江島重孝作, かみやしん絵　太平出版社　1981.3　108p　22cm（山の分校シリーズ）　960円

『父ちゃんからきたはがき』　比江島重孝作, 出口まさあき絵　太平出版社　1980.9　106p　22cm（山の分校シリーズ）　960円

『サンショウウオ探検隊』　比江島重孝作, 山野辺進絵　太平出版社　1979.10　105p　22cm（母と子の図書室―山の分校シリーズ）　960円

『イノくんのいる分校』　比江島重孝作, 大古尅己絵　太平出版社　1979.2　107p　22cm（山の分校シリーズ）　960円

『これはどっこい―宮崎の民話』　比江島重孝文, 小林和子絵　さ・え・ら書房　1978.5　96p　24cm（民話の絵本 2）　780円〈解説:比江島重孝　初刷:1971（昭和46）〉

目次　くれないの花〔ほか8編〕

『荒野の少年』　比江島重孝文, 三芳悌吉絵　現代出版社　1971　261p　22cm

『これはどっこい』　比江島重孝文, 小林和子絵　さ・え・ら書房　1971　96p　24cm（民話の絵本 2）

稗田　阿礼
ひえだ・あれ
《生没年不詳（7世紀後半）》

『古事記』　稗田阿礼, 太安万侶原作, 桂木寛子文　ぎょうせい　1995.2　196p　22cm（新装少年少女世界名作全集 41）　1300円　①4-324-04368-X〈新装版〉

『古事記』　稗田阿礼, 太安万侶原作, 桂木寛子文　ぎょうせい　1983.2　196p　22cm（少年少女世界名作全集 41）　1200円

東　君平
ひがし・くんぺい
《1940～1986》

『くんぺい魔法ばなし―風の子供』　東君平著　愛蔵版　サンリオ　2000.10　213p　19cm　(魔法ばなし全集2)　1400円　①4-387-00072-4
|目次| 波打ち際、ジーパン、鯰、嵐、たしかな記憶、雪、泉、留守番、海辺の宿、初恋〔ほか〕
|内容| 日常の小さな出来事にも"魔法"は宿る。さり気なく人の心にふれる、味わいのある中期作品。1978年8月～1982年までを収録した魔法ばなし全集第2巻。

『くんぺい魔法ばなし―小さなノート』　東君平著　新版　サンリオ　2000.10　213p　19cm　(魔法ばなし全集3)　1400円　①4-387-00073-2
|目次| 根っこ、耳、少女、変らない信号、春の海、新宿、塀の中、パイナップル、手品おじさん、恋の切れ目、一円玉、子犬のブッチ、小鳥、落し穴、心の会話〔ほか〕
|内容| くんぺい魔法ばなし愛蔵版。純粋な心、さり気ないやさしさが、やがて"詩"へと結晶していく後期作品。1983年～絶筆「を」までを収録した魔法ばなし全集第3巻。

『くんぺい魔法ばなし―ねこのリボン』　東君平著　新版　サンリオ　2000.9　233p　19cm　(魔法ばなし全集1)　1400円　①4-387-00071-6
|目次| むしにされた犬、ひょうたん、こがね虫は金持ちではない、コケコッコー、残念がりセミ、スミイカ、仕事也、男、さがし虫、デンデンムシ〔ほか〕
|内容| 月刊「詩とメルヘン」での14年間にわたる連載作品のすべてを集成する「魔法ばなし全集」第1巻。連載第1回から1978年7月までを収録。

『おはようどうわ　10　わすれない夢』　東君平著　サンリオ　2000.5　159p　20cm　1300円　①4-387-99107-0
|目次| かとりせんこう、まちどおしいよる、せみ、やまみち、ざんしょおみまい、おおかぜたいふう、やまのいえ、すてられこねこ、かわべのおやつ、そだちざかり〔ほか〕
|内容| げんきならみんなにあしたがきます。『おはようどうわ』全10巻完結!13年と11カ月にわたって毎日新聞に連載された718篇を完全収録!こねこは、たずねてきた、もらいてに、だかれたり、なぜられたりします。「やめてくださいよ。うちのこどもを」そんな、にんげんたちを、おやねこは、そばでみていて、しんぱいでたまりません。―「こねこ」より。

『おはようどうわ　9　うまれてのあさ』　東君平著　サンリオ　2000.5　159p　20cm　1300円　①4-387-99106-2
|目次| よほうちゅうしゃ、はるいちばん、えきしゃさん、おひさま、しなもの、まめごはん、イヌ、よもぎもち、ちいさないのち、みずべあそび〔ほか〕
|内容| そっと、ゆっくり、どこまでも。運ばれてゆく心、届けられる思い。こどもたちは、なつやすみになって、らくちんですが、おとうさんは、あつくても、はたらきます。「そうだ。きょねんは、うまくいったから、ことしも、あれにしよう」きょねん、おとうさんは、まいにち、ひとつずつ、うめぼしをたべました。―「げんきのもと」より。

『おはようどうわ　8　どこかできっと』　東君平著　サンリオ　2000.4　159p　20cm　1300円　①4-387-99105-4
|目次| おれいじょう、うんどうかいの日、シイの木のした、しかられとうさん、よのなか、ある日、サンマりょう、はんが、まいご、かぜの日〔ほか〕

『おはようどうわ　7　うれしいよかん』　東君平著　サンリオ　2000.4　159p　20cm　1300円　①4-387-99104-6
|目次| タケノコほり、はたけ、いそあそび、バラがさいた日、きんぎょやさん、つゆどき、ハチとり、アジサイの花、ふくびき、ちいさなむら〔ほか〕

『どれみふぁけろけろ』　東君平作・絵　あかね書房　1999.4　77p　21cm　950円　①4-251-00684-4
|内容| およぎのにがてなたっくんが、「かえるになりたいなあ。」と、つぶやいたら、あおがえるたけしになっていました。けろっ！幼児の心の動きをユーモラスに描いて、心あたたまる幼年どうわ。

『このあいだのかぜに』　東君平作, 石原均, エムナマエ, 黒井健, すがまりえこ, 杉浦範茂, 武市加代, 長新太ほか画　くもん出版　1996.12　142p　20cm　1236円
①4-7743-0081-0

『おかあさんがいっぱい』　東君平作・画　金の星社　1996.11　167p　18cm（フォア文庫 B181）　550円　①4-323-01976-9
内容 4年4組の子どもたちのおかあさんをひとりずつ紹介します。おせっかいなおかあさん、朝ねぼうのおかあさん、カンのいいおかあさん、おこりんぼのおかあさん…。でも、みんなやさしいおかあさん。そんなおかあさんに、どの子も、ちょっぴりあまえんぼうで、反抗的。"ふふっ"とわらわせ、"ほろっ"とさせる、母と子のほのぼのエピソード集。

『おはようどうわ　6　よぞらのほしに』　東君平著　サンリオ　1996.8　159p　19cm　1300円　①4-387-95069-2
目次 おおそうじの日、おしょうがつのあと、ゆきの日、かげ、トンビ、やさしいひざし、シチュー、ひかげみち、ふうふげんか、あしのうら、ももの花、シマリスのはる、ゴムだん、ほしぞら、こうえんのいけ、ことり、ウシとヒバリ、ペンキやさん、チューリップ、ひるさがり、びょういん、ストロー、まひるのイヌ、あめあがり、メダカすくい、つゆ、のんびりハエ、たんぼ、トマトばたけ、とこや、水あそび、カラス、できふでき、もしも、インコ、カナブン、しんがっき、クリごはん、ざんしょ、なつもの、とうふ、キンモクセイ、あきのごご、やさしいこえ、ふゆじたく、ケンボナシ、タラバガニ、セーター、ごくらくこたつ、イヌごや、にマメ、よまわり、リンゴのきばこ、はつゆめ、せき、ときのながれ、マラソン、よそのイヌ、ダイコン、おとこのこ、ぎんせかい、せいぞろい、きたぐにのてがみ、まちあいしつ、かいじゅう、は、はるののやま、アリのおはなし、フリージア、ザリガニ、しゃぼんだまとんだ、ちいさないきもの

『おはようどうわ　5　はなびらだより』　東君平著　サンリオ　1996.8　159p　19cm　1300円　①4-387-95068-4
目次 ゆうすずみ、バケツ、なつのおわり、コオロギ、はね、クリのむし、くぎのおと、ぶどうとり、うんどうかい、さよならおちば、ほしがきづくり、えんそく、もりのなか、シイの実ひろい、ネコのゆめ、センダングサ、かきの木、にぼし、ニワトリ、いなかのいえ、こどもよまわり、おそなえもち、ゆきのおと、あてっこあそ

び、のらネコ、こうえん、ひなた、とおい日のしゃぼんだま、はる、おとまり、しあわせネコ、キツネのあさめし、おとうさんのかぜ、うみべのむら、はるのかぜ、あわてんぼう、おとうさん、ミノガ、かいがら、コイヌ、カタツムリ、かきの花、ハエ、かみなりぐも、しゅみ、タチアオイ、わゴム、きんぎょ、なつのあさ、うみへのみち、ゲンゴロウ、ぬけがら、カ、かいひろい、おしろいばな、キョウチクトウ、ひまわり、あきのけしき、かぜのこ、ふゆがくる、ドキドキする日、シイの実、カメ、サザンカ、イヌとネコ、スズメ、じゃがいも、あめの日に、けしき、とうみん、ひなたぼっこ、あさ

『おはようどうわ　4　おげんきですか』　東君平著　サンリオ　1996.5　159p　20cm　1300円　①4-387-95067-6
内容 山にすむ、さむがりやのタヌキは、ふゆのあいだじゅう、もうこれいじょうまるくなれないというくらい、まんまるになって、ふるえながらねていましたが、このごろは、まいあさ、めをさますたびに、あれっと、おもうようになりました。―「はるのにおい」より。鳥になる、草になる。そこに一編の童話が生まれる。

『ひとくち童話　6』　東君平著　フレーベル館　1995.7　69p　19cm　980円　①4-577-01484-X
目次 しぜんのはなし（かぜのにおい、くも、あまぐも、かめ ほか）、はなのはなし（なのはな、ね、おはなみ、さくら ほか）

『ひとくち童話　5』　東君平著　フレーベル館　1995.7　69p　19cm　980円　①4-577-01483-1
目次 おじいさんのはなし（めがね、おじいさんのぼうし、ことり、くりのみ ほか）、おばあさんのはなし（おとしもの、すいどう、おおさわぎ、あおむし ほか）、ちょっとながいはなし（お月さま、おべんとう、おもちつき、ないしょ ほか）

『ひとくち童話　4』　東君平著　フレーベル館　1995.5　69p　19cm　980円　①4-577-01482-3

『ひとくち童話　3』　東君平著　フレーベル館　1995.5　69p　19cm　980円　①4-577-01481-5

東君平

『ばびぶべぼだぞ、わすれるな。』　ひがしくんぺい作　童心社　1995.3　77p　18cm（フォア文庫 A109—マーブル版）　700円　ⓃISBN 4-494-02717-0
　内容　おっと、しょんぼりして、どうしたの。いじめるやつが、いるのかい。そんなときに、ためになる、はなしをしてやろうか。これからはなす、ば・び・ぶ・べ・ぼを、しっかりまもれば、もう、だれだって、てがだせないさ。

『ひとくち童話　2』　東君平著　フレーベル館　1995.3　69p　19cm　980円　ⓃISBN 4-577-01480-7
　目次　あそび、ふうせん、いけ、ゆうやけ、おとうふや、かみのけ、おまつり、マフラー〔ほか〕

『ひとくち童話　1』　東君平著　フレーベル館　1995.3　69p　19cm　980円　ⓃISBN 4-577-01479-3
　目次　ねこ、つき、ひかげ、しろねこ、ものほし、とかげ、ねずみ、おかあさん、つめあと、ねごとなき、おいのり〔ほか〕

『トカゲになった日』　東君平, 織茂恭子絵　あかね書房　1993.7　52p　22cm（あかねおはなし図書館 23）　980円　ⓃISBN 4-251-03723-5
　内容　ぼくとトカゲは、こんど、すごいことをするやくそくをしている。

『おはようどうわ　3　イチゴのにおい』　東君平著　サンリオ　1992.6　159p　20cm　1200円　ⓃISBN 4-387-91207-3

『おはようどうわ　2　ペパーミントのかぜ』　東君平著　サンリオ　1992.4　159p　20cm　1200円　ⓃISBN 4-387-91206-5

『おはようどうわ　1　君とぼく』　東君平著　サンリオ　1992.2　159p　20cm　1200円　ⓃISBN 4-387-91205-7

『おてあげクマさん—にゃんこおじさんおもしろばなし』　東君平著　サンリオ　1991.6　39p　22cm　1010円　ⓃISBN 4-387-91075-5

『おとうさんとあいうえお』　ひがしくんぺいさく・え　童心社　1990.5　47p　21×22cm（絵本・ちいさななかまたち）　1030円　ⓃISBN 4-494-00650-5

『にゃんこおじさん・おもしろばなし』　東君平文・絵　サンリオ　1989.11　39p　30cm　1300円　ⓃISBN 4-387-89349-4
　目次　おおにゃんこ こにゃんこ、シチュー、しょんぼりカバン、ドシラソファミレド、すずめのきもち、へんじかご、ネズミのごうとう、夏、金魚さん、リス、おおきなあかちゃん、だれ犬、おじいさんのアヒル、サンマ、あんしんぼうし、ひつじさん、さむいよる、シロネコ・クロネコ

『どれみふぁけろけろ』　東君平作・絵　あかね書房　1987.7　173p　18cm（あかね文庫）　430円　ⓃISBN 4-251-10013-1
　目次　どれみふぁけろけろ、ゆびきりえんそく、どきどきうんどうかい、ねこねこつりたいかい、クンクンたっくん
　内容　「かえるは、およげていいなあ。ぼくも、かえるになりたいなあ。」そうつぶやいたら、いつのまにかたっくんは、あおがえるたけしになっていました。表題作ほか、「ゆびきりえんそく」「どきどきうんどうかい」「ねこねこつりたいかい」「クンクンたっくん」をおさめる。

『おかあさんはえらい!』　東君平作・絵　金の星社　1986.10　171p　22cm（みんなの文学）　880円　ⓃISBN 4-323-01084-2
　内容　おかあさんの頭の中って、どうなってるか知ってる？ やさしくて、たくましくて、フツーなんだけど、オカシナおかあさんが、25人登場!

『女の子ってな・ん・だ』　東君平作, 遠藤てるよ絵　あかね書房　1986.7　149p　21cm（あかね創作文学シリーズ）　980円　ⓃISBN 4-251-06137-3
　内容　かよこ、ミヤコ、マユミ、ひろ代、その子—。5人の同い年の少女への「ぼく」のとまどい、好意、さまざまな思いを、感性豊かに描く。

『ばびぶべぼだぞ、わすれるな。』　ひがしくんぺい文と絵　童心社　1986.7　1冊　22cm（童心社の幼年どうわシリーズ）　780円　ⓃISBN 4-494-00521-5

『クンクンたっくん』　東君平作・絵　あかね書房　1985.12　77p　22cm（あかね幼年どうわ）　680円　ⓃISBN 4-251-00696-8

『ぼくのとうさん』　東君平さく・え　偕成社　1985.4　149p　22cm（創作こどもクラブ）　780円　ⓃISBN 4-03-530080-2

『ねこねこつりたいかい』 東君平作・絵 あかね書房 1984.10 77p 22cm（あかね幼年どうわ） 680円 ①4-251-00692-5

『のぼるはがんばる』 東君平作・画 金の星社 1984.9 172p 18cm（フォア文庫） 390円

『おかあさんの耳、日曜』 東君平作 金の星社 1984.4 186p 22cm（みんなの文学） 880円 ①4-323-00531-8

『ぐりぐりえかき』 東君平著 大日本図書 1983.11 30p 22cm（がんばれおっくん1ねんせい） 580円

『くるんとさかあがり』 東君平著 大日本図書 1983.11 30p 22cm（がんばれおっくん1ねんせい） 580円

『けしごむうさぎ』 東君平著 大日本図書 1983.11 30p 22cm（がんばれおっくん1ねんせい） 580円

『せんせいだいすき』 東君平著 大日本図書 1983.11 30p 22cm（がんばれおっくん1ねんせい） 580円

『ねずみのてがみ』 東君平著 大日本図書 1983.11 30p 22cm（がんばれおっくん1ねんせい） 580円

『どきどきうんどうかい』 東君平作・絵 あかね書房 1983.9 76p 22cm（あかね幼年どうわ） 680円 ①4-251-00690-9

『こゆびどうわ』 東君平著 フレーベル館 1983.6 2冊 20cm 各900円

『ぼくのだいじなももたろう』 東君平作,西巻茅子絵 あかね書房 1983.6 62p 24cm（あかね創作どうわ） 880円 ①4-251-03271-3

『ゆびきりえんそく』 東君平作・絵 あかね書房 1983.2 77p 22cm（あかね幼年どうわ） 680円 ①4-251-00688-7

『やさしいよかん』 東君平著 講談社 1982.10 219p 18cm（おはようどうわ 8） 880円 ①4-06-119128-4

『なにかいいこと』 東君平著 講談社 1982.9 219p 18cm（おはようどうわ 7） 880円 ①4-06-119127-6

『むねいっぱいに』 東君平著 講談社 1982.8 219p 18cm（おはようどうわ 6） 880円 ①4-06-119126-8

『ごがつのかぜを』 東君平著 講談社 1982.7 219p 18cm（おはようどうわ 5） 880円 ①4-06-119125-X

『しかくいこまど』 東君平著 講談社 1982.6 219p 18cm（おはようどうわ 4） 880円 ①4-06-119124-1

『さんかくりぼん』 東君平著 講談社 1982.5 219p 18cm（おはようどうわ 3） 880円 ①4-06-119123-3

『ふたごのこねこ』 東君平著 講談社 1982.4 219p 18cm（おはようどうわ 2） 880円 ①4-06-119122-5

『いちばんぼしみつけた』 東君平著 講談社 1982.3 219p 18cm（おはようどうわ 1） 880円 ①4-06-119121-7

『どれみふぁけろけろ』 東君平作・絵 あかね書房 1981.7 77p 22cm（あかね幼年どうわ） 680円

『おかあさんがいっぱい』 東君平作・絵 金の星社 1981.5 186p 22cm（みんなの文学） 880円

『ひきざんもできるめいけんシロ』 東君平作・絵 フレーベル館 1980.9 76p 22cm（フレーベル館の幼年創作童話） 700円

『くんぺい魔法ばなし』 東君平文・絵 サンリオ 1980.4 64p 22cm（詩とメルヘン絵本） 800円

『大きいたねと小さなたね』 東君平ぶん・え 金の星社 1979.6 70p 22cm（新・創作えぶんこ） 850円

『のぼるはがんばる』 東君平文・え 金の星社 1978.12 173p 22cm（創作子どもの本） 750円

『くんぺい少年の絵日記』 東君平著 京都 PHP研究所 1977.7 159p 19cm 780円

樋口一葉

樋口　一葉
ひぐち・いちよう
《1872〜1896》

『たけくらべ』　樋口一葉原作　金の星社　1997.4　93p　22cm（アニメ日本の名作 4）　1200円　①4-323-05004-6
[内容] 美しい美登利と、まじめな信如。たがいに好意をもちながら、子どもたちの間の対立が、二人の心をすれちがわせていた。そんなある日、祭りの夜におこったできごとが、美登利の心を深く傷つけ、二人をますます遠ざけていく…。不朽の名作を、アニメとやさしい文章で、楽しく読みやすく!!小学校3・4年生から。

『たけくらべ・にごりえ・十三夜・大つごもり』　樋口一葉著　旺文社　1997.4　206p　18cm（愛と青春の名作集）　900円

『たけくらべ・山椒大夫』　講談社　1995.5　229p　19cm（ポケット日本文学館 5）　1000円　①4-06-261705-6
[目次] たけくらべ（樋口一葉）、山椒大夫（森鴎外）、高瀬舟（森鴎外）、最後の一句（森鴎外）、羽鳥千尋（森鴎外）

『たけくらべ・山椒大夫』　講談社　1986.12　285p　22cm（少年少女日本文学館 第1巻）　1400円　①4-06-188251-1
[目次] たけくらべ（樋口一葉）、山椒大夫（森鴎外）、高瀬舟（森鴎外）、最後の一句（森鴎外）、羽鳥千尋（森鴎外）、耳なし芳一のはなし（小泉八雲）、むじな（小泉八雲）、雪おんな（小泉八雲）
[内容] 背のびをしながら、大人になる子どもたち。下町に住む子どもたちのありのままの姿を描いた「たけくらべ」をはじめ、明治の名作8編を収録。

『たけくらべ・十三夜』　樋口一葉著　改訂　ポプラ社　1982.12　302p　20cm（アイドル・ブックス）　580円

『たけくらべ』　樋口一葉文、朝倉摂絵　偕成社　1969　312p　19cm（日本の名作文学ホーム・スクール版 35）

『たけくらべ』　樋口一葉著、朝倉摂絵　偕成社　1969　312p　19cm（ジュニア版日本文学名作選 51）

『たけくらべ・十三夜』　樋口一葉文、土村正寿絵　ポプラ社　1966　302p　20cm（アイドル・ブックス 34）

『たけくらべ』　樋口一葉作、森三十代訳、富賀正俊絵　偕成社　1963　314p　19cm（少女世界文学全集 27）

『樋口一葉集』　樋口一葉文　東西五月社　1960　180p　22cm（少年少女日本文学名作全集 5）

『徳富蘆花・樋口一葉名作集』　徳富蘆花、樋口一葉文、福田清人編、風間完絵　あかね書房　1957　246p　22cm（少年少女日本文学選集 20）

『たけくらべ』　樋口一葉原作、森三千代著、木俣清史絵　偕成社　1956　292p　19cm（世界名作文庫 140）

『二葉亭四迷・樋口一葉集』　二葉亭四迷、樋口一葉文、久松潜一等編　東西文明社　1955　247p　22cm（少年少女のための現代日本文学全集 2）

平塚　武二
ひらつか・たけじ
《1904〜1971》

『太陽よりも月よりも』　平塚武二作　童心社　1994.1　180p　18cm（フォア文庫愛蔵版）　1000円

『馬ぬすびと』　平塚武二作　〔点字資料〕　大阪　日本ライトハウス点字出版所　1989.11　75p　27cm　1100円〈原本:東京　福音館書店　1989　福音館創作童話シリーズ〉

『幼年文学名作選 4　ミスター・サルトビ』　平塚武二作、津田櫓冬絵　岩崎書店　1989.3　122p　22cm　1200円　①4-265-03704-6

『風と花びら』　平塚武二作、田代三善絵　新学社　1987.6　157p　22cm（少年少女こころの図書館）　950円

平塚武二

『いろはのいそっぷ』　平塚武二文, 長新太画　童心社　1984.11　162p　18cm（フォア文庫）　390円

『馬ぬすびと』　太田大八画, 平塚武二作　福音館書店　1982.9　61p　22cm（福音館創作童話シリーズ）　950円〈初刷:1968（昭和43）〉

『魔法のテーブル・奇術師のかばん』　平塚武二, 桑原健二郎著, 赤い鳥の会編, 久保雅勇絵　小峰書店　1982.9　59p　20cm（赤い鳥名作童話）　780円　①4-338-04809-3

『たまむしのずしの物語』　童心社　1982.3　242p　22cm（平塚武二童話全集5）　950円〈解説:鳥越信　叢書の編集:与田準一〔ほか〕　初刷:1972（昭和47）図版〉
|目次| 虫のくる家〔ほか12編〕

『パパはのっぽでボクはちび』　童心社　1982.3　242p　22cm（平塚武二童話全集3）　950円〈解説:猪熊葉子　叢書の編集:与田準一〔ほか〕　初刷:1972（昭和47）図版〉
|目次| 魔法のテーブル〔ほか7編〕

『ふしぎなちから』　平塚武二作, 津田宏絵　岩崎書店　1982.3　122p　22cm（日本の幼年童話4）　1100円〈解説:前川康男　叢書の編集:菅忠道〔ほか〕　初刷:1972（昭和47）図版〉
|目次| ふしぎなちから〔ほか5編〕

『ヨコハマのサギ山』　太田大八画, 平塚武二著　あかね書房　1982.3　206p　22cm（日本児童文学名作選10）　980円〈解説:長崎源之助　図版〉
|目次| 春のこもりうた〔ほか10編〕

『ピューンの花』　童心社　1981.3　242p　22cm（平塚武二童話全集1）　950円〈解説:与田準一　叢書の編集:与田準一〔ほか〕　初刷:1972（昭和47）図版〉
|目次| ふしぎなちから〔ほか29編〕

『タケヤブ村のトラヒゲ先生』　平塚武二著, 福田庄助絵　国土社　1980.5　142p　21cm（新選創作児童文学4）　950円〈初刷:1969（昭和44）〉

『太陽よりも月よりも』　平塚武二作, 瀬川康男画　童心社　1979.10　180p　18cm（フォア文庫）　390円

『いろはのいそっぷ』　童心社　1979.7　242p　22cm（平塚武二童話全集2）　950円〈解説:佐藤さとる　叢書の編集:与田準一〔ほか〕　初刷:1972（昭和47）図版〉
|目次| いろはのいそっぷ, からすカンザブロウ

『風と花びら』　童心社　1979.7　242p　22cm（平塚武二童話全集4）　950円〈解説:長崎源之助　叢書の編集:与田準一〔ほか〕　初刷:1972（昭和47）図版〉
|目次| 月〔ほか6編〕

『太陽よりも月よりも』　童心社　1979.7　262p　22cm（平塚武二童話全集6）　950円〈巻末:年譜・著作目録　解説:古田足日　叢書の編集:与田準一〔ほか〕　初刷:1972（昭和47）図版〉
|目次| 太陽よりも月よりも, 千一夜物語の物語

『たまむしのずしの物語』　平塚武二著　偕成社　1978.10　266p　19cm（偕成社文庫）　390円

『馬ぬすびと』　平塚武二著　ポプラ社　1978.9　197p　18cm（ポプラ社文庫）　390円

『ピューンの花―ほか』　平塚武二著, 駒宮録郎絵　講談社　1978.1　79p　22cm（講談社の幼年文庫）　540円

『風と花びら』　平塚武二作　岩波書店　1977.7　230p　18cm（岩波少年文庫）　400円

『パパはのっぽでボクはちび』　平塚武二著　岩波書店　1977.4　251p　18cm（岩波少年文庫）　400円

『パパはのっぽでボクはちび』　平塚武二著　偕成社　1977.3　186p　19cm（偕成社文庫）　390円

『ヨコハマのサギ山』　平塚武二著, 太田大八画　あかね書房　1973　206p　22cm（日本児童文学名作選10）

『いろはのいそっぷ』　平塚武二作, 長新太絵　童心社　1972　242p　22cm（平塚武二童話全集2）

子どもの本・日本の名作童話6000

平塚武二

『風と花びら』　平塚武二作, 三芳悌吉絵　童心社　1972　242p　22cm（平塚武二童話全集 4）

『太陽よりも月よりも』　平塚武二作　童心社　1972　262p　22cm（平塚武二童話全集 6）

『たまむしのずしの物語』　平塚武二作, 梶山俊夫絵　童心社　1972　242p　22cm（平塚武二童話全集 5）

『パパはのっぽでボクはちび』　平塚武二作, 堀内誠一絵　童心社　1972　242p　22cm（平塚武二童話全集 3）

『ピューンの花』　平塚武二作, 遠藤てるよ絵　童心社　1972　242p　22cm（平塚武二童話全集 1）

『ふしぎなちから』　平塚武二作, 津田宏絵　岩崎書店　1972　122p　22cm（日本の幼年童話 4）

『ながれぼし』　平塚武二文, 初山滋え　実業之日本社　1971　138p　22cm（創作幼年童話）

『赤ずきん』　平塚武二文, 三好碩也絵　ポプラ社　1969　122p　22cm（幼年名作童話 11）

『太陽よりも月よりも』　平塚武二文, 田代三善絵　実業之日本社　1969　180p　22cm（創作少年少女小説）

『タケヤブ村のトラヒゲ先生』　平塚武二著, 福田庄助絵　国土社　1969　142p　21cm（新選創作児童文学 4）

『玉虫厨子の物語』　平塚武二作, 朝倉摂画　学習研究社　1969　213p　18cm（小年少女学研文庫 304）

『馬ぬすびと』　平塚武二文, 太田大八絵　福音館書店　1968　61p　21cm

『ながれぼし―童話集』　平塚武二文, 初山滋絵　実業之日本社　1965　138p　22cm

『イソップどうわ』　イソップ原作, 平塚武二文, 熊田千佳慕絵　偕成社　1964　124p　23cm（世界のどうわ 12）

『ひらつかたけじどうわ』　平塚武二著, 久米宏一絵　盛光社　1964　21cm（おはなしぶんこ 2年生）

『のぎくのなかのじぞうさま―ねばり強い子にする童話』　平塚武二文, 小林和子絵　実業之日本社　1963　68p　27cm（よい性格をつくる童話シリーズ）

『与田準一・新美南吉・平塚武二集』　与田準一, 新美南吉, 平塚武二文, 中尾彰等絵　講談社　1963　381p　23cm（少年少女日本文学全集 12）

『ごんぎつね―新美南吉・与田準一・平塚武二・土家由岐雄童話集』　新美南吉, 与田準一, 平塚武二, 土家由岐雄, 箕田源二郎絵　偕成社　1962　240p　23cm（日本児童文学全集 13）

『かにとこいし』　ひらつかたけじ文, すずきけんじ絵　麦書房　1959　24p　21cm（雨の日文庫　第6集3）

『おかっぱさん』　平塚武二文, すずきけんじ絵　麦書房　1958　29p　21cm（雨の日文庫　第4集13）

『風と花びら』　平塚武二文, 佐藤忠良等絵　麦書房　1958　37p　21cm（雨の日文庫　第2集13）

『子じかものがたり』　ローリングス原作, 平塚武二文, 山中冬児絵　偕成社　1958　162p　22cm（なかよし絵文庫 21）

『与田準一・平塚武二集』　与田準一, 平塚武二文, 高山毅等編, 中尾彰等絵　東西文明社　1958　310p　22cm（昭和児童文学全集 10）

『赤ずきん』　グリム兄弟原作, 平塚武二著　ポプラ社　1957　138p　22cm（たのしい名作童話 44）

『たから島』　スチブンソン原作, 平塚武二著, 宮木かおる絵　ポプラ社　1957　140p　22cm（たのしい名作童話 19）

『日吉丸』　平塚武二文, 井口文秀絵　実業之日本社　1957　160p　22cm（名作絵文庫 3年生）

『太陽よりも月よりも―長編童話』　平塚武二文, 市川禎男絵　講談社　1956　262p　19cm

『ガタガタ学校と花風先生』　平塚武二文, 久米宏一絵　泰光堂　1954　321p　19cm（ユーモア文庫 2）

『シンドバッドのぼうけん』　平塚武二文,
梁川剛一絵　小学館　1954　116p
22cm（小学館の幼年文庫 13）

『日本児童文学全集　8　童話篇 8』　平
塚武二, 佐藤義美, 関英雄, 猪野省三, 岡本
良雄作　河出書房　1953　359p　22cm
[目次] 平塚武二集 佐藤義美集 関英雄集 猪野省
三集 岡本良雄集

『人魚の姫』　アンデルセン原作, 平塚武
二著, 岩崎ちひろ絵　鶴書房　1953
159p　22cm（世界童話名作全集 2）

『パパはのっぽでボクはちび』　平塚武二
文, 今関鷲人絵　コスモポリタン社
1953　159p　22cm

『ふしぎの国のアリス』　リュイス・キャ
アラル原作, 平塚武二著, 中村正典絵　浦
和　三十書房　1951　77p　19cm（新児
童文庫 18）

平野　威馬雄
ひらの・いまお
《1900～1986》

『ガラスの月―平野威馬雄少年詩集』　平
野威馬雄著　理論社　1984.6　132p
21cm（詩の散歩道）　1500円

『レミは生きている』　平野威馬雄著, 鈴
木義治絵　講談社　1977.1　219p　22cm
（児童文学創作シリーズ）　980円

『白い牙』　ロンドン原作, 平野威馬雄文,
岩井泰三絵　ポプラ社　1968　326p
19cm（世界の名作 16）

『レミは生きている』　平野威馬雄文, 鈴木
義治絵　東都書房　1959　204p　22cm

『レミは生きている―ある混血児のおいた
ち』　平野威馬雄文　日本児童文庫刊行
会　1958　295p　19cm

『白い牙』　ジャック・ロンドン原作, 平野
威馬雄著, 諏訪部晃絵　ポプラ社　1953
326p　19cm（世界名作物語 25）

蕗谷　虹児
ふきや・こうじ
《1898～1979》

『花嫁人形―抒情詩画集』　蕗谷虹児著
大空社　1997.3　7,190p　16cm（叢書日
本の童謡）　①4-7568-0306-7〈宝文館昭
和10年刊の複製 外箱入〉

ふくしま　やす
《1932～1989》

『ドラムカンのふね―ふくしまやす詩集』
ふくしまやす著, こさかしげる画　越谷
かど創舎　1992.8　103p　23cm（創作文
学シリーズ詩歌 28）　1300円
①4-87598-034-5

福田　清人
ふくだ・きよと
《1904～1995》

『源平盛衰記』　福田清人文　ぎょうせい
1995.2　189p　22cm（新装少年少女世界
名作全集 45）　1300円　①4-324-04372-8
〈新装版〉

『天平の少年―奈良の大仏建立/乱世に生
きる二人』　福田清人著, 鴨下晃湖絵
講談社　1988.9　283p　18cm（講談社青
い鳥文庫―日本の歴史名作シリーズ）
490円　①4-06-147251-8
[内容] 奈良の大仏の建立をめぐり, 棒使いの巧
みな牛飼いの野乃彦と, 親友の彫刻のうまい
宗人の2少年が, くぐつ, 美少女月女, 悪人の
守部麻呂たちと入り乱れて大活躍する…。い
まから1200年ほど前の天平時代を舞台に, 乱
世を生きる少年たちを描くスリルあふれる名
作。サンケイ児童出版文化賞受賞。

『古事記物語―日本古典』　福田清人著
改訂　偕成社　1984.1　344p　19cm（少
年少女世界の名作 44）　680円
①4-03-734440-8

福田清人

『天正少年使節』　福田清人作, 山口景昭絵　講談社　1983.2　219p　22cm（児童文学創作シリーズ）　980円　①4-06-119065-2

『源平盛衰記』　福田清人文　ぎょうせい　1982.6　189p　22cm（少年少女世界名作全集 45）　1200円

『白鳥になったおもち』　福田清人著, 赤羽末吉絵　大阪　文研出版　1979.6　79p　23cm（文研児童読書館）　880円　〈解説:福田清人　初刷:1972（昭和47）〉
[目次] ふじ山のゆき〔ほか7編〕

『長崎キリシタン物語』　福田清人作, 田代三善絵　講談社　1978.7　246p　22cm（児童文学創作シリーズ）　980円

『岬の少年たち』　福田清人作, 田代三善え　旺文社　1978.3　209p　22cm（旺文社ジュニア図書館）　800円

『万葉集物語』　福田清人著　偕成社　1976.11　238p　19cm（ジュニア版・日本の古典文学 2）　780円

『枕草子・徒然草』　福田清人著　偕成社　1976.4　238p　19cm（ジュニア版・日本の古典文学 5）　780円

『日本の神話・世界の神話』　福田清人文, 植田敏郎編著, 梶山俊夫絵　全1冊版　実業之日本社　1972　512p　22cm

『白鳥になったおもち』　福田清人著, 赤羽末吉絵　文研出版　1972　79p　23cm

『ざしきボッコとなかまたち』　福田清人作, 水野二郎絵　講談社　1971　213p　22cm（児童文学創作シリーズ）

『さばくの王子』　福田清人作, 織茂恭子絵　旺文社　1971　156p　22cm（旺文社ジュニア図書館）

『かぐやひめ』　ふくだきよとぶん, あさくらせつえ　旺文社　1970　108p　22cm（旺文社ジュニア図書館）

『じゃがたらお春』　福田清人文, 太田大八絵　さ・え・ら書房　1970　126p　23cm（メモワール文庫）

『日本の神話』　福田清人文, 赤羽末吉絵　文研出版　1970　255p　23cm（文研児童読書館）

『ものぐさ太郎』　福田清人著, 斎藤としひろ絵　旺文社　1969　220p　22cm（旺文社ジュニア図書館）

『夢をはこぶ船』　福田清人作, 油野誠一絵　講談社　1969　180p　23cm（少年少女現代日本創作文学 6）

『暁の目玉』　福田清人文, 太田大八絵　講談社　1968　206p　22cm

『秋の目玉』　福田清人文, 太田大八絵　講談社　1966　198p　22cm（児童文学創作シリーズ）

『古事記物語―日本古典』　福田清人文, 羽石光志絵　偕成社　1965　344p　19cm（少年少女世界の名作 38）

『弓張月』　滝沢馬琴原作, 福田清人著, 矢島健三絵　偕成社　1965　329p　19cm（少年少女世界の名作 53）

『春の目玉―長編少年少女小説』　福田清人文, 寺島竜一絵　講談社　1963　212p　22cm

『福田清人・那須辰造・太田博也集』　福田清人, 那須辰造, 太田博也文, 鴨下晃湖等絵　講談社　1962　402p　23cm（少年少女日本文学全集 13）

『少年少女日本近代文学物語』　福田清人文, 池田仙三郎絵　東光出版社　1958　451p　19cm

『水滸伝』　福田清人文, 池田仙三郎絵　東光出版社　1958　383p　19cm（新選世界名作選集）

『天平の少年』　福田清人文, 鴨下晃湖絵　講談社　1958　256p　20cm（少年少女日本歴史小説全集 4）

『福田清人・長谷健集』　福田清人, 長谷健文, 高山毅等編, 氷田力等絵　東西文明社　1958　313p　22cm（昭和児童文学全集 7）

『今昔物語』　福田清人文, 池田仙三郎絵　東光出版社　1957　498p　19cm

『土曜日物語―子どものための日本の古典文学』　福田清人文, 太賀正絵　東光出版社　1957　468p　19cm

230

『軍記名作集』　福田清人文　福村書店　1956　251p　22cm（少年少女のための国民文学 5）

『古事記・万葉集』　福田清人文、浜田台児絵　福村書店　1956　204p　22cm（少年少女のための国民文学 1）

『東海道中膝栗毛』　十返舎一九原作、福田清人著　福村書店　1956　235p　22cm（少年少女のための国民文学 10）

『雨月物語』　上田秋成原作、福田清人著　講談社　1955　317p　19cm（世界名作全集 93）

『カッパの巣』　福田清人文、高橋秀絵　同和春秋社　1954　223p　19cm（昭和少年少女文学選集 1）

『弓張月』　滝沢馬琴原作、福田清人著、矢島健三絵　偕成社　1954　329p　19cm（世界名作文庫 75）

『更級日記・土佐日記』　菅原孝標の女、紀貫之原作、福田清人著　同和春秋社　1953　316p　19cm（日本名作物語）

『黒馬ものがたり』　アンナ・シュウエル原作、福田清人著、斎藤博之絵　小峰書店　1951　54p　19cm（小学生文庫 51）

『源氏物語』　紫式部原作、福田清人著、羽石光志絵　偕成社　1951　324p　19cm（世界名作文庫 49）

福永　武彦
ふくなが・たけひこ
《1918〜1979》

『古事記物語』　福永武彦作　新版　岩波書店　2000.6　291p　18cm（岩波少年文庫）　720円　④4-00-114508-1

『古事記物語』　福永武彦作　岩波書店　1982.3　295p　18cm（岩波少年文庫 2063）　550円〈初刷:1957（昭和32）〉
目次　天の国と地の底の国〔ほか23編〕

『日本民話選・古事記物語』　木下順二、福永武彦文、吉岡堅二等絵　岩波書店　1962　382p　23cm（岩波少年少女文学全集 6）

『古事記物語』　福永武彦文、吉岡賢二絵　岩波書店　1957　295p　18cm（岩波少年文庫 157）

藤田　圭雄
ふじた・たまお
《1905〜1999》

『地球の病気』　藤田圭雄詩、渡辺三郎絵　国土社　2002.12　77p　24×22cm（現代日本童謡詩全集 16）　1600円　④4-337-24766-1
目次　地球の病気、しずかな地面、地球の上に、いくつ、すてきな音が、あしか、つる、いぬの子、ぞうのはな、ぞうの子〔ほか〕
内容　『現代日本童謡詩全集』（全二十二巻）は、第二次大戦後に作られた数多くの童謡から、「詩」としてのこった作品の、作者別集大成です。一九七五年刊行の初版（全二十巻）は、画期的な出版と評価され、翌年「第六回赤い鳥文学賞」を受けました。詩の世界に新しい灯をともした有力な詩人、画家の登場を得、親しまれている曲の伴奏譜を収めて巻数をふやし、出典などの記録も可能なかぎり充実させて、時代にふさわしい新装版。

『月の絵本―藤田圭雄少年詩集』　藤田圭雄作、岩瀬智子絵　理論社　1985.9　109p　21cm（詩のみずうみ）　1200円　④4-652-03414-8

『地球の病気』　藤田圭雄詩、渡辺三郎絵　国土社　1982.5　78p　21cm（国土社の詩の本 5）　950円　④4-337-00505-6〈初刷:1975（昭和50）〉

『けんちゃんあそびましょ』　藤田圭雄著、岩村和朗絵　講談社　1981.10　189p　18cm（講談社青い鳥文庫）　390円

『甲子園の土』　藤田圭雄作、井口文秀絵　講談社　1981.4　165p　22cm（児童文学創作シリーズ）　980円〈解説:阿川弘之　初刷:1976（昭和51）〉
目次　甲子園の土〔ほか4編〕

『甲子園の土』　藤田圭雄著　講談社　1976.4　166p　22cm（児童文学創作シリーズ）　820円

『地球の病気』　藤田圭雄詩,渡辺三郎絵　国土社　1975　77p　21cm（国土社の詩の本 5）

『山が燃える日』　藤田圭雄作,朝倉摂絵　講談社　1969　182p　23cm（少年少女現代日本創作文学 4）

『けんちゃんしっかり!』　藤田圭雄文　講談社　1968　173p　22cm

『けんちゃんあそびましょ』　藤田圭雄文,岩村和朗絵　講談社　1966　182p　22cm

『とんちゃんよさようなら―はっきりもののいえる子にする童話』　藤田圭雄文,富永秀夫絵　実業之日本社　1963　68p　27cm（よい性格をつくる童話シリーズ）

『うたうポロンくん』　藤田圭雄文,和田誠絵　小峯書店　1962　79p　27cm（創作幼年童話 2）

北条　誠
ほうじょう・まこと
《1918～1976》

『さよなら逆転ホームラン』　北条誠作　金の星社　1994.1　218p　18cm（フォア文庫愛蔵版）　1000円

『友情の甲子園』　北条誠作,渡辺あきお画　金の星社　1992.11　162p　18cm（フォア文庫）　520円　①4-323-01951-3
内容　一度は、貧しさのために野球をあきらめた修。しかし修を応援する母や友人たちに支えられて、ふたたび野球を始めることができた。修の情熱に心を打たれた今村と、共に苦しい練習にはげみ、甲子園をめざす。優勝を目の前に今村は事故でこの世を去ってしまう。大切な友を失った悲しみを胸に、修は甲子園のマウンドに立った。感動の友情物語。

『さよなら逆転ホームラン』　北条誠作,藤本四郎画　金の星社　1987.7　218p　18cm（フォア文庫）　430円
①4-323-01055-9
内容　がんこな父のため大好きな野球ができない昇。しかし弓子や先輩の別木の友情に支えられ球を握るようになった。練習に励む昇のひたむきな姿に別木は非凡なものを感じ、共に野球にうちこむ。劇的な逆転の試合あり、くやしい敗戦もある。だが昇や別木の心には勝敗だけでなくさらに大切な《友情》の熱いきずながしっかり根づいていく。

『母の呼ぶ声』　北条誠文,辰巳まさ江絵　ポプラ社　1967　278p　19cm（ジュニア小説シリーズ 14）

『大いなる遺産』　ディッケンズ作,北条誠著,土村正寿絵　偕成社　1965　313p　19cm（少年少女世界の名作 48）

『怪談』　小泉八雲原作,北条誠著,伊藤幾久造絵　偕成社　1964　298p　19cm（少年少女世界の名作 6）

『母の呼ぶ声』　北条誠文,斎藤寿夫絵　ポプラ社　1961　205p　22cm（少女小説名作全集 10）

『母よぶ瞳』　北条誠文,芝美千世絵　ポプラ社　1961　201p　22cm（少女小説名作全集 7）

『朝つゆの道』　北条誠文,芝美千世絵　ポプラ社　1960　222p　22cm（少女小説名作全集 2）

『七色の風』　北条誠文,花房英樹絵　ポプラ社　1958　262p　19cm（少女小説文庫）

『愛の花束』　北条誠文,花房英樹絵　ポプラ社　1957　302p　19cm（少女小説文庫）

『美しき涙』　北条誠文,花房英樹絵　ポプラ社　1957　290p　19cm（少女小説文庫）

『夢の花びら』　北条誠文,花房英樹絵　ポプラ社　1957　314p　19cm（少女小説文庫）

『聖しこの夜』　北条誠文,花房英樹絵　ポプラ社　1956　283p　19cm

『花ごよみ』　北条誠文,藤橋正枝絵　河出書房　1955　192p　17cm（ロビン・ブックス 7）

『緑はるかに』　北条誠文,花房英樹絵　ポプラ社　1955　268p　19cm

『夢のみずうみ』　北条誠文,藤形一男絵　ポプラ社　1955　254p　19cm

『乙女椿・悲しき花束・また逢う日まで・別れの曲』　北条誠文, 武藤弘之絵　河出書房　1954　398p　20cm（日本少年少女名作全集 5）

『怪談』　小泉八雲原作, 北条誠著, 伊藤幾久造絵　偕成社　1954　298p　19cm（世界名作文庫 77）

『希望の青空』　北条誠文, 高木清絵　ポプラ社　1954　272p　19cm

『幸は山のかなたに』　北条誠文, 佐藤春樹絵　ポプラ社　1954　282p　19cm

『涙の甲子園』　北条誠文, 高木清絵　ポプラ社　1954　279p　19cm

『母よぶ瞳』　北条誠文, 花村武絵　ポプラ社　1954　272p　19cm

『夕映えの丘』　北条誠文, 花房英樹絵　ポプラ社　1954　272p　19cm

『君を待つ宵』　北条誠文　豊文社　1953　340p　19cm

『はるかなる歌』　北条誠文, 佐藤春樹絵　ポプラ社　1953　302p　19cm

『また逢う日まで』　北条誠文, 藤形一男絵　偕成社　1953　264p　19cm

『羽ばたく天使』　北条誠文, 糸井俊二絵　偕成社　1952　285p　19cm

『夢の花園』　北条誠文, 花房英樹絵　ポプラ社　1952　335p　19cm

『大いなる遺産』　ディッケンズ原作, 北条誠著, 土村正寿絵　偕成社　1951　313p　19cm（世界名作文庫 7）

『乙女椿』　北条誠文, 仲田章絵　ポプラ社　1951　240p　19cm

『哀しき虹』　北条誠文　ポプラ社　1951　253p　19cm

『すみれ日記―少女小説』　北条誠文　あかね書房　1951　196p　19cm

『涙の讃美歌』　北条誠文, 渡辺郁子絵　ポプラ社　1951　234p　19cm

『ポールとビルジニ』　サン・ピエール原作, 北条誠著, 沢田重隆絵　偕成社　1951　317p　19cm（世界名作文庫 48）

『村のロメオとユリア』　ゴットフリード・ケラー原作, 北条誠著, 仲田章絵　ポプラ社　1951　268p　19cm（世界名作物語 13）

『忘れな草日記』　北条誠文, 日向房子絵　あかね書房　1951　208p　19cm

星　新　一
ほし・しんいち
《1926～1997》

『おーいでてこーい―ショートショート傑作選』　星新一作, 加藤まさし選, あきやまただし絵　講談社　2004.3　260p　18cm（講談社青い鳥文庫―SLシリーズ）1000円　①4-06-274714-6
|目次| おーいでてこーい, 愛の鍵, 肩の上の秘書, 服を着たゾウ, 最後の地球人, 処刑, ボッコちゃん, 顔のうえの軌道, そして, だれも…, ある夜の物語, 午後の恐竜, 鍵, 宇宙の男たち, 羽衣
|内容| あなたはショートショートって知っていますか? すごく短くて, ラストには奇想天外などんでん返しのある小説のことです。星新一は, そのショートショートの天才です。生涯に1000編以上も書いた, その作品は, どれもこれもおもしろいのですが, 中から14作品を選りすぐりました。すぐ読めて, ながく楽しめる星新一の世界にどうぞハマってください! 小学上級から。

『星新一ショートショートセレクション 15　宇宙の男たち』　星新一作, 和田誠絵　理論社　2004.3　196p　19cm　1200円　①4-652-02095-3
|目次| 気まぐれな星, 貴重な研究, 危機, ジャックと豆の木, 宇宙の男たち, 初夢, 羽衣, 景品, 窓, 運の悪い男, 救助, 繁栄の花, 砂漠の星で

『星新一ショートショートセレクション 14　ボタン星からの贈り物』　星新一作, 和田誠絵　理論社　2004.1　207p　19cm　1200円　①4-652-02094-5
|目次| おみやげを持って, 指導, 夏の夜, マッチ, ひとつの装置, 宝船, すばらしい星, 分工場, 輸送中, 友だち, ボタン星からの贈り物, 終末の日, 午後の恐竜

星新一

『星新一ショートショートセレクション 13 クリスマスイブの出来事』 星新一作,和田誠絵 理論社 2003.11 213p 19cm 1200円 ④4-652-02093-7
[目次] けちな願い,人質,波状攻撃,副作用,秘薬と用法,運命のまばたき,尾行,欲望の城,ある商売,逃走の道,クリスマス・イブの出来事,協力的な男,依頼,紙片,なぞめいた女,記念写真,福の神,暗示,沈滞の時代,ある戦い,ねぼけロボット

『星新一ショートショートセレクション 12 盗賊会社』 星新一作,和田誠絵 理論社 2003.9 193p 19cm 1200円 ④4-652-02092-9
[目次] 名案,ほろ家の住人,滞貨一掃,盗賊会社,あわれな星,やっかいな装置,装置の時代,紙幣,悲しむべきこと,時の人,黒い棒,特許の品,打ち出の小槌,最高のぜいたく,夕暮れの行事,助言,幸運のベル,帰郷

『星新一ショートショートセレクション 11 ピーターパンの島』 星新一作,和田誠絵 理論社 2003.7 209p 20×14cm 1200円 ④4-652-02091-0
[目次] 高度な文明,子供の部屋,現在,悪魔の椅子,治療後の経過,こんな時代が,有名,応対,ある古風な物語,これからの出来事,合理主義者,無重力犯罪,誘拐,お地蔵さまのくれたクマ,ピーターパンの島,もたらされた文明,サーカスの旅,帰路

『星新一ショートショートセレクション 10 重要な任務』 星新一作,和田誠絵 理論社 2003.3 192p 19cm 1200円 ④4-652-02090-2
[目次] 重要な任務,ホンを求めて,街,小鬼,過渡期の混乱,しあわせなやつ,目撃者,みつけたもの,出口,三段式,買収に応じます,樹,大洪水,新しい遊び,どんぐり民話館

『星新一ショートショートセレクション 9 さもないと』 星新一作,和田誠絵 理論社 2003.1 205p 19cm 1200円 ④4-652-02089-9
[目次] ある一日,書斎の効用,川の水,印象,生きていれば,捕獲した生物,お寺の伝説,小さなお堂,ふしぎな犬,双眼鏡,音色,さもないと,領主の館,征服の方法,旅の人,青年とお城

『星新一ショートショートセレクション 8 夜の山道で』 星新一作,和田誠絵 理論社 2002.11 199p 19cm 1200円 ④4-652-02088-0
[目次] 夜の山道で,監視員,職業,レラン王,ある土地で,異端,交錯,忘れ物,ありふれた手法,現象,王さまの服,暗示療法,たねの効用,指示,鬼が,体験,マイナス

『ひとつの装置―ショートショート傑作選 2』 星新一作,あきやまただし絵 講談社 2002.10 241p 18cm(講談社青い鳥文庫) 580円 ④4-06-148601-2
[目次] サービス,デラックスな金庫,繁栄の花,なんでもない,殉職,ごたごた気流,味ラジオ,追い越し,おみやげ,見失った表情,包み,ひとつの装置,友を失った夜,門のある家
[内容] カメラをむければ,事件がおこる! サエないテレビ局員の息子のために博士が作った発明品がおこす珍騒動(ごたごた気流)/平和な星から届いたすばらしい贈り物とは?(繁栄の花)/見知らぬ青年から「包み」を預かった画家に訪れた意外な運命(包み)/などユーモラスで切れ味の鋭い14作を掲載。大人気にお応えする星新一のショートショート傑作選第2弾です。小学上級から。

『星新一ショートショートセレクション 7 未来人の家』 星新一作,和田誠絵 理論社 2002.9 197p 19cm 1200円 ④4-652-02087-2
[目次] 未来人の家,出現と普及,夢のような星,幸運の公式,少年期,アリバイ,金銭と悩み,捨てる神,風と海,石柱,あの星,吉と凶,天使,山道,数学の才能

『星新一ショートショートセレクション 6 頭の大きなロボット』 星新一作,和田誠絵 理論社 2002.7 197p 19cm 1200円 ④4-652-02086-4
[目次] 破滅の時,はい,平和の神,見習いの第一日,おせっかい,宇宙をわが手に,装置一一〇番,飛躍への法則,頭の大きなロボット,底なしの沼,ある商品,電話連絡,健康な犬,ねらった金庫,ある夜の物語,旅行の準備,奇病,万能スパイ用品

『星新一ショートショートセレクション 5 番号をどうぞ』 星新一作,和田誠絵 理論社 2002.3 195p 19cm 1200円 ④4-652-02085-6

星新一

『星新一ショートショートセレクション　4　奇妙な旅行』　星新一作，和田誠絵　理論社　2002.2　199p　19cm　1200円　①4-652-02084-8
目次　宇宙の英雄，魔法の大金，人間的，博士と殿さま，小さな世界，とんでもないやつ，笑い顔の神，魔法使い，奇妙な旅行，出来心，非常ベル，税金ぎらい，指紋，保護色，箱，未知の星へ，重要なシーン

『星新一ショートショートセレクション　3　ねむりウサギ』　星新一作，和田誠絵　理論社　2002.1　208p　19cm　1200円　①4-652-02083-X
目次　調整，ねむりウサギ，商品，国家機密，宿命，思わぬ効果，ガラスの花，服を着たゾウ，さまよう犬，女神，鍵，繁栄への原理，遭難，金の力，黄金の惑星，敏感な動物

『星新一ショートショートセレクション　2　宇宙のネロ』　星新一作，和田誠絵　理論社　2001.12　203p　19cm　1200円　①4-652-02082-1
目次　待機，空への門，友好使節，愛の鍵，復讐，しぶといやつ，食事前の授業，信用ある製品，廃虚，雪の夜，処方，友を失った夜，乾燥時代，白昼の襲撃，宇宙のネロ，オアシス，宇宙の指導員

『星新一ショートショートセレクション　1　ねらわれた星』　星新一作，和田誠絵　理論社　2001.11　199p　19cm　1200円　①4-652-02081-3
目次　おーいでてこーい，ボッコちゃん，約束，ねらわれた星，デラックスな金庫，気前のいい家，妖精，ある研究，プレゼント，肩の上の秘書，被害，意気投合，よごれている本，なぞの青年，雨，桃源郷，証人，たのしみ，神々の作法
内容　新鮮なアイデア，完全なプロット，意外な結末―三要素そろったショートショートの面白さ。星新一おもしろ掘り出し市。

『おーいでてこーい―ショートショート傑作選』　星新一作，加藤まさし選，あきやまただし絵　講談社　2001.3　260p　18cm（講談社青い鳥文庫）　620円　①4-06-148552-0
目次　おーいでてこーい，愛の鍵，肩の上の秘書，服を着たゾウ，最後の地球人，処刑，ボッコちゃん，顔のうえの軌道，そして，だれも…，ある夜の物語，午後の恐竜，鍵，宇宙の男たち，羽衣
内容　あなたはショートショートって知っていますか？ すごく短くて，ラストには奇想天外などんでん返しのある小説のことです。星新一は，そのショートショートの天才です。生涯に1000編以上も書いた，その作品の中から14作品を選りすぐりました。すぐ読めて，ながく楽しめる星新一の世界。小学上級から。

『へんな怪獣』　星新一作，和田誠絵　理論社　2001.3　193p　21cm（新・名作の愛蔵版）　1200円　①4-652-00511-3
目次　とりひき，鏡のなかの犬，へんな怪獣，花とひみつ，あーん。あーん，みやげの品，飲みますか，夜の音，抑制心，ヘビとロケット，接着剤，廃屋，なぞの贈り物，足あとのなぞ，いじわるな星，歓迎ぜめ，神，変な侵入者，宝島
内容　星新一ショートショート・子ども版。卓越した発想と想像力。簡潔であたたかいユーモア。長年読みつがれてきた名作SFを今の子どもたちへ。

『きまぐれロボット』　星新一作，和田誠絵　理論社　1999.6　193p　22cm（新・名作の愛蔵版）　1200円　①4-652-00504-0
目次　新発明のマクラ，試作品，薬のききめ，悪魔，災難，九官鳥作戦，きまぐれロボット，博士とロボット，便利な草花，夜の事件，地球のみなさん，ラッパの音，おみやげ，夢のお告げ，失敗，目薬，リオン，ボウシ，金色の海草，盗んだ書類，薬と夢，なぞのロボット，へんな薬，サーカスの秘密，鳥の歌，火の用心，スピード時代，キツツキ計画，ユキコちゃんのしかえし，ふしぎな放送，ネコ
内容　おなかがすけばおいしい食事をつくってくれるし，おもしろい話もしてくれるべんりなロボットを手に入れたエヌ氏。はなれ島で，のんびりと休日を楽しむはずでしたが…!?31のゆかいなお話がつまった1冊。

『だれも知らない国で』　星新一作　新潮社　1971　219p　20cm（新潮少年文庫1）

『宇宙の声』　星新一著　毎日新聞社　1969　164p　22cm（毎日新聞社SFシリーズジュニア版 1）

『気まぐれロボット』　星新一文，和田誠絵　理論社　1966　129p　27cm（理論社の名作プレゼント）

『黒い光』　星新一文，斎藤寿夫絵　秋田書店　1966　158p　22cm（ジュニア版SF名作シリーズ）

星野　水裏
ほしの・すいり
《1881～1937》

『浜千鳥―口語詩・新体詩』　星野水裏作　大空社　1996.9　148,26p　15cm（叢書日本の童謡）　①4-7568-0305-9〈実業之日本社明治44年刊の複製〉

堀　辰雄
ほり・たつお
《1904～1953》

『風立ちぬ』　堀辰雄原作　金の星社　1997.8　93p　22cm（アニメ日本の名作 6）　1200円　①4-323-05006-2
[内容] 秋近い夏の日の午後―。草原でひとときをすごすわたしたちのまわりで、風がふいた。「風立ちぬ、いざ生きめやも。」そんな詩の一節が、ふと口をついてでた。きみはふりかえって、にっこりほほえんだ…。小学校3・4年生から。

『風立ちぬ・聖家族―花を持てる女・浄瑠璃寺の春・曠野』　堀辰雄著　旺文社　1997.4　268p　18cm（愛と青春の名作集）　950円

『伊豆の踊り子・風立ちぬ』　川端康成，堀辰雄著　講談社　1995.10　269p　19cm（ポケット日本文学館 15）　1200円　①4-06-261715-3
[内容] 二十歳の私が一人旅する伊豆で出会った踊子への淡い思慕を綴った叙情作。単なる紀行文とも思えるこの作品が歳月を越えて、今もなお新鮮さが色あせないのは、無垢の青春の哀傷を描いた川端文学の最高傑作ゆえである。

『幼年時代・風立ちぬ』　室生犀星，堀辰雄著　講談社　1986.9　325p　22cm（少年少女日本文学館 第9巻）　1400円
①4-06-188259-7
[目次] 幼年時代（室生犀星），西班牙犬の家（佐藤春夫），実さんの胡弓（佐藤春夫），おもちゃの蝙蝠（佐藤春夫），わんぱく時代〔抄〕（佐藤春夫），新聞雑誌縦覧所（佐藤春夫），口は禍の門（佐藤春夫），カッパの川流れ（佐藤春夫），校舎炎上（佐藤春夫），風立ちぬ（堀辰雄）
[内容] 詩人であり小説家の犀星・春夫・辰雄のかぐわしい幼き日、若き日の思い出！心いっぱい吸いこんでほしい！名作のかずかず。

『風立ちぬ・菜穂子』　堀辰雄著　改訂　ポプラ社　1982.11　294p　20cm（アイドル・ブックス）　580円

『風立ちぬ』　堀辰雄著　金の星社　1982.1　304p　20cm（日本の文学 29）　680円　①4-323-00809-0

『野菊の墓　麦藁帽子　エデンの海　サイン・ノート』　伊藤左千夫，堀辰雄，若杉慧，富島健夫著　学習研究社　1978.10　232p　20cm（ジュニア版名作文学）　530円

『聖家族』　堀辰雄作，片岡貞太郎え　集英社　1975　300p　20cm（日本の文学ジュニア版 50）

『風立ちぬ』　堀辰雄作，紺野修司絵　集英社　1972　293p　20cm（日本の文学ジュニア版 27）

『風立ちぬ』　堀辰雄著，紺野修司絵　集英社　1969　293p　20cm（日本の文学カラー版 27）

『風立ちぬ・菜穂子』　堀辰雄文，小野木学絵　偕成社　1968　304p　19cm（日本文学名作選ジュニア版 48）

『風立ちぬ』　堀辰雄文，須田寿絵　あかね書房　1967　230p　22cm（少年少女日本の文学 13）

『風立ちぬ・菜穂子』　堀辰雄文，田中武一郎絵　ポプラ社　1965　294p　20cm（アイドル・ブックス 15）

『堀辰雄名作集』　堀辰雄文，伊藤和子絵　偕成社　1964　308p　23cm（少年少女現代日本文学全集 34）

『横光利一・堀辰雄名作集』　横光利一,堀辰雄文,河上徹太郎編,須田寿絵　あかね書房　1956　252p　22cm（少年少女日本文学選集 17）

『日本児童文学全集　12　少年少女小説篇2』　国木田独歩,吉江喬松,川端康成,北畠八穂,土田耕平,阿部知二,吉田一穂,林芙美子,室生犀星,藤森成吉,中勘助,前田夕暮,ワシリー・エロシェンコ,田宮虎彦,徳永直,堀辰雄,中西悟堂,寺田寅彦,夏目漱石,森鴎外作　河出書房　1955　360p　22cm

『堀辰雄集』　堀辰雄文,中村万三編　新紀元社　1955　279p　18cm（中学生文学全集 21）

前川　かずお
まえかわ・かずお
《1937〜1993》

『おやこおばけ』　前川かずお作　童心社　1995.3　77p　18cm（フォア文庫 A108―マーブル版）　700円　④4-494-02720-0

『うさぎのとっぴんとプリンかいじん』　前川かずおさく・え　ポプラ社　1987.8　93p　22cm（ポプラ社の小さな童話）　680円　④4-591-02554-3
内容　りんかい学校で、うさぎのとっぴんは、ながれぼしをみた。そして、つぎのあさ、とっぴんは、プリンプリンの、ふしぎなかいじんを、はまべでみつけた。どこからきたのかな？

『うさぎのとっぴんパイロットだ!』　前川かずおさく・え　ポプラ社　1986.12　83p　22cm（ポプラ社の小さな童話）　680円　④4-591-02368-0
内容　うさぎのとっぴんは元気な1年生。きょうは、どんないたずらをするのかな？　あれ、はつめいかのムッシュさんがつくったひこうきにのってしまったよ。ブローンブーン！とっぴんがそうじゅうするひこうきは空へとびたった…けれど―。

『うさぎのとっぴんびっくりパンク』　前川かずおさく・え　ポプラ社　1984.11　85p　22cm（ポプラ社の小さな童話）　680円　④4-591-01588-2

『うさぎのとっぴんとゆきおとこ』　前川かずおさく・え　ポプラ社　1983.5　84p　22cm（ポプラ社の小さな童話―前川かずおのうさぎのとっぴんシリーズ）　680円

『うさぎのとっぴん』　前川かずおさく・え　ポプラ社　1981.9　77p　22cm（ポプラ社の小さな童話―前川かずおのうさぎのとっぴんシリーズ）　680円

前川　康男
まえかわ・やすお
《1921〜2002》

『あたらしい星へ』　前川康男作・絵　PHP研究所　2004.2　68p　17×14cm　1000円　④4-569-68457-2
内容　多くのすぐれた児童文学作品を残した前川康男氏。知人のお子さんのため、絵とともに書きおろしたこの小さな絵本には、わたしたちに伝えたかったたくさんのメッセージがこめられています。前川康男氏の遺作。

『はじめてであうシートン動物記　8　クマ王物語・野生の動物を愛したシートン』　アーネスト・トムソン・シートン原作,前川康男文,石田武雄絵,富田京一解説　フレーベル館　2003.3　133p　21×16cm　1000円　④4-577-02498-5
目次　クマ王物語,野生の動物を愛したシートン―シートンの生涯（シートン、誕生!,自然の版画や新聞をつくる,スタジオで絵の助手をはじめる,すぐれた精密画で絶賛される,パリへ留学,ふたたびパリへ,ウッドクラフト・インディアンズ運動,ボーイスカウトの初代団長となる,シートン村、完成）
内容　動物文学の最高峰を、児童文学界の巨匠、前川康男が、だれでも読めるやさしいことばで再話しました。生涯をかけて、動物たちの生きざま、魂をわたしたちに伝えつづけたシートンの伝記も付いています。

『はじめてであうシートン動物記　7　サンドヒルの牡ジカ・北極ギツネ』　アーネスト・トムソン・シートン原作,前川康男文,清水勝絵,富田京一解説　フレーベル館　2003.2　151p　21×16cm　1000円　④4-577-02497-7
目次　サンドヒルの牡ジカ,北極ギツネ

前川康男

|内容| 動物文学の最高峰を、児童文学界の巨匠、前川康男が、だれでも読めるやさしいことばで再話しました。子どもからおとなまで、だれもが楽しめる、はじめてのシートン動物記シリーズです。

『はじめてであうシートン動物記 6 旗尾リスの話・いさましいジャックウサギの話』 アーネスト・トムソン・シートン原作, 前川康男文, 石田武雄, 清水勝絵, 富田京一解説　フレーベル館　2002.12　143p　21cm　1000円　①4-577-02496-9
|目次| 旗尾リスの話, いさましいジャックウサギの話
|内容| 動物文学の最高峰を、児童文学界の巨匠、前川康男が、だれでも読めるやさしいことばで再話しました。かしこい知恵で、野生を生きる動物たちのすがたは、おどろきと感動にあふれています。

『はじめてであうシートン動物記 5 峰の大将クラッグ・猟師と犬』 アーネスト・トムソン・シートン原作, 前川康男文, 石田武雄絵, 富田京一解説　フレーベル館　2002.12　135p　21cm　1000円　①4-577-02495-0
|目次| 峰の大将クラッグ, 猟師と犬
|内容| 動物文学の最高峰を、児童文学界の巨匠、前川康男が、だれでも読めるやさしいことばで再話しました。百年前に書かれた物語に、未来の動物たちへとつながるメッセージを見いだしてください。

『はじめてであうシートン動物記 4 銀ギツネ物語・銀の星』 アーネスト・トムソン・シートン著, 前川康男文, 清水勝, 石田武雄絵　フレーベル館　2002.10　143p　21cm　1000円　①4-577-02494-2
|目次| 銀ギツネ物語, 銀の星
|内容| 動物文学の最高峰を、児童文学界の巨匠、前川康男が、だれでも読めるやさしいことばで再話しました。巻末には、物語をもっと深く知ることができるカラー解説がつきました。

『はじめてであうシートン動物記 3 ぎざ耳ウサギ・裏まちののらネコ』 アーネスト・トムソン・シートン原作, 前川康男文, 石田武雄絵　フレーベル館　2002.10　151p　21cm　1000円　①4-577-02493-4
|目次| ぎざ耳ウサギ, 裏まちののらネコ

|内容| 動物文学の最高峰を、児童文学界の巨匠、前川康男が、だれでも読めるやさしいことばで再話しました。けなげに、たくましく生きる動物たちのすがたに、自然を愛するシートンのメッセージが、こめられています。

『はじめてであうシートン動物記 2 灰色グマワーブ・アライグマウェイ・アッチャの冒険』 アーネスト・トムソン・シートン原作, 前川康男文, 清水勝絵, 富田京一解説　フレーベル館　2002.8　143p　21cm　1000円　①4-577-02492-6
|目次| 灰色グマワーブ, アライグマウェイ・アッチャの冒険

『はじめてであうシートン動物記 1 オオカミ王ロボ・あぶく坊主』 アーネスト・トムソン・シートン原作, 前川康男文, 石田武雄, 清水勝絵, 富田京一解説　フレーベル館　2002.8　151p　21cm　1000円　①4-577-02491-8
|目次| オオカミ王ロボ, あぶく坊主

『世界一すてきなお父さん』 前川康男作, おぼまこと絵, 赤い鳥の会編　小峰書店　1998.11　127p　22cm（赤い鳥文庫）　1300円　①4-338-07818-9
|目次| 笑うダボハゼ, 世界一すてきなお父さん, 夢子の"夢見るお母さん", お父さんの顔を探す話

『鳥怪人たんていになった日』 前川康男さく, 渡辺有一え　PHP研究所　1996.9　50p　23cm（PHPどうわのポケット）　1100円　①4-569-68005-4
|内容| シンはおまつりでかった鳥のかおみたいなかわったおめんをもっている。これをかぶると、おもいがけないおもしろいことがおきる。小学1・2年生向き。

『エッフェルとうの足音』 前川康男作, 堀川理万子絵　岩崎書店　1995.4　77p　22cm（日本の名作童話 6）　1500円　①4-265-03756-9

『千石船漂流記—長編童話』 前川康男作, 遠藤原三絵　フレーベル館　1995.3　328p　22cm　1600円　①4-577-01473-4

『だんまり鬼十』　前川康男作, 遠藤原三絵　フレーベル館　1994.3　187p　22cm　1300円　①4-577-00909-9
内容　北の海の話です。夏のおわりごろ、漁にでた漁師が、沖で一そうの小さな船を見つけました。船には七歳くらいの男の子が、たったひとり乗っているだけで、おとなは乗っていません。「おど、おど、おどよう!」その子どもは、泣きながら、そうさけびました。おどとは、おとうさんのことです。ふしぎなことに、その子は、どこからきたのか、住所は? どうして、ひとりになったのか、両親の名前は? 坊やの名前は? いくら聞いても返事をしません。ほんとに、奇妙なわらしこ(子ども)でした。

『ほしいほしい小僧』　前川康男作　〔点字資料〕　大阪　日本ライトハウス　1993.6　103p　27cm　1050円〈原本:改訂　東京　フレーベル館　1991　創作どうわライブラリー4〉

『森のなかの魚―長編童話』　前川康男作, 遠藤原三絵　フレーベル館　1993.2　189p　22cm　1300円　①4-577-00910-2

『テクテクさんのちょっとこわい話』　前川康男作, おぼまこと絵　文渓堂　1992.3　141p　22cm（ぶんけい創作児童文学館）　1200円　①4-938618-52-4
内容　幽霊って、ほんとうにいると思いますか? テクテクさんは童話を書くとき、考えながら歩くのがくせです。夏のある日、今まで幽霊なんていないと思っていましたが、とうとう幽霊に出会ってしまいました。幽霊なんているわけがない。夢で見たんだろうって…。いや、夢じゃなかったのです。小学上級以上。

『ほしいほしい小僧』　前川康男作, 油野誠一絵　改訂　フレーベル館　1991.6　127p　23cm（創作どうわライブラリー4）　1200円　①4-577-00774-6

『幼年文学名作選　18　パンク事件』　前川康男作, 鈴木琢磨絵　岩崎書店　1989.3　125p　22cm　1200円　①4-265-03718-6

『赤おにゴチョモラ』　前川康男作, おぼまこと絵　新学社　1988.4　93p　22cm（少年少女こころの図書館）　950円〈共同刊行:全家研(京都)〉

『ふしぎなふろしきづつみ』　前川康男作, 渡辺有一絵　教育画劇　1987.6　75p　22cm（スピカの幼年どうわ）　680円　①4-905699-38-X
内容　山のふもとにある、ちいさな町の、ちいさな駅に、わすれものが、ひとつ。わすれものは、ふろしきに、つつまれていました。駅長さんも、駅員さんも、ふろしきのなかみはなんだろうと、かんがえてもわかりません。そこへ、おまわりさんが、やってきたので、3人で、ふろしきづつみをあけると―。小学1～2年向き。

『ヤン』　前川康男作, おぼまこと絵　理論社　1987.1　289p　21cm　1580円　①4-652-01045-1
内容　あの戦争の中で、中国の少年ヤンは見た。ヤンは考えた。ヤンは行動した。中国の少年と日本兵の物語。

『わがまま宇宙人がとんできた』　前川康男作, 峰岸達絵　あすなろ書房　1986.12　49p　23cm（あすなろ心の絵ぶんこ）　980円　①4-7515-1245-5
内容　山のふもとのかわいらしい町に、ある日、宇宙人のロケットがとんできた。そして、〈われわれは、あなたがたの土地がほしい。いうことを聞かなければ、戦争だ。〉そんな、むちゃなことを、いってきたのだ。これは、たいへんだ!

『鳥怪人になった日』　前川康男さく, 渡辺有一え　PHP研究所　1986.4　50p　23cm　950円　①4-569-28335-7

『さかだち犬』　前川康男作, 織茂恭子絵　ひさかたチャイルド　1984.10　77p　22cm（ひさかた童話館）　800円　①4-89325-365-4

『ノウサギの歌』　前川康男作, おぼまこと絵　講談社　1984.9　93p　22cm（児童文学創作シリーズ）　800円　①4-06-119079-2

『かわいい山びこのはなし』　前川康男作, 若菜珪絵　ひさかたチャイルド　1983.8　77p　22cm（ひさかた童話館）　800円　①4-89325-356-5

『おかあさんの生まれた家』　前川康男著, 岩淵慶造絵　講談社　1982.5　173p　18cm（講談社青い鳥文庫）　390円　①4-06-147096-5

前川康男

『峰の大将クラッグ』　前川康男文, 石田武雄絵　フレーベル館　1982.5　83p　23cm（シートン動物記5）　950円〈解説:戸川幸夫　幼年版　初刷:1975（昭和50）〉

『裏まちのすてネコ』　前川康男文, 石田武雄絵　フレーベル館　1982.4　83p　23cm（シートン動物記7）　950円〈解説:戸川幸夫　幼年版　初刷:1975（昭和50）〉

『かしこくなったコヨーテティトオ』　前川康男文, 清水勝絵　フレーベル館　1982.4　83p　23cm（シートン動物記8）　950円〈解説:戸川幸夫　幼年版　初刷:1975（昭和50）〉

『旗尾リスの話』　前川康男文, 石田武雄絵　フレーベル館　1982.4　83p　23cm（シートン動物記9）　950円〈解説:戸川幸夫　幼年版　初刷:1976（昭和51）〉

『オオカミ王ロボ』　前川康男文, 石田武雄絵　フレーベル館　1982.3　83p　23cm（シートン動物記1）　950円〈解説:戸川幸夫　幼年版　初刷:1975（昭和50）〉

『ぎざ耳小僧』　前川康男文, 石田武雄絵　フレーベル館　1982.3　83p　23cm（シートン動物記3）　950円〈解説:戸川幸夫　幼年版　初刷:1975（昭和50）〉

『はりせんぼんクラブ』　鈴木琢磨え, 前川康男作　小峰書店　1982.3　102p　23cm（創作幼年童話選6）　880円〈初刷:1973（昭和48）〉

『もぐらの写真機』　前川康男作, 鈴木琢磨絵　岩崎書店　1981.8　125p　22cm（日本の幼年童話18）　1100円〈解説:菅忠道　叢書の編集:菅忠道〔ほか〕　初刷:1973（昭和48）　図版〉
[目次] パンク事件, もぐらの写真機

『クマ王物語』　前川康男文, 石田武雄絵　フレーベル館　1981.4　83p　23cm（シートン動物記11）　950円〈解説:戸川幸夫　幼年版　初刷:1976（昭和51）〉

『灰色グマワーブの冒険』　前川康男文, 清水勝絵　フレーベル館　1981.3　83p　23cm（シートン動物記2）　950円〈解説:戸川幸夫　幼年版　初刷:1975（昭和50）〉

『かわいそうな自動車の話』　前川康男著, 太田大八絵　偕成社　1981.2　174p　22cm（偕成社の創作）　880円
①4-03-635060-9

『魔神の海』　前川康男著, 床ヌブリ絵　講談社　1980.11　291p　18cm（講談社青い鳥文庫）　450円

『まいごになったきゅうこうれっしゃー子どもに読んで聞かせる10の話』　前川康男作, 織茂恭子絵　フレーベル館　1980.5　191p　22cm　900円
[目次] とおいとおいうちゅうりょこうのはなし〔ほか9編〕

『ほしいほしい小僧』　前川康男文, 油野誠一絵　フレーベル館　1980.3　127p　23cm（フレーベルどうわ文庫3）　980円〈初刷:1973（昭和48）〉

『もぐらの写真機』　前川康男作, 鈴木たくま画　岩崎書店　1979.11　172p　18cm（フォア文庫）　390円

『おかあさんの生まれた家』　前川康男著, 織茂恭子絵　講談社　1979.10　173p　22cm（児童文学創作シリーズ）　880円

『ふたりのにんじゅつつかい』　那須良輔え, 前川康男ぶん　学習研究社　1979.10　40p　28cm（学研カラー絵ばなし9）　850円〈初刷:1973（昭和48）〉

『あぶく坊主』　前川康男文, 清水勝絵　フレーベル館　1979.7　83p　23cm（シートン動物記6）　950円〈解説:戸川幸夫　幼年版　初刷:1975（昭和50）〉

『さよならくまえもん』　前川康男作, 小林与志絵　国土社　1979.7　78p　21cm（新選創作童話14）　850円〈初刷:1972（昭和47）〉

『五つの幸運ものがたり』　前川康男作, 織茂恭子画　小学館　1978.11　142p　22cm（小学館の創作児童文学）　780円

『ゆびすいキョン』　いしざきすみこえ, まえかわやすお（前川康男）ぶん　大阪文研出版　1978.7　87p　23cm（文研児童読書館）　880円〈解説:前川康男　初刷:1973（昭和48）〉

『まぼろしのセミの歌―童話集』　前川康男作, 鈴木康司絵　京都　PHP研究所　1977.6　174p　22cm　950円

『魔神の海』　前川康男著, 床ヌブリ絵　講談社　1976.12　297p　22cm（児童文学創作シリーズ）　1200円

『奇跡クラブ』　前川康男著　偕成社　1976.7　210p　19cm（偕成社文庫）　390円

『だんまり鬼十』　前川康男著　偕成社　1976.5　174p　19cm（偕成社文庫）　390円

『サンドヒルの牡ジカ物語』　前川康男文, 清水勝絵　フレーベル館　1976.2　83p　23cm（シートン動物記 幼年版12）　950円〈解説：戸川幸夫〉

『クマ王物語』　前川康男文, 石田武雄絵　フレーベル館　1976　83p　23cm（シートン動物記 幼年版11）

『ふしぎなももの話』　前川康男作, 石倉欣二絵　大阪　文研出版　1975.1　79p　23cm（創作わたしの民話）　880円
　目次　ふしぎなももの話, 白いキツネ

『あぶく坊主』　シートン作, 前川康男文, 清水勝絵　フレーベル館　1975　83p　23cm（シートン動物記 幼年版6）

『裏まちのすてネコ』　シートン作, 前川康男文, 石田武雄絵　フレーベル館　1975　83p　23cm（シートン動物記 幼年版7）

『オオカミ王ロボ』　シートン作, 前川康男文, 石田武雄絵　フレーベル館　1975　83p　23cm（シートン動物記 幼年版1）

『かしこくなったコヨーテティトオ』　シートン作, 前川康男文, 清水勝絵　フレーベル館　1975　83p　23cm（シートン動物記 幼年版8）

『ぎざ耳小僧』　シートン作, 前川康男文, 石田武男絵　フレーベル館　1975　83p　23cm（シートン動物記 幼年版3）

『銀ギツネ物語』　シートン作, 前川康男文, 清水勝絵　フレーベル館　1975　83p　23cm（シートン動物記 幼年版4）

『灰色グマワーブの冒険』　シートン作, 前川康男文, 清水勝絵　フレーベル館　1975　83p　23cm（シートン動物記 幼年版2）

『旗尾リスの話』　シートン作, 前川康男文, 石田武雄絵　フレーベル館　1975　83p　23cm（シートン動物記 幼年版9）

『北極ギツネ』　シートン作, 前川康男文, 清水勝絵　フレーベル館　1975　83p　23cm（シートン動物記 幼年版10）

『峰の大将クラッグ』　シートン作, 前川康男文, 石田武雄絵　フレーベル館　1975　83p　23cm（シートン動物記 幼年版5）

『はりせんぼんクラブ』　前川康男作, 鈴木琢磨え　小峰書店　1973　102p　23cm（創作幼年童話選6）

『ふしぎなふろしきづつみ』　前川康男文, 井口文秀絵　実業之日本社　1973　189p　21cm（少年少女短編名作選）

『ふしぎなももの話』　前川康男作, 石倉欣二絵　文研出版　1973　79p　23cm（創作わたしの民話6）

『ふたりのにんじゅつつかい』　前川康男ぶん, 那須良輔え　学習研究社　1973　40p　28cm（学研カラー絵ばなし9）

『ほしいほしい小僧』　前川康男文, 油野誠一絵　フレーベル館　1973　127p　23cm（フレーベルどうわ文庫3）

『もぐらの写真機』　前川康男作, 鈴木琢磨絵　岩崎書店　1973　123p　22cm（日本の幼年童話18）

『ゆびすいキョン』　まえかわやすおさく, いしざきすみこえ　文研出版　1973　87p　23cm（文研児童読書館）

『あめのいわや』　前川康男ぶん, 井上洋介え　盛光社　1972　40p　21cm（子どもの神話）

『いなばのしろうさぎ』　前川康男ぶん, 太田大八え　盛光社　1972　40p　21cm（子どもの神話）

『おおくにぬしとすせりひめ』　前川康男ぶん, 福田庄助え　盛光社　1972　39p　21cm（子どもの神話）

『さよならくまえもん』 前川康男作, 小林与志絵 国土社 1972 78p 21cm（新選創作童話 14）

『日本わらいばなし集』 前川康男文, 奈良葉二絵 講談社 1972 166p 19cm（少年少女講談社文庫 名作と物語 A-10）

『ひのかわのおろちたいじ』 前川康男文, 油野誠一絵 盛光社 1972 40p 21cm（子どもの神話）

『よもつくにもよもつひらさか』 前川康男ぶん, 遠藤てるよえ 盛光社 1972 40p 21cm（子どもの神話）

『魔神の海』 前川康男作, 床ヌブリ絵 講談社 1969 213p 23cm（少年少女現代日本創作文学 8）

『はりせんぼんクラブ』 前川康男文, 小野木学絵 小峯書店 1968 78p 27cm（創作幼年童話 21）

『ヤン』 前川康男文, 久米宏一絵 実業之日本社 1967 261p 22cm（創作少年少女小説）

『奇跡クラブ』 前川康男文, 堀内誠一絵 実業之日本社 1966 245p 21cm（創作幼年童話）

『おもちゃの童話集』 前川康男文, 北田卓史絵 あかね書房 1965 136p 22cm（たのしい幼年童話 10）

『ぼうけんの童話集』 前川康男文, 北田卓史絵 あかね書房 1965 138p 22cm（たのしい幼年童話 7）

『ぼくはぼくらしく』 前川康男文, 久米宏一絵 三十書房 1963 216p 22cm（日本少年文学選集 1）

『おもちゃの童話集』 前川康男文, 北田卓史絵 三十書房 1962 136p 22cm（たのしい幼年童話 10）

『ぼうけんの童話集』 前川康男文, 北田卓史絵 三十書房 1961 138p 22cm（たのしい幼年童話 7）

松枝　茂夫
まつえだ・しげお
《1905〜1995》

『中国の童話』 松枝茂夫著　町田　玉川大学出版部　2003.9　103p　21cm（玉川学園こどもの本）　1400円
①4-472-90504-3
目次 ふくろうのひっこし, さるとどんぐり, いどのなかのかえる, 水たまりのふな, なえをひきのばしたお百姓, ほことたて, くつのすんぽうがき, しぎとはまぐり, 切りかぶのばん, とらときつね, 小さなへびのちえ, ぶたとしらみ, へびの足, つりがねどろぼう, 舟からおちたかたな, ほんものののりゅう, 長いさお, まほうのなしの木, こいになった役人, ありの国のゆめ, えんま王の死, お日さまとオンドリ
内容 「井戸の中の蛙」「矛盾の説」「漁夫の利」「蛇足を加える」など, 中国に伝わる故事・寓話・伝説二十三編を, 現代の子どもたちに向けてわかりやすく書き改めました。子どものちえを深める一冊です。

『中国童話』 松枝茂夫文, 木口昭太郎絵　町田　玉川大学出版部　1974　116p　23cm（玉川こども図書館）

松田　瓊子
まつだ・けいこ
《1916〜1940》

『松田瓊子全集　別巻　資料編』 松田瓊子著, 松田智雄監修, 上笙一郎編　大空社　1997.11　222p　22cm　①4-7568-0693-7〈肖像あり　年譜あり〉

『松田瓊子全集　第6巻　日記（下）』 松田瓊子著, 松田智雄監修, 上笙一郎編　大空社　1997.11　426p　22cm
①4-7568-0693-7〈肖像あり〉

『松田瓊子全集　第5巻　詩歌・日記（上）』 松田瓊子著, 松田智雄監修, 上笙一郎編　大空社　1997.11　612p　22cm
①4-7568-0693-7〈肖像あり〉
目次 学校作文, 詩歌小品集おもいで, 詩歌小品集おもいで続集, 村井和子あて書簡, 日記（上）

『松田瓊子全集　第4巻　未発表作品』
松田瓊子著, 松田智雄監修, 上笙一郎編
大空社　1997.11　424p　22cm
①4-7568-0693-7〈肖像あり〉
目次 野の小路, 眠る白鳥, こひつじ, ゆりかご, 湖畔の夏

『松田瓊子全集　第3巻　紫苑の園ーほか』
松田瓊子著, 松田智雄監修, 上笙一郎編
大空社　1997.11　382p　22cm
①4-7568-0693-7〈肖像あり〉
目次 紫苑の園, 香澄(続・紫苑の園)

『松田瓊子全集　第2巻　小さき碧ーほか』
松田瓊子著, 松田智雄監修, 上笙一郎編
大空社　1997.11　512p　22cm
①4-7568-0693-7〈肖像あり〉
目次 野辺の子等, 小さき碧, サフランの歌

『松田瓊子全集　第1巻　七つの蕾ーほか』
松田瓊子著, 松田智雄監修, 上笙一郎編
大空社　1997.11　360p　22cm
①4-7568-0693-7〈肖像あり〉
目次 お人形の歌, 七つの蕾

松田　解子
まつだ・ときこ
《1905～2004》

『桃色のダブダブさんー松田解子童話集』
松田解子著　新日本出版社　2004.3
155p　18×16cm　2000円
①4-406-03069-7
目次 桃色のダブダブさん, パー、ピー、プーちゃん, マリ子とミケ, タマゴとピンポン, あたらしい帳面, クロとハナぼう, みえ子のねがい, 井田のおじさん, ネズミのつなわたり, おなかの上の汽車ポッポ, なぜなぜ坊や, 走って行った松の木, クマと健ちゃん, ハチと金ちゃん, 切手ほうや, てつおさんとクロ, 犬とイノシシの話, 小鳥たちと春風さん, やきいもやさんとハルミさん, お耳のなかのピアノ, ポンとロン, 土の下にいる人間
内容 幼い日, 母に語りかけられた想いを胸に, 1950年代, 童話を生み出し続けた著者。その命を慈しむまなざしが, 大人の心をとらえる。

三木　露風
みき・ろふう
《1889～1964》

『お日さまー童謡集』　三木露風著　大空社　1996.9　260p　19cm（叢書日本の童謡）　①4-7568-0305-9〈アルス大正15年刊の複製 外箱入〉

『日本児童文学全集　9　詩・童謡篇』　北原白秋, 三木露風, 西条八十, 野口雨情, 島木赤彦, 百田宗治, 丸山薫, サトウ・ハチロー, 巽聖歌, 佐藤義美, 与田準一作, 初山滋絵　河出書房　1953　357p　22cm
目次 北原白秋集 三木露風集 西条八十集 野口雨情集 島木赤彦集 百田宗治集 丸山薫集 サトウ・ハチロー集 巽聖歌集 佐藤義美集 与田準一集

水谷　まさる
みずたに・まさる
《1894～1950》

『愛の讃歌』　水谷まさる著, 唐沢俊一監修・解説　ゆまに書房　2003.11　264p　19cm（少女小説傑作選カラサワ・コレクション 3）　1800円　①4-8433-0736-X
内容 戦後の混乱を生きる人々を暖かく見守る少女たちの物語。大喰い四少女のパワー炸裂。

『歌時計ー童謡集』　水谷まさる著　大空社　1996.9　118p　16cm（叢書日本の童謡）　①4-7568-0305-9〈行人社昭和4年刊の複製〉

『日本児童文学全集　10　児童劇篇 童話劇篇 学校劇篇』　久保田万太郎, 秋田雨雀, 長田秀雄, 武者小路実篤, 山本有三, 楠山正雄, 額田六福, 岡田八千代, 水谷まさる, 小山内薫, 木下順二, 坪内逍遥, 斎田喬, 落合聰三郎, 宮津博, 永井鱗太郎, 内山嘉吉, 阿貴良一, 岡田陽, 栗原一登, 村山亜土, 岡一太作　河出書房　1953　386p　22cm

『お話教室　小学1・2年～5・6年』　水谷まさる文, 大石哲路等絵　金の星社　1951　3冊　19cm

水藤　春夫
みずとう・はるお
《1916〜1991》

『わらしべ長者』　水藤春夫文, 小沢良吉絵　小峰書店　1996.2　206p　18cm（てのり文庫図書館版 12）　1000円

『わらしべ長者』　水藤春夫文, 小沢良吉絵　小峰書店　1992.4　206p　18cm（てのり文庫）　580円　①4-338-07925-8
目次 老人をすてる国, 久米の仙人, 成合かんのん, 金のもち, わらしべ長者, カメのおんがえし, 二わのカモ, 酒つぼのヘビ, テングのうでくらべ, りゅうとテング, イノシシにばかされたほうさん, 大力のほうさん, ふしぎなびわ, 水の精の小人, 安義橋の鬼
内容 「今は昔」ということばではじまる、900年ほどまえにできた「今昔物語」にある、「老人をすてる国」「久米の仙人」「カメのおんがえし」「わらしべ長者」などの、有名なお話を15編のせました。

『カッパとひょうたん―岡山・広島・山口・島根・鳥取』　田代三善え, 水藤春夫文　小峰書店　1981.6　213p　23cm（小学生日本の民話 5）　1200円〈解説:水藤春夫　初刊:1974（昭和49）図版〉
目次 七変化の珠〔ほか19編〕

『カッパとひょうたん―岡山・広島・山口・島根・鳥取』　水藤春夫文, 田代三善え　小峰書店　1974　213p　23cm（小学生日本の民話 5）

『ねずみのすもう―日本昔話』　水藤春夫文, 黒崎義介絵　実業之日本社　1958　160p　22cm（名作絵文庫 1年生）

三越　左千夫
みつこし・さちお
《1916〜1992》

『かあさんかあさん』　三越左千夫詩, 石田武雄絵　国土社　2003.1　77p　25×22cm（現代日本童謡詩全集 11）　1600円　①4-337-24761-0
目次 のはらのたんぽぽ, えんそく, シャボンだま, こいのぼり, かあさんかあさん, あひるのこども―五月の歌, つばめのかあさんいそがしい, にじのはし, かざぐるま, ねこのかいもの〔ほか〕

『せかいでいちばん大きなかがみ―三越左千夫詩集』　三越左千夫著, 阿見みどり絵　銀の鈴社　2001.11　95p　22cm（ジュニアポエム双書 151）　1200円　①4-87786-151-3〈企画・編集:銀の鈴社〉

『どこかへ行きたい―三越左千夫少年詩集』　三越左千夫著　岩崎書店　1997.4　102p　20cm（美しい日本の詩歌 18）　1500円　①4-265-04058-6〈画:こぐれけんじろう　肖像あり　年譜あり〉

『あかげのあん』　モンゴメリさく, 三越左千夫ぶん, 北原睦雄え　金の星社　1989.5　76p　22cm（せかいの名作ぶんこ 4）　600円　①4-323-00153-3
内容 かなだの, えいほんりーむらに, あかいかみをした, あんというおんなのこが, やってきました。あたらしいがっこうに, げんきにかようあんでしたが, ぎるばーとに"にんじん"とからかわれて…。5〜7歳向

『わかくさものがたり』　オルコットさく, 三越左千夫ぶん, 大和田美鈴え　金の星社　1987.3　77p　22cm（せかいの名作ぶんこ）　580円　①4-323-00151-7

『おやゆびひめ』　アンデルセンさく, 三越左千夫ぶん, 鈴木博子え　金の星社　1986.7　77p　22cm（せかいの名作ぶんこ）　580円　①4-323-00147-9

『へんぜるとぐれーてる』　グリムさく, 三越左千夫ぶん, 花村えい子え　金の星社　1985.3　76p　22cm（せかいの名作ぶんこ）　580円　①4-323-00133-9

『さるかに』　三越左千夫ぶん, 高橋宏幸え　金の星社　1985.1　76p　22cm（せかいの名作ぶんこ）　580円　①4-323-00142-8

『かさじぞう』　三越左千夫ぶん, 高橋宏幸え　金の星社　1984.3　77p　22cm（せかいの名作ぶんこ）　580円　①4-323-00648-9

『ぼくはねこじゃない』　藤沢友一絵, 三越左千夫作　国土社　1982.7　78p　21cm（新選創作童話 13）　980円　①4-337-01013-0〈初刷:1972（昭和47）〉

『かあさんかあさん』　三越左千夫詩, 石田武雄絵　国土社　1981.4　78p　21cm（国土社の詩の本 10）　950円〈初刷:1975（昭和50）〉

『しょうじょう寺のたぬき―千葉の民話』　三越左千夫文, 久保雅勇絵　さ・え・ら書房　1981.4　96p　24cm（民話の絵本 8）　780円　①4-378-01308-8〈解説:三越左千夫　初刷:1971（昭和46）〉
|目次| かじやとわかいしゅう〔ほか9編〕

『おうさまのみみはろばのみみ―ギリシャ神話』　三越左千夫ぶん, 童公佳え　金の星社　1978.7　77p　22cm（せかいの名作ぶんこ）　580円

『あの町この町日がくれる』　三越左千夫作, 石田武雄絵　国土社　1977.8　142p　21cm（新選創作児童文学 20）　950円〈初刷:1971（昭和46）〉

『にほんむかしばなし』　三越左千夫ぶん, ひゃくた保孝え　金の星社　1977.6　77p　22cm（せかいの名作ぶんこ）　580円

『かあさんかあさん』　三越左千夫詩, 石田武雄絵　国土社　1975　77p　21cm（国土社の詩の本 10）

『アルプスの少女』　スピリ原作, 三越左千夫文, 朝倉摂絵　世界文化社　1972　83p　27cm（少年少女世界の名作 15）

『ぼくはねこじゃない』　三越左千夫作, 藤沢友一絵　国土社　1972　78p　21cm（新選創作童話 13）

『あの町この町日がくれる』　三越左千夫作, 石田武雄絵　国土社　1971　142p　21cm（新選創作児童文学 20）

『しょうじょう寺のたぬき』　三越左千夫文, 久保雅勇絵　さ・え・ら書房　1971　96p　24cm（民話の絵本 8）

『三びきの子ぶた』　久米みのる, 槇本ナナ子, 三越左千夫文, 竹山のぼる等絵　講談社　1968　84p　27cm（世界の名作童話 7）

『日本みんわ集』　三越左千夫, 生源寺美子, 柴野民三文, 沢井一三郎等絵　講談社　1968　80p　27cm（世界の名作童話 14）

南　洋一郎
みなみ・よういちろう
《1893〜1980》
別名:池田宣政（いけだ・のぶまさ）

『怪奇な家』　モーリス・ルブラン原作, 南洋一郎文　ポプラ社　2000.3　245p　20cm（シリーズ怪盗ルパン　第17巻）　980円　①4-591-06413-1〈原書名：La demeure mysterieuse.〉
|内容| はなやかなオペラ座劇場のステージ。ファッションショーのまっさいちゅうに, 誘拐事件が起こる。美少女歌手のレジーヌが, ダイヤをちりばめた衣装を身につけたままさらわれた。そしておしこまれた部屋を見たレジーヌは, ほうぜんと立ちすくむ。すばらしく豪華な一室。貴族が住むような大やしきの持ち主が, 誘拐強盗犯人なのだろうか。この古いやしきには, おそるべき秘密が…。

『ルパン最後の冒険』　モーリス・ルブラン原作, 南洋一郎文　ポプラ社　2000.3　237p　20cm（シリーズ怪盗ルパン　第20巻）　980円　①4-591-06416-6〈原書名：La Cagliostro se venge.〉
|内容| 光あふれる春がちかづくと, ルパンの心は暗くしずんだ。とおい昔に誘拐されたままゆくえのわからない息子のジャンを思いだすからだ。それは, かつて1万個の宝石を争ってルパンにうち負かされた, あのカリオストロ伯爵夫人の復讐なのだろうか…。時はながれ, 大怪盗となったルパンは, 新しくうつり住んだ別荘で思いがけない殺人事件に出くわす。そこには…。

『ルパンと怪人』　モーリス・ルブラン原作, 南洋一郎文　ポプラ社　2000.3　245p　20cm（シリーズ怪盗ルパン　第18巻）　980円　①4-591-06414-X〈原書名：La Barre-y-Va.〉
|内容| ラ・バール・イ・バ（潮がそこまでいく）―いっぷうかわった名の土地にある古い城館。ベルトランドとカテリーヌ姉妹がこのやしきで暮らしはじめてから, おそろしいできごとがひんぱんに起こる。不安と恐怖にたえきれ

南洋一郎

ず、ルパンに助けをもとめる少女カテリーヌ。しかし、すがたのない怪人をあいてに、さすがのルパンもじりじりと追いつめられていく。ルパンは反撃できるのか。

『ルパンの大冒険』　モーリス・ルブラン原作, 南洋一郎文　ポプラ社　2000.3　241p　20cm（シリーズ怪盗ルパン 第19巻）　980円　①4-591-06415-8〈原書名：Victor, de la brigade mondaine.〉

内容 パリ警視庁特捜隊で名刑事といわれるビクトール。彼は街なかの映画館で、どろぼうの犯行現場に急行した。ぬすまれた90万フランの債券はひとからひとへわたり、ついに殺人という悲劇をひきおこす。事件の裏にちらつく怪盗ルパンの影。「ひとを殺さない」ルパンが掟をやぶったのか、いや、真犯人はまったく別の人物か？　たったひとつの盗難事件が、思わぬ迷宮にはまりこむ。

『ルパンの名探偵』　モーリス・ルブラン原作, 南洋一郎文　ポプラ社　2000.3　237p　20cm（シリーズ怪盗ルパン 第16巻）　980円　①4-591-06412-3〈原書名：L'agence Barnett et cie.〉

目次 おそろしい復讐、国王のラブレター、空とぶ気球の秘密、金の入れ歯の男、トランプの勝負、警官の警棒、ベシュー刑事の盗難事件
内容 どんなにむずかしい事件の調査も無料でひきうける、バーネット探偵社。その腕まえは天下一品で、ベテラン刑事ベシューもお手あげの難題をみごとに解決していく。いっぽうで、名探偵はもうひとつの活動を広げている。「無料探偵」のはずが、いつのまにか彼のふところにたっぷりの報酬が…。謎の私立探偵、ジム・バーネットの正体はだれだ。

『三十棺桶島』　モーリス・ルブラン原作, 南洋一郎文　ポプラ社　2000.2　245p　20cm（シリーズ怪盗ルパン 第11巻）　980円　①4-591-06387-9〈原書名：L'lle aux trente cercueils.〉

内容 見知らぬ土地で少女時代のサインを見つけたベロニク。みちびかれるようにたどりついたサレク島には、死にわかれたはずの父と息子のフランソワが住んでいるという。なつかしいわが子との再会もつかのま、ベロニクに…。三十棺桶島と呼ばれるこの島に、昔からつたわるぶきみな予言。その予言が現実となって、おそろしい悲劇がくりひろげられる。

『虎の牙』　モーリス・ルブラン原作, 南洋一郎文　ポプラ社　2000.2　245p　20cm（シリーズ怪盗ルパン 第12巻）　980円　①4-591-06388-7〈原書名：Les dents du tigre.〉

内容 大富豪のコスモ・モーニントンが2億フランの財産をのこして死んだ。さらに、遺言状にしるされた遺産の相続人たちが、謎の猛毒によってつぎつぎと消されていく。殺人現場にのこされたチョコレートやりんごに、猛獣がかじったようなあとがついていた。毒殺魔の証拠となる虎の牙の歯型。それは、殺されたフォービィユの美しい妻、マリアンヌの歯型と一致した。

『魔女とルパン』　モーリス・ルブラン原作, 南洋一郎文　ポプラ社　2000.2　237p　20cm（シリーズ怪盗ルパン 第14巻）　980円　①4-591-06390-9〈原書名：La comtesse de Cagliostro.〉

内容 その昔、七つの修道院からあつめた1万個の宝石が、セーヌ川岸のどこかにかくされている。「七本枝の燭台」や「七つの銀の指輪」にひめられた謎を解くために、ルパンと強敵が火花をちらす。怪人物ボーマニヤン、そして地獄から来た魔女と呼ばれるカリオストロ伯爵夫人。知恵と推理のたたかいの末、宝石を手にいれるのは誰か。二十歳のルパンさいしょの大冒険。

『緑の目の少女』　モーリス・ルブラン原作, 南洋一郎文　ポプラ社　2000.2　253p　20cm（シリーズ怪盗ルパン 第15巻）　980円　①4-591-06391-7〈原書名：La demoiselle aux yeux verts.〉

内容 パリの街を歩いていたルパンは、ふたりの美女に心をうばわれた。ひとりは、豪快で頭のするどい青い目の令嬢。もうひとりは、つつましく心のやさしい緑の目の少女だ。ルパンは青い目の令嬢とおなじ列車の個室に乗りあわせた。そこへとつぜんおそいかかった三人の怪賊。逃げる強盗殺人犯をつかまえたルパンは思わず声をあげた。それは、あの緑の目の少女。

『八つの犯罪』　モーリス・ルブラン原作, 南洋一郎文　ポプラ社　2000.2　253p　20cm（シリーズ怪盗ルパン 第13巻）　980円　①4-591-06389-5〈原書名：Les huit coups de l'horloge.〉

南洋一郎

|内容| 真夜中に野原に馬を走らせる小さな人影がある。強欲なおじ伯爵のやしきから逃げだした、孤独な美少女オルタンスだ。少女は青年公爵レニーヌにすくわれ、あれはてた古城でおそろしい秘密の真相を知る。古城の大時計が八時をうったとき、ふたりは約束した。オルタンスは公爵の助手となって、八つの事件を解決することを。

『黄金三角』　モーリス・ルブラン原作, 南洋一郎文　ポプラ社　2000.1　261p　20cm（シリーズ怪盗ルパン 第10巻）　980円　①4-591-06284-8〈原書名：Le triangle d'or.〉
|内容| 戦場で負傷したパトリス・ベルバル大尉と、心やさしい看護婦コラリー。まったくおなじ形の紫水晶の球を持つふたりはふしぎな運命でむすばれている。コラリーの夫エサレ・ベイは謎の死をとげ、犯人と紙片に書かれた「黄金三角」の秘密を追うふたりは、おそろしいわなにおちる。彼らの前にあらわれた怪人物、ドン・ルイス・プレンナと名のる男は、はたして敵か、味方か。

『古塔の地下牢』　モーリス・ルブラン原作, 南洋一郎文　ポプラ社　2000.1　229p　20cm（シリーズ怪盗ルパン 第7巻）　980円　①4-591-06281-3〈原書名：Le bouchon de cristal.〉
|内容| ルパンの部下ジルベールがぬすみだしたものは、なんのへんてつもないガラスの栓であった。しのびこんだ別荘の召使いが殺され、彼は強盗殺人の容疑で死刑の判決を受ける。愛する部下をすくうために活動するルパン。彼の前には悪魔のような代議士ドーブレックが立ちはだかる。ガラス栓にかくされた秘密をめぐり、ふたりは死にものぐるいのたたかいをくりひろげる。

『七つの秘密』　モーリス・ルブラン原作, 南洋一郎文　ポプラ社　2000.1　237p　20cm（シリーズ怪盗ルパン 第8巻）　980円　①4-591-06282-1〈原書名：Les confidences d'Arsene Lupin.〉
|目次| 日光暗号の秘密, 結婚指輪, 三枚の油絵の秘密, 地獄のわな, 赤い絹マフラーの秘密, さまよう死神, 古代壁掛けの秘密
|内容| 窓の外をぼんやりとながめていたルパンの目が、何かをとらえた。チカッ、チカッ…むかいの古いアパートから、反射する太陽の光がひとつのメッセージを送っている。ルパンは友人ルブランとともに発信現場へかけつける。そこにはすでに息絶えた男性が、無惨なすがたでたおれているばかり。ルパンは、日光の暗号から何を読みとったか。

『ルパンの大作戦』　モーリス・ルブラン原作, 南洋一郎文　ポプラ社　2000.1　253p　20cm（シリーズ怪盗ルパン 第9巻）　980円　①4-591-06283-X〈原書名：L'eclat d'obus.〉
|内容| 新婚の妻エリザベートと、オルヌカンの城館にやってきたポールは、エリザベートの亡き母エルミーナ夫人の肖像画を見て立ちつくした。わすれもしない、幼かったポールの目の前で父を殺した女のすがたが。第一次世界大戦のはじまったばかりのフランス。苦しみをかかえたままポールは戦場へむかう。そこで出会ったルパンのたすけで、オルヌカン城館の因縁が明らかになる。

『消えた宝冠』　モーリス・ルブラン原作, 南洋一郎文　ポプラ社　1999.12　245p　20cm（シリーズ怪盗ルパン 第5巻）　980円　①4-591-06247-3〈原書名：Arsene Lupin.〉
|内容| 大金持ちのグルネイ・マルタンは、まっ青になった。「明朝、ランバール夫人の宝冠をいただく」。怪盗ルパンからの脅迫状だ。おびえきったグルネイ・マルタンは二人の男性に厳重な警戒をたのむ。美しい侍女ソーニャに共犯のうたがいをかける名刑事ゲルシャール。それに対抗する、若くたくましいシャルムラース公爵。はたして、ルパンの手から宝冠を守りきることができるか。

『奇巌城』　モーリス・ルブラン原作, 南洋一郎文　ポプラ社　1999.12　245p　20cm（シリーズ怪盗ルパン 第4巻）　980円　①4-591-06246-5〈原書名：L'aiguille creuse.〉
|内容| フランス北西部・ノルマンディー地方にある伯爵のやしきから、奇怪な事件がはじまる。重傷を負った強盗犯は行方をくらまし、勇敢な美少女レイモンドも、何者かにさらわれた。のこされた暗号文が、さらに大きな事件の謎へとみちびいていく。ルパンの若きライバルとなる高校生名探偵イジドール。少年はするどい推理と観察力で、怪盗紳士にたちむかう。

南洋一郎

『813の謎』　モーリス・ルブラン原作, 南洋一郎文　ポプラ社　1999.12　253p　20cm（シリーズ怪盗ルパン　第6巻）　980円　①4-591-06248-1〈原書名：813.〉
[内容]ダイヤモンド王といわれるケッセルバックが, 心臓を短剣でつらぬかれて死亡した。シャツの胸もとに, アルセーヌ・ルパンの名刺がピンでとめられていた…。「いや, ルパンが殺人をおかすわけがない」と, ベテラン刑事ルノルマンが立ちあがる。謎の数字「813」, そして正体不明の王子ピエールをめぐって, くりかえされるおそろしい犯罪。そのさきに, おどろくべき真実が待ちうけている。

『怪盗紳士』　モーリス・ルブラン原作, 南洋一郎文　ポプラ社　1999.11　217p　20cm（シリーズ怪盗ルパン　第1巻）　980円　①4-591-06222-8〈原書名：Arsene Lupin, gentleman-cambrioleur.〉
[目次]大ニュース・ルパンとらわる, 悪魔男爵の盗難事件, ルパンの脱走, 奇怪な乗客, ぼくの少年時代
[内容]ニューヨークへ向かうフランスの豪華客船プロバンス号。乗船客はおそるべき知らせにふるえていた。金髪で, 右腕に傷, 頭文字Rの怪人物, うわさに高いルパンが, この船の一等船客にまぎれこんでいるという。高慢な大金持ちから金品をぬすみ, まずしい人には力をかす, フランスの英雄的大泥棒, 怪盗紳士アルセーヌ・ルパンの登場だ。

『ルパン対ホームズ』　モーリス・ルブラン原作, 南洋一郎文　ポプラ社　1999.11　277p　20cm（シリーズ怪盗ルパン　第3巻）　980円　①4-591-06224-4〈原書名：Arsene Lupin contre Herlock Sholmes.〉
[目次]金髪美人, ユダヤの古ランプ
[内容]消えた宝くじ, 老将軍の殺害事件, ぬすまれた青色ダイヤ。複雑にからみあう難解な事件のかぎは, かがやく金髪の美女がにぎっている。ルパンのみごとなトリックを, だれが解きあかすことができるのか? イギリスの名探偵シャーロック・ホームズがこの勝負にいどむ。大怪盗と名探偵が火花をちらす, 息づまるようなまっこうからの対決!

『ルパンの大失敗』　モーリス・ルブラン原作, 南洋一郎文　ポプラ社　1999.11　205p　20cm（シリーズ怪盗ルパン　第2巻）　980円　①4-591-06223-6〈原書名：Le coffrefort de Madam Imbert.〉
[目次]ルパンの大失敗, 大探偵ホームズとルパン, 消えた黒真珠, ハートの7
[内容]まだ年若いルパンがはじめてくわだてた計画, それは大富豪アンベールのやしきから, 一億フランの証券をぬすみだすこと。ところが, 事件は思いもよらぬ展開をする。大怪盗ルパンにも, まずしくみじめな青年時代があった。彼が, 親友ルブランにうちあけたふしぎな失敗談から, アルセーヌ・ルパン誕生の秘密が明かされる。

『少年小説大系　第20巻　南洋一郎集』　二上洋一編　三一書房　1992.9　595p　23cm　7000円　①4-380-92549-8〈監修：尾崎秀樹ほか〉
[目次]密林の王者.吼える密林.海洋冒険物語.バルーバの冒険　第5巻・完結篇. 解説　二上洋一著. 年譜・著作年表:p565～595

『少年小説大系　第6巻　南洋一郎・池田宣政集』　二上洋一編　三一書房　1988.10　553p　23cm　6800円〈監修:尾崎秀樹ほか　南洋一郎の肖像あり〉
[目次]バルーバの冒険・緑の無人島　南洋一郎著. 愛の女艦長・形見の万年筆・桜ん坊の思い出・小山羊の唄　池田宣政著. 解説　二上洋一著. 南洋一郎（池田宣政）年譜:p547～553

『海洋冒険物語』　南洋一郎著　国書刊行会　1985.1　275p　20cm（熱血少年文学館）　2700円〈再刊版　原版：講談社　1935（昭和10）〉

『日東の冒険王』　南洋一郎著　国書刊行会　1985.1　280p　20cm（熱血少年文学館）　2500円〈再刊版　原版：講談社　1937（昭和12）〉

『ジミーのおくりもの』　池田宣政著, 池田真知子絵　女子パウロ会　1975　143p　22cm

『シベリアの少女』　池田宣政著, 三吉達絵　女子パウロ会　1974　141p　22cm

『少年三国志　下』　池田宣政著, 太田大八絵　潮出版社　1970　341p　19cm（希望ブックス　12）

『家なき子』　マロー原作, 池田宣政文, 田中良絵　ポプラ社　1968　329p　19cm（世界の名作　3）

『怪盗ルパン 2 怪盗対名探偵』 ルブラン原作, 南洋一郎文, 柳瀬茂絵 ポプラ社 1968 326p 19cm（世界の名作 9）

『怪盗ルパン 1 奇巌城』 ルブラン原作, 南洋一郎文, 柳瀬茂絵 ポプラ社 1968 302p 19cm（世界の名作 4）

『少女ネル』 ディッケンズ原作, 池田宣政文, 田中良絵 ポプラ社 1968 294p 19cm（世界の名作 17）

『小公子』 バーネット原作, 池田宣政文, 田中良絵 ポプラ社 1967 290p 19cm（世界の名作 1）

『少年三国志 上』 池田宣政文, 太田大八絵 潮出版社 1967 289p 19cm（希望ブックス 3）

『新ターザン物語―バルーバの冒険 4 鉄人の指紋』 南洋一郎著, 鈴木御水絵 一光社 1967 303p 19cm（南洋一郎冒険シリーズ）

『新ターザン物語―バルーバの冒険 3 密林の孤児』 南洋一郎著, 鈴木御水絵 一光社 1967 301p 19cm（南洋一郎冒険シリーズ）

『新ターザン物語―バルーバの冒険 2 魔境の怪人』 南洋一郎著, 鈴木御水絵 一光社 1967 312p 19cm（南洋一郎冒険シリーズ）

『新ターザン物語―バルーバの冒険 1 片目の黄金獅子』 南洋一郎著, 鈴木御水絵 一光社 1967 291p 19cm（南洋一郎冒険シリーズ）

『海洋冒険物語―鯨とり少年大助の活躍 密林の孤児』 南洋一郎著, 鈴木御水絵 一光社 1966 264p 22cm（南洋一郎冒険シリーズ）

『ほえる密林―猛獣王国を行く決死の冒険』 南洋一郎著, 鈴木御水絵 一光社 1966 286p 22cm（南洋一郎・冒険シリーズ）

『緑の無人島―孤島に生きぬいた愛の一家 密林の孤児』 南洋一郎著, 梁川剛一絵 一光社 1966 301p 22cm（南洋一郎冒険シリーズ）

『怪盗ファントマ』 アラン原作, 南洋一郎著, 山内秀一絵 ポプラ社 1963 275p 19cm（世界推理小説文庫 18）

『消えた鬼刑事』 アラン原作, 南洋一郎著, 山内秀一絵 ポプラ社 1963 280p 19cm（世界推理小説文庫 16）

『ダイヤモンド事件』 フレッチャー原作, 南洋一郎著, 山内秀一絵 ポプラ社 1963 286p 19cm（世界推理小説文庫 13）

『みどり沼の秘宝』 ボアゴベイ原作, 南洋一郎著, 柳瀬茂絵 ポプラ社 1963 285p 19cm（世界推理小説文庫 20）

『追われる男』 アルフレッド・マシャール原作, 南洋一郎著, 柳瀬茂絵 ポプラ社 1962 280p 19cm（世界推理小説文庫 7）

『空とぶ怪盗』 マッカレー原作, 南洋一郎著, 柳瀬茂絵 ポプラ社 1962 275p 19cm（世界推理小説文庫 9）

『怪盗ルパン全集 1-30』 ルブラン原作, 南洋一郎編著 ポプラ社 1958-1980 30冊 19cm

『赤いトランプ』 南洋一郎文, 斎藤寿夫絵 ポプラ社 1957 282p 19cm（日本名探偵文庫 8）

『みどり沼の怪』 ボアゴベイ原作, 南洋一郎著, 有安隆絵 ポプラ社 1957 285p 19cm（世界名作探偵文庫）

『妖魔の秘宝』 ジューク原作, 南洋一郎著 ポプラ社 1957 302p 19cm（世界名作探偵文庫）

『洞窟の魔人』 南洋一郎文, 斎藤寿夫絵 ポプラ社 1956 288p 19cm（日本名探偵文庫 19）

『謎の指紋』 アラン原作, 南洋一郎著, 有安隆絵 ポプラ社 1956 275p 19cm（世界名作探偵文庫）

『魔海の秘宝』 南洋一郎著, 有安隆等絵 ポプラ社 1956 297p 19cm（南洋一郎全集 13）

『怪盗黒星』 マッカレー原作, 南洋一郎著 ポプラ社 1955 275p 19cm（世界名作探偵文庫）

『決死の猛獣狩』 南洋一郎著, 有安隆等絵 ポプラ社 1955 310p 19cm（南洋一郎全集 7）

南洋一郎

『新ターザン物語　4　鉄人の指紋』　南洋一郎, 鈴木御水絵　ポプラ社　1955　304p　19cm

『新ターザン物語　3　密林の孤児』　南洋一郎, 鈴木御水絵　ポプラ社　1955　301p　19cm

『新ターザン物語　1　片眼の黄金獅子』　南洋一郎著, 鈴木御水絵　ポプラ社　1955　291p　19cm

『ダイヤモンド事件』　フレッチャー原作, 南洋一郎著, 北田卓史絵　ポプラ社　1955　286p　19cm（世界名作探偵文庫）

『鉄の輪』　マシャール原作, 南洋一郎著, 荻山春雄絵　ポプラ社　1955　280p　19cm（世界名作探偵文庫）

『謎の空中戦艦』　南洋一郎著, 北田卓史絵　ポプラ社　1955　292p　19cm

『吼える密林』　南洋一郎著, 有安隆等絵　ポプラ社　1955　281p　19cm（南洋一郎全集 3）

『幻の怪盗』　アラン原作, 南洋一郎著, 有安隆絵　ポプラ社　1955　280p　19cm（世界名作探偵文庫）

『緑の無人島』　南洋一郎著, 有安隆等絵　ポプラ社　1955　299p　19cm（南洋一郎全集 1）

『怪人鉄塔』　南洋一郎著, 牧秀人絵　ポプラ社　1954　287p　19cm

『新ターザン物語　2　魔境の怪人』　南洋一郎著, 鈴木御水絵　ポプラ社　1954　312p　19cm

『大沙漠の怪塔―探偵冒険』　南洋一郎著, 中村猛男絵　ポプラ社　1954　287p　19cm

『緑の金字塔　後篇　魔境怪人の巻』　南洋一郎著, 山中冬児さしえ　ポプラ社　1954　292p　19cm

『緑の金字塔　前篇　密林遠征の巻』　南洋一郎著, 山中冬児さしえ　ポプラ社　1954　308p　19cm

『海の子ロマン』　マロー原作, 池田宣政著, 沢田重隆絵　講談社　1953　345p　19cm（世界名作全集 62）

『孤児オリバー』　ディッケンズ原作, 池田宣政著　ポプラ社　1953　296p　19cm（世界名作物語 26）

『獅子王の宝剣』　南洋一郎著, 鈴木御水絵　ポプラ社　1953　268p　19cm

『母をたずねて』　池田宣政文, 田村耕介絵　ポプラ社　1953　268p　19cm

『幽霊塔』　南洋一郎著, 北田卓史絵　ポプラ社　1953　314p　19cm

『ウィルヘルム・テル』　シラー原作, 池田宣政著, 梁川剛一絵　講談社　1952　345p　19cm（世界名作全集 39）

『ジャングル・ブック 3』　キップリング原作, 池田宣政著, 鈴木御水絵　講談社　1952　337p　19cm（世界名作全集 44）

『ジャングル・ブック 2』　キップリング原作, 池田宣政著, 梁川剛一絵　講談社　1952　324p　19cm（世界名作全集 33）

『ジャングル・ブック 1』　キップリング原作, 池田宣政著, 梁川剛一絵　講談社　1952　353p　19cm（世界名作全集 21）

『緑の金字塔』　南洋一郎著, 山中冬児絵　ポプラ社　1952　2冊　19cm
　目次　密林遠征の巻, 魔境怪人の巻

『家なき児』　エクトル・マロウ原作, 池田宣政著, 田中良絵　ポプラ社　1951　329p　19cm（世界名作物語 3）

『クオレ物語』　アミーチス原作, 池田宣政著　講談社　1951　373p　19cm（世界名作全集 13）

『食人島の恐怖』　南洋一郎著　ポプラ社　1951　269p　19cm

『氷海の冒険児』　ポウ原作, 南洋一郎著, 沢田重隆絵　ポプラ社　1951　323p　19cm（世界名作物語 4）

『魔神の大殿堂―南洋一郎傑作選集　魔境怪人の巻』　南洋一郎著　大阪　むさし書房　1951　403p　19cm

『密林の王者―猛獣狩冒険　魔境怪人の巻』
南洋一郎著, 樺島勝一さし絵　偕成社
1951　332p　19cm
|目次| 巨象「森の王」とたたかう, 魔の人喰豹, 黄金牙の魔象, 銀毛の怪獣, 大狸々の火攻め, 密林の肉弾, たたかう巨象, 必死の大トラ狩り, 大密林の怪奇

宮沢　賢治
みやざわ・けんじ
《1896～1933》

『注文の多い料理店』　宮沢賢治作, 和田誠絵　岩崎書店　2004.11　68p　21cm（宮沢賢治のおはなし2）　1000円
①4-265-07102-3
|内容| 山で二人の紳士がみつけた西洋料理店『山猫軒』。「どなたもどうかお入りください」と書かれた扉をあけると, また扉があり, そこにも文字が…。小学1年生から楽しくよめる宮沢賢治のおはなし。

『どんぐりと山ねこ』　宮沢賢治作, 高畠純絵　岩崎書店　2004.11　68p　21cm（宮沢賢治のおはなし1）　1000円
①4-265-07101-5
|内容| ある日, 山ねこからはがきをうけとって, 一郎は森の「さいばん」にでかけた。たくさんのどんぐりたちがだれがいちばんえらいかをあらそっているというので, 一郎は…。小学1年生から楽しくよめる宮沢賢治のおはなし。

『雁の童子』　宮沢賢治作, 司修絵　偕成社　2004.9　1冊　29×25cm（日本の童話名作選）　1600円　①4-03-963830-1
|内容| 生命の哀しみと永遠のつらなり…。天から降りてきたその子どもは, あらゆるものの輪廻と, たとえ眼には見えなくとも確かにそれは存在し動きつづけているのだと, 私たちに伝えにきた使者だったのかもしれない。司修の絵筆によって, 物語の深層から浮かび出してくるのは, とらえがたい, せつなく微かな遠いゆらめき…。小学中級から。

『賢治草双』　宮沢賢治作, 小林敏也画　パロル舎　2004.9　302p　19cm　2000円　①4-89419-293-4
|目次| 序（心象スケッチ「春と修羅より」）, かしばばやしの夜, シグナルとシグナレス, よだかの星, 蛙の消滅（蛙のゴム靴初期形）, 毒もみのすきな署長さん, 風の又三郎, 風野又三郎
|内容| 賢治に見せたかった! 作家の主旋律に画家が奏でる美しい和音。宝石のような挿画つき。

『子ども版 声に出して読みたい日本語　1 どっどどどどうど雨ニモマケズ宮沢賢治』
宮沢賢治著, 斎藤孝編, 下田昌克絵　草思社　2004.8　1冊　21×23cm　1000円
①4-7942-1330-1
|内容| 音読で賢治のリズムをからだに入れてみよう。賢治の文章をいっそう味わい深く読む。

『シナリオ童話「銀河鉄道の夜」』　宮沢賢治原作, 市川森一脚本, 朝倉摂絵　新風舎　2004.5　125p　21cm　1400円
①4-7974-4604-8
|内容| 宮沢賢治・不朽の名作を脚本界の重鎮・市川森一と, 舞台美術の巨匠・朝倉摂が描く。

『祭の晩』　宮沢賢治作, たなかよしかず絵　未知谷　2004.4　34p　21cm　1200円　①4-89642-105-1
|内容| 掛茶屋や見世物小屋で賑う山の神の祭礼の晩, 亮二は祭見物に来ていた山男に出逢った。山男は青年ででもあろうか, 純朴なうえにも純朴であった。それがために陥った山男の苦境, 偶然通りかかった亮二は彼を救うことになるのだが…十八夜, 光がはじめた月に照らし出される少年と山男とのほのかな友情は素朴な木炭画22点を新たに得て, ほのぼのと心あたたまる一書に結実した。

『宮沢賢治童話集―心に残るロングセラー名作10話』　宮沢賢治著, 北川幸比古, 鬼塚りつ子責任編集　世界文化社　2004.3　183p　24×19cm　1100円
①4-418-04805-7
|目次| 注文の多い料理店, どんぐりと山ねこ, オツベルと象, ツェねずみ, よだかの星, やまなし, 水仙月の四日, 雪わたり, 虔十公園林, セロひきのゴーシュ
|内容| 子どもたちにぜひ読んでほしい宮沢賢治の名作のベスト10話を収録。小学生向き。

『セロひきのゴーシュ』　宮沢賢治作, 太田大八画　岩崎書店　2004.2　207p　18cm（フォア文庫愛蔵版）　1000円
①4-265-01210-8

宮沢賢治

『気のいい火山弾』　宮沢賢治作，たなかよしかず版画　未知谷　2003.12　30p　21cm　1200円　ⓃISBN4-89642-090-X
[内容]岩手山から飛んだ火山弾であろうともかく大きいきちんとした帯も二本持っている些事に動めずおおらかこの上ない草原を取り巻く悠久の時の中で彼に起こるのは。

『狼森と笊森、盗森』　宮沢賢治作，小野かおる画　秦野　古今社　2003.11　53p　22cm　1200円　ⓃISBN4-907689-35-7

『セロ弾きのゴーシュ』　宮沢賢治作，小野かおる画　秦野　古今社　2003.11　62p　22cm　1200円　ⓃISBN4-907689-36-5

『なめとこ山の熊』　宮沢賢治作，小野かおる画　秦野　古今社　2003.11　51p　22cm　1200円　ⓃISBN4-907689-37-3

『黄いろのトマト』　宮沢賢治作，小林敏也画　パロル舎　2003.6　46p　19×20cm　1500円　ⓃISBN4-89419-275-6
[内容]そしてまもなく実がついた。ところが五本のチェリーの中で、一本だけは奇体に黄いろなんだらう。そして大へん光るのだ。ギザギザの青黒い葉の間から、まばゆいくらゐ黄いろなトマトがのぞいてゐるのは立派だった。だからネリが云った。『にいさま、あのトマトどうしてあんなに光るんでせうね。』ペムペルは唇に指をあててしばらく考へてから答へてゐた。『黄金だよ。黄金だからあんなに光るんだ。』

『黒葡萄』　宮沢賢治作，たなかよしかず版画　未知谷　2003.5　1冊　21cm　1200円　ⓃISBN4-89642-076-4
[内容]すばしっこい赤狐とのんびり屋の仔牛のささやかな冒険譚。ストイックなものとユーモラスなものが均衡を保つ賢治独特の掌篇。

『チュウリップの幻術』　宮沢賢治作，田原田鶴子絵　偕成社　2003.4　29p　29×24cm（日本の童話名作選）　1400円　ⓃISBN4-03-963780-1
[内容]―ごらんなさい。あの花の盃の中からぎらぎら光ってすきとおる蒸気が丁度水へ砂糖を溶かしたときのようにユラユラユラユラ空へ昇って行くでしょう。小さな白いチュウリップから湧きあがる光の酒に酩酊して、洋傘直しと園丁は、色めく春の幻想を見ます…。二人の交歓に沿って展開されるファンタスティックなイメージと、光の明暗が美しい東北の

春の情景を、画家・田原田鶴子が鮮やかな色彩で描き出しました。小学中級から大人まで。

『〈新〉校本宮沢賢治全集　第16巻 下　補遺・資料』　宮沢賢治著，宮沢清六他編　筑摩書房　2001.12　2冊　22cm　全8400円　ⓃISBN4-480-72839-2〈「補遺・伝記資料篇」「年譜篇」に分冊刊行　肖像あり〉

『あまの川―宮沢賢治童謡集』　宮沢賢治著，天沢退二郎編，おーなり由子絵　筑摩書房　2001.7　132p　19cm（日本の童話名作選）　1300円　ⓃISBN4-480-80361-0
[目次]あまの川、星めぐりの歌、あまのがわの、にしのきしを、みなみのそらの、お日さまの、お通りみちを、ベゴ黒助、ベゴ黒助、お空、お空。お空のちちは、赤い手長の蜘蛛、ポッシャリ、ポッシャリ、ツイツイ、トン、ザッ、ザ、ザ、ザザァザ〔ほか〕
[内容]宮沢賢治さんのウタをあつめました。『双子の星』『十力の金剛石』『風の又三郎』等々の星のようにきらめく賢治童話の作中歌たちがはじめて勢ぞろい。おーなり由子さんの絵が静かに響きあいます。

『ポラーノの広場』　宮沢賢治作，小林敏也画　パロル舎　2001.1　95p　21cm　2000円　ⓃISBN4-89419-238-1
[内容]画本宮沢賢治シリーズの十五冊目。

『銀河鉄道の夜』　宮沢賢治作　岩波書店　2000.12　233p　18cm（岩波少年文庫）　680円　ⓃISBN4-00-114012-8
[目次]やまなし、貝の火、なめとこ山のくま、オッペルとぞう、カイロ団長、雁の童子、銀河鉄道の夜
[内容]宮沢賢治の童話集。夜の軽便鉄道に乗って天空を旅する少年ジョバンニの心の動きを描いた表題作のほか、「やまなし」「貝の火」「なめとこ山のくま」「オッペルとぞう」「カイロ団長」「雁の童子」の7編。幻想性に富んだ作品を収めます。小学5・6年以上。

『風の又三郎』　宮沢賢治作　岩波書店　2000.11　240p　19cm（岩波少年文庫）　680円　ⓃISBN4-00-114011-X
[目次]雪渡り、よだかの星、ざしき童子のはなし、祭の晩、虔十公園林、ツェねずみ、気のいい火山弾、セロ弾きのゴーシュ、ふたごの星、風の又三郎
[内容]宮沢賢治の童話集。「雪渡り」「よだかの星」「ざしき童子のはなし」「セロ弾きのゴー

宮沢賢治

シュ」「風の又三郎」など、岩手をみずからのドリームランドとした賢治の作品の中から、郷土色ゆたかなものを中心に10編を収める。小学5・6年以上。

『銀河鉄道の夜―宮沢賢治童話傑作選』
宮沢賢治作，田原田鶴子絵　偕成社
2000.11　101p　26cm　1800円
①4-03-972030-X

『注文の多い料理店―イーハトーヴ童話集』
宮沢賢治作　岩波書店　2000.6　239p
18cm（岩波少年文庫）　640円
①4-00-114010-1

『宮沢賢治作品選』　宮沢賢治著，黒沢勉編　盛岡　信山社，信山社出版発売
2000.4　454p　21cm（黒沢勉文芸・文化シリーズ　4）　4980円　①4-7972-3907-7
目次　イーハトーヴ童話『注文の多い料理店』，「花鳥童話」，「動物寓話」，少年物語，宝石の物語，「西域異聞」，イーハトーボ農学校から，『春と修羅』，『春と修羅　第二集』，『春と修羅　第三集』〔ほか〕
内容　本書は宮沢賢治宇宙の謎に迫るささやかな入門書として編集されたもので、賢治が書いたものを、童話や詩はもちろんのこと、手帳や書簡、論文など網羅的に幅広く、系統的に集めて一冊とした。多くの人が辞書なしで読めるように、すべてのジャンルにわたって現代かな遣いでルビを施し（本文は原典を尊重し旧かな遣いである）、注をつけた。

『賢治と南吉―ひびきあう心』　松丸春生，西川小百合著，永井泰子絵　さ・え・ら書房　1999.6　191p　21cm（CD BOOK―すてきに朗読を）　3000円
①4-378-02292-3〈付属資料:CD1〉
目次　第1章　そらのめぐりのめあて―はじめての童話，第2章　清水はいまもこんこんと湧き―ひびきあう心，第3章　雲からも風からも透明な力がそのこどもにうつれ―生きるすがた，第4章　永遠の生命を思わせるね―すてきなシーンを声にして，第5章　やぶの中で鳴らすと、すずしいような声だよ―会話をたのしく，第6章　きっと、みんなのほんとうのさいわいをさがしに行く―生涯をかけて
内容　ほんとうの「銀河鉄道の夜」と出会えます。さまざまに工夫された朗読台本がいっぱい。だれも知らないエピソードと「人となり」。くりかえして楽しめる朗読CDが付いています。声に出して読んでみると、ぐっと文学作品の味わいが深まります。でも文学作品は、もともと黙読のためのもの。そこで、この本では、賢治と南吉の作品を、朗読のためのものにしてみました。

『南吉と賢治―かよいあう心』　松丸春生，西川小百合著，永井泰子絵　さ・え・ら書房　1999.6　191p　21cm（CD BOOK―すてきに朗読を）　3000円
①4-378-02293-1〈付属資料:CD1〉
目次　第1章　権狐は、うれしくなりました―ほんとうはこう書かれていた，第2章　ほんとうに人間はいいものかしら―どこか似ているな，第3章　しばしここに翼をやすめよ―願いのかたち，第4章　むこうのほそみちぼたんがさいた―幼ごころを失わず，第5章　からだが天に飛んでしまうくらいいいもの―生きた会話を，第6章　すきとおったほんとうのたべもの―かよいあう心
内容　ほんものの「権狐」と出会えます。たくさんの名作が朗読台本になっています。めずらしいエピソードと「人となり」。文字の奥の「声」が聞けるCDが付いています。朗読すると、読みの力や表現力がたしかなものになっています。でも、はじめから朗読のために書かれた作品はめったにありません。この本には、朗読にむくように工夫された南吉と賢治の作品が、朗読CDとともにたくさん入っています。

『猫の事務所』　宮沢賢治著，市村宏編　復刻版　愛知川町（滋賀県）　シグロ
1999.6　199p　19cm　1600円
①4-916058-03-8〈原本:蓼科書房昭和24年刊〉
目次　雨ニモマケズ，猫の事務所，セロ弾きのゴーシュ，オッペルと象，毒もみの好きな署長さん，虔十公園林，なめとこ山の熊，気のいい火山弾，よだかの星，税務署長の冒険
内容　「私はデクノボーになりたい。」上手に世渡り出来ない不器用なデクノボーたち。そんな彼らに託して、賢治は人の在るべき姿を語った。今、ここに蘇る！宮沢賢治著、九編のデクノボー物語。

『注文の多い料理店』　宮沢賢治著　三心堂出版社　1999.5　236p　19cm（大活字文芸選書―宮沢賢治　2）　1300円
①4-88342-262-3
目次　どんぐりと山猫，狼森と笊森、盗森，注文の多い料理店，烏の北斗七星，水仙月の四日，

子どもの本・日本の名作童話6000　253

宮沢賢治

山男の四月, かしわばやしの夜, 月夜のでんしんばしら, 鹿踊りのはじまり, 北守将軍と三人兄弟の医者
　内容　賢治の生前に刊行された唯一の童話集,『注文の多い料理店』の全編と「北守将軍と三人兄弟の医者」を収録。イーハトーブの豊かな自然の中で人や動物たちがいきいきと活躍する一巻。林や野原, 鉄道線路で月明りからもらってきたおはなし。

『〈新〉校本宮沢賢治全集　第16巻 上　補遺・資料』　宮沢賢治著, 宮沢清六他編　筑摩書房　1999.4　2冊　22cm　全7600円　①4-480-72836-8〈「補遺・資料篇」「草稿通観篇」に分冊刊行 付属資料:1枚〉
　目次　補遺・資料 草稿通観篇（総説, 詩草稿通観, 作品別詩草稿紙葉索引, 童話（劇その他）草稿通観 ほか）, 補遺・資料 補遺・資料篇（本文補遺, 各巻本文訂正等, 各巻校異補遺・校異訂正, 作品関係資料 ほか）
　内容　新発見の書簡18点・「稗貫農学校精神歌」他未収録資料を補遺。生前批評・文芸活動関係資料を大幅に増補。さらに賢治草稿に関する全データを収録。

『銀河鉄道の夜・ざしき童子のはなし・グスコーブドリの伝記』　宮沢賢治著　三心堂出版社　1999.2　219p　19cm（大活字文芸選書 宮沢賢治 1）　1300円　①4-88342-251-8〈肖像あり〉

『〈新〉校本宮沢賢治全集　第13巻 下　ノート・メモ』　宮沢賢治著　筑摩書房　1997.11　2冊　22cm　全5800円　①4-480-72838-4,4-480-72827-9〈「本文篇」「校異篇」に分冊刊行〉

『風の又三郎一画本 宮沢賢治』　宮沢賢治作, 小林敏也画　パロル舎　1997.9　77p　30×23cm　2000円　①4-89419-164-4

『セロひきのゴーシュ』　宮沢賢治原作, 吉田教子絵と文　盛岡　吉田教子　1997.9　1冊　19×25cm　1000円

『よだかの星』　宮沢賢治原作, 吉田教子絵と文　盛岡　吉田教子　1997.9　1冊　19×25cm　1000円

『水仙月の四日』　宮沢賢治文, 赤羽末吉絵　創風社　1997.8　1冊　24cm　1600円　①4-915659-90-9〈年譜あり〉

『〈新〉校本宮沢賢治全集　第13巻 上　覚書・手帳』　宮沢賢治著　筑摩書房　1997.7　2冊　22cm　全7600円　①4-480-72833-3,4-480-72827-9〈「本文篇」「校異篇」に分冊刊行〉

『風の又三郎』　宮沢賢治著　角川書店　1997.6　125p　12cm（角川mini文庫）　200円　①4-04-700164-3
　目次　風の又三郎, 種山ケ原

『風の又三郎―よだかの星・オツベルと象・他八編』　宮沢賢治著　旺文社　1997.4　294p　18cm（愛と青春の名作集）　950円

『銀河鉄道の夜―どんぐりと山猫・水仙月の四日・他七編』　宮沢賢治著　旺文社　1997.4　294p　18cm（愛と青春の名作集）　950円

『〈新〉校本宮沢賢治全集　第14巻　雑纂』　宮沢賢治著　筑摩書房　1997.4　2冊　22cm　7500円　①4-480-72834-1〈「本文篇」「校異篇」に分冊刊行〉

『銀河鉄道の夜』　宮沢賢治著　角川書店　1996.11　126p　12cm（角川mini文庫）　194円　①4-04-700103-1

『銀河鉄道の夜』　日本演劇教育連盟編　国土社　1996.10　270p　22cm（脚本集・宮沢賢治童話劇場 2）　3500円　①4-337-26702-6

『銀河鉄道の夜―宮沢賢治童話集』　宮沢賢治著　扶桑社　1996.10　284p　16cm（扶桑社文庫）　500円　①4-594-02100-X
　目次　どんぐりと山猫, 注文の多い料理店, 水仙月の四日, 山男の四月, かしわばやしの夜, 月夜のでんしんばしら, 鹿踊りのはじまり, なめとこ山の熊, セロ弾きのゴーシュ, グスコーブドリの伝記, 銀河鉄道の夜
　内容　「するとどこかで, ふしぎな声が, 銀河ステーション, 銀河ステーションと言う声がしたと思うといきなり目の前が, ぱっと明るくなって, まるで億万の蛍いかの火を一ぺんに化石させて, そら中に沈めたというぐあい, …」銀河の祭の夜, ジョバンニは親友のカムパネルラと, 現実と幻想の中を走りぬけ, 夢と不思議に満ちた銀河鉄道に乗り込んだ。表題作のほかに『注文の多い料理店』『セロ弾きのゴーシュ』『グスコーブドリの伝記』など全11編を収録。

宮沢賢治

『〈新〉校本宮沢賢治全集 第7巻 詩 6』
宮沢清六ほか編纂 筑摩書房 1996.10
2冊 22cm 全8240円 ①4-480-72827-9
〈「本文篇」「校異篇」に分冊刊行〉
[目次] 文語詩稿五十篇.文語詩稿一百篇.文語詩未定稿

『セロ弾きのゴーシュ』 日本演劇教育連盟編 国土社 1996.10 261p 22cm
(脚本集宮沢賢治童話劇場 3) 3500円
①4-337-26703-4

『風の又三郎』 日本演劇教育連盟編 国土社 1996.9 269p 22cm (脚本集・宮沢賢治童話劇場 1) 3500円
①4-337-26701-8

『注文の多い料理店』 宮沢賢治著 大活字 1996.9 260p 26cm (大活字文庫4) 3600円 ①4-925053-05-1〈原本:角川文庫〉
[目次] どんぐりと山猫.狼森と笊森、盗森.注文の多い料理店.烏と北斗七星.水仙月の四日.山男の四月.かしわばやしの夜.月夜のでんしんばしら.鹿踊りのはじまり. 付録「注文の多い料理店」新刊案内

『風の又三郎』 宮沢賢治著 角川書店 1996.6 198p 15cm (角川文庫) 430円 ①4-04-104009-4
[目次] 風の又三郎.とっこべとら子.祭の晩.なめとこ山の熊.土神ときつね.気のいい火山弾.化物丁場.ガドルフの百合.マグノリアの木. 年譜:p185〜198

『賢治のトランクー猫の事務所・氷河ねずみの毛皮 アニメ版』 宮沢賢治原作 角川書店 1996.6 99p 22cm 1300円
①4-04-852692-8
[内容] 宮沢賢治は、茶色の皮のトランクを持って旅に出ようと駅にやってきました。セロひきのゴーシュは、やっぱり茶色の皮のトランクを持って、えんそう旅行から駅に帰ってきました。ふたりはぶつかって、トランクは宙をとび、それぞれ相手のトランクを持っていってしまったのです。家に帰った、ゴーシュはトランクをあけてビックリ。そこには…。小学1・2年生から。

『注文の多い料理店』 宮沢賢治著 改訂新版 角川書店 1996.6 234p 15cm (角川文庫クラシックス) 430円
①4-04-104001-9
[目次] どんぐりと山猫、狼森と笊森、盗森、注文の多い料理店、烏の北斗七星、水仙月の四日、山男の四月、かしわばやしの夜、月夜のでんしんばしら、鹿踊りのはじまり
[内容] そこでは森と人が言葉を交わし、烏は軍隊を組織し、雪童子と雪狼が飛び回り、柏の林が唄い、でんしんばしらは踊り出す。暖かさと壊かしさ、そして神秘に満たち、イーハトーヴからの透きとおった贈り物─。賢治の生前に刊行された唯一の童話集。文庫本で可能な限り、当時の挿絵等を復元する。

『双子の星ーアニメ「賢治のトランク」より アニメ版』 宮沢賢治原作 角川書店 1996.6 81p 22cm 1200円
①4-04-852691-X
[内容] 知ってましたか。空のお星さまには、それぞれやくめがあるってこと。それをはたせないと、海におちてひとでになってしまうんです。天の川の西でかがやく、かわいいふたごのお星さま、チュンセ童子とポウセ童子は、毎ばん笛をふくのがやくめです。でも、ある日のこと、とんでもないできごとにまきこまれ、そのやくめをはたせなくなってしまいました。小学1・2年生から。

『ポラーノの広場』 宮沢賢治著 角川書店 1996.6 246p 15cm (角川文庫) 470円 ①4-04-104014-0
[目次] ポラーノの広場、黄いろのトマト、氷と後光(習作)、革トランク、泉ある家、十六日、手紙一〜四、毒蛾、紫紺染について、バキチの仕事、サガレンと八月、若い木霊、タネリはたしかにいちにち噛んでいたようだった, 年譜:p233〜246
[内容] つめくさのあかりをたどって、イーハトーヴォの伝説の広場を探す若者たちの旅。理想郷を追い求めた賢治自身の姿が重なる表題作のほか、無題のままで活版印刷され、人々に配られた短い寓話「手紙一〜四」、軽快ななかにも妖しさの漂う「タネリはたしかにいちにち噛んでいたようだった」、また賢治には珍しい小説風の作品「泉ある家」「十六日」など、"童話"という概念では収まり切らない魅力あふれる作品を集める。

宮沢賢治

『銀河鉄道の夜』　宮沢賢治著　角川書店　1996.5　264p　15cm（角川文庫）　430円　①4-04-104003-5
目次　おきなぐさ, 双子の星, 貝の火, よだかの星, 四又の百合, ひかりの素足, 十力の金剛石, 銀河鉄道の夜, 年譜:p251～264
内容　―永久の未完成これ完成である―。自らの言葉を体現するかのように, 賢治の死の直前まで変化発展しつづけた, 最大にして最高の傑作「銀河鉄道の夜」。そして, いのちを持つものすべての胸に響く名作「よだかの星」のほか,「ひかりの素足」「双子の星」「貝の火」などの代表作を収める。

『〈新〉校本宮沢賢治全集　第6巻　詩　5』　宮沢清六ほか編纂　筑摩書房　1996.5　2冊　22cm　全6200円　①4-480-72826-0
〈「本文篇」「校異篇」に分冊刊行〉
目次　三原三部.東京.装景手記. 補遺詩篇2〈這ひ松の〉ほか. 生前発表童謡 あまの川. 生前発表詩篇 花巻農学校精神歌 ほか. 句稿. エスペラント詩稿 Printempo ほか. 歌曲 星めぐりの歌 ほか

『セロ弾きのゴーシュ』　宮沢賢治著　角川書店　1996.5　323p　15cm（角川文庫）　520円　①4-04-104002-7
目次　雪渡り, やまなし, 氷河鼠の毛皮, シグナルとシグナレス, オッベルと象, ざしき童子のはなし, 寓話猫の事務所, 北守将軍と三人兄弟の医者, グスコーブドリの伝記, 朝に就ての童話的構図, セロ弾きのゴーシュ, 付録 ペンネンネンネンネン・ネネムの伝記, 付録 ペンネンノルデはいまはいないよ 太陽にできた黒い棘をとりに行ったよ, 年譜:p310～323
内容　楽団のお荷物だったセロ弾きの少年・ゴーシュが, 夜ごと訪れる動物たちとのふれあいを通じて, 心の陰を癒しセロの名手となっていく表題作。また「やまなし」「シグナルとシグナレス」「氷河鼠の毛皮」「猫の事務所」「雪渡り」「グスコーブドリの伝記」など, 賢治が生前に新聞・雑誌に発表した名作・代表作の数々を収める。

『ビジテリアン大祭』　宮沢賢治著　角川書店　1996.5　245p　15cm（角川文庫）　470円　①4-04-104013-2
目次　ビジテリアン大祭, 二十六夜, よく利く薬とえらい薬, 馬の頭巾, 税務署長の冒険, マリヴロンと少女, フランドン農学校の豚, 葡萄水, 車, 虔十公園林, 毒もみのすきな署長さん, 年譜:p232～245
内容　ニュウファウンドランド島の小さな山村に, 世界各国の菜食主義者の代表が集まった。しかし反対分子が紛れ込んで, 祭りは一転, 大論争の舞台となる。迫力の大虚構劇「ビジテリアン大祭」をはじめ,「二十六夜」「フランドン農学校の豚」など, 生きるために他の命を奪わねばならぬ宿業に挑み, 生きとし生けるものすべてに対する慈しみと祈りに満ちた作品。またデクノボー讃歌「虔十公園林」など, 賢治の透徹した思想の神髄を伝える作品を集める。

『インドラの網』　宮沢賢治著　角川書店　1996.4　281p　15cm（角川文庫）　470円　①4-04-104012-4
目次　インドラの網, 雁の童子, 学者アラムハラドの見た着物, 三人兄弟の医者と北守将軍（韻文形）, 竜と詩人, チュウリップの幻術, さるのこしかけ, 楢の木大学士の野宿, 風野又三郎
内容　ツェラという高原を歩いているうちに, ふと"天の空間"に滑り込んでしまい, 天人, 蒼い孔雀, 天界の太陽などあらゆる美の極致を目にする主人公を描く表題作「インドラの網」をはじめ, 夢と神秘にあふれた幻想的作品を集める。「雁の童子」「学者アラムハラドの見た着物」など"西域異聞"と呼ばれる作品も含め, 賢治の持っていた「心象宇宙」の途方もない大きさと透明度をあますところなく伝え, 賢治世界の真骨頂ともいえる童話集である。

『イーハトーボ農学校の春』　宮沢賢治著　角川書店　1996.3　205p　15cm（角川文庫）　430円　①4-04-104011-6
目次　或る農学生の日誌.台川.イーハトーボ農学校の春.イギリス海岸.耕耘部の時計.みじかい木ぺん.種山ケ原.十月の末.谷.二人の役人.鳥をとるやなぎ.さいかち淵. 年譜:p192～205

『こどものための日本の名作―短編ベスト30話 宮沢賢治・小川未明・新美南吉』　宮沢賢治ほか著　世界文化社　1996.3　407p　24cm（別冊家庭画報）　2700円

『ジュニア文学館宮沢賢治―写真・絵画集成　3　宮沢賢治の詩』　小松健一写真, 栗原敦編著　日本図書センター　1996.3　190p　31cm　①4-8205-7288-1,4-8205-7285-7

宮沢賢治

『ジュニア文学館宮沢賢治―写真・絵画集成 2 宮沢賢治の童話』 小松健一写真, 早乙女勝元編著 日本図書センター 1996.3 246p 31cm
ⓘ4-8205-7287-3,4-8205-7285-7

『ジュニア文学館宮沢賢治―写真・絵画集成 1 宮沢賢治の生涯』 小松健一写真, 早乙女勝元編著 日本図書センター 1996.3 186p 31cm

『〈新〉校本宮沢賢治全集 第1巻 短歌・短唱』 宮沢清六ほか編纂 筑摩書房 1996.3 2冊 22cm 全6200円
ⓘ4-480-72821-X〈「本文篇」「校異篇」に分冊刊行〉
[目次] 短歌 歌稿A.歌稿B. 短唱 冬のスケッチ

『まなづるとダアリヤ』 宮沢賢治著 角川書店 1996.3 247p 15cm（角川文庫） 470円 ⓘ4-04-104010-8
[目次] 蜘蛛となめくじと狸.めくらぶどうと虹.「ツェ」ねずみ.鳥箱先生とフゥねずみ.クンねずみ.けだもの運動会.カイロ団長.寓話洞熊学校を卒業した三人.畑のへり.蛙のゴム靴.林の底.黒ぶどう.月夜のけだもの.いちょうの実.まなづるとダアリヤ.ひのきとひなげし.茨海小学校. 年譜:p234～247

『〈新〉校本宮沢賢治全集 第3巻 詩 2』 宮沢清六ほか編纂 筑摩書房 1996.2 2冊 22cm 全8200円 ⓘ4-480-72823-6〈「本文篇」「校異篇」に分冊刊行〉
[目次] 春と修羅 第2集.春と修羅 第2集補遺

『〈新〉校本宮沢賢治全集 第11巻 童話 4』 宮沢清六ほか編纂 筑摩書房 1996.1 2冊 22cm 全5800円
ⓘ4-480-72831-7〈「本文篇」「校異篇」に分冊刊行〉
[目次] 北守将軍と三人兄弟の医者〔初期形〕.グスコンブドリの伝記.ポラーノの広場.銀河鉄道の夜.風〔の〕又三郎.ひのきとひなげし.セロ弾きのゴーシュ

『〈新〉校本宮沢賢治全集 第15巻 書簡』 宮沢賢治著 筑摩書房 1995.12 2冊 22cm 全7400円 ⓘ4-480-72835-X〈「本文篇」「校異篇」に分冊刊行〉

『せろひきのごーしゅ』 みやざわけんじさく こうげつしゃ 1995.12 80p 19cm（ひらがなぶんこ 5） 480円 ⓘ4-906358-05-5

『〈新〉校本宮沢賢治全集 第12巻 童話・劇 5』 宮沢賢治著 筑摩書房 1995.11 2冊 22cm 全6200円
ⓘ4-480-72832-5〈「本文篇」「校異篇」に分冊刊行〉
[目次] 『注文の多い料理店』ほか
[内容] 賢治が刊行した唯一の童話集「注文の多い料理店」をはじめ、「オッベルと象」など生前に発表されたすべての童話を収める。さらに童話以外の散文作品と劇も併収する。

『銀河鉄道の夜』 宮沢賢治著 朝日ソノラマ 1995.10 1冊 21cm 1300円
ⓘ4-257-03195-6
[内容] 不思議な魅力に満ちあふれた宮沢賢治の小説「銀河鉄道の夜」を、小学生から大人まで読むことのできるように編集した決定版。

『〈新〉校本宮沢賢治全集 第4巻 詩 3』 宮沢賢治著 筑摩書房 1995.10 2冊 22cm 全6400円 ⓘ4-480-72824-4〈「本文篇」「校異篇」に分冊刊行〉
[目次] 「春と修羅」第3集.春と修羅 第3集補遺.詩ノート

『よだかの星―宮沢賢治童話集4』 宮沢賢治作, 広瀬雅彦絵 講談社 1995.10 164p 18cm（講談社青い鳥文庫） 500円 ⓘ4-06-148428-1
[目次] 詩・林と思想, よだかの星, 貝の火, シグナルとシグナレス, グスコーブドリの伝記
[内容] みんなのいじめにあうよだかが、いっしょうけんめいにはばたき、さいごは美しい星となって光りかがやく「よだかの星」をはじめ、「貝の火」「シグナルとシグナレス」「グスコーブドリの伝記」など、名作童話4編と、詩「林と思想」を収録した宮沢童話の第4集。小学中級から。

『賢治童話』 宮沢賢治著 翔泳社 1995.9 551p 21cm 2400円
ⓘ4-88135-292-X
[目次] ありときのこ, いちょうの実, イーハトーボ農学校の春, インドラの網, 狼森と笊森, 盗森, オッベルと象, 貝の火, カイロ団長, 蛙のゴム靴, かしわばやしの夜〔ほか〕

『〈新〉校本宮沢賢治全集 第10巻 童話 3』 宮沢賢治著 筑摩書房 1995.9 2冊 22cm 全5800円 ⓘ4-480-72830-9〈「本文篇」「校異篇」に分冊刊行〉

子どもの本・日本の名作童話6000 257

宮沢賢治

|目次| やまなし，サガレントと八月，銀河鉄道の夜ほか30編
|内容|「銀河鉄道の夜」初期形態を始め，賢治，27歳以降の童話を中心に，「[フランドン農学校の豚]」「月夜のけだもの」など，先駆形から大きな変貌をとげた作品も収録する。

『水仙月の四日』　宮沢賢治作，伊勢英子絵　偕成社　1995.9　35p　29×24cm（日本の童話名作選）　1600円
①4-03-963440-3
|内容| ひとりの子どもが，山の家への道をいそいでいました。でも，その日このあたりは「水仙月の四日」にあたっていたのです。それは，おそろしい雪婆んごが，雪童子や雪狼をかけまわらせて，猛吹雪をおこさせる日。まっ青だった空がかげりはじめ，だんだん強くなってくる風と雪の中から，雪婆んごの声が聞こえてきました…。東北の風土と宮沢賢治の想像力によって生みだされた神秘的な雪の精霊たちと，吹雪に巻きこまれた子どもの物語を，伊勢英子の幻想的でイメージ豊かな絵で絵本化。小学中級以上。

『賢治草紙』　宮沢賢治作，小林敏也画　パロル舎　1995.8　319p　20cm　2000円　①4-89419-122-9
|目次| 雪渡り，注文の多い料理店，やまなし，どんぐりと山猫，セロ弾きのゴーシュ，猫の事務所，オッベルと象，土神と狐，銀河鉄道の夜，雨ニモマケズ
|内容| 誰よりもヴィジュアルな作家・宮沢賢治の作品が，はじめて画家の眼によって再構成。作家の主旋律に，画家が奏でる美しい和音。

『〈新〉校本宮沢賢治全集　第5巻　詩　4』　宮沢賢治著　筑摩書房　1995.8　2冊　22cm　全5800円　①4-480-72825-2〈「本文篇」「校異篇」に分冊刊行〉
|目次| 口語詩稿　阿耨達池幻想曲　ほか．疾中　病床　ほか．補遺詩篇1〈松の針はいま白光に溶ける〉ほか．

『〈新〉校本宮沢賢治全集　第2巻　詩　1』　宮沢賢治著　筑摩書房　1995.7　2冊　22cm　全6400円　①4-480-72822-8〈「本文篇」「校異篇」に分冊刊行〉
|目次| 春と修羅．春と修羅（宮沢家本）．春と修羅補遺

『〈新〉校本宮沢賢治全集　第9巻　童話　2』　宮沢賢治著　筑摩書房　1995.6　1冊　21cm　5800円　①4-480-72829-5
|目次| 風野又三郎，三人兄弟の医者と北守将軍，猫の事務所，毒蛾，フランドン農学校の豚，みあげた，谷，二人の役人，鳥をとるやなぎ，化物丁場，茨海小学校，二十六夜，革トランク，おきなぐさ，黄いろのトマト，チュウリップの幻術，ビヂテリアン大祭，土神の底，林の底，マグノリアの木，インドラの網，雁の童子，三人兄弟の医者と北守将軍，学者アラムハラドの見た着物，ガドルフの百合，楢ノ木大学士の野宿，葡萄水，みぢかい木ぺん，バキチの仕事
|内容| のちに，大きな変容をとげる作品の初期形「風野又三郎」「フランドン農学校の豚」「猫の事務所」をはじめ，「ビヂテリアン大祭」など，賢治，26歳頃の童話を収録。

『〈新〉校本宮沢賢治全集　第8巻　童話　1』　宮沢賢治著　筑摩書房　1995.5　2冊　22cm　全5800円　①4-480-72828-7〈「本文篇」「校異篇」に分冊刊行〉
|目次| 蜘蛛となめくぢと狸　ほか33編

『銀河鉄道の夜』　宮沢賢治著　講談社　1995.4　301p　19cm（ポケット日本文学館2）　1200円　①4-06-261702-1

『注文の多い料理店』　宮沢賢治作，長谷川知子絵　岩崎書店　1995.4　85p　22cm（日本の名作童話1）　1500円　①4-265-03751-8

『宮沢賢治の「夜」』　宮沢賢治文，畑沢基由写真　新潮社　1995.4　107p　21cm（フォト・ミュゼ）　1800円　①4-10-602410-1
|内容|「祭の晩」「月夜のでんしんばしら」「月夜のけだもの」「よだかの星」等，童話四編に幻想的な写真を織り込んで贈るはじめての写真絵本。

『貝の火』　宮沢賢治著，宮沢清六編　愛知川町（滋賀県）　シグロ　1995.3　124p　21cm　900円〈『宮沢賢治動物童話集1』（日本書院昭和22年刊）の複製〉

『二十六夜』　宮沢賢治著，宮沢清六編　愛知川町（滋賀県）　シグロ　1995.3　112p　21cm　900円〈『宮沢賢治動物童話集2』（日本書院昭和23年刊）の複製〉

宮沢賢治

『ポラーノの広場』　宮沢賢治著　新潮社　1995.2　474p　15cm（新潮文庫）　560円　①4-10-109208-7
[目次] いちょうの実.まなづるとダァリヤ.鳥箱先生とフウねずみ.林の底.十力の金剛石.とっこべとら子.若い木霊.風野又三郎.ペンネンネンネンネン・ネネムの伝記.ガドルフの百合.種山ケ原.タネリはたしかにいちにち噛んでいたようだった.氷河鼠の毛皮.税務署長の冒険.銀河鉄道の夜（初期形第三次稿）ポラーノの広場.竜と詩人．年譜：p468〜474

『どんぐりとやまねこ』　みやざわけんじ作　こうげつしゃ　1994.12　78p　19cm（ひらがなぶんこ 3）　480円　①4-906358-03-9

『猫の事務所』　宮沢賢治作, 黒井健絵　偕成社　1994.10　35p　29×25cm（日本の童話名作選）　1600円　①4-03-963420-9
[内容] 猫の事務所の書記の中に、一匹のかま猫がいました。かま猫とは、寒さに毎夜、かまどの中に入って眠るため、からだが煤で汚れている猫のことです。かま猫は、猫仲間のきらわれ者。事務所でも、ほかの書記たちにいつも意地悪ばかりされているのです…。大人の絵本。小学中級以上のお子さまにも。

『雪渡り—アニメ版』　宮沢賢治原作　金の星社　1994.8　77p　22cm　1100円　①4-323-01868-1
[内容] 野原の雪がこおって大理石よりもかたくなり、まるで一枚の板のようになります。月夜の晩には鏡のようにキラキラ光ります。雪を渡って、すきなほうへどこまででも、行けるようになるのです。四郎とかん子は、森のなかで小ぎつねの紺三郎に出会います。これからはじまるお話は、子どもたちと小ぎつねの心あたたまる物語です。この本は宮沢賢治全集を原典とし、全文をおさめました。なお、読みやすい表記に改めてあります。

『風の又三郎』　宮沢賢治作　岩波書店　1994.3　475p　20cm（岩波世界児童文学集 9）　1600円　①4-00-115709-8
[目次] 風の又三郎，雪渡り，水仙月の四日，やまなし，貝の火，セロ弾きのゴーシュ，鹿踊りのはじまり，狼森と笊森、盗森，なめとこ山のくま，土神ときつね，注文の多い料理店，虔十公園林，グスコーブドリの伝記，銀河鉄道の夜
[内容] 表題作他、「やまなし」「水仙月の四日」「鹿踊りのはじまり」「銀河鉄道の夜」「注文の多い料理店」など十四編を新しく選んだ珠玉の作品集です。

『グスコーブドリの伝記—アニメ版』　宮沢賢治原作　金の星社　1994.3　93p　21cm　1100円　①4-323-01865-7
[内容] グスコーブドリは、イーハトーブの大きな森に生まれた男の子です。お父さんとお母さん、かわいい妹のネリといっしょに、たのしくくらしていました。ところが、ある年のこと、かなしいできごとがおこり、ブドリは、ひとりぼっちになってしまいました。「ぼくのような思いをする人が、いなくなるように、そして、だれもがしあわせになるようにしたい—。」ブドリのあたらしい毎日が、はじまったのです。小学校3・4年生から。

『鹿踊りのはじまり』　宮沢賢治作, たかしたかこ絵　偕成社　1994.2　35p　29×25cm（日本の童話名作選）　1600円　①4-03-963630-9
[内容] 湯治に出かける途中のすすきの原で、うっかり置き忘れた手拭い。嘉十が取りに戻ると、何と六匹の鹿が寄ってきていておそるおそる近づいたり、あわてふためいてとびのいたり。やがて鹿たちは正体を知って安心し、高らかに歌い、踊りはじめます。その面白さに、思わず自分も仲間に入ろうとてびだす嘉十。岩手・花巻周辺に今も伝わる郷土芸能「鹿踊り」その本当の精神を風から聞いたとして語られる民話風傑作童話。自然に対した人間の素朴な魂、ときにユーモラスな心情を捉えて画家たかしたかこがその繊細精緻な画風で絵本化しました。

『オツベルと象』　宮沢賢治文, 高橋留美子絵　小学館　1993.12　63p　19cm（宮沢賢治童話絵本 1）　780円　①4-09-294101-3
[内容] ふしぎな魅力に強く心ひかれる宮沢賢治の世界。大人気まんが家のイラストと宮沢賢治の原文。

『虔十公園林』　宮沢賢治文, 村上もとか絵　小学館　1993.12　63p　19cm（宮沢賢治童話絵本 3）　780円　①4-09-294103-X
[内容] だれよりも自然を愛した宮沢賢治の傑作。大人気まんが家のイラストと宮沢賢治の原文。

子どもの本・日本の名作童話6000　259

宮沢賢治

『どんぐりと山猫』　宮沢賢治文, 里中満智子絵　小学館　1993.12　63p　19cm（宮沢賢治童話絵本2）　780円
①4-09-294102-1
内容　豊かな愛の心でいっぱい、宮沢賢治の代表作。大人気まんが家のイラストと宮沢賢治の原文。

『注文の多い料理店』　宮沢賢治作, 佐藤国男画　新版　大日本図書　1993.10　93p　22cm（子ども図書館）　1240円
①4-477-00393-5
目次　どんぐりと山ねこ、注文の多い料理店、ほらくま学校を卒業した三人

『宮沢賢治童話集　14　宮沢賢治詩画館』
宮沢賢治著　くもん出版　1993.10　77p　27×22cm　2000円　①4-87576-714-5
目次　『春と修羅』より、「春と修羅第二集」より、「春と修羅第三集」より、詩ノートより、詩稿補遺より、「疾中」より、補遺詩篇より、「文語詩稿」より、「東京」より、歌曲より
内容　幻を見た人──宮沢賢治の心の風景を描く。現代を生きる画家たちの鮮烈な詩画集。詩集『春と修羅』他より、31編を収録。

『宮沢賢治絵童話集　12　風の又三郎』
宮沢賢治著, 伊勢英子画　くもん出版　1993.9　73p　27×22cm　2000円　①4-87576-712-9
内容　どっどど、どどうど、どどうど、どどう、──。風のようにやってきた、赤毛の子どもの正体は。子どもから大人まで楽しめる賢治童話集の決定版。

『宮沢賢治絵童話集　5　双子の星』　宮沢賢治著　くもん出版　1993.8　77p　27×22cm　2000円　①4-87576-705-6
目次　やまなし、双子の星、おきなぐさ、祭の晩
内容　水精のお宮に住むチュンセ童子とポウセ童子。清く美しい双子のお星さまの喜びと感謝と祈り──。表題作をふくむ4編を収録。

『楢ノ木大学士の野宿』　宮沢賢治著　物語テープ出版　1993.7　63p　29cm（宮沢賢治没後五十年記念シリーズ14）〈付属資料（録音ディスク2枚12cm）：日下武史語り　佐藤允彦音楽〉

『宮沢賢治絵童話集　10　グスコーブドリの伝記』　宮沢賢治著　くもん出版　1993.7　73p　27×22cm　2000円
①4-87576-710-2
目次　雨ニモマケズ、グスコーブドリの伝記、オツベルと象

『宮沢賢治絵童話集　13　銀河鉄道の夜』
宮沢賢治著　くもん出版　1993.6　77p　27cm　2000円　①4-87576-713-7〈監修：天沢退二郎, 萩原昌好〉

『宮沢賢治絵童話集　11　マリヴロンと少女』　宮沢賢治著, 北見隆, きたのじゅんこ画　くもん出版　1993.5　73p　27×22cm　2000円　①4-87576-711-0
目次　マリヴロンと少女、楢の木大学士の野宿
内容　声楽家マリヴロンと牧師のむすめギルダ。ふたりのもとめる"まことの光"とは──。表題作をふくむ2編を収録。

『宮沢賢治絵童話集　2　よだかの星』
宮沢賢治著　くもん出版　1993.4　69p　27×22cm　2000円　①4-87576-702-1
目次　よだかの星、とっこべとら子、林の底、月夜のでんしんばしら
内容　鷹に殺される自分が、毎晩虫たちを殺している。よだかはたえきれず、天をめざすが──。表題作をふくむ4編を収録。

『宮沢賢治絵童話集　4　虔十公園林』
宮沢賢治著　くもん出版　1993.3　73p　27cm　2000円　①4-87576-704-8〈監修：天沢退二郎, 萩原昌好〉
目次　虔十公園林、まなづるとダァリヤ、貝の火
内容　原文に忠実なテキストと人気イラストレーターによる子どもから大人まで楽しめる賢治童話集の決定版。さわやかな匂い、夏のすずしい陰、月光色の芝生──。虔十の杉林が教えつづける本当のさいわい。表題作をふくむ2編を収録。

『宮沢賢治絵童話集　8　シグナルとシグナレス』　宮沢賢治著　くもん出版　1993.2　77p　27cm　2000円
①4-87576-708-0〈監修：天沢退二郎, 萩原昌好〉
目次　北守将軍と三人兄弟の医者、雁の童子、シグナルとシグナレス
内容　青と赤の灯があやしく明滅し、2人のまなざしが生みだす幻想的ロマンス。表題作をふくむ3編を収録。

『宮沢賢治絵童話集　1　どんぐりと山猫』
宮沢賢治著, 飯野和好, 司修画　くもん出版　1993.1　77p　27×22cm　2000円
①4-87576-701-3
[目次] ツェねずみ, 鳥箱先生とフウねずみ, クンねずみ, どんぐりと山猫
[内容] ある日, 一郎におかしなはがきがとどいた。送り主, 山猫のいうめんどうな裁判とは。表題作をふくむ4編を収録。

『狼森と笊森、盗森』　宮沢賢治文, 津田櫓冬絵　ほるぷ出版　1992.12　40p　30×23cm　1850円　①4-593-56033-0
[内容] 人間と自然との交感のすがたを描いた、宮沢賢治の傑作童話。

『宮沢賢治絵童話集　9　水仙月の四日』
宮沢賢治著　くもん出版　1992.12　77p　27cm　2000円　①4-87576-709-9〈監修：天沢退二郎, 萩原昌好〉
[目次] いちょうの実, 水仙月の四日, タネリはたしかにいちにち噛んでいたようだった, ひかりの素足
[内容] 原文に忠実なテキストと人気イラストレーターによる子どもから大人まで楽しめる賢治童話集の決定版。表題作をふくむ4編を収録。

『新編銀河鉄道の夜』　宮沢賢治著　新潮社　1992.11　357p　15cm（新潮文庫）　360円　①4-10-109205-2
[目次] 双子の星. よだかの星. カイロ団長. 黄いろのトマト. ひのきとひなげし. シグナルとシグナレス. マリヴロンと少女. オッベルと象. 猫の事務所. 北守将軍と三人兄弟の医者. 銀河鉄道の夜. セロ弾きのゴーシュ. 饑餓陣営. ビジテリアン大祭. 年譜：p351～357

『宮沢賢治絵童話集　7　カイロ団長』
宮沢賢治著　くもん出版　1992.11　77p　27cm　2000円　①4-87576-707-2〈監修：天沢退二郎, 萩原昌好〉
[目次] 土神ときつね, カイロ団長, 雪渡り, なめとこ山の熊
[内容] 原文に忠実なテキストと人気イラストレーターによる, 子どもから大人まで楽しめる賢治童話集の決定版。とのさまがえるの"舶来ウェスキイ"のみすぎたあまがえるは, 家来にされて―。表題作をふくむ4編を収録。

『宮沢賢治絵童話集　6　セロ弾きのゴーシュ』　宮沢賢治著　くもん出版　1992.10　73p　27×22cm　2000円
①4-87576-706-4
[目次] セロ弾きのゴーシュ, ひのきとひなげし, 蛙のゴム靴
[内容] セロの練習にはげむゴーシュの家に毎晩奇妙な悩みをもった動物が訪れて―。表題作をふくむ3編を収録。

『宮沢賢治絵童話集　3　注文の多い料理店』　宮沢賢治著　くもん出版　1992.10　77p　27×22cm　2000円
①4-87576-703-X
[目次] 狼森〈オイノもり〉と笊森〈ざるもり〉, 盗森〈ぬすともり〉, 気のいい火山弾, 注文の多い料理店, 鹿踊りのはじまり
[内容] 二人の紳士につぎつぎと出される変な注文…?レストラン「山猫軒」の本当の目的とは―。表題作をふくむ4編を収録。

『カイロ団長』　宮沢賢治作, 村上勉絵　偕成社　1992.9　35p　29×25cm（日本の童話名作選）　1600円　①4-03-963570-1
[内容] 賢治の草稿表紙に「動物寓話集中」と記入のある一篇。力が強く, 商才があり, 持てるものでもある殿様ガエルが, 力もなく, ただ気が良くて弱いばかりの雨ガエルたちを貸借関係のしがらみでしばって, 無理無體の労働に駆りたてます。30匹の雨ガエルたちは, 数をたよって抵抗するでもなく, 談合して打開の行動に出るでもなくて, 最後に〈王様のご命令〉によって救われるまで滑稽なほど周章狼狽し, 酷使と収奪に翻弄されるのです。人間の弱さや限界に対する賢治の諦観がうかがえます。

『おきなぐさ・いちょうの実』　宮沢賢治作, たかしたかこ絵　偕成社　1992.5　35p　29×24cm（日本の童話名作選）　1600円　①4-03-963500-0
[内容] この本に納めた, 『おきなぐさ』と『いちょうの実』は, 賢治が企図していたらしい「花鳥童話集」に入るべき二篇です。『おきなぐさ』では, 飛散した種子は天にのぼって変光星になったと思うと書かれ, 『いちょうの実』では, 落下した果実は死の不吉なかげを濃くただよわせながらも幼い生命の旅立ちとして書かれています。いずれも, 哀しいまでに澄明な永遠の美を, 感じさせます。

宮沢賢治

『貝の火』　宮沢賢治文, ユノセイイチ画　童心社　1991.11　93p　21cm　1850円
①4-494-02132-6
[内容]宮沢賢治の名作。宝珠「貝の火」をめぐる心の葛藤。うさぎの子ホモイが本当に手に入れたものは何か。

『雨ニモマケズ』　宮沢賢治作, 小林敏也画　パロル舎　1991.6　41p　33×21cm（画本 宮沢賢治）　1380円
[内容]決してご遠慮はありません。「雨ニモマケズ」「風ニモマケズ」どなたもどうかおよみください。ことに賢治が嫌いというお方、絵本など開いたこともないお方は、大歓迎いたします。

『雪渡り』　宮沢賢治文, 佐藤国男画　福武書店　1990.12　1冊　27×25cm　1340円　①4-8288-4927-0

『ひかりの素足』　宮沢賢治作, 赤羽末吉絵　偕成社　1990.4　69p　26cm（宮沢賢治童話傑作選1）　1800円
①4-03-972010-5
[内容]一郎と楢夫の兄弟が、峠で猛吹雪にあい遭難。現世と他界の境界をさまよいますが、終始、愛する弟をかばい、捨てなかった兄ひとりが生還します。赤羽末吉の絵入り愛蔵版。

『雨ニモマケズ』　宮沢賢治作　岩崎書店　1990.3　233p　18cm（フォア文庫B114）　500円　①4-265-01071-7
[目次]兄、賢治の一生（宮沢清六）、雨ニモマケズ・短歌・散文・綴方・書簡など（花城小学校時代、盛岡中学校と一浪時代、盛岡高等農林学校時代、信仰と出京、花巻農学校時代、羅須地人協会時代、東北砕石工場時代、病いから死まで）
[内容]賢治の代表的な詩で、かれの生き方をよく表わしていて今なお、多くの人々に愛誦されている「雨ニモマケズ」など、多くの詩や短歌・散文も収録。あわせて賢治の生活を物語る、書簡・綴方なども選んで入れ、また弟・清六氏による"賢治の生涯"は、賢治を理解する上で一助となるでしょう。

『ポラーノの広場』　宮沢賢治作, 箕田源二郎画　岩崎書店　1989.12　228p　18cm（フォア文庫）　470円　①4-265-01069-5
[目次]イーハトーボ農学校の春、イギリス海岸、ある農学生の日誌、耕耘部の時計、ポラーノの広場

[内容]農民の日々のくらしの中にある、苦労や喜び、悲しみを賢治の目で生きいきと、暖かく描きだした「イーハトーボ農学校の春」や「ある農学生の日誌」などの中、短編と、農民たちの、ユートピアともいえる"新しい場所"を追い求めた作品「ポラーノの広場」を収録。

『雪わたり』　宮沢賢治作, 小林敏也画　パロル舎　1989.12　41p　31×21cm（画本 宮沢賢治）　1380円

『セロ弾きのゴーシュ』　宮沢賢治作, 赤羽末吉絵　偕成社　1989.10　47p　29×25cm（日本の童話名作選）　2000円
①4-03-963460-8
[内容]おそらくは、賢治の最後の作と思われるこの童話は私たちに不思議な幸福感をもたらしてくれます。あまり上手でないセロ弾きのゴーシュが、夜毎あらわれる動物達との、交流を通して、やがてセロの名手となり喝采をあびる情景は、万人の胸に深い感動を呼び起こします。奇妙なやさしさを持つこの物語世界を、絵本画家・赤羽末吉が、岩絵の具と不透明水彩の個性豊かな筆致で表現します。

『注文の多い料理店』　宮沢賢治作, 本橋英正画・描き文字　源流社　1989.10　1冊　20×22cm　1545円
[内容]山奥で路に迷った2人の青年ハンターの前に出現した懇切丁寧な西洋料理店。その中で2人が経験したものは？イマジネーションに乏しい日本文学の中で、眩いばかりの光芒を放つ賢治童話の名作、いま落書き付きでここに再登場。この小さな巨篇を読まずして、君はブラック・ユーモアを語ることはできない。

『ツェねずみ』　宮沢賢治作, 横山泰三画　岩崎書店　1989.10　178p　18cm（フォア文庫）　470円　①4-265-01068-7
[目次]月夜のけだもの, 鳥箱先生とフウねずみ, ツェねずみ, クンねずみ, ぶどう水, 十月の末, 畑のへり, おきなぐさ, ひのきとひなげし, まなづるとダァリヤ, 林の底
[内容]カエルやクモ、ネズミなど、小動物を主人公にした寓話的作品「鳥箱先生とフウねずみ」「ツェねずみ」「クンねずみ」などと、心の中に浮かびあがる、空想の世界をいきいきと描いたファンタスティックな作品「月夜のけだもの」「十月の末」など、好短編11話を収録。

宮沢賢治

『月夜のでんしんばしら』　宮沢賢治作, 遠山繁年絵　偕成社　1989.10　36p　29×25cm（日本の童話名作選）　1600円
①4-03-963450-0
内容　ひんやりとうろこ雲がたちこめ、鉛色の月光が、にぶく射し込む晩のこと、とつぜん、シグナルがはたんとさがり、ファンタジーの一夜が幕をあけます。ありふれた日常の風景は、一瞬のうちに幻想の世界へときりかわり、イーハトーヴ鉄道線路で〈虹や光からもらってきた〉お話が展開されます。賢治3作めにいどむ遠山繁年が、豊かな感性と機知に富んだ表現で、格調高く描きだしています。小学中級以上のお子さまにも。

『なめとこ山の熊』　宮沢賢治作, 玉井司絵　リブロポート　1989.10　1冊　26×26cm　1236円　④4-8457-0427-7

『風の又三郎—宮沢賢治童話集』　宮沢賢治著　第三文明社　1989.7　270p　22cm（少年少女希望図書館 11）　1010円
①4-476-11211-0
目次　風の又三郎、かしわばやしの夜、土神と狐、烏の北斗七星、オツベルと象、よだかの星、氷河鼠の毛皮、鹿踊りのはじまり、月夜のけだもの、やまなし
内容　自然と対話をすることができた賢治の作品には風や月や鉱石がまるで人間のように生き生きと描かれます。動物たちも人間と同じくおしゃべりをし、他人のようではありません。小学上級以上。

『注文の多い料理店』　宮沢賢治作, 森本三郎版画　たくみ書房　1989.4　1冊　26cm（宮沢賢治童話）　1860円
①4-88473-011-5

『幼年文学名作選 2 注文の多い料理店』　宮沢賢治作, おのきがく絵　岩崎書店　1989.3　110p　22cm　1200円
①4-265-03702-X

『どんぐりと山猫』　宮沢賢治作, 高野玲子絵　偕成社　1989.2　35p　29×25cm（日本の童話名作選）　1400円
①4-03-963410-1
内容　賢治の生前に刊行された唯一の童話集『注文の多い料理店』の巻頭をかざる、この作品には、差別を超越し、平等を求める賢治の思想の一環が、ストレートに提示されています。山猫から裁判の手助けをたのまれた一郎が、山の奥の草地で、どんぐりたちのもめごとを解決する—幻想的な作品世界を、猫をえがきつづけてきた高野玲子が、銅版画の技法を組み合わせて、イメージ豊かに絵本化。大人の絵本。

『どんぐりと山ねこ』　宮沢賢治作, 深沢紅子画　岩崎書店　1988.10　188p　18cm（フォア文庫 B102）　430円
①4-265-01063-6
目次　貝の火、どんぐりと山ねこ、鳥をとるやなぎ、ふたりの役人、谷、さるのこしかけ、ほらぐま学校を卒業した3人、四又〔よまた〕の百合
内容　おもしろく愉快な作品で、人間にとって大切なものは世俗的なものさしではかることのできない、真心や愛情であることを訴えている表題作「どんぐりと山ねこ」をはじめ、さわやかで魅力あふれる好短篇を収録。賢治童話の珠玉短篇集。小学校中・高学年向。

『セロひきのゴーシュ』　宮沢賢治作, オープロダクション絵　岩崎書店　1988.9　68p　22×19cm（アニメ童話 1）　880円　①4-265-03301-6
内容　ゴーシュは金星音楽団でセロをひくかかりでした。けれどもあまりじょうずでなく、いつも楽長にいじめられるのでした。演奏会まであと10日という晩、ゴーシュが家で練習をしていると、1匹の三毛ねこがやってきました。つぎの晩にはかっこう、その翌晩はたぬきの子、そして野ねずみの親子が一。宮沢賢治の名作「セロひきのゴーシュ」を小学校低～中学年にも読みやすい形でおさめ、これも傑作と評判の高いアニメーション映画から絵をえらんで構成したのがこの本です。

『宮沢賢治童話大全』　講談社　1988.9　425p　26cm　1980円　①4-06-204002-6
目次　いちょうの実 ほか63編. 宮沢賢治の人と童話の世界 花田修一著. 宮沢賢治略年譜:p424～425

『銀河鉄道の夜』　宮沢賢治著, 平田昭吾企画製作　永岡書店　1988.7　185p　18cm（アニメ名作文庫）　480円
①4-522-01851-7

『セロ弾きのゴーシュ—宮沢賢治童話集』　宮沢賢治著　第三文明社　1988.7　205p　22cm（少年少女希望図書館）　960円
①4-476-11201-3

子どもの本・日本の名作童話6000　263

宮沢賢治

|目次| セロ弾きのゴーシュ, どんぐりと山猫, 月夜のでんしんばしら, 洞熊学校を卒業した3人, 蛙のゴム靴, ツェねずみ, 鳥箱先生とフウねずみ, クンねずみ, ざしき童子(ぼっこ)のはなし
|内容| 人間の心の奥を見抜く軽妙なユーモア, 賢治の心やさしさがすみずみにゆきわたっている珠玉の童話集。小学中級以上。

『かしわばやしの夜』 宮沢賢治文, 佐藤国男絵 福武書店 1987.12 1冊 28×26cm 1300円 ①4-8288-1307-1
|内容| この物語は月夜のかしわばやしを舞台にしたオペレッタのように思えます。画かきの歌、柏の木の歌のコンクール、ふくろうの歌、そして風の又三郎を想い出させる「雨はざあざあ」の歌、いろいろな歌がうたいかわされるうちに、夜霧がおりてきて、このふしぎな歌合戦は終るのですが、はじめの方で「鬱金しゃっぽのカンカラカンのカアン」ととなった画かきは、さいごでは、清作のもじりをそのまま借りて「赤いしゃっぽのカンカラカンのカアン」と遠くさけんでいます。

『よだかの星』 宮沢賢治作, 中村道雄絵 偕成社 1987.12 27p 29×24cm (日本の童話名作選) 1400円 ①4-03-963380-6
|内容| よだかは、実にみにくい鳥でした。その姿かたち故に、ほかの鳥からうとまれ、さげすまれ、その名の故に、本物の鷹から嫌われ、おどされつづけました。そんな自分が、平気で羽虫を食べて生きる宿命にあると気づいた時、よだかは、この辛い世界を捨てようと決意して、一直線に空をのぼってのぼって、ついに青白く燃える星となったのです。よだかの極まった悲しみを描いて、対極の〈まことの幸福〉をはげしく求めた宮沢賢治の傑作を、中村道雄が入魂の組み木絵で絵本化しました。

『双子の星』 宮沢賢治作, 遠山繁年絵 偕成社 1987.11 46p 29×25cm (日本の童話名作選) 1800円 ①4-03-963350-4
|内容| 賢治の見た星空は、一体どんな星空だったのでしょう。天の川の西の岸の水精のお宮に住んでいる青星のチュンセ童子とポウセ童子。可憐な2人の童子のひたむきさは触れた者の心にほのかな愛をともしていきます。銀笛の音色と星々の生き生きとした横笛—。宮沢賢治の傑作「双子の星」を、新進気鋭の遠山繁年が柔らかで情熱的な画で描きました。

『やまなし』 宮沢賢治作, 遠山繁年絵 偕成社 1987.11 35p 29×25cm (日本の童話名作選) 1400円 ①4-03-963330-X
|内容| 小さな谷川の底を写した2枚の青い幻灯—耳を澄ますと、小さな2匹の兄弟の蟹の無邪気で可愛らしい会話がすぐそこに、聴こえてくるようではありませんか。水が奏でる青い調べのように、ひとひらの花びらの一瞬の舞いのように、馨しい香りの瞬の夢のように、どこまでも透明で淡い幻想が水底で揺れています。宮沢賢治の世界を新進気鋭の遠山繁年がみごとに描いた1冊です。

『なめとこ山のくま』 宮沢賢治作, 斎藤博之画 岩波書店 1987.10 181p 18cm (フォア文庫) 390円 ①4-265-01058-X
|目次| なめとこ山のくま, 山男の四月, 祭の晩, 紫紺染について, ざしき童子〔ぼっこ〕のはなし, とっこべとら子, 狼森〔おいのもり〕と笊森〔ざるもり〕, 盗森〔ぬすともり〕, 鹿踊〔ししおど〕りのはじまり, かしわばやしの夜
|内容| 撃つものと撃たれるものの因果な関係にありながら、心の深いところでかなしく結ばれる小十郎とくまを描く名作「なめとこ山のくま」のほか、賢治の愛した岩手の風土が色に濃くあらわれる作品8編を収める。巻末に堀尾青史氏による詳細な解説を付記。

『宮沢賢治童話集』 宮沢賢治著, 武井武雄, 太田大八, 司修, 谷内六郎, 初山滋画 中央公論社 1987.10 157p 28×27cm 9800円 ①4-12-001609-9
|目次| オッペルと象, 注文の多い料理店, どんぐりと山猫, 虔十公園林, 狼森と笊森, 盗森, 祭の晩, 雪渡り, いちょうの実, 水仙月の4日, よだかの星
|内容| もぎたての果物のように、つねにみずみずしい賢治の童話。そこに満ちあふれる美しい日本語の響きと、たぐいまれなメルヘンの世界を、最高の朗読と華麗なイラストで再現する、カセット付きの大人も子供も楽しめる絵本。

『めくらぶどうと虹』 宮沢賢治文, 近藤弘明絵 福武書店 1987.10 1冊 27×26cm 1300円 ①4-8288-1299-7
|内容| これは宮沢賢治の初期の童話に属しますが、天上的なもの、「まことのひかり」への、それといっしょになれたら「もう死んでもいい」という切々とした願いが、もっともはっきりと言われている作品のひとつでしょう。もっ

宮沢賢治

ともその願いは、さまざまに姿を変えながら宮沢賢治の生涯の作品や行動のすべてをつらぬいているのですが…。

『銀河鉄道の夜』　宮沢賢治作,佐藤国男絵　福武書店　1987.5　267p　20cm（ベスト・チョイス）　1100円
④4-8288-1288-1〈監修:生野幸吉〉
目次 雪渡り,双子の星,やまなし,セロ弾きのゴーシュ,永訣の朝,松の針,無声慟哭,青森挽歌,銀河鉄道の夜

『花の童話集』　宮沢賢治,いわさきちひろ画　童心社　1987.4　122p　18cm（フォア文庫）　430円　④4-494-02662-X
目次 まなづるとダァリヤ,めくらぶどうと虹,ひのきとひなげし,黄いろのトマト,おきなぐさ,いちょうの実,詩・おきなぐさ
内容 賢治童話の中から、花にまつわる六つの名作をえらんだ1冊です。こよなく花を愛した、いわさきちひろの絵につつまれて、賢治童話の詩情が、みずみずしくよみがえることでしょう。

『オッベルと象』　宮沢賢治作,小林敏也画　パロル舎　1987.3　1冊　31×21cm（画本 宮沢賢治）　1300円

『虔十公園林』　宮沢賢治作,伊藤亘絵　偕成社　1987.3　35p　29×25cm（日本の童話名作選）　1400円　④4-03-963300-8
内容 いつも、木や鳥を見てはうれしがっているので、子供たちからばかにされていた虔十が、ある日、野原に杉の苗を植えて育てはじめました。小さな杉林は、やがて子供たちのよろこびとなり、虔十が死に、村が町になっても、変わらず残ったのです。みずからをケンジュウと表記することもあった賢治が自分の理想の人間像を語った名作を、"紙彫"という独自の手法を生かして、伊藤亘が絵本化。

『宮沢賢治童話集　1　注文の多い料理店』　横浜　矢立出版　1987.2　152p　23cm　2000円

『雪わたり』　宮沢賢治作,いもとようこ絵　白泉社　1986.12　39p　32×24cm（いもとようこの名作絵本）　1300円
④4-592-76040-9
内容 かた雪かんこ、しみ雪しんこ…このはやし言葉は、古くからの岩手の伝承童謡の中にあったものである。雪がすっかり凍って大理石よりも堅くなり、いつもは歩けない黍の畑の中でもどこでも好きな方へどこまででも歩ける、そんな日に、賢治の想像力は、岩手のむかしのわらべうたにつき動かされて、四郎とかん子の兄妹をきつねの住む森へ向かわせる…。

『オツベルと象』　宮沢賢治作,井上洋介画　岩崎書店　1986.11　190p　18cm（フォア文庫）　390円　④4-265-01053-9
目次 オツベルと象,ねこの事務所,台川,楢ノ木大学士の野宿,十力の金剛石
内容 社会のなかでおこる不正やひずみをえぐりだす「オツベルと象」「ねこの事務所」の2編と、賢治がもっとも得意とした岩石鉱物の知識を駆使して描いた「台川」「楢ノ木大学士の野宿」「十力の金剛石」の計5編を収める。岩石鉱物についての註や詳細な解説を付し、作品理解の一助とした。宮沢賢治の傑作童話集!

『なめとこ山の熊』　宮沢賢治作,中村道雄絵　偕成社　1986.11　1冊　29×24cm（日本の童話名作選）　1400円
④4-03-963280-X
内容 ほかに生きていくてだてを持たぬがために、しかたなく熊を殺して生計をたてていた熊うちの名人が、やはり、人を殺したくて殺すのではない熊のために命をおとします。人間世界を修羅と見て、その克服を求めた賢治のこれは未完成ながら名作の一つ。これを、数10種類の木の肌合いと木目とを選んで絵の各部分をかたぬきし、組み合わせていく中村道雄独得の手法の"組み木絵"で絵本化。

『よだかの星』　宮沢賢治作,伊勢英子編　講談社　1986.11　28p　25×27cm（宮沢賢治どうわえほん 8）　1200円
④4-06-188181-7
内容 野の詩人、ことばとイメージの魔術師、宮沢賢治。「宮沢賢治どうわえほん」は、その賢治の童話の数々を、第一線の画家によって表現した絵本のシリーズです。

『雁の童子』　鈴木靖将画,宮沢賢治作　京都　サンブライト出版　1986.7　1冊　22×28cm　1500円　④4-7832-0086-6

『セロ弾きのゴーシュ』　宮沢賢治作,小林敏也画　パロル舎,風濤社発売　1986.7　1冊　30cm（画本 宮沢賢治）　1300円

『雪わたり』　宮沢賢治文,鈴木まもる絵　講談社　1986.6　28p　25×27cm（宮沢賢治どうわえほん 7）　1200円
④4-06-188187-6

子どもの本・日本の名作童話6000　265

宮沢賢治

『宮沢賢治童話劇集　3　なめとこ山の熊』
照井登久子脚色　花巻　花巻賢治子供の会　1986.4　292p　26cm　2500円
[目次] ひのきとひなげし.なめとこ山の熊.マリブロンと少女.茨海小学校.気のいい火山弾.水仙月の四日

『ツェねずみ』　宮沢賢治作, 三木由記子絵　講談社　1986.3　29p　25×27cm（宮沢賢治どうわえほん 6）　1200円
①4-06-188186-8

『ペンネンネンネンネン・ネネムの伝記』
宮沢賢治著　金の星社　1986.2　286p　20cm（日本の文学 36）　680円
①4-323-00816-3
[目次] タネリはたしかにいちにち噛んでいたようだった.ペンネンネンネンネン・ネネムの伝記.カイロ団長.楢ノ木大学士の野宿.シグナルとシグナレス.ガドルフの百合.家長制度.或る農学生の日誌
[内容] 子どもたちといっしょに, 歌をうたい, 芝居を演じ, 星空を仰いだ宮沢賢治。その果てしなくひろがる空想世界は, 魔術のように読む者の心をさそう。時代をこえて読みつがれてきた賢治童話の傑作集。

『狼森と笊森、盗森』　宮沢賢治作, 三谷靱彦絵　講談社　1985.12　31p　25×27cm（宮沢賢治どうわえほん 5）　1200円　①4-06-188185-X

『土神と狐一画本宮沢賢治』　小林敏也画　パロル舎　1985.12　47p　31cm　1300円〈風濤社〉

『銀河鉄道の夜』　宮沢賢治著　講談社　1985.11　309p　22cm（少年少女日本文学館 第10巻）　1400円　①4-06-188260-0

『ざしき童子のはなし』　宮沢賢治作, 伊勢英子絵　講談社　1985.11　29p　25×27cm（宮沢賢治どうわえほん 4）　1200円　①4-06-188184-1

『やまなし』　宮沢賢治作, はやしほじろう（林彦次郎）絵　ペンギン社　1985.11　1冊　27cm　1200円　①4-89274-038-1

『ふた子の星』　宮沢賢治作, 中谷千代子画　岩崎書店　1985.10　187p　18cm（フォア文庫）　390円　①4-265-01048-2

『ひのきとひなげし』　宮沢賢治著, 松本恭子絵　静雅堂　1985.9　94p　18cm（めるへん名作シリーズ）　980円
①4-915366-03-0

『オツベルと象』　宮沢賢治作, 三木由記子絵　講談社　1985.7　31p　25×27cm（宮沢賢治どうわえほん 3）　1200円
①4-06-188188-4

『注文の多い料理店』　宮沢賢治作, 池田浩彰絵　講談社　1985.7　31p　25×27cm（宮沢賢治どうわえほん 1）　1200円　①4-06-188182-5

『どんぐりと山ねこ』　宮沢賢治作, 徳田秀雄絵　講談社　1985.7　31p　25×27cm（宮沢賢治どうわえほん 2）　1200円　①4-06-188183-3

『なめとこ山の熊』　本橋英正画, 宮沢賢治作　草思社　1985.7　1冊　21×22cm　1300円　①4-7942-0225-3

『やまなし一画本宮沢賢治』　小林敏也画, 宮沢賢治作　パロル舎　1985.7　39p　31cm　1200円〈風濤社〉

『銀河鉄道の夜―宮沢賢治童話集3』　宮沢賢治著, 広瀬雅彦絵　講談社　1985.6　205p　18cm（講談社青い鳥文庫）　390円　①4-06-147173-2

『祭の晩』　宮沢賢治作, 玉井司絵　リブロポート　1985.6　1冊　26cm　980円
①4-8457-0191-X

『銀河鉄道の夜』　宮沢賢治著, 宇野亜喜良挿絵　朝日ソノラマ　1985.5　161p　22cm　1200円　①4-257-03195-6

『宮沢賢治童話劇集　2　ひかりの素足』
照井登久子脚色　花巻　花巻賢治子供の会　1985.4　279p　26cm　2500円
[目次] 土神と狐―野外劇.狼森と笊森、盗森.かしわばやしの夜.ひかりの素足.くねずみ

『風の又三郎―宮沢賢治童話集2』　宮沢賢治著, 広瀬雅彦絵　講談社　1985.3　221p　18cm（講談社青い鳥文庫）　390円　①4-06-147165-1

『銀河鉄道の夜―宮沢賢治童話集』　宮沢賢治著　偕成社　1985.3　232p　19cm（偕成社文庫）　450円　①4-03-651240-4

宮沢賢治

『注文の多い料理店―宮沢賢治童話集1』 宮沢賢治著, 広瀬雅彦絵　講談社 1985.1　211p　18cm（講談社青い鳥文庫）　390円　①4-06-147159-7

『雨ニモマケズ』　宮沢賢治著　ポプラ社 1984.12　189p　18cm（ポプラ社文庫）　390円　①4-591-01616-1

『グスコーブドリの伝記』　宮沢賢治作　ポプラ社　1984.11　181p　18cm（ポプラ社文庫）　390円　①4-591-01575-0

『ほらぐま学校を卒業した三人』　宮沢賢治著　ポプラ社　1984.11　189p　18cm（ポプラ社文庫）　390円　①4-591-01615-3

『よだかの星』　宮沢賢治作, 赤羽末吉画　岩崎書店　1984.10　175p　18cm（フォア文庫）　390円

『銀河鉄道の夜―画本宮沢賢治』　小林敏也画　パロル舎　1984.9　100p　31cm　1800円〈風濤社〉

『愛の童話集』　宮沢賢治作, 東逸子画　童心社　1984.7　95p　21cm　900円

『注文の多い料理店』　宮沢賢治作, 島田睦子絵　偕成社　1984.6　1冊　29cm（日本の童話名作選）　1400円　①4-03-963210-9

『宮沢賢治童話劇集　1　雁の童子』　照井登久子脚色　花巻　花巻賢治子供の会　1984.4　248p　26cm　2500円〈発売:芳文堂書店〉
　目次　雪わたり.カイロ団長.どんぐりと山猫.雁の童子.風の又三郎.蛙のゴム靴

『なめとこ山のくま』　榛葉莟子画, 宮沢賢治文　冨山房　1984.3　1冊　24×26cm　1000円　①4-572-00279-7

『注文の多い料理店』　宮沢賢治作, 味戸ケイコ画　岩崎書店　1983.11　183p　18cm（フォア文庫）　390円

『水仙月の四日』　C.W.ニコル, 谷川雁英訳, 高松次郎絵　安堵村（奈良県）　物語テープ出版　1983.10　31p　29cm（宮沢賢治没後50年記念シリーズ2）　6000円〈別冊:カセットテープ2本　欧文書名:The fourth of the Narcissus Month 十代の会〉

『猫の事務所―画本宮沢賢治』　小林敏也原画　パロル舎　1983.10　35p　31cm　1200円〈風濤社〉

『どんぐりと山猫』　C.W.ニコル, 谷川雁英訳, 李禹煥絵　安堵村（奈良県）　物語テープ出版　1983.8　31p　29cm（宮沢賢治没後50年記念シリーズ　1）　6000円〈別冊:カセットテープ2本　欧文書名:Acorns and wildcat 十代の会〉

『セロひきのゴーシュ』　宮沢賢治作, 太田大八画　岩崎書店　1983.5　207p　18cm（フォア文庫）　390円

『セロひきのゴーシュ』　茂田井武画, 宮沢賢治作　福音館書店　1983.3　56p　22cm（福音館創作童話シリーズ）　780円〈初刷:1966（昭和41）〉

『水仙月の四日』　赤羽末吉画, 宮沢賢治作　福音館書店　1983.1　1冊　22cm（福音館創作童話シリーズ）　1000円〈初刷:1969（昭和44）〉

『風の又三郎』　春日部たすく画　岩波書店　1982.12　330p　23cm（岩波の愛蔵版　4―宮沢賢治童話集1）　1600円〈解説:草野心平,恩田逸夫　初刷:1963（昭和38）図版〉
　目次　雪渡り〔ほか17編〕

『銀河鉄道の夜』　宮沢賢治著　ポプラ社　1982.12　212p　18cm（ポプラ社文庫）　390円

『風の又三郎』　宮沢賢治作, 深沢省三画　岩崎書店　1982.11　220p　18cm（フォア文庫）　390円

『風の又三郎』　宮沢賢治著　ポプラ社　1982.7　302p　20cm（アイドル・ブック　24―ジュニア文学名作選）　500円〈巻末:年譜　解説:堀尾青史　初刷:1971（昭和46）肖像:著者　図版（肖像）〉
　目次　鹿踊りのはじまり〔ほか12編〕

『セロ弾きのゴーシュ』　宮沢賢治作　岩波書店　1982.6　269p　18cm（岩波少年文庫　2059）　500円〈解説:瀬田貞二　初刷:1957（昭和32）〉
　目次　セロ弾きのゴーシュ〔ほか9編〕

子どもの本・日本の名作童話6000　267

宮沢賢治

『水仙月の四日』　宮沢賢治作, 鈴木靖将画　京都　サンブライト出版　1982.5　41p　22×28cm　1500円

『雪わたり』　宮沢賢治著, 堀内誠一画　福音館書店　1982.4　44p　22cm（福音館創作童話シリーズ）　1000円〈解説:瀬田貞二　初刷:1969（昭和44）〉

『注文の多い料理店』　宮沢賢治著　金の星社　1982.3　309p　20cm（日本の文学 26）　680円　④4-323-00806-6

『どんぐりと山猫』　藤泰隆画, 宮沢賢治著　あかね書房　1982.3　204p　22cm（日本児童文学名作選 4）　980円〈解説:堀尾青史　図版〉
目次　雪渡り〔ほか8編〕

『風の又三郎・よだかの星』　宮沢賢治作　旺文社　1981.12　248p　22cm（旺文社ジュニア図書館）　650円〈巻末:宮沢賢治年表, 参考文献　解説:滑川道夫〔ほか〕　叢書の編集:神宮輝夫〔ほか〕　初刷:1967（昭和42）〉
目次　風の又三郎〔ほか7編〕

『銀河鉄道の夜』　宮沢賢治作, 司修画　岩崎書店　1981.9　220p　18cm（フォア文庫）　390円

『銀河鉄道の夜』　春日部たすく画　岩波書店　1981.9　314p　23cm（岩波の愛蔵版 5―宮沢賢治童話集 2）　1400円〈解説:草野心平, 恩田逸夫　初刷:1963（昭和38）　図版〉
目次　やまなし〔ほか11編〕

『銀河鉄道の夜』　宮沢賢治作　新座　埼玉福祉会　1981.6　209p　31cm（Large print booksシリーズ）　4800円〈画:司修　原本:『新版・宮沢賢治童話全集11』（岩崎書店刊）　限定版〉
目次　グスコーブドリの伝記.雁の童子.銀河鉄道の夜. 作品案内　堀尾青史著

『セロ弾きのゴーシュ―宮沢賢治童話集』　偕成社　1981.2　195p　19cm（偕成社文庫 2019）　450円　④4-03-550190-5〈解説:恩田逸夫　初刷:1976（昭和51）〉
目次　どんぐりとやまねこ〔ほか12編〕

『どんぐりと山ねこ』　宮沢賢治著　大日本図書　1980.9　65p　22cm（子ども図書館）　750円〈解説:神宮輝夫　初刷:1968（昭和43）〉
目次　どんぐりと山ねこ, ちゅうもんの多い料理店, ほらくま学校を卒業した三人

『グスコーブドリの伝記―宮沢賢治童話集』　梶山俊夫絵　大阪　文研出版　1980.6　255p　23cm（文研児童読書館―日本名作 1）　860円〈解説:福田清人, 岡田純也　叢書の編集:石森延男〔ほか〕　初刷:1969（昭和44）　図版〉
目次　水仙月の四日〔ほか13編〕

『現代日本文学全集　6　宮沢賢治名作集』　宮沢賢治著　改訂版　偕成社　1980.4　306,〔1〕p　23cm　2300円〈編集:滑川道夫〔ほか〕　初版:1963（昭和38）　巻末:年譜, 現代日本文学年表　付:参考文献　解説:滑川道夫〔ほか〕　肖像・筆跡:著者〔ほか〕　図版（肖像, 筆跡を含む）〉
目次　どんぐりと山猫〔ほか13編〕

『セロひきのゴーシュ』　宮沢賢治作, おのきがく絵　岩崎書店　1979.6　110p　22cm（日本の幼年童話 2）　1100円〈解説:宮川源太郎　叢書の編集:菅忠道〔ほか〕　初刷:1972（昭和47）　図版〉
目次　どんぐりと山ねこ, 注文のおおい料理店, セロひきのゴーシュ

『宮沢賢治童話集　5』　宮沢賢治著　中央公論社　1979.6　29p　28×27cm　1800円〈監修:谷川徹三, 宮沢清六　初版:1971（昭和46）　解説:堀尾青史　別冊:レコード1枚〉
目次　水仙月の四日, よだかの星

『宮沢賢治童話集　4』　宮沢賢治画　中央公論社　1979.5　29p　28×27cm　1800円〈監修:谷川徹三, 宮沢清六　初版:1971（昭和46）　解説:堀尾青史　別冊:レコード1枚〉
目次　雪渡り, いちょうの実

『新版宮沢賢治童話全集　12　雨ニモマケズ』　岩崎書店　1979.4　222p　22cm　980円

『新版宮沢賢治童話全集　11　銀河鉄道の夜』　岩崎書店　1979.4　182p　22cm　980円

宮沢賢治

『宮沢賢治童話集 3』 宮沢賢治著 中央公論社 1979.4 29p 28×27cm 1800円〈監修:谷川徹三,宮沢清六 初版:1971〔昭和46〕解説:堀尾青史 別冊:レコード 1枚〉
目次 狼森と笊森,盗森,祭の晩

『新版宮沢賢治童話全集 10 ポラーノの広場』 岩崎書店 1979.3 190p 22cm 980円

『宮沢賢治童話集 2』 宮沢賢治著 中央公論社 1979.3 29p 28×27cm 1800円〈監修:谷川徹三,宮沢清六 初版:1971〔昭和46〕解説:堀尾青史 別冊:レコード1枚〉
目次 どんぐりと山猫,虔十公園林

『宮沢賢治童話集 1』 宮沢賢治著 中央公論社 1979.2 29p 28×27cm〈監修:谷川徹三,宮沢清六 初版:1971〔昭和46〕解説:堀尾青史 別冊:レコード 1枚〉
目次 オッペルと象,注文の多い料理店

『新版宮沢賢治童話全集 9 風の又三郎』 岩崎書店 1979.1 186p 22cm 980円

『新版宮沢賢治童話全集 8 セロひきのゴーシュ』 岩崎書店 1978.12 174p 22cm 980円

『新版宮沢賢治童話全集 7 オツベルと象』 岩崎書店 1978.11 161p 22cm 980円

『新版宮沢賢治童話全集 6 なめとこ山のくま』 岩崎書店 1978.9 158p 22cm 980円

『新版宮沢賢治童話全集 5 よだかの星』 岩崎書店 1978.8 157p 22cm 980円

『風の又三郎』 宮沢賢治著 ポプラ社 1978.7 213p 18cm（ポプラ社文庫） 390円

『新版宮沢賢治童話全集 4 注文の多い料理店』 岩崎書店 1978.7 158p 22cm 980円

『セロひきのゴーシュ』 宮沢賢治著 ポプラ社 1978.7 205p 18cm（ポプラ社文庫） 390円

『新版宮沢賢治童話全集 3 どんぐりと山ねこ』 岩崎書店 1978.6 158p 22cm 980円

『新版宮沢賢治童話全集 2 ふた子の星』 岩崎書店 1978.5 57p 22cm 980円

『新版宮沢賢治童話全集 1 ツェねずみ』 岩崎書店 1978.5 157p 22cm 980円

『注文の多い料理店』 宮沢賢治著 ポプラ社 1978.4 205p 18cm（ポプラ社文庫） 390円

『雪の童話集』 宮沢賢治作,佐藤昌美画 童心社 1978.4 94p 21cm（若い人の絵本） 900円

『風の又三郎』 宮沢賢治著 偕成社 1976.10 268p 19cm（偕成社文庫） 390円

『セロ弾きのゴーシュ』 宮沢賢治著 偕成社 1976.7 195p 19cm（偕成社文庫） 390円

『セロひきのゴーシュ』 宮沢賢治作,おのきがく絵 岩崎書店 1972 110p 22cm（日本の幼年童話 2）

『どんぐりと山猫』 宮沢賢治著,藤泰隆画 あかね書房 1972 204p 22cm（日本児童文学名作選 4）

『狼森と笊森、盗森・祭の晩』 宮沢賢治作 中央公論社 1971 29p 27×27cm（宮沢賢治童話集 3）〈レコードつき〉

『オッペルと象・注文の多い料理店』 宮沢賢治作 中央公論社 1971 29p 27×27cm（宮沢賢治童話集 1）〈レコードつき〉

『水仙月の四日・よだかの星』 宮沢賢治作 中央公論社 1971 29p 27×27cm（宮沢賢治童話集 5）〈レコードつき〉

『注文の多い料理店』 宮沢賢治文,朝倉摂絵 講談社 1971 40p 29cm（日本の名作）

『どんぐりと山猫・虔十公園林』 宮沢賢治作 中央公論社 1971 29p 27×27cm（宮沢賢治童話集 2）〈レコードつき〉

『雪渡り・いちょうの実』 宮沢賢治作 中央公論社 1971 29p 27×27cm（宮沢賢治童話集 4）〈レコードつき〉

宮沢賢治

『風の又三郎』　宮沢賢治作, 桂ゆき子絵　学習研究社　1969　249p　18cm（少年少女学研文庫 302）

『グスコーブドリの伝記』　宮沢賢治著　文研出版　1969　255p　23cm（文研児童読書館）

『水仙月の四日』　宮沢賢治作, 赤羽末吉画　福音館書店　1969　1冊　21cm

『宮沢賢治名作集』　宮沢賢治著, 遠藤てるよ絵　偕成社　1969　308p　23cm（少年少女現代日本文学全集 6）

『雪わたり』　宮沢賢治文, 堀内誠一画　福音館書店　1969　47p　21cm

『どんぐりと山ねこ』　宮沢賢治文, 谷内六郎絵　大日本図書　1968　65p　22cm（子ども図書館）

『風の又三郎』　宮沢賢治文, 久米宏一絵　ポプラ社　1967　302p　20cm（アイドル・ブックス 58）

『風の又三郎』　宮沢賢治文, 高橋忠弥絵　あかね書房　1967　214p　22cm（少年少女日本の文学 21）

『風の又三郎・よだかの星』　宮沢賢治文, 鈴木琢磨絵　旺文社　1967　248p　22cm（旺文社ジュニア図書館カラー版 1）

『セロひきのゴーシュ』　宮沢賢治文, 茂田井武絵　福音館書店　1966　56p　21cm

『風の又三郎』　宮沢賢治文, 司修絵　偕成社　1965　178p　23cm（新日本児童文学選 1）

『風の又三郎・なめとこ山のくま』　宮沢賢治文, 富永秀夫等絵　岩崎書店　1965　301p　22cm（宮沢賢治童話名作集 2）

『銀河鉄道の夜』　宮沢賢治文, 福田庄助絵　あかね書房　1965　242p　22cm（日本童話名作選集 14）

『銀河鉄道の夜・セロ弾きのゴーシュ』　宮沢賢治文, 桜井誠等絵　岩崎書店　1965　293p　22cm（宮沢賢治童話名作集 1）

『グスコーブドリの伝記・注文の多い料理店』　宮沢賢治文, 富永秀夫等絵　岩崎書店　1965　301p　22cm（宮沢賢治童話名作集 3）

『宮沢賢治名作集　続』　宮沢賢治作, 司修絵　偕成社　1965　310p　23cm（少年少女現代日本文学全集 35）

『雨ニモマケズ』　宮沢賢治文, 野々口重絵　岩崎書店　1964　319p　22cm（宮沢賢治童話全集 7）

『イーハトーブの童話集』　宮沢賢治文, 油野誠一絵　岩崎書店　1964　256p　22cm（宮沢賢治童話全集 3）

『イーハトーブの民話集』　宮沢賢治文, 赤羽末吉絵　岩崎書店　1964　244p　22cm（宮沢賢治童話全集 5）

『風とわらしの童話集』　宮沢賢治文, 深沢紅子絵　岩崎書店　1964　252p　22cm（宮沢賢治童話全集 4）

『銀河鉄道の童話集』　宮沢賢治文, 安井淡絵　岩崎書店　1964　252p　22cm（宮沢賢治童話全集 6）

『動物学校の童話集』　宮沢賢治文, 富永秀夫絵　岩崎書店　1964　216p　22cm（宮沢賢治童話全集 2）

『花と鳥の童話集』　宮沢賢治文, 桜井誠絵　岩崎書店　1964　219p　22cm（宮沢賢治童話全集 1）

『風の又三郎』　宮沢賢治文, 春日部たすく絵　岩波書店　1963　330p　23cm（宮沢賢治童話集 1）

『銀河鉄道の夜』　宮沢賢治文, 春日部たすく絵　岩波書店　1963　314p　23cm（宮沢賢治童話集 2）

『宮沢賢治名作集』　宮沢賢治文, 遠藤てるよ絵　偕成社　1963　308p　23cm（少年少女現代日本文学全集 16）

『銀河鉄道の夜』　宮沢賢治文, 福田庄助絵　三十書房　1962　242p　22cm（日本童話名作選集 14）

『セロひきのゴーシュー宮沢賢治童話集』　宮沢賢治作, 遠藤てるよ絵　偕成社　1962　240p　23cm（日本児童文学全集 10）

『宮沢賢治集』　宮沢賢治文, 富永秀夫等絵　講談社　1962　406p　23cm（少年少女日本文学全集 10）

『宮沢賢治集』　宮沢賢治文　東西五月社　1960　189p　22cm（少年少女日本文学名作全集 14）

『宮沢賢治集　続』　宮沢賢治作, 市川禎男絵　ポプラ社　1960　304p　22cm（新日本少年少女文学全集 38）

『くもとなめくじとたぬき』　宮沢賢治文, 箕田源二郎絵　麦書房　1958　30p　21cm（雨の日文庫 第4集15）

『未明・賢治・譲治・広介日本名作童話集』　小川未明, 宮沢賢治, 坪田譲治, 浜田広介著, 久米宏一等絵　東光出版社　1958　522p　19cm

『宮沢賢治集』　宮沢賢治作, 須田寿絵　ポプラ社　1958　302p　22cm（新日本少年少女文学全集 24）

『宮沢賢治童話宝玉集』　宮沢賢治文　宝文館　1958　3冊　22cm
[目次]初級用 159p 渡辺鳩太郎絵, 中級用 167p 早坂信絵, 上級用 172p 富永秀夫絵

『セロ弾きのゴーシュ』　宮沢賢治文, 由良玲吉絵　岩波書店　1957　269p　18cm（岩波少年文庫 152）

『学校放送劇集』　宮沢賢治原作, 平野直編, 出開未千子絵　宝文館　1956　311p　19cm

『宮沢賢治名作集』　宮沢賢治文, 串田孫一編, 福田豊四郎絵　あかね書房　1956　239p　22cm（少年少女日本文学選集 10）

『風の又三郎』　宮沢賢治文, 中尾彰絵　河出書房　1955　161p　17cm（ロビン・ブックス 1）

『鈴木三重吉・宮沢賢治集』　鈴木三重吉, 宮沢賢治文, 久松潜一等編　東西文明社　1955　249p　22cm（少年少女のための現代日本文学全集 12）

『宮沢賢治集』　宮沢賢治文, 馬場正男編　新紀元社　1955　267p　18cm（中学生文学全集 15）

『風の又三郎』　宮沢賢治文, 脇田和絵　光文社　1954　235p　19cm

『セロひきのゴーシュー現代日本童話』　宮沢賢治文, 堀文子絵　講談社　1954　176p　22cm（世界名作童話全集 50）

『風の又三郎』　宮沢賢治著, 岩崎鐸絵　筑摩書房　1953　153p　22cm（小学生全集 35）

『銀河鉄道の夜』　宮沢賢治文, 鈴木信太郎絵　三十書房　1953　206p　22cm（日本童話名作選集）

『日本児童文学全集　4　童話篇 4』　宮沢賢治, 浜田広介, 坪田譲治作　河出書房　1953　354p　22cm
[目次]宮沢賢治集 浜田広介集 坪田譲治集

『セロひきのゴーシュ』　宮沢賢治文, 茂田井武絵　東洋書館　1952　224p　19cm

『宮沢賢治選』　宮沢賢治著, 唐木順三編, 初山滋絵　筑摩書房　1951　169p　19cm（中学生全集 41）

宮沢　章二
みやざわ・しょうじ
《1919～》

『知らない子』　宮沢章二詩, 駒宮録郎絵　国土社　2003.1　77p　25×22cm（現代日本童謡詩全集 10）　1600円
①4-337-24760-2
[目次]知らない子, うめの花, めっめっめっ, ひばりのかあさん, はるをつまんで, ちょうちょとハンカチ, くうき, 子ぐまが二ひき, いいのにね, おたまじゃくしはなかないね〔ほか〕

『知らない子』　宮沢章二詩, 駒宮録郎絵　国土社　1982.7　78p　21cm（国土社の詩の本 11）　950円　①4-337-00511-0
〈初刷:1975（昭和50）〉

『少年少女世界名作全集　28　グリム名作集』　グリム原作, 宮沢章二文, 川上越子絵　主婦の友社　1977　147p　22cm　390円

『知らない子』　宮沢章二詩, 駒宮録郎絵　国土社　1975　77p　21cm（国土社の詩の本 11）

『ジャングル・ブック』　キップリング原作, 宮沢章二文, 吉井忠絵　世界文化社　1972　83p　27cm（少年少女世界の名作 7）

宮脇　紀雄
みやわき・としお
《1907〜1986》

『小公女』　フランシス・ホジスン・バーネット作, 宮脇紀雄文　新装改訂版　ポプラ社　2003.10　198p　18cm（世界の名作文庫）　600円　①4-591-07886-8
[内容] インドで裕福な家に生まれたセーラは、ロンドンの寄宿学校へ入学します。しかし、最愛の父の死をきっかけに、一夜にして屋根裏部屋でくらす生活になってしまいます。それでも優しさと気高さを失わずに生きる彼女の前に、ある日一人の紳士があらわれます…。心の優しさをうしなわず、誇り高く生きる少女セーラ、感動の物語。親子で読みたい、永遠の名作。

『おおかみと7ひきのこやぎ』　グリムさく, 宮脇紀雄ぶん, 井坂純子え　金の星社　1996.8　77p　22cm（アニメせかいの名作 4）　1100円　①4-323-02644-7

『竹取物語』　宮脇紀雄文　ぎょうせい　1995.2　190p　22cm（新装少年少女世界名作全集 42）　1300円　①4-324-04369-8〈新装版〉

『やじきた東海道の旅』　宮脇紀雄文, 山口みねやす絵　小峰書店　1991.10　238p　18cm（てのり文庫）　580円　①4-338-07924-X
[目次] やじきた東海道の旅（ふたりののんきもの, げたばきぶろ, 道づれはごまのはい, よくばりぞん, けんかとろろ汁, いなかおやじ, ふたりのあんまさん, ゆうれいとヘビ, キツネの宿, はしらのぬけあな, 富くじおおあたり）, 諸国ばなし（しょうじき者の金ひろい, たからもののたいこ, あわない計算, うますぎる話, ふしぎな足音, 八じょうじきのハスの葉, 家のたからの名刀, 無実のざいにん）
[内容] この本は、弥次さん北さんが、江戸から大阪まで、失敗ばかりしながら旅をする、十返舎一九の「東海道中膝栗毛」と、井原西鶴の「西鶴諸国噺」を、少年少女むけに書きあらためたものです。

『少年風の中をいく』　宮脇紀雄作, 北島新平絵　国土社　1984.11　146p　23cm（国土社の新創作童話）　980円　①4-337-13304-6

『ねむりのもりのおひめさま』　ペローさく, 宮脇紀雄ぶん, 岡田昌子え　金の星社　1984.3　76p　22cm（せかいの名作ぶんこ）　580円　①4-323-00642-X

『ゴロくんとキイちゃん』　宮脇紀雄作, 伊藤悌夫絵　ひさかたチャイルド　1984.2　77p　22cm（ひさかた童話館）　800円　①4-89325-360-3

『くずの中のふえ』　宮脇紀雄作, 平井貴子絵　ひさかたチャイルド　1983.4　77p　22cm（ひさかた童話館）　800円　①4-89325-351-4

『おじいちゃんにヒョーショージョー』　宮脇紀雄作, 井口文秀絵　金の星社　1983.2　76p　22cm（新・創作えぶんこ）　880円　①4-323-00417-6

『竹取物語』　宮脇紀雄文, 水四澄子絵　ぎょうせい　1982.5　190p　22cm（少年少女世界名作全集 42）　1200円〈巻末:参照文献　解説:宮脇紀雄　図版〉

『山っ子きつねっ子』　宮脇紀雄文, 北島新平絵　小峰書店　1982.1　103p　22cm（こみね創作童話）　950円　①4-338-01927-1

『あめの日かぜの日』　宮脇紀雄作, 井口文秀画　岩崎書店　1981.11　78p　21cm（岩崎小学生文庫）　880円

『夕日が赤い一童話集』　宮脇紀雄著, 吉田翠画　日常出版　1981.9　158p　22cm　1000円

『日本の民話』　宮脇紀雄著, 太賀正絵　大阪　文研出版　1980.11　270p　23cm（文研児童読書館—日本名作 7）　860円〈解説:宮脇紀雄, 福田清人　叢書の編集:石森延男〔ほか〕　初刷:1970（昭和45）　図版〉
[目次] つるの織物〔ほか43編〕

宮脇紀雄

『アリババと四十人のとうぞく』　やぐる
ますずし（矢車涼）え，みやわきとしお
（宮脇紀雄）ぶん　旺文社　1980.5　108p
22cm（旺文社ジュニア図書館）　600円
〈解説:宮脇紀雄,赤坂包夫　叢書の編集:神
宮輝夫〔ほか〕　初刷:1970（昭和45））〉

『かきの木いっぽんみが三つ』　宮脇紀雄
作,村上豊絵　金の星社　1979.11　70p
22cm（新・創作えぶんこ）　850円

『若草物語』　オルコット作,宮脇紀雄文
ポプラ社　1979.10　214p　18cm（ポプ
ラ社文庫）　390円

『ふるさとのはなし　9　山陽・中国地方』
宮脇紀雄著　さ・え・ら書房　1979.6
280p　23cm　980円〈監修:浜田広介　初
刷:1966（昭和41）図版〉
|目次| たからのげた〔ほか30編〕

『ふるさとのはなし　8　山陰地方』　宮
脇紀雄著　さ・え・ら書房　1979.4
280p　23cm　980円〈監修:浜田広介　初
刷:1966（昭和41）宮脇紀雄著　巻末:文献
図版〉
|目次| 山の背くらべ〔ほか31編〕

『小公女』　バーネット作,宮脇紀雄文
ポプラ社　1978.10　198p　18cm（ポプ
ラ社文庫）　390円

『おおかみと7ひきのこやぎ』　グリムさ
く,宮脇紀雄ぶん,田沢梨枝子え　金の星
社　1978.5　77p　22cm（せかいの名作
ぶんこ）　580円

『おこんばんはたぬき』　宮脇紀雄著,黒
崎義介絵　小学館　1977.9　43p　21cm
（小学館の創作民話シリーズ 14）　380円

『おいもころころ』　みやわきとしおぶん
ポプラ社　1977.2　42p　27cm（おはな
し文庫）　580円

『ねこの名はヘイ』　宮脇紀雄作,小林与
志絵　国土社　1977.1　72p　23cm（国
土社の創作どうわ 3）　850円

『きっちょむさん』　宮脇紀雄著　ポプラ
社　1976.12　44p　30cm（おはなし文庫
11）　580円

『母と子の日本の民話　10　かっぱのきず
ぐすり』　宮脇紀雄著　集英社　1976.11
158p　22cm　480円

『ねこの名はヘイ』　宮脇紀雄作,小林与
志絵　国土社　1976.2　72p　26cm（創
作どうわ 3）　850円

『きつねのさいばん』　ゲーテ原作,宮脇
紀雄文,帆足次郎絵　ポプラ社　1974
122p　22cm（幼年童話 4）

『ししん子けん』　みやわきとしおぶん,
いぐちぶんしゅうえ　旺文社　1974
103p　22cm（旺文社ジュニア図書館）

『とんちばなし』　宮脇紀雄文,水田雄壱
絵　偕成社　1973　176p　23cm（幼年
版民話シリーズ 6）

『おんがえしばなし』　宮脇紀雄文,上矢
津絵　偕成社　1972　176p　23cm（幼
年版民話シリーズ 3）

『なくなみそっちょ』　宮脇紀雄文,箕田源
二郎絵　ポプラ社　1972　128p　22cm
（ポプラ社の創作文庫 1）

『日本わらいばなし』　宮脇紀雄文,幅一
夫絵　偕成社　1972　144p　23cm（こ
ども絵文庫 28）

『母をたずねて』　アミーチス作,宮脇紀
雄文,中山正美絵　金の星社　1972
157p　22cm（子ども世界の名作 3）

『ふしぎの国のアリス』　宮脇紀雄文,城
倉好子絵　ポプラ社　1972　126p
24cm（カラー版世界の名作 12）

『三びきのこぶた』　みやわきとしおぶん,
なかむらまさあきえ　ポプラ社　1971
60p　24cm

『日本の民話』　宮脇紀雄著,太賀正絵
文研出版　1971　270p　23cm（文研児
童読書館）

『ふしぎなランプ』　宮脇紀雄文,若菜珪
絵　偕成社　1971　144p　23cm（こど
も絵文庫 20）

『アリババと四十人のとうぞく』　みや
わきとしおぶん,やぐるますずしえ　旺文
社　1970　108p　22cm（旺文社ジュニ
ア図書館）

『山のおんごく物語』　宮脇紀雄文,片寄
みつぐ絵　講談社　1969　238p　22cm

宮脇紀雄

『きつねのさいばん』　ゲーテ原作, 宮脇紀雄文, 帆足次郎絵　ポプラ社　1968　122p　22cm（幼年名作童話 2）

『せむしの子うま』　柴野民三, 宮脇紀雄, 森下大作文, 滝原章助等絵　講談社　1968　80p　27cm（世界の名作童話 11）

『ロビンソン漂流記』　デフォー原作, 宮脇紀雄文, 佐伯英二絵　集英社　1968　155p　22cm（少年少女世界の名作 21）

『アラビアンナイト集』　宮脇紀雄, 土家由岐雄文, 滝原章助等絵　講談社　1967　84p　27cm（世界の名作童話 4）

『ふるさとのはなし　8　山陰地方』　宮脇紀雄文, 太賀正絵　さ・え・ら書房　1967　280p　23cm

『たから島』　スチーブンソン作, 宮脇紀雄文, 小林与志絵　集英社　1966　164p　21cm（母と子の名作文学 2）

『ふるさとのはなし　9　山陽・四国地方』　宮脇紀雄文, 井口文秀絵　さ・え・ら書房　1966　280p　23cm

『はくちょうのおうじ』　アンデルセン作, 宮脇紀雄文, 富永秀夫絵　集英社　1965　164p　22cm（母と子の名作童話 2）

『ひらかなトルストイどうわ』　トルストイ原作, 宮脇紀雄著, 大石哲路絵　金の星社　1964　202p　22cm（ひらかな文庫）

『ひらかな童話集』　宮脇紀雄文, 池田仙三郎絵　金の星社　1963　198p　22cm

『水の子トム』　キングスレイ原作, 宮脇紀雄文, 若菜珪絵　小学館　1963　188p　23cm（幼年世界名作文学全集 12）

『三びきのこぶた』　ラング原作, 宮脇紀雄文, くぼまさお絵　ポプラ社　1962　60p　27cm（おはなし文庫 37）

『ゆかわひでき』　宮脇紀雄文, みずのじろう絵　ポプラ社　1962　60p　27cm（おはなし文庫 42）

『わしのおんがえし』　イソップ原作, 宮脇紀雄文, 久保雅男絵　ポプラ社　1962　60p　27cm（おはなし文庫 12）

『ねむりの森のお姫さま』　グリム原作, 宮脇紀雄文, 依光隆絵　金の星社　1960　198p　22cm（グリム名作集 3）

『れきしの光』　宮脇紀雄文, 石井健之絵　偕成社　1960　162p　22cm（なかよし絵文庫 53）

『シンドバットのぼうけん―アラビアンナイト物語』　宮脇紀雄著, 渡辺鳩太郎絵　東光出版社　1959　140p　22cm

『お話の宝庫―たのしい世界童話』　宮脇紀雄文, 太賀正絵　東光出版社　1958　472p　19cm

『太閤記』　宮脇紀雄文, 木俣清史絵　集英社　1958　154p　22cm（少年少女物語文庫 14）

『ふしぎなランプ』　宮脇紀雄文, 花野原芳明絵　偕成社　1958　164p　22cm（なかよし絵文庫 34）

『山かげの石』　宮脇紀雄文, 太賀正絵　東光出版社　1958　157p　19cm

『大江山のおに』　宮脇紀雄文, 立野保之介絵　偕成社　1957　166p　22cm（なかよし絵文庫 12）

『せむしの子うま』　エルショーフ原作, 宮脇紀雄著, 丸木俊子絵　実業之日本社　1957　160p　22cm（名作絵文庫 2年生）

『アリババのぼうけん』　宮脇紀雄文, 高畠華宵等絵　小学館　1955　116p　22cm（小学館の幼年文庫 25）

『あかるい童話　2年生』　宮脇紀雄著, 沢井一三郎絵　鶴書房　1954　174p　19cm

『悲しき歌姫』　宮脇紀雄文, 渡辺郁子絵　ポプラ社　1954　286p　19cm

『さすらいの乙女』　宮脇紀雄文, 花村武絵　ポプラ社　1954　268p　19cm

『母恋人形』　宮脇紀雄文　ポプラ社　1954　292p　19cm

『ひらかなトルストイどうわ』　トルストイ原作, 宮脇紀雄著, 大石哲路絵　金の星社　1954　202p　22cm

『アラビヤンナイト―ひらがなどうわ』　宮脇紀雄著, まえたにこれみつ絵　同和春秋社　1953　232p　19cm

『たのしい童話の国―3年生』　宮脇紀雄文, にしおよしつむ絵　同和春秋社　1953　199p　19cm

『ピノチオ』　コロディ原作, みやわきとしお著, おおはしやよい絵　同和春秋社　1952　207p　19cm

『子うさぎミミイー2年生どうわ』　宮脇紀雄文, 大石哲路絵　金の星社　1951　183p　19cm

三好　松洛
みよし・しょうらく
《生没年不詳（18世紀）》

『橋本治・岡田嘉夫の歌舞伎絵巻　1　仮名手本忠臣蔵』　竹田出雲, 三好松洛, 並木千柳原作, 橋本治文, 岡田嘉夫絵　ポプラ社　2003.10　1冊　25×26cm　1600円
①4-591-07445-5

『寺小屋―菅原伝授手習鑑』　竹田出雲, 並木千柳, 三好松洛著, 河竹繁俊編著　同和春秋社　1955　223p　19cm（少年読物文庫）

椋　鳩十
むく・はとじゅう
《1905～1987》

『クロのひみつ』　椋鳩十作, 鈴木義治画　ポプラ社　2003.7　61p　24×20cm（カラー版創作えばなし 14）　1200円
①4-591-07820-5
内容　松本深志高校の名物犬クロは, 夕方になると桜の木の根元に腹ばいになり, 中央アルプスの峰をじっと見ている…。ふしぎに思って掘りおこしてみると, そこにはクロの宝ものが。ボロボロのズックにこめられたクロの思いとは。低学年から。

『カワウソの海』　椋鳩十原作, 大石好文構成・文　理論社　2001.1　94p　22cm（椋鳩十の動物アニメ絵本）　1200円
①4-652-02032-5

『白いサメ』　椋鳩十原作, 大石好文構成・文　理論社　2000.12　94p　21cm（椋鳩十の動物アニメ絵本）　1200円
①4-652-02031-7
内容　鹿児島から南, 海上250キロに浮かぶ宝島―。昭和27年ごろまでの島の暮らしは, サメ狩りでささえられていました。ところが, もっともサメの集まる年にかぎって怪物があらわれるのでした。"魔の魚"と呼ばれ, 村人からおそれられている白いサメです。これまで何人もの勇敢な漁師たちが, この身長5メートルもある大ザメにいどみ, 犠牲になりました。幼なじみの太郎と春吉, 二人の少年の父親もそうです。"魔の魚"がいたのでは, 漁になりません。ごうをにやした網元は, 賞金をかけましたが, だれも応じる者はありません。腕に自信のある春吉が, こっそり舟を出しました。急いで後を追う太郎…。二人は競って挑戦しましたが, 老巧な白いサメは, 尾にロープをかけたまま, 大海へにげだします！サメにひかれて, あらしの中を, どこまでもよっていく二人の小舟―。その先にいったい, どんなドラマが…？椋鳩十作品の中では異色の好編です。

『黒いギャング』　椋鳩十原作, 大石好文構成・文　理論社　2000.11　94p　21cm（椋鳩十の動物アニメ絵本）　1200円
①4-652-02030-9
内容　村人から"黒いギャング"と呼ばれ, おそれられているカラス―。その大群が, 今日も村里をおそいました。パイナップル畑をあらされ, にくしみにこぶしをふり上げる少年健太。ヒナをさらわれて, 泣きさけぶ少女の悠子。にくんでも, にくみきれないカラスどもの横暴！村人の怒りをせおそうと, 猟銃を肩に森に入った狩人の房吉。その房吉の見たものは, 餌場争いに血を流す, 動物たちの死闘でした。人間によって森を伐られ, 道路がはりめぐらされ, 追いやられた場所で生き残るためには, サルもシカもイノシシも, 戦いつづけなければならないのです。カラスだって, 例外ではありません。にくみ合い, 傷つけ合い, 血を流し合って守る"いのち"とは, いったい何なのでしょうか…。屋久島の大自然を舞台に"いのち"のドラマが, 優しく語られていきます。

『山の太郎グマ』　椋鳩十原作, 大石好文構成・文　理論社　2000.10　102p　22cm（椋鳩十の動物アニメ絵本）　1200円　①4-652-02029-5

『山へ帰る』　椋鳩十原作, 大石好文構成・文　理論社　2000.9　94p　22cm（椋鳩十の動物アニメ絵本）　1200円
①4-652-02028-7

椋鳩十

『片耳の大シカ』　椋鳩十原作, 大石好文構成・文　理論社　2000.8　93p　22cm（椋鳩十の動物アニメ絵本）　1200円
①4-652-02027-9
[内容] シカの群れをひきいる大シカは、"片耳の大シカ"とよばれ、村の猟師たちみんながつけねらう、最強の獲物です。"片耳"を倒すことのできる猟師こそ、村一番の猟師なのだ！ーそう信じる吉助・和宏親子と猟師仲間の次郎吉は、その日も、競って山へ入っていきました。めざすシカの群れと出会い、四匹の猟犬は勇かんに戦いをいどみますが、"片耳"のするどい角にかかっては、ひとたまりもありません！おりから、急変した山の天気は、暗黒の空から強風と雷雨をたたきつけ、こおりつくような寒さが三人をおそいます。ようやく洞穴にもぐりこんだ三人は、暗闇になれてきた目で、まわりを見まわしました。「ああーっ！」洞穴のおくに、ギラギラした目がいくつも光っているのです！…屋久島の大自然を背景に、肩を寄せあって生きぬく動物たちの生態を、共感をもってえがいた作品です。

『山の大将』　椋鳩十原作, 大石好文構成・文　理論社　2000.6　108p　22cm（椋鳩十の動物アニメ絵本）　1200円
①4-652-02026-0

『金色の足あと』　椋鳩十原作, 大石好文構成・文　理論社　2000.5　86p　22cm（椋鳩十の動物アニメ絵本）　1200円
①4-652-02025-2

『椋鳩十まるごとシカ物語』　椋鳩十作, 町和生画　理論社　1999.10　150p　18cm（フォア文庫 B225）　560円
①4-652-07439-5〈「椋鳩十のシカ物語」（平成8年刊）の改題〉
[目次] 子ジカほしたろう, 島のシカたち, 山のえらぶつ, 底なし谷のカモシカ, たたかうカモシカ, 片耳の大シカ, 森の中のシカ, 森の住人
[内容] ぼくはシカ狩りの名人・吉助おじさんにさそわれ、屋久島の山に入ります。千メートル以上の山々がならびたつそこは、サルとシカの天国のような島でした。と、そこへ十二、三頭のむれをしたがえ、ブドウ色の美しい目をした片耳の大シカがあらわれます。…代表作「片耳の大シカ」など椋鳩十の動物文学八編を収録。小学校中・高学年向き。

『椋鳩十まるごと野犬物語』　椋鳩十作, 末崎茂樹画　理論社　1998.10　180p　18cm（フォア文庫 B209）　560円
①4-652-07433-6
[目次] 丘の野犬, 野犬ハヤ（佐々木さんの話）, 消えた野犬
[内容] 本書には、椋鳩十の動物文学の三編が収録されています。あるとき、狩人の佐々木さんのシカわなに野犬がかかります。少年太郎はこの野犬にハヤと名をつけます。人間になつかず、おとなでも飼いならすことのむずかしい野犬です。ハヤは、はじめて人間のやさしさにふれ、太郎にだんだん心をゆるすようになり、ふたりはやがて深い友情でむすばれていきます。小学校中・高学年向き。

『片耳の大鹿』　椋鳩十著　全国学校図書館協議会　1997.7　19p　21cm（集団読書テキスト A5）　126円
①4-7933-7005-5〈年譜あり〉

『椋鳩十まるごと愛犬物語』　椋鳩十作, 中釜浩一郎画　理論社　1997.7　181p　18cm（フォア文庫 B187）　560円
①4-652-07428-X
[目次] 弱い犬, クロのひみつ, 犬よぶ口笛（佐々木さんの話）, 熊野犬, 愛犬カヤ, 遠山犬トラ, トラの最後, 犬太郎物語, 解説（久保田喬彦著）
[内容] 本書には、椋鳩十の動物文学の八編が収録されています。少年太郎と愛犬クロの楽しい日々に、突然の別れがきます。しかし、放浪してのら犬になっても、なお強く結ばれていく「クロのひみつ」。家族のなかで愛される子犬マヤは、美しくたくましい犬に成長し、波乱の生涯をたどる「熊野犬」。物語からは、犬と人間との友愛が深くつたわってきます。

『椋鳩十まるごと名犬物語』　椋鳩十作, 中川大輔画　理論社　1997.1　179p　18cm（フォア文庫 B182）　550円
①4-652-07426-3
[目次] 犬塚, 名犬（佐々木さんの話）, 黒ものがたり, アルプスの猛犬, 太郎とクロ
[内容] 本書には、椋鳩十の動物文学の五編が収録されています。狩人の清どんにひろわれた子犬のアカが、やがてイノシシ狩りの名犬に成長する「犬塚」。十五歳の少年三吉は、灰坊太郎と名づけた山犬の子をそだてます。野性の山犬と少年とのかたい友情を描いた「アルプスの猛犬」…。物語からは、犬と人間との友愛が深く、そして厳しくせまってきます。

『椋鳩十のキツネ物語』　椋鳩十作, 菅輝男画　理論社　1996.4　229p　21cm（椋鳩十まるごと動物ものがたり6）　1500円　①4-652-02266-2
目次 赤い足あと, ヤタギツネの親子, 消えたキツネ, ちょこまかギツネ鳴きギツネ, 赤ギツネ青ギツネ, 金色の足あと

『椋鳩十の野犬物語』　椋鳩十作, 末崎茂樹画　理論社　1996.4　237p　21cm（椋鳩十まるごと動物ものがたり3）　1500円　①4-652-02263-8
目次 丘の野犬, 野犬ハヤ（佐々木さんの話）, 消えた野犬

『マヤの一生―アニメ版』　椋鳩十原作, 加藤伸代文, 虫プロダクションアニメ画　大日本図書　1996.3　126p　22cm　1300円　①4-477-00681-0
内容 もっといっしょにいたかったのに…。心をゆさぶる愛と感動の物語。椋鳩十文学の最高傑作。

『チビザル兄弟』　椋鳩十作, 関屋敏隆絵　学習研究社　1996.2　205p　18cm（てのり文庫図書館版3）　1000円　①4-05-200693-3

『椋鳩十の小鳥物語』　椋鳩十作, 根来由美画　理論社　1996.2　211p　21cm（椋鳩十まるごと動物ものがたり12）　1500円　①4-652-02272-7

『椋鳩十のサル物語』　椋鳩十作, 多田ヒロシ画　理論社　1996.2　221p　21cm（椋鳩十まるごと動物ものがたり9）　1500円　①4-652-02269-7

『椋鳩十のシカ物語』　椋鳩十作, 町和生画　理論社　1996.1　195p　21cm（椋鳩十まるごと動物ものがたり8）　1500円　①4-652-02268-9
目次 子ジカほしたろう, 島のシカたち, 山のえらぶつ, 底なし谷のカモシカ, たたかうカモシカ, 片耳の大シカ, 森の中のシカ, 森の住人

『椋鳩十のネコ物語』　椋鳩十作, 宮沢英子画　理論社　1996.1　221p　21cm（椋鳩十まるごと動物ものがたり4）　1500円　①4-652-02264-6
目次 のらネコ コマ子, みけの病気, ネコ物語, 屋根うらのネコ, ネコの話, ヤマネコ, ゆかいな七ひきのネコ, りかとネコのアン, のらネコの記

『椋鳩十の愛犬物語』　椋鳩十作, 中釜浩一郎画　理論社　1995.11　221p　21cm（椋鳩十まるごと動物ものがたり2）　1500円　①4-652-02262-X
目次 弱い犬, クロのひみつ, 犬よぶ口笛, 熊野犬, 愛犬カヤ, 遠山犬トラ, トラの最後, 犬太郎物語

『椋鳩十の小動物物語』　椋鳩十作, 新田直子画　理論社　1995.11　213p　21cm（椋鳩十まるごと動物ものがたり10）　1500円　①4-652-02270-0
目次 金色の川, 暗い土の中でおこなわれたこと, ふるす, 三本足のイタチ, クマバチそうどう, 三千院のアナグマ, アマミノクロウサギ, ハブ物語

『椋鳩十のクマ物語』　椋鳩十作, 菅輝男画　理論社　1995.9　221p　21cm（椋鳩十まるごと動物ものがたり5）　1500円　①4-652-02265-4

『椋鳩十の野鳥物語』　椋鳩十作, 小泉澄夫画　理論社　1995.9　221p　21cm（椋鳩十まるごと動物ものがたり11）　1500円　①4-652-02271-9

『椋鳩十のイノシシ物語』　椋鳩十作, おぽまこと画　理論社　1995.8　213p　21cm（椋鳩十まるごと動物ものがたり7）　1500円　①4-652-02267-0
目次 においとうげ, 山イモをほるイノシシ, コガキの木にまつわる話, 手おいジシ, イノシシのねぐら, 片目のシシ, 命びろいしたウリンボウ, 栗野岳の主, イノシシの女王, のらあらし, イノシシの谷

『椋鳩十の名犬物語』　椋鳩十作, 中川大輔画　理論社　1995.8　219p　21cm（椋鳩十まるごと動物ものがたり1）　1500円　①4-652-02261-1
目次 犬塚, 名犬 佐々木さんの話, 黒ものがたり, アルプスの猛犬, 太郎とクロ

『月の輪ぐま』　椋鳩十作, 村井宗二絵　岩崎書店　1995.4　85p　22cm（日本の名作童話4）　1500円　①4-265-03754-2

『金色の足あと』　椋鳩十作, 多田ヒロシ絵　理論社　1995.3　125p　21cm（椋鳩十学年別童話―5年生の童話1）　1200円　①4-652-02251-4
目次 月の輪グマ, 底なし谷のカモシカ, 森の王者, サルものがたり, 金色の足あと

椋鳩十

『黒ものがたり』　椋鳩十作, 中釜浩一郎絵　理論社　1995.3　125p　21cm（椋鳩十学年別童話―5年生の童話 2）　1200円　①4-652-02252-2
目次　黒ものがたり, ネコの話, 片足の母スズメ, 羽のある友だち, ツル帰る, ふるす

『屋根裏のネコ』　椋鳩十作, おほまこと絵　理論社　1995.3　132p　21cm（椋鳩十学年別童話―6年生の童話 2）　1200円　①4-652-02254-9
目次　熊野犬, 屋根裏のネコ, カイツブリ万歳, 白いオウム, キジと山バト, 白いサメ

『山の太郎グマ』　椋鳩十作, 小泉澄夫絵　理論社　1995.3　133p　21cm（椋鳩十学年別童話―6年生の童話 1）　1200円　①4-652-02253-0
目次　山の太郎グマ, 栗野岳の主, 山のえらぶつ, 野生のさけび声, 山へ帰る

『白いなみ白いなみイルカが行く』　椋鳩十作, 清水崑絵　改訂　フレーベル館　1991.9　102p　23cm（創作どうわライブラリー 6）　1200円　①4-577-00776-2
内容　イルカは, なかまどうしで, はなすことばを, たくさんもっているということです。にんげんのつぎに, りこうないきものだともいわれています。そのイルカが, とらえられて, すいぞくかんでみせものにされたのです。イルカは, どんなことをかんがえたでしょうか。

『おかの野犬』　椋鳩十著　小峰書店　1991.3　110p　22cm（椋鳩十動物童話集 第13巻）　1080円　①4-338-09313-7
内容　鹿児島県の南, コシキ島にすむ野犬のアカは, ニワトリどろぼうのつみをきせられ, 殺されることになってしまったのです。「アカ, かわいそうなアカ。こんなことになるのだったら, おかの畑の野犬は, 野犬のままで, そっとしておけばよかったのに…」と, 松吉は, アカをなつけたことを, こうかいするのでした。小学校中学年向。

『片耳の大しか』　椋鳩十作, 多田ヒロシ絵　理論社　1991.3　125p　21cm（椋鳩十学年別童話―4年生のどうわ 2）　980円　①4-652-02250-6
目次　片耳の大しか, アルプスのもう犬, 金色の川, ひなよごめんね, 野じゅうの島

『大造じいさんとがん』　椋鳩十作, 杉浦範茂絵　理論社　1991.3　125p　21cm（椋鳩十学年別童話―4年生のどうわ 1）　980円　①4-652-02249-2
目次　大造じいさんとがん, 銀色の巣, 戦うかもしか, 最後のわし

『太郎とクロ』　椋鳩十著　小峰書店　1991.3　119p　22cm（椋鳩十動物童話集 第14巻）　1080円　①4-338-09314-5
内容　激流に流されてくる材木を引きあげていた青年が, あっという間に流れに引きこまれてしまった。そのときです。ドボンと流れに, とびこんだものがありました。クロです。クロが, いかにりこうで力のある犬だといっても, この大水の中で, 人間をたすけることができるでしょうか。みんな, いきをのんで, クロを見つめました。小学校中学年向。

『やせ牛物語』　椋鳩十著　小峰書店　1991.3　159p　22cm（椋鳩十動物童話集 第15巻）　1280円　①4-338-09315-3
内容　"やせの花"という闘牛の, 変わった生きかたについて, 書いてみました。小学校中学年向。

『たたかうカモシカ』　椋鳩十著　小峰書店　1991.2　111p　22cm（椋鳩十動物童話集 第10巻）　1080円　①4-338-09310-2
目次　山へ帰る, 詩・ミソサザイ, たたかうカモシカ, 詩・ニワトリ, ニワトリ通信
内容　三頭の野犬は, 岩だなにのぼりつくと, 一列にならんで, じりじりと, カモシカのほうにせまっていきます。親カモシカは, ガツンガツンと, 岩だなの岩をはげしくけりながら, せまってくる野犬どもを, にらみつけていました。せんとうの野犬は, カモシカのすきを見つけたとみえて, パッと, おどりかかりました。小学校中級向。

『ツルのおどり』　椋鳩十著　小峰書店　1991.2　111p　22cm（椋鳩十動物童話集 第11巻）　1080円　①4-338-09311-0
目次　金色の川, 片足スズメ, ツルのおどり
内容　ツルたちは, これから, 黒くうねっているひろい日本海をわたらねばならないのです。つかれたといって, 海の上におりるわけにはいきません。子どものツルをつれている親ヅルたちは, しんぱいでした。子どものツルをまん中にして, その前と後ろを, 親ヅルが, まもるようにしてとびました。あの, 大きな黒

い波にのまれたら、もう、それっきりです。小学校中級向。

『三日月とタヌキ』　椋鳩十著　小峰書店　1991.2　111p　22cm（椋鳩十動物童話集 第12巻）　1080円　①4-338-09312-9
[目次] 三日月とタヌキ, 暗い土の中でおこなわれたこと
[内容] おかあさんダヌキは、頭をたたかれて、カキの木からころんとおっこちました。「しめた」若い男は、大いそぎでかけていきました。気ぜつしているタヌキに近よって、ひろいあげようとしました。すると、タヌキはくるんとおきあがって、とことこ走りだしました。「なんの、にがすものか」。小学校中級向。

『母ぐま子ぐま』　椋鳩十作, おぼまこと絵　理論社　1991.1　125p　21cm（椋鳩十学年別童話—3年生の童話 1）　980円　①4-652-02247-6
[目次] 母ぐま子ぐま, ああ公, つるのよめじょ, きつねものがたり

『ほうまん池のかっぱ』　椋鳩十作, 太田大八絵　理論社　1991.1　125p　21cm（椋鳩十学年別童話—3年生の童話 2）　980円　①4-652-02248-4
[目次] けむり仙人, お月夜とおしどり, 消えたきつね, におい山脈, ほうまん池のかっぱ

『カモの友情』　椋鳩十著　小峰書店　1990.12　111p　22cm（椋鳩十動物童話集 第9巻）　1080円　①4-338-09309-9
[目次] カモの友情, 黒ものがたり, 母グマ子グマ, ゾウの旅
[内容] どっちにしても、あのカモはこっちのものだ。と、りょうしの三吉さんは、思いました。そのときです。バタバタという羽音がして、きずついたカモのところに、1わのカモが、とびおりてきました。そして、ぴったりとからだをくっつけて、きずついたカモをたすけるように、いっしょにおよいでいくのです。小学校中学年向。

『金色の足あと』　椋鳩十著　小峰書店　1990.12　111p　22cm（椋鳩十動物童話集 第8巻）　1080円　①4-338-09308-0
[目次] 金色の足あと, 父とシジュウカラ, 詩・シジュウカラ, 町をよこぎるリス, 詩・クマバチ
[内容] 正太郎をたすけたのは2ひきのキツネでした。がけから落ちた正太郎は、ほおになまぬるいものをかんじて、そっと目をあけました。すると、1ぴきの大ギツネが、しきりに正太郎のほおやくちびるをなめまわして、ほかの1ぴきは、かれのむねの上にうずくまって、かれをあたためているのです。おんがえしをするつもりなのでしょうか。小学校中学年向。

『子ザルひよし』　椋鳩十著　小峰書店　1990.12　111p　22cm（椋鳩十動物童話集 第7巻）　1080円　①4-338-09307-2
[目次] 山の太郎グマ, 子ザルひよし
[内容] いたずらしている、子ザルひよしにむかって、「こらっ!」と幸雄がにらみつけると、小さくなって幸雄のそばにちかよってきます。人間のように、ちょこんとすわって、口をもぐもぐさせながら顔を見あげるのです。野生ザルの研究で有名な幸島を舞台に、いたずらでりこうな子ザルと、少年との交流をユーモラスに描きます。小学校中学年向。

『片耳の大シカ』　椋鳩十著　小峰書店　1990.11　111p　22cm（椋鳩十動物童話集 第1巻）　1080円　①4-338-09301-3
[目次] 片耳の大シカ, キジとヤマバト, 詩・トカゲ, スズメの巣箱
[内容] いつも、りょうしたちのうらをかいては、シカのむれをひきつれて、うまくにげてしまう片耳の大シカ。それをおう、りょうしたち。屋久島をぶたいに、きびしい自然の中で生きぬく動物たちをえがいた、椋文学の代表作。小学校中級向。

『栗野岳の主』　椋鳩十著　小峰書店　1990.11　111p　22cm（椋鳩十動物童話集 第4巻）　1080円　①4-338-09304-8
[目次] 栗野岳の主, 詩・カバ, デデッポ, 詩・セミ, カニの子のさんぽ
[内容] イノシシには、まことにゆうかんな、戦法があります。それは、ぜったいぜつめいというばあいに、のるかそるかさいごのしゅだんとして、まっしぐらに相手にぶつかっていく、というやりかたでありました。栗野岳の主は、かりゅうどがちょっとためらったしゅんかん、その戦法で、みじんになれと、かりゅうどにぶつかっていったのです。小学校中級向。

『じねずみの親子』　椋鳩十作, 多田ヒロシ絵　理論社　1990.11　91p　21cm（椋鳩十学年別童話—2年生のどうわ 2）　940円　①4-652-02245-X
[目次] 山のぬし, じねずみの親子, 二わのわし

椋鳩十

『大造じいさんとガン』　椋鳩十著　小峰書店　1990.11　111p　22cm（椋鳩十動物童話集 第6巻）　1080円
①4-338-09306-4
|目次| 大造じいさんとガン，愛犬カヤ，クマバチそうどう
|内容| 大造じいさんの、おとりのガンがハヤブサにねらわれた。ハヤブサは、にげるガンをパーンとひとけりけった。ぱっと白い羽毛が、あかつきの空に光ってちりました。そのとき、さっと大きなかげが空をよぎりました。ガンの頭りょう『残雪』です。残雪の目には、人間もハヤブサもありません。ただ、すくわねばならぬ、なかまのすがたがあるだけでした。小学校中級向。

『ひとりぼっちのつる』　椋鳩十作，杉浦範茂絵　理論社　1990.11　93p　21cm（椋鳩十学年別童話―2年生のどうわ 1）　940円　①4-652-02244-1
|目次| ひとりぼっちのつる，いたちのまち，かものゆうじょう

『森のばけもの』　椋鳩十作，長新太絵　理論社　1990.11　89p　21cm（椋鳩十学年別童話―2年生のどうわ 3）　940円　①4-652-02246-8
|目次| 子じかほしたろう，森のばけもの，山の子ども

『屋根うらのネコ』　椋鳩十著　小峰書店　1990.11　110p　22cm（椋鳩十動物童話集 第5巻）　1080円　①4-338-09305-6
|目次| 詩・ネコ，屋根うらのネコ，よわい犬，詩・キリン，子ジカのホシタロウ
|内容| 太郎の家に、かってに出入りしているブチののらネコは、なんともおどろいたやつでした。ふつうのネコの二ばいもあるのです。昨晩などは、ゴトゴトするのでいってみると、おどろいたことに、めしびつのふたをとって、むしゃむしゃたべているのです。しっしっといったぐらいじゃ、にげません。堂どうとしたのらネコぶりなのです。小学校中級向。

『きえたキツネ』　椋鳩十著　小峰書店　1990.10　111p　22cm（椋鳩十動物童話集 第3巻）　1080円　①4-338-09303-X
|目次| きえたキツネ，詩・スズメ，犬塚，詩・ウシ
|内容| 風は、野にすむものたちの、みかたでした。あなの外にでた母ギツネは、風のはこんでくる犬のにおいを、じっと、かいでいました。キツネは、なかなか、ちえのある動物です。追ってくる犬と鉄ぽうから、子ギツネをまもるために、母ギツネは、犬のやってくるまん前に、すがたをあらわしたのです。キツネは、どうするつもりなのでしょうか。小学校中学年向。

『月の輪グマ』　椋鳩十著　小峰書店　1990.10　111p　22cm（椋鳩十動物童話集 第2巻）　1080円　①4-338-09302-1
|目次| 月の輪グマ，詩・ゾウ，カラスものがたり，詩・ノミ
|内容| 子グマをつかまえようとしたわたしたちは、いかり心頭に発した、母グマの、おそろしいほえごえをきいた。子グマをたすけるために、母グマは、滝のてっぺんの岩から、滝つぼめがけてとびこんだのです。いくら強いクマでも、あんな高いところから、とびこんだのでは、たすかりっこありません。わたしたちは、むねのつぶれる思いでした。小学校中学年向。

『へびとおしっこ』　椋鳩十作，長新太絵　理論社　1990.10　91p　22cm（椋鳩十学年別童話―1年生のどうわ 2）　940円　①4-652-02242-5
|目次| どうぶつのくにのじどうしゃ，わがまま子ざる，へびとおしっこ，ゆきこんこんきつねこんこん，りんごとからす，くまのおや子

『お月さまの見たどうぶつえん』　椋鳩十作，おぼまこと絵　理論社　1990.9　91p　21cm（椋鳩十学年別童話―1年生のどうわ 3）　940円　①4-652-02243-3
|目次| まやとはなこ，うさぎのぼうけん，お月さまの見たどうぶつえん，すばこのすずめ

『ぷりぷりぼうのおこりんぼう』　椋鳩十作，太田大八絵　理論社　1990.9　91p　21cm（椋鳩十学年別童話―1年生のどうわ 1）　940円　①4-652-02241-7
|目次| かば森をゆく，ぷりぷりぼうのおこりんぼう，うさぎのみみた，かものひっこし，森のなかよし，はるのうさぎ

『カガミジシ』　椋鳩十著，箕田源二郎絵　講談社　1990.1　190p　18cm（講談社青い鳥文庫）　430円　①4-06-147278-X
|内容| 狩りの名人源助じいが、はじめて出会った強敵、それはカガミジシとよばれる大きないのししだった。「あいつだけは、なんとしても、おれの手で、しとめてやらなければ」か

りゅうどのほこりにかけて追う源助じいと、知恵をつくして戦うカガミジシ。息づまる対決がつづく…。大自然を舞台に描く、感動の力作。

『椋鳩十の本　補巻2　椋文学の軌跡』
たかしよいち著　理論社　1990.1　310p　19cm　1500円　①4-652-06327-X〈はり込図1枚　椋鳩十著作目録:p293〜309〉
目次 第1章 ポエジイ・ド・ロマン、第2章 山窩の輝き、第3章 児童文学の旗、第4章 野生への回帰、第5章 人間賛歌

『椋鳩十の本　第34巻　椋鳩十の艶笑譚―炉辺の夜話』　椋鳩十著　理論社　1989.12　302p　19cm　1500円　①4-652-06344-X〈はり込図1枚〉
目次 女房仙人　櫓太鼓.はだか車.マダムの秘密.女房仙人.最後の女.裸の姉妹.谷の白百合.山窩艶笑記.復讐奇談 復讐奇談.一反木綿.大男綺談.ジャパン・一世.手紙合戦.日本精神的恋愛.椋文学におけるエロスの実り 小宮山量平著
内容 椋鳩十ぶしの艶噺を、独特のあの語り口で…椋先生の艶笑譚、未収録作をいま初出版!!

『チビザル兄弟』　椋鳩十作、関屋敏隆絵　学習研究社　1989.11　205p　18cm〈てのり文庫〉　470円　①4-05-103165-9
内容 原生林の開発ですみかや食物をうばわれ、追いつめられて生きる野生ザルの中に、ふたごのサルがいた。この小さいがすばしっこい兄弟ザルが、勇気と知恵によって新しいリーダーへと成長していくようすをえがいた動物文学。

『椋鳩十の本　第33巻　人と出会う感動―語り部行脚』　椋鳩十著　理論社　1989.11　222p　19cm　1500円　①4-652-06343-1〈はり込図1枚〉
目次 民話とは何か、生命みつめて、いい本との出会い、物語に見る鹿児島県人、なき声と鹿児島、共通語と生活語、隣人を断念した野鳥、私の青年時代、農業文庫の頃
内容 ユーモアにみちたやさしい語り口で、椋鳩十の講演には定評があった。この巻は、その全国各地にわたる講演行脚のうち、5つだけ選び講演集とした。

『椋鳩十の本　第32巻　無人島脱出記・孫づきあい―童話と随想』　椋鳩十著、小宮山量平責任編集　理論社　1989.10　251p　19cm　1500円　①4-652-06342-3〈はり込図1枚〉
目次 りんごとからす.ヘビとおしっこ.クリの実.無人島脱出記.うら山のトビ.ふぶきの中のはと.けだものの道.白いユリ.湖水の野鳥たち.太郎のひみつ.金色のしぶき.小さなはばたき.畑ねずみ.おばけの正体.御座いましたか関助.孫づきあい 私の山 ほか

『椋鳩十の本　第31巻　アメリカ紀行・詞華集―旅の思い出』　椋鳩十著　理論社　1989.9　230p　19cm　1500円　①4-652-06341-5〈はり込図1枚〉
目次 1 影法師(子どものための詩5篇)、2 花どけい(詩7篇)、3 きつね雨(俳句102首)、4 和風(俳偕詩32篇)、5 アメリカ紀行(アメリカ見たままの記、アメリカの図書館)、6 ヨーロッパ紀行

『椋鳩十の本　第30巻　アルプス動物記―幼きものへ』　椋鳩十著　理論社　1989.8　264p　19cm　1500円　①4-652-06340-7〈はり込図1枚〉
目次 1 野犬ハヤの死(ああタカよ、のらネコ、コマ子、片足ガラスとおんどりラッパ、キツネをかんげきさせたまんじゅうや、野犬ハヤの死)、2 ヤタギツネのおや子(子ギツネたちにえさを!、穴のそとのすてきなせかい、キツネわなに気をつけろ!、子ギツネをたすけるために、すばらしい国)、3 わが心のアルプス(わたしのこころのアルプス、くろいイヌとくろいヤギ、水晶谷ものがたり)

『椋鳩十の本　第29巻　南国のふるさと随想―薩摩じまん』　椋鳩十著　理論社　1989.7　216p　19cm　1500円　①4-652-06339-3〈はり込図1枚〉
目次 1 二つの故郷(ロマンの霧の立ちこめる国、二つの故郷、火の国九州、誇り高きエルネギーよ、再び、島の人とカラス ほか)、2 九州まわり舞台(何が住みつことやら、ある校長さんと生きた川、老木の生きざま、権力と心と、土を愛して生きる人たち ほか)、3 南の島々(命の木、巨杉亡びず、サルの島、屋久島の自然、鹿児島の二つの島 ほか)、4 心で見る(食べものは旅をする、私には汽車、狸が訪ねて来た、町の中のタヌキ、心と命、エマーソンの言葉、微動だにせぬ特攻兵)

『椋鳩十の本　第28巻　山国のふるさと随想―信州じまん』　椋鳩十著　理論社　1989.6　202p　19cm　1500円　⓵4-652-06338-5〈はり込図1枚〉
[目次] 1 あそこにアルプスが（心のふるさと、暮れなずむ金色の峰、郷里の夏、わたしの信州、ススキの穂、南アルプスの麓で、シラビソ峠と赤石山脈、天竜川 ほか）、2 愉しき出会い（忘れがたき人、ダ・ビンチの言葉、フランス美術と私、不屈なネズミども、「子殺しの時代」を生んだもの、優しさと美しさを、色の変幻自在、今を生きる ほか）

『椋鳩十の本　第27巻　読書随想と対談―本のすすめ』　椋鳩十著、小宮山量平責任編集　理論社　1989.5　214p　19cm　1500円　⓵4-652-06337-7〈はり込図1枚〉
[目次] 1 本へのめざめ（囲炉裏ばたから、読書の2つの型、心の谷間に橋を、母の声は金の鈴 ほか）、二 読書と教師（出会いということ、白く光る雪の夢、なつかしい先生、生き生きした心、教師のことばと指導）、3 読書と人生（心にしっかりと、心と知識について、手段と価値と、子どもとお話 ほか）、4 子どもと読書（前意識と読書、日常生活の中の情緒、子どもとマンガ、創造力とは何か ほか）、5 鳥に何をみるか（幼ない日の鳥たち、自然と人間が共存する島、ゆかいなカラスたち、鳥の人間ウォッチング ほか）

『不思議なビン』　椋鳩十作、二俣英五郎絵　新学社・全家研　1989.4　117p　22cm　（少年少女こころの図書館 29）　1000円

『椋鳩十の本　第26巻　藤吉じいとイノシシ―遺作動物記』　椋鳩十著　理論社　1989.4　293p　19cm　1500円　⓵4-652-06336-9〈はり込図1枚〉
[目次] 花のこどもたち、南国のシシ、動物たちのメルヘン、藤吉じいとイノシシ、動物紙芝居
[内容] どう？お元気？…と、その優しい声が語りかける！椋鳩十の本・遺稿編。

『幼年文学名作選　9　太郎とクロ』　椋鳩十作、石田武雄絵　岩崎書店　1989.3　129p　22cm　1200円　⓵4-265-03709-7

『ヤタギツネのおや子―アルプスの四季』　椋鳩十作、宮崎学写真　理論社　1988.11　140p　21cm（アルプス動物記）　1300円　⓵4-652-02239-5
[内容] 親と子の愛の絆の温もりを知ることと共に、親と子の別れのおおらかさを知ることこそ、今、児童文学の最高のテーマなのでしょう。動物文学の第一人者として仰がれた椋鳩十先生がこのキツネの一家の生態にひそむドラマを、こんなにも、優しく、きびしく、みつめて、あたかも日本の家庭に贈る「祈り」のように書き遺した最後の書きおろし作品です！

『わが心のアルプス―懐かしい村の想い出』　椋鳩十作、宮崎学写真　理論社　1988.11　142p　21cm（アルプス動物記）　1300円　⓵4-652-02240-9
[内容] 山国信州の伊那谷と、南国薩摩の海辺の町と、これら二つの故郷と並んで、作者の心には、あの『ハイジ』のおじいさんが教えてくれたアルプスの夕やけ色の空が刻まれていました。晩年、少年時代からの思いを遂げるように、ヨーロッパ・アルプスへの旅を重ねた作者が、その旅先から持ち帰ったメルヘンなのです。。

『大造じいさんとガン』　椋鳩十作、井口文秀画　新版　大日本図書　1988.10　113p　22cm（子ども図書館）　1000円　⓵4-477-17598-1
[目次] 大造じいさんとガン、山の太郎グマ、月の輪グマ、片耳の大鹿

『谷間のけものみち―金色の足あと』　椋鳩十作、宮崎学写真　理論社　1988.10　156p　21cm（アルプス動物記）　1300円　⓵4-652-02238-7
[目次] 赤い花、金色の川、三ぼんあしのイタチ、山へ帰る、消えたキツネ、金色の足あと、底なしの谷のカモシカ
[内容] 自然のふところへの愛を深く秘めた椋文学の宝庫が今こそ開かれるとき。動物世界の擬人化を拒みその優しさときびしさを見つめる真の動物文学。アルプスにこもる動物写真の第一人者＝宮崎学のカメラが、ほうふつとして再現。いま椋文学は、その誕生の地にみずみずしくよみがえった！

『きんいろのあしあと』　椋鳩十作、遠藤てるよ画　童心社　1988.9　122p　18cm（フォア文庫）　390円　⓵4-494-02669-7
[目次] きんいろのあしあと、きんいろの川
[内容] むねに感動がこみあげてくるキツネとカワウソの親子の愛のものがたり2編。小学校低・中学年向き。

椋鳩十

『空の王者たち―アルプスのワシ』　椋鳩十作, 宮崎学写真　理論社　1988.9　222p　21cm（アルプス動物記）　1400円
ⓘ4-652-02237-9
目次　アルプスのワシ, 空の王者, ああタカよ, 最後のワシ, 父とシジュウカラ, アルプスのキジ, ぎん色の巣, ひとりぼっちのツル, 大造じいさんとガン
内容　自然のふところへの愛を深く秘めた椋文学の宝庫が今こそ開かれる。動物世界の擬人化を拒みその優しさときびしさを見つめる真の動物文学。アルプスにこもる動物写真の第一人者＝宮崎学のカメラが, ほうふつとして再現。

『猟犬ものがたり―アルプスの猛犬』　椋鳩十作, 宮崎学写真　理論社　1988.8　214p　21cm（アルプス動物記）　1400円
ⓘ4-652-02236-0
目次　遠山犬トラ, トラの最後, まことの強さ, アルプスの猛犬, 黒ものがたり, 山のえらぶつ, 太郎とクロ
内容　自然のふところへの愛を深く秘めた椋文学の宝庫が今こそ開かれるとき！動物世界の擬人化を拒みその優しさときびしさを見つめる真の動物文学！アルプスにこもる動物写真の第一人者＝宮崎学のカメラが, ほうふつとして再現！いま椋文学は, その誕生の地にみずみずしくよみがえった！

『えらい奴だ―山の太郎グマ』　椋鳩十作, 宮崎学写真　理論社　1988.7　156p　21cm（アルプス動物記）　1300円
ⓘ4-652-02235-2
目次　三頭のクマ, クマ, 山の太郎グマ, 月の輪グマ, 母グマ子グマ, あばれグマ金こぶ
内容　動物世界の擬人化を拒み, その優しさときびしさを見つめる真の動物文学。アルプスにこもる動物写真の第一人者, 宮崎学のカメラが, ほうふつとして再現。

『マヤの一生』　椋鳩十作, 吉井忠絵　大日本図書　1988.7　206p　18cm（てのり文庫）　450円　ⓘ4-477-17003-3

『王国に生きる―野性の谷間・第2部』　椋鳩十作, 宮崎学写真　理論社　1988.6　203p　21cm（アルプス動物記）　1400円
ⓘ4-652-02233-6
内容　自然のふところへの愛を深く秘めた椋文学の宝庫が今こそ開かれるとき。動物世界の擬人化を拒みその優しさときびしさを見つめる真の動物文学。アルプスにこもる動物写真の第一人者＝宮崎学のカメラが, ほうふつとして再現。

『この愛のめざめ―野性の谷間・第1部』　椋鳩十作, 宮崎学写真　理論社　1988.6　196p　21cm（アルプス動物記）　1400円
ⓘ4-652-02232-8
内容　自然のふところへの愛を深く秘めた椋文学の宝庫が今こそ開かれるとき。動物世界の擬人化を拒みその優しさときびしさを見つめる真の動物文学。アルプスにこもる動物写真の第一人者＝宮崎学のカメラが, ほうふつとして再現。

『すっとびこぞうとふしぎなくに』　椋鳩十作, 鈴木博子画　金の星社　1988.6　140p　18cm（フォア文庫 A062）　430円
ⓘ4-323-01062-1
目次　すっとびこぞうとふしぎなくに, しもばしら, アルプスのキジ
内容　すっとびこぞうのうたをきいた子どもは、じぶんのいきたいくにへ、つれていってもらえるんだよ、とばばさまが、はなしてくれた。たろうがつれていってもらったのは、とてもかわったくに―。動物文学の第一人者が描く豊かなファンタジーの世界。表題作の他に、『しもばしら』『アルプスのキジ』を収録。小学校低・中学年向。

『よみがえる愛―野性の谷間・第3部』　椋鳩十作, 宮崎学写真　理論社　1988.6　206p　21cm（アルプス動物記）　1400円
ⓘ4-652-02234-4
内容　自然のふところへの愛を深く秘めた椋文学の宝庫が今こそ開かれるとき。動物世界の擬人化を拒みその優しさときびしさを見つめる真の動物文学。アルプスにこもる動物写真の第一人者＝宮崎学のカメラが, ほうふつとして再現。

『人間はすばらしい』　椋鳩十著, 依光隆絵　偕成社　1988.3　70p　22cm　780円
ⓘ4-03-634260-6

『《くろい星》よ！―山の大将』　椋鳩十作, 宮崎学写真　理論社　1987.11　158p　21cm（アルプス動物記）　1300円
ⓘ4-652-02231-X
目次　アルプスのふもと, 山の分校の運動会, まつの木の上のくま, 太郎のしこみ, とうげのも

椋鳩十

う犬、愛とにくしみ、野天ぶろそうどう、重い鉄のくさり、山おくへ去る日、谷間にあふれる雨、いのちびろいのちえ、山のくまとさとのくま、アルプスの中に、〈くろい星〉帰る、もう犬どものむれ、からっぽの庭、〈くろい星〉を追って、わかれるときがきた、愛するかなしみ、部落あらし、やさしいよび声
[内容] 自然のふところへの愛を深く秘めた椋文学の宝庫が今こそ開かれるとき！動物世界の擬人化を拒みその優しさときびしさとを見つめる真の動物文学。その椋文学のふるさとへ、アルプスにこもる宮崎学のカメラがあんないする。

『マヤの一生』 椋鳩十作,吉井忠画 新版 大日本図書 1987.7 164p 22cm（子ども図書館） 1200円 ①4-477-17591-4

『ひかり子ちゃんの夕やけ』 椋鳩十文、奈良坂智子絵 旺文社 1987.2 46p 24×19cm（旺文社創作童話） 880円 ①4-01-069133-6
[内容] ちょっぴりこわがりやで、気のやさしいおにいちゃんの一ろうと、げんきで気の強いいもうとひかり子が、山里の村でであういろいろなできごと。ひるでも、くらい、みょうじんさまのけいだいをぬけ、石だんの上に立つた二人は、夕やけのけしきのあまりのすばらしさに、思わず"ばんざーい"…。

『子だぬきと子ねこ』 椋鳩十文、たかはしきよし絵 ポプラ社 1986.11 31p 25×22cm（絵本・おはなしのひろば18） 980円 ①4-591-02366-4
[内容] 子だぬきのすんでいるほらあなに、いつのまにか子ねこが仲間入りをしてしまいました。そのうえ、お母さんだぬきのおちちを、いっしょにのんでぐんぐん大きく育ちました。月の明るいばん、小学3年のひろゆきは、そのふしぎなたぬきの一行にであいました。それいらい、ひろゆきは変わりものの動物たちと仲よしになろうと、じぶんの家のにわにえさ場をつくりました。子ねこと子だぬきがなつきはじめたところへ、のらいぬのギャングがおしかけました。ひろゆきとお母さんだぬき、子だぬき、子ねこは力をあわせてのらいぬを追いはらい、ついにともだちになりました。

『ゆかいなばけくらべ』 椋鳩十さく、斎藤博之え 舞坂町（静岡県） ひくまの出版 1986.11 86p 22cm（ひくまの出版幼年どうわ・みどりのもりシリーズ） 980円 ①4-89317-076-7

『椋鳩十の本 第18巻 牧歌ふうのこと―随想集』 椋鳩十著 理論社 1986.6 286p 19cm 1250円〈はり込図1枚〉

『椋鳩十の本 第9巻 動物異変記―動物譚』 椋鳩十著 理論社 1986.6 218p 19cm 1250円

『ヤクザル大王』 椋鳩十著、南有田秋徳絵 八重岳書房 1986.6 190p 20cm 1000円 ①4-89646-095-2
[内容] どんなに苦しく、悲しいときも、それをがっしり受けとめ、やがて、サルの大王になった、若ザル・ホシの、波乱にみちた物語です。

『マヤの一生』 椋鳩十著,吉井忠絵 新座 埼玉福祉会 1985.4 184p 27cm（大活字本シリーズ） 3500円〈底本:大日本図書刊「マヤの一生」 解説:鳥越信〉

『山のじいちゃんと動物たち』 椋鳩十作 ポプラ社 1985.1 110p 22cm（椋鳩十・動物どうわ） 780円 ①4-591-01714-1

『たたかうカモシカ』 椋鳩十作 ポプラ社 1984.12 110p 22cm（椋鳩十・動物どうわ） 780円 ①4-591-01658-7

『子ジカのホシタロウ』 椋鳩十作 ポプラ社 1984.11 110p 22cm（椋鳩十・動物どうわ） 780円 ①4-591-01595-5

『アルプスの猛犬』 椋鳩十作 ポプラ社 1984.10 110p 22cm（椋鳩十・動物どうわ） 780円

『片耳の大鹿』 椋鳩十作,北島新平絵 理論社 1984.10 174p 23cm（理論社名作の愛蔵版） 940円

『大造じいさんとガン』 椋鳩十作 ポプラ社 1984.8 110p 22cm（椋鳩十・動物どうわ） 780円

『金色の足あと』 椋鳩十作 ポプラ社 1984.6 110p 22cm（椋鳩十・動物どうわ） 780円

『月の輪グマ』 椋鳩十作 ポプラ社 1984.5 110p 22cm（椋鳩十・動物どうわ） 780円

『モモちゃんとあかね』 椋鳩十作 ポプラ社 1984.4 110p 22cm（椋鳩十・動物どうわ） 780円

『オロロン鳥とおじいさん』　椋鳩十作　ポプラ社　1984.3　110p　22cm（椋鳩十・動物どうわ）　780円

『片耳の大シカ』　椋鳩十作　ポプラ社　1984.3　110p　22cm（椋鳩十・動物どうわ）　780円

『しもばしら』　椋鳩十作, 金沢佑光絵　改訂版　金の星社　1984.2　70p　22cm（新・創作えぶんこ）　880円
①4-323-00371-4

『椋鳩十えぶんこ　24　デデッポ』　保田義孝絵　あすなろ書房　1984.2　77p　23cm　850円

『椋鳩十えぶんこ　23　カイムのいずみ』　かすや昌宏絵　あすなろ書房　1984.2　77p　23cm　850円

『椋鳩十えぶんこ　22　はねのある友だち』　吉崎正巳絵　あすなろ書房　1984.1　69p　23cm　850円

『椋鳩十えぶんこ　21　山へかえる』　北島新平絵　あすなろ書房　1984.1　69p　23cm　850円

『カラスのクロと花子』　椋鳩十作, 藤沢友一絵　舞阪町（静岡県）　ひくまの出版　1983.12　30p　25cm（ひくまの出版幼年えほんシリーズ―あおいうみ 1）　980円
①4-89317-021-X

『椋鳩十えぶんこ　20　愛犬カヤ』　小野かおる絵　あすなろ書房　1983.12　69p　23cm　850円

『椋鳩十えぶんこ　19　やねうらのネコ』　和歌山静子絵　あすなろ書房　1983.12　77p　23cm　850円

『椋鳩十の本　補巻　椋鳩十の世界』　たかしよいち著　理論社　1983.12　306p　19cm　1250円〈椋鳩十の肖像あり〉

『椋鳩十えぶんこ　18　片足の母スズメ』　小野かおる絵　あすなろ書房　1983.11　69p　23cm　850円

『椋鳩十えぶんこ　17　森の王者』　小野かおる絵　あすなろ書房　1983.11　77p　23cm　850円

『椋鳩十えぶんこ　16　モグラものがたり―暗い土の中でおこなわれたこと』　椋鳩十作, 小野かおる絵　あすなろ書房　1983.10　77p　23cm　850円

『椋鳩十えぶんこ　15　黒ものがたり』　椋鳩十作, 吉崎正巳絵　あすなろ書房　1983.10　77p　23cm　850円

『椋鳩十えぶんこ　14　栗野岳のぬし』　吉崎正巳絵　あすなろ書房　1983.9　77p　23cm　850円

『椋鳩十えぶんこ　13　山の太郎グマ』　北島新平絵　あすなろ書房　1983.9　77p　23cm　850円

『椋鳩十の本　第14巻　モモちゃんとあかね―児童文学』　椋鳩十著　理論社　1983.5　268p　19cm　1250円

『椋鳩十の本　第13巻　イノシシ物語―児童文学』　椋鳩十著　理論社　1983.5　238p　19cm　1250円

『椋鳩十の本　第12巻　マヤの一生―児童文学』　椋鳩十著　理論社　1983.5　300p　19cm　1250円

『椋鳩十の本　第25巻　心に炎を―読書論』　椋鳩十著　理論社　1983.4　286p　19cm　1250円

『椋鳩十の本　第23巻　今日より始まる―歳時記』　椋鳩十著　理論社　1983.4　286p　19cm　1250円

『椋鳩十えぶんこ　12　アルプスのキジ』　北島新平絵　あすなろ書房　1983.3　85p　23cm　850円

『椋鳩十えぶんこ　10　金色の足あと』　吉崎正巳絵　あすなろ書房　1983.3　85p　23cm　850円

『椋鳩十えぶんこ　9　ちょこまかギツネなきギツネ』　二俣英五郎絵　あすなろ書房　1983.3　101p　23cm　850円

『椋鳩十えぶんこ　5　ゾウのたび』　岡村紀子絵　あすなろ書房　1983.3　77p　23cm　850円

『椋鳩十の本　第24巻　太陽の匂い―文学論』　椋鳩十著　理論社　1983.3　268p　19cm　1250円

椋鳩十

『椋鳩十の本　第22巻　動物探訪記―紀行集』　椋鳩十著　理論社　1983.3　284p　19cm　1250円

『椋鳩十えぶんこ　11　母グマ子グマ』　たかはしきよし絵　あすなろ書房　1983.2　77p　23cm　850円

『椋鳩十えぶんこ　8　大造じいさんとガン』　北島新平絵　あすなろ書房　1983.2　69p　23cm　850円

『椋鳩十えぶんこ　7　三ぼん足のイタチ』　小野かおる絵　あすなろ書房　1983.2　77p　23cm　850円

『椋鳩十えぶんこ　6　月の輪グマ』　福田庄助絵　あすなろ書房　1983.2　77p　23cm　850円

『椋鳩十の本　第16巻　日当山侏儒譚―民話集』　椋鳩十著　理論社　1983.2　238p　19cm　1250円

『椋鳩十の本　第7巻　信濃動物記―動物譚』　椋鳩十著　理論社　1983.2　238p　19cm　1250円

『片耳の大シカ』　椋鳩十著　偕成社　1983.1　187p　19cm（偕成社文庫 3009）　450円　①4-03-650090-2〈解説:滑川道夫　初刷:1975（昭和50）〉

|目次| 金色の川〔ほか9編〕

『椋鳩十えぶんこ　4　金色の川』　吉崎正巳絵　あすなろ書房　1983.1　77p　23cm　850円

『椋鳩十えぶんこ　3　片耳の大シカ』　保田義孝絵　あすなろ書房　1983.1　77p　23cm　850円

『椋鳩十えぶんこ　2　どうぞかんべん』　水沢研絵　あすなろ書房　1983.1　77p　23cm　850円

『椋鳩十えぶんこ　1　なきむしたろう』　太田大八絵　あすなろ書房　1983.1　77p　23cm　850円

『椋鳩十の本　第20巻　信濃少年記―随想集』　椋鳩十著　理論社　1983.1　286p　19cm　1250円

『椋鳩十の本　第11巻　片耳の大鹿―児童文学』　椋鳩十著　理論社　1983.1　286p　19cm　1250円

『椋鳩十の本　第19巻　博物誌―随想集』　椋鳩十著　理論社　1982.12　222p　19cm　1250円

『椋鳩十の本　第10巻　山の太郎熊―児童文学』　椋鳩十著　理論社　1982.12　254p　19cm　1250円

『椋鳩十の本　第8巻　闘犬列伝―動物譚』　椋鳩十著　理論社　1982.10　222p　19cm　1250円

『椋鳩十の本　第21巻　南国風土記―随想集』　椋鳩十著　理論社　1982.9　315p　19cm　1250円

『椋鳩十の本　第1巻　夕の花園―全詩集』　椋鳩十著　理論社　1982.9　302p　19cm　1250円

『孤島の野犬』　ポプラ社　1982.8　237p　23cm（椋鳩十全集 5）　780円〈解説:横谷輝　叢書の編集:鳥越信,横谷輝　初刷:1969（昭和44）　図版〉

『椋鳩十の本　第15巻　日高山伏物語―民話集』　椋鳩十著　理論社　1982.8　281p　19cm　1250円

『椋鳩十の本　第6巻　南国動物記―動物譚』　椋鳩十著　理論社　1982.8　254p　19cm　1250円

『野獣の島』　ポプラ社　1982.8　253p　23cm（椋鳩十全集 8）　780円〈解説:横谷輝　叢書の編集:鳥越信,横谷輝　初刷:1969（昭和44）　図版〉

|目次| 三郎と白いガチョウ〔ほか17編〕

『日高山伏物語』　ポプラ社　1982.7　251p　23cm（椋鳩十全集 12）　780円〈巻末:椋鳩十著作目録,椋鳩十年譜　解説:横谷輝　叢書の編集:鳥越信,横谷輝　初刷:1970（昭和45）　図版〉

『椋鳩十の本　第5巻　野性の谷間―猟師物語　後編』　椋鳩十著　理論社　1982.7　235p　19cm　1250円

『椋鳩十の本　第4巻　野性の谷間―猟師物語　前編』　椋鳩十著　理論社　1982.7　230p　19cm　1250円

椋鳩十

『野性の叫び声』　ポプラ社　1982.7　245p　23cm（椋鳩十全集 9）　780円〈解説:横谷輝　叢書の編集:鳥越信,横谷輝　初刷:1970（昭和45）図版〉
目次　モモンガ〔ほか12編〕

『片耳の大シカ』　ポプラ社　1982.6　213p　23cm（椋鳩十全集 2）　780円〈解説:横谷輝　叢書の編集:鳥越信,横谷輝　初刷:1969（昭和44）図版〉
目次　暗い土の中でおこなわれたこと〔ほか12編〕

『自然の中で』　ポプラ社　1982.6　229p　23cm（椋鳩十全集 11）　780円〈解説:横谷輝　叢書の編集:鳥越信,横谷輝　初刷:1970（昭和45）図版〉
目次　ススキの穂, ミミズの歌, 自然の中で

『椋鳩十の本　第3巻　山の恋―山窩物語』　椋鳩十著　理論社　1982.6　302p　19cm　1250円

『椋鳩十の本　第2巻　鷲の唄―山窩物語』　椋鳩十著　理論社　1982.6　254p　19cm　1250円

『アルプスの猛犬』　ポプラ社　1982.5　237p　23cm（椋鳩十全集 7）　780円〈解説:横谷輝　叢書の編集:鳥越信,横谷輝　初刷:1969（昭和44）図版〉
目次　アルプスの猛犬〔ほか9編〕

『カモの友情』　ポプラ社　1982.5　269p　23cm（椋鳩十全集 10）　780円〈解説:横谷輝　叢書の編集:鳥越信,横谷輝　初刷:1970（昭和45）図版〉
目次　カモの友情〔ほか16編〕

『底なし谷のカモシカ』　ポプラ社　1982.4　237p　23cm（椋鳩十全集 6）　780円〈解説:横谷輝　叢書の編集:鳥越信,横谷輝　初刷:1969（昭和44）図版〉
目次　底なし谷のカモシカ〔ほか10編〕

『山の大将』　ポプラ社　1982.4　207p　23cm（椋鳩十全集 3）　780円〈叢書の編集:鳥越信,横谷輝　初刷:1969（昭和44）図版〉
目次　山の大将〔ほか7編〕

『イノシシの谷』　椋鳩十作, 福田庄助絵　あすなろ書房　1982.3　96p　22cm（あすなろ小学生文庫）　880円

『大空に生きる』　ポプラ社　1982.3　207p　23cm（椋鳩十全集 4）　780円〈解説:横谷輝　叢書の編集:鳥越信,横谷輝　初刷:1969（昭和44）図版〉

『月の輪グマ』　ポプラ社　1982.3　229p　23cm（椋鳩十全集 1）　780円〈解説:横谷輝　叢書の編集:鳥越信,横谷輝　初刷:1969（昭和44）図版〉
目次　大造じいさんとガン〔ほか14編〕

『森の少女』　椋鳩十著, 倉石隆絵　偕成社　1982.3　174p　22cm（偕成社の創作）　880円　④4-03-635120-6

『山の民とイノシシ』　北島新平画, 椋鳩十文　童心社　1982.3　149p　22cm（ノンフィクション・ブックス）　900円〈初刷:1974（昭和49）〉

『るり寺ものがたり』　椋鳩十作, 梶山俊夫絵　あすなろ書房　1982.3　94p　22cm（あすなろ小学生文庫）　880円

『月の輪グマ』　石田武雄画, 椋鳩十著　あかね書房　1982.2　206p　22cm（日本児童文学名作選 9）　980円〈解説:滑川道夫　図版〉
目次　片耳の大シカ〔ほか3編〕

『母グマ子グマ』　椋鳩十作, 石田武雄絵　岩崎書店　1982.2　129p　22cm（日本の幼年童話 9）　1100円〈解説:菅忠道　叢書の編集:菅忠道〔ほか〕　初刷:1971（昭和46）図版〉
目次　母グマ子グマ, 太郎とクロ

『椋鳩十の本　第17巻　馬おどりの町―短編集』　椋鳩十著　理論社　1982.1　219p　19cm　1250円
目次　野の花.彼岸花.季節のおりめ.馬おどりの町.細い道.雪どけの日.アルプスの夕やけ.モクレンの花.カラスさまざま.蝶の道.末枯れの花.空と雲と.カエルの斉唱.カヤブキの家.鳥居と野鳥と.かわった食べもの.野性のものと人と.西洋の鳥.旧東海道.赤い模様の蛇

『三ぼんあしのいたち』　須田寿絵　あすなろ書房　1981.9　1冊　27cm（椋鳩十・創作幼年童話）　850円

『ちょこまかぎつねなきぎつね』　五百住乙絵　あすなろ書房　1981.9　1冊　27cm（椋鳩十・創作幼年童話）　850円

椋鳩十

『みかづきとたぬき』　吉井忠え,椋鳩十作　小峰書店　1981.9　102p　23cm（創作幼年童話選 9）　880円〈初刷:1973（昭和48）〉

『きんいろのあしあと』　安泰画,椋鳩十文　童心社　1981.7　48p　25cm（日本の動物記シリーズ）　600円〈初刷:1969（昭和44）〉

『りかとねこのアン』　椋鳩十作,村上勉絵　秋書房　1981.7　91p　23cm　880円

『ぞうのたび』　須田寿絵　あすなろ書房　1981.6　1冊　27cm（椋鳩十・創作幼年童話）　850円

『白いなみ白いなみイルカが行く』　清水崑画,椋鳩十作　フレーベル館　1981.4　102p　23cm（フレーベルどうわ文庫 6）　980円〈初刷:1973（昭和48）〉

『大造じいさんとガン』　椋鳩十著　大日本図書　1981.3　77p　22cm（子ども図書館）　750円〈解説:鳥越信　初刷:1968（昭和43）〉

『ピョンのうた』　北島新平え,椋鳩十さく　あすなろ書房　1981.3　63p　22cm（あすなろ小学生文庫）　880円

『ふしぎな二階』　椋鳩十作,梶山俊夫絵　あすなろ書房　1981.3　68p　22cm（あすなろ小学生文庫）　880円

『椋鳩十全集　26　地獄島とロシア水兵』　ポプラ社　1981.3　225p　23cm　980円

『椋鳩十全集　25　山の民とイノシシ』　ポプラ社　1981.2　205p　23cm　980円

『椋鳩十全集　22　ふしぎな石と魚の島』　ポプラ社　1981.1　205p　23cm　980円

『ぎんいろの巣』　椋鳩十作,佐藤忠良絵　ポプラ社　1980.12　61p　24cm（創作えばなし 11）　800円〈カラー版　初刷:1973（昭和48）〉

『椋鳩十全集　18　ネズミ島物語』　ポプラ社　1980.11　205p　23cm　980円

『椋鳩十全集　21　海上アルプス』　ポプラ社　1980.10　197p　23cm　980円

『あるぷすのきじ』　須田寿絵　あすなろ書房　1980.9　1冊　27cm（椋鳩十・創作幼年童話）　850円

『ふしぎな玉』　椋鳩十さく,倉石隆え　大日本図書　1980.9　30p　24cm（大日本ようねん文庫）　800円

『椋鳩十全集　20　カワウソの海』　ポプラ社　1980.9　213p　23cm　980円〈解説:大藤幹夫　図版〉

『椋鳩十全集　23　にせものの英雄』　ポプラ社　1980.8　205p　23cm　980円

『ガラッパ大王』　椋鳩十作,斎藤博之絵　岩崎書店　1980.7　31p　25cm（新・創作絵本・16）　930円

『椋鳩十全集　24　日当山侏儒物語』　ポプラ社　1980.7　189p　23cm　980円

『ハブとたたかう島』　椋鳩十著,笠原やえ子絵　あすなろ書房　1980.6　183p　22cm（あすなろ創作シリーズ 6）　980円

『椋鳩十全集　19　るり寺物語』　ポプラ社　1980.6　197p　23cm　980円

『しもばしら』　たけべもといちろう（武部本一郎）え,むくはとじゅう（椋鳩十）さく　金の星社　1980.5　59p　27cm（創作えぶんこ）　850円〈初刷:1973（昭和48）〉

『椋鳩十全集　17　モモちゃんとあかね』　ポプラ社　1980.5　229p　23cm　980円

『現代日本文学全集　22　椋鳩十名作集』　椋鳩十著　改訂版　偕成社　1980.4　308p　23cm　2300円〈編集:滑川道夫〔ほか〕　初版:1964（昭和39）　巻末:年譜,現代日本文学年表,参考文献　解説:滑川道夫,たかしよいち　肖像・筆跡:著者〔ほか〕　図版（肖像,筆跡を含む）〉
目次 山の太郎グマ〔ほか26編〕

『マヤの一生』　椋鳩十著　大日本図書　1980.2　97p　22cm（子ども図書館）　850円〈解説:鳥越信　初刷:1970（昭和45）〉

『椋鳩十全集　15　マヤの一生』　ポプラ社　1980.2　229p　23cm　980円

『椋鳩十全集　16　やせ牛物語』　ポプラ社　1980.1　181p　23cm　980円

『椋鳩十全集　13　チビザル兄弟』　ポプラ社　1979.10　197p　23cm　980円〈解説:大藤幹夫　図版〉
目次 チビザル兄弟,みかづきとタヌキ

椋鳩十

『椋鳩十全集　14　カガミジシ』　ポプラ社　1979.9　197p　23cm　980円

『おしどりものがたり―ひなをまもるたたかい』　椋鳩十著, かみやしん画　小学館　1979.8　42p　21cm（小学館の創作童話シリーズ 49）　430円

『カガミジシ』　椋鳩十著, 村上豊絵　講談社　1979.5　221p　22cm（児童文学創作シリーズ）　880円

『月の輪ぐま』　椋鳩十著, 西村保史郎絵　講談社　1979.1　79p　22cm（講談社の幼年文庫）　540円

『カガミジシ』　椋鳩十著　ポプラ社　1978.10　189p　18cm（ポプラ社文庫 A・35）　390円〈解説:清水真砂子〉
目次 老かりゅうど〔ほか16編〕

『はらっぱのおはなし』　椋鳩十作, 五百住乙絵　京都 PHP研究所　1978.8　58p　23cm（PHPおはなしひろばシリーズ）　880円

『のら犬300ぴき』　椋鳩十文, 鈴木義治画　小学館　1978.6　42p　21cm（小学館のノンフィクション童話）　430円

『大造じいさんとガン』　椋鳩十著　偕成社　1978.4　266p　19cm（偕成社文庫）　390円

『自然の中で』　椋鳩十著　ポプラ社　1978.3　229p　18cm（ポプラ社文庫）　390円

『日高山伏物語』　椋鳩十著　ポプラ社　1978.3　229p　18cm（ポプラ社文庫）　390円

『モモちゃんとあかね』　椋鳩十著　ポプラ社　1978.3　229p　18cm（ポプラ社文庫）　390円

『にせものの英雄』　椋鳩十著　ポプラ社　1977.12　222p　20cm（のびのび人生論・4）　900円

『大空に生きる』　椋鳩十著　ポプラ社　1977.10　229p　18cm（ポプラ社文庫）　390円

『孤島の野犬』　椋鳩十著　ポプラ社　1977.10　237p　18cm（ポプラ社文庫）　390円

『たたかうカモシカ』　椋鳩十著　ポプラ社　1977.10　229p　18cm（ポプラ社文庫）　390円

『ひとりぼっちのツル』　椋鳩十著　ポプラ社　1977.10　227p　18cm（ポプラ社文庫）　390円

『町をよこぎるリス』　椋鳩十著　ポプラ社　1977.10　229p　18cm（ポプラ社文庫）　390円

『すっとびこぞうとふしぎなくに』　椋鳩十作, 多田ヒロシ絵　金の星社　1977.8　70p　22cm（新・創作えぶんこ）　850円

『アルプスの猛犬』　椋鳩十著　ポプラ社　1977.7　245p　18cm（ポプラ社文庫）　390円

『片耳の大シカ』　椋鳩十著　ポプラ社　1977.7　237p　18cm（ポプラ社文庫）　390円

『白いオウム』　椋鳩十著　ポプラ社　1977.7　245p　18cm（ポプラ社文庫）　390円

『月の輪グマ』　椋鳩十著　ポプラ社　1977.7　245p　18cm（ポプラ社文庫）　390円

『山の大将』　椋鳩十著　ポプラ社　1977.7　253p　18cm（ポプラ社文庫）　390円

『ヤマネコと水牛の島』　椋鳩十作, 吉崎正巳画　ポプラ社　1977.4　150p　22cm（椋鳩十の離島ものがたり 4）　750円

『カボチャのばけネコ―鹿児島・熊本・大分・宮崎』　金沢佑光え, 椋鳩十文　小峰書店　1977.3　229p　23cm（小学生日本の民話 2）　1200円〈図版〉
目次 ウグイスのやど〔ほか17編〕

『大空いっぱいに』　椋鳩十作, 皆川千恵子絵　あすなろ書房　1976.11　94p　22cm（あすなろ小学生文庫 20）　880円

『ネズミ島物語』　椋鳩十著　偕成社　1976.8　234p　19cm（偕成社文庫）　390円

『ふしぎな石と魚の島』　椋鳩十作, 山中冬児画　ポプラ社　1976.8　158p　22cm（椋鳩十の離島ものがたり 3）　750円

子どもの本・日本の名作童話6000　289

椋鳩十

『クロのひみつ』　椋鳩十著　ポプラ社　1976.7　61p（カラー版・創作えばなし27）　800円

『どうぞかんべん』　五百住乙絵　あすなろ書房　1976.3　44p　27cm（椋鳩十・創作幼年童話）　850円

『犬のくんしょう』　椋鳩十著　家の光協会　1976.1　208p　22cm（自然と人間のものがたり22）　840円

『黄金の島』　椋鳩十作, こさかしげる画　ポプラ社　1975　156p　22cm（椋鳩十の離島ものがたり1）

『海上アルプス』　椋鳩十作, 清水勝画　ポプラ社　1975　150p　22cm（椋鳩十の離島ものがたり2）

『片耳の大シカ』　椋鳩十文, 武部本一郎絵　偕成社　1975　187p　19cm（偕成社文庫）

『カワウソの海』　椋鳩十作, 横内襄画　ポプラ社　1975　238p　20cm（ポプラ社の創作文学2）

『クマほえる』　椋鳩十作, 井口文秀絵　講談社　1975　52p　24cm（講談社の創作童話）

『孤島の野犬』　椋鳩十文, 武部本一郎絵　偕成社　1975　252p　19cm（偕成社文庫）

『じねずみのおやこ』　椋鳩十さく, 吉崎正巳え　小峰書店　1975　54p　23cm（こみねこどものほん9）

『ピョンのうた』　椋鳩十さく, 北島新平え　あすなろ書房　1975　63p　22cm（あすなろ小学生文庫7）

『るり寺ものがたり』　椋鳩十作, 梶山俊夫絵　あすなろ書房　1975　94p　22cm（あすなろ小学生文庫5）

『イノシシの谷』　椋鳩十作, 福田庄助絵　あすなろ書房　1974　1冊　22cm

『ふしぎな二階』　椋鳩十作, 梶山俊夫絵　あすなろ書房　1974　68p　22cm（あすなろ小学生文庫4）

『山の民とイノシシ』　椋鳩十文, 北島新平画　童心社　1974　149p　22cm（ノンフィクション・ブックス）

『ぎんいろの巣』　椋鳩十作, 佐藤忠良絵　ポプラ社　1973　61p　24cm（創作えばなし11）〈カラー版〉

『しもばしら』　むくはとじゅうさく, たけべもといちろうえ　金の星社　1973　59p　27cm（創作えぶんこ1）

『白いなみ白いなみイルカが行く』　椋鳩十作, 清水崑絵　フレーベル館　1973　102p　23cm（フレーベルどうわ文庫6）

『ネズミ島物語』　椋鳩十文, 三輪田俊助絵　偕成社　1973　218p　21cm（少年少女創作文学）

『みかづきとたぬき』　椋鳩十作, 吉井忠え　小峰書店　1973　102p　23cm（創作幼年童話選9）

『月の輪グマ』　椋鳩十著　石田武雄画　あかね書房　1972　206p　22cm（日本児童文学名作選9）

『母グマ子グマ』　椋鳩十作, 石田武雄絵　岩崎書店　1971　129p　22cm（日本の幼年童話9）

『ハブとたたかう島』　椋鳩十著, 笠原やえ子絵　あすなろ書房　1971　183p　22cm（あすなろ創作童話5）

『やせ牛物語』　椋鳩十作, 田代三善絵　小峰書店　1971　165p　23cm（創作童話1）

『あるぷすのきじ』　椋鳩十著, 須田寿絵　あすなろ書房　1970　1冊　27cm

『孤島の野犬』　椋鳩十作, 奈良葉二え　学習研究社　1970　219p　19cm（少年少女学研文庫313）

『マヤの一生』　椋鳩十文, 吉井忠絵　大日本図書　1970　97p　22cm（子ども図書館）

『カガミジシ』　椋鳩十文, 村上豊絵　講談社　1969　166p　23cm（少年少女現代日本創作文学7）

『きんいろのあしあと』　椋鳩十文, 安泰画　童心社　1969　48p　25cm（日本の動物記シリーズ）

『チビザル兄弟』　椋鳩十文, 赤羽末吉絵　学習研究社　1969　192p　23cm（新しい日本の童話シリーズ4）

『つるのよめじょ』　椋鳩十文,根本進絵　さ・え・ら書房　1969　126p　23cm（メモワール文庫）

『椋鳩十全集　12　日高山伏物語』　椋鳩十作,箕田源二郎絵　ポプラ社　1969　251p　23cm

『椋鳩十全集　11　自然の中で』　椋鳩十作,熊谷元一絵　ポプラ社　1969　229p　23cm

『椋鳩十全集　10　カモの友情』　椋鳩十作,五百住乙絵　ポプラ社　1969　269p　23cm

『椋鳩十全集　9　野性の叫び声』　椋鳩十作,高木澄朗絵　ポプラ社　1969　245p　23cm

『椋鳩十全集　8　野獣の島』　椋鳩十作,藤沢友一絵　ポプラ社　1969　253p　23cm

『椋鳩十全集　7　アルプスの猛犬』　椋鳩十作,古賀亜十夫絵　ポプラ社　1969　237p　23cm

『椋鳩十全集　6　底なし谷のカモシカ』　椋鳩十作,武部本一郎絵　ポプラ社　1969　237p　23cm

『椋鳩十全集　5　孤島の野犬』　椋鳩十作,清水勝絵　ポプラ社　1969　237p　23cm

『椋鳩十全集　4　大空に生きる』　椋鳩十作,石田武雄絵　ポプラ社　1969　207p　23cm

『椋鳩十全集　3　山の大将』　椋鳩十作,市川禎男絵　ポプラ社　1969　207p　23cm

『椋鳩十全集　2　片耳の大シカ』　椋鳩十作,武部本一郎絵　ポプラ社　1969　213p　23cm

『椋鳩十全集　1　月の輪グマ』　椋鳩十作,吉崎正巳絵　ポプラ社　1969　229p　23cm

『大造じいさんとガン』　椋鳩十著　大日本図書　1968　77p　22cm（子ども図書館）
　目次　大造じいさんとガン,山の太郎グマ,月の輪グマ,片耳の大鹿

『みかづきとたぬき』　椋鳩十文,市川禎男絵　小峯書店　1968　78p　27cm（創作幼年童話 17）

『大空に生きるワシの子の冒険』　椋鳩十著,清水勝絵　牧書店　1967　195p　22cm（新少年少女教養文庫 2）

『あるぷすのきじ』　椋鳩十文,須田寿絵　あすなろ書房　1966　1冊　27cm（母と子の読書シリーズ 3）

『三ぼんあしのいたち』　椋鳩十文,須田寿絵　あすなろ書房　1966　1冊　27cm（母と子の読書シリーズ 4）

『新編　片耳の大鹿』　椋鳩十著,石田武雄絵　牧書店　1966　220p　22cm（少年少女教養文庫 15）

『ちょこまかぎつねなきぎつね』　椋鳩十文,五百住乙絵　あすなろ書房　1966　1冊　27cm（母と子の読書シリーズ 5）

『どうぞかんべん』　椋鳩十文,五百住乙絵　あすなろ書房　1966　1冊　27cm（母と子の読書シリーズ 2）

『山の太郎グマ』　椋鳩十文,箕田源二郎絵　偕成社　1966　178p　23cm（新日本児童文学選 19）

『片耳の大シカ』　椋鳩十文,松田穣絵　偕成社　1965　176p　23cm（新日本児童文学選 3）

『きえたキツネ』　椋鳩十文,久米宏一絵　小峰書店　1965　198p　23cm（椋鳩十動物童話全集 3）

『子ザルひよし』　椋鳩十文,市川禎男絵　小峰書店　1965　197p　23cm（椋鳩十動物童話全集 4）

『たたかうカモシカ』　椋鳩十文,箕田源二郎絵　小峰書店　1965　198p　23cm（椋鳩十動物童話全集 1）

『太郎とクロ』　椋鳩十文,桜井誠絵　小峰書店　1965　198p　23cm（椋鳩十動物童話全集 5）

『月の輪グマ』　椋鳩十文,武部本一郎絵　小峰書店　1965　198p　23cm（椋鳩十動物童話全集 2）

武者小路実篤

『なきむしたろう』 椋鳩十文, 須田寿絵 あすなろ書房 1965 62p 27cm（母と子の読書シリーズ 1）

『椋鳩十名作集』 椋鳩十文, 須田寿絵 偕成社 1964 308p 23cm（少年少女現代日本文学全集 23）

『孤島の野犬―少年少女動物文学』 椋鳩十著, 須田寿絵 牧書店 1963 225p 22cm（少年少女教養文庫 2）

『大空に生きる』 椋鳩十文, 須田寿絵 牧書店 1960 226p 19cm

『片耳の大鹿―動物物語』 椋鳩十文, 稗田一穂絵 牧書店 1959 184p 19cm

『片耳の大鹿・名なし島の子ら』 椋鳩十, 久保喬文, 佐藤忠良絵 麦書房 1958 36p 21cm（雨の日文庫 第1集8）

『山の大将』 椋鳩十文, 久米宏一絵 講談社 1956 262p 19cm

『日本児童文学全集 11 少年少女小説篇 1』 吉屋信子, 木内高音, 吉田甲子太郎, 後藤楢根, 青木茂, 国分一太郎, 椋鳩十, 久保喬, 田畑修一郎, 松坂忠則, 伊藤貴麿, 小山勝清, 森田たま, 吉田絃二郎, 波多野完治作 河出書房 1954 344p 22cm

『片耳の大鹿―動物物語』 椋鳩十著, わたなべさぶろう等絵 牧書店 1951 184p 19cm（学校図書館文庫 19）

『屋根うらのネコ』 椋鳩十著, 斎藤長三絵 西荻書店 1951 98p 15cm（三色文庫 5）

武者小路　実篤
むしゃのこうじ・さねあつ
《1885～1976》

『友情』 武者小路実篤著 旺文社 1997.4 207p 18cm（愛と青春の名作集） 900円

『友情』 武者小路実篤著 偕成社 1982.7 312p 19cm（日本文学名作選 15） 580円　①4-03-801150-X〈巻末:武者小路実篤の年譜 解説:吉田精一 ジュニア版 初刷:1965（昭和40） 肖像:著者 図版（肖像を含む)〉
|目次| 友情〔ほか7編〕

『友情』 武者小路実篤著 ポプラ社 1982.5 302p 20cm（アイドル・ブック 17―ジュニア文学名作選） 500円 〈巻末:年譜 解説:中川孝 初刷:1971（昭和46） 肖像:著者 図版（肖像)〉
|目次| 友情〔ほか6編〕

『友情・愛と死』 武者小路実篤著 金の星社 1981.10 286p 20cm（日本の文学 9） 680円　①4-323-00789-2〈巻末:実篤の年譜 解説:黒沢浩,遠藤祐 ジュニア版 初刷:1973（昭和48） 肖像:著者 図版（肖像)〉
|目次| 友情, 愛と死, 実篤の詩

『愛と死』 武者小路実篤著 ポプラ社 1980.9 206p 18cm（ポプラ社文庫） 390円

『友情』 武者小路実篤著 ポプラ社 1980.8 188p 18cm（ポプラ社文庫） 390円

『愛と死』 武者小路実篤著 ポプラ社 1980.6 302p 20cm（アイドル・ブック 33―ジュニア文学名作選） 500円 〈巻末:年譜 解説:中川孝 初刷:1965（昭和40） 図版（肖像)〉
|目次| 愛と死〔ほか12編〕

『現代日本文学全集 14 武者小路実篤名作集』 武者小路実篤著 改訂版 偕成社 1980.4 308p 23cm 2300円〈編集:滑川道夫〔ほか〕 初版:1963（昭和38） 巻末:年譜,現代日本文学年表,参考文献 解説:瀬沼茂樹〔ほか〕 肖像・筆跡:著者〔ほか〕 図版（肖像,筆跡を含む)〉
|目次| 或る男（抄）〔ほか14編〕

『友情』 武者小路実篤著 学習研究社 1978.10 240p 20cm（ジュニア版名作文学） 550円

『愛と死』 武者小路実篤著 ポプラ社 1976.8 302p 19cm（アイドル・ブックス 33） 500円

『友情』 武者小路実篤著, 武部本一郎絵 金の星社 1973 286p 20cm（ジュニア版日本の文学 9）

『愛と死』 武者小路実篤作, 宮田武彦絵 集英社 1972 273p 20cm（日本の文学 ジュニア版 25）

武者小路実篤

『友情』　武者小路実篤作, 宮田武彦絵　集英社　1972　317p　20cm（日本の文学 ジュニア版 17）

『武者小路実篤名作集』　武者小路実篤著, 名取満四郎絵　偕成社　1970　308p　23cm（少年少女現代日本文学全集 14）

『愛と死』　武者小路実篤文, 伊藤和子絵　偕成社　1969　312p　19cm（ホーム・スクール版日本の名作文学 24）

『愛と死』　武者小路実篤著, 宮田武彦絵　集英社　1969　273p　20cm（日本の文学カラー版 25）

『友情』　武者小路実篤著, 宮田武彦絵　集英社　1969　317p　20cm（日本の文学カラー版 17）

『愛と死』　武者小路実篤文, 伊藤和子絵　偕成社　1968　308p　19cm（日本文学名作選ジュニア版 43）

『友情』　武者小路実篤文, 永井潔絵　偕成社　1968　308p　19cm（日本の名作文学ホーム・スクール版 11）

『幸福な家族』　武者小路実篤文, 松井行正絵　ポプラ社　1966　318p　20cm（アイドル・ブックス 46）

『人生論』　武者小路実篤文　ポプラ社　1966　286p　20cm（アイドル・ブックス 56）

『真理先生』　武者小路実篤文, 柳瀬茂絵　ポプラ社　1966　302p　20cm（アイドル・ブックス 53）

『愛と死』　武者小路実篤文, 玉井徳太郎絵　ポプラ社　1965　302p　20cm（アイドル・ブックス 12）

『友情』　武者小路実篤文, 武部本一郎絵　ポプラ社　1965　302p　20cm（アイドル・ブックス 19）

『友情』　武者小路実篤文, 永井潔絵　偕成社　1965　308p　19cm（日本文学名作選ジュニア版 15）

『武者小路実篤名作集』　武者小路実篤文, 太田大八絵　偕成社　1963　308p　23cm（少年少女現代日本文学全集 10）

『志賀直哉・武者小路実篤・有島武郎集』　志賀直哉, 武者小路実篤, 有島武郎文, 太田大八等絵　講談社　1962　401p　23cm（少年少女日本文学全集 4）

『なの花と小娘―志賀直哉・武者小路実篤・吉田絃二郎・室生犀星童話集』　志賀直哉, 武者小路実篤, 吉田絃二郎, 室生犀星作, 池田かずお絵　偕成社　1962　240p　23cm（日本児童文学全集 4）

『武者小路実篤集』　武者小路実篤文　東西五月社　1960　178p　22cm（少年少女日本文学名作全集 24）

『日本太郎』　武者小路実篤文, 藤城清治絵　あかね書房　1959　243p　20cm

『武者小路実篤集』　武者小路実篤作, 千葉笙史等絵　ポプラ社　1958　300p　22cm（新日本少年少女文学全集 11）

『武者小路実篤集』　武者小路実篤文, 飛田多喜雄等編　新紀元社　1956　286p　18cm（中学生文学全集 10）

『武者小路実篤名作集』　武者小路実篤文, 亀井勝一郎編, 小穴隆一絵　あかね書房　1956　235p　22cm（少年少女日本文学選集 6）

『武者小路実篤・有島武郎集』　武者小路実篤, 有島武郎文, 久松潜一等編　東西文明社　1955　240p　22cm（少年少女のための現代日本文学全集 10）

『日本児童文学全集　10　児童劇篇 童話劇篇 学校劇篇』　久保田万太郎, 秋田雨雀, 長田秀雄, 武者小路実篤, 山本有三, 楠山正雄, 額田六福, 岡田八千代, 水谷まさる, 小山内薫, 木下順二, 坪内逍遥, 斎田喬, 落合聰三郎, 宮津博, 永井鱗太郎, 内山嘉吉, 阿貴良一, 岡田陽, 栗原一登, 村山亜土, 岡一太作　河出書房　1953　386p　22cm

『日本児童文学全集　3　童話篇 3』　武者小路実篤, 志賀直哉, 芥川竜之介, 佐藤春夫作　河出書房　1953　338p　22cm
　目次　武者小路実篤集 志賀直哉集 芥川竜之介集 佐藤春夫集

紫式部

『かちかち山』　武者小路実篤著, 岸田劉生絵　西荻書店　1951　88p　15cm（三色文庫 2）

紫式部
むらさきしきぶ
《978～1016》

『源氏物語』　紫式部作, 高木卓訳, 松室加世子絵　講談社　1995.4　269p　18cm（講談社青い鳥文庫）　590円
①4-06-148415-X
内容 その美しさと気品で、おさないときからたぐいまれな才能をみせる若宮。父の帝は、わが子の将来に世のつねでない運命を感じとり、皇族の身分からはずすことを決意される。こうして、源氏の姓をたまわった「光源氏」は、亡き母のおもかげをやどす義母「藤壺の女御」をふかくしたう少年時代をすごし、恋多き青年へと成長していく。小学上級から。

『源氏物語　下』　紫式部原作, 瀬戸内寂聴著　講談社　1993.1　309p　22cm（少年少女古典文学館　第6巻）　1700円
①4-06-250806-0
内容 帝の子として生まれ、光り輝く美貌と才智で位を得、富と名声を得、数多の恋を成就させた源氏。六条院での源氏の栄華は、はてしなく続くように思われたが、その子夕霧、そして内大臣の息子柏木の恋の炎がいやおうなしに源氏をまきこんで渦まく。源氏にも日一日と人生の秋がしのびよっていた。王朝大河ロマン、波乱のクライマックス。

『源氏物語　上』　紫式部原作, 瀬戸内寂聴著　講談社　1992.12　333p　22cm（少年少女古典文学館　第5巻）　1700円
①4-06-250805-2
内容 『源氏物語』は、11世紀はじめに紫式部という宮仕えの女性によって書かれた、大長編小説である。華やかに栄えた平安朝を舞台に、高貴で強くし、才能にあふれた光源氏を主人公に、その子薫の半生までをつづった物語である。当時の男女の恋愛模様を核に、人間を、貴族社会を、あますところなく描いている。

『源氏物語』　紫式部原著, 福田清人編著　偕成社　1982.3　235,〔3〕p　20cm（日本の古典文学 4）　980円
①4-03-807040-9〔付:平安時代の貴族の風俗と調度〔ほか3件〕解説:福田清人　ジュニア版　初刷:1973（昭和48）図版〕

『源氏物語』　紫式部原著, 福田清人編著, 永井潔絵　偕成社　1973　235p　20cm（日本の古典文学 4）〈ジュニア版〉

『源氏物語』　紫式部作, 福田清人訳, 羽石光志絵　偕成社　1963　316p　19cm（少女世界文学全集 26）

『源氏物語』　紫式部作, 佐藤一英訳, 佐多芳郎絵　講談社　1960　295p　19cm

『源氏物語』　紫式部原作, 木俣修著, 田中佐一郎絵　福村書店　1956　244p　22cm（少年少女のための国民文学 2）

『源氏物語』　紫式部原作, 堀寿子編, 大石哲路絵　黎明社　1955　220p　19cm（日本名作物語 12）

『源氏物語』　紫式部原作, 福田清人著, 羽石光志絵　偕成社　1951　324p　19cm（世界名作文庫 49）

村野　四郎
むらの・しろう
《1901～1975》

『遠いこえ近いこえ―村野四郎詩集』　村野四郎著, 扶川茂編, 津田真帆絵　越谷かど創房　1994.3　85p　23cm　1300円
①4-87598-400-6
目次 1 のばら, 2 白い建物, 3 霧（訳詩）, 4 白の空間
内容 この詩集『遠いこえ近いこえ』には、『村野四郎こども詩集』からの作品のほか、小学校の国語教科書などに書いた子どものための詩と、今までどの詩集にも収められなかった詩（A4判のスクラップブック四冊に、新聞・雑誌等に発表されたものの切り抜きと手書きの詩がはりつけられて残されています）のなかから、年少の人たちにもわかっていただけるようなものを選び、さらに同じような視点で訳詩のなかからも四編を選んで一冊にしたものです。

村山　籌子
むらやま・かずこ
《1903～1946》

『川へおちたたまねぎさん』　村山籌子作,村山知義絵,村山籌子作品集編集委員会編　JULA出版局　1998.3　97p　22cm（村山籌子作品集 3）　1500円
①4-88284-192-4
[目次]ぞうとねずみ,たまごとお月さま,すなまんじゅう,がちょうさんと犬さんのしっぽい,あひるさんとつるさん,こぐまさんのかんがえちがい,ぽっくりきのくつ,かぜ,これはわたしのおうち,犬の洋行〔ほか〕

『あめがふってくりゃ』　村山籌子作,村山知義絵,村山籌子作品集編集委員会編　JULA出版局　1998.1　101p　22cm（村山籌子作品集 2）　1500円
①4-88284-191-6〈文献あり〉
[内容]のんきなおいしゃさん;はちとくま;かえるさんとこおろぎさん;けがをした大かぜくん;かさをかしてあげたあひるさん;耳ながさんとあひるさん;あめがふってくりゃ;ふくろ;こいぬ;あめやさん〔ほか〕

『リボンときつねとゴムまりと月』　村山籌子作,村山知義絵　JULA出版局　1997.10　93p　22cm（村山籌子作品集 1）　1500円　①4-88284-190-8〈奥付の責任表示（誤植）:村上知義〉

『3びきのこぐまさん』　村山籌子作,村山知義絵　婦人之友社　1986.3　43p　30cm　1500円　①4-8292-0113-4
[内容]「3びきのこぐまさん」は半世紀まえ『子供之友』という月刊誌に連載された絵ばなしです。これは,元気な,知りたがりやの子どもたちと,実にのびのびとした空想の語り手と,極めてモダーンで明快な画家との,すてきな出会いから生まれた,優れた絵本の原型でした。時のへだてはこの本に限ってありません。絵をパッと見ただけで,子どもは自分たちの本だと分るでしょう。その面白いこと! この本をこれから開く子どもたちが羨ましいくらいです。

『しっぽをなくしたねずみさん』　村山籌子作,小野かおるえ　小峰書店　1970　63p　27cm（こみね幼年どうわ 11）

『ママのおはなし―村山籌子童話集』　村山籌子文,村山知義等絵　童心社　1966　220p　26cm

室生　犀星
むろう・さいせい
《1889～1962》

『幼年時代―性に目覚める頃・或る少女の死まで』　室生犀星著　旺文社　1997.4　303p　18cm（愛と青春の名作集）　1000円

『生きものはかなしかるらん―室生犀星詩集』　室生犀星著　岩崎書店　1995.8　102p　20×19cm（美しい日本の詩歌 3）　1500円　①4-265-04043-8
[内容]みずみずしい詩情・美しいことば。いま甦る望郷の詩人、室生犀星の美しくせつない抒情詩の珠玉

『動物のうた』　室生犀星作,かすや昌宏絵　新版　大日本図書　1990.4　74p　22cm　1200円　①4-477-17603-1

『幼年時代・風立ちぬ』　室生犀星,堀辰雄著　講談社　1986.9　325p　22cm（少年少女日本文学館 第9巻）　1400円
①4-06-188259-7
[目次]幼年時代（室生犀星）,西班牙犬の家（佐藤春夫）,実さんの胡弓（佐藤春夫）,おもちゃの蝙蝠（佐藤春夫）,わんぱく時代〔抄〕（佐藤春夫）,新聞雑誌縦覧所（佐藤春夫）,口は禍の門（佐藤春夫）,カッパの川流れ（佐藤春夫）,校舎炎上（佐藤春夫）,風立ちぬ（堀辰雄）
[内容]詩人であり小説家の犀星・春夫・辰雄のかぐわしき幼き日、若き日の思い出! 心いっぱい吸いこんでほしい! 名作のかずかず。

『幼年時代』　室生犀星著　創隆社　1984.9　201p　18cm（近代文学名作選）　430円

『動物のうた』　室生犀星著　大日本図書　1981.2　77p　22cm（子ども図書館）　750円〈解説:室生朝子　初刷:1967（昭和42）〉

『室生犀星童話全集　3』　創林社　1978.12　310p　22cm　2600円

茂田井武

『室生犀星童話全集 2』 創林社 1978.9 303p 22cm 2200円

『室生犀星童話全集 1』 創林社 1978.7 234p 22cm 2200円

『幼年時代』 室生犀星作, 紺野修司え 集英社 1975 300p 20cm（日本の文学 ジュニア版 42）

『性に目覚める頃』 室生犀星著, 高田勲絵 偕成社 1971 316p 19cm（ジュニア版日本文学名作選 54）

『動物のうた』 室生犀星文, 須田寿絵 大日本図書 1967 77p 22cm（子ども図書館）

『室生犀星名作集』 室生犀星文, 遠藤てるよ絵 偕成社 1965 306p 23cm（少年少女現代日本文学全集 31）

『佐藤春夫・室生犀星・川端康成集』 佐藤春夫, 室生犀星, 川端康成文, 富永秀夫等絵 講談社 1963 380p 23cm（少年少女日本文学全集 6）

『古事記物語』 室生犀星文, 新井五郎絵 小学館 1962 317p 19cm（少年少女世界名作文学全集 24）

『なの花と小娘―志賀直哉・武者小路実篤・吉田絃二郎・室生犀星童話集』 志賀直哉, 武者小路実篤, 吉田絃二郎, 室生犀星作, 池田かずお絵 偕成社 1962 240p 23cm（日本児童文学全集 4）

『室生犀星集』 室生犀星文 東西五月社 1960 169p 22cm（少年少女日本文学名作全集 22）

『室生犀星集』 室生犀星作, 市川禎男絵 ポプラ社 1959 284p 22cm（新日本少年少女文学全集 15）

『室生犀星集』 室生犀星文, 斎藤喜門編 新紀元社 1957 300p 18cm（中学生文学全集 18）

『佐藤春夫・室生犀星集』 佐藤春夫, 室生犀星文, 久松潜一等編 東西文明社 1955 237p 22cm（少年少女のための現代日本文学全集 15）

『日本児童文学全集 12 少年少女小説篇 2』 国木田独歩, 吉江喬松, 川端康成, 北畠八穂, 土田耕平, 阿部知二, 吉田一穂, 林芙美子, 室生犀星, 藤森成吉, 中勘助, 前田夕暮, ワシリー・エロシェンコ, 田宮虎彦, 徳永直, 堀辰雄, 中西悟堂, 寺田寅彦, 夏目漱石, 森鴎外作 河出書房 1955 360p 22cm

┌─────────────┐
│ 茂田井　武 │
│ もたい・たけし │
│ 《1908〜1956》 │
└─────────────┘

『夢の絵本―全世界子供大会への招待状』 茂田井武著 架空社 1991.4 100p 19cm 1600円 ④4-906268-30-7

┌─────────────┐
│ 森　いたる │
│ もり・いたる │
│ 《1913〜》   │
└─────────────┘

『東海道中膝栗毛』 十返舎一九原作, 森いたる文 ぎょうせい 1995.2 202p 22cm（新装少年少女世界名作全集 49） 1300円 ④4-324-04376-0〈新装版〉

『だんぶりちょうじゃ』 森いたる文, 渡辺三郎絵 大阪 ひかりのくに 1994.11 35p 26cm（いつまでも伝えたい日本の民話 5） 980円 ④4-564-25005-1

『はくちょうのおうじ』 アンデルセンさく, 森いたるぶん, ささやすゆきえ 金の星社 1984.12 77p 22cm（せかいの名作ぶんこ） 580円 ④4-323-00134-7

『きっちょむさん』 森いたるぶん, 大古尅己え 金の星社 1984.11 76p 22cm（せかいの名作ぶんこ） 580円 ④4-323-00145-2

『いっきゅうさん』 森いたるぶん, 三国よしおえ 金の星社 1984.2 76p 22cm（せかいの名作ぶんこ） 580円 ④4-323-00649-7

『ぼくたちの大事件』 森いたる作, 渡辺有一絵 金の星社 1983.9 173p 22cm（みんなの文学） 880円 ④4-323-00528-8

『ぼくはサウスポー』　森いたる作, 吉崎正巳絵　太平出版社　1983.2　108p　22cm（太平・新創作童話）　960円

『東海道中膝栗毛』　十返舎一九原作, 森いたる文　ぎょうせい　1982.10　202p　22cm（少年少女世界名作全集 49）　1200円

『ちびくろ・さんぼ』　バンナーマンさく, 森いたるぶん, 童公佳え　金の星社　1977.4　77p　22cm（せかいの名作ぶんこ）　580円

『やじさんきたさん』　十返舎一九作, 森いたる文, 吉崎正巳絵　集英社　1968　162p　21cm（母と子の名作文学 29）

『ピーターパン』　バリ原作, 森いたる文, 佐藤ひろ子絵　宝文館　1956　96p　22cm（宝文館の小学生文庫 3年生）

『青空二人組』　森いたる文, 矢車涼絵　宝文館　1955　215p　19cm（少年少女ユーモア文庫）

『チコトンの通信』　森いたる文, 鍛冶貫一絵　宝文館　1955　233p　19cm（少年少女ユーモア文庫）

森　鴎外
もり・おうがい
《1862～1922》

『高瀬舟』　森鴎外著　全国学校図書館協議会　1999.1　23p　19cm（集団読書テキスト B2）　155円　①4-7933-8002-6　〈年譜あり〉

『舞姫』　森鴎外原作　金の星社　1997.11　93p　22cm（アニメ日本の名作 8）　1200円　①4-323-05008-9
内容　野心をいだいて海をわたり、はるかなドイツへとやってきた青年、太田豊太郎。仕事のあいまには大学で学び、意欲にみちた生活を送っていた。だが、ある雪のふる夕暮れ、ぐうぜんに出会ったうつくしい少女エリスが、豊太郎の運命をかえていく。エリスはおどり子一舞姫だった。小学校3・4年生から。

『雁・うたかたの記―文づかひ・安井夫人』　森鴎外著　旺文社　1997.4　285p　18cm（愛と青春の名作集）　950円

『舞姫・山椒大夫―最後の一句・高瀬舟・阿部一族』　森鴎外著　旺文社　1997.4　255p　18cm（愛と青春の名作集）　930円

『たけくらべ・山椒大夫』　講談社　1995.5　229p　19cm（ポケット日本文学館 5）　1000円　①4-06-261705-6
目次　たけくらべ（樋口一葉）、山椒太夫（森鴎外）、高瀬舟（森鴎外）、最後の一句（森鴎外）、羽鳥千尋（森鴎外）

『たけくらべ・山椒大夫』　講談社　1986.12　285p　22cm（少年少女日本文学館 第1巻）　1400円　①4-06-188251-1
目次　たけくらべ（樋口一葉）、山椒太夫（森鴎外）、高瀬舟（森鴎外）、最後の一句（森鴎外）、羽鳥千尋（森鴎外）、耳なし芳一のはなし（小泉八雲）、むじな（小泉八雲）、雪おんな（小泉八雲）
内容　背のびをしながら、大人になる子どもたち。下町に住む子どもたちのありのままの姿を描いた「たけくらべ」をはじめ、明治の名作8編を収録。

『山椒大夫・高瀬舟』　森鴎外著, 清水耕蔵絵　講談社　1986.11　197p　18cm（講談社青い鳥文庫）　420円　①4-06-147209-7
目次　金貨, 杯, 木精, 堺事件, 山椒大夫, 最後の一句, 高瀬舟
内容　父をたずねる旅に出た、安寿・厨子王と母は、人買いにだまされ、別れ別れになった。姉弟は、山椒大夫のところへ売られ、毎日つらい仕事をさせられた。父母と会うために、安寿は厨子王を一人で都に逃がした。やがて出世し、国守となった厨子王は、母をさがしに行く。「山椒大夫」をはじめ、「高瀬舟」「堺事件」「金貨」など、森鴎外の名作7編を収録。

『山椒大夫』　森鴎外著　創隆社　1984.10　204p　18cm（近代文学名作選）　430円　〈新装版〉

『山椒大夫・高瀬舟』　森鴎外著　ポプラ社　1981.12　302p　20cm（アイドル・ブックス 14―ジュニア文学名作選）　500円　〈巻末:年譜　解説:塩田良平　初刷:1971（昭和46）肖像:著者　図版(肖像)〉
目次　山椒大夫〔ほか8編〕

森鷗外

『山椒大夫・高瀬舟』　森鷗外著　偕成社　1981.10　308p　19cm（日本文学名作選 14）　680円　①4-03-801140-2〈巻末:森鷗外の年譜　解説:荒正人　ジュニア版　初刷:1965（昭和40）　肖像:著者　図版（肖像を含む）〉
|目次| 山椒大夫〔ほか7編〕

『高瀬舟・山椒大夫』　森鷗外著　金の星社　1981.10　283p　20cm（日本の文学 7）　680円　①4-323-00787-6〈巻末:鷗外の年譜　解説:森茉利〔ほか〕　ジュニア版　初刷:1973（昭和48）　肖像:著者　図版（肖像）〉
|目次| 最後の一句、山椒大夫、阿部一族、安井夫人、大塩平八郎、高瀬舟

『山椒大夫・高瀬舟』　森鷗外著　偕成社　1980.6　225p　19cm（偕成社文庫）　430円

『現代日本文学全集　4　森鷗外名作集』　森鷗外著　改訂版　偕成社　1980.4　303p　23cm　2300円〈編集:滑川道夫〔ほか〕　初版:1963（昭和38）　巻末:年譜,現代日本文学年表,参考文献　解説:吉田精一〔ほか〕　肖像・筆跡:著者〔ほか〕　図版（肖像,筆跡を含む）〉
|目次| 山椒大夫〔ほか10編〕

『青年・雁』　森鷗外著　ポプラ社　1979.7　302p　20cm（アイドル・ブックス 36—ジュニア文学名作選）　500円〈巻末:年譜　解説:吉田精一　初刷:1966（昭和41）　肖像:著者　図版（肖像）〉

『山椒大夫・最後の一句』　森鷗外著　ポプラ社　1978.11　205p　18cm（ポプラ社文庫）　390円

『高瀬舟・恩讐の彼方に・落城』　森鷗外,菊池寛,田宮虎彦著　学習研究社　1978.10　280p　20cm（ジュニア版名作文学）　580円

『山椒大夫・高瀬舟』　森鷗外著　春陽堂書店　1977.3　266p　16cm（春陽堂少年少女文庫—世界の名作・日本の名作）　320円

『青年』　森鷗外作、川田清実え　集英社　1975　300p　20cm（日本の文学　ジュニア版 45）

『舞姫』　森鷗外著　偕成社　1974　308p　19cm（ジュニア版日本文学名作選 59）

『最後の一句・山椒大夫』　森鷗外著,松井行正絵　金の星社　1973　283p　20cm（ジュニア版日本の文学 7）

『山椒大夫』　森鷗外作,川田清宏絵　集英社　1972　20cm（日本の文学　ジュニア版 16）

『山椒大夫』　森鷗外著,川田清実絵　集英社　1969　332p　20cm（日本の文学　カラー版 16）

『青年・雁』　森鷗外著,岡本爽太絵　偕成社　1969　418p　19cm（ジュニア版日本文学名作選 49）

『森鷗外名作集』　森鷗外著,太田大八絵　偕成社　1969　304p　23cm（少年少女現代日本文学全集 4）

『山椒大夫・杜子春』　森鷗外,芥川竜之介作,中沢堅夫編,片岡京二絵　講談社　1967　286p　19cm（世界名作全集 31）

『高瀬舟・山椒大夫』　森鷗外文,太田大八絵　あかね書房　1967　227p　22cm（少年少女日本の文学 1）

『青年・雁』　森鷗外文,須田寿絵　ポプラ社　1966　302p　20cm（アイドル・ブックス 43）

『山しょう大夫』　森鷗外文,西村保史郎絵　偕成社　1965　178p　23cm（新日本児童文学選 10）

『山椒大夫・高瀬舟』　森鷗外文,加藤敏郎絵　ポプラ社　1965　302p　20cm（アイドル・ブックス 16）

『山椒大夫・高瀬舟』　森鷗外文,山崎百々雄絵　偕成社　1965　304p　19cm（日本文学名作選ジュニア版 14）

『森鷗外名作集』　森鷗外文,太田大八絵　偕成社　1963　304p　23cm（少年少女現代日本文学全集 1）

『森鷗外・島崎藤村・国木田独歩集』　森鷗外,島崎藤村,国木田独歩文,市川禎男絵　講談社　1962　390p　23cm（少年少女日本文学全集 1）

『森鴎外集』　森鴎外文　東西五月社　1959　188p　22cm（少年少女日本文学名作全集 4）

『あんじゅとずしおう』　森鴎外原作, 井上英二編著, 富岡襄絵　大阪　保育社　1958　188p　22cm（保育社の幼年名作全集 21）

『安寿と厨子王』　森鴎外原作, 村松千代編, 土村正寿絵　黎明社　1958　234p　19cm（日本名作全集 7）

『安寿とずし王―日本伝説』　森鴎外原作, 宮脇紀雄編著, 新井五郎絵　偕成社　1956　198p　22cm（児童名作全集 21）

『森鴎外集』　森鴎外文, 馬場正男編　新紀元社　1956　287p　18cm（中学生文学全集 3）

『森鴎外・坪内逍遥集』　森鴎外, 坪内逍遥文, 久松潜一等編　東西文明社　1956　246p　22cm（少年少女のための現代日本文学全集 7）

『安寿と厨子王』　森鴎外原作, 村松千代編, 土村正寿絵　黎明社　1955　234p　19cm（日本名作物語 3）

『日本児童文学全集　12　少年少女小説篇 2』　国木田独歩, 吉江喬松, 川端康成, 北畠八穂, 土田耕平, 阿部知二, 吉田一穂, 林芙美子, 室生犀星, 藤森成吉, 中勘助, 前田夕暮, ワシリー・エロシェンコ, 田宮虎彦, 徳永直, 堀辰雄, 中西悟堂, 寺田寅彦, 夏目漱石, 森鴎外作　河出書房　1955　360p　22cm

『森鴎外名作集』　森鴎外文, 荒正人編, 御正伸絵　あかね書房　1955　235p　22cm（少年少女日本文学選集 2）

『山椒大夫―外4篇』　森鴎外文, 江崎孝坪絵　生活百科刊行会　1954　209p　19cm

『安寿と厨子王』　森鴎外原作, 露木陽子著, 池田かずお絵　偕成社　1953　304p　19cm（世界名作文庫 58）

森　三郎
もり・さぶろう
《1911〜1993》

『夜長物語―森三郎童話選集』　森三郎著, 刈谷市教育委員会, 中央図書館編　刈谷　刈谷市教育委員会　1996.12　263p　22cm〈著者の肖像あり　略年譜:p257〜261〉

『かささぎ物語―森三郎童話選集』　森三郎著, 刈谷市教育委員会, 中央図書館編　刈谷　刈谷市教育委員会　1995.5　263p　22cm　非売品〈著者の肖像あり;略年譜:p257〜261〉

森　はな
もり・はな
《1909〜1989》

『土の笛』　森はな作, 森俊樹補筆, 梶山俊夫絵　PHP研究所　1996.11　102p　22cm（PHP創作シリーズ）　1100円
①4-569-58981-2

『おばあちゃんは落語屋さん』　森はなさく, 梶山俊夫え　学校図書　1987.9　120p　21cm（学図の新しい創作シリーズ―心がかよう本）　500円
①4-7625-0193-X〈軽装版〉

『こはる先生だいすき』　森はな作, 梅田俊作絵　ポプラ社　1987.7　94p　22cm（ポプラ社のなかよし童話）　750円
①4-591-02533-0
内容　はとちゃんは、2年生になってもいちどもしゃべらない。こはる先生が、「山下はとちゃん」とよんでも、いつもだんまりさん。やさしい、かなしそうな目で、先生をみつめるだけ。なにかわけがある。こはる先生はある日、はとちゃんの家をたずねた。とちゅう、花ニラをつんでいる女の子がいた。かわいい声でうたっている、その子ははとちゃんだった…。

『わたしはめんどりコッコです』　森はな作, 梶山俊夫絵　金の星社　1985.12　140p　22cm（みんなの文学）　880円
①4-323-01082-6

子どもの本・日本の名作童話6000　299

矢代静一

『じろはったん』　森はな作, 梶山俊夫絵　ポプラ社　1985.4　180p　18cm（ポプラ社文庫 A・172）　390円
①4-591-01964-0〈解説:野呂昶〉
[目次] 鐘つき堂, 絵本, 赤紙, ワラ人形, キティさん, 石臼の音, 疎開の子, おきみやげ, 木の葉の舟, 彼岸花

『海とめんどりとがいこつめがね—森はな学校・童話集』　森はなを囲む児童文学の会編　神戸　神戸新聞出版センター　1983.12　271p　19cm　980円
①4-87521-807-9

『じろはったん』　梶山俊夫え, 森はなさく　アリス館　1982.4　174p　22cm（児童文庫）　980円〈解説:森はな 図版〉

『ハナ先生ものがたり』　森はな作, 松井行正絵　アリス館　1982.2　174p　22cm（児童文庫）　980円〈図版〉

『おばあちゃんは落語屋さん』　森はなさく, 梶山俊夫絵　学校図書　1981.11　120p　22cm（学図の新しい創作シリーズ）　900円

『もどってくるもどってこん』　森はな作, 若菜珪絵　京都　PHP研究所　1980.10　165p　22cm（PHP創作シリーズ）　980円

『ひいちゃんとタチアオイの花』　森はな作, 梶山俊夫絵　京都　PHP研究所　1978.10　153p　22cm　950円

『わたしトシエです』　森はな作, 梶山俊夫絵　アリス館牧新社　1977.4　173p　22cm（児童文庫）　850円

『ハナ先生ものがたり』　森はな作, 松井行正絵　アリス館牧新社　1975　174p　22cm（児童文庫 9）

『じろはったん』　森はな作, 梶山俊夫え　牧書店　1973　174p　22cm（児童文学 2）

矢代　静一
やしろ・せいいち
《1927〜1998》

『お伽草子・伊曽保物語』　徳田和夫, 矢代静一著　新潮社　1991.9　111p　20cm（新潮古典文学アルバム 16）　1300円
①4-10-620716-8〈お伽草子・伊曽保物語略年表:p104〜108 お伽草子・伊曽保物語を読むための本:p111〉
[目次] 佳き昔の、おおらかな世界, お伽草子の時代（お伽草子の環境, 物語の変貌）, 伊曽保物語
[内容]「浦島太郎」「一寸法師」など、お伽ばなしの原点『お伽草子』、イソップ物語の日本初訳『伊曽保物語』—。人と、霊鬼妖怪・神仏が渾然としていた中世の物語世界。

『船乗り重吉冒険漂流記』　矢代静一著　平凡社　1976.3　206p　22cm　950円

安本　末子
やすもと・すえこ
《1943〜》

『にあんちゃん—十歳の少女の日記』　安本末子著　復刻版　福岡　西日本新聞社　2003.6　313p　19cm　1200円
①4-8167-0575-9
[目次] 第1部 お父さんが死んで…（兄さん, ねえさん,「なんでこんなにお金が…」, べんとう, 大雨の日 ほか）, 第2部 兄妹四人（友だちのたんじょう日, 兄さんからの手紙, 五年生になる, 人間のうんめい ほか）, 付 入院日記
[内容] 読みたい。この時代にこそ。貧しくても助けあい希望を持って生きたころがあった! 佐賀県の炭住を背景に両親を亡くした少女が兄らと懸命に生きる姿をつづった不朽の名作。

『にあんちゃん—十歳の少女の日記』　安本末子著　講談社　1978.8　268p　15cm（講談社文庫）　320円

『にあんちゃん』　安本末子著　筑摩書房　1977.7　222p　19cm（ちくま少年文庫）　980円

『にあんちゃん—十歳の少女の日記』　安本末子著　光文社　1958　243p　18cm

柳田　国男
やなぎた・くにお
《1875〜1962》

『遠野物語』　柳田国男著, 鵜飼久市抄訳, 高野玲子画　星の環会　1994.5　55p

26cm（郷土の研究 2） 1400円
①4-89294-056-9
[目次] 早池峯の女神, サムトの婆, オクナイサマの田植, ザシキワラシ, 小さな石臼, 餅に似た白い石, 嘉兵衛爺の鉄砲と狐, 川童と馬, マヨイガの朱塗り椀, オシラサマ, カクラサマ, 不思議な大石, 芳公のちから, ヤマハハの話

『少年と国語』 柳田国男著, 笠原正夫挿画 海鳴社 1992.2 270p 22cm（柳田国男児童読み物集） 2884円
①4-87525-145-9〈監修:庄司和晃〉
[目次] 山バトと家バト, ブランコの話, 赤とんぼの話, ウロコとフケ, クシャミのこと, キミ・ボク問題, 国語成長のたのしみ, アリジゴクと子ども, 祭りのさまざま, 二十三夜塔, 千駄焚き
[内容] 戦中・戦後にかけて子ども向けに書かれた作品を現代化。新たに多数の図版と注を加え, 忘れ去られた暮らしの歴史を身近な生活の中から説き明かしていく。本巻は, 耳言葉など, 子どもの言葉の世界をとらえた「少年と国語」「蟻地獄と子ども」のほか, 日本人の心の世界を描いた「二十三夜塔」「千駄焚き」「祭りのさまざま」を収録。小学5年生から大人まで。

『火の昔―少年少女のための文化の話』 柳田国男著, 笠原正夫挿画 海鳴社 1991.6 264p 22cm（柳田国男児童読み物集） 2884円〈監修:庄司和晃〉
[目次] 闇と月夜, ちょうちんの形, ロウソクの変遷, タイマツの起こり, 盆の火, 灯籠とロウソク, 家の灯火, 油と行灯, 灯芯と灯明皿, 油屋の発生, ランプと石油, 松のヒデ, 松とうがい, 屋外の灯火, 火の番と火事〔ほか〕
[内容] 日本人の衣・食・住・遊, くらしを探険。小学5年生から大人まで。

『村と学童』 柳田国男著, 笠原正夫挿画 海鳴社 1990.10 238p 22cm（柳田国男児童読み物集） 2575円〈監修:庄司和晃〉

『日本の伝説』 柳田国男著 春陽堂書店 1980.3 259p 16cm（春陽堂少年少女文庫—世界の名作・日本の名作） 360円

『日本の伝説 2』 柳田国男著 ポプラ社 1980.1 166p 18cm（ポプラ社文庫） 390円

『日本の伝説 1』 柳田国男著 ポプラ社 1980.1 172p 18cm（ポプラ社文庫） 390円

『日本のむかし話 2』 柳田国男著 ポプラ社 1979.10 164p 18cm（ポプラ社文庫） 390円

『日本のむかし話 1』 柳田国男著 ポプラ社 1979.10 165p 18cm（ポプラ社文庫） 390円

山川　惣治
やまかわ・そうじ
《1908～1992》

『少年ケニヤ　第1巻』 山川惣治作画 アース出版局 1996.7 205p 21×18cm（絵物語名作館） 2000円
①4-87270-065-1

『少年エース 3』 山川惣治著 角川書店 1985.7 220p 15cm（角川文庫） 380円 ①4-04-154733-4

『少年エース 2』 山川惣治著 角川書店 1985.2 210p 15cm（角川文庫） 380円 ①4-04-154732-6

『少年エース 1』 山川惣治著 角川書店 1984.12 211p 15cm（角川文庫） 380円 ①4-04-154731-8

『少年王者 10』 山川惣治著 角川書店 1984.8 234p 15cm（角川文庫） 380円 ①4-04-154730-X

『少年王者 9』 山川惣治著 角川書店 1984.7 243p 15cm（角川文庫） 380円 ①4-04-154729-6

『少年王者 8』 山川惣治著 角川書店 1984.6 246p 15cm（角川文庫） 380円 ①4-04-154728-8

『少年王者 7』 山川惣治著 角川書店 1984.5 200p 15cm（角川文庫） 380円 ①4-04-154727-X

『少年王者 6』 山川惣治著 角川書店 1984.4 182p 15cm（角川文庫） 380円 ①4-04-154726-1

『少年王者 5』 山川惣治著 角川書店 1984.3 221p 15cm（角川文庫） 380円 ①4-04-154725-3

山川惣治

『少年王者 4』 山川惣治著 角川書店 1984.2 192p 15cm（角川文庫） 380円 ⓘ4-04-154724-5

『少年王者 3』 山川惣治著 角川書店 1984.2 189p 15cm（角川文庫） 380円 ⓘ4-04-154723-7

『少年王者 2』 山川惣治著 角川書店 1984.2 191p 15cm（角川文庫） 380円 ⓘ4-04-154722-9

『少年ケニヤ 20』 山川惣治著 角川書店 1984.2 222p 15cm（角川文庫） 380円 ⓘ4-04-154720-2

『少年ケニヤ 19』 山川惣治著 角川書店 1984.2 222p 15cm（角川文庫） 380円 ⓘ4-04-154719-9

『少年ケニヤ 18』 山川惣治著 角川書店 1984.2 237p 15cm（角川文庫） 380円 ⓘ4-04-154718-0

『少年ケニヤ 17』 山川惣治著 角川書店 1984.2 230p 15cm（角川文庫） 380円 ⓘ4-04-154717-2

『少年王者 1』 山川惣治著 角川書店 1984.1 192p 15cm（角川文庫） 380円 ⓘ4-04-154721-0

『少年ケニヤ 16』 山川惣治著 角川書店 1984.1 224p 15cm（角川文庫） 380円 ⓘ4-04-154716-4

『少年ケニヤ 15』 山川惣治著 角川書店 1984.1 223p 15cm（角川文庫） 380円 ⓘ4-04-154715-6

『少年ケニヤ 14』 山川惣治著 角川書店 1984.1 228p 15cm（角川文庫） 380円 ⓘ4-04-154714-8

『少年ケニヤ 13』 山川惣治著 角川書店 1983.12 235p 15cm（角川文庫） 380円 ⓘ4-04-154713-X

『少年ケニヤ 12』 山川惣治著 角川書店 1983.12 233p 15cm（角川文庫） 380円 ⓘ4-04-154712-1

『少年ケニヤ 11』 山川惣治著 角川書店 1983.12 226p 15cm（角川文庫） 380円 ⓘ4-04-154711-3

『少年ケニヤ 10』 山川惣治著 角川書店 1983.11 231p 15cm（角川文庫） 380円 ⓘ4-04-154710-5

『少年ケニヤ 9』 山川惣治著 角川書店 1983.11 229p 15cm（角川文庫） 380円 ⓘ4-04-154709-1

『少年ケニヤ 7』 山川惣治著 角川書店 1983.10 226p 15cm（角川文庫） 380円 ⓘ4-04-154707-5

『少年ケニヤ 6』 山川惣治著 角川書店 1983.10 235p 15cm（角川文庫） 380円 ⓘ4-04-154706-7

『少年ケニヤ 5』 山川惣治著 角川書店 1983.10 229p 15cm（角川文庫） 380円 ⓘ4-04-154705-9

『少年ケニヤ 8』 山川惣治著 角川書店 1983.9 232p 15cm（角川文庫） 380円 ⓘ4-04-154708-3

『少年ケニヤ 4』 山川惣治著 角川書店 1983.9 236p 15cm（角川文庫） 380円

『少年ケニヤ 3』 山川惣治著 角川書店 1983.9 238p 15cm（角川文庫） 380円

『少年ケニヤ 2』 山川惣治著 角川書店 1983.9 238p 15cm（角川文庫） 380円

『少年ケニヤ 1』 山川惣治著 角川書店 1983.9 239p 15cm（角川文庫） 380円

『少年王者 第3集』 山川惣治作・画 集英社 1977.8 198p 22cm 680円〈豪華復刻版〉

『少年王者 第2集』 山川惣治作・画 集英社 1977.7 186p 22cm 680円〈豪華復刻版〉

『少年王者 第1集』 山川惣治作・画 集英社 1977.7 194p 22cm 680円〈豪華復刻版〉

『砂漠とピラミッド』　山川惣治文・絵　大蔵出版　1955　155p　22cm（少年少女よみもの全集）

山口　勇子
やまぐち・ゆうこ
《1916～2000》

『原爆の火の長い旅』　山口勇子著　新日本出版社　1991.6　150p　19cm　1200円　①4-406-01969-3
内容　原爆の火が海をわたった。―平和の使者となって。子どもから大人まで、感動の輪を広げる、著者会心の創作。

『ヒロシマの火』　山口勇子さく，四国五郎え　新日本出版社　1988.8　85p　22cm（新日本おはなし文庫）　880円　①4-406-01669-4
内容　8月6日から43年、もえ続けた「原爆の火」のゆらいを、名作「おこりじぞう」の作者が、感動的につづる。

『イワキチ目をさます』　山口勇子さく，遠藤てるよえ　新日本出版社　1984.5　75p　22cm（新日本おはなし文庫）　780円

『ヒロシマからきたマメじぞう』　山口勇子作，小野かおる絵　太平出版社　1983.6　74p　22cm（太平けっさく童話―どうわのいずみへ）　880円

『おこりじぞう』　山口勇子さく，四国五郎え　新日本出版社　1982.6　67p　22cm（新日本おはなし文庫）　780円

『かあさんの野菊』　山口勇子著，東本つね，倉石琢也絵　新日本出版社　1982.6　206p　22cm（新日本創作少年少女文学）　1300円〈初刷:1974（昭和49）〉
目次　かあさんの野菊〔ほか5編〕

『スカーフは青だ』　山口勇子著，二俣英五郎絵　新日本出版社　1982.4　206p　22cm（新日本創作少年少女文学）　1200円〈初刷:1969（昭和44）〉

『少女期』　山口勇子作，鈴木琢磨絵　理論社　1982.3　219p　23cm（ジュニア・ライブラリー―日本編）　1500円〈初刷:1969（昭和44）〉

『おーい、まっしろぶね』　金沢佑光画，山口勇子文　童心社　1981.4　46p　23cm（童心社の幼年絵童話5）　800円〈初刷:1973（昭和48）〉

『人形マリー』　山口勇子著，四国五郎絵　新日本出版社　1980.7　168p　22cm（新日本少年少女の文学）　980円

『貝の鈴』　山口勇子著　大日本図書　1980.6　97p　22cm（子ども図書館）　850円〈解説:鳥越信　初刷:1970（昭和45）〉
目次　貝の鈴，わたしのブレスラウ

『三角あき地に集まれ』　山口勇子作，小林和子画　小学館　1979.11　142p　22cm（小学館の創作児童文学シリーズ）　780円

『かあさんの野菊』　山口勇子著，東本つね等絵　新日本出版社　1974　206p　22cm（新日本創作少年少女文学 25）

『おーい、まっしろぶね』　山口勇子作，金沢佑光画　童心社　1973　46p　23cm（童心社の幼年絵童話5）

『吹きやまぬ風の中を』　山口勇子文，藤沢友一絵　偕成社　1971　214p　21cm（少年少女創作文学）

『貝の鈴』　山口勇子文，岩崎ちひろ絵　大日本図書　1970　97p　22cm（子ども図書館）

『少女期』　山口勇子作，鈴木琢磨絵　理論社　1969　219p　23cm（ジュニアライブラリイ）

『スカーフは青だ』　山口勇子作，二俣英五郎絵　新日本出版社　1969　206p　22cm（新日本創作少年少女文学 2）

山下　清三
やました・せいぞう
《1907～1991》

『キツネと山伏』　山下清三著，まえだけんえ　三鷹　けやき書房　1991.6　103p　22cm（日本のおばけ）　1000円　①4-87452-629-2
目次　キツネと山伏，キツネと与平，キツネの小判，三太と銀ギツネ，お母さんは撃てない

山下清三

『おばけ列車』　山下清三著, まえだけんえ　三鷹　けやき書房　1991.4　117p　22cm（日本のおばけ）　1000円
①4-87452-630-6
|目次| おばけ列車, まま子いじめ, オオカミのお母さん, 生きかえったお母さん, タネが池

『舌長ばあさん』　山下清三著, まえだけんえ　三鷹　けやき書房　1991.4　103p　22cm（日本のおばけ）　1000円
①4-87452-626-8
|目次| ヤマタノオロチ, 峠のおばけ, 舌切りスズメ, 人形峠, 舌長ばあさん

『赤鬼の大あばれ』　山下清三著, まえだけんえ　三鷹　けやき書房　1990.7　97p　22cm（日本のおばけ）　1000円
①4-87452-625-X

『テングのとっくり』　山下清三著, まえだけんえ　三鷹　けやき書房　1990.7　111p　22cm（日本のおばけ）　1000円
①4-87452-624-1

『日本の鬼ども　5』　山下清三著, 中村景児え　三鷹　けやき書房　1990.5　142p　22cm（子ども世界の本）　1009円
①4-87452-620-9〈新装版〉
|目次| 天にのぼった鬼, 鬼の島, 牛鬼, 牛鬼, 鬼の火, 雷の火, 雷の子, 天の姫と鬼の大王, エンノオズヌと鬼, 杉太郎と鬼娘, つり橋と女の鬼, 女の鬼が, 追ってくる, 馬子と鬼, 鬼が城のタガマル, 鬼住山, 夕顔, 鬼女と火事, 鬼の首
|内容| こわいばかりが, 鬼じゃない。ふしぎな鬼や, きのいい鬼がせいぞろい。小学生中学年から。

『日本の鬼ども　4』　山下清三著, 中村景児え　三鷹　けやき書房　1990.5　127p　22cm（子ども世界の本）　1009円
①4-87452-619-5〈新装版〉
|目次| 一里玉と鬼, むすめと雷の子ども, 鬼の田, 笑った鬼, 夢をくれた鬼, おじいさんとしりふり地蔵, 一寸法師, 鬼と七里ぐつ, 栗と鬼, コメクラデロ, 金の橋, 鬼の面, 鬼のしゃもじ, カラスと鬼, 鬼とシャクナゲの花, クマと鬼, ジョロウグモと鬼と九百九十九匹の蜂
|内容| こわいばかりが, 鬼じゃない。ふしぎな鬼や, きのいい鬼がせいぞろい。小学生中学年から。

『日本の鬼ども　3』　山下清三著, 中村景児え　三鷹　けやき書房　1990.5　126p　22cm（子ども世界の本）　1009円
①4-87452-618-7〈新装版〉
|目次| かえってきた鬼, 鬼とふたりの娘, 米ぶくろ, 福は内, 鬼は外, 田植え鬼, 鬼と、いり豆, ちびっ子鬼, 瓜子姫と鬼, 流された鬼婆, 鬼の目にも涙, おしりポンポン, 峠の鬼, 岩屋の鬼, 鬼童丸, 火の鬼, おいしいおばけ, クモになった鬼
|内容| こわいばかりが, 鬼じゃない。ふしぎな鬼や, きのいい鬼がせいぞろい。小学生中学年から。

『日本の鬼ども　2』　山下清三著, 中村景児え　三鷹　けやき書房　1990.5　121p　22cm（子ども世界の本）　1009円
①4-87452-617-9〈新装版〉
|目次| 舟でにげる, 鬼のおよめさん, 赤いかやの根, 鬼ばらいの日, 節分のはじまり, いわしの頭, にわとりの宵鳴き, こぶとりじいさん, 金のしゃくし, コケッコロウ, おどる鬼, ばかな男の子, 山伏と鬼, 鬼六, コトコト鳥, 千里ぐつ, うちでのこづち, 鬼の面, まっ黒なうで, 安義の橋の鬼, 羅城門, 牛若丸
|内容| こわいばかりが, 鬼じゃない。ふしぎな鬼や, きのいい鬼がせいぞろい。小学生中学年から。

『日本の鬼ども　1』　山下清三著, 中村景児え　三鷹　けやき書房　1990.5　123p　22cm（子ども世界の本）　1009円
①4-87452-616-0〈新装版〉
|目次| 二本の矢, 大江山, すずめのあだうち, 山どりのおよめさん, 一寸法師, もも太郎, 鬼八, 鬼の穴, 空とぶ板, ふしぎな油つぼ, とびこんできた鬼, 鬼の矢のかまど, 沖縄のタラチ, 鬼の家, 雲の中にきえた鬼, 負けた鬼, 豆になった鬼ばば, 兄弟の狩人, とけてしまった鬼ばば, 耳をたべられた小僧, 米のふくろ, 太郎地蔵, いきかえったおじいさん, あやしい影
|内容| こわいばかりが, 鬼じゃない。ふしぎな鬼や, きのいい鬼がせいぞろい。小学生中学年から。

『ガイコツの歌』　山下清三著, まえだけんえ　三鷹　けやき書房　1989.8　109p　22cm（日本のおばけ）　1000円
①4-87452-609-8
|内容| このシリーズには, こわいおばけ, あわれなゆうれいのほか, きのいいおばけ話もで

『ばけネコ』　山下清三著, まえだけんえ　三鷹　けやき書房　1989.8　107p　22cm（日本のおばけ）　1000円
①4-87452-611-X
内容　このシリーズには、こわいおばけ、あわれなゆうれいのほか、きのいいおばけ話もでてきます。日本には、なんとたくさんのおばけが、ひしめいているのです。あなたも、『日本のおばけ』を、楽しくこわく読んで、おばけととともだちになりませんか。

『ばけものやしき』　山下清三著, まえだけんえ　三鷹　けやき書房　1989.8　111p　22cm（日本のおばけ）　1000円
①4-87452-612-8
内容　このシリーズには、こわいおばけ、あわれなゆうれいのほか、きのいいおばけ話もでてきます。日本には、なんとたくさんのおばけが、ひしめいているのです。あなたも、『日本のおばけ』を、楽しくこわく読んで、おばけととともだちになりませんか。

『ゆうれいの子』　山下清三著, まえだけんえ　三鷹　けやき書房　1989.8　110p　22cm（日本のおばけ）　1000円
①4-87452-610-1
内容　このシリーズには、こわいおばけ、あわれなゆうれいのほか、きのいいおばけ話もでてきます。日本には、なんとたくさんのおばけが、ひしめいているのです。あなたも、『日本のおばけ』を、楽しくこわく読んで、おばけととともだちになりませんか。

『ろくろくび』　山下清三著, まえだけんえ　三鷹　けやき書房　1989.8　110p　22cm（日本のおばけ）　1000円
①4-87452-608-X
内容　このシリーズには、こわいおばけ、あわれなゆうれいのほか、きのいいおばけ話もでてきます。日本には、なんとたくさんおばけが、ひしめいているのです。あなたも、『日本のおばけ』を、楽しくこわく読んで、おばけととともだちになりませんか。

『きらめく星のうた―少年・少女詩』　山下清三著, 渡辺安芸夫え　けやき書房　1987.3　158p　22cm（子ども世界25冊の本）　1000円　①4-87452-107-X
目次　1 銀河のうた, 2 太陽のうた, 3 惑星のうた, 4 星座のうた, 5 おしまいのうた

『日本の鬼ども　5』　山下清三作, 中村景児え　三鷹　けやき書房　1986.6　142p　22cm（子ども世界の本）　980円
①4-87452-076-6

『日本の鬼ども　4』　山下清三作, 中村景児え　三鷹　けやき書房　1985.6　127p　22cm（子ども世界の本）　980円
①4-87452-064-2

『日本の鬼ども　3』　山下清三作, 中村景児え　三鷹　けやき書房　1985.6　126p　22cm（子ども世界の本）　980円
①4-87452-063-4

『日本の動物たち　2』　山下清三作, 中村景児え　三鷹　けやき書房　1984.4　137p　22cm（子ども世界の本）　980円
①4-87452-062-6

『日本の動物たち　1』　山下清三作, 中村景児え　三鷹　けやき書房　1984.4　134p　22cm（子ども世界の本）　980円
①4-87452-061-8

『アンデルセンの家―少年詩』　山下清三著, うすいしゅんえ　三鷹　けやき書房　1982.1　175p　22cm　980円
①4-87452-102-1

『日本の鬼ども　2』　山下清三作, 中村景児え　三鷹　けやき書房　1980.6　121p　22cm（子ども世界の本）　980円

『日本の鬼ども　1』　山下清三作, 中村景児え　三鷹　けやき書房　1980.6　121p　22cm（子ども世界の本）　980円

山中　峯太郎
やまなか・みねたろう
《1885〜1966》

『少年小説大系　第3巻　山中峯太郎集』　尾崎秀樹編　三一書房　1991.6　600p　23cm　7004円　①4-380-91548-4〈監修: 尾崎秀樹ほか　著者の肖像あり〉

山中峯太郎

[目次] 敵中横断三百里.亜細亜の曙.黒星博士.見えない飛行機.団子二等兵. 解説 尾崎秀樹著. 山中峯太郎年譜:p591～600

『大東の鉄人』 山中峯太郎著 国書刊行会 1985.1 318p 20cm（熱血少年文学館） 2800円〈再刊版:原版 講談社 1934（昭和9）〉

『見えない飛行機』 山中峯太郎著 国書刊行会 1985.1 305p 20cm（熱血少年文学館） 2800円〈再刊版 原版:講談社 1936（昭和11）〉

『名探偵ホームズ 2 怪盗の宝』 ドイル原作, 山中峯太郎文, 岩井泰三絵 ポプラ社 1968 287p 19cm（世界の名作 12）

『名探偵ホームズ 1 深夜の謎』 ドイル原作, 山中峯太郎文, 岩井泰三絵 ポプラ社 1968 291p 19cm（世界の名作 6）

『三銃士』 デュマ原作, 山中峯太郎文 ポプラ社 1967 315p 19cm（世界の名作 2）

『皇帝の密使』 オルツィ原作, 山中峯太郎著, 柳瀬茂絵 ポプラ社 1963 286p 19cm（世界推理小説文庫 12）

『バブロンの嵐』 ローマー原作, 山中峯太郎著, 柳瀬茂絵 ポプラ社 1963 286p 19cm（世界推理小説文庫 17）

『悪魔博士』 サクス・ローマー原作, 山中峯太郎著, 柳瀬茂絵 ポプラ社 1962 286p 19cm（世界推理小説文庫 4）

『敵中横断三百里』 山中峯太郎文, 梁川剛一絵 小山書店 1957 235p 19cm

『悪魔の足』 ドイル原作, 山中峯太郎著 ポプラ社 1956 286p 19cm（名探偵ホームズ全集 11）

『踊る人形』 ドイル原作, 山中峯太郎著, 有安隆絵 ポプラ社 1956 280p 19cm（名探偵ホームズ全集 6）

『消えた蝋面』 ドイル原作, 山中峯太郎著, 有安隆絵 ポプラ社 1956 288p 19cm（名探偵ホームズ全集 19）

『黒蛇紳士』 ドイル原作, 山中峯太郎著, 有安隆絵 ポプラ社 1956 298p 19cm（名探偵ホームズ全集 16）

『獅子の爪』 ドイル原作, 山中峯太郎著 ポプラ社 1956 283p 19cm（名探偵ホームズ全集 3）

『閃光暗号―名探偵ホームズ』 ドイル原作, 山中峯太郎著, 有安隆絵 ポプラ社 1956 284p 19cm（世界名作探偵文庫）

『土人の毒矢』 ドイル原作, 山中峯太郎著 ポプラ社 1956 285p 19cm（名探偵ホームズ全集 18）

『謎の手品師』 ドイル原作, 山中峯太郎著, 有安隆絵 ポプラ社 1956 295p 19cm（名探偵ホームズ全集 17）

『鍵と地下鉄―名探偵ホームズ』 ドイル原作, 山中峯太郎著 ポプラ社 1955 290p 19cm（世界名作探偵文庫）

『銀星号事件―名探偵ホームズ』 ドイル原作, 山中峯太郎著, 有安隆絵 ポプラ社 1955 282p 19cm（世界名作探偵文庫）

『謎屋敷の怪―名探偵ホームズ』 ドイル原作, 山中峯太郎著, 有安隆絵 ポプラ社 1955 286p 19cm（世界名作探偵文庫）

『火の地獄船―名探偵ホームズ』 ドイル原作, 山中峯太郎著, 有安隆絵 ポプラ社 1955 294p 19cm（世界名作探偵文庫）

『変装アラビア王』 ローマー原作, 山中峯太郎著, 有安隆絵 ポプラ社 1955 286p 19cm（世界名作探偵文庫）

『夜光怪獣―名探偵ホームズ』 ドイル原作, 山中峯太郎著, 有安隆絵 ポプラ社 1955 298p 19cm（世界名作探偵文庫）

『怪盗の宝―名探偵ホームズ』 ドイル原作, 山中峯太郎著, 有安隆絵 ポプラ社 1954 287p 19cm（世界名作探偵文庫）

『恐怖の谷―名探偵ホームズ』 ドイル原作, 山中峯太郎著, 有安隆絵 ポプラ社 1954 289p 19cm（世界名作探偵文庫）

『深夜の謎―名探偵ホームズ』 ドイル原作, 山中峯太郎著, 有安隆絵 ポプラ社 1954 291p 19cm（世界名作探偵文庫）

『スパイ王者―名探偵ホームズ』 ドイル原作, 山中峯太郎著, 有安隆絵 ポプラ社 1954 287p 19cm（世界名作探偵文庫）

『灰色の怪人』　オルツイ原作, 山中峯太郎著, 有安隆絵　ポプラ社　1954　286p　19cm（世界名作探偵文庫）

『秘密探偵団』　山中峯太郎文, 高木清絵　ポプラ社　1954　310p　19cm

『魔人博士』　ローマー原作, 山中峯太郎著, 有安隆絵　ポプラ社　1954　286p　19cm（世界名作探偵文庫）

『まだらの紐―名探偵ホームズ』　ドイル原作, 山中峯太郎著　ポプラ社　1954　284p　19cm（世界名作探偵文庫）

『原爆機密島』　山中峯太郎文, 鈴木御水絵　ポプラ社　1953　308p　19cm

『ジンギスカン―東の大帝』　山中峯太郎文, 高木清絵　ポプラ社　1953　273p　19cm

『見えない飛行機』　山中峯太郎文, 伊勢良夫絵　ポプラ社　1953　284p　19cm

『大東の鉄人』　山中峯太郎文, 高木清絵　ポプラ社　1952　293p　19cm

『太陽の凱歌』　山中峯太郎文, 高木清絵　ポプラ社　1952　297p　19cm

『大陸非常線』　山中峯太郎文　妙義出版社　1952　306p　19cm（少年少女名作文庫）

『仮面の海狼』　山中峯太郎文, 古賀亜十夫絵　ポプラ社　1951　285p　19cm

『第九の王冠』　山中峯太郎文, 古賀亜十夫絵　ポプラ社　1951　262p　19cm

『万国の王城』　山中峯太郎文, 古賀亜十夫絵　ポプラ社　1951　299p　19cm

山福　康政
やまふく・やすまさ
《1928～1998》

『焼け跡に風が吹く』　山福康政著　福音館書店　1995.1　362p　19cm（福音館日曜日文庫）　1500円　①4-8340-1267-0

『原っぱに風が吹く』　山福康政著　福音館書店　1988.3　419p　19cm（福音館日曜日文庫）　1500円　①4-8340-0699-9

目次 3つから7つのころ, 食べものあれこれ, 8つから12のころ

内容 本書は、九州の若松に育った著者の三歳から小学校卒業のころまでの小宇宙を、達者な絵と文章を駆使してつづった少年記である。子どもの眼と精神がとらえた子どもの宇宙は、時と場所をこえて輝きわたる。原っぱには光があふれ、さわやかな風が吹きわたっていた。貧しくとも快活さを失わなかった戦前の子どもたちの豊かな宇宙が、47枚の絵となり、47の短編となって余すところなくうつしだされる。

山村　暮鳥
やまむら・ぼちょう
《1884～1924》

『よしきり―山村暮鳥童謡集』　山村暮鳥著　大空社　1996.9　130p　20cm（叢書日本の童謡）　①4-7568-0305-9《『児童図書館叢書』（イデア書院大正14年刊）の複製　外箱入》

『日本キリスト教児童文学全集　第3巻　鉄の靴―山村暮鳥集』　山村暮鳥著　教文館　1982.11　344p　22cm　1800円

『小泉八雲・秋田雨雀・山村暮鳥集』　小泉八雲, 秋田雨雀, 山村暮鳥文, 鴨下晁湖等絵　講談社　1963　390p　23cm（少年少女日本文学全集 7）

『山村暮鳥集』　山村暮鳥作, 吉崎正巳絵　ポプラ社　1959　318p　22cm（新日本少年少女文学全集 18）

『日本児童文学全集 5　童話篇 5』　宇野浩二, 豊島与志雄, 江口渙, 山村暮鳥, 相馬泰三, 千葉省三作　河出書房　1953　334p　22cm

目次 宇野浩二集 豊島与志雄集 江口渙集 山村暮鳥集 相馬泰三集 千葉省三集

山本　和夫
やまもと・かずお
《1907～1996》

『海と少年―山本和夫少年詩集』　山本和夫作, 鈴木義治え　理論社　1997.12　203p　21cm（詩の散歩道 pt.2）　1600円
①4-652-03825-9
目次 1 若狭のコウノトリ, 2 新聞こぞう, 3 大河原橋, 4 こんにちは!, 5 小さい歳時記, 6 ママといっしょ, 7 海と少年

『虹―山本和夫少年詩集』　山本和夫著　かど創房　1992.7　133p　23cm（創作文学シリーズ詩歌 27）　1545円
①4-87598-033-7
目次 月のしずくが…, 鳥浜貝塚で, ツバメ・シャケに聞きなされ, あんさんぶる"わかさ"

『明るい話・正しい人　3年生』　山本和夫著　偕成社　1991.7　212p　22cm（学年別おはなし文庫）　700円
①4-03-907790-3〈改装版〉

『明るい話・正しい人　2年生』　山本和夫著　偕成社　1991.7　210p　22cm（学年別おはなし文庫）　700円
①4-03-907490-4〈改装版〉

『明るい話・正しい人　1年生』　山本和夫著　偕成社　1989.11　198p　22cm（学年別おはなし文庫）　700円
①4-03-907190-5〈改装版〉

『シルクロードが走るゴビ砂漠―山本和夫少年詩集』　山本和夫著　越谷　かど創房　1985.1　103p　18cm（かど創房文芸）　880円　①4-87598-151-1

『海と少年―山本和夫少年詩集』　鈴木義治え　理論社　1982.3　173p　23cm（現代少年詩プレゼント）　1500円〈初刷:1975（昭和50）〉

『横笛ふく小さな天使』　山本和夫作, 鈴木たくま画　岩崎書店　1981.5　193p　22cm（創作児童文学）　1200円

『まん月に花火三ぱつ』　山本和夫作, 鈴木義治画　佼成出版社　1980.10　63p　24cm（創作童話シリーズ）　880円

『踊り子マヌ』　山本和夫作, 鈴木たくま絵　理論社　1977.11　197p　23cm（理論社名作の愛蔵版）　940円

『わらしべ長者』　山本和夫文, 成田マキホ他絵　ポプラ社　1976.8　44p　30cm（おはなし文庫 2）　580円

『海と少年―山本和夫少年詩集』　山本和夫文, 鈴木義治え　理論社　1975　173p　23cm（現代少年詩プレゼント）

『おばけばなし』　山本和夫文, 池田竜雄絵　偕成社　1974　176p　23cm（幼年版民話シリーズ 8）

『日本の神話』　山本和夫文, 大石哲路絵　偕成社　1973　196p　22cm（児童名作シリーズ 34）

『彦一とんち話』　山本和夫文, 平野貞一絵　ポプラ社　1972　126p　24cm（カラー版世界の名作 14）

『山の分校』　山本和夫文, 市川禎男絵　ポプラ社　1971　237p　23cm（ポプラ社の創作文学 15）

『うしわか丸』　山本和夫文, 石井健之絵　ポプラ社　1969　126p　22cm（幼年名作童話 13）

『ちゃっくりがき』　山本和夫文, 小林和子絵　さ・え・ら書房　1969　126p　23cm（メモワール文庫）

『西遊記』　呉承恩原作, 山本和夫文, 吉崎正巳絵　集英社　1968　155p　22cm（少年少女世界の名作 17）

『こころの絵日記』　山本和夫文, 鈴木義治絵　理論社　1967　227p　23cm（小学生文庫）

『どろぼうをけとばしたアヒルのはなし』　山本和夫文, 井口文秀絵　さ・え・ら書房　1965　1冊　27cm（あかいふうせん 1）

『燃える湖　1,2部』　山本和夫文, 久米宏一絵　理論社　1964　2冊　22cm（ジュニア・ロマンブック）

『いっきゅうさん』　山本和夫文, のみずまさこ絵　ポプラ社　1962　60p　27cm（おはなし文庫 50）

『きつねのさいばん』　ゲーテ原作，山本和夫文，かわもとてつお絵　ポプラ社　1962　60p　27cm（おはなし文庫 36）

『わらしべちょうじゃ』　山本和夫文，内田宥広絵　ポプラ社　1961　60p　27cm（おはなし文庫 8）

『町をかついできた子』　山本和夫文，市川禎男絵　東都書房　1960　186p　22cm

『いえなき子』　エクトル・マロ原作，山本和夫著，渡辺三郎絵　実業之日本社　1959　159p　22cm

『あんじゅ姫』　山本和夫文，村田閑絵　ポプラ社　1957　152p　22cm（たのしい名作童話 45）

『うしわか丸』　山本和夫文　ポプラ社　1957　146p　22cm（たのしい名作童話 6）

『西遊記』　呉承恩原作，山本和夫著，武部本一郎絵　集英社　1957　154p　22cm（少年少女物語文庫 8）

『シンデレラ姫』　ペロー原作，山本和夫著，市川禎男絵　ポプラ社　1957　136p　22cm（たのしい名作童話 14）

『小学生の詩』　山本和夫文，寺田政明絵　宝文館　1956　216p　22cm

『雀を飼う少女』　山本和夫文，鈴木信太郎絵　あかね書房　1952　202p　22cm

山元　護久
やまもと・もりひさ
《1934〜1978》

『ひょっこりひょうたん島―ものがたり絵本』　井上ひさし，山元護久原作，片岡昌キャラクターデザイン，武井博文，高瀬省三絵　日本放送出版協会　2003.6　111p　21cm　1600円　④4-14-036093-3
[内容]「ひょうたん島が始まるから帰ろう。」夕方になると街角から子どもたちの姿がすっと消えた。1964年4月6日，東京オリンピックの年にスタートしたNHKの人形劇「ひょっこりひょうたん島」は，69年4月まで全1224回放送され，多くの子どもたちの人気を集めました。お父さん，お母さんが子どもの頃大好きだっ

た「ひょうたん島」を，この「ものがたり絵本」でお子さんといっしょにお楽しみ下さい。

『宝島』　スティーブンスン原作，山元護久文，池田竜雄絵　新装再版　世界文化社　2001.7　83p　27×22cm（世界の名作 10）　1200円　④4-418-01812-3

『ひょっこりひょうたん島　1-13』　井上ひさし，山元護久著　筑摩書房　1990.12-1992.2　13冊　15cm（ちくま文庫）

『それゆけねずみたち』　山元護久作，司修絵　あかね書房　1981.5　90p　22cm（日本の創作幼年童話 7）　680円

『なまいきスリッパ』　山元護久作，ふるかわひでお絵　太平出版社　1981.5　52p　22cm（太平ようねん童話―おはなしワンツースリー）　780円

『雨はまちかどをまがります』　山元護久著　理論社　1976.2　102p（おはなしBOOK）　900円

『そのてにのるな！クマ』　山元護久さく，枝常弘え　学習研究社　1973　225p　23cm（新しい日本の童話シリーズ 16）

『宝島』　スティーブンスン原作，山元護久文，池田竜雄絵　世界文化社　1972　83p　27cm（少年少女世界の名作 14）

『ピストルをかまえろ』　山元護久作，池田龍雄え　小峰書店　1970　63p　27cm（こみね幼年どうわ 15）

『それゆけねずみたち』　山元護久文，司修絵　あかね書房　1969　91p　22cm（日本の創作幼年童話 7）

『NHKひょっこりひょうたん島』　山元護久，井上ひさし著，川本哲夫絵　日本放送出版協会　1964-1965　3冊　19×26cm
[目次] いぬのくに，ぶるどきや王国，かいぞくたちがやってきた，まじょりかおおあばれ

『はしれロボット』　山元護久文，斎藤とおる絵　小峯書店　1962　83p　27cm（創作幼年童話 7）

```
┌─────────────────────────┐
│   山本　有三            │
│   やまもと・ゆうぞう    │
│   《1887〜1974》        │
└─────────────────────────┘

『路傍の石』　山本有三作　偕成社
　2002.5　417p　19cm（偕成社文庫）
　900円　①4-03-651150-5
　内容　裁判にかまけて家をかえりみない父。針仕事で家計を支える母。中学へはいって勉強したいという望みを絶たれ、呉服屋に奉公に出た吾一は、苛酷な現実に歯をくいしばる。古いものと新しいものとが混沌としていた明治という時代に、夢を追いつづけて生きる少年の心の成長をえがく。小学上級から。

『心に太陽を持て』　山本有三著　ポプラ社　2001.7　243p　19cm　1400円
　①4-591-06922-2
　目次　心に太陽を持て、くちびるに歌を持て、一日本人、ライオンと子犬、キティの一生、どうせ、おんなじ、動物好きのトマス、製本屋の小僧さん、リンゴのなみ木、ナポレオンと新兵、ミヤケ島の少年、スコットの南極探検、エリザベスの疑問、見せもののトラ、ミレーの発奮、油断、フリードリヒ大王と風車小屋、バイソンの道、パナマ運河物語
　内容　本当に大切なものはあなたのすぐそばにあります。夢を失うな。心に太陽を持て。1935年に出版されてから66年。世代を超えて読み継がれてきた青春の1冊。21世紀も、大切な誰かに伝えたい。勇気がでる。喜びがわく。19篇の小さな話。

『路傍の石』　山本有三原作　金の星社
　1997.5　93p　22cm（アニメ日本の名作5）　1200円　①4-323-05005-4
　内容　「中学校へ行って、勉強したい―。」それが吾一の夢だった。だが母親が内職だけでささえる、家のくらしは貧しく、中学に行くゆとりはなかった。それでも、あきらめきれない吾一は、友だちを見返すため、あるむちゃな行動に、かりたてられていく…。小学校3・4年生から。

『真実一路　下』　山本有三著　金の星社
　1986.1　273p　20cm（日本の文学 38）
　680円　①4-323-00818-X

『真実一路　上』　山本有三著　金の星社
　1986.1　283p　20cm（日本の文学 37）
　680円　①4-323-00817-1

『真実一路』　山本有三著　偕成社
　1981.12　426p　19cm（日本文学名作選22）　580円　①4-03-801220-4〈巻末:山本有三の年譜　解説:高橋健二　ジュニア版　初刷:1963（昭和38）肖像:著者　図版（肖像を含む）〉

『路傍の石』　山本有三著　偕成社
　1981.10　314p　19cm（日本文学名作選8）　580円　①4-03-801080-5〈巻末:山本有三の年譜　解説:福田清人　ジュニア版　初刷:1964（昭和39）肖像:著者　図版（肖像を含む）〉

『真実一路』　山本有三著　ポプラ社
　1981.5　310p　20cm（アイドル・ブックス 12―ジュニア文学名作選）　500円
　〈巻末:年譜　解説:永野賢　初刷:1971（昭和46）肖像:著者　図版（肖像）〉

『路傍の石』　山本有三著　金の星社
　1981.2　334p　20cm（日本の文学 13）
　680円　①4-323-00793-0〈巻末:有三の年譜　解説:黒沢浩,高橋健二　ジュニア版　初刷:1975（昭和50）肖像:著者　図版（肖像）〉

『路傍の石』　山本有三著　ポプラ社
　1980.11　302p　20cm（アイドル・ブックス 2―ジュニア文学名作選）　500円
　〈巻末:年譜　解説:越智治雄　初刷:1971（昭和46）肖像:著者　図版（肖像）〉

『現代日本文学全集　9　山本有三名作集』
　山本有三著　改訂版　偕成社　1980.4　308p　23cm　2300円（編集:滑川道夫〔ほか〕　初刷:1963（昭和38）巻末:年譜,現代日本文学年表,参考文献　解説:滑川道夫〔ほか〕　肖像・筆跡:著者〔ほか〕　図版（肖像,筆跡を含む）〉
　目次　路傍の石、ウミヒコヤマヒコ、心に太陽を持て、くちびるに歌を持て、竹

『路傍の石』　山本有三作　旺文社
　1979.7　292p　22cm（旺文社ジュニア図書館）　700円〈巻末:山本有三年表,参考文献　解説:福田清人〔ほか〕　叢書の編集:神宮輝夫〔ほか〕　初刷:1968（昭和43）〉
```

『路傍の石』　山本有三著, 武部本一郎え　金の星社　1975　334p　20cm（ジュニア版日本の文学 13）

『真実一路』　山本有三作, 武田厚絵　集英社　1972　325p　20cm（日本の文学ジュニア版 28）

『路傍の石』　山本有三作, 武田厚絵　集英社　1972　293p　20cm（日本の文学ジュニア版 18）

『心に太陽を持て』　山本有三著, 井口文秀絵　新潮社　1969　282p　18cm

『真実一路』　山本有三著, 武田厚絵　集英社　1969　325p　20cm（日本の文学カラー版 28）

『山本有三名作集』　山本有三著, 松田穰絵　偕成社　1969　308p　23cm（少年少女現代日本文学全集 9）

『路傍の石』　山本有三著, 武田厚絵　集英社　1969　293p　20cm（日本の文学カラー版 18）

『真実一路』　山本有三文, 永井潔絵　偕成社　1968　422p　19cm（日本の名作文学ホーム・スクール版 21）

『路傍の石』　山本有三著, 井口文秀絵　旺文社　1968　293p　22cm（旺文社ジュニア図書館）〈カラー版〉

『路傍の石』　山本有三文, 須田寿絵　偕成社　1967　310p　19cm（日本の名作文学ホーム・スクール版 2）

『戦争とふたりの婦人』　山本有三文, 武部本一郎絵　偕成社　1966　174p　23cm（新日本児童文学選 15）

『路傍の石』　山本有三文, 緑川広太郎絵　あかね書房　1966　268p　22cm（少年少女日本の文学 8）

『真実一路』　山本有三文, 古賀亜十夫絵　ポプラ社　1965　310p　20cm（アイドル・ブックス 13）

『真実一路』　山本有三文, 横田正知絵　偕成社　1965　422p　19cm（日本文学名作選ジュニア版 22）

『路傍の石』　山本有三文, 太田大八絵　ポプラ社　1965　302p　20cm（アイドル・ブックス 2）

『山本有三名作集　続』　山本有三作, 須田寿絵　偕成社　1964　310p　23cm（少年少女現代日本文学全集 29）

『路傍の石』　山本有三文, 須田寿絵　偕成社　1964　310p　19cm（日本文学名作選ジュニア版 8）

『山本有三名作集』　山本有三文, 松田穰絵　偕成社　1963　308p　23cm（少年少女現代日本文学全集 14）

『山本有三集』　山本有三文, 久米宏一等絵　講談社　1962　388p　23cm（少年少女日本文学全集 8）

『山本有三集』　山本有三作, 宮木薫絵　ポプラ社　1957　334p　22cm（新日本少年少女文学全集 17）

『山本有三名作集　続』　山本有三作, 滑川道夫編, 緑川広太郎絵　あかね書房　1956　251p　22cm（少年少女日本文学選集 25）

『山本有三名作集』　山本有三文, 大木直太郎編, 緑川広太郎絵　あかね書房　1955　299p　22cm（少年少女日本文学選集 11）

『日本児童文学全集　10　児童劇篇 童話劇篇 学校劇篇』　久保田万太郎, 秋田雨雀, 長田秀雄, 武者小路実篤, 山本有三, 楠山正雄, 額田六福, 岡田八千代, 水谷まさる, 小山内薫, 木下順二, 坪内逍遥, 斎田喬, 落合聡三郎, 宮津博, 永井鱗太郎, 内山嘉吉, 阿貴良一, 岡田陽, 栗原一登, 村山亜土, 岡一太作　河出書房　1953　386p　22cm

『有三少年文学選』　山本有三著, 福田豊四郎絵　牧書店　1953　225p　19cm（学校図書館文庫 40）

結城　よしを
ゆうき・よしお
《1920～1944》

『結城よしを全集』　結城よしを全集編集部編　結城よしを全集編集部　1991.12　565p　21cm　12000円　①4-04-883289-1〈監修:結城健三　発行所:角川書店　著者の肖像あり〉

目次 1 童話集（野風呂, ぶどうの実, 輸送船）, 2 陣中日誌・航海日誌, 3 初期作品集（詩謡集,

童話・小説・随筆・小品,断簡・拾遺),4 年譜・解題
　内容　もう一人の啄木と謳われた夭折の詩人,「ないしょ話」の作詩者結城よしをの万華鏡を初公開。

横瀬　夜雨
よこせ・やう
《1878～1934》

『横瀬夜雨童謡集』　横瀬隆雄編　土浦　筑波書林　1995.7　119p　19cm　1000円　④4-900725-24-2〈発売:茨城図書　横瀬夜雨の肖像あり〉

横山　美智子
よこやま・みちこ
《1901～1986》

『紅ばらの夢』　横山美智子著,唐沢俊一監修・解説　ゆまに書房　2003.11　305p　19cm（少女小説傑作選カラサワ・コレクション 2）　1900円　④4-8433-0735-1
　内容　清純な菓子と勝気なさかえ。しだいに離れる二人の友情の行方は？ 二人の少女の感動の友情物語。

『母椿』　横山美智子文,辰巳まさ江絵　ポプラ社　1960　238p　22cm（少女小説名作全集 5）

『花の冠』　横山美智子文,花村武絵　ポプラ社　1955　326p　19cm

『山鳴り・白鳥の湖・花の冠』　横山美智子文,横山てるひ絵　河出書房　1955　381p　20cm（日本少年少女名作全集 13）

『幸福の蕾』　横山美智子文,藤形一男絵　偕成社　1954　297p　19cm

『たのしいお話―よい子の生活指導　1～6年生』　横山美智子文,かとうまさお等絵　ポプラ社　1954-1955　6冊　22cm

『紅ばらの夢』　横山美智子文,山本サダ絵　ポプラ社　1954　321p　19cm

『山鳴り』　横山美智子文　毎日新聞社　1953　334p　19cm

『母への聖歌』　オルコット原作,横山美智子著,関川護絵　ポプラ社　1952　395p　19cm（世界名作物語 12）

『愛の妖精』　サンド原作,横山美智子著,沢田重隆絵　偕成社　1951　333p　19cm（世界名作文庫 8）

与謝野　晶子
よさの・あきこ
《1878～1942》

『金魚のお使い―童話』　与謝野晶子作,上田博,古沢夕起子編　大阪　和泉書院　1994.9　207p　22cm　1500円　④4-87088-683-9

『環の一年間―童話』　与謝野晶子作,上田博,古沢夕起子編　大阪　和泉書院　1994.9　199p　22cm　1500円　④4-87088-682-0
　目次　1 さくら草,2 花かんざしの箱,3 神様の玉,4 二羽の雀,5 お師匠さま,6 馬に乗った花,7 川の水,8 天の菊作り,9 環の一年間,10 私の生いたち・西瓜燈籠
　内容　11人の子の母親であった歌人・晶子の子育て童話。

『与謝野晶子集』　与謝野晶子文　東西五月社　1960　156p　22cm（少年少女日本文学名作全集 11）

『与謝野晶子・北原白秋集』　与謝野晶子,北原白秋文,久松潜一等編　東西文明社　1955　240p　22cm（少年少女のための現代日本文学全集 9）

吉川　英治
よしかわ・えいじ
《1892～1962》

『少年小説大系　第15巻　吉川英治集』　城塚朋和編　三一書房　1994.10　679p　23cm　8800円　④4-380-94549-9〈監修:尾崎秀樹ほか　著者の肖像あり〉
　目次　竜虎八天狗.胡蝶陣.戦国お千代舟.武田菱誉れの初陣.死の冠.天女の冠.解説 城塚朋和著. 年譜:p674～679

『少年太閤記』　吉川英治著, 木俣清史絵　講談社　1989.1　2冊　18cm（講談社青い鳥文庫—日本の歴史名作シリーズ）　各450円　①4-06-147255-0
[内容]貧乏な農民の子、日吉は、念願だった織田信長に仕えると、ウイットと勤勉さとで侍に出世し、信長から藤吉郎の名をたまわった——それからまもなく、駿河（静岡県）の今川義元が上洛（京都にいくこと）のため、大軍を率いて織田領に侵入してきた。低い身分から身を起こして天下を平定し、太閤にまでのぼった豊臣秀吉の活躍を描いた歴史小説の傑作。

『忘れ残りの記』　吉川英治文, 永井潔絵　偕成社　1972　308p　19cm（ジュニア版日本文学名作選 57）

『左近右近・魔海の音楽師』　吉川英治文, 伊藤幾久造絵　東西五月社　1960　366p　19cm（少年少女吉川英治名作集 3）

『神州天馬俠　後篇』　吉川英治文, 伊藤幾久造絵　東西五月社　1960　382p　19cm（少年少女吉川英治名作集 2）

『神州天馬俠　前篇』　吉川英治文, 伊藤幾久造絵　東西五月社　1960　380p　19cm（少年少女吉川英治名作集 1）

『月笛日笛』　吉川英治文, 伊藤幾久造絵　東西五月社　1960　349p　19cm（少年少女吉川英治名作集 5）

『天兵童子』　吉川英治文, 伊藤幾久造絵　東西五月社　1960　365p　19cm（少年少女吉川英治名作集 4）

『少年太閤記』　吉川英治文, 木俣清史絵　講談社　1957　343p　20cm（少年少女日本歴史小説全集 14）

『少年太閤記』　吉川英治文, 矢島健三絵　ポプラ社　1955　343p　19cm

『少年太閤記・左近右近』　吉川英治文, 羽石光志絵　河出書房　1954　437p　20cm（日本少年少女名作全集 10）

『天兵童子　前,後篇』　吉川英治文, 土村正寿絵　ポプラ社　1952　2冊　19cm

『母恋鳥』　吉川英治文, 成瀬一富絵　ポプラ社　1952　304p　19cm

『左近右近』　吉川英治文, 伊藤幾久造絵　ポプラ社　1951　338p　19cm

『新州天馬俠　前,後篇』　吉川英治文, 栗林正幸絵　ポプラ社　1951　2冊　19cm

『月笛日笛』　吉川英治文, 伊藤幾久造絵　ポプラ社　1951　398p　19cm

吉田 一穂
よしだ・いっすい
《1898～1973》

『定本吉田一穂全集　別巻』　吉田一穂著　小沢書店　1993.4　596p　23×16cm　9785円
[目次]雑纂（編輯録, 回答文）, 童話篇（絵本童話　金井信生堂版, 童話篇拾遺）, 書簡
[内容]現代詩の極北に聳える孤峰、吉田一穂の全業を網羅し、厳密な校訂を加えておくる決定版。講演、対談ほか全集補遺、年譜などの資料を収録。

『定本吉田一穂全集　3』　吉田一穂著　小沢書店　1992.10　641p　23cm　8755円
[目次]童話集（海の人形, ぎんがのさかな, かしの木とことり）, 絵本童話　金井信生堂版（ムラノナカヨシマタアシタ, オウマニノツテ, ミチハドコヘ, うしかひむすめ　ほか）, キンダーブック版（こじかとのがも, うみのうた, ふじさん）, 童話篇拾遺（クリスマス, 国境の兄妹, 月光酒, 王さまと小鳥　ほか）, 書簡
[内容]現代詩の極北に聳える孤峰、吉田一穂の全業を網羅し、厳密な改訂を加えておくる決定版。本巻には童話作品のすべてと書簡を収録する。

『定本吉田一穂全集　1』　吉田一穂著　小沢書店　1992.6　579p　23cm　8755円〈著者の肖像あり〉
[目次]詩篇（定本詩集, 詩篇拾遺, 詩篇校異, 単行詩集形, 雑誌発表形）, 童謡・少年詩篇, 雑詩篇, 短歌篇（遠い欷乃, 短歌篇拾遺）
[内容]現代詩の極北に聳える孤峰、吉田一穂の全業を網羅し、厳密な校訂を加えておくる決定版。本巻には全詩篇ならびに短歌を収録する。

『日本児童文学全集　12　少年少女小説篇 2』　国木田独歩, 吉江喬松, 川端康成, 北畠八穂, 土田耕平, 阿部知二, 吉田一穂, 林芙美子, 室生犀星, 藤森成吉, 中勘助, 前田

夕暮, ワシリー・エロシェンコ, 田宮虎彦, 德永直, 堀辰雄, 中西悟堂, 寺田寅彦, 夏目漱石, 森鴎外作　河出書房　1955　360p　22cm

吉田　とし
よしだ・とし
《1925〜1988》

『小説の書き方――子の創作ノート』　吉田とし作　〔点字資料〕　大阪　日本ライトハウス　1995.6　2冊　27cm　全2500円〈原本:東京 あかね書房 1988 あかね文庫〉

『小説の書き方――子の創作ノート』　吉田とし作, 山藤章二絵　あかね書房　1988.3　217p　18cm（あかね文庫）　430円　①4-251-10026-3

『バッケの原の物語』　吉田とし作, 牧野鈴子絵　小峰書店　1987.11　143p　22cm（こみね創作児童文学）　980円　①4-338-05714-9

『木曜日のとなり』　吉田とし作, 赤坂三好絵　あかね書房　1987.5　237p　18cm（あかね文庫）　430円　①4-251-10008-5

内容　日曜日から土曜日まで、七つの曜日はみんなちがう顔をしているし、イメージっていうか、それもべつべつだ…。「安堂くんは、じぶんが何曜日の感じと思う?」と聞いたら、なんというだろうか…。小学6年生の少女と少年を主人公に、それぞれの心の軌跡を新しい手法でとらえたユニークな作品。

『四年一組のおひめさま』　吉田とし作, 大古尅己画　理論社　1985.10　210p　18cm（フォア文庫）　390円　①4-652-07056-X

『モンキーさんとわたし』　吉田とし作, 広野多珂子画　小学館　1985.1　142p　22cm（小学館の創作児童文学シリーズ）　880円　①4-09-289042-7

『大ちゃんの青い月』　吉田とし作, 渡辺安芸夫画　金の星社　1984.11　188p　18cm（フォア文庫）　390円

『家族』　吉田とし作, 鈴木義治絵　理論社　1983.2　411p　21cm　1200円

『郁子』　国土社　1982.4　388p　20cm（吉田としジュニアロマン選集 7）　800円　①4-337-02007-1〈初刷:1972（昭和47））

目次　きみはその日

『小説の書き方――子の創作ノート』　吉田とし作, 山藤章二絵　あかね書房　1982.4　197p　22cm（日本の創作児童文学選）　980円〈図版〉

『赤い月』　頓川室子画, 吉田とし作　金の星社　1981.12　178p　22cm（現代・創作児童文学）　850円〈初刷:1976（昭和51））

『いちにちだけのおにいちゃん』　吉田としさく, 岩淵慶造え　京都　PHP研究所　1981.10　54p　23cm（こころの幼年童話）　940円

『恵子』　国土社　1981.10　349p　20cm（吉田としジュニアロマン選集 2）　800円　①4-337-02002-0〈初刷:1971（昭和46））

目次　じぶんの星, ルミと勉

『ぼくのおやじ』　吉田とし作, かみやしん画　あかね書房　1981.10　209p　21cm（あかね創作児童文学）　980円

『リボンでとじて2で割って』　吉田とし作, 田代三善絵　国土社　1981.10　158p　22cm（国土社の創作童話シリーズ）　1000円　①4-337-05702-1

『ゆれる砂漠』　吉田とし作, かみやしん画　理論社　1981.9　210p　18cm（フォア文庫）　390円

『あの子が三十五人』　吉田とし作, 西村郁雄絵　旺文社　1981.3　158p　22cm（旺文社ジュニア図書館）　650円〈叢書の編集:神宮輝夫〔ほか〕 初刷:1976（昭和51））

目次　めがねだらけの朝〔ほか6編〕

『木曜日のとなり』　赤坂三好画, 吉田とし作　あかね書房　1981.2　177p　21cm（あかね創作児童文学 2）　880円

『四年一組のおひめさま』　吉田とし作, 大古尅己絵　理論社　1981.2　189p　23cm（理論社名作の愛蔵版）　940円

吉田とし

『いっしょに帰る日』　吉田とし作, 宮田武彦絵　偕成社　1980.10　158p　23cm（子どもの文学）　780円

『燃える氷原』　吉田とし著, 西村保史郎絵　偕成社　1980.10　214p　22cm（偕成社の創作）　950円

『まがった時計』　吉田とし著, 石田武雄絵　国土社　1979.12　142p　21cm（新選創作児童文学 6）　950円〈初刷:1969（昭和44）〉

『赤い月』　吉田とし作, 頓田室子画　金の星社　1979.10　196p　18cm（フォア文庫）　390円〈解説:西本鶏介〉

『あゆ子』　国土社　1979.9　229p　20cm（吉田としジュニアロマン選集 3）　700円〈初刷:1972（昭和47）〉
目次　緑のワルツ

『異性』　吉田とし著　ポプラ社　1979.9　188p　18cm（ポプラ社文庫 B・18）　390円
目次　風を見たわたし〔ほか5編〕

『久美』　国土社　1979.9　229p　20cm（吉田としジュニアロマン選集 4）　700円〈初刷:1972（昭和47）〉
目次　星ふたつ, 山のピノキオ

『サルピナ』　国土社　1979.9　228p　20cm（吉田としジュニアロマン選集 5）　700円〈初刷:1972（昭和47）〉
目次　ゆれる砂漠

『七枝』　国土社　1979.9　285p　20cm（吉田としジュニアロマン選集 10）　700円〈初刷:1972（昭和47）〉
目次　七枝とムサシ

『のり子』　国土社　1979.9　237p　20cm（吉田としジュニアロマン選集 8）　700円〈初刷:1972（昭和47）〉
目次　のり子に聞いて

『真知子』　国土社　1979.9　277p　20cm（吉田としジュニアロマン選集 1）　700円〈初刷:1971（昭和46）〉
目次　おはよう真知子

『真奈』　国土社　1979.9　237p　20cm（吉田としジュニアロマン選集 9）　700円〈初刷:1972（昭和47）〉
目次　あした真奈は

『敦子』　国土社　1979.7　228p　20cm（吉田としジュニアロマン選集 6）　700円〈初刷:1972（昭和47）〉
目次　この花の影

『ケイちゃんって子』　吉田とし作, 大古尅己絵　国土社　1979.2　80p　23cm（国土社の創作どうわ）　850円

『大ちゃんの青い月』　吉田とし作, 渡辺安芸夫え　金の星社　1978.12　178p　22cm（創作子どもの本）　750円

『ぼく・わたしの六年二組』　吉田とし作, 安徳瑛絵　偕成社　1978.5　182p　23cm（子どもの文学）　780円

『巨人の風車』　吉田とし作, 村山知義え　理論社　1978.3　205p　23cm（理論社名作の愛蔵版）　940円

『四年一組のおひめさま』　吉田とし作, 大古尅己こえ　理論社　1977.12　189p　23cm（つのぶえシリーズ）　920円

『あゆ子』　吉田とし著　朝日ソノラマ　1977.10　220p　15cm（ソノラマ文庫 91）　260円

『久美』　吉田とし著　朝日ソノラマ　1977.10　251p　15cm（ソノラマ文庫 90）　280円

『サルピナ』　吉田とし著　朝日ソノラマ　1977.10　222p　15cm（ソノラマ文庫 89）　260円

『真知子』　吉田とし著　朝日ソノラマ　1977.10　252p　15cm（ソノラマ文庫 88）　280円

『由香』　吉田とし著　朝日ソノラマ　1977.10　222p　15cm（ソノラマ文庫 92）　260円

『恵子』　吉田とし著　朝日ソノラマ　1977.9　316p　15cm（ソノラマ文庫）　320円

『ナオ子ー真昼の星座』　吉田とし著　朝日ソノラマ　1977.9　249p　15cm（ソノラマ文庫 87）　280円

『七枝ー七枝とムサシ』　吉田とし著　朝日ソノラマ　1977.9　252p　15cm（ソノラマ文庫 85）　280円

吉田とし

『のり子』　吉田とし著　朝日ソノラマ　1977.9　220p　15cm（ソノラマ文庫 84）　260円

『真奈一あした真奈は』　吉田とし著　朝日ソノラマ　1977.9　220p　15cm（ソノラマ文庫 83）　260円

『ベルとベルのあいだ』　吉田とし作, 杉浦範茂画　あかね書房　1977.3　137p　21cm（あかね創作児童文学）　780円

『吉田とし青春ロマン選集　5　ひとを愛するとき』　吉田とし著　理論社　1977.3　414p　19cm　900円

『吉田とし青春ロマン選集　4　愛のエチュード』　吉田とし著　理論社　1977.1　268p　19cm　900円

『吉田とし青春ロマン選集　3　愛のかたち』　吉田とし作　理論社　1976.12　318p　19cm　900円

『おとうさんという男』　吉田とし著　PHP研究所　1976.7　173p　22cm　880円

『赤い月』　吉田とし著　金の星社　1976.4　178p　22cm（現代・創作児童文学）　850円

『燃える谷間』　吉田とし著　文研出版　1976.4　175p　22cm（文研ジュベニール）　780円

『あの子が三十五人』　吉田とし著　旺文社　1976.2　158p　22cm（旺文社ジュニア図書館）　650円

『吉田とし青春ロマン選集　2　たれに捧げん』　吉田とし著　理論社　1976　362p　19cm　900円

『吉田とし青春ロマン選集　1　青いノオト』　吉田とし著　理論社　1976　270p　19cm　900円

『木曜日のとなり』　吉田とし作, 赤坂三好画　あかね書房　1975　177p　21cm（あかね創作児童文学 2）

『夜なかのひるま』　吉田とし作, 池田龍雄え　理論社　1975　107p　23cm（理論社のどうわ）

『むくちのムウ』　吉田とし作, 鈴木義治絵　あかね書房　1973　137p　22cm（あかね新作児童文学選 5）

『敦子』　吉田トシ作　国土社　1972　228p　20cm（ジュニアロマン選集 6）

『あゆ子一緑のワルツ』　吉田とし文　国土社　1972　229p　20cm（ジュニアロマン選集 3）

『郁子一きみはその日』　吉田とし文, 岩田浩昌絵　国土社　1972　388p　20cm（ジュニアロマン選集 7）

『おにいちゃんげきじょう』　吉田とし作, かみやしんえ　理論社　1972　107p　23cm（どうわの本棚）

『久美』　吉田とし作　国土社　1972　229p　20cm（ジュニアロマン選集 4）

『サルピナーゆれる砂漠』　吉田とし著　国土社　1972　228p　20cm（ジュニアロマン選集 5）

『七枝』　吉田とし作　国土社　1972　285p　20cm（ジュニアロマン選集 10）

『のり子ーのり子に聞いて』　吉田とし文, 岩田浩昌絵　国土社　1972　237p　20cm（ジュニアロマン選集 8）

『真奈』　吉田とし作　国土社　1972　237p　20cm（ジュニアロマン選集 9）

『三つのねがい』　子どもの文学研究会編, 渋沢青花等著, 久保正勇絵　ポプラ社　1972　222p　22cm（よんでおきたい物語 9）

『巨人の風車』　吉田とし作, 村山知義絵　理論社　1971　205p　23cm（ジュニア・ライブラリー）

『恵子』　吉田とし文　国土社　1971　349p　20cm（ジュニアロマン選集 2）

『小説の書き方ーー子の創作ノート』　吉田トシ作, 山藤章二画　あかね書房　1971　197p　21cm（少年少女長編創作選 1）

『真知子ーおはよう真知子』　吉田とし文　国土社　1971　277p　20cm（ジュニアロマン選集 1）

『まがった時計』 吉田とし著, 石田武雄絵 国土社 1969 142p 22cm（新選創作児童文学6）

『おはよう真知子』 吉田とし文, 岡崎正明等絵 講談社 1968 317p 20cm

『青いノオト』 吉田とし文 理論社 1967 267p 20cm（青春の本棚）

『七枝とムサシ』 吉田とし文, 吉田郁也絵 東都書房 1965 173p 22cm

『あした真奈は』 吉田とし文, 谷俊彦絵 東都書房 1964 163p 22cm

『見えない敵』 吉田とし文, 赤坂三好絵 三十書房 1964 210p 22cm（日本少年文学選集 11）

『ゆれる砂漠』 吉田とし文, 土居淳男絵 理論社 1964 196p 22cm（ジュニア・ロマンブック）

『星ふたつ』 吉田とし文, 土居淳男絵 東都書房 1963 175p 22cm

『巨人の風車』 吉田とし文, 村山知義絵 理論社 1962 206p 23cm

『少年の海』 吉田とし文, 永井潔絵 東都書房 1961 175p 22cm

吉田 瑞穂
よしだ・みずほ
《1898〜1996》

『海べの少年期―吉田瑞穂少年詩集』 吉田瑞穂作, 鈴木義治え 理論社 1998.1 157p 21cm（詩の散歩道 pt.2） 1600円 ①4-652-03826-7
[目次] 春の少年, 夏の少年, 秋の少年, 冬の少年

『はるおのかきの木―幼年詩集』 吉田瑞穂著, 吉田翠絵, 銀の鈴社企画・編集 教育出版センター 1991.11 89p 22cm（ジュニア・ポエム双書 71） 1200円 ①4-7632-4277-6
[目次] 1 はるおの川あそび, 2 はぜつり, 3 おとうさん・おかあさん, 4 おじいさん・おばあさん, 5 はるおのうちのせっく, 6 おばさんとわらびどり, 7 はるおのかきの木, 8 うつくしいちどりたち
[内容] この幼年詩集には, とくにはるおのうちでのことを, おおくかきました。低学年以上。

『はるおたちのえんそく―幼年詩集』 吉田瑞穂著, 吉田翠え 三鷹 けやき書房 1989.10 107p 22cm 1000円 ①4-87452-112-6
[目次] おじいさんと いっしょ, こわかったこと, すきな いま子ねえさん, 千灯籠, はるおたちの あそび, はるおたちの えんそく

『オホーツク海の月―現代詩集』 吉田瑞穂詩, 吉田翠絵 銀の鈴社 1989.2 103p 22cm（ジュニア・ポエム双書） 1200円 ①4-7632-4260-1〈発売:教育出版センター〉
[目次] 第1章 オホーツク海の月…小さな旅, 第2章 モネと末永先生…机によりて, 第3章 夜光虫の有明海…ふるさとを想う

『ムラサキガニのつなひき―幼年詩集』 吉田瑞穂著, 吉田翠画 三鷹 けやき書房 1988.2 106p 22cm 980円 ①4-87452-108-8

『触先に立って―少年詩集』 吉田瑞穂著, 吉田翠絵 講談社 1984.7 133p 22cm（児童文学創作シリーズ） 980円 ①4-06-119080-6

『空から来たひと―吉田瑞穂少年詩集』 吉田瑞穂著, 鈴木たくま絵 理論社 1983.4 125p 21cm（詩の散歩道） 1500円

『しおまねきと少年』 吉田瑞穂詩, 吉田翠絵 教育出版センター 1980.11 154p 22cm（ジュニア・ポエム双書） 1000円〈新装版〉

『海べの少年期―吉田瑞穂少年詩集』 鈴木義治え 理論社 1980.6 148p 23cm（現代少年詩プレゼント） 1500円〈初刷:1967（昭和42）〉

『海べの少年期―吉田瑞穂少年詩集』 吉田瑞穂詩, 鈴木義治絵 理論社 1967 148p 23cm（現代少年詩プレゼント）

『水の中の世界―少年少女理科詩集』 吉田瑞穂文, 岩崎ちひろ絵 革新社 1952 133p 22cm

吉野　源三郎
よしの・げんざぶろう
《1899～1981》

『エイブ・リンカーン』　吉野源三郎著, 向井潤吉絵　童話屋　2003.12　429p　15cm（この人を見よ 1）　1500円　①4-88747-040-1

目次 第1部 労働者エイブ（船出, ケンタッキーの思い出 ほか）, 第2部 いなか弁護士（ふしぎな地下鉄, 苦闘十五年 ほか）, 第3部 最後の勝利（私情を越えて, 「失われた演説」 ほか）, 第4部 人民の父（大統領就任, 戦争はついに始まった ほか）

内容 だれにも生きる意味がある。役目がある。天才なんていない。みんなふつうなのだ。リンカーンも, ふつうだ。だが, 彼は差別を憎んだ。勇敢にたたかって, 奴隷を解放した。きみは何をするか。リンカーンがお手本だ。

『エイブ・リンカーン』　吉野源三郎著　改訂版　ポプラ社　2000.7　323p　20cm（吉野源三郎全集 ジュニア版 4）　1200円　①4-591-06535-9〈年譜あり〉

目次 第1部 労働者エイブ（船出, ケンタッキーの思い出 ほか）, 第2部 いなか弁護士（ふしぎな地下鉄, 苦闘十五年 ほか）, 第3部 最後の勝利（私情を越えて, 「失われた演説」 ほか）, 第4部 人民の父（大統領就任, 戦争はついにはじまった ほか）

内容 ここでわたしたちの語ることなどを, 長く記憶していないでしょう。人民の, 人民による, 人民のための政治を, 断じてこの地上から死滅させないこと, であります。

『君たちはどう生きるか』　吉野源三郎著　改訂　ポプラ社　2000.7　267p　20cm（吉野源三郎全集 ジュニア版 1）　1200円　①4-591-06532-4

目次 1 へんな経験, 2 勇ましい友, 3 ニュートンのりんごと粉ミルク, 4 貧しい友, 5 ナポレオンと四人の少年, 6 雪の日のできごと, 7 石段の思い出, 8 がいせん, 9 すいせんの芽とガンダーラの仏像, 10 春の朝

内容 40年以上, なぜ読み継がれてきたのだろうか。永遠のベストセラーが, 今世に真意を問う。

『人間の尊さを守ろう』　吉野源三郎著　改訂版　ポプラ社　2000.7　257p　20cm（吉野源三郎全集 ジュニア版 3）　1200円　①4-591-06534-0

目次 人間の尊さを守ろう（ひとりひとりの人間, 人民の, 人民による, 人民のための政治, いちばん大切なことは何か, 働く者は手をつなぐ, 戦争のない時代を, 原子力と平和）, 思い出より（小学生のころ, バトンを渡すもの受けるもの, 若い日の読書, 目からうろこの落ちる話, 東京の屋根の下）, 青年のために（高校の諸君へ, 若い看護婦さんへ, ヒューマニズムについて）

内容 40年以上, なぜ読み継がれてきたのだろうか。永遠のベストセラーが, 今世に真意を問う。

『ぼくも人間きみも人間―波濤を越えて』　吉野源三郎著　改訂　ポプラ社　2000.7　255p　20cm（吉野源三郎全集 ジュニア版 2）　1200円　①4-591-06533-2

目次 ぼくも人間きみも人間―信太郎君の作った記録, 波濤を越えて―日本人最初の太平洋横断

内容 敗戦後の激動と混乱の中で, これからの日本を考えながら書いた『ぼくも人間きみも人間』, 1930年代に書かれた『波濤を越えて』の2篇を収録。

『エイブ・リンカーン』　吉野源三郎文, 向井潤吉絵　岩波書店　1969　348p　18cm（岩波少年文庫 178）

『君たちはどう生きるか』　吉野源三郎著, 脇田和等絵　新潮社　1969　285p　18cm

『エイブ・リンカーン』　吉野源三郎著, 梁川剛絵　ポプラ社　1967　316p　20cm（吉野源三郎全集 ジュニア版 3）

『君たちはどう生きるか』　吉野源三郎著, 上原重和絵　ポプラ社　1967　315p　20cm（吉野源三郎全集 ジュニア版 1）

『人間の尊さを守ろう』　吉野源三郎著, 古賀亜十夫絵　ポプラ社　1967　318p　20cm（吉野源三郎全集 ジュニア版 2）

『エイブ・リンカーン ジェーンアダムスの生涯』　吉野源三郎, ジャッドソン著, 村岡花子訳, 向井潤吉等絵　岩波書店　1962　350p　23cm（岩波少年少女文学全集 26）

『エイブ・リンカーン』　吉野源三郎文, 向井潤吉絵　岩波書店　1958　356p　18cm（岩波少年文庫 178）

『君たちはどう生きるか』　吉野源三郎著, 脇田和等絵　新潮社　1956　281p 図版　18cm（新編日本国民文庫 6）

```
与田　準一
よだ・じゅんいち
《1905～1997》
```

『ぼくかがかいたまんが』　与田準一詩, 山高登絵　国土社　2003.1　77p　25×22cm（現代日本童謡詩全集 17）　1600円　④4-337-24767-X
[目次] すな、石ころとぼく、あの鳥は、星ときょうだい、ママのひざのうえで、ママはいつから、おかあさんのかお、ぼくがかいたまんが、だあれ?、かあさんいぬとこいぬ〔ほか〕

『マッチ売りの少女・雪の女王』　アンデルセン原作, 与田準一文, 杉田豊絵　世界文化社　2001.6　83p　27×22cm（世界の名作 7）　1200円　④4-418-01809-3
[目次] マッチ売りの少女、雪の女王

『旗・蜂・雲一与田準一童謡集』　与田準一著　大空社　1997.3　229,11p　19cm（叢書日本の童謡）　④4-7568-0306-7　〈アルス昭和8年刊の複製　外箱入〉

『おばあさんとこぶたのぶうぶう』　川崎大治, 与田準一文, 野上彰訳, いわさきちひろ絵　童心社　1990.9　47p　19cm（おやすみまえのほん 4）　700円　④4-494-02314-0

『ちくたくてくは・みつごのぶただ』　与田準一, 太田大八作　童心社　1990.4　1冊　19cm　680円　④4-494-00261-5

『野ゆき山ゆき』　与田準一作, 石倉欣二絵　新版　大日本図書　1990.4　108p　22cm　1200円　④4-477-17604-X
[目次] 白い少年、オウギとオウケンシ、ミルク・ウェー、わかいおじさん

『幼年文学名作選　3　トムのまめサムのまめ』　与田準一作, 岩村和朗絵　岩崎書店　1989.3　127p　22cm　1200円　④4-265-03703-8

『日本むかし話―日本民話集』　与田準一ぶん, 渡辺三郎え　改訂版　偕成社　1988.10　126p　23cm（カラー版・世界の幼年文学）　980円　④4-03-408060-4

『日本むかし話―日本民話集』　渡辺三郎え, 与田準一ぶん　改訂版　偕成社　1985.11　126p　23cm（カラー版・世界の幼年文学 6）　980円　④4-03-408060-4　〈解説:与田準一　初版:1967（昭和42）〉
[目次] うらしま、まめつぶころころ、したきりすずめ、おだんご話、やっほやっほ、彦市どん、やりくりやりべえ、吉よむさん、おもいにもつ、つぼ買い、半七さん、大作さん、たからてぬぐい〔ほか10編〕

『みどりのへいわはこわされた!』　与田準一詩, インゴ・レーゼ絵　童心社　1985.2　24p　21×23cm（絵本・ちいさななかまたち）　980円

『うみひこやまひこ』　与田準一作, 福田庄助画　童心社　1984.1　175p　18cm（フォア文庫）　390円

『イルカにのったハーヨ』　よだじゅんいちさく, にしまきかやこえ　童心社　1983.1　47p　21cm（おはなしこんにちは）　900円

『ぼくがかいたまんが』　与田準一詩, 山高登絵　国土社　1982.8　78p　21cm（国土社の詩の本 4）　950円　④4-337-00504-8　〈初刷:1975（昭和50）〉

『ばらのいえのリカおばさん』　与田準一作, 中谷千代子絵　フレーベル館　1982.5　87p　28cm（フレーベル幼年どうわ文庫 1）　950円　〈初刷:1975（昭和50）〉

『トムのまめサムのまめ』　与田準一作, 岩村和朗絵　岩崎書店　1982.3　127p　22cm（日本の幼年童話 3）　1100円　〈解説:菅忠道　叢書の編集:菅忠道〔ほか〕　初刷:1972（昭和47）　図版〉
[目次] トムのまめサムのまめ、きしゃにのって

『小さな町の六』　司修画, 与田準一著　あかね書房　1981.10　208p　22cm（日本児童文学名作選 7）　980円　〈解説:竹崎有斐　図版〉
[目次] クミの絵のてんらん会〔ほか11編〕

与田準一

『ハーヨとおじいさん』　よだじゅんいちさく，にしまきかやこえ　童心社　1981.10　46p　21cm（おはなしこんにちは）　950円

『おおくにぬしの冒険―わたしの古事記』　近岡善次郎え，与田準一ぶん　童心社　1981.3　198p　23cm（こどもの古典1）　980円〈解説:近藤忠義　叢書の監修:西尾実　初刷:1970（昭和45）図版〉

目次　うさぎとさめのものがたり〔ほか12編〕

『ゆめみることば』　与田準一詩，深沢省三，深沢紅子絵　教育出版センター　1980.11　119p　22cm（ジュニア・ポエム双書）　1000円

『おばけトンボ』　大日本図書　1980.9　273p　22cm（与田準一全集　第4巻―幼年童話集2）　2000円〈解説:坪田譲治　初刷:1967（昭和42）〉

目次　ハモニカじま，いきもの，空色のめがね，おばけとんぼ

『五十一番めのザボン』　大日本図書　1980.9　273p　22cm（与田準一全集　第6巻―童話集2）　2000円〈巻末:与田準一年譜　解説:山室静　初刷:1967（昭和42）〉

目次　五十一番めのザボン，長崎の卵，ボタン長者の屋敷跡

『空がある』　大日本図書　1980.9　280p　22cm（与田準一全集　第1巻―童謡集）　2000円〈解説:藤田圭雄　初刷:1967（昭和42）〉

目次　遠い景色，空がある，太陽と空気，幼年詩，うた

『野ゆき山ゆき―少年少女詩曲集』　与田準一著　大日本図書　1980.9　91.25p　22cm（子ども図書館）　880円〈解説:神宮輝夫　初刷:1973（昭和48）〉

『花もよろしい』　大日本図書　1980.9　267p　22cm（与田準一全集　第5巻―童話集1）　2000円〈解説:関英雄　初刷:1967（昭和42）〉

目次　花もよろしい〔ほか17編〕

『ポプラ星』　大日本図書　1980.5　265p　22cm（与田準一全集　第2巻―詩集）　2000円〈解説:周郷博　初刷:1967（昭和42）〉

『おもちゃのくに』　大日本図書　1979.7　278p　22cm（与田準一全集　第3巻―幼年童話集1）　2000円〈解説:松居直　初刷:1967（昭和42）〉

目次　おもちゃのくに〔ほか16編〕

『ばらのいえのリカおばさん』　与田準一作，中谷千代子絵　フレーベル館　1975　87p　23cm（フレーベル幼年どうわ文庫1）

『ぼくがかいたまんが』　與田準一詩，山高登絵　国土社　1975　77p　21cm（国土社の詩の本4）

『野ゆき山ゆき―少年少女詩曲集』　与田準一作　大日本図書　1973　91,25p　22cm（子ども図書館）

『小さな町の六』　与田準一著，司修画　あかね書房　1972　208p　22cm（日本児童文学名作選7）

『トムのまめサムのまめ』　与田準一作，岩村和朗絵　岩崎書店　1972　127p　22cm（日本の幼年童話3）

『マッチ売りの少女・雪の女王』　アンデルセン原作，与田準一文，杉田豊絵　世界文化社　1972　83p　27cm（少年少女世界の名作2）

『五十一番めのザボン』　与田準一作，鈴木琢磨画　学習研究社　1971　244p　18cm

『おおくにぬしの冒険―わたしの古事記』　与田準一ぶん，近岡善次郎え　童心社　1970　198p　23cm（こどもの古典1）

『五十一番めのザボン』　与田準一著，久米宏一絵　旺文社　1969　260p　22cm（旺文社ジュニア図書館）〈カラー版〉

『ピアノのたまご』　与田準一作，小林与志え　小峰書店　1969　59p　27cm（こみね幼年どうわ1）

『シンデレラひめ』　稲垣昌子，那須辰造，与田準一文，小坂しげる等絵　講談社　1968　82p　27cm（世界の名作童話8）

『おばけトンボ』　与田準一著　大日本図書　1967　273p　22cm（与田準一全集4―幼年童話集2）

『おもちゃのくに』　与田準一著　大日本図書　1967　278p　22cm（与田準一全集3―幼年童話集1）

『五十一番目のザボン』　与田準一著, 中尾彰絵　大日本図書　1967　273p　22cm（与田準一全集6―童話集2）

『空がある』　与田準一著　大日本図書　1967　280p　22cm（与田準一全集1―童謡集）

『日本むかし話』　与田準一文, 渡辺三郎絵　偕成社　1967　126p　23cm（世界の幼年文学6）

『花もよろしい』　与田準一著, 市川禎男絵　大日本図書　1967　267p　22cm（与田準一全集5―童話集1）

『ポプラ星』　与田準一著　大日本図書　1967　265p　22cm（与田準一全集2―詩集）

『みきおくんとどうぶつたち』　与田準一文, 小坂しげる絵　金の星社　1967　181p　22cm（幼年童話シリーズ10）

『いなばの白うさぎ―日本神話』　与田準一文, 久米宏一絵　講談社　1966　158p　23cm（せかいのおはなし15）

『クミの絵のてんらん会』　与田準一文, 天野邦弘絵　実業之日本社　1965　137p　22cm

『アンデルセンどうわ』　アンデルセン原作, 与田準一文　偕成社　1964　124p　23cm（世界のどうわ7）

『ひらかなイソップものがたり　1,2』　イソップ原作, 与田準一著, 中尾彰絵　金の星社　1964　2冊　22cm（ひらかな文庫）

『じどうしゃ・かぶとむしくん―きまりをまもれる子にする童話』　与田準一文, 天野邦弘絵　実業之日本社　1963　68p　27cm（よい性格をつくる童話シリーズ）

『与田準一・新美南吉・平塚武二集』　与田準一, 新美南吉, 平塚武二文, 中尾彰等絵　講談社　1963　381p　23cm（少年少女日本文学全集12）

『きんのたまご』　イソップ原作, 与田準一文, 小野かおる絵　ポプラ社　1962　60p　27cm（おはなし文庫13）

『ごんぎつね―新美南吉・与田準一・平塚武二・土家由岐雄童話集』　新美南吉, 与田準一, 平塚武二, 土家由岐雄作, 箕田源二郎絵　偕成社　1962　240p　23cm（日本児童文学全集13）

『与田準一・平塚武二集』　与田準一, 平塚武二文, 高山毅等編, 中尾彰等絵　東西文明社　1958　310p　22cm（昭和児童文学全集10）

『かちかちやま』　与田準一文, 新井五郎絵　実業之日本社　1957　160p　22cm（名作絵文庫1年生）

『ひらかなイソップものがたり　3』　イソップ原作, 与田準一著, 中尾彰絵　金の星社　1957　166p　22cm

『金のがちょう―グリム童話集』　グリム兄弟原作, 与田準一著, 沢田正太郎等絵　講談社　1956　170p　22cm（講談社の三年生文庫2）

『ひらかな童話集』　与田準一文, 中尾彰絵　金の星社　1956　205p　22cm

『アンデルセン物語』　与田準一著, 立石鉄臣絵　実業之日本社　1955　152p　22cm（お話博物館―4年生）

『ガリバー旅行記』　スウィフト原作, 与田準一著, 片岡京二絵　あかね書房　1955　206p　19cm（幼年世界名作全集11）

『十二のきりかぶ』　与田準一文, 由良玲吉絵　新潮社　1954　209p　27cm

『しらゆきひめ』　グリム原作, 与田準一文, 高畠華宵等絵　小学館　1954　116p　22cm（小学館の幼年文庫10）

『どうぶつむら―2年生』　与田準一文, 中尾彰絵　金の星社　1954　205p　22cm

『新しい童話―4年生』　与田準一文, 中尾彰絵　鶴書房　1953　214p　22cm

『かあさんおめでとう』　与田準一文　泰光堂　1953　122p　22cm

若松賤子

『日本児童文学全集　9　詩・童謡篇』　北原白秋, 三木露風, 西条八十, 野口雨情, 島木赤彦, 百田宗治, 丸山薫, サトウ・ハチロー, 巽聖歌, 佐藤義美, 与田準一作, 初山滋絵　河出書房　1953　357p　22cm
　|目次| 北原白秋集　三木露風集　西条八十集　野口雨情集　島木赤彦集　百田宗治集　丸山薫集　サトウ・ハチロー集　巽聖歌集　佐藤義美集　与田準一集

『日本児童文学全集　7　童話篇　7』　槙本楠郎, 川崎大治, 新美南吉, 与田準一, 奈街三郎作　河出書房　1953　350p　22cm
　|目次| 槙本楠郎集　川崎大治集　新美南吉集　与田準一集　奈街三郎集

『光と影の絵本』　与田準一著, 渡辺三郎絵　筑摩書房　1953　175p　22cm（小学生全集 36）

『赤い電話器』　与田準一文, 山下大五郎絵　西荻書店　1951　126p　21cm

『五十一番めのザボン』　与田準一文, 桂ユキ子絵　光文社　1951　237p　19cm

若松　賤子
わかまつ・しずこ
《1864〜1896》

『若松賤子創作童話全集』　尾崎るみ編　久山社　1995.10　150p　21cm（日本児童文化史叢書 4）　2200円
　①4-906563-64-3
　|目次| ひろひ児．林のぬし．黄金機会．鼻で鱒を釣つた話（実事）．犬つくをどり．病める母と二才の小悴．砂糖のかくしどこ．海底電信の話．たんぽぽ．鳥のはなし．邪推深き後家．水銀のはなし．栄公の誕生日．みとり（看護）．着物の生る木．猫徳．小遣ひ帳．玉とお染さん．三ツ宛．おもひで．解説　尾崎るみ著

若山　牧水
わかやま・ぼくすい
《1885〜1928》

『小さな鶯―童謡集』　若山牧水著　大空社　1997.3　54p　20cm（叢書日本の童謡）　①4-7568-0306-7〈弘文舘大正13年刊の複製〉

書 名 索 引

【あ】

あゝ、玉杯に花うけて（佐藤紅緑） ……… 107
ああ玉杯に花うけて（佐藤紅緑） ……… 107
愛犬パックンはどこへいくの?（塩沢清）
　……………………………………… 113
合言葉は手ぶくろの片っぽ（乙骨淑子）
　…………………………………… 74, 75
愛と死（武者小路実篤） ………… 292, 293
愛と友情（早船ちよ） ………………… 220
アイヌラックル物語（安藤美紀夫） …… 15
愛の一家（野長瀬正夫） ……………… 203
愛の讃歌（水谷まさる） ……………… 243
愛の童話集（宮沢賢治） ……………… 267
愛の花束（北条誠） …………………… 232
愛の妖精（横山美智子） ……………… 312
アイバンホー（高木彬光） …………… 138
青い嵐（早船ちよ） …………………… 218
青い絵の物語（大石真） ………………… 54
青い柿（島崎藤村） …………………… 122
青い山脈（石坂洋次郎） …………… 20, 21
青いつばさ（安藤美紀夫） ………… 15, 16
あおいとり（野長瀬正夫） ……… 202, 203
青いとり（筒井敬介） ………………… 160
青い鳥（柴野民三） …………………… 121
青い鳥（土家由岐雄） ……………… 154, 155
青い鳥（野長瀬正夫） ………………… 204
青いねこをさがせ（サトウ・ハチロー） … 109
青いノオト（吉田とし） ……………… 317
青い花（安房直子） ……………………… 12
青いひかりの国（乙骨淑子） ………… 75
青い魔術師（島田一男） ……………… 123
青い眼の人形（野口雨情） …………… 202
アオギリよ芽をだせ（大川悦生） ……… 58
青ぞらのとり（浅原六朗） ……………… 7
青空二人組（森いたる） ……………… 297
赤いお馬・湖水の女（鈴木三重吉） … 131
赤いガラスの宮殿（小川未明） …… 70, 72
赤い靴の秘密（島田一男） …………… 123

赤い草原（戸川幸夫） ……………… 178, 179
赤い月（吉田とし） ……………… 314〜316
赤い電話器（与田凖一） ……………… 322
赤いトランプ（南洋一郎） …………… 249
赤い鳥小鳥（北原白秋） ………………… 87
あかいふね（川崎大治） ………………… 82
赤いぼうし青いぼうし（大石真） ……… 54
赤い帆の舟（久保喬） …………………… 93
赤いみずうみ（花岡大学） …………… 206
赤い妖虫（江戸川乱歩） ………… 44〜46, 48
赤いらせん階段（早船ちよ） ………… 218
あかいろうそく（新美南吉） …… 196, 198
赤いろうそく（新美南吉） …………… 192
赤いろうそくと人魚（小川未明） … 66〜72
赤い蝋燭と人魚（小川未明） ………… 64
赤い輪の姫の物語（安藤美紀夫） ……… 15
赤おにゴチョモラ（前川康男） ……… 239
赤鬼の大あばれ（山下清三） ………… 304
あかげのあん（三越左千夫） ………… 244
赤毛のブン屋の仲間たち（赤木由子） … 2, 3
あかずきん（茶木滋） ………………… 153
赤ずきん（平塚武二） ………………… 228
あかちゃん（サトウ・ハチロー） …… 108
赤ちゃんのお耳（都築益世） ………… 153
暁の合唱（石坂洋次郎） …………… 20, 21
暁の目玉（福田清人） ………………… 230
赤とんぼの空（花岡大学） …………… 208
赤ノッポ青ノッポ（武井武雄） ……… 142
赤彦童謡集（島木赤彦） ……………… 121
あかるい童話（土家由岐雄） ………… 155
あかるい童話（二反長半） …………… 201
あかるい童話（宮脇紀雄） …………… 274
明るい話・正しい人（山本和夫） …… 308
明るいほうへ（金子みすゞ） …………… 77
秋の目玉（福田清人） ………………… 230
芥川竜之介・菊池寛・豊島与志雄集（芥川龍
　之介） ………………………………… 6
芥川竜之介・菊池寛・豊島与志雄集（豊島与
　志雄） ……………………………… 183
芥川竜之介集（芥川龍之介） …………… 6
芥川竜之介名作集（芥川龍之介） …… 6, 7

あくたれ童子ポコ（北畠八穂）……… 86, 87
あくたれ童子ポコ・千年生きた目一つ（北畠八穂）………………………………… 86
悪魔人形（江戸川乱歩）………… 43〜45
悪魔の足（山中峯太郎）………………… 306
悪魔の王城（野村胡堂）………………… 204
悪魔の口笛（高木彬光）………………… 138
悪魔の使者（海野十三）………………… 37
悪魔の星（香山滋）……………………… 80
悪魔博士（西条八十）…………………… 104
悪魔博士（山中峯太郎）………………… 306
明智小五郎（江戸川乱歩）……………… 38
アケミの門出（早船ちよ）……………… 220
アコちゃんのてがみ（いぬいとみこ）… 28
朝を待ちつつ（住井すゑ）……………… 133
朝子の坂道（野長瀬正夫）……………… 203
朝つゆの道（北条誠）…………………… 232
あしたの風（壺井栄）…………………… 162
あした真奈は（吉田とし）……………… 317
あすへ羽ばたく（早船ちよ）…………… 220
あすなろの星（二反長半）……………… 200
あすなろ物語（井上靖）……………… 30, 31
あすも夕やけ（早船ちよ）……………… 220
あたたかい右の手（壺井栄）…………… 164
あたまでっかち（下村千秋）…………… 126
新しい童話（小出正吾）………………… 98
新しい童話（浜田広介）………………… 217
新しい童話（与田準一）………………… 321
あたらしい星へ（前川康男）…………… 237
敦子（吉田とし）…………………… 315, 316
あっぱれしゅじゅどん（冨田博之）…… 181
あの雲の下で（赤木由子）…………… 2, 3
あの子が三十五人（吉田とし）…… 314, 316
『あの子』はだあれ（早船ちよ）……… 220
あの日の空は青かった（野長瀬正夫）… 203
あの町この町日がくれる（三越左千夫）
…………………………………………… 245
あばかれた秘密（江戸川乱歩）………… 47
アハメッドの旅（早船ちよ）…………… 220
阿母やあい（北畠八穂）………………… 86
あばらやの星（壺井栄）…………… 162, 163

あばれんほうのこどもライオン（花岡大学）
…………………………………………… 207
あばれんほじどうしゃ（竹崎有斐）…… 146
アヒルたんじょう（早船ちよ）………… 219
あひるのスリッパ（庄野英二）………… 128
あぶく坊主（前川康男）…………… 240, 241
あべこべ物語（サトウ・ハチロー）… 108, 109
あほう鳥のなく日（小川未明）………… 72
あまとんさん（浜田糸衛）……………… 208
あまの川（宮沢賢治）…………………… 252
あめがふってくりゃ（村山籌子）……… 295
雨ですてきなたんじょうび（筒井敬介）
……………………………………… 156, 158
雨ニモマケズ（宮沢賢治）…… 262, 267, 270
あめのいわや（前川康男）……………… 241
あめの日かぜの日（宮脇紀雄）………… 272
あめふりくまのこ（鶴見正夫）… 172, 174, 175
雨はまちかどをまがります（山元護久）
…………………………………………… 309
あやとりかけとり（竹久夢二）………… 147
あゆ子（吉田とし）………………… 315, 316
あゆみとひみつのおともだち（いぬいとみこ）………………………………… 26, 28
荒馬ものがたり（戸川幸夫）…………… 179
嵐・藤村詩集（島崎藤村）………… 121, 122
嵐・藤村詩抄（島崎藤村）……………… 122
嵐の九十三年（柴田錬三郎）…………… 117
あらしの白鳩（西条八十）……………… 104
あらじんとふしぎならんぶ（土家由岐雄）
…………………………………………… 154
アラジンとふしぎなランプ（土家由岐雄）
…………………………………………… 153
アラジンとまほうのランプ（鶴見正夫）
…………………………………………… 173
アラジンのふしぎならんぶ（土家由岐雄）
…………………………………………… 155
アラビアン・ナイト（久保喬）……… 92, 94
アラビアン・ナイト（土家由岐雄）…… 154
アラビアンナイト集（土家由岐雄）…… 154
アラビアンナイト集（宮脇紀雄）……… 274
アラビヤンナイト（宮脇紀雄）………… 274
アラモに死す（野長瀬正夫）…………… 203
有島武郎集（有島武郎）………………… 8

有島武郎名作集（有島武郎） ……… 8
アリゾナの勇者（関英雄） ……… 135
ありときりぎりす（二反長半） ……… 201
アリババとぬすびと（関英雄） ……… 135
アリババと四十人のとうぞく（宮脇紀雄）
　……… 273
アリババと四十人の盗賊（二反長半） ……… 202
アリババのぼうけん（佐藤義美） ……… 111
アリババのぼうけん（柴野民三） ……… 120
アリババのぼうけん（宮脇紀雄） ……… 274
或阿呆の一生（芥川龍之介） ……… 6
あるいた雪だるま（佐藤義美） ……… 112
あるき太郎（武井武雄） ……… 142
ある手品師の話（小熊秀雄） ……… 72
アルピエロ群島（庄野英二） ……… 127
アルファベット群島（庄野英二） ……… 128
あるぷすのきじ（椋鳩十） ……… 288, 290, 291
アルプスの少女（三越左千夫） ……… 245
アルプスの猛犬（椋鳩十） ……… 284, 287, 289
ある夜の星たちのはなし（小川未明） ……… 70
アレン中佐のサイン（庄野英二） ……… 128
アンクル・トムの小屋（二反長半） ……… 200
アンクル・トム物語（二反長半） ……… 201
暗黒街の恐怖（江戸川乱歩） ……… 48
暗黒星（江戸川乱歩） ……… 43, 45, 47, 48
あんじゅとずし（唐沢道隆） ……… 80
あんじゅとずしおう（浜田広介） ……… 215, 217
あんじゅとずしおう（森鴎外） ……… 299
安寿とずし王（森鴎外） ……… 299
安寿と厨子王（森鴎外） ……… 299
あんじゅ姫（山本和夫） ……… 309
あんずぬすっと（花岡大学） ……… 207
アンデルセンどうわ（与田準一） ……… 321
アンデルセン童話（柴野民三） ……… 120
アンデルセン童話（二反長半） ……… 200
アンデルセン童話（浜田広介） ……… 215, 217
アンデルセン童話集（鈴木三重吉） ……… 133
アンデルセンの家（山下清三） ……… 305
アンデルセンものがたり（久保喬） ……… 94
アンデルセン物語（奈街三郎） ……… 191

アンデルセン物語（与田準一） ……… 321

【い】

イエスさま（小原国芳） ……… 75
いえすさまのおはなし（石森延男） ……… 22
いえなきこ（久保喬） ……… 92
いえなき子（山本和夫） ……… 309
家なき子（川端康成） ……… 85
家なき子（小出正吾） ……… 97, 98
家なき子（鈴木三重吉） ……… 132
家なき子（奈街三郎） ……… 191
家なき子（野長瀬正夫） ……… 203
家なき子（南洋一郎） ……… 248
家なき児（南洋一郎） ……… 250
家なき少女（唐沢道隆） ……… 80
家なき娘（西条八十） ……… 104
家に子供あり（坪田譲治） ……… 171
生きものはかなしかるらん（室生犀星）
　……… 295
生きるんだ！名犬パール（赤木由子） ……… 2
郁子（吉田とし） ……… 314, 316
池田大助捕物帖（野村胡堂） ……… 204
いさましいアリのポンス（いぬいとみこ）
　……… 28, 29
石井桃子・北畠八穂・北川千代集（石井桃子） ……… 20
石井桃子・北畠八穂・北川千代集（北畠八穂） ……… 86
石井桃子集（石井桃子） ……… 19, 20
石うすの歌（壺井栄） ……… 161
石川啄木・北原白秋集（北原白秋） ……… 88
石切り山の人びと（竹崎有斐） ……… 146, 147
石坂洋次郎集（石坂洋次郎） ……… 21
石坂洋次郎名作集（石坂洋次郎） ……… 21
石の馬（鈴木三重吉） ……… 132
いじめっことんでけ！（上崎美恵子） ……… 100
いじめっ子やめた（安藤美紀夫） ……… 14
石森読本（石森延男） ……… 22
石森延男集（石森延男） ……… 23
石森延男小学生文庫（石森延男） ……… 23

いじわるからす（都築益世）……………153
いじワンるものがたり（筒井敬介）‥159, 160
いじんの話（久保喬）………………… 94
伊豆の踊り子（川端康成）……………… 83
伊豆の踊子（川端康成）……………83, 84
伊豆の踊り子・風立ちぬ（川端康成）…… 83
伊豆の踊り子・風立ちぬ（堀辰雄）……236
伊豆の踊り子・泣虫小僧（川端康成）…… 83
伊豆の踊子・雪国（川端康成）……83, 84
異性（吉田とし）………………………315
イソップどうわ（小出正吾）…………… 98
イソップどうわ（平塚武二）……………228
イソップ童話（関英雄）…………………136
イソップ童話（土家由岐雄）……… 154, 155
イソップ童話（浜田広介）………………214
いそっぷものがたり（唐沢道隆）……… 80
イソップものがたり（大石真）………… 54
イソップものがたり（唐沢道隆）……… 80
イソップものがたり（坪田譲治）………171
イソップものがたり（浜田広介）………215
イソップ物語（奈街三郎）………………191
イソップ物語（浜田広介）………214, 216
いたずらおばけピピ（大川悦生）……… 61
いたずらこだぬき（花岡大学）…………206
いたずらごんとみほちゃん（上崎美恵子）
　…………………………………………100
一つのビスケット（坪田譲治）…………172
一つぶの麦（花岡大学）…………………207
いちにちだけのおにいちゃん（吉田とし）
　…………………………………………314
一年生になったぞワン（竹崎有斐）
　……………………………… 143, 145, 147
一年生のアラビアンナイト（野長瀬正夫）
　…………………………………………203
一年生のアンデルセンどうわ（柴野民三）
　……………………………………119, 120
一年生の童話（小川未明）……………… 68
一年生の日本むかしばなし（奈街三郎）
　…………………………………………190
1年の社会科童話（奈街三郎）…………191
いちばんほしみつけた（東君平）………225
一郎べえのいの字（北畠八穂）………… 86

いつか、おかあさんを追いこす日（安藤美紀夫）……………………………… 14
いっきゅうさん（森いたる）……………296
いっきゅうさん（山本和夫）……………308
一休さん（土家由岐雄）…………………155
一休さんの大しょんべん（大川悦生）…… 60
いっしょに帰る日（吉田とし）…………315
いっすんぼうし（鈴木三重吉）…………132
いっすんぼうし（坪田譲治）……………169
一すんぼうし（大石真）………………… 54
一寸法師（江戸川乱歩）………43〜45, 47
一直線（佐藤紅緑）………………………107
五つのえんどうまめ（猪野省三）……… 30
五つの幸運ものがたり（前川康男）……240
いっぱいのひまわり（早船ちよ）………220
一本足の山の女神（早船ちよ）…………219
いなくなったこどもたち（柴野民三）…120
いなずま走るとき（安藤美紀夫）……… 14
いななく高原（庄野英二）………………128
いなばのしろうさぎ（前川康男）………241
いなばの白うさぎ（久保喬）………93, 94
いなばの白うさぎ（浜田広介）…………215
いなばの白うさぎ（与田準一）…………321
犬と友だち（坪田譲治）…………………169
犬とみなし子（久保喬）………………… 92
犬になった一郎（佐藤義美）……………111
犬のあしあと（石森延男）……………… 23
いぬのおまわりさん（佐藤義美）… 110, 111
犬の学校（佐野美津男）……………112, 113
犬のくんしょう（椋鳩十）………………290
井上靖名作集（井上靖）………………… 31
イノくんのいる分校（比江島重孝）……221
イノシシの谷（椋鳩十）……………287, 290
いのち生まれるとき（早船ちよ）………220
いのちの火（中島千恵子）………………183
イーハトーブの童話集（宮沢賢治）……270
イーハトーブの民話集（宮沢賢治）……270
イーハトーボ農学校の春（宮沢賢治）…256
井伏鱒二集（井伏鱒二）……………32, 33
井伏鱒二・太宰治名作集（井伏鱒二）… 33
井伏鱒二・太宰治名作集（太宰治）……150

井伏鱒二・豊島与志雄集（井伏鱒二）……33
井伏鱒二・豊島与志雄集（豊島与志雄）……183
井伏鱒二名作集（井伏鱒二）……32
今は昔の物語（坪田譲治）……170
イルカにのったハーヨ（与田凖一）……319
いろはのいそっぷ（平塚武二）……227
イワキチ目をさます（山口勇子）……303
いわぬが花と贈物（早船ちよ）……219
巌谷小波集（巌谷小波）……34
イワンのばか（浜田広介）……217
イワンの馬鹿（来栖良夫）……96
インドラの網（宮沢賢治）……256

【う】

ウイリアム・テル（関英雄）……135
ウィルヘルム・テル（南洋一郎）……250
うかれ胡弓（巌谷小波）……34
うかれバイオリン（二反長半）……201
うぐいす（安房直子）……10
うぐいすいろの童話集（坪田譲治）……170
雨月怪奇物語（上田秋成）……35
雨月物語（上田秋成）……34, 35
雨月物語（福田清人）……231
うさぎいろの童話集（坪田譲治）……170
うさぎの学校（安房直子）……11
うさぎのとっぴん（前川かずお）……237
うさぎのとっぴんとプリンかいじん（前川かずお）……237
うさぎのとっぴんとゆきおとこ（前川かずお）……237
うさぎのとっぴんパイロットだ！（前川かずお）……237
うさぎのとっぴんびっくりパンク（前川かずお）……237
うさぎのひこうき（浜田広介）……217
うさぎパンタロン（上崎美恵子）……100
うさぎ屋のひみつ（安房直子）……11
牛をつないだつばきの木（新美南吉）……197, 198
牛をつないだ椿の木（新美南吉）……196
牛女（小川未明）……66, 69

牛方と山んば（竹崎有斐）……146
失われた世界（高垣眸）……137
うしわか丸（山本和夫）……308, 309
うずめられた鏡（小川未明）……72
うそをつかない王さま（花岡大学）……206
歌いたがりの花（上崎美恵子）……100
うたうせんめんき（上崎美恵子）……100
うたうボロンくん（藤田圭雄）……232
歌をうたう貝（久保喬）……93
うた時計（新美南吉）……194, 199
歌時計（水谷まさる）……243
うた時計・ごんぎつね・いぼ（新美南吉）……199
うた時計と狐（新美南吉）……198
打出のこづち（飯沢匡）……18
宇宙怪人（江戸川乱歩）……40, 42, 44, 46
宇宙戦争（高木彬光）……138
宇宙の巨人（佐野美津男）……112, 113
宇宙の声（星新一）……236
美しい暦（石坂洋次郎）……21
美しい旅（川端康成）……85
美しいぼくらの手（赤木由子）……3
美しい町（金子みすゞ）……77
うつくしいマリモ・赤い木の実（石森延男）……23
美しき鬼（海野十三）……37
ウフフ・アッハハ（北畠八穂）……85, 86
馬にのったかみなり（柴野民三）……120
馬ぬすびと（平塚武二）……226～228
馬町のトキちゃん（安藤美紀夫）……15
生まれいずる悩み（有島武郎）……7
生まれ出ずる悩み（有島武郎）……8
生まれ出づる悩み（有島武郎）……8
生れ出ずる悩み（有島武郎）……8
生れ出づる悩み（有島武郎）……7
うまれた家（大井冷光）……49
海へいったくるみ（浜田広介）……218
海がうたう歌（上崎美恵子）……100, 101
うみがめ丸漂流記（庄野英二）……127, 129
海からとどいたプレゼント（上崎美恵子）……99
海さち山さち（唐沢道隆）……81

海と少年（山本和夫）………… 308
海とめんどりとがいこつめがね（森はな）
　………………………………… 300
うみねこの空（いぬいとみこ）…… 27, 29
海のあら鷲・山を守る兄弟（大仏次郎）…… 73
海の王のものがたり（戸川幸夫）…… 177, 178
海の義賊（柴田錬三郎）………… 118
海の子ロマン（南洋一郎）………… 250
海のシルクロード（庄野英二）…… 127
海の星座（庄野英二）……………… 127
海の灯・山の灯（豊島与志雄）…… 183
海のメルヘン（庄野英二）………… 129
うみひこやまひこ（与田凖一）…… 319
海ひこ山ひこ（二反長半）………… 201
海ひこ山ひこ（花岡大学）………… 207
海べのおはなし（おおえひで）…… 57
海べの少年期（吉田瑞穂）………… 317
海べの小さな村で（おおえひで）…… 57
海ぼうずはなぜいない（北畠八穂）…… 86
海はいつも新しい（久保喬）……… 94
うらしまたろう（北畠八穂）……… 86
占いの名人モコちゃん（サトウ・ハチロー）
　……………………………… 108, 109
裏まちのすてネコ（前川康男）…… 240, 241
うりひめこ（坪田譲治）…………… 168
瓜ひめこ（坪田譲治）……………… 171
原猫のブルース（佐野美津男）…… 113
うれしい一日になる世界のわらい話（冨田博之）
　………………………………… 180
うれしい一日になる日本のわらい話（冨田博之）
　………………………………… 180
うれしいウルくん（筒井敬介）…… 157
うろこ雲（花岡大学）……………… 207
海野十三全集（海野十三）………… 37
運命（幸田露伴）…………………… 102

【え】

エイブ・リンカーン（吉野源三郎）…… 318, 319
エイブ・リンカーン ジェーンアダムスの生涯（吉野源三郎）………… 318

駅長さんと青いシグナル（大石真）…… 52, 57
駅長とうさん（鶴見正夫）………… 174, 176
エジソン（大石真）………………… 55
エジソン（来栖良夫）……………… 96
エジソン（二反長半）……………… 201
エッフェルとうの足音（前川康男）…… 238
江戸のおもちゃ屋（来栖良夫）…… 96
江戸の紅葵（野村胡堂）…………… 204
江戸の笑い（興津要）……………… 72
NHKひょっこりひょうたん島（山元護久）
　………………………………… 309
エープリルフールは雨のちくもり（安藤美紀夫）
　………………………………… 13
エミリアンの旅（豊島与志雄）…… 182
えものがたり日本のわらい話（大石真）
　………………………………… 55
えらい奴だ（椋鳩十）……………… 283

【お】

おーいでてこーい（星新一）……… 233, 235
狼森と笊森、盗森（宮沢賢治）…… 252, 261, 266
狼森と笊森、盗森・祭の晩（宮沢賢治）…… 269
おいもころころ（宮脇紀雄）……… 273
おいらどこの子お江戸の子（筒井敬介）
　………………………………… 160
王国に生きる（椋鳩十）…………… 283
黄金仮面（江戸川乱歩）…………… 42, 44〜47
黄金宮殿（江戸川乱歩）…………… 48
黄金孔雀（島田一男）……………… 122, 123
黄金三角（南洋一郎）……………… 247
黄金十字の秘密（島田一男）……… 123
黄金の怪獣（江戸川乱歩）………… 38, 43, 45
黄金の島（椋鳩十）………………… 290
黄金豹（江戸川乱歩）……………… 40, 43, 46, 48
王さまねむれ（鶴見正夫）………… 175
王さまの子どもになってあげる（佐藤義美）
　………………………………… 111
おうさまのみみはろばのみみ（三越左千夫）
　………………………………… 245
王子と王女の愛の物語（川端康成）…… 84

王子とこじき(大石真) ……………… 57
王子とこじき(柴野民三) …………… 120
王子とこじき(奈街三郎) …………… 190
王者のとりで(戸川幸夫) …………… 177
王女さまはあたし(筒井敬介) ……… 158
お馬(坪田譲治) ……………………… 168
おうまのゆめ(小川未明) …………… 70
オウムと白い船(庄野英二) ………… 127
鸚鵡の唄(川路柳虹) ………………… 83
大石真児童文学全集(大石真) …… 52〜54
大いなる遺産(北条誠) ………… 232, 233
おーい、まっしろぶね(山口勇子) … 303
大江戸の最後(野村胡堂) …………… 204
大江山のおに(二反長半) …………… 201
大江山のおに(宮脇紀雄) …………… 274
大男と小人の童話集(大石真) ……… 57
オオカミ犬物語(戸川幸夫) …… 178, 179
オオカミ王ロボ(前川康男) …… 240, 241
狼少年(大仏次郎) ……………… 73, 74
狼隊の少年(大仏次郎) ……………… 73
おおかみと7ひきのこやぎ(宮脇紀雄)
 ………………………………… 272, 273
大きいたねと小さなたね(東君平) … 225
大きな犬と小さなぼく(大石真) …… 52
大きな大きなおんなの子(上崎美恵子)
 …………………………………………… 99
大きなかぶら(花岡大学) …………… 208
大きなモミの木(庄野英二) ………… 128
おおくにぬしとすせりひめ(前川康男)
 ………………………………………… 241
おおくにぬしの冒険(与田準一) …… 320
大阪からきたベル吉(代田昇) ……… 129
大空いっぱいに(椋鳩十) …………… 289
大空高く(住井すゑ) ………………… 133
大空に生きる(椋鳩十) ……… 287, 289, 292
大空に生きるワシの子の冒険(椋鳩十)
 ………………………………………… 291
おおばかめ先生(上崎美恵子) ……… 100
大ぼらふきとあわてもの(大川悦生) … 60
おかあさん(サトウ・ハチロー) …… 108
おかあさん(坪田譲治) ……………… 169
おかあさんSOS(竹崎有斐) …… 146, 147

おかあさんがいっぱい(東君平) … 223, 225
おかあさんだいっきらい(安藤美紀夫)
 ………………………………………… 15
おかあさんの生まれた家(前川康男) … 239, 240
おかあさんの木(大川悦生) ……… 61, 62
おかあさんの手(大石真) ………… 49, 56
おかあさんのてのひら(壺井栄) …… 163
お母さんのてのひら(壺井栄) ……… 162
おかあさんの耳、日曜(東君平) …… 225
おかあさんはえらい!(東君平) …… 224
おかしのいえ(柴野民三) …………… 121
おかっぱさん(平塚武二) …………… 228
おかの野犬(椋鳩十) ………………… 278
小川未明・秋田雨雀集(小川未明) … 71
小川未明・秋田雨雀・坪田譲治・浜田広介
 集(小川未明) ……………………… 71
小川未明・秋田雨雀・坪田譲治・浜田広介
 集(坪田譲治) …………………… 171
小川未明・秋田雨雀・坪田譲治・浜田広介
 集(浜田広介) …………………… 216
小川未明一年生の童話(小川未明) … 69
小川未明作品集(小川未明) ………… 71
小川未明三年生の童話(小川未明) … 69
小川未明集(小川未明) ……………… 71
小川未明・坪田譲治集(小川未明) … 71
小川未明・坪田譲治集(坪田譲治) … 170, 171
小川未明童話(小川未明) …………… 72
小川未明童話集(小川未明) … 63, 66, 69, 71
小川未明童話全集(小川未明) ……… 72
小川未明二年生の童話(小川未明) … 68
小川未明名作集(小川未明) ………… 70
小川未明名作選集(小川未明) ……… 67
小川未明四年生の童話(小川未明) … 68
おきなぐさ・いちょうの実(宮沢賢治) … 261
小熊秀雄童話集(小熊秀雄) ………… 72
おこりじぞう(山口勇子) …………… 303
おこんばんはたぬき(宮脇紀雄) …… 273
幼い頃のスケッチ(田山花袋) ……… 151
幼きものに(島崎藤村) ……………… 122
幼きものに・海の土産(島崎藤村) … 122
おさなものがたり(島崎藤村) ……… 121
幼ものがたり(石井桃子) ………… 19, 20

をさなものがたり・少年の日（島崎藤村）…… 122	おっと部活はやめられない（赤木由子）…… 2
おさなものがたり・ポッポのお手紙（島崎藤村）…… 122	オッベルと象（宮沢賢治）…… 265
おさなものがたり・ポッポのお手紙（鈴木三重吉）…… 132	オッベルと象（宮沢賢治）…… 259, 265, 266
おさらい横町（サトウ・ハチロー）…… 109	オッベルと象・注文の多い料理店（宮沢賢治）…… 269
大仏次郎名作集（大仏次郎）…… 73	おてあげクマさん（東君平）…… 224
おさるでんしゃ（上崎美恵子）…… 101	オテナの塔（北村寿夫）…… 88
おさるのさいばん（磯部忠雄）…… 24	おてんばせんせいそらとぶけっこんしき（鶴見正夫）…… 175
おさるのしゃしんや（奈街三郎）…… 189	おてんばせんせいたのしいハイキング（鶴見正夫）…… 175
おさるのたんけんたい（大石真）…… 57	おてんばせんせいゆかいななつやすみ（鶴見正夫）…… 175
おさるのふうせん（土家由岐雄）…… 154	おとうさんとあいうえお（東君平）…… 224
おじいさんとくま（浜田広介）…… 218	おとうさんという男（吉田とし）…… 316
おじいさんのえほん・おばあさんのえほん（土家由岐雄）…… 155	おとうさんのだいじょうぶ（竹崎有斐）…… 146
おじいさんのランプ（新美南吉）…… 192, 194〜196, 198, 199	おとうさんのにちようび（大石真）…… 51
おじいちゃんげんきをだしなよ（代田昇）…… 129	お父さんのラッパばなし（瀬田貞二）…… 136
おじいちゃんにヒョーショージョー（宮脇紀雄）…… 272	おとぎ草子（二反長半）…… 201
おしくらまんじゅう（筒井敬介）…… 159, 161	お伽草子・伊曽保物語（矢代静一）…… 300
おしっこの神さま（重清良吉）…… 115	おどけものアブーの物語（川端康成）…… 84
おしどりものがたり（椋鳩十）…… 289	男の子の条件（鶴見正夫）…… 173
おしゃべりコアラ（上崎美恵子）…… 101	乙女椿（北条誠）…… 233
おしゃべりなカーテン（安房直子）…… 9, 11	乙女椿・悲しき花束・また逢う日まで・別れの曲（北条誠）…… 233
おしゃべりらんど（おおえひで）…… 57	乙女の港（川端康成）…… 85
おしゃれおばけの小さなデート（上崎美恵子）…… 100	踊り子マヌ（山本和夫）…… 308
おしゃれトンボ・お祭りの日（石森延男）…… 23	おどるドンモ（サトウ・ハチロー）…… 108
おしゃれねこ、ちろ（上崎美恵子）…… 100	踊るドンモ（サトウ・ハチロー）…… 110
おしょうさんとあんねんさん（冨田博之）…… 181	踊る人形（山中峯太郎）…… 306
おしょうさんとちんねんさん（冨田博之）…… 181	おにいちゃんげきじょう（吉田とし）…… 316
おしょうさんとほんねんさん（冨田博之）…… 181	おにいちゃんのヒミツは一日300えん（赤木由子）…… 1
オズの魔法つかい（土家由岐雄）…… 154	鬼を飼うゴロ（北畠八穂）…… 86
おつかいたっちゃん（筒井敬介）…… 158	鬼がクスクスわらってる（赤木由子）…… 3
お月さまの見たどうぶつえん（椋鳩十）…… 280	おにとばしのこたろう（鶴見正夫）…… 175
乙骨淑子の本（乙骨淑子）…… 74, 75	鬼になった子ども（二反長半）…… 200
	鬼のすむお堂（川崎大治）…… 81, 82
	おにのめん（花岡大学）…… 207
	鬼の面と雉の面（川崎大治）…… 83
	おにのような女の子（関英雄）…… 134, 135

おねえさんといっしょ（筒井敬介）‥159, 160
お姉さんといっしょ（筒井敬介）‥‥‥‥160
おねえちゃんの子もり歌（赤木由子）‥‥‥2
おねしょとひげとおかあさん（赤木由子）
‥‥‥‥‥‥‥‥‥‥‥‥‥‥‥‥‥3
おばあさんとこぶたのぶうぶう（川崎大治）
‥‥‥‥‥‥‥‥‥‥‥‥‥‥‥‥‥81
おばあさんとこぶたのぶうぶう（与田凖一）
‥‥‥‥‥‥‥‥‥‥‥‥‥‥‥‥319
おばあちゃんの犬ジョータン（安藤美紀夫）
‥‥‥‥‥‥‥‥‥‥‥‥‥‥‥14, 15
おばあちゃんのボーイフレンド（安藤美紀
夫）‥‥‥‥‥‥‥‥‥‥‥‥‥‥14
おばあちゃんは落語屋さん（森はな）‥299, 300
おばけおばけでたあ（大川悦生）‥‥‥‥61
おばけがいっぱい（大石真）‥‥‥‥‥‥54
おばけがぞろぞろ（鶴見正夫）‥‥‥‥174
おばけ雲（来栖良夫）‥‥‥‥‥‥‥‥96
おばけさんなにをたべますか？（大川悦生）
‥‥‥‥‥‥‥‥‥‥‥‥‥‥‥‥60
おばけじかんどろどろ（大川悦生）‥‥‥61
おばけたろうは1ねんせい（大川悦生）‥59
おばけトンボ（与田凖一）‥‥‥‥‥320
おばけのオンロック（早船ちよ）‥‥‥221
おばけのくにのドア（大川悦生）‥‥‥‥60
おばけのすきな王さま（大川悦生）‥‥‥61
お化けの世界（坪田譲治）‥‥167〜169, 171
お化けの世界・風のなかの子供（坪田譲治）
‥‥‥‥‥‥‥‥‥‥‥‥‥‥‥169
おばけのたらんたんたん（香山彬子）‥‥79
おばけのピピのぼうけん（大川悦生）‥‥61
おばけばなし（千葉省三）‥‥‥‥151, 152
おばけばなし（山本和夫）‥‥‥‥‥‥308
おばけやあい！（上崎美恵子）‥‥‥‥101
おばけ列車（山下清三）‥‥‥‥‥‥‥304
おばけロケット1ごう（筒井敬介）‥‥160
おばけロケット1号（筒井敬介）‥‥‥158
お話教室（水谷まさる）‥‥‥‥‥‥‥243
お話の宝庫（宮脇紀雄）‥‥‥‥‥‥‥274
おはよう大ちゃん（大石真）‥‥‥‥‥57
おはようたっちゃん（筒井敬介）‥‥‥159
おはようどうわ（東君平）‥‥‥222〜224

おはよう真知子（吉田とし）‥‥‥‥‥317
お日さま（三木露風）‥‥‥‥‥‥‥‥243
オペラの怪人（高木彬光）‥‥‥‥137, 138
オホーツク海の月（吉田瑞穂）‥‥‥‥317
おまわりさんのクマさん（鶴見正夫）‥174
おむすびころころ（奈街三郎）‥‥‥‥190
おむすびころりん（浜田広介）‥‥‥‥215
おもしろちえくらべ（冨田博之）‥‥‥181
おもしろ落語ランド（桂小南）‥‥‥‥76
おもちゃのくに（与田凖一）‥‥320, 321
おもちゃの童話集（前川康男）‥‥‥‥242
おもちゃの鍋（巽聖歌）‥‥‥‥‥‥‥151
おもちゃ箱（武井武雄）‥‥‥‥‥‥‥142
親子牛（石森延男）‥‥‥‥‥‥‥‥‥24
親子牛・わかれ道（石森延男）‥‥‥‥23
おやこおばけ（前川かずお）‥‥‥‥‥237
おやすみドン（筒井敬介）‥‥‥158, 160
親と子の仏典童話（花岡大学）‥‥‥‥206
親鳩子鳩（佐藤紅緑）‥‥‥‥‥‥‥‥107
お山の子ぐま（浜田広介）‥‥‥‥‥‥217
お山の童子と八人の赤ん坊（北畠八穂）
‥‥‥‥‥‥‥‥‥‥‥‥‥‥‥‥87
お山の童子と八人の赤ん坊・トンチキプー
（北畠八穂）‥‥‥‥‥‥‥‥‥‥86
おやゆび小僧（野長瀬正夫）‥‥‥‥‥203
おやゆびひめ（浜田広介）‥‥‥217, 218
おやゆびひめ（三越左千夫）‥‥‥‥‥244
およげちびっこ（上崎美恵子）‥‥‥‥101
およめさんはゆうれい（大川悦生）‥‥61
おりこうわんわん（関英雄）‥‥‥‥‥136
おりんごちゃん（鍋島俊成）‥‥‥‥‥189
オーロラの下で（戸川幸夫）‥‥176〜179
オロロン鳥とおじいさん（椋鳩十）‥‥285
追われる男（南洋一郎）‥‥‥‥‥‥‥249
恩がえしの話（久保喬）‥‥‥‥‥‥‥94
おんがえしばなし（宮脇紀雄）‥‥‥‥273
女の子ってな・ん・だ（東君平）‥‥‥224

【か】

かあさんおめでとう（与田凖一）‥‥‥321

かあさんかあさん（三越左千夫）．．．．244, 245	怪盗ルパン全集（南洋一郎）．．．．．．．．．249
かあさんがうまれたころに（大川悦生）	貝の鈴（山口勇子）．．．．．．．．．．．．．．．．．303
．．．．．．．．．．．．．．．．．．．．．．．．．．．．．．．．．．61	貝の火（宮沢賢治）．．．．．．．．．．．．258, 262
かあさんのにゅういん（大石真）．．．．．．．．52	貝ふきたん次（浜田広介）．．．．．．．210, 214
かあさんの野菊（山口勇子）．．．．．．．．．303	怪物ジオラ（香山滋）．．．．．．．．．．．．．．．．80
怪奇黒猫組（高垣眸）．．．．．．．．．．．．．．．137	海洋冒険物語（南洋一郎）．．．．．．．．．．．249
怪奇四十面相（江戸川乱歩）．．．．．．40, 44	海洋冒険物語（南洋一郎）．．．．．．．．．．．248
怪奇な家（南洋一郎）．．．．．．．．．．．．．．245	カイロ団長（宮沢賢治）．．．．．．．．．．．．．261
海峡の秘密（江戸川乱歩）．．．．．．．．．．．48	かえってきた白鳥（花岡大学）．．．．．．．．207
怪傑四十面相（江戸川乱歩）．．．．44, 46, 48	かえるのラジオ（久保喬）．．．．．．．．．．．．94
快傑黒頭巾（高垣眸）．．．．．．．．．．．．．．136	科学と冒険（香山滋）．．．．．．．．．．．．．．．80
怪傑黒頭巾（高垣眸）．．．．．．．．．．．．．．137	カガミジシ（椋鳩十）．．．．．．．280, 289, 290
怪傑ドラモンド（江戸川乱歩）．．．．．．．．48	かがみの国のアリス（二反長半）．．．．．．201
ガイコツの歌（山下清三）．．．．．．．．．．．304	ガキ大将行進曲（塩沢清）．．．．．．．．．．．114
怪獣くんこんにちは（飯沢匡）．．．．．．．．19	鍵と地下鉄（山中峯太郎）．．．．．．．．．．．306
かいじゅうランドセルゴン（大石真）．．．．52	かきの木いっぽんみが三つ（宮脇紀雄）
海上アルプス（椋鳩十）．．．．．．．．．．．．290	．．．．．．．．．．．．．．．．．．．．．．．．．．．．．．．．．273
怪人対名探偵（島田一男）．．．．．．．．．．．123	柿の木のある家（壺井栄）．．．．．．．161～164
怪人鉄塔（南洋一郎）．．．．．．．．．．．．．．250	かくされたオランダ人（鶴見正夫）．．174, 175
怪人二十面相（江戸川乱歩）．．．41, 42, 44～47	角兵衛獅子・狼隊の少年（大仏次郎）．．．．73
怪星ガン（海野十三）．．．．．．．．．．．．37, 38	かぐやひめ（久保喬）．．．．．．．．．．．．．．．94
怪星ガン・恐竜島・火星市民（海野十三）	かぐやひめ（鈴木三重吉）．．．．．．．．．．．133
．．．．．．．．．．．．．．．．．．．．．．．．．．．．．．．．．．38	かぐやひめ（二反長半）．．．．．．．．．．．．．201
怪船771号（江戸川乱歩）．．．．．．．．．．．．47	かぐやひめ（浜田広介）．．．．．．．．．．．．．216
海賊海岸（香山滋）．．．．．．．．．．．．．．．．．80	かぐやひめ（福田清人）．．．．．．．．．．．．．230
かいぞくでぶっちょん（筒井敬介）．．159, 160	かぐや姫（土家由岐雄）．．．．．．．．．．．．．155
怪談（北条誠）．．．．．．．．．．．．．．．232, 233	影男（江戸川乱歩）．．．．．．．．．．42, 45, 47
怪鳥艇（海野十三）．．．．．．．．．．．．．．．．．38	歌劇学校（川端康成）．．．．．．．．．．．84, 85
海底大陸（海野十三）．．．．．．．．．．．．．．．38	影なき男（海野十三）．．．．．．．．．．．．．．．37
海底都市（海野十三）．．．．．．．．．．．．．．．37	かささぎ物語（森三郎）．．．．．．．．．．．．．299
海底の黄金（江戸川乱歩）．．．．．．．．47, 48	かさじぞう（大川悦生）．．．．．．．．．．．．．．58
海底の魔術師（江戸川乱歩）．．．40, 43, 45, 48	かさじぞう（三越左千夫）．．．．．．．．．．．244
海底旅行（海野十三）．．．．．．．．．．．．．．．37	かしこくなったコヨーテティトオ（前川康男）
怪塔王（海野十三）．．．．．．．．．．．．．．．．．37	．．．．．．．．．．．．．．．．．．．．．．．．．．240, 241
怪盗黒頭巾（野村胡堂）．．．．．．．．．．．．．204	かしの木ホテル（久保喬）．．．．．．．．．．．．94
怪盗黒星（南洋一郎）．．．．．．．．．．．．．．249	鹿島鳴秋童謡小曲集（鹿島鳴秋）．．．．．．．76
怪盗紳士（柴田錬三郎）．．．．．．．．．．．．．117	かしわばやしの夜（宮沢賢治）．．．．．．．．264
怪盗紳士（南洋一郎）．．．．．．．．．．．．．．248	カスピ海物語（庄野英二）．．．．．．．．．．．128
怪盗の宝（山中峯太郎）．．．．．．．．．．．．．306	風（武内俊子）．．．．．．．．．．．．．．．．．．．142
怪盗ファントマ（南洋一郎）．．．．．．．．．249	火星探検（海野十三）．．．．．．．．．．．．37, 38
怪盗ルパン（南洋一郎）．．．．．．．．．．．．．249	化石原人の告白（猪野省三）．．．．．．．．．．30

風立ちぬ（堀辰雄） ……………… 236	カッパのくれたつぼ（柴野民三）……… 119
風立ちぬ・聖家族（堀辰雄） ……… 236	カッパの巣（福田清人） ……………… 231
風立ちぬ・菜穂子（堀辰雄） ……… 236	かっぱの話・魔法（坪田譲治）……… 167
風と木の歌（安房直子） ………… 12, 13	かっぱ橋（小出正吾） …………………… 97
風と花びら（平塚武二） …… 226〜228	かっぱ橋（小出正吾） …………………… 98
風とハンドルのうた（久保喬）…… 93, 94	ガツーンとぶつかるはなし（筒井敬介）
風とわらしの童話集（宮沢賢治）…… 270	………………………………………… 157
風の十字路（安藤美紀夫） ……………… 15	かなしいはなし（奈街三郎） ………… 190
風の中のアルベルト（香山彬子） ……… 78	悲しき歌姫（宮脇紀雄） ……………… 274
風の中の子ども（坪田譲治） ………… 171	悲しき草笛（西条八十） ……………… 104
風の中の子供（坪田譲治）…… 166〜169	哀しき虹（北条誠） …………………… 233
風の又三郎（宮沢賢治）	かなりや物語（鈴木三重吉）…… 132, 133
252, 254, 255, 259, 263, 266, 267, 269〜271	かにとこいし（平塚武二） …………… 228
風の又三郎・なめとこ山のくま（宮沢賢治）	かにのはさみやさん（上崎美恵子）…… 101
………………………………………… 270	金子みすゞ全集（金子みすゞ）…… 77, 78
風の又三郎・よだかの星（宮沢賢治）‥ 268, 270	金子みすゞ童謡集（金子みすゞ）……… 77
風の又三郎（宮沢賢治） ……………… 269	ガブダブ物語（サトウ・ハチロー）‥ 109, 110
風のローラースケート（安房直子） …… 12	かべのわれめのこけの花（北畠八穂）… 86
家族（吉田とし） ……………………… 314	カボチャのばけネコ（椋鳩十） ……… 289
ガタガタ学校と花風先生（平塚武二）… 228	かまきりおばさん（柴野民三）…… 118, 119
かたすみの満月（花岡大学）…… 205, 208	かまくら（斎藤隆介） ………………… 106
片耳の大しか（椋鳩十） ……………… 278	ガマのゆめ（坪田譲治） ……………… 170
片耳の大シカ（椋鳩十）	かみなりごろべえ（大川悦生） ………… 60
…………… 276, 279, 285〜287, 289〜291	かみなりむすめ（斎藤隆介） ………… 105
片耳の大鹿（椋鳩十） ……… 276, 284, 292	かみのけぼうぼう（石森延男） ………… 22
片耳の大鹿・名なし島の子ら（久保喬）‥‥ 94	神代の物語（坪田譲治） ……………… 170
片耳の大鹿・名なし島の子ら（椋鳩十）… 292	かめの子パブの旅（久保喬） …………… 93
かちかちやま（鈴木三重吉） ………… 133	カメレオンの王さま（浜田広介） …… 218
かちかちやま（鶴見正夫） ……… 172, 173	仮面の海狼（山中峯太郎） …………… 307
かちかちやま（与田凖一） …………… 321	仮面の恐怖王（江戸川乱歩）‥ 38, 42, 45, 47
かちかち山（武者小路実篤） ………… 294	かもしか学園（戸川幸夫） ……… 178, 179
かちかち山のすぐそばで（筒井敬介）	かもしかのこえ（花岡大学） ………… 205
…………………… 156, 157, 159, 160	かもとりごんべえ（大石真） …… 49, 50
がちょうのたんじょうび（新美南吉）	カモの友情（椋鳩十） …………… 279, 287
…………………… 192, 196, 198	カラス先生のじゅぎょう（比江島重孝）… 221
学校放送劇集（宮沢賢治） …………… 271	からす田んぼ（代田昇） ……………… 129
カッパとあめだま（竹崎有斐） ……… 145	からすの王さま（戸川幸夫）…… 177, 178
かっぱとドンコツ（坪田譲治） ……… 168	カラスのクロちゃん（早船ちよ） …… 219
カッパとひょうたん（水藤春夫） …… 244	カラスのクロと花子（椋鳩十） ……… 285
かっぱのいたずら（久保喬） …………… 94	からすのたいしょう（関英雄） ……… 135
河童の遠征（中村地平） ……………… 184	ガラスの月（平野威馬雄） …………… 229
カッパのおくりもの（竹崎有斐） …… 145	

からすのゆうびんや（関英雄） ………… 136	黄色い部屋（高木彬光） ………… 138
からたちの花がさいたよ（北原白秋） ‥ 87, 88	黄色な風船（石森延男） ………… 22, 23
ガラッパ大王（椋鳩十） ………… 288	黄色な風船・たこあげ（石森延男） … 23
カランバの鬼（花岡大学） ………… 207	黄いろのトマト（宮沢賢治） ………… 252
雁の童子（宮沢賢治） ………… 251, 265	消えた鬼刑事（南洋一郎） ………… 249
ガリバーのたび（奈街三郎） ………… 191	きえたキツネ（椋鳩十） ………… 280, 291
カリバーのぼうけん（小出正吾） ………… 98	消えた五人の小学生（大石真） …… 50, 52, 56
ガリバーものがたり（佐藤義美） ………… 111	きえた花嫁（上崎美恵子） ………… 101
ガリバー旅行記（小林純一） ………… 102	消えた宝冠（南洋一郎） ………… 247
ガリバー旅行記（奈街三郎） ………… 190	消えた魔人（高木彬光） ………… 138
ガリバー旅行記（二反長半） ………… 201	消えた蝋面（山中峯太郎） ………… 306
ガリバー旅行記（浜田広介） ………… 215	きかんしゃダダ（安藤美紀夫） ………… 16
ガリバー旅行記（与田準一） ………… 321	奇巌城（南洋一郎） ………… 247
カレーなんて見たくない（竹崎有斐） …… 146	ぎざ耳小僧（前川康男） ………… 240, 241
枯野抄（芥川龍之介） ………… 5	ギザ耳ものがたり（戸川幸夫） ………… 179
カロリーヌとおともだち（土家由岐雄）	キジ笛（早船ちよ） ………… 219
………… 154	奇術師のかばん（川崎大治） ………… 82
カロリーヌのせかいのたび（土家由岐雄）	奇術師のかばん（小出正吾） ………… 98
………… 154	奇跡クラブ（前川康男） ………… 241, 242
カロリーヌの月旅行（土家由岐雄） …… 154	北風のわすれたハンカチ（安房直子） … 13
かわいい山びこのはなし（前川康男） … 239	キタキツネのうた（戸川幸夫） ………… 178
かわいそうな自動車の話（前川康男） … 240	北国の犬（関英雄） ………… 135
かわいそうなぞう（土家由岐雄） ………… 154	北国の子どもたち（赤木由子） ………… 2
カワウソの海（椋鳩十） ………… 275, 290	北畠八穂・石井桃子集（石井桃子） …… 20
川へおちたたまねぎさん（村山籌子） … 295	北畠八穂・石井桃子集（北畠八穂） …… 86
かわさきだいじどうわ（川崎大治） …… 82	北原白秋（北原白秋） ………… 87
川とノリオ（いぬいとみこ） ………… 27	北原白秋集（北原白秋） ………… 88
川端康成集（川端康成） ………… 85	北原白秋童謡集（北原白秋） ………… 87
川端康成少年少女小説集（川端康成） … 84	北原白秋名作集（北原白秋） ………… 88
川端康成抒情小説選集（川端康成） …… 85	北村寿夫童話選集（北村寿夫） ………… 88
川端康成名作集（川端康成） ………… 84, 85	きっちょむさん（宮脇紀雄） ………… 273
雁・うたかたの記（森鴎外） ………… 297	きっちょむさん（森いたる） ………… 296
巌窟王（高垣眸） ………… 137	きっちょむさん天のぼり（大川悦生） … 60
岩窟の大殿堂（野村胡堂） ………… 204	吉四六さんとおとのさま（冨田博之） … 181
観光列車（石森延男） ………… 23	吉四六さんとごさくどん（冨田博之） … 181
観光列車・生きるよろこび（石森延男） … 23	吉四六さんと庄屋さん（冨田博之） …… 181
	きっちょむさん物語（冨田博之） ………… 182
【き】	狐（新美南吉） ………… 193
	キツネが走るブタがとぶ（関英雄） …… 135
きいろい嵐（戸川幸夫） ………… 179	キツネがみつけたへんな本（筒井敬介）
	………… 158

きつねケンタのアナウンサー（久保喬）
　………………………………… 92
きつねケンタのカメラマン（久保喬） …… 92
きつねとぶどう（坪田譲治）……… 169
キツネとブドウ・ふしぎな森（坪田譲治）
　……………………………………… 169
キツネと山伏（山下清三）………… 303
きつねのかんちがい（大川悦生）…… 62
きつねのさいばん（佐藤義美）…… 111
きつねのさいばん（宮脇紀雄）… 273, 274
きつねのさいばん（山本和夫）…… 309
きつねの窓（安房直子）……………… 13
きつねのゆうしょくかい（安房直子）
　…………………………… 10, 12, 13
気のいい火山弾（宮沢賢治）……… 252
きのこのおどり（来栖良夫）………… 95
木の下の宝（坪田譲治）…………… 171
木の下の宝・河童の話（坪田譲治）… 169
牙王物語（戸川幸夫）……………… 179
希望の青空（北条誠）……………… 233
きまぐれロボット（星新一）……… 235
気まぐれロボット（星新一）……… 236
君を待つ宵（北条誠）……………… 233
君たちはどう生きるか（吉野源三郎）… 318, 319
奇面城の秘密（江戸川乱歩）… 39, 42, 43, 46, 47
吸血魔（高木彬光）………………… 138
久助君の話（新美南吉）…………… 195
級長の探偵（川端康成）………… 84, 85
級の明星（西条八十）……………… 104
キューポラ銀座（早船ちよ）……… 218
キューポラのある街（早船ちよ）… 218, 220, 221
教室二〇五号（大石真）……………… 56
きょうだいの山ばと（小川未明）…… 70
恐怖の口笛（海野十三）……………… 38
恐怖の人造人間（高木彬光）……… 138
恐怖の谷（柴田錬三郎）…………… 118
恐怖の谷（山中峯太郎）…………… 306
恐怖の花篭（海野十三）……………… 38
恐怖の魔人王（江戸川乱歩）…… 44, 45
恐竜の足音（高垣眸）……………… 137
聖しこの夜（北条誠）……………… 232
巨人の風車（吉田とし）……… 315〜317

きらめく星のうた（山下清三）…… 305
きりこ山のオカリーナ（香山彬子）… 79
桐の花（石森延男）…………………… 23
木は生きかえった（大川悦生）……… 59
きんいろのあしあと（椋鳩十）… 282, 288, 290
金色の足あと（椋鳩十）… 276, 277, 279, 284
きんいろのカラス（いぬいとみこ）… 28
ぎんいろの巣（椋鳩十）………… 288, 290
金色のライオン（香山彬子）…… 78, 79
銀河鉄道の童話集（宮沢賢治）…… 270
銀河鉄道の夜（宮沢賢治）
　……… 252〜254, 256〜258, 263, 265〜268, 270, 271
銀河鉄道の夜・ざしき童子のはなし・グス
　コーブドリの伝記（宮沢賢治）……… 254
銀河鉄道の夜・セロ弾きのゴーシュ（宮沢賢
　治）……………………………… 270
銀ギツネ物語（前川康男）………… 241
金魚のお使い（与謝野晶子）……… 312
金銀島（野村胡堂）………………… 204
金毛の大ぐま（戸川幸夫）………… 178
キン・ショキ・ショキ（豊島与志雄）… 183
銀星号事件（山中峯太郎）………… 306
金属人間（海野十三）………………… 38
ぎんなん村（早船ちよ）…………… 219
勤皇兄妹（千葉省三）……………… 152
きんのうめぎんのうめ（坪田譲治）… 171
金のおの鉄のおの（花岡大学）…… 207
金のがちょう（巽聖歌）…………… 150
金のがちょう（与田準一）………… 321
金のかぶと（坪田譲治）…………… 170
金のかぶと・天狗の酒（坪田譲治）… 169
銀のくじゃく（安房直子）……… 12, 13
銀の触角（小林純一）……………… 102
銀の鈴（相馬御風）………………… 136
きんのたまご（唐沢道隆）…………… 80
きんのたまご（与田準一）………… 321
銀のはしご（井上靖）………………… 31
銀の笛と金の毛皮・山の別荘の少年（豊島
　与志雄）……………………… 183
金のりんご（佐藤義美）…………… 112

金の環の少年（浜田糸衛）・・・・・・・・・・ 208

【く】

くいしんぼうなおきゃくさま（上崎美恵子）
　・・・・・・・・・・・・・・・・・・・・・・・・・・・・・・・・・・・・・ 100
くいしんぼうのはなこさん（石井桃子）
　・・・・・・・・・・・・・・・・・・・・・・・・・・・・・・・・・・・・・・ 20
くいしんぼ行進曲（大石真）・・・・・・・ 49, 51
くいしんぼねずみチョロとガリ（大川悦生）
　・・・・・・・・・・・・・・・・・・・・・・・・・・・・・・・・・・・・・・ 60
空気のなくなる日・おばけものがたり・波
　と星（久保喬）・・・・・・・・・・・・・・・・・・・・ 94
空気のなくなる日・おばけものがたり・波
　と星（関英雄）・・・・・・・・・・・・・・・・・・・ 135
クオレ物語（南洋一郎）・・・・・・・・・・・ 250
草の上（重清良吉）・・・・・・・・・・・・・・・ 115
草の根こぞう仙吉（赤木由子）・・・・・・・ 3
草枕（夏目漱石）・・・・・・・・・・・ 186〜188
くじらつり（佐藤義美）・・・・・・・・・・・ 112
グスコーブドリの伝記（宮沢賢治）
　・・・・・・・・・・・・・・・・・・・・ 259, 267, 268, 270
グスコーブドリの伝記・注文の多い料理店
　（宮沢賢治）・・・・・・・・・・・・・・・・・・・・ 270
くずの中のふえ（宮脇紀雄）・・・・・・・ 272
グズベリ・桐の花（石森延男）・・・・・ 23
くだけた牙（戸川幸夫）・・・・・・・・・・・ 179
国木田独歩集（国木田独歩）・・・・・・・・ 90
国木田独歩・徳富蘆花集（国木田独歩）・・ 90
国木田独歩名作集（国木田独歩）・・・・・ 90
グフグフグフフ（上野瞭）・・・・・・・・・・ 35
熊犬物語（戸川幸夫）・・・・・・・ 177, 179
クマ王物語（前川康男）・・・・・・ 240, 241
くまがさるからきいた話（浜田広介）・・ 209, 217
くまさんのおもちゃ・はしれじどうしゃ（大
　石真）・・・・・・・・・・・・・・・・・・・・・・・・・・・ 57
くまのこのやくそく（鶴見正夫）・・・ 172
熊の出る開墾地（佐左木俊郎）・・・・・ 107
くまのないしょばなし（二反長半）・・ 200
くまのプーさん（柴野民三）・・・・・・・ 120
クマのプーさんと大あらし（柴野民三）
　・・・・・・・・・・・・・・・・・・・・・・・・・・・・・・・・・ 120

クマほえる（椋鳩十）・・・・・・・・・・・・・ 290
久美（吉田とし）・・・・・・・・・・・・ 315, 316
クミの絵のてんらん会（与田準一）・・・・・ 321
蜘蛛男（江戸川乱歩）・・・・・・ 43〜45, 48
くもとなめくじとたぬき（宮沢賢治）・・・・・ 271
くもの糸（芥川龍之介）・・・・・・・・・・ 5〜7
蜘蛛の糸（芥川龍之介）・・・・・・・・・・ 4〜6
くもの糸・てんぐ笑い（芥川龍之介）・・・ 6
くもの糸・てんぐ笑い（豊島与志雄）・・ 183
くもの糸・杜子春（芥川龍之介）・・・・・ 4
蜘蛛の糸・杜子春（芥川龍之介）・・・ 5, 6
くもの糸・トロッコ（芥川龍之介）・・・・・ 5
蜘蛛の糸・トロッコ（芥川龍之介）・・ 3, 5
雲の中のにじ（庄野英二）・・・・・・・・・ 129
くやしかったらけんかでこい（代田昇）
　・・・・・・・・・・・・・・・・・・・・・・・・・・・・・・・・・ 129
くらくら山にはるがきた（大石真）・・ 52
くらげのおつかい（柴野民三）・・・・・ 121
くらげほねなし（坪田譲治）・・・・・・・ 171
グラタンおばあさんとまほうのアヒル（安
　房直子）・・・・・・・・・・・・・・・・・・・・・・・・・ 12
鞍馬天狗（大仏次郎）・・・・・・・・・・・・・・ 73
鞍馬天狗・角兵衛獅子（大仏次郎）・・ 74
鞍馬天狗・角兵衛獅子・山岳党奇談（大仏次
　郎）・・・・・・・・・・・・・・・・・・・・・・・・・・・・・・ 74
鞍馬天狗青銅鬼（大仏次郎）・・・・・・・・ 73
くらやみの谷の小人たち（いぬいとみこ）
　・・・・・・・・・・・・・・・・・・・・・・・・・・ 25, 27, 28
ぐりぐりえかき（東君平）・・・・・・・・・ 225
くり毛の絵馬（おおえひで）・・・・・・・・ 57
栗野岳の主（椋鳩十）・・・・・・・・・・・・・ 279
グリム絵ものがたり（小出正吾）・・・・ 98
グリムどうわ（浜田広介）・・・・・・・・・ 215
グリム童話（大石真）・・・・・・・・・・・・・・ 56
グリム童話（浜田広介）・・・ 209, 214〜216
グリムどうわ集（柴野民三）・・・・・・・ 120
来栖良夫児童文学全集（来栖良夫）・・ 95
くるみが丘（井伏鱒二）・・・・・・・・・・・・ 32
くるんとさかあがり（東君平）・・・・・ 225
クレヨンのひみつ（柴野民三）・・・・・ 119
黒いきこり白いきこり（浜田広介）・・ 215
黒いギャング（椋鳩十）・・・・・・・・・・・ 275

黒いトカゲ（江戸川乱歩）・・・・・・・・・・ 48
くろいとり（鈴木三重吉）・・・・・・・・・・ 132
黒い光（星新一）・・・・・・・・・・・・・・・・・・ 236
《くろい星》よ！（椋鳩十）・・・・・・・・ 283
黒い魔女（江戸川乱歩）・・・・・・・・ 44〜46
黒い矢（柴田錬三郎）・・・・・・・・・・・・ 117
くろうま物語（柴野民三）・・・・・・・・ 120
くろうま物語（竹崎有斐）・・・・・・・・ 147
黒馬ものがたり（福田清人）・・・・・・ 231
黒衣剣侠（高垣眸）・・・・・・・・・・・・・・ 137
黒潮三郎（久保喬）・・・・・・・・・・・・・・ 93
くろ助（来栖良夫）・・・・・・・・・・・・・・ 96
クロダイがつれたぞ（竹崎有斐）・・ 146
クロ助（来栖良夫）・・・・・・・・・・・・・・ 96
くろねこミラック（茶木滋）・・・・・・ 153
黒ねこレストラン（大石真）・・・・・・ 54
クロのひみつ（椋鳩十）・・・・・・ 275, 290
クロのやさしい時間（筒井敬介）・・ 159
黒葡萄（宮沢賢治）・・・・・・・・・・・・・・ 252
黒船ものがたり（二反長半）・・・・・・ 201
黒蛇紳士（山中峯太郎）・・・・・・・・・・ 306
黒ものがたり（椋鳩十）・・・・・・・・・・ 278
軍記名作集（福田清人）・・・・・・・・・・ 231
クンクンたっくん（東君平）・・・・・・ 224
くんぺい少年の絵日記（東君平）・・ 225
くんぺい魔法ばなし（東君平）・・ 222, 225

【け】

恵子（吉田とし）・・・・・・・・・・・・ 314〜316
ケイちゃんって子（吉田とし）・・・・ 315
ケーキのすきなおばけ（上崎美恵子）・・・・ 100
けしごむうさぎ（東君平）・・・・・・・・ 225
げたをはいたゾウさん（土家由岐雄）・・ 154
月下の密使（野村胡堂）・・・・・・・・・・ 204
決死の猛獣狩（南洋一郎）・・・・・・・・ 249
げらっくすノート（筒井敬介）・・・・ 160
ゲリラ隊の兄弟（上野瞭）・・・・・・・・ 37
幻影球場（島田一男）・・・・・・・・・・・・ 123
賢治草紙（宮沢賢治）・・・・・・・・・・・・ 258

賢治草双（宮沢賢治）・・・・・・・・・・・・ 251
賢治童話（宮沢賢治）・・・・・・・・・・・・ 257
賢治と南吉（新美南吉）・・・・・・・・・・ 193
賢治と南吉（宮沢賢治）・・・・・・・・・・ 253
賢治のトランク（宮沢賢治）・・・・・・ 255
源氏物語（福田清人）・・・・・・・・・・・・ 231
源氏物語（紫式部）・・・・・・・・・・・・・・ 294
虔十公園林（宮沢賢治）・・・・・・ 259, 265
幻術影法師（野村胡堂）・・・・・・・・・・ 204
現代日本文学全集（芥川龍之介）・・・・ 5
現代日本文学全集（有島武郎）・・・・・・ 8
現代日本文学全集（石坂洋次郎）・・ 21
現代日本文学全集（井上靖）・・・・・・ 31
現代日本文学全集（小川未明）・・・・ 69
現代日本文学全集（川端康成）・・・・ 84
現代日本文学全集（北原白秋）・・・・ 87
現代日本文学全集（志賀直哉）・・・・ 114
現代日本文学全集（島崎藤村）・・・・ 121
現代日本文学全集（下村湖人）・・・・ 124
現代日本文学全集（太宰治）・・・・・・ 150
現代日本文学全集（壺井栄）・・・・・・ 162
現代日本文学全集（坪田譲治）・・・・ 167
現代日本文学全集（夏目漱石）・・ 186, 187
現代日本文学全集（宮沢賢治）・・・・ 268
現代日本文学全集（椋鳩十）・・・・・・ 288
現代日本文学全集（武者小路実篤）・・ 292
現代日本文学全集（森鴎外）・・・・・・ 298
現代日本文学全集（山本有三）・・・・ 310
現代の英雄（柴田錬三郎）・・・・・・・・ 118
けんちゃんあそびましょ（藤田圭雄）・・ 231, 232
けんちゃんしっかり！（藤田圭雄）・・・・ 232
けんちゃんとゆりこちゃん（石坂洋次郎）
・・・・・・・・・・・・・・・・・・・・・・・・・・・・・・・・ 21
原爆機密島（山中峯太郎）・・・・・・・・ 307
原爆の火の長い旅（山口勇子）・・・・ 303
源平盛衰記（坪田譲治）・・・・・・・・・・ 171
源平盛衰記（福田清人）・・・・・・ 229, 230

【こ】

小泉八雲・秋田雨雀・山村暮鳥集（山村暮鳥）・・・・・・・・・・・・・・・・・・・・・・・・・・・・ 307

小出正吾児童文学全集（小出正吾） ···· 96, 97	孤児オリバー（南洋一郎） ············ 250
鯉になったお坊さん（坪田譲治） ···· 167, 168	子ジカのホシタロウ（椋鳩十） ········ 284
恋人たちの冒険（安房直子） ············ 10	子じかバンビ（二反長半） ············ 200
紅顔美談（佐藤紅緑） ················ 107	子じかものがたり（筒井敬介） ········ 160
子うさぎミミイ（宮脇紀雄） ·········· 275	子じかものがたり（二反長半） ········ 201
甲子園の土（藤田圭雄） ·············· 231	子じかものがたり（平塚武二） ········ 228
子牛温泉（二反長半） ················ 201	子鹿物語（小林純一） ················ 102
子ウシの話（花岡大学） ·············· 208	古事記（太安万侶） ·················· 62
光太夫オロシャばなし（来栖良夫） ·· 95, 96	古事記（稗田阿礼） ·················· 221
幸田露伴集（幸田露伴） ·············· 102	こじき王子（川崎大治） ·············· 82
校定新美南吉全集（新美南吉） ········ 197	こじき王子（奈街三郎） ·············· 191
皇帝の密使（山中峯太郎） ············ 306	こじき王子（二反長半） ·············· 201
幸福な家族（武者小路実篤） ·········· 293	乞食大名（野村胡堂） ················ 204
幸福の蕾（横山美智子） ·············· 312	古事記・万葉集（福田清人） ·········· 231
こうやす犬ものがたり（戸川幸夫） ·· 177, 178	古事記物語（鈴木三重吉） ········ 130〜133
高安犬物語（戸川幸夫） ············ 177, 179	古事記物語（福田清人） ············ 229, 230
荒野の少女（西条八十） ·············· 104	古事記物語（福永武彦） ·············· 231
荒野の少年（比江島重孝） ············ 221	古事記物語（室生犀星） ·············· 296
荒野の星（関英雄） ·················· 135	こしぬけ左門（花岡大学） ············ 207
強力伝・高安犬物語（戸川幸夫） ······ 177	五十一番めのザボン（与田準一） ···· 320, 322
五右衛門風・少年のころ（千葉省三） ·· 152	五十一番目のザボン（与田準一） ······ 321
こおりの国のトウグル（安藤美紀夫） ·· 15	ゴジラ（香山滋） ···················· 80
木かげの家の小人たち（いぬいとみこ） ············ 26, 28, 29	ゴジラとアンギラス（香山滋） ········ 79
ごがつのかぜを（東君平） ············ 225	ゴジラ、東京にあらわる（香山滋） ···· 79
子がにのたいそう（浜田広介） ········ 215	湖水の鐘（鈴木三重吉） ·············· 132
黄金虫（江戸川乱歩） ················ 48	午前2時に何かがくる（佐野美津男） ··· 113
ごきげんながあがあ（早船ちよ） ······ 220	小僧さんとおしょうさん（冨田博之） ·· 182
子ぎつねものがたり（戸川幸夫） ······ 178	こぞうさんのおきょう（新美南吉） ·· 196, 198
黒衣の怪人（柴田錬三郎） ············ 118	こぞうとやまうば（巽聖歌） ·········· 150
黒衣の魔女（高木彬光） ············ 137, 138	小僧の神さま（志賀直哉） ············ 114
こころ（夏目漱石） ········ 184, 186〜188	小僧の神様（志賀直哉） ············ 114, 115
心でさけんでください（おおえひで） ·· 57	小僧の神様・正義派（志賀直哉） ······ 114
心に太陽を持て（山本有三） ······ 310, 311	小僧の神様・一房の葡萄（有島武郎） ··· 7
こころの絵日記（山本和夫） ·········· 308	小僧の神様・一房の葡萄（志賀直哉） ··· 114
こころのひらくとき（竹内てるよ） ···· 142	小僧の神様・和解（志賀直哉） ········ 114
こざるのかげぼうし（浜田広介） ······ 218	子そだてゆうれい（大川悦生） ········ 59
こざるのさかだち（奈街三郎） ········ 191	子だぬきと子ねこ（椋鳩十） ·········· 284
子ざるのブランコ（浜田広介） ······ 214, 215	コタンの口笛（石森延男） ·········· 21〜24
子ざるのゆめ（久保喬） ·············· 94	ごちそう島漂流記（庄野英二） ········ 129
子ザルひよし（椋鳩十） ············ 279, 291	こちらおばけサービス社（上崎美恵子） ············ 99

こちらポポロ島応答せよ（乙骨淑子）‥‥‥ 75
こっけい・ばかばなし（柴野民三）‥‥‥ 119
古塔の地下牢（南洋一郎）‥‥‥‥‥‥ 247
孤島の野犬（椋鳩十）‥‥‥ 286, 289, 290, 292
五島列島（近藤益雄）‥‥‥‥‥‥‥‥ 103
古都の乙女（西条八十）‥‥‥‥‥‥‥ 104
古都の乙女・青衣の怪人・八十少女純情詩集（西条八十）‥‥‥‥‥‥‥‥ 104
子ども心を友として（斎藤信夫）‥‥‥ 104
子どもしばい（石森延男）‥‥‥‥‥‥ 24
子供の四季（坪田譲治）‥‥‥‥‥ 167〜169
こどものすきなかみさま（新美南吉）
‥‥‥‥‥‥‥‥‥‥‥‥‥‥‥ 197〜199
子どものすきな神さま（新美南吉）‥‥‥ 192
こどものための日本の名作（小川未明）
‥‥‥‥‥‥‥‥‥‥‥‥‥‥‥‥‥ 67
こどものための日本の名作（新美南吉）
‥‥‥‥‥‥‥‥‥‥‥‥‥‥‥‥‥ 194
こどものための日本の名作（宮沢賢治）
‥‥‥‥‥‥‥‥‥‥‥‥‥‥‥‥‥ 256
こどものデッキ（庄野英二）‥‥‥‥‥ 129
子ども版 声に出して読みたい日本語（宮沢賢治）‥‥‥‥‥‥‥‥‥‥‥‥‥ 251
小鳥と花と（浜田広介）‥‥‥‥‥‥‥ 209
小鳥の森（庄野英二）‥‥‥‥‥‥‥‥ 129
ことりのやど（坪田譲治）‥‥‥‥‥‥ 171
五人の駅長さん（鶴見正夫）‥‥‥‥‥ 174
五年五組の秀才くん（塩沢清）‥‥‥‥ 113
5年3組の番長たち（赤木由子）‥‥‥‥ 1, 3
5年2組はどろんこクラス（赤木由子）‥‥ 2
このあいだのかぜに（東君平）‥‥‥‥ 223
この愛のめざめ（椋鳩十）‥‥‥‥‥‥ 283
このねこかってもいい?（大石真）‥‥‥ 50
このみちをゆこうよ（金子みすゞ）‥‥‥ 77
小林一茶（鶴見正夫）‥‥‥‥‥‥‥‥ 174
こはる先生だいすき（森はな）‥‥‥‥ 299
湖畔の乙女（西条八十）‥‥‥‥‥‥‥ 104
こびととくつや（柴野民三）‥‥‥‥‥ 120
こぶしの花咲いて（住井すゑ）‥‥‥‥ 133
こぶたのペエくん（浜田広介）‥‥ 211, 216, 217
こぶとり（大石真）‥‥‥‥‥‥‥‥‥ 50
こぶとりじいさん（鶴見正夫）‥‥‥‥ 175

駒鳥温泉（川端康成）‥‥‥‥‥‥‥‥ 85
コムケ湖への径（戸川幸夫）‥‥‥‥‥ 178
子守唄クラブ（サトウ・ハチロー）‥‥ 108
こゆびどうわ（東君平）‥‥‥‥‥‥‥ 225
こりすのおかあさん（浜田広介）‥‥‥ 214
ごりらとたいほう（奈街三郎）‥‥‥‥ 190
ゴリラの山に生きる（戸川幸夫）‥‥ 176, 177
コルシカの復讐（柴田錬三郎）‥‥‥‥ 117
コルシカの復讐・コロンバ（柴田錬三郎）
‥‥‥‥‥‥‥‥‥‥‥‥‥‥‥‥‥ 118
コルプス先生汽車へのる（筒井敬介）‥‥ 160
コルプス先生とこたつねこ（筒井敬介）
‥‥‥‥‥‥‥‥‥‥‥‥‥‥‥‥‥ 159
コルプス先生馬車へのる（筒井敬介）
‥‥‥‥‥‥‥‥‥‥‥‥‥‥‥ 158〜160
これはどっこい（比江島重孝）‥‥‥‥ 221
ゴロくんとキイちゃん（宮脇紀雄）‥‥‥ 272
ころころだにのちびねずみ（安房直子）
‥‥‥‥‥‥‥‥‥‥‥‥‥‥‥‥‥ 13
コロッケ少年団（赤木由子）‥‥‥‥‥ 3
コロッケ町のぼく（筒井敬介）‥‥‥‥ 160
コロのぼうけん（柴野民三）‥‥‥‥‥ 120
こわいの、だいきらい（大石真）‥‥‥ 51
こわいはなし（奈街三郎）‥‥‥‥‥‥ 190
こわがりやのゆうれい（大川悦生）‥‥ 61
ごんぎつね（土家由岐雄）‥‥‥‥‥‥ 155
ごんぎつね（新美南吉）‥‥‥‥‥ 192〜199
ごんぎつね（平塚武二）‥‥‥‥‥‥‥ 228
ごんぎつね（与田準一）‥‥‥‥‥‥‥ 321
ごん狐（新美南吉）‥‥‥‥‥‥‥‥‥ 192
ごんぎつね・赤いろうそくと人魚（小川未明）‥‥‥‥‥‥‥‥‥‥‥‥‥‥‥ 67
ごんぎつね・赤いろうそくと人魚（新美南吉）‥‥‥‥‥‥‥‥‥‥‥‥‥‥‥ 194
ごんぎつね・張紅倫（新美南吉）‥‥‥ 196
ごんぎつねとてぶくろ（新美南吉）‥ 196, 198
ごんぎつね・夕鶴（新美南吉）‥‥ 194, 196
今昔ものがたり（杉浦明平）‥‥‥‥‥ 130
今昔物語（福田清人）‥‥‥‥‥‥‥‥ 230
コンタロウのひみつのでんわ（安房直子）
‥‥‥‥‥‥‥‥‥‥‥‥‥‥‥‥‥ 12

コンブをとる海べで（いぬいとみこ）……29

【さ】

さあゆけ！ロボット（大石真）……52, 54, 56
最後の一句・山椒大夫（森鴎外）………298
さいごのおおかみ（戸川幸夫）………178
最後のサムライ（鶴見正夫）……175, 176
西条八十全集（西条八十）………103
西条八十童謡集（西条八十）………103
西条八十童謡全集（西条八十）………103
西条八十童話集（西条八十）………103
西条八十の童話と童謡（西条八十）………103
斎藤隆介全集（斎藤隆介）……105, 106
西遊記（高木彬光）………137, 138
西遊記（竹崎有斐）………144, 145
西遊記（山本和夫）………308, 309
西遊記ものがたり（石森延男）……22
幸は山のかなたに（北条誠）………233
サーカスの怪人（江戸川乱歩）
………39, 41, 43, 46, 48
サーカスのぞう（鶴見正夫）………174
さかだち犬（前川康男）………239
さかだちたっちゃん（大石真）……51
魚のくれた宝石（庄野英二）………128
坂道（壺井栄）………162～164
坂道・あしたの風（壺井栄）………163
坂道・柿の木のある家（壺井栄）……161
サギの湯村の村長さん（早船ちよ）……219
さくらさくら（早船ちよ）………218
桜の実の熟する時（島崎藤村）………122
桜町小の純情トリオ（サトウ・ハチロー）
………108
鮭のくる川（鶴見正夫）……174, 176
左近右近（吉川英治）………313
左近右近・魔海の音楽師（吉川英治）……313
小波お伽全集（巌谷小波）………33
さざなみどうわ（巌谷小波）………34
さざなみ歴史物語（巌谷小波）………34
ささやかな滴（北畠八穂）………87

ざしきボッコとなかまたち（福田清人）
………230
ざしき童子のはなし（宮沢賢治）………266
さすらいの乙女（宮脇紀雄）………274
サックサックは鎌のうた（いぬいとみこ）
………28
佐藤暁・中山恒・いぬいとみこ集（いぬいとみこ）………29
サトウハチロー童謡集（サトウ・ハチロー）
………108, 109
サトウハチローと木曜会童謡集（サトウ・ハチロー）………109
佐藤春夫・室生犀星・川端康成集（川端康成）………84
佐藤春夫・室生犀星・川端康成集（室生犀星）………296
佐藤春夫・室生犀星集（室生犀星）………296
佐藤義美童謡集（佐藤義美）………111
佐渡狐（飯沢匡）………19
里の秋（斎藤信夫）………105
里見八犬伝（滝沢馬琴）………139～141
さとるのじてんしゃ（大石真）
………49, 50, 52, 56, 57
さとるのるすばん（大石真）………55
真田十勇士（柴田錬三郎）………116, 117
真田十勇士（高垣眸）………137
真田十勇士猿飛佐助（柴田錬三郎）………117
真田幸村（高垣眸）………137
砂漠とピラミッド（山川惣治）………303
さばくの王子（福田清人）………230
サバクの虹（坪田譲治）………170
サバクの虹・犬と友だち（坪田譲治）……169
さみしい王女（金子みすゞ）………77
さむらいの物語・鯉になった和尚さん（上田秋成）………35
さようならのおくりもの（比江島重孝）
………221
さよならおばけの子（大川悦生）………60
さよなら逆転ホームラン（北条誠）………232
さよならくまえもん（前川康男）……240, 242
さよなら、てんぐ先生（大石真）………52
更級日記・土佐日記（福田清人）………231
さらばおやじどの（上野瞭）………36

サルが書いた本(久保喬) …………… 93	三ばの子すずめ(浜田広介) ………… 214
さるかに(三越左千夫) …………… 244	3びきのこぐまさん(村山籌子) …… 295
猿飛佐助(柴田錬三郎) …………… 117	三びきのこぶた(宮脇紀雄) …… 273, 274
さるのさかなとり(奈街三郎) …… 190	三びきの子ぶた(関英雄) ……… 135, 136
さるのてぶくろ(花岡大学) ……… 207	三びきの子ぶた(三越左千夫) …… 245
サルビナ(吉田とし) ………… 315, 316	三平の夏・かくれんぼ(坪田譲治) …… 169
三角あき地に集まれ(山口勇子) …… 303	三ぼんあしのいたち(椋鳩十) … 287, 291
三角館の恐怖(江戸川乱歩) … 42〜45, 48	三まいのおふだ(竹崎有斐) …… 142, 143
山岳党奇談・スイッチョねこ・赤帽のすず	三面怪奇塔(柴田錬三郎) …………… 118
き・小ねこが見たこと(大仏次郎) …… 73	三里番屋(戸川幸夫) ………………… 179
さんかくりぼん(東君平) ………… 225	三里番屋のあざらし(戸川幸夫) … 177, 178
三月ひなのつき(石井桃子) ………… 20	
三吉ダヌキの八面相(中島千恵子) ‥ 183, 184	**【し】**
三国志(柴田錬三郎) ………… 116〜118	
三国志(竹崎有斐) …………… 143, 144	しあわせあげます(早船ちよ) ……… 219
三十棺桶島(南洋一郎) …………… 246	しいちゃんと赤い毛糸(安房直子) …… 13
三銃士(柴田錬三郎) ………… 117, 118	しおまねきと少年(吉田瑞穂) ……… 317
三銃士(山中峯太郎) ……………… 306	シオンの花(石森延男) ……………… 22
三銃士ものがたり(野長瀬正夫) …… 203	しかくいこまど(東君平) …………… 225
三十年後の世界(海野十三) ………… 38	志賀直哉集(志賀直哉) ……………… 115
山椒魚(井伏鱒二) …………………… 32	志賀直哉・長与善郎集(志賀直哉) …… 115
山椒魚・しびれ池のカモ(井伏鱒二) …… 32	志賀直哉・武者小路実篤・有島郎集(有島
サンショウウオ探検隊(比江島重孝) …… 221	武郎) ………………………………… 8
山椒魚・屋根の上のサワン(井伏鱒二) … 32	志賀直哉・武者小路実篤・有島武郎集(志賀
山しょう大夫(森鴎外) …………… 298	直哉) ……………………………… 115
山椒大夫(森鴎外) …………… 297〜299	志賀直哉・武者小路実篤・有島武郎集(武者
山椒大夫・最後の一句(森鴎外) …… 298	小路実篤) ………………………… 293
山椒大夫・高瀬舟(森鴎外) …… 297, 298	志賀直哉名作集(志賀直哉) …… 114, 115
山椒大夫・杜子春(芥川龍之介) …… 6	叱られぼうず(サトウ・ハチロー) …… 110
山椒大夫・杜子春(森鴎外) ………… 298	地獄の仮面(江戸川乱歩) ‥ 41, 43, 45, 46, 48
三四郎(夏目漱石) …………… 186〜188	地獄の道化師(江戸川乱歩) … 43, 45, 47
3+3=5のろくでなし(鶴見正夫) …… 173	地獄のラッパ(花岡大学) …………… 208
三太物語(筒井敬介) ……………… 161	地獄変・くもの糸(芥川龍之介) ……… 6
三丁目で消えた犬(竹崎有斐) ……… 146	地獄変・六の宮の姫君(芥川龍之介) … 4, 6
サンドヒルの牡ジカ物語(前川康男) … 241	獅子王の宝剣(南洋一郎) …………… 250
3年1組げんきクラス(赤木由子) …… 1	鹿踊りのはじまり(宮沢賢治) ……… 259
3年3組いやな子ふたり(赤木由子) …… 2	獅子の爪(山中峯太郎) ……………… 306
三年生のアラビアンナイト(奈街三郎)	四十七士のうちいり(二反長半) …… 201
……………………………………… 190	ししん子けん(宮脇紀雄) …………… 273
三年生の社会科童話(佐藤義美) …… 112	自然の中で(椋鳩十) …………… 287, 289
三年生の童話(小川未明) …………… 68	じぞうさんとたからもの(佐藤義美) … 111

したきりすずめ（大川悦生） …………… 58	ジャングル・ブック（宮沢章二） ……… 271
したきりすずめ（鶴見正夫） …………… 175	ジャングルブック少年モーグリ（柴野民三）
舌長ばあさん（山下清三） ……………… 304	……………………………………………… 119
七人めのいとこ（安藤美紀夫） ………… 14	銃をすてろ（野長瀬正夫） ……………… 203
七ひきのこやぎ（二反長半） …………… 201	十五少年漂流記（佐藤紅緑） …………… 107
疾風月影丸（高垣眸） …………………… 137	十五少年漂流記（佐藤義美） ……… 110, 111
しっぽをなくしたねずみさん（村山籌子）	十五夜お月さん（野口雨情） …………… 202
……………………………………………… 295	十五夜の月（壺井栄） …………………… 164
じどうしゃ・かぶとむしくん（与田準一）	十三歳の夏（乙骨淑子） ………………… 75
……………………………………………… 321	十字軍の騎士（柴田錬三郎） ……… 117, 118
シートン荒野をゆく（戸川幸夫） ……… 178	十二のきりかぶ（与田準一） …………… 321
シナリオ童話「銀河鉄道の夜」（宮沢賢治）	宿題お化け（筒井敬介） ………………… 157
……………………………………………… 251	じゅげむ／目黒のさんま（桂小南） …… 76
じにあのゆめ（猪野省三） ……………… 30	酒呑童子（巌谷小波） …………………… 33
死神博士（高木彬光） …………………… 138	ジュニア文学館宮沢賢治（宮沢賢治） ‥ 256, 257
じねずみのおやこ（椋鳩十） …………… 290	小学生一番どり（久保喬） ……………… 93
じねずみの親子（椋鳩十） ……………… 279	小学生一番鳥（久保喬） ………………… 92
詩のこころ（竹内てるよ） ……………… 142	小学生の詩（山本和夫） ………………… 309
死の十字路（江戸川乱歩） ………… 42, 43, 45	小学生みんなの詩の本（巽聖歌） ……… 150
柴木集（島田忠夫） ……………………… 123	小公子（川端康成） ……………………… 85
しびれ池のカモ（井伏鱒二） …………… 33	小公子（小出正吾） ……………………… 98
シベリアの少女（南洋一郎） …………… 248	小公子（小林純一） ……………………… 102
島崎藤村（島崎藤村） …………………… 121	小公子（奈街三郎） ……………………… 190
島崎藤村集（島崎藤村） ………………… 122	小公子（二反長半） ……………………… 201
島崎藤村名作集（島崎藤村） …………… 122	小公子（南洋一郎） ……………………… 249
シマフクロウの森（香山彬子） ……… 78, 79	小公子セディ（大石真） ………………… 50
ジミーのおくりもの（南洋一郎） ……… 248	小公女（川端康成） ……………………… 85
しもばしら（椋鳩十） ……… 285, 288, 290	小公女（奈街三郎） ……………………… 191
下村湖人集（下村湖人） ………………… 126	小公女（宮脇紀雄） ………………… 272, 273
下村湖人名作集（下村湖人） ……… 125, 126	しょうじょう寺のたぬき（三越左千夫） … 245
じゃがたらお春（福田清人） …………… 230	少女期（山口勇子） ……………………… 303
豹の眼（高垣眸） …………………… 136, 137	少女詩集（西条八十） …………………… 104
しゃしょう人形（川崎大治） …………… 82	少女純情詩集（西条八十） ………… 103, 104
ジャックとまめのき（奈街三郎） ……… 191	少女ネル（南洋一郎） …………………… 249
ジャックとまめの木（大石真） ……… 52, 56	小説太田幸司（北畠八穂） ……………… 86
ジャックと豆の木（二反長半） ………… 201	小説の書き方（吉田とし） ………… 314, 316
シャボン玉（豊島与志雄） ……………… 183	少年駅伝夫（鈴木三重吉） ………… 131, 132
斜陽（太宰治） …………………………… 149	少年エース（山川惣治） ………………… 301
斜陽・走れメロス（太宰治） ……… 149, 150	少年王者（山川惣治） ……………… 301, 302
ジャングル・ジムがしずんだ（安藤美紀夫）	少年風の中をいく（宮脇紀雄） ………… 272
……………………………………………… 16	少年ケニヤ（山川惣治） …………… 301, 302
ジャングル・ブック（南洋一郎） ……… 250	

少年讃歌（佐藤紅緑） ……………… 107	少年の海（吉田とし） ……………… 317
少年三国志（柴田錬三郎） ………… 117	少年のこよみ（大石真） …………… 57
少年三国志（南洋一郎） ……… 248, 249	少年の旅ギリシアの星（久保喬） … 93
少年詩集（サトウ・ハチロー） …… 110	少年のための次郎物語（下村湖人） 126
少年少女世界童話全集（大石真） … 55	少年の日（坪田譲治） ……………… 171
少年少女世界童話全集（小川未明） 69	少年は海へ（久保喬） ………… 92, 93
少年少女世界童話全集（上崎美恵子） 100	少年は川をわたった（野長瀬正夫） 203
少年少女世界童話全集（佐野美津男） 112	庄野英二自選短篇童話集（庄野英二） 127
少年少女世界童話全集（筒井敬介） 159	庄野英二全集（庄野英二） …… 127, 128
少年少女世界童話全集（坪田譲治） 167	食人島の恐怖（南洋一郎） ………… 250
少年少女世界童話全集（浜田広介） 210	ショパン家のころべえ（鶴見正夫） 175
少年少女世界文学全集（大石真） … 55	ジョン万次郎漂流記（井伏鱒二） … 32
少年少女世界文学全集（上崎美恵子） 101	知らない子（宮沢章二） …………… 271
少年少女世界文学全集（佐野美津男） 113	しらゆきひめ（土家由岐雄） ……… 155
少年少女世界文学全集（筒井敬介） 159	しらゆきひめ（与田準一） ………… 321
少年少女世界文学全集（花岡大学） 207	白雪姫（川端康成） ………………… 85
少年少女世界名作全集（大石真） … 55	白百合の君（西条八十） …………… 104
少年少女世界名作全集（上崎美恵子） 101	シリア沙漠の少年（井上靖） ……… 31
少年少女世界名作全集（十返舎一九） 116	シルクロードが走るゴビ砂漠（山本和夫）
少年少女世界名作全集（鶴見正夫） 175	……………………………………… 308
少年少女世界名作全集（宮沢章二） 271	白い朝の町で（筒井敬介） ………… 160
少年少女日本近代文学物語（福田清人）	しろいあしあと（安房直子） ……… 13
……………………………………… 230	白いオウム（椋鳩十） ……………… 289
少年少女の次郎物語（下村湖人） … 125, 126	白いおうむの森（安房直子） …… 12, 13
少年小説大系（海野十三） ………… 37	白い風（香山彬子） ………………… 79
少年小説大系（大仏次郎） ………… 73	白いきつねの絵馬（大川悦生） …… 62
少年小説大系（佐藤紅緑） ………… 107	白いキシネの絵馬（大川悦生） …… 61
少年小説大系（サトウ・ハチロー） 108	白い牙（平野威馬雄） ……………… 229
少年小説大系（高垣眸） …………… 136	白いサメ（椋鳩十） ………………… 275
少年小説大系（野村胡堂） ………… 204	白いさるの神さま（戸川幸夫） 177, 178
少年小説大系（南洋一郎） ………… 248	白い蝶の記（関英雄） ……………… 135
少年小説大系（山中峯太郎） ……… 305	白いなみ白いなみイルカが行く（椋鳩十）
少年小説大系（吉川英治） ………… 312	………………………… 278, 288, 290
少年姿三四郎（富田常雄） ………… 180	白い羽根の謎（江戸川乱歩） … 43, 45, 47
少年太閤記（吉川英治） …………… 313	白いひげのおじいさん（花岡大学） 206
少年太閤記・左近右近（吉川英治） 313	白いりす（安藤美紀夫） ………… 15, 16
少年探偵団（江戸川乱歩） … 41, 42, 44, 46, 47	白兎と木馬（葛原滋） ……………… 89
少年探偵長（海野十三） …………… 37, 38	ジロウ・ブーチン日記（北畠八穂） 86
少年と国語（柳田国男） …………… 301	ジロウ・ブーチン日記・十二歳の半年・マ
少年の石（久保喬） ………………… 93	コチン（北畠八穂） ……………… 86
少年の歌（児玉花外） ……………… 102	次郎物語（下村湖人） ………… 123〜126
	しろくまさよなら（佐藤義美） …… 111

書名	ページ
白くまそらをとぶ（いぬいとみこ）	28
白クマそらをとぶ（いぬいとみこ）	28, 29
しろくまのゆめ（奈街三郎）	189
白サル物語（戸川幸夫）	178, 179
白頭巾夜叉（柴田錬三郎）	118
白ねこベルの黒い火曜日（関英雄）	134
じろはったん（森はな）	300
しろばんば（井上靖）	30〜32
ジロリンタンとおまじない（サトウ・ハチロー）	109
ジロリンタンとしかられ坊主（サトウ・ハチロー）	109
ジロリンタンとしりとり遊び（サトウ・ハチロー）	109
ジロリンタンと忍術使い（サトウ・ハチロー）	109
ジロリンタンのトンチンカン週間（サトウ・ハチロー）	109
ジロリンタン物語（サトウ・ハチロー）	109, 110
ジロリンタン物語・ハチロー少年詩集（サトウ・ハチロー）	110
新イソップ寓話集（筒井敬介）	159
ジンギスカン（山中峯太郎）	307
〈新〉校本宮沢賢治全集（宮沢賢治）	252, 254〜258
新作絵本日本の民話（大石真）	56
新作絵本日本の民話（筒井敬介）	160
新作絵本日本の民話（鶴見正夫）	175
真実一路（山本有三）	310, 311
新州天馬侠（吉川英治）	313
神州天馬侠（吉川英治）	313
シンジュの玉（花岡大学）	207
じんじろべえ（筒井敬介）	158, 160
人生論（武者小路実篤）	293
新選組（高木彬光）	138
新ターザン物語（南洋一郎）	249, 250
ジンタの音（小出正吾）	97
シンデレラ（大石真）	51
シンデレラ（上崎美恵子）	99
シンデレラひめ（佐藤義美）	111
シンデレラひめ（与田準一）	320
シンデレラ姫（壺井栄）	164
シンデレラ姫（山本和夫）	309
シンドバットのぼうけん（宮脇紀雄）	274
シンドバッドのぼうけん（平塚武二）	229
シンドバッドの冒険（土家由岐雄）	154
新日本児童文学選（石井桃子）	20
新版宮沢賢治童話全集（宮沢賢治）	268, 269
新・肥後の民話/風蕭々（荒木精之）	7
新笛吹童子（北村寿夫）	88
新編 片耳の大鹿（椋鳩十）	291
新編銀河鉄道の夜（宮沢賢治）	261
神変東海道（野村胡堂）	205
新編新美南吉代表作集（新美南吉）	194
新編日本昔話（磯部忠雄）	24
新約物語（浜田広介）	217
深夜の謎（山中峯太郎）	306
真理先生（武者小路実篤）	293

【す】

書名	ページ
水滸伝（高木彬光）	138
水滸伝（福田清人）	230
水滸伝物語（高垣眸）	137
水晶山の少年（大仏次郎）	73
水仙月の四日（宮沢賢治）	254, 258, 267, 268, 270
水仙月の四日・よだかの星（宮沢賢治）	269
姿三四郎（富田常雄）	179
スカーフは青だ（山口勇子）	303
双六小屋いろりばなし（早船ちよ）	220
すずをならすのはだれ（安房直子）	13
スズキヘキ童謡集（スズキヘキ）	130
鈴木三重吉集（鈴木三重吉）	132
鈴木三重吉童話集（鈴木三重吉）	130
鈴木三重吉童話全集（鈴木三重吉）	131, 132
鈴木三重吉・宮沢賢治集（鈴木三重吉）	132
鈴木三重吉・宮沢賢治集（宮沢賢治）	271
鈴木三重吉名作集（鈴木三重吉）	132
雀を飼う少女（山本和夫）	309
すずめのおくりもの（安房直子）	10
雀の木（佐藤義美）	110

スズメノチュンタ・なかよし（石森延男）
　………………………………… 23
すっとびこぞうとふしぎなくに（椋鳩十）
　……………………………… 283, 289
すてた猟銃（鶴見正夫）　…………… 174
スパイ王者（山中峯太郎）　………… 306
スパイ13号（柴田錬三郎）　………… 117
スパイ第十三号（柴田錬三郎）　…… 117
スペードの女王（野村胡堂）　……… 205
スミトラ物語（豊島与志雄）　……… 182
すみれ日記（北条誠）　……………… 233

【せ】

青衣の怪人（西条八十）　……… 103, 104
聖家族（堀辰雄）　…………………… 236
聖書ものがたり（小出正吾）　………… 98
聖書物語（花岡大学）　……………… 208
青銅髑髏の謎（高垣眸）　…………… 137
青銅の魔人（江戸川乱歩）　… 41～43, 46, 47
性に目覚める頃（室生犀星）　……… 296
青年（森鴎外）　……………………… 298
青年・雁（森鴎外）　………………… 298
清兵衛と瓢箪（志賀直哉）　………… 114
世界一すてきなお父さん（前川康男）… 238
世界おとぎばなし（鈴木三重吉）　… 133
世界おとぎ話（柴野民三）　………… 119
世界おとぎ話（柴野民三）　………… 120
せかいでいちばん大きなかがみ（三越左千夫）
　……………………………………… 244
世界童話集（鈴木三重吉）　………… 132
せかいの神話（花岡大学）　………… 205
せかいの伝説（花岡大学）　………… 205
せかいの童話（花岡大学）　………… 205
世界の果ての国へ（安房直子）　……… 9
せかいの民話（花岡大学）　………… 205
世界の民話と伝説（浜田広介）　…… 216
せかいの昔話（花岡大学）　………… 205
世界のむかし話（久保喬）　………… 91
世界の名作どうわ（佐藤義美）　…… 111
世界のわらい話（久保喬）　……… 90, 91

世界のわらい話（冨田博之）　…… 181, 182
世界むかし話（大川悦生）　……… 60, 62
世界むかし話（浜田広介）　………… 214
赤道祭（小出正吾）　…………………… 97
雪原の少年（小川未明）　……………… 71
Z9（ゼット・ナイン）（香山滋）　…… 80
せみを鳴かせて（巽聖歌）　………… 150
せむし男の物語（川端康成）　………… 84
せむしのこうま（浜田広介）　……… 217
せむしの子うま（柴田民三）　……… 120
せむしの子うま（宮脇紀雄）　……… 274
せむしの子馬（猪野省三）　………… 30
せむしの子馬（土家由岐雄）　……… 155
せろひきのごーしゅ（宮沢賢治）　… 257
セロひきのゴーシュ（宮沢賢治）　…
　……………… 251, 254, 263, 267～271
セロ弾きのゴーシュ（宮沢賢治）　…
　……… 252, 255, 256, 262, 263, 265, 267～269, 271
ゼロは手品つかい（竹崎有斐）　…… 146
千軒岳（石森延男）　…………………… 23
閃光暗号（山中峯太郎）　…………… 306
千石船漂流記（前川康男）　………… 238
せんせいだいすき（東君平）　……… 225
先生にもらったプレゼント（赤木由子）
　……………………………………………… 1
先生のおよめさん（大石真）　………… 52
戦争をみた大きな木（大川悦生）　…… 59
戦争とふたりの婦人（山本有三）　… 311
善太・三平物語（坪田譲治）　……… 168
善太三平物語（坪田譲治）　………… 171
ゼンダ城の虜（柴田錬三郎）　…… 117, 118
善太と三平（坪田譲治）　…… 167, 168, 170
善太の四季（坪田譲治）　…………… 170
善太漂流記・雪という字（坪田譲治）… 169
戦乱のみなし子たち（久保喬）　……… 92

【そ】

そいつの名前はエイリアン（上野瞭）… 35
そいつの名前は、はっぱっぱ（上野瞭）… 36
ぞうをください（鶴見正夫）　…… 172, 174

ぞうくんのぶらんこ（大石真）……… 55
草原のみなし子（安藤美紀夫）…… 14, 16
象とカレーライスの島（庄野英二）…… 128
ぞうとケエブル・カー（奈街三郎）…… 189
ぞうの王さま（戸川幸夫）……… 178
ぞうのたび（椋鳩十）……… 288
ぞうのバイちゃん（佐藤義美）……… 111
ぞうの星みつけた（佐野美津男）……… 113
相馬御風（相馬御風）……… 136
曾我きょうだい（二反長半）……… 201
続仏典童話全集（花岡大学）……… 206
底なし谷のカモシカ（椋鳩十）……… 287
そっくりな親友（サトウ・ハチロー）…… 109
そのてにのるな！クマ（山元護久）…… 309
そよ風のせんぷうき（上崎美恵子）……… 99
そよそよ山（上崎美恵子）……… 100
そらをとんだかめ（浜田広介）……… 215
そらをとんだトンコ（大石真）……… 51
空を飛んだ楼門（二反長半）……… 200
空がある（与田準一）……… 320, 321
空から来たひと（吉田瑞穂）……… 317
空からのうたごえ（いぬいとみこ）…… 29
空からの歌ごえ（いぬいとみこ）…… 29
空とびてんぐのうちわ（大石真）……… 54
空とぶ怪盗（南洋一郎）……… 249
空飛ぶ金のしか（花岡大学）…… 206, 207
空飛ぶ二十面相（江戸川乱歩）‥ 38, 42, 44, 45
空とぶ白竜（猪野省三）……… 29
空にうかんだエレベーター（安房直子）
……… 12
空の王者たち（椋鳩十）……… 283
空のかあさま（金子みすゞ）……… 77
そらのはくちょう（野長瀬正夫）……… 203
そらのリスくん（久保喬）……… 94
空も心もさつき晴（住井すゑ）……… 133
それゆけねずみたち（山元護久）……… 309
ソロモンの洞窟（高垣眸）……… 137
そんごくう（川崎大治）……… 82
そんごくう（来栖良夫）……… 96
そんごくう（土家由岐雄）…… 154, 155

孫悟空（鶴見正夫）……… 175

【た】

大暗室（江戸川乱歩）……… 44〜46, 48
大金塊（江戸川乱歩）…… 41〜43, 46, 47
大金塊の謎（海野十三）……… 38
大空魔艦（海野十三）……… 38
第九の王冠（山中峯太郎）……… 307
太閤記（宮脇紀雄）……… 274
大根の葉（壺井栄）……… 163
たいさくさんのちえぶくろ（冨田博之）
……… 181
大沙漠の怪塔（南洋一郎）……… 250
第三の恐怖（江戸川乱歩）……… 47
大酋長ジェロニモ（佐野美津男）……… 113
大助捕物帖（野村胡堂）……… 205
大雪山の森番（西野辰吉）……… 199
大造じいさんとがん（椋鳩十）……… 278
大造じいさんとガン（椋鳩十）
…… 280, 282, 284, 288, 289, 291
大ちゃんの青い月（吉田とし）…… 314, 315
大ちゃんの門出（赤木由子）……… 3
大東の鉄人（山中峯太郎）…… 306, 307
台所のおと・みそっかす（幸田文）…… 101
台風岬の子ら（久保喬）……… 93
太平記・千早城のまもり（花岡大学）…… 205
大宝窟（野村胡堂）……… 205
ダイヤモンド事件（南洋一郎）…… 249, 250
太陽をかこむ子供たち（川崎大治）…… 83
太陽と星の下（小川未明）……… 72
太陽のうた（小野十三郎）……… 75
太陽の凱歌（山中峯太郎）……… 307
太陽よりも月よりも（平塚武二）…… 226〜228
大陸非常線（山中峯太郎）……… 307
高沢村の耳よし門太（北畠八穂）……… 86
たかしの青いふしぎなかさ（大石真）…… 56
高瀬舟（森鴎外）……… 297
高瀬舟・恩讐の彼方に・落城（森鴎外）…… 298
高瀬舟・山椒大夫（森鴎外）……… 298

高瀬舟・山椒大夫（森鴎外）・・・・・・・・・・・・ 298
たかの王さま（戸川幸夫）・・・・・・・・・・・・・・ 178
タカの王さま（戸川幸夫）・・・・・・・・・・・・・・ 177
タカの巣とり（千葉省三）・・・・・・・・・・・・・・ 152
鷹の巣とり（千葉省三）・・・・・・・・・・・・・・・・ 151
たから島（猪野省三）・・・・・・・・・・・・・・・・・・・ 30
たから島（久保喬）・・・・・・・・・・・・・・・・・・・・・ 94
たから島（柴野民三）・・・・・・・・・・・・・・・・・ 120
たから島（竹崎有斐）・・・・・・・・・・・・・・・・・ 144
たから島（平塚武二）・・・・・・・・・・・・・・・・・ 228
たから島（宮脇紀雄）・・・・・・・・・・・・・・・・・ 274
宝島（奈街三郎）・・・・・・・・・・・・・・・・・・・・・・ 191
宝島（山元護久）・・・・・・・・・・・・・・・・・・・・・ 309
タケイ先生は大いそがし（大石真）・・・ 55
たけくらべ（樋口一葉）・・・・・・・・・・・・・・・ 226
たけくらべ・山椒大夫（樋口一葉）・・・ 226
たけくらべ・山椒大夫（森鴎外）・・・・・ 297
たけくらべ・十三夜（樋口一葉）・・・・・ 226
だけどぼくは海をみた（佐野美津男）・・・ 113
だけどぼくは海を見た（佐野美津男）・・・ 112
竹取物語（宮脇紀雄）・・・・・・・・・・・・・・・・・ 272
タケヤブ村のトラヒゲ先生（平塚武二）
・・・・・・・・・・・・・・・・・・・・・・・・・・・・・・・・・ 227, 228
竹山道雄・住井すゑ・吉田甲子太郎集（住井すゑ）・・・・・・・・・・・・・・・・・・・・・・・・・・・・・・ 134
竹山道雄・住井すゑ・吉田甲子太郎集（竹山道雄）・・・・・・・・・・・・・・・・・・・・・・・・・・・・・・ 148
タケルとサチの森（安藤美紀夫）・・・・・・ 15
凧（竹久夢二）・・・・・・・・・・・・・・・・・・・・・・・ 147
たこあげ（石森延男）・・・・・・・・・・・・・・・・・ 23
太宰治名作集（太宰治）・・・・・・・・・・・・・・ 150
たたかいの人（大石真）・・・・・・・・・・・・・・・ 56
たたかう大わし（戸川幸夫）・・・・・・・・・ 178
たたかうカモシカ（椋鳩十）
・・・・・・・・・・・・・・・・・・・・・・・ 278, 284, 289, 291
たたされた2じかん（代田昇）・・・・・・・ 129
たっちゃんといっしょ（筒井敬介）・・・ 159
たっちゃんといなり大明神（筒井敬介）・・・ 158
たっちゃんとトムとチム（大石真）・・・・ 49, 56
立ってみなさい（斎藤隆介）・・・・・・ 106, 107
ダットくん（飯沢匡）・・・・・・・・・・・・・・・・・ 19
田中芳樹の運命（幸田露伴）・・・・・・・・・ 102

谷間の池・甚七おとぎばなし（坪田譲治）
・・ 169
谷間のけものみち（椋鳩十）・・・・・・・・・ 282
たぬきとつばめ（浜田広介）・・・・・・・・・ 218
たぬきのさかだち（浜田広介）・・・・・・・ 216
たぬきのてん校生（鶴見正夫）・・・・・・・ 175
たぬきのボールはストライク（竹崎有斐）
・・ 145
たのしいお話（横山美智子）・・・・・・・・・ 312
たのしい詩・考える詩（巽聖歌）・・・・・ 150
たのしい童話の国（宮脇紀雄）・・・・・・・ 274
たのしい森の町（庄野英二）・・・・・・・・・ 128
だぶだぶさぶちゃん（竹崎有斐）・・・・・ 147
だぶだぶだいすき（上崎美恵子）・・・・・ 100
環の一年間（与謝野晶子）・・・・・・・・・・・ 312
たまむしのずしの物語（平塚武二）・・ 227, 228
玉虫厨子の物語（平塚武二）・・・・・・・・・ 228
ダムサイトのさくら（早船ちよ）・・・・・ 220
為朝ものがたり（滝沢馬琴）・・・・・・・・・ 141
タラノキはかせは船長さん？（いぬいとみこ）・・・・・・・・・・・・・・・・・・・・・・・・・・・・・・・・・・・・ 28
だれがいちばんわすれんぼ（竹崎有斐）
・・・・・・・・・・・・・・・・・・・・・・・・・・・・・・・・・ 144, 146
だれも知らない国で（星新一）・・・・・・・ 235
太郎（石森延男）・・・・・・・・・・・・・・・・・・・・・ 23
太郎、北へかえる（戸川幸夫）・・・・・・・ 178
たろうざる（佐藤義美）・・・・・・・・・・・・・・ 111
太郎・スンガリーの朝（石森延男）・・・ 23
太郎とクロ（椋鳩十）・・・・・・・・・・・ 278, 291
タロウとユリのまきば（早船ちよ）・・・ 218
タロチャンのまほうのタオル（石森延男）
・・・ 22
俵藤太（巌谷小波）・・・・・・・・・・・・・・・・・・・ 34
だんごどっこいしょ（大川悦生）・・・・・ 62
だんちどうぶつえん（大石真）・・・・・・・ 54
だんち丸うみへ（大石真）・・・・・・・・・・・・ 52
だんぶりちょうじゃ（森いたる）・・・・・ 296
たんぽぽ色のリボン（安房直子）・・・・・ 10
だんまりうさぎ（安房直子）・・・・・・・・・・ 13
だんまりうさぎと大きなかぼちゃ（安房直子）・・・・・・・・・・・・・・・・・・・・・・・・・・・・・・・・・・・・ 12

だんまり鬼十(前川康男)・・・・・・・・・ 239, 241

【ち】

ちいさい秋みつけた(サトウ・ハチロー)
・・・・・・・・・・・・・・・・・・・・・・・・・・ 109
小さい心の旅(関英雄)・・・・・・・・・・・・・・・ 135
ちいさいちいさい(川崎大治)・・・・・・・・ 81
小さき者へ・生まれ出ずる悩み(有島武郎)
・・・・・・・・・・・・・・・・・・・・・・・・・・・・・ 7
小さき者へ・生れ出ずる悩み(有島武郎)
・・・・・・・・・・・・・・・・・・・・・・・・・・・・・ 8
小さな愛のうた(野長瀬正夫)・・・・・・・・ 203
小さな鶯(若山牧水)・・・・・・・・・・・・・・・ 322
小さな王国・海神丸(鈴木三重吉)・・・ 131
小さな島の小さな星(久保喬)・・・・・・・ 92
ちいさなちいさな駅長さんの話(いぬいとみこ)・・・・・・・・・・・・・・・・・・・・・・・・ 28
小さなぼくの家(野長瀬正夫)・・・・・・・ 203
小さな町の六(与田凖一)・・・・・・・ 319, 320
力くらべ日本一(竹崎有斐)・・・・・・・・・ 146
力餅(島崎藤村)・・・・・・・・・・・・・・・・・・ 122
地球盗難(海野十三)・・・・・・・・・・・・ 37, 38
地球盗難・大宇宙探検隊・霊魂第十号の秘密・三十年後の世界(海野十三)・・・ 38
地球の病気(藤田圭雄)・・・・・・・・・ 231, 232
ちくたくてくは・みつごのぶただ(与田凖一)・・・・・・・・・・・・・・・・・・・・・・・・ 319
チコトンの通信(森いたる)・・・・・・・・・ 297
ちちうしさん(早船ちよ)・・・・・・・・・・・ 221
父をたずねて(大仏次郎)・・・・・・・・・・・ 74
地底の魔術王(江戸川乱歩)・・・・ 40, 43, 46
地底の都(野村胡堂)・・・・・・・・・・・・・・・ 205
地底の都・ロボット城・大宝窟(野村胡堂)
・・・・・・・・・・・・・・・・・・・・・・・・・・・・・ 204
千鳥笛(千葉省三)・・・・・・・・・・・・・・・・・ 152
地の星座(住井すゑ)・・・・・・・・・・・ 133, 134
千葉省三集(千葉省三)・・・・・・・・・・・・・ 152
千葉省三童話全集(千葉省三)・・・・ 151, 152
ちび犬テモちゃん(竹崎有斐)・・・・・・・ 145
ちび犬テモはまけないぞワン(竹崎有斐)
・・・・・・・・・・・・・・・・・・・・・・・・・・・・・ 146

ちびくろ・さんぼ(森いたる)・・・・・・・ 297
ちびくろサンボ(上崎美恵子)・・・・・・・ 101
チビザル兄弟(椋鳩十)・・・・・・ 277, 281, 290
ちびみみぞうさん(土家由岐雄)・・・・・ 155
チベットの風(花岡大学)・・・・・・・・・・・ 207
チャア公と荒岩先生(サトウ・ハチロー)
・・・・・・・・・・・・・・・・・・・・・・・・・・・・・ 109
チャア公1/4代記(サトウ・ハチロー)・・・ 110
ちゃっかり吉四六さん(竹崎有斐)・・・ 146
ちゃっくりがき(山本和夫)・・・・・・・・・ 308
ちゃぷちゃっぷんの話(上崎美恵子)・・ 100, 101
ちゃわんむしきらいなおばけです(大川悦生)・・・・・・・・・・・・・・・・・・・・・・・・ 59
ちゃんめら子平次(筒井敬介)・・・・ 159, 160
中国インドむかし話(二反長半)・・・・・ 200
中国童話(松枝茂夫)・・・・・・・・・・・・・・・ 242
中国の童話(松枝茂夫)・・・・・・・・・・・・・ 242
中国むかし話(鶴見正夫)・・・・・・・・・・・ 176
注文の多い料理店(宮沢賢治)・・・
 251, 253, 255, 258, 260, 262, 263, 266～269
チウウリップの幻術(宮沢賢治)・・・・・ 252
チューリップばたけの花アブの子(早船ちよ)・・・・・・・・・・・・・・・・・・・・・・・・ 220
チョウさん(鶴見正夫)・・・・・・・・・・・・・ 174
ちょうじゃどんとさくらの木(大川悦生)
・・・・・・・・・・・・・・・・・・・・・・・・・・・・・ 61
超人間X号(海野十三)・・・・・・・・・・ 37, 38
ちょうちん屋のままっ子(斎藤隆介)・・ 107
ちょうちん屋のままッ子(斎藤隆介)・・ 106
ちょこまかぎつねなきぎつね(椋鳩十)
・・・・・・・・・・・・・・・・・・・・・・・ 287, 291
チョコレート戦争(大石真)・・・ 49, 50, 52～57
チョコレート町一番地(佐藤義美)・・・ 111
チョコレート町一番地(筒井敬介)・・ 158, 160
チョコレート町一番地(奈街三郎)・・・ 190
チョンドリーノ君の冒険(安藤美紀夫)
・・・・・・・・・・・・・・・・・・・・・・・・・・・・・ 15
ちょんまげ手まり歌(上野瞭)・・・・・・・ 36
ちょんまげのちんどんや・ひのなかにたつまとい(来栖良夫)・・・・・・・・・・・・ 96
ちょんまげのちんどんや・ひのなかにたつまとい(関英雄)・・・・・・・・・・・・ 135
椿説弓張月(滝沢馬琴)・・・・・・・・・・・・・ 141

珍談勝之助漂流記（庄野英二）・・・・・・・・・・・ 127

【つ】

ツェねずみ（宮沢賢治）・・・・・・・・・ 262, 266
津軽（太宰治）・・・・・・・・・・・・・・・・・・・・・・ 150
月へ行くはしご（安房直子）・・・・・・・・・・ 11
月とあざらし（小川未明）・・・・・・・・ 70, 71
月の絵本（藤田圭雄）・・・・・・・・・・・・・・・ 231
月の顔（花岡大学）・・・・・・・・・・・・・・・・・ 207
月の道（花岡大学）・・・・・・・・・・・・・・・・・ 207
月の輪ぐま（椋鳩十）・・・・・・・・・ 277, 289
月の輪グマ（椋鳩十）・・ 280, 284, 287, 289〜291
月笛日笛（吉川英治）・・・・・・・・・・・・・・・ 313
月夜とめがね（小川未明）・・・・・・・ 69, 71, 72
月夜とめがね・黒い人と赤いそり（小川未明）・・・・・・・・・・・・・・・・・・・・・・・・・・・・・・ 68
つきよに（安房直子）・・・・・・・・・・・・・・・・ 10
月夜のでんしんばしら（宮沢賢治）・・・・・・・ 263
月よのバス・木いちご（小出正吾）・・・・・・・・ 98
月よのバス・木いちご（関英雄）・・・・・・・ 135
月夜のふしぎ道（上崎美恵子）・・・・・・・・・ 98
月夜のまつり笛（楠山正雄）・・・・・・・・・・ 89
月夜のまつり笛（千葉省三）・・・・・・・・・ 152
月夜のめちゃらくちゃら（上崎美恵子）・・・ 101
つくしだれの子天使の子（赤木由子）・・・・・・ 1
土神と狐（宮沢賢治）・・・・・・・・・・・・・・・ 266
土の笛（森はな）・・・・・・・・・・・・・・・・・・・ 299
つちやゆきおどうわ（土家由岐雄）・・・・・・ 155
筒井敬介童話全集（筒井敬介）・・・・・・・・・ 158
つばさある季節（早船ちよ）・・・・・・・・・ 221
壺井栄・北川千代集（壺井栄）・・・・・・・・・ 164
壺井栄児童文学全集（壺井栄）・・・・・・・・・ 164
壺井栄集（壺井栄）・・・・・・・・・・・・・・・・・ 164
壺井栄名作集（壺井栄）・・・・・・・・・・・・・ 164
壺井栄・林芙美子集（壺井栄）・・・・・・・・・ 164
壺井栄名作集（壺井栄）・・・・・・・・・・・・・ 163
坪田譲治一年生の童話（坪田譲治）・・・・・ 168
坪田譲治三年生の童話（坪田譲治）・・・・・ 167
坪田譲治自選童話集（坪田譲治）・・・・・・・ 168
坪田譲治集（坪田譲治）・・・・・・・・・・・・・ 171
坪田譲治・千葉省三集（千葉省三）・・・・・・ 152
坪田譲治・千葉省三集（坪田譲治）・・・・・・ 170
坪田譲治童話（坪田譲治）・・・・・・・・・・・ 171
坪田譲治童話研究（坪田譲治）・・・・・・・・・ 168
坪田譲治童話全集（坪田譲治）・・・・・ 165, 166
坪田譲治童話宝玉集（坪田譲治）・・・・・・・ 171
坪田譲治二年生の童話（坪田譲治）・・・・・ 167
坪田譲治・浜田広介集（坪田譲治）・・・・・ 171
坪田譲治・浜田広介集（浜田広介）・・・・・ 216
坪田譲治名作集（坪田譲治）・・・・・・・・・・ 170
坪田譲治四年生の童話（坪田譲治）・・・・・ 167
爪王（戸川幸夫）・・・・・・・・・・・・・・・・・・・ 179
梅雨のころ（田山花袋）・・・・・・・・・・・・・ 151
つるのあねさ（大川悦生）・・・・・・・・・・・・・ 61
ツルのおどり（椋鳩十）・・・・・・・・・・・・・ 278
つるのおんがえし（坪田譲治）・・・・・ 169〜171
鶴の恩がえし・古屋のもり（坪田譲治）・・ 169
つるのよめじょ（椋鳩十）・・・・・・・・・・・ 291

【て】

定本小川未明童話全集（小川未明）
　・・・・・・・・・・・・・・・・・・・・・・・・・・ 63〜66, 69, 70
定本壺井栄児童文学全集（壺井栄）・・・・・・ 162
定本野口雨情（野口雨情）・・・・・・・・・・・・ 202
定本吉田一穂全集（吉田一穂）・・・・・・・・・ 313
でえだらぼう（斎藤隆介）・・・・・・・・ 105, 106
デカおじさんと小さなともだち（上崎美恵子）・・・・・・・・・・・・・・・・・・・・・・・・・・・・・ 100
敵中横断三百里（山中峯太郎）・・・・・・・・・ 306
テクテクさんのちょっとこわい話（前川康男）・・・・・・・・・・・・・・・・・・・・・・・・・・・・・ 239
デゴイチおんちゃん（大川悦生）・・・・・・・・ 62
デゴイチおんちゃんの話（大川悦生）・・・・・ 61
でこぼこ道（花岡大学）・・・・・・・・・ 206, 207
てじなをつかうはとポッポ（土家由岐雄）・・・・・・・・・・・・・・・・・・・・・・・・・・・・・・・・・・・・・ 153
手品師・天下一の馬（豊島与志雄）・・・・・ 182
でっかいまめたろう（大川悦生）・・・・・・・・ 61

鉄仮面（久保喬）・・・・・・・・・・・・・・・・・94
鉄仮面（高木彬光）・・・・・・・・・・・・137, 138
てっくりてっくり・てっくりこ（都築益世）
　・・・・・・・・・・・・・・・・・・・・・・・・・・・・・・・153
鉄人Q（江戸川乱歩）・・・・・・・39, 43, 45, 47
鉄人対怪人（江戸川乱歩）・・・・・・・・・・・・47
鉄塔王国の恐怖（江戸川乱歩）・・・41, 42, 45
鉄の輪（南洋一郎）・・・・・・・・・・・・・・・・250
てぶくろを買いに（新美南吉）・・194, 197, 198
手ぶくろを買いに（新美南吉）・・・・・・・・195
でぶちんとうさん（竹崎有斐）・・・・・・・・146
寺小屋（竹田出雲）・・・・・・・・・・・・・・・147
寺小屋（並木千柳）・・・・・・・・・・・・・・・192
寺小屋（三好松洛）・・・・・・・・・・・・・・・275
寺田寅彦・中谷宇吉郎集（寺田寅彦）・・・・176
寺田寅彦名作集（寺田寅彦）・・・・・・・・・176
天一坊秘聞（柴田錬三郎）・・・・・・・・・・・118
天下一の馬（豊島与志雄）・・・・・・・・・・・182
電気スケート（奈街三郎）・・・・・・・・・・・189
天空の魔人（江戸川乱歩）・・・・・・・・・・・・48
てんぐさんござるか（比江島重孝）・・・・・221
てんぐ先生は一年生（大石真）・・・49, 54, 56
てんぐになりたい（佐野美津男）・・・・・・・113
てんぐのうちわ（花岡大学）・・・・・・・・・207
てんぐのかくれみの（柴野民三）・・・119, 120
てんぐのかくれみの（坪田譲治）・・・・・・・169
天ぐのかくれみの（坪田譲治）・・・・・・・・170
てんぐのけんか（花岡大学）・・・・・・・・・207
テングのとっくり（山下清三）・・・・・・・・304
テングの庭（猪野省三）・・・・・・・・・・29, 30
天狗笑い（豊島与志雄）・・・・・・・・・・・・183
天使と戦争（土家由岐雄）・・・・・・・・・・・153
天使の翼（西条八十）・・・・・・・・・・・・・104
天使のとんでいる絵（小出正吾）・・・・・・・・97
でんしゃにのったちょうちょ（柴野民三）
　・・・・・・・・・・・・・・・・・・・・・・・・・・・・・・・118
電車のすきな歯医者さん（安藤美紀夫）
　・・・・・・・・・・・・・・・・・・・・・・・・・・・・・・・・14
天正少年使節（福田清人）・・・・・・・・・・・230
電人M（江戸川乱歩）・・・・・・39, 42, 44, 46
伝説めぐり（二反長半）・・・・・・・・・・・・201
でんちゃんのホロ馬車（竹崎有斐）・・146, 147

でんでんむしのかなしみ（新美南吉）・・・193
でんでんむしの競馬（安藤美紀夫）・・・・・・15
天に花咲け（斎藤隆介）・・・・・・・・・・・・106
天女の四ツ星（早船ちよ）・・・・・・・・・・・220
天女物語（巌谷小波）・・・・・・・・・・・・・・34
天の赤馬（斎藤隆介）・・・・・・・・・・・・・106
天の鹿（安房直子）・・・・・・・・・・・・・・・13
天平の甍（井上靖）・・・・・・・・・・・・・・・31
天平の少年（福田清人）・・・・・・・・229, 230
天兵童子（吉川英治）・・・・・・・・・・・・・313
天葉詩集（白鳥省吾）・・・・・・・・・・・・・129

【と】

東海道中ひざくりげ（十返舎一九）・・・・・115
東海道中ひざくり毛（十返舎一九）・・・・・116
東海道中膝栗毛（十返舎一九）・・・・115, 116
東海道中膝栗毛（福田清人）・・・・・・・・・231
東海道中膝栗毛（森いたる）・・・・・・296, 297
東海道膝栗毛（十返舎一九）・・・・・・115, 116
東京っ子物語（土家由岐雄）・・・・・・・・・154
東京にカワウソがいたころ（大川悦生）
　・・・・・・・・・・・・・・・・・・・・・・・・・・・・・・・・59
東京のおじぞうさま（大川悦生）・・・・・・・・61
東京・ぼくの宝島（佐野美津男）・・・・・・・113
洞窟の女王（柴田錬三郎）・・・・・・・・117, 118
洞窟の魔人（南洋一郎）・・・・・・・・・・・・249
峠（早船ちよ）・・・・・・・・・・・・・・・・・218
とうさん、ぼく戦争をみたんだ（安藤美紀
　夫）・・・・・・・・・・・・・・・・・・・・・・・・・・・14
塔上の奇術師（江戸川乱歩）・・・39, 43, 47, 48
とうすけさん笛をふいて!（香山彬子）・・78, 79
どうぞかんべん（椋鳩十）・・・・・・・290, 291
父ちゃんからきたはがき（比江島重孝）
　・・・・・・・・・・・・・・・・・・・・・・・・・・・・・・・221
とうちゃんだっこして（赤木由子）・・・・・・・2
ドウーニヤ姫の愛の物語（川端康成）・・・・・84
動物愛情物語（戸川幸夫）・・・・・・・・・・・179
動物学校の童話集（宮沢賢治）・・・・・・・・270
動物くんこんにちは（戸川幸夫）・・・・・・・178
動物のうた（室生犀星）・・・・・・・・・295, 296

動物の村（武井武雄）	141	とべさいごのトキ（鶴見正夫）	174
どうぶつびょういんは大さわぎ（大石真）	52	とべないハクチョウ（戸川幸夫）	178
どうぶつむら（与田凖一）	321	トム・ソーヤーのぼうけん（土家由岐雄）	155
動物はみんな先生（筒井敬介）	159	トム・ソーヤーの冒険（関英雄）	135
透明怪人（江戸川乱歩）	41, 42, 44, 47, 48	トムソーヤの冒険（関英雄）	136
透明人間（海野十三）	37	トムとチムの赤いじどうしゃ（大石真）	55
童話（小川未明）	71	トムのまめサムのまめ（与田凖一）	319, 320
童話（川崎大治）	82	ともだちシンフォニー（佐藤義美）	110
童話（坪田譲治）	171	ともだちできた?（鶴見正夫）	173
とおいあの日にたべたパン（上崎美恵子）	98	友だちの歌（サトウ・ハチロー）	110
遠いこえ近いこえ（村野四郎）	294	土曜日物語（福田清人）	230
遠い野ばらの村（安房直子）	11, 12	豊島与志雄集（豊島与志雄）	183
遠野物語（柳田国男）	301	豊島与志雄童話集（豊島与志雄）	182
トカゲになった日（東君平）	224	豊島与志雄童話選集（豊島与志雄）	182
どきどきうんどうかい（東君平）	225	とよださきち（奈街三郎）	191
トーキョー夢の島（早船ちよ）	220	豊田三郎童話集（豊田三郎）	183
トクさんのやさい畑（大石真）	55	とよとみひでよし（柴野民三）	121
徳富蘆花・樋口一葉名作集（樋口一葉）	226	とよとみひでよし（土家由岐雄）	155
時計塔の秘密（江戸川乱歩）	43, 45, 47	とらおおかみのくる村で（筒井敬介）	159
とけいの3時くん（奈街三郎）	190, 191	ドラキュラなんかこわくない（大石真）	51
どこかへ行きたい（三越左千夫）	244	とらちゃん日記（千葉省三）	152
トコちゃん・モコちゃん（サトウ・ハチロー）	108, 109	虎ちゃんの日記（千葉省三）	152
土佐犬物語（戸川幸夫）	179	トラックマツリ（川崎大治）	83
杜子春（芥川龍之介）	5	とらとらねこちゃん（上崎美恵子）	101
杜子春・くもの糸（芥川龍之介）	5, 6	とらねこトララ（安藤美紀夫）	15
杜子春・蜘蛛の糸（芥川龍之介）	4	とらねこにゃんのラブレター（上崎美恵子）	99
杜子春・トロッコ・魔術（芥川龍之介）	4	どらねこパンツのしっぱい（筒井敬介）	156, 160
都市覆滅団（野村胡堂）	204	とらのかわのスカート（筒井敬介）	159
土人の毒矢（山中峯太郎）	306	虎の牙（南洋一郎）	246
とっておきの水曜日（北畠八穂）	86	ドラムカンのふね（ふくしまやす）	229
トップリカップリチコのおまじない（大石真）	52	とらやんの大ぼうけん（二反長半）	200
トテ馬車（千葉省三）	152	トランプの中の家（安房直子）	11
トテ馬車・竹やぶ（千葉省三）	152	鳥右ェ門諸国をめぐる（新美南吉）	193
トートーという犬（井伏鱒二）	32	鳥怪人たんていになった日（前川康男）	238
トドのたいしょう（鶴見正夫）	176	鳥怪人になった日（前川康男）	239
とびうおルルンのぼうけん（久保喬）	93	ドリトル先生航海記（井伏鱒二）	33
とびこめのぶちゃん（竹崎有斐）	145〜147		
とびだせ少年剣士（竹崎有斐）	146		

鳥にさらわれた娘(安房直子) ………… 12
ドリーの幸福(上崎美恵子) ………… 101
鳥やきものの話(柴野民三) ………… 120
鳥山鳥右エ門(新美南吉) ………… 198
トルストイどうわ(猪野省三) ………… 30
トルストイ童話(猪野省三) ………… 30
トルストイ童話集(奈街三郎) ………… 191
どれみふぁけろけろ(東君平) ‥ 222, 224, 225
トロッコ(芥川龍之介) ………… 4
トロッコと木いちご(川崎大治) ………… 82
トロッコ・鼻(芥川龍之介) ………… 4
どろぼうをけとばしたアヒルのはなし(山本和夫) ………… 308
ドン・キホーテ(猪野省三) ………… 30
どんぐり(寺田寅彦) ………… 176
どんぐりとやまねこ(宮沢賢治) ………… 259
どんぐりと山ねこ(宮沢賢治)
………… 251, 263, 266, 268, 270
どんぐりと山猫(宮沢賢治)
………… 260, 263, 267〜269
どんぐりと山猫・虔十公園林(宮沢賢治)
………… 269
とんち一休(土家由岐雄) ………… 155
とんちでころり(鶴見正夫) ………… 175
とんちでやっつけろ(大石真) ………… 54
とんち日本一くらべ集(二反長半) ………… 200
とんちばなし(宮脇紀雄) ………… 273
とんち彦一(二反長半) ………… 200
とんちゃんよさようなら(藤田圭雄) ………… 232
とんでも電車大脱線(安藤美紀夫) ………… 14
とんとんクラブ(サトウ・ハチロー) ………… 110
とんとんともだち(サトウ・ハチロー)
………… 107〜109
ドン・ノミ太のでぶでぶ王子(赤木由子)
………… 2
とんびかっぱ(石森延男) ………… 22, 23

【な】

ナイアガラよりも大きい滝(庄野英二)
………… 126

ないた赤おに(浜田広介) ……… 214〜216
泣いた赤おに(浜田広介) ‥208〜210, 213, 217
泣いた赤鬼(浜田広介) ………… 216
ナイチンゲール(住井すゑ) ………… 134
ナイチンゲール(巽聖歌) ………… 150
ナオ子(吉田とし) ………… 315
長いしっぽのポテトおじさん(上崎美恵子)
………… 100
ながいながいペンギンの話(いぬいとみこ)
………… 26〜29
長い冬の物語(鶴見正夫) ………… 174, 175
ながぐつをはいたねこ(大石真) ‥… 51, 52
ながぐつをはいたねこ(土家由岐雄) ………… 154
長崎キリシタン物語(福田清人) ………… 230
長崎にいた小人のフランツ(大川悦生)
………… 59
ながさきの子うま(大川悦生) ………… 60
長崎のふしぎな女の子(大川悦生) ………… 60
長塚節・鈴木三重吉集(鈴木三重吉) ………… 132
なかよし子ネコ(土家由岐雄) ………… 154
ながれぼし(平塚武二) ………… 228
流れ星の歌(西条八十) ………… 104
なきむしきんたらう(鶴見正夫) ………… 176
なきむしたろう(椋鳩十) ………… 292
なくしてしまった魔法の時間(安房直子)
………… 10
なくなみそっちょ(宮脇紀雄) ………… 273
謎の金属人間(海野十三) ………… 37
謎の空中戦艦(南洋一郎) ………… 250
謎の三面人形(島田一男) ………… 123
謎の指紋(南洋一郎) ………… 249
謎の手品師(山中峯太郎) ………… 306
謎の紅ばら荘(西条八十) ………… 104
謎屋敷の怪(山中峯太郎) ………… 306
夏草と銃声(赤木由子) ………… 3
なっちゃう(佐野美津男) ………… 112, 113
夏の夜のゆめ(浜田広介) ………… 217
夏目漱石集(夏目漱石) ……… 188, 189
夏目漱石・中勘助・高浜虚子集(夏目漱石)
………… 188
夏目漱石名作集(夏目漱石) ……… 187〜189
七色の風(北条誠) ………… 232

七色の目（島田一男）……………… 123	新美南吉童話集（関英雄）………… 135
七枝（吉田とし）……………… 315, 316	新美南吉童話集（新美南吉）
七枝とムサシ（吉田とし）………… 317	………………… 192, 194, 196, 198
七十七番のバス（石森延男）………… 22	新美南吉童話大全（新美南吉）…… 195
七つの海の狼（柴田錬三郎）… 117, 118	にぎやかな家（庄野英二）………… 128
七つの誓い（北村寿夫）……………… 88	逃げだしたお皿（飯沢匡）…………… 19
七つの秘密（南洋一郎）…………… 247	にげだした兵隊（竹崎有斐）……… 145
七まいのおりがみと…（いぬいとみこ）	にげだした木馬（筒井敬介）……… 157
……………………………………… 29	にげだしたようふく（大石真）… 50, 53, 56
なにかいいこと（東君平）………… 225	虹（早船ちよ）……………………… 220
なの花と小娘（志賀直哉）………… 115	虹（山本和夫）……………………… 308
なの花と小娘（武者小路実篤）…… 293	虹を射る少年・この星万里を照らす・愛の
なの花と小娘（室生犀星）………… 296	新珠（富田常雄）………………… 180
ナポレオンはだめな黒ねこか（鶴見正夫）	虹の乙女（西条八十）……………… 104
……………………………………… 175	虹の孤児（西条八十）……………… 104
なまいきスリッパ（山元護久）…… 309	虹の港（富田常雄）………………… 180
なまりのへいたい（小林純一）…… 102	二十四の瞳（壺井栄）………… 161〜164
涙の甲子園（北条誠）……………… 233	二十面相の呪い（江戸川乱歩）… 39, 43〜45
涙の讃美歌（北条誠）……………… 233	二十六夜（宮沢賢治）……………… 258
なみだポロリンきつねの子（上崎美恵子）	2じょうまの3にん（北畠八穂）…… 86
……………………………………… 99	にせものの英雄（椋鳩十）………… 289
波の上の子もり歌（浜田広介）…… 217	二反長半作品集（二反長半）……… 200
なめとこ山のくま（宮沢賢治）… 264, 267	日曜日のパンツ（筒井敬介）……… 159
なめとこ山の熊（宮沢賢治）	日東の冒険王（南洋一郎）………… 248
………………… 252, 263, 265, 266	二年生のイソップどうわ（大石真）… 55, 56
楢ノ木大学士の野宿（宮沢賢治）… 260	二年生の童話（小川未明）…………… 68
なるほどかしこい日本のとんち話（冨田博	2年2くみのがんばりゆかちゃん（赤木由子）
之）………………………… 180, 181	………………………………………… 2
南吉と賢治（新美南吉）…………… 193	2の4のおばけの10（大川悦生）…… 60
南吉と賢治（宮沢賢治）…………… 253	二宮金次郎（久保喬）………………… 94
なんきょくの日の丸（久保喬）……… 94	日本おとぎばなし（楠山正雄）……… 89
南総里見八犬伝（滝沢馬琴）… 139, 141	日本おとぎ話（土家由岐雄）……… 154
何にでもなれる時間（筒井敬介）… 158	日本おとぎ物語（坪田譲治）……… 170
南蛮魔術（野村胡堂）………… 204, 205	日本海の詩（鶴見正夫）…… 172, 174, 176
	日本キリスト教児童文学全集（石森延男）
【に】	…………………………………… 21
	日本キリスト教児童文学全集（北畠八穂）
にあんちゃん（安本末子）………… 300	…………………………………… 85
にいちゃん根性（佐野美津男）…… 113	日本キリスト教児童文学全集（小出正吾）
新美南吉集（新美南吉）…………… 199	…………………………………… 97
新美南吉全集（新美南吉）………… 199	日本キリスト教児童文学全集（竹崎有斐）
	………………………………… 145

日本キリスト教児童文学全集（坪田譲治）
　　………………………………… 166
日本キリスト教児童文学全集（山村暮鳥）
　　………………………………… 307
日本児童文学全集（芥川龍之介）………… 7
日本児童文学全集（有島武郎）…………… 9
日本児童文学全集（猪野省三）………… 30
日本児童文学全集（巌谷小波）………… 34
日本児童文学全集（小川未明）………… 72
日本児童文学全集（川崎大治）………… 83
日本児童文学全集（川端康成）………… 85
日本児童文学全集（北畠八穂）………… 87
日本児童文学全集（北原白秋）………… 88
日本児童文学全集（楠山正雄）………… 89
日本児童文学全集（国木田独歩）……… 90
日本児童文学全集（久保喬）…………… 95
日本児童文学全集（西条八十）………… 104
日本児童文学全集（サトウ・ハチロー）… 110
日本児童文学全集（佐藤義美）………… 112
日本児童文学全集（志賀直哉）………… 115
日本児童文学全集（島木赤彦）………… 121
日本児童文学全集（島崎藤村）………… 122
日本児童文学全集（鈴木三重吉）……… 133
日本児童文学全集（関英雄）…………… 136
日本児童文学全集（巽聖歌）…………… 151
日本児童文学全集（千葉省三）………… 152
日本児童文学全集（壺井栄）…………… 164
日本児童文学全集（坪田譲治）………… 171
日本児童文学全集（寺田寅彦）………… 176
日本児童文学全集（豊島与志雄）……… 183
日本児童文学全集（夏目漱石）………… 189
日本児童文学全集（奈街三郎）………… 191
日本児童文学全集（新美南吉）………… 199
日本児童文学全集（野口雨情）………… 202
日本児童文学全集（浜田広介）………… 217
日本児童文学全集（平塚武二）………… 229
日本児童文学全集（堀辰雄）…………… 237
日本児童文学全集（三木露風）………… 243
日本児童文学全集（水谷まさる）……… 243
日本児童文学全集（宮沢賢治）………… 271
日本児童文学全集（椋鳩十）…………… 292

日本児童文学全集（武者小路実篤）…… 293
日本児童文学全集（室生犀星）………… 296
日本児童文学全集（森鴎外）…………… 299
日本児童文学全集（山村暮鳥）………… 307
日本児童文学全集（山本有三）………… 311
日本児童文学全集（吉田一穂）………… 314
日本児童文学全集（与田準一）………… 322
日本人オイン・海の男（大仏次郎）…… 73
日本宝島（上野瞭）……………………… 36
日本太郎（武者小路実篤）……………… 293
日本たんじょう・Sekai Tokorodokoro（石森延男）
　　………………………………… 23
日本のおとぎ話（冨田博之）…………… 182
日本の鬼ども（山下清三）………… 304, 305
日本のおばけ話（川崎大治）………… 81, 82
日本のおもしろい話（冨田博之）……… 182
日本の古典物語（久保喬）……………… 92
日本の古典物語（坪田譲治）…………… 166
日本の神話（福田清人）………………… 230
日本の神話（山本和夫）………………… 308
日本の神話・世界の神話（福田清人）… 230
日本のちえくらべ話（冨田博之）……… 182
日本の伝説（大川悦生）………………… 61
日本の伝説（坪田譲治）………………… 168
日本の伝説（柳田国男）………………… 301
日本の動物たち（山下清三）…………… 305
日本のとんち話（川崎大治）………… 81, 82
日本のとんち話（冨田博之）…………… 182
日本のふしぎ話（川崎大治）………… 81, 82
日本のふるさと・こどもの民話（川崎大治）
　　………………………………… 81
日本のふるさと・こどもの民話（小出正吾）
　　………………………………… 97
日本のふるさと・こどもの民話（二反長半）
　　………………………………… 200
日本の星之助（大仏次郎）……………… 73
日本の民話（大川悦生）……………… 59〜61
日本の民話（浜田広介）…………… 210, 214
日本の民話（宮脇紀雄）…………… 272, 273
日本のむかしばなし（瀬田貞二）……… 136
日本のむかし話（瀬田貞二）…………… 136
日本のむかし話（坪田譲治）… 166〜168, 170

日本のむかし話（柳田国男）・・・・・・・・・ 301
日本のむかしばなし集（久保喬）・・・・・・・・ 94
日本の幼年童話（筒井敬介）・・・・・・・・・ 159
日本のわらい話（川崎大治）・・・・・・・ 81, 82
日本のわらい話（冨田博之）・・・・・・ 181, 182
日本みんわ集（柴野民三）・・・・・・・・・・ 120
日本みんわ集（三越左千夫）・・・・・・・・・ 245
日本民話選・古事記物語（福永武彦）・・・ 231
にほんむかしばなし（三越左千夫）・・・・・ 245
日本むかしばなし（楠山正雄）・・・・・・・・ 89
日本むかしばなし（坪田譲治）・・・・ 166, 167
日本むかしばなし（奈街三郎）・・・・・・・・ 191
日本むかしばなし（浜田広介）・・・・・・・・ 216
日本むかし話（大川悦生）・・・・・・・・・・・ 62
日本むかし話（北畠八穂）・・・・・・・・・・・ 86
日本むかし話（土家由岐雄）・・・・・・・・・ 154
日本むかし話（浜田広介）・・・・・・ 214, 216
日本むかし話（与田準一）・・・・・・ 319, 321
日本昔話（浜田広介）・・・・・・・・・・・・ 216
日本わらいばなし（宮脇紀雄）・・・・・・・・ 273
日本わらいばなし集（前川康男）・・・・・・ 242
にゃんこおじさん・おもしろばなし（東君平）・・・・・・・・・・・・・・・・・・・・・・・・・ 224
ニルスのふしぎなたび（奈街三郎）・・・・・ 191
ニルスのふしぎな旅（佐藤義美）・・・ 110, 111
人形天使（土家由岐雄）・・・・・・・・・・・ 154
人形マリー（山口勇子）・・・・・・・・・・・ 303
人魚の姫（浜田広介）・・・・・・・・・ 217, 218
人魚の姫（平塚武二）・・・・・・・・・・・・ 229
人魚のほうせき（奈街三郎）・・・・・・・・・ 191
にんぎょひめ（浜田広介）・・・・・・・・・・ 216
にんぎょ姫（柴野民三）・・・・・・・・・・・ 120
人間失格（太宰治）・・・・・・・・・・・・・ 149
人間の尊さを守ろう（吉野源三郎）・・・・・ 318
人間豹（江戸川乱歩）・・・・・・・・・・ 43〜47
人間豹・探偵冒険（江戸川乱歩）・・・・・・ 48
人間はすばらしい（椋鳩十）・・・・・・・・・ 283
忍者かげろうの風太（二反長半）・・・・・・ 200

にんじゃやまのできごと（花岡大学）・・・・・ 207

【ぬ】

ヌール・エド・ディーンの物語（川端康成）・・・・・・・・・・・・・・・・・・・・・・・・・・・ 85

【ね】

ねぎ坊主・じぞうさま（千葉省三）・・・・・・ 152
猫がくった鯉のぼり（筒井敬介）・・・・・・・ 157
ねこじゃらしの野原（安房直子）・・・・ 10, 12
ネコだまミイちゃんはあたし（筒井敬介）・・・・・・・・・・・・・・・・・・・・・・・・・・ 157
ネコになったぼく（久保喬）・・・・・・・・・・ 93
ねこにパンツをはかせるな（筒井敬介）・・・・・・・・・・・・・・・・・・・・・・・・・・・・ 158
ねこねこつりたいかい（東君平）・・・・・・・ 225
ねこのおしごと（筒井敬介）・・・・・・・・・ 159
猫の事務所（宮沢賢治）・・・・・・ 253, 259, 267
ねこの名はヘイ（宮脇紀雄）・・・・・・・・・ 273
ねこのぱとろーる（筒井敬介）・・・・・・・・ 159
ネコの水てっぽう（土家由岐雄）・・・・・・ 154
ねこのわすれもの（筒井敬介）・・・・・・・ 158
猫目博士（島田一男）・・・・・・・・・・・・ 123
ねしょんべんねこ（安藤美紀夫）・・・・・・・ 14
ネズミ島物語（椋鳩十）・・・・・・・ 289, 290
ねずみとせん人（浜田広介）・・・・・・・・・ 218
ねずみのいびき（坪田譲治）・・・・・・・・・ 168
ねずみのかくれんぼ（坪田譲治）・・・・・・ 169
ネズミのくに（坪田譲治）・・・・・・ 169, 171
ねずみのすもう（水藤春夫）・・・・・・・・・ 244
ねずみのそうだん（浜田広介）・・・・ 210, 214
ねずみのてがみ（東君平）・・・・・・・・・・ 225
ねずみのハイキング（奈街三郎）・・・・・・ 191
ねむたがりやのらいおん（香山彬子）・・・・ 79
ネムネムおに（大石真）・・・・・・・・・・・・ 54
合歓の揺籃（加藤まさを）・・・・・・・・・・ 76
ねむりのもりのおひめさま（宮脇紀雄）・・・・・・・・・・・・・・・・・・・・・・・・・・・・ 272

ねむりの森のお姫さま（宮脇紀雄）‥‥‥ 274
眠れない子（大石真）‥‥‥‥‥‥‥‥ 50
ネロネロの子ら（久保喬）‥‥‥‥‥‥ 94

【の】

ノアのはこ船（花岡大学）‥‥‥‥‥‥ 208
ノウサギの歌（前川康男）‥‥‥‥‥‥ 239
のぎくのなかのじぞうさま（平塚武二）
　‥‥‥‥‥‥‥‥‥‥‥‥‥‥‥‥ 228
野菊の墓（伊藤左千夫）‥‥‥‥‥ 24, 25
野菊の墓（島崎藤村）‥‥‥‥‥‥‥ 121
野菊の墓 麦藁帽子 エデンの海 サイン・ノート（伊藤左千夫）‥‥‥‥‥‥‥‥ 25
野菊の墓 麦藁帽子 エデンの海 サイン・ノート（堀辰雄）‥‥‥‥‥‥‥‥‥ 236
野口雨情童謡集（野口雨情）‥‥‥‥ 202
野口雨情民謡童謡選（野口雨情）‥‥ 202
のぐちひでよ（小林純一）‥‥‥‥‥ 102
野口英世（土家由岐雄）‥‥‥‥‥‥ 155
野口英世（二反長半）‥‥‥‥‥‥‥ 201
ノスリ物語（戸川幸夫）‥‥‥‥‥‥ 179
のっぽビルのでぶくん（大石真）‥ 55, 56
ノートルダムのせむし男（柴田錬三郎）
　‥‥‥‥‥‥‥‥‥‥‥‥‥‥‥‥ 117
野の花は生きる（いぬいとみこ）‥‥ 28
野ばら（小川未明）‥‥‥‥‥ 68, 69, 71
のばらとうさぎ（川崎大治）‥‥‥‥ 83
野ばら・眠い町（小川未明）‥‥‥‥ 67
のぼるはがんばる（東君平）‥‥‥‥ 225
野ゆき山ゆき（与田凖一）‥‥‥ 319, 320
のら犬300ぴき（椋鳩十）‥‥‥‥‥ 289
のら犬ノラさん（竹崎有斐）‥‥‥‥ 145
のら犬物語（戸川幸夫）‥‥‥ 176〜179
のらねこ五郎太医者になる（竹崎有斐）
　‥‥‥‥‥‥‥‥‥‥‥‥‥‥‥‥ 143
のらねこ大しょうごろうた（竹崎有斐）
　‥‥‥‥‥‥‥‥‥‥‥‥‥‥‥‥ 144
のり子（吉田とし）‥‥‥‥‥‥ 315, 316
呪いの指紋（江戸川乱歩）‥‥‥ 42, 43, 46
ノンちゃん雲に乗る（石井桃子）‥‥ 20

のんびりにいさんちゃっかりいもうと（竹崎有斐）‥‥‥‥‥‥‥‥‥‥‥‥‥ 145

【は】

ばあやのお里（大村主計）‥‥‥‥‥ 62
灰色グマワーブの冒険（前川康男）‥ 240, 241
灰色の怪人（山中峯太郎）‥‥‥‥‥ 307
灰色の巨人（江戸川乱歩）‥‥ 40, 43, 46, 48
灰色の幻（江戸川乱歩）‥‥‥‥‥‥ 48
パイがこんがり焼けるとき（竹崎有斐）
　‥‥‥‥‥‥‥‥‥‥‥‥‥‥ 146, 147
白秋詩集（北原白秋）‥‥‥‥‥‥‥ 88
白秋全童謡集（北原白秋）‥‥‥‥‥ 87
白鳥になったおもち（福田清人）‥‥ 230
はくちょうのおうじ（小出正吾）‥‥ 98
はくちょうのおうじ（宮脇紀雄）‥‥ 274
はくちょうのおうじ（森いたる）‥‥ 296
はくちょうの王子（浜田広介）‥‥‥ 216
白鳥のおうじ（二反長半）‥‥‥‥‥ 200
白鳥の王子（柴野民三）‥‥‥‥‥‥ 120
白鳥の騎士（巌谷小波）‥‥‥‥‥‥ 34
白鳥の騎士（北村寿夫）‥‥‥‥‥‥ 88
白鳥の騎士・母の湖・黄金十字城（北村寿夫）‥‥‥‥‥‥‥‥‥‥‥‥‥‥ 88
白鳥のふたごものがたり（いぬいとみこ）
　‥‥‥‥‥‥‥‥‥‥‥‥‥‥‥‥ 27
白鳥ものがたり（関英雄）‥‥‥‥‥ 136
白馬の騎士（北村寿夫）‥‥‥‥‥‥ 89
白馬の騎士（柴田錬三郎）‥‥‥‥‥ 118
白馬の騎手（柴田錬三郎）‥‥‥‥‥ 117
爆薬の花篭（海野十三）‥‥‥‥‥‥ 38
白蝋の鬼（高木彬光）‥‥‥‥‥‥‥ 138
ばけネコ（山下清三）‥‥‥‥‥‥‥ 305
ばけねこたいじ（千葉省三）‥‥ 151, 152
ばけばけばあさん（鶴見正夫）‥‥‥ 174
ばけものやしき（山下清三）‥‥‥‥ 305
禿鷲の爪（高垣眸）‥‥‥‥‥‥‥‥ 137
はこのなかのおじいさん（鶴見正夫）‥ 174
はじめてであうシートン動物記（前川康男）
　‥‥‥‥‥‥‥‥‥‥‥‥‥‥ 237, 238

橋本治・岡田嘉夫の歌舞伎絵巻（竹田出雲）……… 147	花岡大学仏典童話（花岡大学）……… 205
橋本治・岡田嘉夫の歌舞伎絵巻（並木千柳）……… 192	花かげ（大村主計）……… 62
橋本治・岡田嘉夫の歌舞伎絵巻（三好松洛）……… 275	花ごよみ（北条誠）……… 232
走れ小次郎（戸川幸夫）……… 177, 178	花咲爺さん（北原白秋）……… 87
走れメロス（井伏鱒二）……… 32	花さき山・ソメコとオニ（斎藤隆介）……… 105
走れメロス（太宰治）……… 149, 150	花咲き山ものがたり（斎藤隆介）……… 105
走れメロス・女生徒（太宰治）……… 149	花咲く丘へ（佐藤紅緑）……… 107
走れメロス・山椒魚（井伏鱒二）……… 32	ハナ先生ものがたり（森はな）……… 300
走れメロス・山椒魚（太宰治）……… 149	花と海の星座（赤木由子）……… 3
走れメロス・女生徒（太宰治）……… 150	花と小鈴（川端康成）……… 85
はしれロボット（山元護久）……… 309	花どけい（早船ちよ）……… 221
旗尾リスの話（前川康男）……… 240, 241	鼻・杜子春（芥川龍之介）……… 4, 5
はだかのおうさま（柴野民三）……… 119	花と鳥の童話集（宮沢賢治）……… 270
はだかの王さま（土家由岐雄）……… 155	はなとみずぐるま（小川未明）……… 71
はだかの天使（赤木由子）……… 1〜3	花の冠（横山美智子）……… 312
はだかの捕虜（来栖良夫）……… 95	花のき村と盗人たち（新美南吉）……… 192, 195, 197〜199
旗のない丘（サトウ・ハチロー）……… 109	花のき村と盗人たち・ごんごろ鐘（新美南吉）……… 198
旗・蜂・雲（与田凖一）……… 319	花の詩集（金子みすゞ）……… 77
バタン島漂流記（庄野英二）……… 127, 128	花の童話集（宮沢賢治）……… 265
813の謎（南洋一郎）……… 248	花のにおう町（安房直子）……… 12
八月がくるたびに（おおえひで）……… 57	花の牧場（鹿島鳴秋）……… 76
八月のサンタクロース（鶴見正夫）……… 174	花の都/てんしき（桂小南）……… 76
八月の太陽を（乙骨淑子）……… 75	花びらのたび（浜田広介）……… 215, 217
バッケの原の物語（吉田とし）……… 314	花吹雪のごとく（竹崎有斐）……… 146
はっけよいすすむくん（大石真）……… 55	花豆の煮えるまで（安房直子）……… 10
八犬伝（滝沢馬琴）……… 140, 141	花まるクラスは大さわぎ（赤木由子）……… 2
八犬伝ものがたり（滝沢馬琴）……… 141	花丸小鳥丸（大仏次郎）……… 74
八犬伝物語（滝沢馬琴）……… 141	花丸小鳥丸・水晶山の少年（大仏次郎）……… 73
白骨島の秘密（北村寿夫）……… 89	花見あひる（早船ちよ）……… 221
はっする一休さん（大石真）……… 54	花物語（西条八十）……… 104
ばーどしょうしょうのたんけん・がんじーとぱりあんま（川崎大治）……… 82	花もよろしい（与田凖一）……… 320, 321
ばーどしょうしょうのたんけん・がんじーとぱりあんま（関英雄）……… 135	花嫁人形（蕗谷虹児）……… 229
はとよひろしまの空を（大川悦生）……… 61	鼻・羅生門（芥川龍之介）……… 5
パトラとルミナ（石森延男）……… 23, 24	花はだれのために（壺井栄）……… 164
花をうかべて（新美南吉）……… 194	パの次アピ、ピの次アプ（北畠八穂）……… 86
花をうめる（新美南吉）……… 192, 195	母への聖歌（横山美智子）……… 312
花岡大学童話文学全集（花岡大学）……… 206	母をたずねて（野長瀬正夫）……… 203, 204
	母をたずねて（南洋一郎）……… 250
	母をたずねて（宮脇紀雄）……… 273

母ぐま子ぐま（椋鳩十）……………… 279
母グマ子グマ（椋鳩十）………… 287, 290
母恋鳥（吉川英治）………………… 313
母恋人形（宮脇紀雄）……………… 274
羽ばたく天使（北条誠）…………… 233
母椿（横山美智子）………………… 312
母と子の日本の民話（大石真）……… 55
母と子の日本の民話（久保喬）……… 93
母と子の日本の民話（上崎美恵子）… 101
母と子の日本の民話（柴野民三）…… 119
母と子の日本の民話（竹崎有斐）…… 147
母と子の日本の民話（土家由岐雄）… 154
母と子の日本の民話（鶴見正夫）…… 175
母と子の日本の民話（宮脇紀雄）…… 273
母のアルバム（壺井栄）…………… 164
母の小夜曲（北村寿夫）……………… 89
母のない子と子のない母（壺井栄）‥ 161, 162
母のない子と子のない母と（壺井栄）
 ……………………………… 161〜164
母の日（土家由岐雄）……………… 153
母のめん鬼のめん（大川悦生）……… 61
母の呼ぶ声（北条誠）……………… 232
母鳩子鳩（二反長半）……………… 201
母よぶ瞳（北条誠）…………… 232, 233
パパはのっぽでボクはちび（平塚武二）
 ……………………………… 227〜229
ばびぶべぼだぞ、わすれるな。（東君平）
 ………………………………………… 224
ハブとたたかう島（椋鳩十）…… 288, 290
波浮の平六（来栖良夫）……………… 95
バブロンの嵐（山中峯太郎）……… 306
浜田広介集（浜田広介）…………… 216
浜田広介全集（浜田広介）……… 211〜214
浜田広介・塚原健二郎・酒井朝彦集（浜田広介）…………………………… 215
浜田広介童話集（浜田広介）……… 210
浜田広介名作集（浜田広介）……… 215
浜千鳥（星野水裏）………………… 236
浜ひるがおの花が咲く（おおえひで）… 57
はめるんのふえふき（上崎美恵子）… 100
林芙美子・壺井栄名作集（壺井栄）… 164
ハーヨとおじいさん（与田準一）…… 320

ばら色のリボン（飯沢匡）…………… 19
バラサン岬の少年たち（竹内てるよ）… 142
はらっぱおばけ（大石真）…………… 55
原っぱに風が吹く（山福康政）…… 307
はらっぱのおはなし（椋鳩十）…… 289
ばらの家・つるのふえ（川端康成）… 85
ばらのいえのリカおばさん（与田準一）
 ……………………………… 319, 320
ばらの少女（唐沢道隆）……………… 80
はりせんぼんクラブ（前川康男）… 240〜242
はる（奈街三郎）…………………… 191
春（竹久夢二）……………………… 147
はるおたちのえんそく（吉田瑞穂）… 317
はるおのかきの木（吉田瑞穂）…… 317
はるかなる歌（北条誠）…………… 233
春のくちぶえ（花岡大学）………… 208
春のシュトルム（早船ちよ）……… 220
春の目玉（福田清人）……………… 230
ハワイの女王（早船ちよ）………… 220
ハンカチの上の花畑（安房直子）… 11, 13
万国の王城（山中峯太郎）………… 307
パンジー組大かつやく（サトウ・ハチロー）
 ………………………………………… 109
パンジー組探偵団（サトウ・ハチロー）… 108
パンダもあの子もみんなともだち（久保喬）
 ………………………………………… 92
パンとバターのうた（浜田広介）… 215
パンドラーの箱（早船ちよ）……… 220
パンドラの箱（柴野民三）………… 121
犯人をさがせ（竹崎有斐）………… 144
ハンノキのくり舟（赤木由子）……… 3
パンのみやげ話（石森延男）…… 22〜24
バンビ（川崎大治）………………… 82
バンビ（佐藤義美）………………… 111
バンビ（浜田広介）………………… 215
バンビものがたり（奈街三郎）… 190, 191

【ひ】

ピアノのたまご（与田準一）……… 320
ぴぃちゃあしゃん（乙骨淑子）……… 75

書名	ページ
ぴいちゃあしゃん（乙骨淑子）	75
ひいちゃんとタチアオイの花（森はな）	300
火を噴く山（斎藤隆介）	106
火をふけゴロ八（竹崎有斐）	145, 147
ピカピカのぎろちょん（佐野美津男）	113
ひかり子ちゃんの夕やけ（椋鳩十）	284
光と影の絵本（与田凖一）	322
光の消えた日（いぬいとみこ）	26, 28
ひかりの素足（宮沢賢治）	262
ひかりの星（浜田広介）	209
ひきざんもできるめいけんシロ（東君平）	225
樋口一葉集（樋口一葉）	226
日暮れの海のものがたり（安房直子）	12
ひげよ、さらば（上野瞭）	36
ひげよさらば（上野瞭）	36
彦市さんといたずらこぞう（冨田博之）	181
彦一と、えんまさま（大川悦生）	60
彦一とタヌどん（大川悦生）	60
彦市とんちくらべ（冨田博之）	181
彦一とんち話（土家由岐雄）	154, 155
彦一とんち話（山本和夫）	308
ひこいちばなし（竹崎有斐）	143
ひこうきとじゅうたん（庄野英二）	128
ひざくりげ（十返舎一九）	116
膝栗毛物語（十返舎一九）	116
美しき涙（北条誠）	232
ビジテリアン大祭（宮沢賢治）	256
ピストルをかまえろ（山元護久）	309
日高山伏物語（椋鳩十）	286, 289
ぴーたー・ぱん（柴野民三）	119
ピーター＝パン（筒井敬介）	160
ピーター・パン（柴野民三）	118, 120
ピーター・パン（奈街三郎）	191
ピーターパン（森いたる）	297
ひつじだいこ（巌谷小波）	34
ひつじ太鼓（巌谷小波）	34
秘島X13号（香山滋）	80
人かいぶね・ちゃぶだい山（佐藤義美）	111
人くい鉄道（戸川幸夫）	179
人くいトラ（戸川幸夫）	178
人食いバラ（西条八十）	103, 104
ひとくち童話（東君平）	223, 224
ひとつの装置（星新一）	234
一ふさのぶどう（有島武郎）	8
一房の葡萄（有島武郎）	7, 8
一ふさのぶどう・なしの実（有島武郎）	7
一ふさのぶどう・白鳥の国（有島武郎）	8
ひとりぼっちのぞう（鶴見正夫）	173
ひとりぼっちのつる（椋鳩十）	280
ひとりぼっちのツル（椋鳩十）	289
火ねこのはなし（大石真）	55
火のいろの目のとなかい（安藤美紀夫）	15
火の海の貝（久保喬）	93
火のおどり（庄野英二）	128
日のかみさまともんれま（安藤美紀夫）	15
ひのかわのおろちたいじ（前川康男）	242
ピノキオ（川崎大治）	82
ピノキオ（久保喬）	95
ピノキオ（柴野民三）	120
ピノキオ（奈街三郎）	191
ひのきとひなげし（宮沢賢治）	266
火の地獄船（山中峯太郎）	306
火の玉王子（高垣眸）	137
ピノチオ（宮脇紀雄）	275
ピノッキオ（関英雄）	135
火の鳥（斎藤隆介）	106
火の昔（柳田国男）	301
ひばり団地のテントウムシ（大石真）	56
ひばりのす（木下夕爾）	89
ヒマラヤのはと（花岡大学）	205
ひまわり愛の花（赤木由子）	3
ひまわり川の大くじら（柴野民三）	119
ひまわり川の大くじら（柴野民三）	119
秘密探偵団（山中峯太郎）	307
100てんをありがとう（大石真）	50
百まんにんの雪にんぎょう（佐藤義美）	110
百羽のツル（花岡大学）	208
ピューンの花（平塚武二）	227, 228

氷海の冒険児（南洋一郎）・・・・・・・・・ 250
日吉丸（平塚武二）・・・・・・・・・・・・・ 228
ひょっこりひょうたん島（山元護久）・・・・ 309
ひよどり越え（久保喬）・・・・・・・・・・・ 94
ピョンのうた（椋鳩十）・・・・・・・・ 288, 290
ひらかなアラビヤン・ナイト（土家由岐雄）
　・・・・・・・・・・・・・・・・・・・・・ 155
ひらかなアラビヤンナイト（土家由岐雄）
　・・・・・・・・・・・・・・・・・・・・・ 156
ひらかなアンデルセン（野長瀬正夫）・・・ 204
ひらかなイソップものがたり（与田準一）
　・・・・・・・・・・・・・・・・・・・・・ 321
ひらかなガリバーのぼうけん（小出正吾）
　・・・・・・・・・・・・・・・・・・・・・・ 98
ひらかなガリバーの冒険（小出正吾）・・・・ 98
ひらかなグリムどうわ（野長瀬正夫）・・・ 203
ひらかなグリムどうわ（浜田広介）・・・・・ 217
ひらかな童話集（小川未明）・・・・・・・・ 71
ひらかな童話集（島崎藤村）・・・・・・・・ 122
ひらかな童話集（宮脇紀雄）・・・・・・・・ 274
ひらかな童話集（与田準一）・・・・・・・・ 321
ひらがな童話集（浜田広介）・・・・・・・・ 218
ひらかなトルストイどうわ（宮脇紀雄）
　・・・・・・・・・・・・・・・・・・・・・ 274
ひらかな日本むかしばなし（坪田譲治）
　・・・・・・・・・・・・・・・・・・ 170, 171
ひらかなピノキオ（久保喬）・・・・・・・・ 94
ひらかなロビンソンものがたり（柴野民三）
　・・・・・・・・・・・・・・・・・・・・・ 121
ひらかなロビンソン物語（柴野民三）・・・ 120
ひらつかたけじどうわ（平塚武二）・・・・ 228
ひらひらセネガの羽（香山彬子）・・・・・・ 78
ピラミッド帽子よ、さようなら（乙骨淑子）
　・・・・・・・・・・・・・・・・・・・・・・ 75
ビルの山ねこ（久保喬）・・・・・・・・・・ 93
ビルマの竪琴（竹山道雄）・・・・・・ 148, 149
ひれ王（戸川幸夫）・・・・・・・・・・・・ 179
ひろい世界（浜田広介）・・・・・・・ 216, 217
ひろくんはわすれんボーイ（竹崎有斐）
　・・・・・・・・・・・・・・・・・・・・・ 145
ヒロシマからきたマメじぞう（山口勇子）
　・・・・・・・・・・・・・・・・・・・・・ 303
ヒロシマの火（山口勇子）・・・・・・・・・ 303

ひろすけどうわ（浜田広介）・・・・・ 217, 218
ひろすけ童話（浜田広介）・・209～211, 214, 217
ひろすけ童話集（浜田広介）・・・・・・・ 216
ひろすけ童話選集（浜田広介）・・・・・・ 217
広介童話宝玉集（浜田広介）・・・・・・・ 216
ひろすけとくほん（浜田広介）・・・・・・ 215
ひろすけむかしばなし（浜田広介）・・・・ 218
ひろすけ幼年童話（浜田広介）・・・・ 209, 210
ひろったらっぱ（新美南吉）・・・・・・・ 198
ひろったらっぱ・てぶくろをかいに（新美南吉）
　・・・・・・・・・・・・・・・・・・・・ 199
びわの実（坪田譲治）・・・・・・・・・・ 170
ビワの実（坪田譲治）・・・・・・・・・・ 170
ピンチヒッター（庄野英二）・・・・・・・ 126

【ふ】

ファウスト（高木彬光）・・・・・・・・・ 138
ぷいぷい家族のいのりの冬（香山彬子）
　・・・・・・・・・・・・・・・・・・・・・ 78
ぷいぷい家族のふしぎな夏（香山彬子）
　・・・・・・・・・・・・・・・・・・・・・ 78
ぷいぷい島のかがやく秋（香山彬子）・・・ 78
ぷいぷい島のすてきな春（香山彬子）・・・ 78
ぷいぷい博士のぷいぷい島（香山彬子）
　・・・・・・・・・・・・・・・・・・・・・ 78
風車場の秘密（鈴木三重吉）・・・・・・・ 133
風船虫（小出正吾）・・・・・・・・・・・・ 98
ぶうたれネコ（筒井敬介）・・・・・・・・ 156
ぶうたれネコのどっきんレストラン（筒井敬介）
　・・・・・・・・・・・・・・・・・・・・ 157
ぶうたれネコのぱとろーる（筒井敬介）
　・・・・・・・・・・・・・・・・・・・・ 156
ふうちゃんの詩（金子みすゞ）・・・・・・ 77
笛吹童子（北村寿夫）・・・・・・・・ 88, 89
ふかふかウサギ（香山彬子）・・・・・ 78, 79
ふかふかウサギ海の旅日記（香山彬子）
　・・・・・・・・・・・・・・・・・・・・・ 79
ふかふかウサギ気球船の旅（香山彬子）
　・・・・・・・・・・・・・・・・・・・・・ 79
ふかふかウサギ砂漠のぼうけん（香山彬子）
　・・・・・・・・・・・・・・・・・・・・・ 79

ふかふかウサギの海の旅日記（香山彬子）
　.. 79
ふかふかウサギの砂漠の冒険（香山彬子）
　.. 79
ふかふかウサギぼうけんのはじまり（香山彬子）
　.. 79
ふかふかウサギ夢の特急列車（香山彬子）
　.. 79
ふき（斎藤隆介）................................ 106
吹きやまぬ風の中を（山口勇子）......... 303
復讐鬼（高木彬光）........................... 138
福田清人・那須辰造・太田博也集（福田清人）.. 230
福田清人・長谷健集（福田清人）......... 230
福の神の貧乏神（花岡大学）............... 208
ぷーくまはなぜ（佐藤義美）............... 111
ふくろうをさがしに（小川未明）.. 68, 71, 72
ふしぎ島の少年カメラマン（久保喬）...... 91
ふしぎともだち（佐野美津男）............ 112
ふしぎな石と魚の島（椋鳩十）............ 289
ふしぎな音をおいかけて（鶴見正夫）..... 173
ふしぎなおはなししようかな?（竹崎有斐）
　.. 145
ふしぎなかぜのこ（竹崎有斐）............ 147
ふしぎなカーニバル（石森延男）........... 23
ふしぎなことはぶらんこから（佐野美津男）
　.. 112
ふしぎなたいこ（花岡大学）........ 206, 207
ふしぎな玉（椋鳩十）........................ 288
ふしぎなちから（平塚武二）........ 227, 228
ふしぎなつぼ（土家由岐雄）............... 155
ふしぎなつむじ風（大石真）........... 52, 53
ふしぎな鳥がくる（久保喬）................. 93
ふしぎな二階（椋鳩十）.............. 288, 290
ふしぎな花まつり（久保喬）................. 92
ふしぎなひこうき（大石真）................. 55
不思議なビン（椋鳩十）..................... 282
ふしぎなふろしきづつみ（前川康男）.. 239, 241
ふしぎなぼうし（豊島与志雄）............ 183
ふしぎな窓（西条八十）..................... 103
ふしぎなももの話（前川康男）............ 241
ふしぎな夜の動物園（久保喬）.............. 92

ふしぎならんぷ（小林純一）............... 102
ふしぎなランプ（佐藤義美）............... 111
ふしぎなランプ（宮脇紀雄）........ 273, 274
ふしぎの国のアリス（平塚武二）......... 229
ふしぎの国のアリス（宮脇紀雄）......... 273
富士に歌う（富田常雄）..................... 180
不死身・幽鬼楼（大泉黒石）................. 57
ふたごのおうま（住井すゑ）............... 134
ふたごのこねこ（東君平）.................. 225
ふたごのころちゃん（壺井栄）............ 164
ふたごのころちゃん・つるの笛（壺井栄）
　.. 164
ふた子の星（宮沢賢治）..................... 266
双子の星（宮沢賢治）................ 255, 264
二つの国の物語（赤木由子）............ 1, 3
ぶたと真珠（庄野英二）..................... 128
豚と紅玉（浜田糸衛）........................ 208
二葉亭四迷・樋口一葉集（樋口一葉）... 226
二人銀之介（野村胡堂）..................... 204
二人ともパンのにおい（筒井敬介）...... 160
二人のかるわざし（小川未明）........ 71, 72
ふたりの少年とこと（楠山正雄）.......... 89
ふたりのにんじゅつつかい（前川康男）
　.. 240, 241
ふたりぼっちの朝（赤木由子）.............. 2
プチコット村へいく（安藤美紀夫）.. 14, 15
仏教童話（鍋島俊成）........................ 189
仏教童話名作選（浜田広介）............... 209
佛典童話集成（花岡大学）.................. 207
仏典童話全集（花岡大学）.......... 206, 207
ふなになったげんごろう（中島千恵子）
　.. 183
船乗り重吉冒険漂流記（矢代静一）...... 300
ふねできたゾウ（壺井栄）........ 161, 163
ブーフーウー（飯沢匡）................. 18, 19
ブーボン博士の宇宙旅行（飯沢匡）........ 19
冬吉と熊のものがたり（安房直子）........ 12
冬の夜ばなし（斎藤隆介）.................. 106
フランケンスタイン（高木彬光）......... 139
フランダースの犬（猪野省三）........ 29, 30
フランダースの犬（大石真）................. 51
フランダースの犬（奈街三郎）..... 190, 191

ぷりぷりほうのおこりんぼう(椋鳩十)
　　　　　　　　　　　　　　　　…………… 280
ふるさと(島崎藤村) ………… 121, 122
ふるさと・野菊の墓(伊藤左千夫) ……… 24
ふるさと・野菊の墓(島崎藤村) ……… 121
ふるさとの伝説(坪田譲治) ……… 169, 170
ふるさとのはなし(浜田広介) ‥ 209, 210, 215
ふるさとのはなし(宮脇紀雄) ……… 273, 274
浮浪児の栄光(佐野美津男) ……………… 112
文政丹後ばなし(来栖良夫) ……………… 96

【へ】

べえくん(筒井敬介) ………… 159, 160
ぺこねこブラッキー(筒井敬介) ……… 156
舳先に立って(吉田瑞穂) ……………… 317
ぺすたろっちのひろったもの(奈街三郎)
　　　　　　　　　　　　　　　　…………… 191
へっこきじっさま一代記(大川悦生) ‥ 60, 62
紅孔雀(北村寿夫) ……………………… 88
べにざらかけざら―東京・くわんくわん―
　神奈川(小出正吾) ……………………… 97
紅ばらの夢(横山美智子) ……………… 312
べにばらホテルのお客(安房直子) ……… 11
へびとおしっこ(椋鳩十) ……………… 280
ベーブ・ルース(二反長半) ……………… 201
ペリカンとうさんのおみやげ(大石真)
　　　　　　　　　　　　　　　　………… 52, 56
ペリーヌ物語(唐沢道隆) ……………… 80
ベルとベルのあいだ(吉田とし) ……… 316
ベレ帽おじいさん(おおえひで) ……… 58
ベロ出しチョンマ(斎藤隆介) …… 105～107
ぺろぺろん(筒井敬介) ……… 156, 159, 160
べんけいとおとみさん(石井桃子) ……… 20
へんぜるとぐれーてる(三越左千夫) …… 244
変装アラビア王(山中峯太郎) ………… 306
へんな怪獣(星新一) …………………… 235

ペンネンネンネンネン・ネネムの伝記(宮沢賢治) …………………………… 266

【ほ】

ポイヤウンベ物語(安藤美紀夫) …… 15, 16
冒険船長(柴田錬三郎) ………………… 118
ぼうけんの童話集(前川康男) ………… 242
芳水詩集(有本芳水) …………………… 9
ほうまん池のかっぱ(椋鳩十) ………… 279
ほえない犬(戸川幸夫) ………………… 178
ほえる密林(南洋一郎) ………………… 249
吼える密林(南洋一郎) ………………… 250
ぼく歩けます(北畠八穂) ……………… 85
ぼく1とうになったよ(大石真) ……… 52
ぼくおふろだいきらい(筒井敬介) …… 158
ぼくがイヌから学んだこと(戸川幸夫)
　　　　　　　　　　　　　　　　…………… 176
ぼくがかいたまんが(与田準一) …… 319, 320
ぼくかがかいたまんが(与田準一) …… 319
ぼくぐずっぺじゃないぞ(竹崎有斐) … 146
ぼくたちだけのよる(大石真) ………… 51
ぼくたちの大事件(森いたる) ………… 296
ぼくたち緑の時間(大石真) ………… 52, 56
ぼくとおばけの子(大川悦生) ………… 61
ぼくとシロの一しゅうかん(鶴見正夫)
　　　　　　　　　　　　　　　　…………… 173
ぼくのいぬドン(竹崎有斐) …………… 145
ぼくのおやじ(吉田とし) ……………… 314
ぼくのおよめさん(代田昇) …………… 129
ぼくのだいじなももたろう(東君平) … 225
ぼくのとうさん(東君平) ……………… 224
ボクの童謡手帖(サトウ・ハチロー) … 110
ぼくのひげそりクリーム(筒井敬介) … 157
ぼくのペケペケ運動会(筒井敬介) …… 157
ぼくの良寛さん(鶴見正夫) …………… 172
ぼくもあの子も転校生(塩沢清) ……… 113
ぼくも人間きみも人間(吉野源三郎) … 318
ぼくら三人原始ゴリラ(赤木由子) …… 1
ぼくら三人天才だまし(赤木由子) …… 2
ぼくら三人にせ金づくり(赤木由子) … 1, 2

僕等の詩集（サトウ・ハチロー）……… 107
ほくらゆきんこ（赤木由子）……………… 2
ぼくらはカンガルー（いぬいとみこ）‥ 27〜29
ぼくは歩いていく（野長瀬正夫）……… 203
ぼくはサウスポー（森いたる）………… 297
ぼく・わたしの六年二組（吉田とし）… 315
ぼくは小さなカメラマン（久保喬）…… 93
ぼくは中学一年生（サトウ・ハチロー）… 110
ぼくはテレビのけらいじゃない（冨田博之）
　………………………………………… 182
ぼくはどうせオオカミの子（赤木由子）
　………………………………………… 2
ぼくはねこじゃない（三越左千夫）…… 245
ぼくはひこうき（いぬいとみこ）……… 29
ぼくはぼくらしく（前川康男）………… 242
ぼくは野球部一年生（サトウ・ハチロー）
　…………………………………… 108, 109
ポケットからこわい話（大川悦生）…… 58
ポケットにわらい話（大川悦生）……… 59
ほしいほしい小僧（前川康男）…… 239〜241
星へのやくそく（大石真）………… 54, 56
星からきた犬（上崎美恵子）…………… 101
星からきたカード（大川悦生）………… 60
星新一ショートショートセレクション（星新
　一）………………………………… 233〜235
星の銀貨（壺井栄）……………………… 164
星の牧場（庄野英二）……………… 126〜129
星ふたつ（吉田とし）…………………… 317
星よまたたけ（井上靖）………………… 32
ホタルまつりの川（久保喬）…………… 91
北極ギツネ（前川康男）………………… 241
北極のムーシカミーシカ（いぬいとみこ）
　……………………………………… 26〜29
北国の犬（関英雄）……………………… 135
坊ちゃん（夏目漱石）…………… 187, 188
坊っちゃん（夏目漱石）………… 184〜188
坊ちゃん物語（夏目漱石）……………… 189
坊ちゃん・わが輩は猫である（夏目漱石）
　…………………………………… 188, 189
ほとけの目（花岡大学）………………… 206
ポパちゃんのあれあれ物語（サトウ・ハチ
　ロー）……………………………………… 108

ポプラ星（与田凖一）……………… 320, 321
ほらぐま学校を卒業した三人（宮沢賢治）
　………………………………………… 267
ポラーノの広場（宮沢賢治）
　……………………… 252, 255, 259, 262
ほらふきくらべ（竹崎有斐）…………… 146
ほらふきだんしゃく（土家由岐雄）…… 155
堀辰雄集（堀辰雄）……………………… 237
堀辰雄名作集（堀辰雄）………………… 236
ポールとビルジニ（北条誠）…………… 233
ぼろきれ王子（飯沢匡）……………… 18, 19
ぼろきれねこちゃん（上崎美恵子）…… 100
ポンのヒッチハイク（早船ちよ）……… 221
ポンペイ最後の日（柴田錬三郎）… 116〜118

【ま】

まあちゃんと子ねこ（壺井栄）………… 161
まいごになったきゅうこうれっしゃ（前川康
　男）……………………………………… 240
まいごのありさん（柴野民三）………… 121
迷子の天使（石井桃子）………………… 20
まいごのペンギンフジのはなし（鶴見正夫）
　………………………………………… 172
舞姫（森鴎外）……………………… 297, 298
舞姫・山椒大夫（森鴎外）……………… 297
魔王（戸川幸夫）………………………… 178
魔王の使者（島田一男）………………… 123
魔海一千哩（柴田錬三郎）……………… 118
魔海の秘宝（南洋一郎）………………… 249
まがった時計（吉田とし）………… 315, 317
まきこと天の川（いぬいとみこ）……… 28
魔境の二少女（西条八十）……………… 104
枕草子（清少納言）……………………… 134
枕草子・徒然草（福田清人）…………… 230
馬子唄六万石（野村胡堂）……………… 205
孫太郎南海漂流記（庄野英二）………… 127
まこちゃんとたぬきまちまでおつかい（大
　石真）…………………………………… 55
まこちゃんとてんぐまつりのよる（大石真）
　………………………………………… 55

マコのゆりいす（鶴見正夫）‥‥‥‥‥ 173	まほうをかけられた舌（安房直子）‥‥‥ 13
マサキのまちがいでんわ（鶴見正夫）‥ 175	魔法学校（巖谷小波）‥‥‥‥‥‥‥‥ 34
政じいとカワウソ（戸川幸夫）‥‥‥‥ 179	魔法・キツネ狩り（坪田譲治）‥‥‥‥ 169
マサルとユミ（大石真）‥‥‥‥‥‥‥ 56	まほうつかいがいっぱい（来栖良夫）‥ 95
魔術師（江戸川乱歩）‥‥‥‥‥‥ 44, 46	魔法使いの伝記（佐野美津男）‥‥‥‥ 112
魔女が島（巖谷小波）‥‥‥‥‥‥‥‥ 34	まほうつかいのろば（土家由岐雄）‥‥ 155
まじょがつくったアイスクリーム（上崎美恵子）‥‥‥‥‥‥‥‥‥‥‥‥‥‥‥ 99	まほうつかいのワニ（大石真）‥‥‥‥ 52
魔女とルパン（南洋一郎）‥‥‥‥‥‥ 246	魔法人形（江戸川乱歩）‥‥‥‥‥ 39, 48
魔女のいる教室（大石真）‥‥‥‥ 52, 54	まほうのあかちゃん（上崎美恵子）‥ 100, 101
魔女の森（香山滋）‥‥‥‥‥‥‥‥‥ 80	まほうのけんきゅうじょ（佐野美津男）‥ 112
魔人ゴング（江戸川乱歩）‥‥ 40, 43, 46	魔法のテーブル・奇術師のかばん（平塚武二）‥‥‥‥‥‥‥‥‥‥‥‥‥‥‥ 227
魔神の海（前川康男）‥‥‥‥‥ 240～242	まほうのハンカチ（竹崎有斐）‥‥‥‥ 146
魔神の大殿堂（南洋一郎）‥‥‥‥‥‥ 250	まほうのふえ（鈴木三重吉）‥‥‥‥‥ 132
魔人博士（山中峯太郎）‥‥‥‥‥‥‥ 307	まほうのベンチ（上崎美恵子）‥ 98, 100, 101
また逢う日まで（北条誠）‥‥‥‥‥‥ 233	魔法博士（江戸川乱歩）‥‥ 40, 43, 46, 48
まだらの紐（山中峯太郎）‥‥‥‥‥‥ 307	まぼろし城（高垣眸）‥‥‥‥‥‥‥‥ 137
町をかついできた子（山本和夫）‥‥‥ 309	幻の馬（野長瀬正夫）‥‥‥‥‥‥‥‥ 204
町をよこぎるリス（椋鳩十）‥‥‥‥‥ 289	幻の怪盗（南洋一郎）‥‥‥‥‥‥‥‥ 250
街・かくれんぼ（重清良吉）‥‥‥‥‥ 115	まぼろしのセミの歌（前川康男）‥‥‥ 241
真知子（吉田とし）‥‥‥‥‥‥ 315, 316	まぼろしのバス（上崎美恵子）‥‥‥‥ 101
町でみつけたライオン（大石真）‥ 54, 56	まぼろしの4番バッター（竹崎有斐）‥ 145
街の赤ずきんたち（大石真）‥‥‥ 52, 55	まぼろしブタの調査（佐野美津男）‥‥ 112
まちのゆきだるま（大石真）‥‥‥ 55, 56	まぼろし令嬢（島田一男）‥‥‥‥‥‥ 123
まっ赤なぼうし（花岡大学）‥‥‥‥‥ 208	ママのおはなし（村山籌子）‥‥‥‥‥ 295
まっかになったすずめくん（竹崎有斐）‥ 144	まめだの三吉・ユカちゃんと一郎君・赤い郵便箱（中島千恵子）‥‥‥‥‥‥ 184
松田瓊子全集（松田瓊子）‥‥‥‥ 242, 243	豆になったやまんば（竹崎有斐）‥‥‥ 146
マッチ売りの少女（小出正吾）‥‥‥‥ 98	マヤの一生（椋鳩十）‥ 277, 283, 284, 288, 290
マッチ売りの少女（野長瀬正夫）‥‥‥ 203	繭と墓（金子みすゞ）‥‥‥‥‥‥‥‥ 77
マッチ売りの少女・絵のない絵本（浜田広介）‥‥‥‥‥‥‥‥‥‥‥‥‥‥ 214	まよいこんだ異界の話（安房直子）‥‥‥ 9
マッチ売りの少女・雪の女王（与田準一）‥‥‥‥‥‥‥‥‥‥‥‥‥‥ 319, 320	マリヤ観音（北村寿夫）‥‥‥‥‥‥‥ 88
まっちうりのむすめ（浜田広介）‥‥‥ 216	まん月に花火三ぱつ（山本和夫）‥‥‥ 308
祭の晩（宮沢賢治）‥‥‥‥‥‥ 251, 266	まんじゅうをつかまえろ（筒井敬介）‥ 157
真奈（吉田とし）‥‥‥‥‥‥‥ 315, 316	まんじゅうこわい（興津要）‥‥‥‥‥ 72
まなづるとダアリヤ（宮沢賢治）‥‥‥ 257	まんじゅうこわい/平林（桂小南）‥‥‥ 76
まぬけなおに（鶴見正夫）‥‥‥‥‥‥ 174	満潮（佐藤紅緑）‥‥‥‥‥‥‥‥‥‥ 107
まぬけなとらねこにゃん（上崎美恵子）‥‥‥‥‥‥‥‥‥‥‥‥‥‥‥‥‥ 99	万葉姉妹（川端康成）‥‥‥‥‥‥ 84, 85
魔法（坪田譲治）‥‥‥‥‥ 165, 167, 168	万葉集物語（福田清人）‥‥‥‥‥‥‥ 230
魔法医師ニコラ（香山滋）‥‥‥‥‥‥ 80	

【み】

見えない敵（吉田とし）‥‥‥‥‥‥‥ 317

見えない飛行機（山中峯太郎）…… 306, 307
みえなくなった赤いスキー（いぬいとみこ）
　……………………………… 26, 28, 29
みえなくなったくびかざり（大石真）‥ 54, 57
見えなくなったクロ（大石真）………… 55
三日月童子（北村寿夫）………………… 88
みかづきとたぬき（椋鳩十）… 288, 290, 291
三日月とタヌキ（椋鳩十）…………… 279
三日月村の黒猫（安房直子）…………… 12
三河町の半七（岡本綺堂）……………… 62
みきおくんとどうぶつたち（与田準一）
　……………………………………… 321
岬の少年たち（福田清人）…………… 230
見知らぬ町ふしぎな村（安房直子）…… 9
ミス3年2組のたんじょう会（大石真）‥ 54〜56
みすゞさん（金子みすゞ）……………… 77
見捨てられた仔犬（下村千秋）……… 126
水とたたかう（猪野省三）……………… 30
水の神のてがみ（大石真）……………… 55
水の子トム（宮脇紀雄）……………… 274
水の中の世界（吉田瑞穂）…………… 317
水の魔女（鶴見正夫）………………… 176
みずひめさま（筒井敬介）…………… 160
未成年（早船ちよ）…………………… 218
みちこさん・はな（新美南吉）……… 199
三つのお願い（花岡大学）…………… 208
三つの宝（芥川龍之介）………………… 6
三つのねがい（吉田とし）…………… 316
みつばちの旅（早船ちよ）…………… 221
みつばちぶんぶん（小林純一）……… 102
密林の王者（南洋一郎）……………… 251
見て！ぼくのジャンプ（大石真）……… 51
みどりいろの新聞（安藤美紀夫）……… 15
みどり沼の怪（南洋一郎）…………… 249
みどり沼の秘宝（南洋一郎）………… 249
緑のオーケストラと少女（早船ちよ）… 220
みどりの川のぎんしょきしょき（いぬいとみこ）
　………………………………… 28, 29
緑の金字塔（南洋一郎）……………… 250
みどりの島が燃えた（久保喬）………… 92
緑の金字塔（南洋一郎）……………… 250

みどりのへいわはこわされた！（与田準一）
　……………………………………… 319
緑の無人島（南洋一郎）………… 249, 250
緑の目の少女（南洋一郎）…………… 246
緑の館（香山滋）………………………… 80
みどりのランプ（花岡大学）………… 208
緑はるかに（北条誠）………………… 232
みなとについた黒んぼ（小川未明）…… 70
港についた黒んぼ（小川未明）…… 69, 70
港の少女（壺井栄）…………………… 165
南の風の物語（おおえひで）…………… 58
南の島の子もりうた（久保喬）………… 93
源九郎義経（唐沢道隆）………………… 81
源義経（楠山正雄）……………………… 89
みにくいあひるのこ（浜田広介）…… 217
峰の大将クラッグ（前川康男）… 240, 241
みみずく太郎（巌谷小波）……………… 34
みみずくとお月さま（浜田広介）…… 218
耳なしほういち（唐沢道隆）…………… 80
耳のそこのさかな（北畠八穂）………… 86
未明・賢治・譲治・広介日本名作童話集（小川未明）
　………………………………………… 71
未明・賢治・譲治・広介日本名作童話集（坪田譲治）
　……………………………………… 171
未明・賢治・譲治・広介日本名作童話集（浜田広介）
　……………………………………… 216
未明・賢治・譲治・広介日本名作童話集（宮沢賢治）
　……………………………………… 271
未明・譲治・広介童話名作集（小川未明）
　………………………………………… 71
未明・譲治・広介童話名作集（坪田譲治）
　……………………………………… 171
未明・譲治・広介童話名作集（浜田広介）
　……………………………………… 217
未明新童話集（小川未明）……………… 72
未明童話選集（小川未明）……………… 72
未明童話宝玉集（小川未明）…………… 71
宮崎のむかし話（比江島重孝）……… 221
宮沢賢治絵童話集（宮沢賢治）… 260, 261
宮沢賢治絵童話集（宮沢賢治）……… 261
宮沢賢治絵童話集（宮沢賢治）……… 261
宮沢賢治作品選（宮沢賢治）………… 253
宮沢賢治集（宮沢賢治）………… 270, 271

宮沢賢治選(宮沢賢治) 271
宮沢賢治童話劇集(宮沢賢治) 266, 267
宮沢賢治絵童話集(宮沢賢治) 260, 261
宮沢賢治童話集(宮沢賢治)
　............... 251, 260, 264, 265, 268, 269
宮沢賢治童話大全(宮沢賢治) 263
宮沢賢治童話宝玉集(宮沢賢治) 271
宮沢賢治の「夜」(宮沢賢治) 258
宮沢賢治名作集(宮沢賢治) 270, 271
みんなのホームラン(サトウ・ハチロー)
　.. 108

【む】

むかしばなし(坪田譲治) 171
むかしむかしあるところに(楠山正雄)
　... 89
ムギワラの季節(庄野英二) 128
むくちのムウ(吉田とし) 316
むく鳥のゆめ(浜田広介) .... 214～217
椋鳩十えぶんこ(椋鳩十) 285, 286
椋鳩十全集(椋鳩十) 288, 289, 291
椋鳩十の愛犬物語(椋鳩十) 277
椋鳩十のイノシシ物語(椋鳩十) 277
椋鳩十のキツネ物語(椋鳩十) 277
椋鳩十のクマ物語(椋鳩十) 277
椋鳩十の小鳥物語(椋鳩十) 277
椋鳩十のサル物語(椋鳩十) 277
椋鳩十のシカ物語(椋鳩十) 277
椋鳩十の小動物物語(椋鳩十) 277
椋鳩十のネコ物語(椋鳩十) 277
椋鳩十の本(椋鳩十) ..... 281, 282, 284～287
椋鳩十の名犬物語(椋鳩十) 277
椋鳩十の野犬物語(椋鳩十) 277
椋鳩十の野鳥物語(椋鳩十) 277
椋鳩十まるごと愛犬物語(椋鳩十) 276
椋鳩十まるごとシカ物語(椋鳩十) 276
椋鳩十まるごと名犬物語(椋鳩十) 276
椋鳩十まるごと野犬物語(椋鳩十) 276
椋鳩十名作集(椋鳩十) 292
むこどののしっぱい(大川悦生) 60

武蔵野(国木田独歩) 89, 90
武蔵野・牛肉と馬鈴薯(国木田独歩) ... 89
武蔵野の夜明け(杉浦明平) 130
武者小路実篤・有島武郎集(有島武郎) .. 9
武者小路実篤・有島武郎集(武者小路実篤)
　.. 293
武者小路実篤集(武者小路実篤) 293
武者小路実篤名作集(武者小路実篤) .. 293
無人島漂流記(千葉省三) 152
娘捕物帖(野村胡堂) 204
娘捕物帳(野村胡堂) 204
陸奥のあらし(千葉省三) 152
陸奥の嵐(千葉省三) 152
無敵四人組(花岡大学) 208
むねいっぱいに(東君平) 225
むらいちばんのさくらの木(来栖良夫)
　... 96
ムラサキガニのつなひき(吉田瑞穂) .. 317
紫リボンの秘密(島田一男) 123
村と学童(柳田国男) 301
村の怪談(田中貢太郎) 151
村のロメオとユリア(北条誠) 233
村・夢みる子(重清良吉) 115
室生犀星集(室生犀星) 296
室生犀星童話全集(室生犀星) 295, 296
室生犀星名作集(室生犀星) 296

【め】

めいけんおばかさん(来栖良夫) 95
名犬コロのものがたり(小出正吾) .. 97, 98
名犬ラッシー(奈街三郎) 190
名人(川端康成) 84
めいたんていカッコちゃん(関英雄) .. 135
名たんていカッコちゃん(関英雄) 135
名探偵ブラウン(海野十三) 37
名探偵ホームズ(柴田錬三郎) 117
名探偵ホームズ(山中峯太郎) 306
名探偵ホームズの冒険(柴田錬三郎) . 117
名探偵ルコック(江戸川乱歩) 48

めくらぶどうと虹（宮沢賢治）・・・・・・・・・264
めぐる季節の話（安房直子）・・・・・・・・・・・・9
目こぼし歌こぼし（上野瞭）・・・・・・・・・・36
眼ざめ行く子ら（下村湖人）・・・・・・・・・126
眼ざめゆく子ら（下村湖人）・・・・・・・・・126
めだかのおまつり（土家由岐雄）・・・・・155
めだかの学校（茶木滋）・・・・・・・・・・・・152

【も】

もうどうけんチャーリー（鶴見正夫）・・・・・175
もうひとりのわたしみつけた（塩沢清）
　・・・・・・・・・・・・・・・・・・・・・・・・・・・・・・・・113
燃える谷間（吉田とし）・・・・・・・・・・・316
燃える地球（高垣眸）・・・・・・・・・・・・・137
燃える氷原（吉田とし）・・・・・・・・・・・315
燃える湖（山本和夫）・・・・・・・・・・・・・308
木曜日のとなり（吉田とし）・・・・・314, 316
もぐらの写真機（前川康男）・・・・240, 241
モコと花びら（二反長半）・・・・・・・・・201
茂作じいさん（小林純一）・・・・・・・・・102
もしもし、こちらオオカミ（上野瞭）・・35, 36
もしもし、こちらメガネ病院（上野瞭）
　・・・・・・・・・・・・・・・・・・・・・・・・・・・・・・・35
もしもしこちらライオン（上野瞭）・・・・・36
モチモチの木（斎藤隆介）・・・・・・・・・105
モチモチの木ものがたり（斎藤隆介）・・105
もどってくるもどってこん（森はな）・・・・300
ものいう動物たちのすみか（安房直子）
　・・・・・・・・・・・・・・・・・・・・・・・・・・・・・・・・9
ものおきロケットうちゅうのたび（安藤美紀夫）・・・・・・・・・・・・・・・・・・・13, 14
ものぐさ太郎（二反長半）・・・・・・・・・200
ものぐさ太郎（福田清人）・・・・・・・・・230
桃色のダブダブさん（松田解子）・・・・・243
ももたろう（竹崎有斐）・・・・・・142, 143
モモちゃんとあかね（椋鳩十）・・・284, 289
森鴎外・島崎藤村・国木田独歩集（国木田独歩）・・・・・・・・・・・・・・・・・・・・・・・・90
森鴎外・島崎藤村・国木田独歩集（島崎藤村）・・・・・・・・・・・・・・・・・・・・・・・・122

森鴎外・島崎藤村・国木田独歩集（森鴎外）
　・・・・・・・・・・・・・・・・・・・・・・・・・・・298
森鴎外集（森鴎外）・・・・・・・・・・・・・・299
森鴎外・坪内逍遥集（森鴎外）・・・・・・299
森鴎外名作集（森鴎外）・・・・・・298, 299
森の少女（椋鳩十）・・・・・・・・・・・・・287
もりのなかのおばけ（野長瀬正夫）・・・203
森のなかの魚（前川康男）・・・・・・・・・239
森の中の塔（坪田譲治）・・・・・・・・・・171
森のばけもの（椋鳩十）・・・・・・・・・・280
モンキーさんとわたし（吉田とし）・・・・・314
モンクーフォン・秋の日（石森延男）・・・・23

【や】

やかれたさかな（小熊秀雄）・・・・・・・・73
焼かれた魚（小熊秀雄）・・・・・・・・・・・72
やきとんとん（鶴見正夫）・・・・・174, 175
柳生秘帖（野村胡堂）・・・・・・・・204, 205
ヤクザル大王（椋鳩十）・・・・・・・・・・284
やくそくの赤いビー玉（赤木由子）・・・・・3
焼け跡に風が吹く（山福康政）・・・・・・307
野犬物語（戸川幸夫）・・・・・・・・・・・179
夜光怪獣（山中峯太郎）・・・・・・・・・・306
夜光人間（江戸川乱歩）・・・・39, 43, 44, 47, 48
やさしいおばあさん（浜田広介）・・・・・216
やさしい木曽馬（庄野英二）・・・・・・・127
やさしいよかん（東君平）・・・・・・・・・225
やじきた東海道の旅（宮脇紀雄）・・・・・272
弥次喜多道中記（十返舎一九）・・・・・・116
やじさんきたさん（十返舎一九）・・・・・116
やじさんきたさん（森いたる）・・・・・・297
弥次さん喜多さん（来栖良夫）・・・・・・・95
弥次さん喜多さん（十返舎一九）・・・・・116
弥次さん北さん（来栖良夫）・・・・・95, 96
ヤシの実の歌（鶴見正夫）・・・・・・・・・173
野獣の島（椋鳩十）・・・・・・・・・・・・・286
野性の叫び声（椋鳩十）・・・・・・・・・・287
やせ牛物語（椋鳩十）・・・・・・・278, 290
ヤタギツネのおや子（椋鳩十）・・・・・・282

やっかいな友だち（来栖良夫） ……… 95, 96	山姫かづら（千葉省三） …………… 152
ヤッコの子つこ（安藤美紀夫） ……… 15	山村暮鳥集（山村暮鳥） …………… 307
ヤッちゃん（壺井栄） ……………… 163	山本有三集（山本有三） …………… 311
八つの犯罪（南洋一郎） …………… 246	山本有三名作集（山本有三） ……… 311
やでもか女医先生（鶴見正夫） …… 175	山んばと海のカニ（いぬいとみこ）
柳のわたとぶ国（赤木由子） ………… 3	……………………………………… 27, 28
屋根うらのネコ（椋鳩十） …… 280, 292	山んばと空とぶ白い馬（いぬいとみこ）
屋根裏のネコ（椋鳩十） …………… 278	……………………………………… 27, 28
屋根の上のサワン（井伏鱒二） ……… 32	山んば見習いのむすめ（いぬいとみこ）
藪の中・河童（芥川龍之介） ……… 5, 6	…………………………………………… 27
破れ穴から出発だ（北畠八穂） ……… 86	やわらかい手（花岡大学） …… 205, 207
山へ帰る（椋鳩十） ………………… 275	ヤン（前川康男） …………… 239, 242
山を守る兄弟（大仏次郎） …………… 74	ヤンボウ・ニンボウ・トンボウ（飯沢匡）
山かげの石（宮脇紀雄） …………… 274	……………………………………… 17, 18
山が燃える日（藤田圭雄） ………… 232	ヤンボウニンボウトンボウ（飯沢匡）
山ざるぽんのぼうけん（大石真） …… 51	………………………………………… 16〜19
山っ子きつねっ子（宮脇紀雄） …… 272	
やまなし（宮沢賢治） ………… 264, 266	**【ゆ】**
山鳴り（横山美智子） ……………… 312	
山鳴り・白鳥の湖・花の冠（横山美智子）	由井正雪（柴田錬三郎） …………… 117
……………………………………………… 312	幽鬼の塔（江戸川乱歩） ………… 43〜47
ヤマネコと水牛の島（椋鳩十） …… 289	結城よしを全集（結城よしを） …… 311
やまねこのいえ（豊島与志雄） …… 183	ゆうじの大りょこう（庄野英二） … 128
山の上の白い花（大石真） …………… 49	ゆうじの大旅行（庄野英二） ……… 127
山のおんごく物語（宮脇紀雄） …… 273	友情（武者小路実篤） ………… 292, 293
山のかあさんと16ぴきのねずみ（大川悦生）	友情・愛と死（武者小路実篤） …… 292
……………………………………… 61, 62	友情の甲子園（北条誠） …………… 232
山のかなたに（石坂洋次郎） …… 20, 21	夕月乙女（西条八十） ……………… 104
山の兄弟・町の兄弟（新美南吉） … 198	有三少年文学選（山本有三） ……… 311
山の子どもの家（早船ちよ） ……… 219	夕映え少女（川端康成） ……………… 84
山のじいちゃんと動物たち（椋鳩十） … 284	夕映えの丘（北条誠） ……………… 233
山の大将（椋鳩十） …… 276, 287, 289, 292	夕日が赤い（宮脇紀雄） …………… 272
山の民とイノシシ（椋鳩十） …… 287, 290	ゆうびんサクタ山へいく（いぬいとみこ）
山の太郎グマ（椋鳩十） … 275, 278, 291	……………………………………… 26, 27
山のトムさん（石井桃子） …………… 20	右文覚え書（壺井栄） ……………… 164
山のなかまたち（早船ちよ） ……… 220	ゆうやけ学校（花岡大学） …… 207, 208
山の分校（山本和夫） ……………… 308	夕やけなんかだいきらい（赤木由子） … 3
山の湖（坪田譲治） ………………… 171	夕焼けの雲の下（川崎大治） ………… 82
山の湖・森の中の塔（坪田譲治） … 169	ゆうゆうとーばん（佐野美津男） … 113
山のよびごえ（野長瀬正夫） ……… 204	ゆうれいがそだてた子（大石真） … 54, 56
山の呼ぶ声（早船ちよ） …………… 221	

ゆうれい船（大仏次郎） ……………… 73
幽霊塔（江戸川乱歩） ……………… 44, 46
幽霊塔（南洋一郎） ……………… 250
ゆうれいの足音（庄野英二） ………… 127
ゆうれいの絵（大川悦生） …………… 60
ゆうれいの子（山下清三） …………… 305
幽霊の塔（西条八十） ………………… 104
幽霊馬車（高木彬光） ………… 138, 139
幽霊やしき（西条八十） ……………… 104
幽霊屋敷（西野辰吉） ………… 199, 200
由香（吉田とし） ……………………… 315
ゆかいな吉四六さん（冨田博之） …… 182
ゆかいなクルクル先生（猪野省三） …… 30
ゆかいなばけくらべ（椋鳩十） ……… 284
ユカにとどいたふしぎな手紙（上崎美恵子）
……………………………………… 99
ゆかわひでき（宮脇紀雄） …………… 274
ゆき（斎藤隆介） ……………… 106, 107
ゆきおと木まもりオオカミ（いぬいとみこ）
……………………………………… 27
雪こんこお馬（権藤はな子） ………… 103
雪と驢馬（巽聖歌） …………………… 150
雪にとぶコウモリ（大石真） ………… 56
雪の遠足（志賀直哉） ………………… 114
雪の童話集（宮沢賢治） ……………… 269
雪の夜がたり（斎藤隆介） …………… 106
雪の夜の幻想（いぬいとみこ） ……… 28
ゆきひらのはなし（安房直子） ……… 12
雪わたり（宮沢賢治） …… 262, 265, 268, 270
雪渡り（宮沢賢治） …………… 259, 262
雪渡り・いちょうの実（宮沢賢治） … 269
雪ワラシコのきた里（大川悦生） …… 62
ゆびきりえんそく（東君平） ………… 225
ゆびすいキョン（前川康男） … 240, 241
弓張月（滝沢馬琴） …………………… 141
弓張月（福田清人） …………… 230, 231
弓張月物語（滝沢馬琴） ……………… 141
夢をはこぶ船（福田清人） …………… 230
ゆめ買い長者（浜田広介） …………… 217
ゆめがほんとになる本（竹崎有斐） … 144
夢二童謡集（竹久夢二） ……………… 148

夢の絵本（茂田井武） ………………… 296
夢の卵（豊島与志雄） ………………… 182
夢の花園（北条誠） …………………… 233
夢の花びら（北条誠） ………………… 232
夢のみずうみ（北条誠） ……………… 232
ゆめみるカネじいさん（上崎美恵子） ‥ 100, 101
ゆめみることば（与田準一） ………… 320
ゆめみるトランク（安房直子） ……… 10, 11
ゆりかごものがたり（楠山正雄） …… 89
ゆれる砂漠（吉田とし） ……… 314, 317

【よ】

夜あけ朝あけ（住井すゑ） …………… 134
夜明けの宇宙堂（猪野省三） ………… 29
よい子の童話（猪野省三） …………… 30
よい子の童話（佐藤義美） …………… 112
よい子の童話（柴野民三） …………… 121
妖怪博士（江戸川乱歩） …… 41, 42, 44, 47
幼児のうた（都築益世） ……………… 153
養女なんてお断わり（サトウ・ハチロー）
……………………………………… 109
妖人ゴング（江戸川乱歩） …………… 48
揚子江の少年（小出正吾） …………… 98
幼年時代（室生犀星） ………… 295, 296
幼年時代・風立ちぬ（堀辰雄） ……… 236
幼年時代・風立ちぬ（室生犀星） …… 295
幼年文学名作選（大石真） …………… 50
幼年文学名作選（小川未明） ………… 68
幼年文学名作選（川崎大治） ………… 81
幼年文学名作選（久保喬） …………… 92
幼年文学名作選（小出正吾） ………… 97
幼年文学名作選（佐藤義美） ………… 110
幼年文学名作選（柴野民三） ………… 119
幼年文学名作選（関英雄） …………… 134
幼年文学名作選（千葉省三） ………… 151
幼年文学名作選（筒井敬介） ………… 156
幼年文学名作選（壺井栄） …………… 161
幼年文学名作選（奈街三郎） ………… 190
幼年文学名作選（新美南吉） ………… 195

幼年文学名作選（早船ちよ）・・・・・・・・218
幼年文学名作選（平塚武二）・・・・・・・・226
幼年文学名作選（前川康男）・・・・・・・・239
幼年文学名作選（宮沢賢治）・・・・・・・・263
幼年文学名作選（椋鳩十）・・・・・・・・・282
幼年文学名作選（与田凖一）・・・・・・・・319
妖魔の黄金塔（柴田錬三郎）・・・・・・・・118
妖魔の秘宝（南洋一郎）・・・・・・・・・・249
夜汽車の町（戸川幸夫）・・・・・・・・・・179
夜霧の乙女（西条八十）・・・・・・・・・・104
欲ばりの赤てんぐ（花岡大学）・・・・・・・208
横瀬夜雨童謡集（横瀬夜雨）・・・・・・・・312
ヨコハマのサギ山（平塚武二）・・・・・・・227
横笛ふく小さな天使（山本和夫）・・・・・・308
横光利一・川端康成集（川端康成）・・・・・85
横光利一・堀辰雄名作集（堀辰雄）・・・・・237
与謝野晶子・北原白秋集（北原白秋）・・・・88
与謝野晶子・北原白秋集（与謝野晶子）・・・312
与謝野晶子集（与謝野晶子）・・・・・・・・312
よしきり（山村暮鳥）・・・・・・・・・・・307
吉田とし青春ロマン選集（吉田とし）・・・・316
義経物語（唐沢道隆）・・・・・・・・・・・81
義経物語（富田常雄）・・・・・・・・・・・180
よだかの星（宮沢賢治）
・・・・・・・・・・・254, 257, 264, 265, 267
与田凖一・新美南吉・平塚武二集（新美南吉）・・・・・・・・・・・・・・・・・・199
与田凖一・新美南吉・平塚武二集（平塚武二）・・・・・・・・・・・・・・・・・・228
与田凖一・新美南吉・平塚武二集（与田凖一）・・・・・・・・・・・・・・・・・・321
与田凖一・平塚武二集（平塚武二）・・・・・228
与田凖一・平塚武二集（与田凖一）・・・・・321
ヨッチとケム子とゴリラ先生（赤木由子）
・・・・・・・・・・・・・・・・・・・・3
四つのふたご物語（いぬいとみこ）・・・・・26
夜なかのひるま（吉田とし）・・・・・・・・316
夜長物語（森三郎）・・・・・・・・・・・・299
四人の兵士のものがたり（代田昇）・・・・・129
四年一組のおひめさま（吉田とし）・・314, 315
四年生の童話（小川未明）・・・・・・・・・68
四年四組の風（大石真）・・・・・・・・・・55

よぶこ鳥（浜田広介）・・・・・・・・214, 216
よみがえる愛（椋鳩十）・・・・・・・・・・283
よもつくによもつひらさか（前川康男）
・・・・・・・・・・・・・・・・・・・242
よわむしねこじゃないんだぞ（安藤美紀夫）
・・・・・・・・・・・・・・・・・・・15

【ら】

ライオンがならんだ（佐野美津男）・・・・・113
ライオンの噴水（庄野英二）・・・・・・・・127
ライラック通りのぼうし屋（安房直子）
・・・・・・・・・・・・・・・・・・・13
落語界のエース（興津要）・・・・・・・・・72
羅生門（芥川龍之介）・・・・・・・・・・4〜6
羅生門（巌谷小波）・・・・・・・・・・・・34
羅生門・地獄変（芥川龍之介）・・・・・・4〜6
羅生門・杜子春（芥川龍之介）・・・・・・・3
羅生門・トロッコ（芥川龍之介）・・・・・5, 6
羅生門・鼻（芥川龍之介）・・・・・・・・・6
ラムラム王（武井武雄）・・・・・・・・・・142
ランプと胡弓ひき（新美南吉）・・・・・・・198

【り】

りかとねこのアン（椋鳩十）・・・・・・・・288
リボンでとじて2で割って（吉田とし）
・・・・・・・・・・・・・・・・・・・314
リボンときつねとゴムまりと月（村山籌子）
・・・・・・・・・・・・・・・・・・・295
竜神丸（高垣眸）・・・・・・・・・・・・・137
りゅうのきた島（香山彬子）・・・・・・・・79
りゅうの目のなみだ（浜田広介）
・・・・・・・・・・・210, 211, 214〜217
良寛（鶴見正夫）・・・・・・・・・・・・・175
りょうかんさま（二反長半）・・・・・・・・200
良寛さま（相馬御風）・・・・・・・・・・・136
良寛さまの童謡と歌（相馬御風）・・・・・・136
りょうかんさん（柴野民三）・・・・・・・・120
猟犬ものがたり（椋鳩十）・・・・・・・・・283

漁師と魔神の物語(川端康成) ……… 85
緑衣の鬼(江戸川乱歩) ……… 44, 46, 48
リラちゃんはまほうのきんぎょ(上崎美恵子) ……………………………… 100
リンカーン(小出正吾) ……………… 98
りんご一つ(北畠八穂) ……………… 87
りんごのおどり(久保喬) …………… 95
リンゴのふくろ(壺井栄) ……… 162, 163

【る】

ルークル、とびなさい(安藤美紀夫) …… 14
ルパン最後の冒険(南洋一郎) ……… 245
ルパン対ホームズ(南洋一郎) ……… 248
ルパンと怪人(南洋一郎) …………… 245
ルパンの大作戦(南洋一郎) ………… 247
ルパンの大失敗(南洋一郎) ………… 248
ルパンの大冒険(南洋一郎) ………… 246
ルパンの名探偵(南洋一郎) ………… 246
ルビー色のホテル(上崎美恵子) …… 98
るり寺ものがたり(椋鳩十) …… 287, 290

【れ】

れきしの光(宮脇紀雄) ……………… 274
レミは生きている(平野威馬雄) …… 229

【ろ】

楼蘭(井上靖) ………………………… 30
618の秘密(野村胡堂) ……………… 204
六一八の秘密(野村胡堂) …………… 205
6年3組おしゃべりクラス(赤木由子) …… 1
六べえとクマンバチ(花岡大学) … 206, 207
ろくろくび(山下清三) ……………… 305
ろくわのはくちょう(奈街三郎) …… 190
ロビンソン・クルーソー(久保喬) …… 94
ロビンソンのぼうけん(久保喬) …… 94
ロビンソン漂流記(井伏鱒二) ……… 33
ロビンソン漂流記(川崎大治) ……… 82
ロビンソン漂流記(宮脇紀雄) ……… 274
ロビンソン物語(柴野民三) ………… 120
ロビン・フッドの冒険(千葉省三) … 152
ローブ・サンチカの宝もの(早船ちよ) … 221
路傍の石(山本有三) ………… 310, 311
ロボット城(野村胡堂) ……… 204, 205
ロボット博士〈超人間X号改題〉(海野十三) ……………………………… 37
論語物語(下村湖人) ……………… 125
ロンドン塔(高木彬光) ……… 137, 138
ロンロンじいさんのどうぶつえん(筒井敬介) ……………………………… 160

【わ】

若い神たちの森(安藤美紀夫) ……… 15
若い川の流れ(石坂洋次郎) ………… 20
和解・小僧の神様(志賀直哉) ……… 114
若い人(石坂洋次郎) ………………… 21
若きたましいに(竹内てるよ) ……… 142
わかくさものがたり(三越左千夫) … 244
若草物語(鶴見正夫) ………… 174, 176
若草物語(宮脇紀雄) ………………… 273
わが心のアルプス(椋鳩十) ………… 282
わかば(鍋島俊成) …………………… 189
わがはいはねこである(夏目漱石) … 187
吾輩は猫である(夏目漱石) … 184〜188
若松賤子創作童話全集(若松賤子) … 322
わがまま宇宙人がとんできた(前川康男) ……………………………… 239
わがままくじら(筒井敬介) ………… 160
わしのおんがえし(宮脇紀雄) ……… 274
ワシントン(久保喬) ………………… 94
ワシントン(佐藤義美) ……………… 111
忘れな草日記(北条誠) ……………… 233
忘れ残りの記(吉川英治) …………… 313
わすれんぼうさん(竹崎有斐) ……… 146
わたしってだれ?(佐野美津男) …… 112
わたしと小鳥とすずと(金子みすゞ) … 78

| わたし | 書名索引 |

わたしトシエです（森はな）・・・・・・・・・・・・・ 300
わたしの少年少女物語（住井すゑ）・・ 133, 134
わたしの童話（住井すゑ）・・・・・・・・・・ 133, 134
私の花物語（壺井栄）・・・・・・・・・・・・ 162, 164
わたしはめんどりコッコです（森はな）
　・・・・・・・・・・・・・・・・・・・・・・・・・・・・・・ 299
和太郎さんと牛（新美南吉）・・・・・・・・・・・ 195
わらいじぞう（久保喬）・・・・・・・・・・・・ 92, 93
わらいばなし（柴野民三）・・・・・・・・・・・・ 120
わらい話ちえ話（大石真）・・・・・・・・・・・・・ 56
笑うおしゃかさま（花岡大学）・・・・・・・・・ 205
笑う山脈（花岡大学）・・・・・・・・・・・・・・・・ 208
わらしべちょうじゃ（山本和夫）・・・・・・・ 309
わらしべ長者（坪田譲治）・・・・・・・・・ 169, 170
わらしべ長者（水藤春夫）・・・・・・・・・・・・ 244
わらしべ長者（山本和夫）・・・・・・・・・・・・ 308
わらの馬（斎藤隆介）・・・・・・・・・・・・・・・・ 106
わらべ（鍋島俊成）・・・・・・・・・・・・・・・・・・ 189
わるくちのすきな女の子（安房直子）・・・・・ 11
ワンコがニャン（北畠八穂）・・・・・・・・・・・ 86
わんぱく日吉丸（土家由岐雄）・・・・・・・・・ 155
わんわんものがたり（千葉省三）・・・・・・・ 152
ワンワンものがたり（千葉省三）・・・ 151, 152
わんわんレストランへどうぞ（竹崎有斐）
　・・・・・・・・・・・・・・・・・・・・・・・・・・・・・・ 144

子どもの本 日本の名作童話 6000

2005年2月25日 第1刷発行
2006年8月25日 第2刷発行

発 行 者／大高利夫
編集・発行／日外アソシエーツ株式会社
〒143-8550 東京都大田区大森北1-23-8 第3下川ビル
電話(03)3763-5241(代表) FAX(03)3764-0845
URL http://www.nichigai.co.jp/

電算漢字処理／日外アソシエーツ株式会社
印刷・製本／株式会社平河工業社

不許複製・禁無断転載 《中性紙H-三菱書籍用紙イエロー使用》
〈落丁・乱丁本はお取り替えいたします〉
ISBN4-8169-1893-0 Printed in Japan,2006

本書はディジタルデータでご利用いただくことができます。詳細はお問い合わせください。

アンソロジー内容総覧 児童文学
A5・1,000頁　定価31,500円(本体30,000円)　2001.5刊

1945～2000年に刊行された児童文学のアンソロジー1,471冊に収録されている全作品22,279タイトルが一覧できる内容細目集。「挿絵画家名索引」付き。

民話・昔話集作品名総覧
A5・1,530頁　定価29,925円(本体28,500円)　2004.9刊

1945～2002年に国内で刊行された日本および海外の民話・昔話集の作品名索引。全集・叢書類を中心とした1,502冊(児童書も含む)を対象とし、収録作品は延べ88,880点。

児童文学全集・内容綜覧　作品名綜覧　第Ⅱ期
A5・550頁　定価29,400円(本体28,000円)　2004.11刊　(現代日本文学綜覧28)

児童文学全集・作家名綜覧　第Ⅱ期
A5・420頁　定価21,000円(本体20,000円)　2004.11刊　(現代日本文学綜覧29)

1995～2003年に刊行された児童文学全集52種541冊の内容を一覧。「作品名綜覧」でタイトルから検索できる。「作家名綜覧」では作家ごとに作品の収録全集がわかる。

児童文学個人全集・内容綜覧　作品名綜覧　第Ⅱ期
A5・590頁　定価29,400円(本体28,000円)　2004.12刊　(現代日本文学綜覧30)

1994～2004年9月に刊行された日本の児童文学作家135名の個人全集165種506冊の内容が一覧できるツール。「内容綜覧」(内容細目)と「作品名綜覧」(作品名索引)とで構成。

新訂 人物記念館事典
Ⅰ 文学・歴史編　A5・550頁　定価9,975円(本体9,500円)　2002.11刊
Ⅱ 美術・芸能編　A5・500頁　定価9,975円(本体9,500円)　2002.11刊

「Ⅰ文学・歴史編」には作家・武将・先哲などを記念する243館、「Ⅱ美術・芸能編」には芸術家・歌手・スポーツ選手などを記念する230館を収録したガイドブック。

データベースカンパニー
日外アソシエーツ
〒143-8550　東京都大田区大森北1-23-8
TEL.(03)3763-5241　FAX.(03)3764-0845　http://www.nichigai.co.jp/